KNAUR

Über die Autorin:
Andrea Bottlinger wurde in Karlsruhe geboren, hat in Mainz Buchwissenschaften, Komparatistik und Ägyptologie studiert und lebt und arbeitet inzwischen als freie Lektorin und Autorin in Heilbronn. »Aeternum« ist ihr erster Roman.

Andrea Bottlinger

AETERNUM

Roman

Knaur Taschenbuch Verlag

Besuchen Sie uns im Internet:
www.knaur.de

FSC
www.fsc.org
MIX
Papier aus verantwortungsvollen Quellen
FSC® C083411

Originalausgabe April 2013
Knaur Taschenbuch

Ein Unternehmen der Droemerschen Verlagsanstalt
Th. Knaur Nachf. GmbH & Co. KG, München

Dieses Werk wurde vermittelt durch die Michael Meller
Literary Agency GmbH, München.
Redaktion: Haus der Sprache / Momo Evers
Umschlaggestaltung: ZERO Werbeagentur, München
Umschlagabbildung: FinePic®, München
Satz: Adobe InDesign im Verlag, Ina Schulte-Uentrop
Druck und Bindung: CPI – Clausen & Bosse, Leck
Printed in Germany
ISBN 978-3-426-51179-4

2 4 5 3 1

Prolog

Noch fünfzehn Sekunden. Die Zentralstation der Alarmanlage lag offen vor Amanda, Drähte und Platinen ein wildes Durcheinander. Stumm zählte sie die Sekunden. Noch vierzehn, dann würde der Alarm losgehen, wenn sie nicht den richtigen Code eingab. Ihr Herz flatterte vor Aufregung, doch die beruhigende Präsenz ihres Bruders hinter ihr sorgte dafür, dass ihre Hände ruhig blieben.

»Ich kenn das Modell. Lampe höher.«

Roman folgte der Aufforderung. »Du zählst wieder mit, oder?«, flüsterte er dicht an ihrem Ohr. »Wie oft hab ich dir gesagt, du solltest nicht die Sekunden zählen? Das macht dich nur nervös. Entweder du schaffst es, oder du …«

»Ruhe!«

Amanda biss sich auf die Unterlippe. Die Stromverbindung einfach zu kappen würde nur einen anderen Alarm auslösen. Aber sie konnte den Stromkreis umleiten. Sie hielt den Atem an, als sie ein Stück Draht zurechtbog, die Enden an die richtigen Stellen schob. Sofort streckte Roman die Hand über ihre Schulter aus und befestigte den Draht mit einem Stück Klebeband an Ort und Stelle. Sie waren ein erprobtes Team.

Zwei Sekunden. Eine. Null.

Amanda ließ die Hände sinken. Halb rechnete sie damit, dass eine Sirene losging, doch alles blieb ruhig. Erleichtert atmete sie aus. »Entweder war es ein stummer Alarm, oder es hat funktioniert.«

Roman lachte leise und zerzauste ihr das Haar. »Wird schon funktioniert haben. Du machst dir zu viele Sorgen.«
Amanda drehte sich um, legte den Kopf in den Nacken und sah hinauf zu dem Gesicht ihres Bruders, das im Schatten lag. Er hatte die kleine Taschenlampe bereits wieder ausgeschaltet. »Roman, wir sind auf dem Weg hier rein an zwei Wachleuten vorbeigekommen. Vorne am Tor des Grundstücks sitzen noch mal zwei. Der Besitzer dieser Villa legt offensichtlich verdammt großen Wert auf seine Kunstschätze. Und da wunderst du dich, dass ich mir Sorgen mache?«
»Wenn sie uns erwischen, hab ich dich zu allem angestiftet. Du musst keine Angst haben, kleine Schwester. Ich pass auf dich auf. Und jetzt komm weiter.«
Er und sein Bedürfnis, sie zu beschützen … Roman hatte nie begriffen, dass sie keine Angst davor hatte, hinter Gittern zu landen. Sie hatte Angst davor, von ihm getrennt zu werden. Seit ihre Mutter sich mit irgendeinem Kerl aus dem Staub gemacht hatte, war er alles, was ihr noch von ihrer Familie geblieben war.
Noch immer mit einem mulmigen Gefühl im Magen folgte Amanda seiner langen, schlaksigen Gestalt durch einen Eingangsbereich, in den problemlos ihre gesamte Wohnung hineingepasst hätte. Rechts von ihnen führte eine Treppe in den ersten Stock. In der Dunkelheit konnte Amanda ihre geschwungene Form nur erahnen. Roman schlich auf eine hohe Doppeltür am Ende der Eingangshalle zu.
Immerhin schien es im Haus keine Wachen zu geben. Nichts regte sich in den großen Räumen. Den Gärtner, die Putzfrau und den Koch hatten sie bei Anbruch der Nacht gehen sehen, und auch der Besitzer hatte seine Villa vor einer Viertelstunde verlassen. Hoffentlich verbrachte er den Abend in der Oper oder bei irgendeiner anderen zeitraubenden Aktivität.

Mit der Hand an der Klinke der Doppeltür blieb Roman stehen. »Das müsste es sein, oder?«
Amanda nickte. »Es entspricht genau der Beschreibung. Dahinter sollte die Bibliothek liegen. Dann müssen wir nur noch diese Statue finden, die der Japaner haben will.«
Sie hatte nie verstanden, warum manche Kunstsammler die Dinge stehlen ließen, die sie nicht kaufen konnten. Was machte man mit einer Statue, die man nicht mal seinen Gästen zeigen konnte, weil sie einen sofort eines Verbrechens überführen würde? Aber reiche Leute waren nun mal seltsam. Und sie und ihr Bruder lebten gut davon. Sie hatte also keinen Grund, sich zu beschweren.
Langsam öffnete Roman die Tür. Amanda lauschte angespannt. Vielleicht saß ja doch ein Wachmann auf der anderen Seite? Aber dann schlüpfte Roman durch den offenen Spalt und winkte ihr, ihm zu folgen.
Der Strahl der Taschenlampe glitt dicht am Boden entlang, und Roman achtete darauf, nicht in Richtung der Fenster zu leuchten. Das Licht riss Regalreihen voller Bücher aus der Dunkelheit, einige davon in Leder gebunden. Doch es fing sich auch in Glas. Vitrinen, die alte Steintafeln enthielten, kleine Bronzestatuetten. Hier und dort blitzte Gold.
»Das ist ja das reinste Museum hier!« Amanda wechselte einen Blick mit ihrem Bruder. Das Grinsen auf seinem Gesicht war ansteckend, ihre Nervosität schwand. Sie hatten einen Schatz gefunden!
Romans Augen blitzten, als er ohne Zweifel überschlug, was für ein Vermögen in diesem Raum lagerte. »Wir hätten einen Lastwagen mitbringen sollen.«
Mit einem leisen Lachen knuffte sie ihn in die Rippen. »Nun komm mal wieder runter. Aber es spricht wohl nichts dagegen,

wenn wir abgesehen von der Statue auch noch andere Dinge mitnehmen, wenn sie besonders wertvoll aussehen.«
Aufgeregt wie zwei kleine Kinder an Weihnachten schwärmten sie aus. Amanda zog ihre eigene kleine Lampe aus der Tasche und leuchtete in die Vitrinen. Das Zeug darin sah wirklich alt aus, bronzezeitlich, falls die wenigen Kenntnisse, die sie beim Stehlen alter Kunstschätze erworben hatte, zu irgendwas taugten. Sie entdeckte kleine Tafeln, auf denen Männer mit langen Bärten auf ihre unglücklichen Feinde einschlugen oder zwischen Kornähren standen. Viele der Statuetten hielten eine Keule in der Hand und trugen etwas auf dem Kopf, das aussah wie eine verunglückte Zipfelmütze. So in der Art hatte auch die Statue auf dem Foto ausgesehen, das der Japaner ihnen gezeigt hatte. Nur war sie aus Gold gewesen.
»Ich hab sie!« Romans leiser Ruf schreckte Amanda aus ihren Betrachtungen.
Sie eilte zu ihm hinüber. »Fass auf keinen Fall irgendwas an! Ich wette, die Vitrinen sind noch mal extra mit Alarmanlagen gesichert.«
Er grinste und salutierte nachlässig. »Jawohl, Frau Expertin!«
In diesem Moment flog die Doppeltür auf. »Keine Bewegung!«
Amanda erstarrte, für einen Augenblick setzte ihr Denken aus. Wie betäubt drehte sie sich zum Eingang der Bibliothek um. Sie hatte es geahnt, irgendwas war beim Lahmlegen der Alarmanlage schiefgelaufen. Es musste doch einen stummen Alarm gegeben haben. Ihr Magen krampfte sich zusammen. Man hatte sie erwischt, und es war ihre Schuld.
Dann flammte das Deckenlicht auf, und sie blinzelte gegen die plötzliche Helligkeit. Schließlich klärte sich ihr Blick, und sie starrte in die Mündungen mehrerer Sturmgewehre. Keine Pistolen. Gewehre. Und die Leute dahinter sahen auch nicht aus

wie Polizisten. Sie trugen militärisch anmutende Uniformen, und ihre Mienen waren grimmig, als warteten sie nur darauf, dass Amanda oder ihr Bruder eine falsche Bewegung machten. Unwillkürlich tastete sie an einer der Vitrinen nach Halt und schluckte schwer gegen die aufsteigende Übelkeit. Waren sie, ohne es zu wissen, in das Haus eines Mafiabosses eingestiegen? Amanda warf ihrem Bruder einen Blick zu. Vielleicht hatte er einen Plan, wie sie aus dieser Situation wieder herauskamen. Doch auch in seinen Augen stand die Angst.

»Mitkommen!«

Mit vorgehaltenen Gewehren führten die Männer sie in die Eingangshalle, trieben sie unter die geschwungene Treppe. Dort öffnete sich eine Tür auf Betonstufen, die so gar nicht zum protzigen Rest des Hauses passte. Je tiefer sie stiegen, desto kühler wurde es. Die Luft war feucht, und es roch muffig.

Amandas Knie zitterten bei jedem Schritt stärker. Sie stolperte, und Roman packte sie am Arm, stützte sie. »Wenn sich die Gelegenheit ergibt, lauf«, raunte er. »Egal ob ich hinter dir bin oder nicht.«

»Könntest du bitte nicht so klingen, als wären wir in einem Film und du kurz davor, einen heldenhaften Tod zu sterben?« Auch ihre Stimme zitterte. Allein bei dem Gedanken, zu fliehen und ihren Bruder zurückzulassen, wurde ihr schon wieder übel.

»Nicht quatschen. Weitergehen!« Ein Gewehrlauf traf sie im Rücken, stieß sie weiter, einen kurzen Gang hinunter und in einen kahlen Raum. Eine nackte Glühbirne beleuchtete schmucklose Betonwände. Und waren das alte Blutflecken auf dem Boden? Nein. Das durfte einfach nicht sein. Es waren nur Wasserflecken oder Farbreste oder irgendetwas anderes, das unter keinen Umständen mit Blut zu tun hatte. Ganz sicher.

Roman schob sich vor sie, während sie immer weiter in den

Raum zurückwichen. Zum ersten Mal war Amanda froh über seinen Beschützerinstinkt, auch wenn sie wusste, dass er ihr nicht mehr als die Illusion von Sicherheit geben konnte. Dieser Raum besaß nicht mal Fenster. Sie saßen in der Falle.
»Durchsucht sie nach Tattoos.«
Tattoos? Was hatte das denn zu bedeuten? Die Mitglieder der japanischen Mafia trugen Tattoos, aber dass sie keine Japaner waren, lag doch auf der Hand. In was für einen Alptraum waren sie da bloß hineingeraten?
Während zwei der Männer Roman packten und von Amanda fortzerrten, näherte sich ihr der Kerl, der die ganze Zeit die Befehle gegeben hatte. Das Gewehr hing an einem Gurt über seiner Schulter, und als sich seine Lippen zu einem Lächeln verzerrten, vollführten die unzähligen kleinen Narben in seinem Gesicht einen abstoßenden Tanz.
Instinktiv wich sie zurück, doch der Mann packte sie fest am Oberarm und schob mit geübter Bewegung die Ärmel ihres Sweatshirts hoch. Seinem Gesichtsausdruck nach zu schließen fand er nicht, was er suchte. Grob griff er nach ihrem Kinn, drehte ihr Gesicht von einer Seite zur anderen, strich ihr Haar beiseite und begutachtete ihren Nacken. Sie zuckte unter jeder seiner Berührungen zusammen, wagte aber nicht, sich zu wehren. Wenn diese Kerle nicht fanden, was sie suchten, ließen sie sie ja vielleicht gehen oder übergaben sie zumindest nur der Polizei. Mit einem Mal erschienen ihr ein paar Jahre Gefängnis wie eine wunderbare Aussicht. Sicher saß man für Einbruch nicht mal sonderlich lang.
Unvermittelt griff der Typ mit dem Narbengesicht nach dem Saum ihres Sweatshirts und zog ihn mit einem Ruck nach oben. Amanda erstarrte. Kühl strich die feuchte Kellerluft über ihre nackte Haut, wie von fern hörte sie einen der Bewaffneten pfei-

fen. »Zieh sie am besten ganz aus. Um sicherzugehen. Du weißt schon.«
Der anzügliche Tonfall zerriss den Schleier der Angst, der sie umfing. So leicht würde sie sich nicht einschüchtern lassen. Zornig hob sie den Blick und fixierte einen der Männer, der sie breit grinsend musterte. Liebend gern hätte sie dem Arschloch das Knie zwischen die Beine gerammt. Nur die unzähligen Waffen, die auf sie gerichtet waren, hielten sie davon ab.
Schließlich war es Roman, der handelte. »Finger weg von meiner Schwester!«
Sie hörte einen dumpfen Aufprall, dann ersticktes Ächzen. Ihr Bruder hatte einem seiner Bewacher den Ellbogen in den Magen gerammt. Dem zweiten trat er gegen das Knie und erntete einen schmerzerfüllten Schrei.
»Roman, nicht!« Er würde erschossen werden, gleich würden Schüsse durch den kahlen Kellerraum hallen! Verzweifelt wand sich Amanda im Griff des Narbenmannes. Sie musste Roman zu Hilfe zu kommen. Irgendwie.
Wenige Sekunden später sauste ein Gewehrkolben auf Romans Hinterkopf nieder. Wie eine Marionette mit durchschnittenen Fäden fiel er zu Boden.
Narbengesicht sagte irgendetwas, doch Amanda konnte nur die reglose Gestalt ihres Bruders anstarren. Hatte der Schlag ihn getötet? Atmete er noch? Da! Seine Brust hob sich, senkte sich und hob sich wieder. Er lebte!
»Was ist hier los?« Die Stimme peitschte mit absoluter Befehlsgewalt durch den Raum. Amanda zuckte zusammen und spürte zugleich, wie sich das Narbengesicht hinter ihr versteifte – ganz so, als hätte er Angst. Im Türrahmen stand ein Mann in Abendgarderobe. In dem Aufzug hätte er gut in ein Casino gepasst, in diesem Keller dagegen wirkte er deplaziert. Er trug das Haar

lang, aber zurückgebunden, und zwischen seinen Brauen stand eine steile Falte.
»Nur zwei Einbrecher«, erwiderte Narbengesicht zackig. Es fehlte lediglich das »Sir« am Ende. »Sie hatten es auf die Sachen in der Bibliothek abgesehen. Wir haben keine Tattoos gefunden, sie scheinen keinem Dämon zu dienen.«
Dämon? War das ein Codewort für irgendwas? Noch ehe Amanda länger darüber nachdenken konnte, winkte der Mann im Anzug – vermutlich der Hausherr – gelangweilt ab.
»Ich ahne, wer sie geschickt hat. Dieser Japaner hat mir ziemlich penetrante Kaufangebote für die Goldstatuette gemacht.« Nachdenklich strich er sich über das Kinn. »Ich habe keine Lust, mich in ein paar Wochen mit einem neuen Einbruchsversuch herumzuschlagen. Erschießt sie. Und lasst ihn wissen, dass sie tot sind. Das sollte als Warnung ausreichen.«
Amanda wurde kalt. Wie beiläufig dieser Mann über ihren Tod entschied. Als wären sie und Roman nichts weiter als lästige Fliegen. Irgendwie musste sie ihn umstimmen, ihn davon überzeugen, dass sie ihm lebend mehr nützten als tot. Doch ihre Kehle war trocken, und sie brachte kein Wort heraus. Sie räusperte sich. »Sie müssen das nicht tun.« Ihre Stimme klang fremd in ihren Ohren. »Wir können unseren Auftraggeber davon überzeugen, dass er Sie in Ruhe lässt. Wir sagen auch allen unseren Kollegen, dass Ihr Haus tabu ist. Kein Problem. Wir …«
Ohne auf ihre Worte zu achten, stieß Narbengesicht sie auf ihren noch immer reglos am Boden liegenden Bruder zu. Amanda taumelte, stolperte und fing sich schließlich an der Wand ab. Die beiden Wachmänner, gegen die Roman gekämpft hatte, zogen sich zurück, und kurz darauf sah sie sich einem Wald von Gewehrläufen gegenüber.
Jedes Gefühl wich aus ihrem Körper. Dies war ihr Erschießungs-

kommando. Die Erkenntnis, dass sie tatsächlich sterben würde, lähmte sie. Ob es weh tat, wenn man von Kugeln durchsiebt wurde?

Es war Narbengesicht selbst, der schließlich seine Waffe hob und auf Roman anlegte. Sein kaltes Lächeln ließ die weißen und roten Linien in seinem Gesicht tanzen. Da war kein Bedauern in seinem Gesicht, kein Zögern, kein Mitleid. Gleich würde er abdrücken. Ohne mit der Wimper zu zucken.

Instinktiv trat Amanda vor und schob sich zwischen die Mündungen der Waffen und die reglose Gestalt ihres Bruders. Verzweifelt suchte sie den Blick des Hausherrn. »Bitte, es gibt sicher irgendetwas, das wir für Sie tun können …«

Doch der Mann im Smoking winkte ab, als verscheuche er ein lästiges Insekt. »Einbrecher gibt es wie Sand am Meer. Ich habe mehr als genug in meinen Diensten.« Dann wandte er sich an Narbengesicht. »Also, Daniel … Ich habe nicht den ganzen Abend Zeit.«

Es war vorbei. Amanda schloss die Augen, suchte fieberhaft nach einem Ausweg und fand ihn nicht. Dann kam der Zorn, vermischte sich mit Verzweiflung und Furcht zu einem Strudel, der jeden anderen Gedanken hinwegfegte. Sie wollte aufgeben, einfach mit ihrem Leben abschließen, nun, da es ohnehin keine Hoffnung mehr gab. Aber sie konnte nicht. Vor allem konnte sie nicht zulassen, dass Roman starb.

Der Strudel der Gefühle formte sich in ihrem Inneren zu einem glühenden Ball, wuchs mit jedem Atemzug und gewann an Helligkeit und Kraft. Mit plötzlicher Klarheit hörte sie die leisen Geräusche, mit denen die Männer die Abzüge ihrer Gewehre zurückzogen. Ihr ganzer Körper spannte sich in Erwartung der einschlagenden Kugeln.

Dann brach sich das Glühen in ihrem Inneren Bahn, fuhr aus ihr

heraus und schleuderte den Wachleuten ihre hilflose Wut entgegen.
Ein Schrei, dann ein zweiter, eine Kakophonie aus Schreien. Mit schmerzerfüllten Gesichtern ließen die Männer ihre Gewehre fallen. Amanda ahnte, dass sie es war, die den Männern Schmerzen zufügte, doch sie verstand es nicht. Wo kam diese Kraft her?
Entsetzt starrten die Wachleute auf ihre verbrannten Handflächen. Gewehrläufe verbogen sich, als wären sie aus Gummi. Plastik bildete schimmernde Lachen auf dem Boden, und ein stechender Gestank stieg Amanda in die Nase. Sie lächelte grimmig. Niemand würde Roman mit diesen Waffen noch etwas antun.
Doch so schnell, wie die Kraft gekommen war, verschwand sie auch wieder. Ihre Knie gaben nach, und sie fiel neben ihrem Bruder auf den Boden.
Eine Weile lauschte sie einfach nur ihren eigenen Atemzügen und wartete darauf, dass das Pochen in ihrem Schädel nachließ. Was hatte sie gerade getan? Wie hatte sie es getan? Und vor allem: Konnte sie es wieder tun? Sie horchte in sich hinein, doch das Gefühl der Macht, das sie so unvermittelt erfüllt hatte, war verschwunden.
Erst als sich Schritte näherten, sah sie auf.
Der Hausherr blickte auf sie hinab. Die Gleichgültigkeit in seinem Blick war Interesse gewichen. »Ich korrigiere mich. Es gibt doch etwas, das du für mich tun kannst.« Ein Lächeln umspielte seine Züge wie das Zähnefletschen eines hungrigen Raubtiers. »Mein Name ist Balthasar, und von nun an gehörst du mir.«

1

Staub tanzte im Licht von Juls Taschenlampe. Es riss einen schmalen Streifen des schotterbedeckten Gleisbetts aus der Dunkelheit des U-Bahn-Tunnels, glitt über rostige Schienen, Schutt, eine alte Cola-Dose …

Wo war das Biest? Jul lauschte angestrengt, versenkte sich ganz in den Augenblick, bis es nichts anderes mehr gab. Für einen Moment war es wie früher, nichts als angespannte Konzentration und die Sicherheit, das Richtige zu tun.

Da! Blitzende Zähne, Krallen und dreckig-gelbe Schuppen. Fauchend stieß sich der Dämon ab, flog auf ihn zu. Kalt floss das blaue Feuer durch Juls Körper, tanzte über den Lauf der Pistole. Der Schuss knallte. Die Kugel zog eine blaue Flammenspur durch die Dunkelheit, schlug in den Leib des Dämons. Jul roch versengtes Fleisch, als das Wesen dicht vor seinen Füßen auf den schuttübersäten Boden klatschte. Noch einmal zuckte der lange Schwanz mit der sichelförmigen Klinge. Dann blieb das Biest reglos liegen. Ein rattengroßer Haufen Schuppen mit einem tiefen Brandloch im Kopf.

Instinktiv sah sich Jul nach den anderen Mitgliedern der Schar um, wollte den Tod eines weiteren Dämons melden.

Im nächsten Augenblick hielt er inne. Die Ruhe der Jagd wich schmerzhafter Leere. Keiner der anderen begleitete ihn mehr auf seinen Streifzügen. Er war allein.

»Gute Arbeit.« Die Stimme erklang so dicht hinter ihm, dass Jul herumfuhr. Seine Rückenmuskulatur zuckte, als er automatisch

versuchte, die Schwingen auszubreiten. Doch da war nichts mehr, das er hätte ausbreiten können. Er biss die Zähne zusammen. War es nicht schlimm genug, dass sie fort waren? Mussten seine eigenen Reflexe ihn immer wieder daran erinnern?
Mühsam schob er das Gefühl des Verlusts beiseite und wandte sich seinem Auftraggeber zu. Ein seltsamer Mensch, dieser Mann vom Senat. Stieg im Anzug mit Bügelfalte in die Berliner Unterwelt hinab, um zuzusehen, wie jemand Ungeziefer tötete. Der Senator blinzelte gegen das Licht der Taschenlampe und setzte ein geschäftsmännisches Lächeln auf. »Ich denke, hiermit können Sie sich als Angestellter der Stadt betrachten. Sorgen Sie dafür, dass diese Plage unter Kontrolle bleibt. Und vor allem, schweigen Sie darüber. Wir würden es sehr begrüßen, wenn Berichte über Monster in der Berliner Unterwelt weiterhin nur in den Schundblättern stünden.«
Jul nickte, ohne das Lächeln zu erwidern. Er brauchte Geld, wenn er sich nicht weiterhin von Karin durchfüttern lassen wollte. Aber er mochte den Mann nicht. Er war zwar ohne Zweifel ein Mensch, aber er stank nach Dämon – nach den großen, die es nicht nötig hatten, sich im Schutt zu verstecken.
Sein Auftraggeber ließ sich nicht beirren. »Aber ich wollte mich auch aus privaten Gründen von Ihrer Effizienz überzeugen.« In einer routinierten Bewegung zog er eine Visitenkarte aus der Innentasche seines Jacketts. »Sie wissen ja, offizielle Stellen zahlen nie so gut. Was halten Sie davon, nebenher auch noch für jemand anderen zu arbeiten?«
»Wenig.« Jul beäugte das Kärtchen skeptisch, machte keine Anstalten, danach zu greifen. Für die Stadt Ungeziefer zu beseitigen, das war eine Sache, aber er hatte keine Lust, an die falsche Sorte Auftraggeber zu geraten. »Ich bin …«
Jul sah die Bewegung nur aus dem Augenwinkel. Sofort über-

nahmen seine Reflexe die Kontrolle. Mit einer Warnung auf den Lippen sprang er zurück – und erstarrte. Der Schotter unter dem Dämon flimmerte, schlug Wellen, als wollten die Steine schmelzen.

»Was ...?«

Erneut ging ein Zucken durch den schuppigen Kadaver. Jul zielte, schoss. Im selben Moment zischte der Schwanz des Wesens durch die Luft. Der Senator schrie, während sich eine weitere von blauen Flammen umhüllte Kugel in den Kopf des Dämons grub.

Als Jul sich umwandte, glänzte Blut im Schein der Taschenlampe, sickerte in den dunklen Stoff der teuren Hose. Der Senator kniete am Boden, starrte fassungslos auf das sichelförmige Ende des Dämonenschwanzes hinab, das in seinem Oberschenkel steckte.

Wie hatte das passieren können? Der Dämon war tot gewesen! Das blaue Feuer brannte bei seinesgleichen Wunden, die keine Macht der Welt heilen konnte. Doch nun prangte nur *ein* Loch im Schädel des Wesens. Jenes, das Jul soeben erst geschossen hatte. Als hätte es die erste tödliche Verletzung nie gegeben.

Aber er hatte den Dämon beim ersten Mal getroffen! Er hatte ihn getötet, dessen war er sich hundertprozentig sicher. Juls Blick huschte zu der Stelle, an der er das Flimmern gesehen hatte, aber da war nun nichts als normaler Schotter.

Hinter ihm wimmerte der Senator leise. Jul schüttelte irritiert den Kopf, schob die Pistole in das Halfter unter seiner Jeansjacke zurück und ging neben dem Menschen in die Hocke. Die Taschenlampe rammte er mit dem hinteren Ende in den Schotteruntergrund, so dass ihr Lichtkegel an die Decke strahlte.

»Stillhalten.« Er packte die knöcherne Sichel mit Daumen und Zeigefinger und zog. Der Mann wandte den Blick ab, sog scharf die Luft zwischen den Zähnen ein. Juls Bewegungen wurden behutsamer, vorsichtiger, während er das scharfkantige Knochenstück aus dem Fleisch des Senators entfernte. Mitleid, fuhr es ihm durch den Kopf. Er hatte nicht gewusst, dass man Mitleid auch mit Wesen empfinden konnte, die man nicht mochte. Aber er begann auch gerade erst, all diese Konzepte zu verstehen. Seit er Karin kannte, ging es leichter. Aber es war noch immer schwer. Trotz der Jahre ohne seine Schwingen.

Mit leisem Klappern fiel das Schwanzende des Dämons zu Boden. Jul legte zwei Finger neben die Wunde und konzentrierte sich. Ein blauer Schein flackerte auf, spülte warm durch seine Finger. Doch dann runzelte Jul die Stirn, und das Schimmern erlosch. Irgendetwas stimmte nicht. Verärgert schnalzte er mit der Zunge.

»Ich kann dich nicht heilen. Deine Seele gehört nicht mehr dir.« Misstrauisch musterte er den Senator, der nun, da der erste Schock vorüber war, erstaunlich gefasst wirkte. Nur eine Andeutung von Schmerz zeichnete sich auf seinen Zügen ab. Diesem Mann war Gewalt nicht fremd ...

Mit schnellem Griff packte Jul den linken Arm des Senators und schob den Ärmel von Jackett und Hemd ein Stück hoch. Dort prangte blutrot eine Tätowierung, der Leib einer Schlange, deren Kopf auf der Innenseite des Handgelenkes ruhte. Sie wirkte grob, als wäre sie ohne Talent und mit einfachsten Mitteln gestochen worden. Umso mehr ein Beweis, dass sie echt war. Jul seufzte. Er hatte sich also nicht geirrt.

Warum nur ließen sich die Menschen immer wieder so leicht von Dämonen verführen? Merkten sie nicht, dass sie bei einem solchen Handel stets mehr verloren als gewannen? Sie ...

Ein Zittern lief durch den Beton unter ihm. Jul erstarrte. Der Senator sah sich erschrocken um.

Das Zittern wurde stärker, rollte als dumpfes Grollen durch den alten U-Bahn-Schacht. Kleine Steine und Sand lösten sich aus der Decke und rieselten auf Jul herab. Er fuhr herum, griff nach der Taschenlampe und leuchtete die Decke ab. Feine Risse zogen sich durch das Gestein. Plötzlich war sich Jul der vielen Tonnen Beton deutlich bewusst, die zwischen ihm und dem freien Himmel lagen. Mit spürbarem Gewicht drückten sie auf seine Brust.

Sein Atem ging schneller. Noch hielt die Decke. Aber für wie lange?

Jul verlor den Halt auf dem schlingernden Boden und fiel neben dem Senator in die Hocke. Einem Impuls folgend legte er sich den Arm des Mannes um die Schultern, während seine andere Hand weiterhin die Lampe umfasst hielt. Der Senator klammerte sich an ihn wie an einen Rettungsanker.

Stolpernd und humpelnd hasteten sie die alten Gleise entlang, den fernen Lichtern des Bahnhofs Klosterstraße entgegen. Das Beben wurde zusehends stärker, das Rumpeln und Knirschen lauter. Als sie sich dem Bahnhof näherten, empfingen sie panische Schreie und das Weinen von Kindern. Irgendetwas fiel mit einem lauten Knall zu Boden und zerbrach. Die Lichter am Ende des Tunnels flackerten, und mit einem Mal war der Strahl der Taschenlampe der hellste Punkt in der unterirdischen Dunkelheit.

Jul zwang sich, gleichmäßig zu atmen, konzentrierte sich auf jeden Schritt. Der Impuls, zu rennen, den Senator zurückzulassen, der sich schwer auf seine Schultern stützte, wurde beinahe übermächtig. Er würde den Tod des Mannes nicht bedauern. Dennoch beharrte etwas in Jul darauf, an seiner Seite zu bleiben. War das schon wieder Mitleid?

Als er den ersten Fuß auf den Bahnsteig setzte, beruhigte sich

die Erde. Langsam verebbten auch die Schreie. Was blieb, waren leises Weinen, Schluchzen und unsichere Rufe.
»Was war das? Was ist passiert?«
»Hat jemand Licht?«
»Wir sind doch nicht eingeschlossen, oder? Es ist nichts eingestürzt?«
Hier und dort leuchtete das fahle Licht eines Handydisplays auf, und schattenhafte Gestalten schlurften vom Schock betäubt über die Bahnsteige in Richtung Ausgang.
Jul zuckte zusammen, als ihn eine Hand am Arm berührte. Er fuhr herum und brachte dabei beinahe den Senator aus dem Gleichgewicht. Eine alte Frau blinzelte in das Licht seiner Taschenlampe, das graue Haar zerzaust, die Augen voller Furcht. Jul hielt inne. Es fiel ihm schwer, sich ihrem Blick zu entziehen.
»Junger Mann …« Ihre Stimme zitterte. Doch noch ehe sie mehr sagen konnte, schob der Senator sie ungeduldig beiseite. »Nun gehen Sie schon weiter.«
Überrascht wandte sich Jul zu dem Mann um. Er war ein Mensch. Musste die Not der Frau nicht in ihm dieselben Gefühle wecken wie in Jul? Doch falls der Senator Mitleid empfand, war er offensichtlich gut darin, es zu ignorieren. Dämonendiener. Kaum besser als ihre Herren.
Jul ignorierte das Drängen des Senators. »Kommen Sie mit. Hier entlang.« Er versuchte ein aufmunterndes Lächeln, und die alte Frau erwiderte es zittrig. Die Geste schuf eine flüchtige Verbindung zwischen ihnen, eine seltsame Art der Zugehörigkeit. In diesem Augenblick teilten sie dieselben Ängste.
Der Senator schnaubte, schwieg aber.
Sie folgten dem Strom der Flüchtenden die Treppe hinauf und fanden sich schließlich inmitten einer Gruppe staubiger, verängstigter Menschen zwischen den alten Sandsteinhäusern der

Klosterstraße wieder. Überall waren Menschen auf den Gehsteigen, liefen suchend umher, starrten ins Leere oder unterhielten sich aufgeregt.
»... Erdbeben ... hier ...«
»Wie konnte ...?«
»Keine Ahnung ...«
In der Ferne heulten Sirenen.
Jul hob den Blick gen Himmel und atmete erleichtert auf, genoss die Weite über ihm. Langsam löste sich die Anspannung der letzten Minuten.
»Der Fernsehturm!« Der Ruf fuhr wie eine Woge in die Menge, und die Köpfe der Menschen wandten sich in einer stummen Choreographie gen Norden. Dort ragte die Spitze des Turms über den Dächern Berlins auf, die silberne Kugel mit dem Restaurant darin glänzte in der Sonne.
Im ersten Moment wusste Jul nicht, was ihn an dem sonst so vertrauten Anblick des Turms irritierte, doch dann verstand er.
Der Fernsehturm stand schief.
»O mein Gott.« Die alte Frau schlug die Hand vor den Mund. »Zum Glück ist er nicht umgefallen. Stellen Sie sich nur vor, was hätte passieren können!«
Jul nickte, aber die Furcht der Frau teilte er diesmal nicht. Er hatte bereits zu viele Bauwerke fallen sehen. Er betrachtete die alte Dame, ihre weit aufgerissenen Augen. Nun war sie wieder nichts als eine Fremde. Die durch die gemeinsam erlebte Gefahr geschaffene Verbindung riss.
»Bringen Sie mich zu meinem Wagen.« Die Stimme des Senators riss ihn aus seinen Gedanken. Der Mann zeigte auf eine Limousine, die nicht weit entfernt im Halteverbot stand. Auch der Chauffeur starrte gebannt auf den schiefen Turm, riss sich aber

zusammen, als er den Senator kommen sah. Schnell sprang er heraus und öffnete die Beifahrertür.
Ächzend ließ sich der Senator in die Polster sinken. Mit schmerzverzerrtem Gesicht zog er das verletzte Bein ins Auto. Als er sich Jul noch einmal zuwandte, wirkte sein sonst so glattes Lächeln verzerrt. »Vermutlich werden die Auswirkungen des Bebens mich eine Zeitlang in Anspruch nehmen. Aber Sie hören von mir. Denken Sie bis dahin über mein Angebot nach.«
Ärger stieg in Jul auf. War das das Einzige, woran der Mann in diesem Moment dachte? Entschieden schüttelte er den Kopf. »Darüber muss ich nicht nachdenken. Sag deinem Meister, dass ich keine Aufträge von Dämonen annehme. Ich bin kein Söldner, und ich lasse mich nicht in ihre Machtkämpfe hineinziehen.«
Es war eine Sache, in Kellern, U-Bahn-Schächten und der Kanalisation mit den Wesen aufzuräumen, die sonst vielleicht unschuldige Menschen anfallen würden. Es war eine ganz andere, in einen der Kämpfe zwischen höheren Dämonen verwickelt zu werden. Jene Kämpfe, die im Verborgenen geführt wurden, damit die Menschen nichts davon mitbekamen.
Der Senator lächelte dünn. »Zu schade.«
Mit diesen Worten schlug er Jul die Autotür vor der Nase zu.

2

Amandas Knie schmerzten vom langen Hocken auf dem Boden. Ächzend erhob sie sich und trat einen Schritt zurück. Sie strich sich eine lockige Strähne aus der Stirn und begutachtete ihr Werk kritisch.

Das Pentagramm wirkte auf dem glatten Parkettboden und im hellen Licht der Halogenlampen seltsam fehl am Platz. Als Balthasar das erste Mal von einer Beschwörung gesprochen hatte, hatte sie an tropfende Kerzen in einer alten Dachkammer mit unebenen Dielen gedacht. Mittlerweile wusste sie, dass sie sich eindeutig sicherer damit fühlte, ein Pentagramm bei guter Beleuchtung und auf einem glatten Untergrund zu zeichnen. Immerhin konnte jede Unterbrechung in dem durchgehenden Kreidestrich ihr Verhängnis bedeuten. Aber darüber wollte sie lieber gar nicht erst nachdenken.

Mit kreideverschmierten Fingern strich sie ein Eselsohr aus dem Papier in ihrer Hand und verglich die Zeichnung auf dem Boden mit dem Entwurf, den sie auf dem Zettel angefertigt hatte. Zum Glück verlangte der Zauber keine Notizen auf Pergament oder ähnliche Extravaganzen. Das stinknormale karierte Blatt hatte etwas Beruhigendes.

Noch einmal ging Amanda in die Knie, begradigte die Kreidelinien eines der Zeichen, die an den Spitzen der Zacken saßen.

»Langsam bekomme ich den Eindruck, du zögerst es absichtlich hinaus.« Die Ungeduld in Balthasars Stimme war nicht zu überhören. »Du hast doch nicht etwa Angst?«

Amanda wandte sich um und sah zu ihrem selbsternannten Herrn. Er lehnte an der Rückseite des Sofas. Das weiße Hemd und die schwarze Anzughose vermittelten wie so oft den Eindruck, als sei er ein Geschäftsmann, der gerade von einem anstrengenden Arbeitstag nach Hause gekommen war. Nur das lange Haar passte nicht ins Bild. Es fiel ihm offen über die Schultern und vor das Gesicht, als er sich ein Stück vorbeugte.
Sie verstärkte den Griff um ihren Zettel, zerknitterte ihn erneut. Er hatte gut reden. »Ich kann es entweder schnell oder richtig machen, beides gleichzeitig geht nicht. Wäre es dir lieber, wenn ich einen Fehler einbaue?«
Ein Prickeln in ihrem linken Arm warnte Amanda, dass sie sich im Tonfall vergriffen hatte. Verdammtes Tattoo! Sie senkte den Blick auf die blutrote Schlange, die sich von ihrer bloßen Schulter bis zum Handrücken wand. Was hätte sie nicht alles gegeben, um dieses Ding loszuwerden.
Das Rot der Schuppen gewann an Intensität, begleitet von einem Gefühl, als stächen tausend winzige Nadeln in ihr Fleisch. Noch war es eher unangenehm als schmerzhaft.
Amanda wusste, dass es klug gewesen wäre, die Warnung ernst zu nehmen und zu schweigen. Doch Balthasar hatte recht, ihre Nerven lagen blank. Viel zu oft hatte sie sich ausgemalt, was alles schiefgehen konnte, wenn sie das Ritual tatsächlich durchzog. Die Vorstellung, irgendeines grausamen Todes zu sterben, machte sie gereizt und unvorsichtig und ließ die Buckelei vor ihrem selbsternannten Herrn noch unerträglicher erscheinen als sonst.
Stolz begegnete sie Balthasars Blick. »Wenn der Kreis ihn nicht halten kann, wird dich das wahrscheinlich nicht umbringen. Mich schon.«
Er rührte nicht einen Muskel, doch das musste er auch nicht. Es

war sein Blut, das unter ihrer Haut die Konturen der Schlange formte. Während sie einander anstarrten, löste Schmerz das Prickeln ab. Amanda biss die Zähne zusammen, ballte die Hand zur Faust. Balthasar beobachtete sie, schwieg und wartete.
Er mochte es nicht, wenn man ihm Widerworte gab. Er erwartete, dass sie in Demut den Kopf senkte, ihm zu verstehen gab, dass sie wusste, wo ihr Platz war. Doch dies war ihre Art der Rebellion. Wenn sie schon gezwungen war, ihm zu dienen, wollte sie zumindest gelegentlich klarstellen, dass sie dies nur sehr widerwillig tat.
Mittlerweile fühlte es sich an, als würden Flammen über ihren Arm lecken, und Amanda keuchte vor Schmerz. Schließlich gab sie nach und senkte den Blick. Wie sie es immer tat. Sofort klang der Schmerz ab, wich erneut jenem leichten Prickeln und erlosch schließlich ganz. Obwohl sie sich bemühte, gelang es ihr nicht, einen erleichterten Seufzer zu unterdrücken. Wie jämmerlich. Es gab ganz sicher keine armseligere Rebellin auf der Welt als sie.
Sie hörte das Rascheln seiner Kleidung, als Balthasar sich vom Sofa abstieß. Schritte näherten sich. Der Geruch von heißem Schiefer wehte ihr entgegen, als er ihr den Zettel mit dem Entwurf aus der Hand nahm. Sie verharrte an Ort und Stelle, wollte ihm zumindest nicht den Gefallen tun, vor ihm zurückzuweichen.
»Keine Sorge. Es wäre mehr als lästig, wenn ich mir einen neuen Haus-und-Hof-Magier suchen müsste. Sollte der Kreis ihn nicht halten können, werde ich dich beschützen.« Er beugte sich vor, so weit, dass sein Haar über ihre Wange strich. »Du hättest danach nur die übliche Strafe für deine Fehler zu befürchten.«
Mit einem trockenen Lachen auf den Lippen sah Amanda auf,

obwohl sich ihr Magen bei der Erwähnung einer Strafe verkrampfte. »Wie beruhigend.«
Diesmal überging Balthasar die respektlose Bemerkung. Stattdessen betrachtete er mit kritischer Miene den Entwurf, verglich ihn wie sie zuvor mit der Zeichnung auf dem Parkett.
»Sieht so weit ganz brauchbar aus. Fang an.« Er zerknüllte den Zettel und warf ihn zielsicher über das Sofa hinweg in den Kamin, in dem aufgrund der sommerlichen Temperaturen kein Feuer brannte.
Ein Grinsen voller Vorfreude spielte um seine Lippen, als er einige Schritte zurücktrat. Auf diesen Moment hatte er vermutlich gewartet, seit er ihr Talent erkannt hatte. Menschen mit magischer Begabung waren selten, und Dämonen konnten nun einmal keine Dämonen beschwören.
Dabei klang es zumindest in der Theorie ziemlich einfach, nun, da die langwierigen Vorbereitungen hinter ihr lagen.
Mit laut klopfendem Herzen wandte sie sich erneut dem Pentagramm zu. Sie versuchte, sich auf die Mitte der Zeichnung zu konzentrieren, doch immer wieder schweiften ihre Gedanken ab. Überdeutlich hörte sie jede Bewegung Balthasars in ihrem Rücken. Am liebsten hätte sie ihn angeblafft, er solle endlich stillstehen. Doch der brennende Schmerz war ihr noch zu frisch im Gedächtnis.
Sie atmete tief durch. Es würde schon schiefgehen. Ganz langsam, mit jedem Atemzug, wich ihre Nervosität. Sie blendete ihre Umgebung aus, wie sie es so mühsam gelernt hatte, bis es nur noch das Pentagramm vor ihr gab.
Ihre magische Kraft ruhte als sanftes Glühen in ihrem Inneren, genau wie an dem ersten verfluchten Tag, als sie sie entdeckt hatte. Doch diesmal griff sie bewusst danach, beschwor in Gedanken das Bild eines Bandes herauf, das zwischen ihr und der

Mitte des Pentagramms entstand. Ihre Stimme schien tiefer, als sie den wahren Namen desjenigen aussprach, den zu rufen Balthasar ihr befohlen hatte. Dreimal kamen die Silben über ihre Lippen. Dann hielt sie erwartungsvoll den Atem an.

Sie hatte eine Stichflamme erwartet, Schwefelgeruch, irgendetwas Beeindruckendes. Doch nur ein leichter Wind verwirbelte ihr Haar. Von einem Moment auf den anderen stand der Dämon im Inneren des Kreises. Überraschung spiegelte sich in seinen Zügen, dann Wut.

Der Zauber zwang den Beschworenen in seine wahre Gestalt, und so sah Amanda spitze Zähne, als er die Lippen verzog, um ein Knurren auszustoßen. Ledrige Flügel ragten über seinen Schultern auf. Selbst die Hörner fehlten nicht, ebenso die glühenden Augen. Krallen an seinen Füßen zogen Furchen ins Parkett.

Amanda spürte ein hysterisches Kichern in ihrer Kehle aufsteigen und schluckte es eilig herunter. Sie hatte kein solches Klischee erwartet, kein Bild, das genau dem entsprach, was so gut wie jeder beschreiben würde, den man fragte, wie er sich einen Dämon vorstellte. Doch irgendwo mussten diese Vorstellungen wohl ihren Ursprung haben.

Der Dämon spreizte leicht die Schwingen und trat einen Schritt auf Amanda zu. Unwillkürlich zuckte sie zurück. Doch es war, als pralle das beschworene Wesen gegen eine unsichtbare Wand, noch bevor es einen der Kreidestriche übertreten konnte. Erleichterung durchflutete sie, und nun erst merkte Amanda, dass ihre Knie zitterten.

Hinter ihr lachte Balthasar. »Es hat funktioniert!«

Mit schnellen Schritten näherte er sich dem Pentagramm und umrundete es, um den gefangenen Dämon von allen Seiten zu betrachten. Dessen Augen weiteten sich bei seinem Anblick. »Du! Also ist an den Gerüchten doch etwas dran.«

Balthasar verhielt mitten im Schritt. Alle Freude über das gelungene Experiment wich mit einem Schlag aus seiner Miene. »Was für Gerüchte?«

Auch Amandas Erleichterung war wie weggeblasen. Die Beschwörung dieses Dämons hatte ein erster Test sein sollen. Balthasar hatte sie nicht in seine Pläne eingeweiht, doch sie ahnte, dass er als Nächstes die wahren Namen derjenigen herausfinden wollte, die in der Rangordnung über ihm standen. Es gab wahrscheinlich kaum einen einfacheren Weg, Konkurrenten loszuwerden, als sie zu beschwören und zu binden. Doch wenn irgendeiner dieser Konkurrenten erfuhr, wozu Amanda in der Lage war, würde er ohne Zweifel sicherstellen wollen, dass sie ihm nicht mehr gefährlich werden konnte. Sie würde einen tragischen Unfall erleiden. Irgendetwas Unauffälliges, das dem Rest der Menschheit die Anwesenheit von Dämonen auf der Erde nicht verriet.

Mehr als je zuvor wünschte sich Amanda, einfach kündigen und verschwinden zu können.

Der Dämon schenkte ihr ein spitzzahniges Grinsen, als wisse er genau, was in ihr vorging. »Du ahnst, von welcher Art von Gerüchten ich spreche, nicht wahr?«

Amanda öffnete den Mund, doch Balthasar fuhr wütend dazwischen. »Wer verbreitet diese Gerüchte?«

Der Dämon verschränkte die Arme vor der Brust. »Wieso sollte ich Namen nennen, Balthasar?«

»Um deinen verdammten Arsch zu retten. Sie kennt Möglichkeiten, dich bis in alle Ewigkeiten leiden zu lassen.« Balthasar nickte in ihre Richtung, und Amanda hätte beinahe gelacht, als ihr klarwurde, dass er bluffte. Balthasar besaß nur theoretisches Wissen über Magie, und es war mühsam genug für ihn gewesen, ihr das wenige beizubringen, das sie inzwischen beherrschte. Sie wurde immer besser darin, instinktiv zu erahnen, wie etwas funktionierte, doch von allzu ausgefeilten Zaubern war sie noch weit entfernt.

Dennoch ging sie auf sein Spiel ein, schob das Kinn vor und hoffte, selbstsicher genug zu wirken, damit der andere Dämon Balthasar seine Lüge abnahm. Zumindest dieses eine Mal zogen sie am selben Strang. Das Grinsen des Beschworenen war mit einem Mal wie fortgewischt, auch wenn er sich bemühte, seinen Schreck hinter einem abfälligen Schnauben zu verbergen.

»Ich habe es von einem meiner Diener erfahren. Einer der deinen wird geplaudert haben.«

»Gut zu wissen.« Balthasars Stimme klang mühsam beherrscht, und Amanda verspürte Mitleid mit demjenigen, der sich als das Informationsleck erweisen würde. »Glückwunsch, du wirst die Ewigkeit lediglich in Langeweile verbringen müssen. Bann ihn in den Ring, Amanda.«

Mit einem Mal ging ein Vibrieren durch Amandas Füße, erfasste ihren ganzen Körper. An der Wand klirrten alte phönizische und syrische Kunstschätze unisono mit dem Glas der Fensterscheiben. Putz rieselte von der Decke.

Im ersten Augenblick bildeten ihre Gedanken einen erschrockenen Knoten. Dann erst verstand sie, was geschah. Ein Erdbeben! Wie war das möglich? Balthasars Villa stand schließlich in Berlin, nicht in San Francisco.

Doch diese Frage verlor für sie schlagartig an Bedeutung, als sich der gefangene Dämon zum Sprung duckte. Gebannt beobachtete er die Kreidelinien, die ihn gefangen hielten. Nur ein feiner Riss im Parkett, und er wäre frei. Frei, die Nachricht von der Magierin in Balthasars Haus in die Welt zu tragen.

Nein. Das durfte nicht geschehen. Ohne nachzudenken, wirbelte sie herum. Der Ring lag etwas abseits neben der Kreide auf dem

Boden, denn sie hatte nicht damit gerechnet, so schnell danach greifen zu müssen. In einer fließenden Bewegung klaubte sie den goldenen Reif vom Parkett, eilte zum Pentagramm zurück. Dort war der Kreidekreis, in den er gehörte. Ihre Hände zitterten, als sie den Ring hineinlegte, und beinahe hätte sie die Linien verwischt. Sie musste das Schmuckstück festhalten, damit es nicht verrutschte. Sie atmete tief durch. Dann griff sie erneut nach dem magischen Glühen in ihrem Inneren. Die Furcht um ihr Leben war der beste Konzentrationsfokus, den sie sich wünschen konnte. Dreimal sprach sie den wahren Namen des Dämons.

Die Kreatur heulte auf. Winzige Stücke lösten sich von seiner Haut wie Ascheflocken von verbranntem Holz. Darunter kamen seine Knochen zum Vorschein und zerstoben binnen Sekunden zu Staub. In einem Strudel, als würden sie in ein schwarzes Loch gesogen, wirbelten die feinen Teilchen auf den Ring zu. Das Heulen wurde immer dünner. War schließlich nicht mehr laut genug, das Klirren der Fensterscheiben zu übertönen. Verstummte.

Das Beben hielt noch eine Weile an. Scheppern. Irgendwo im Haus aufgeregte Stimmen. Dann beruhigte sich die Erde wieder.

Amanda kniete vor dem nun leeren Pentagramm auf dem Boden, hustete, als Gipsstaub den Weg in ihre Lungen fand. »Was zur Hölle war das?«

Balthasar trat neben sie und bückte sich, um den Ring aufzuheben. »Fest steht, dass das Beben nichts mit unserem Gast zu tun hatte.« Er wog den goldenen Reif in der Hand und steckte ihn dann achtlos in die Hosentasche. Seine Stirn lag in nachdenklichen Falten. »Viel mehr Gedanken mache ich mir über die Gerüchte, die er erwähnt hat. Ich werde dir einen Schutzzauber beibringen, mit dem du dein Zimmer versiegeln kannst. Und du brauchst einen Vorkoster. Soweit es geht, wirst du ab jetzt in meiner Nähe bleiben, wenn ich das Haus verlasse.«

Amanda nickte schwach. Sie rappelte sich auf und klopfte sich den Staub von Jeans und Oberteil. Es war eine seltsame Erfahrung, dass Balthasar sich um sie sorgte. Möglicherweise hätte ihn das in ihren Augen ein wenig sympathischer gemacht, hätte sie nicht gewusst, dass seine Sorge nicht ihr als Person galt. Sein Interesse an ihr war mit dem eines Menschen vergleichbar, der auf die Sicherheit seiner Geldanlagen bedacht war. Nicht mehr. Aber immerhin auch nicht weniger.

3

Es fiel Jul noch immer schwer, die einfache, weiß gestrichene Wohnungstür mit dem Gefühl von zu Hause zu verbinden. Zu Hause war kein Ort, sondern die Schar. Die Schar, zu der er nicht mehr gehörte.

Die Geräusche des Fernsehers drangen durch das Holz, während er den Schlüssel ins Schloss schob. Die elektronischen Stimmen bedeuteten, dass Karin da war und mal wieder ihr gemeinsames Wohnzimmer besetzte. Doch obwohl das Erdbeben inzwischen über eine Stunde zurücklag, bedeckten noch immer weiße Krümel und einige größere Stücke Putz den Teppich des Flurs. Sie knirschten unter Juls Sohlen, als er die Wohnung betrat und sich dabei aus der Jeansjacke schälte.

Es sah Karin ähnlich, die Auswirkungen des Erdbebens nicht wegzuräumen. Andererseits … Sein Blick fiel auf ein besonders großes Stück Putz und wanderte dann hoch zur Flurlampe, die ein wenig schiefer hing, als er sie in Erinnerung hatte. Während des Bebens war sicher einiges von der Decke gefallen …

»Karin?« Sorge war ein einfaches Gefühl und eines, das ihm weniger fremd erschien als Mitleid oder ein schlechtes Gewissen. Dennoch überraschte es ihn. Die Menschheit als Ganzes war ohne Zweifel schützenswert, aber einzelne Menschen starben so unglaublich schnell. Einen davon ins Herz zu schließen konnte auf Dauer nur den Schmerz des Verlustes bedeuten.

Im nächsten Moment verstummte das Geräusch des Fernsehers hinter der Wohnzimmertür. »Hey, Jul? Bist du das?«

Erleichtert atmete er auf, aber ehe er antworten konnte, erklang die Stimme seiner Mitbewohnerin erneut.
»Komm mal her, Mann! Ich muss dir was zeigen.«
Jul warf sich die Jacke über die Schulter und steuerte auf die Wohnzimmertür zu. Was Karin wohl gefunden hatte? Es konnte genauso gut etwas Wichtiges wie irgendeiner der Internet-Witze sein, die Jul nie verstand, egal ob es dabei um Technik ging oder, was erstaunlich oft der Fall war, um Katzen. Bei Karin wusste man nie, was einen erwartete.
Die Wohnzimmertür stieß beim Öffnen gegen einen leeren Pizzakarton und schob ihn beiseite. Auch in diesem Raum bedeckten weiße Krümel jede freie Oberfläche, nur das Sofa hatte jemand notdürftig freigeklopft. Karin saß im Schneidersitz zwischen den Kissen. Ihre nackten Zehen lugten aus den zerfetzten Hosenbeinen einer Jeans, Staub hing in ihrem zerwühlten, rot gefärbten Haar, und das heutige T-Shirt trug den Aufdruck: »Loading …« Auf einem Knie balancierte sie ihren Laptop, und als sie sich mit ernster Miene nach Jul umsah, spiegelten sich die stummen Bilder des Fernsehers in ihren Brillengläsern. Gerade diskutierten ein Mann und eine Frau in einem Studio über irgendetwas.
»Was weißt du über das Erdbeben von vor zwei Stunden?«
Mit plötzlich erwachter Neugier trat Jul näher. Wenn Karin ihm etwas Besonderes zu aktuellen Ereignissen zeigen wollte, war es sicher mehr als das, was in den Nachrichten rauf und runter lief. In der Zeit, die sie nun schon zusammenlebten, hatte er schnell bemerkt, dass sie ein Talent dafür besaß, Geheimnisse auszugraben.
»Ich weiß nur, dass der Fernsehturm schief steht und keine einzige S-Bahn mehr fährt. Ich bin heimgelaufen.«
Karin warf ihm einen ungläubigen Blick zu und schüttelte dann den Kopf. »Hättest du angerufen, hätt' ich dich abgeholt.«

Mit einem Schulterzucken warf Jul seine Jacke über das Sofa und stützte sich von hinten auf die Lehne, um seiner Mitbewohnerin über die Schulter sehen zu können. »Handy vergessen.«
Es war eines, sich der Nützlichkeit von Technik bewusst zu sein, aber etwas ganz anderes, sie zu mögen. Etwas in Jul sträubte sich dagegen, ein Gerät ständig mit sich herumzutragen, dessen Funktionsweise er im Gegensatz zu der einer Pistole nicht vollständig verstand und an dessen Entwicklung höchstwahrscheinlich ein Dämon finanziell beteiligt gewesen war. Deshalb blieb das kleine Telefon, zu dessen Kauf Karin ihn überredet hatte, meist zu Hause liegen. Aber wie sollte er ihr das erklären, ohne zu verraten, was er war?
»Was willst du mir zeigen?«
Seine Mitbewohnerin tastete zwischen den Kissen nach der Fernbedienung und schaltete um. Die beiden ernst dreinblickenden Moderatoren wichen einer Luftaufnahme, noch immer ohne Ton. Unwillkürlich gruben sich Juls Finger fester in die Sofalehne. Er erkannte die glänzende Kugel des Berliner Fernsehturms, der sich beinahe so weit zur Seite neigte wie der schiefe Turm von Pisa. Im ersten Moment schien es, als fiele er gerade.
Doch das war nicht der Grund für Juls Entsetzen.
Am Fuß des Turms, wo der S-Bahnhof Alexanderplatz gestanden hatte, führten nur noch verbogene Schienen ins Nichts. Der Kaufhof war fort, ebenso die Weltzeituhr und alle Gebäude, die rings um den Alexanderplatz gestanden hatten. Anstelle des Platzes selbst klaffte ein Krater im Boden, wahrscheinlich mehr als hundert Meter breit. Die Luft darüber schien zu flimmern, verzerrte die Konturen der Trümmerstücke. Jul hielt den Atem an. Was auch immer in Berlin vorging, war größer, als er bisher angenommen hatte.

»In den Nachrichten heißt es, die U-Bahn-Tunnel und der Bunker unter dem Platz wären eingestürzt.« Karins Stimme war heiser vor Aufregung. »Kam mir gleich seltsam vor. Ich mein, es war ein ziemlich ekliges Erdbeben, aber wir reden hier von einem verdammten *Bunker.* Da sollte man Bomben draufschmeißen können, ohne dass was passiert. Also hab ich gegoogelt und das Video hier gefunden.«
Sie fuhr über das Touchpad ihres Laptops, und der bisher dunkle Bildschirm leuchtete auf. Jul riss den Blick vom Fernseher los und senkte ihn auf den kleinen Computer in Karins Schoß. Ein Klick startete ein bereits geladenes Video.
Die Qualität war schlecht, doch man sah eindeutig einen U-Bahnsteig. Die Kamera schwenkte zur Wand, zeigte hässlich grüne Kacheln und ein Werbeplakat, von dem eine Frau mit unnatürlich weißen Zähnen auf die Gleise herablächelte. In einer Ecke hing das Papier in Fetzen herab. »Alexanderplatz« stand auf einem altertümlich anmutenden Schild daneben.
Jul beugte sich weiter vor. Erst nach einem Moment erkannte er, dass die Kacheln und auch das Plakat zitterten, Wellen schlugen, als bestünden sie aus Wasser, das aus irgendeinem Grund beschlossen hatte, die Gesetze der Schwerkraft zu ignorieren. Der Anblick erinnerte ihn an das Flimmern, das er erst vor kurzer Zeit unter dem niederen Dämon im Tunnel gesehen hatte.
Dann, mit einem Mal, reparierte sich das Plakat wie von Geisterhand selbst. Die zerfetzte Ecke fügte sich wieder zusammen, bis sie wirkte wie neu. Die Farben strahlten immer kräftiger, als würde der darauf abgelagerte Dreck einfach verschwinden. Erneut musste Jul daran denken, wie der totgeglaubte Dämon wieder aufgestanden war. Als hätte auch ihn irgendetwas ... repariert. Karins Aufregung sprang auf ihn

über. Wenn das stimmte ... falls so etwas wirklich möglich war ... erklärte es einiges.
Doch dann stutzte Jul, denn im nächsten Moment hing an derselben Stelle, an der gerade noch die Zahnpasta-Frau gelächelt hatte, ein anderes Plakat. Jul blinzelte. Warum dieser Wechsel? Noch ehe er eine Antwort darauf finden konnte, geschah es schon wieder. Und wieder. Immer schneller folgte Plakat auf Plakat. Kurz erhaschte er einen Blick auf die Zeichnung einer Frau in einer Tracht, die, soweit er wusste, schon seit ein paar Jahrzehnten nicht mehr in Mode war. Dann wurde die Abfolge zu schnell, um ihr noch folgen zu können.
Im nächsten Moment war das Plakat ganz verschwunden, ebenso wie die Kacheln, als hätte beides nie existiert. Ein kreisrunder Fleck Beton kam dahinter zum Vorschein, der vom Durchmesser genau der Stelle entsprach, an der die Wellen über die Wand gerollt waren. Das Bild zitterte, der Mensch, der die Kamera hielt, schien zurückzuweichen.
Ein Grollen drang scheppernd aus den Lautsprechern des Laptops. Für eine Weile waren nur noch verwischte, grüne Schemen zu sehen. Ein Mann fluchte, irgendjemand schrie, lang und schrill. Die Kamera filmte ein Paar Turnschuhe, Füße, die eilig eine Treppe hinaufliefen.
»Weg hier!« Die Stimme klang panisch. Dann Sonnenlicht. Für einen Moment zeigte das Bild die Planeten der Weltzeituhr. Sie schwankten an ihren Drahtaufhängungen. Die Kamera schwenkte weiter zu dem Brunnen in der Mitte des Alexanderplatzes. Im Pflaster darum bildete sich eine Delle, langsam, als hätte sie alle Zeit der Welt. Dann endete das Video abrupt.
Für einen Moment verharrte Jul reglos. Vor seinem inneren Auge erschienen wieder die verängstigten Gesichter der Menschen im U-Bahnhof in der Klosterstraße. Sie hatten es erst

nach dem Ende des Bebens an die Oberfläche geschafft. Nur ein paar Stationen weiter hätte das Beben für viele dieser Menschen den Tod bedeutet.
Er schluckte, glaubte wieder den Druck des Betons auf seiner Brust zu spüren. Mit einem Mal ahnte er, was es bedeuteten musste, sterblich zu sein. Dem also sahen die Menschen Tag für Tag ins Auge. Es war kein schönes Gefühl.
Mit der Erkenntnis kam auch das Mitleid zurück. Sicher hatten nicht alle Leute unter dem Alexanderplatz so viel Glück gehabt wie der Mann, der dieses Video gefilmt hatte. Wie viele Menschen mochten in dem Krater, den die Nachrichten zeigten, unter den Trümmern liegen?
Karin drehte den Kopf, um zu ihm hochzusehen, und nun erst bemerkte Jul, wie weit er sich über die Sofalehne gebeugt hatte. Eilig richtete er sich wieder auf.
Seine Mitbewohnerin bedachte ihn mit einem ungewohnt durchdringenden Blick. »Du weißt etwas darüber, oder?«
»Über diese Wellen?« Sein Gesichtsausdruck war offensichtlich leicht zu lesen gewesen. »Nicht viel, aber ich habe etwas Ähnliches heute in der Klosterstraße gesehen. Allerdings kleiner.«
»Das kann nicht alles sein.« Karin sah ihn vorwurfsvoll an. »Ich bin nicht blöd, weißt du? Hier ist seit einer Weile irgendwas faul. Erst tauchen diese abartigen Horror-Monsterratten auf.« Sie zählte die einzelnen Punkte an den Fingern ab. »Dann kommst du aus dem Nichts und weißt erstaunlicherweise ganz genau, wie man die Viecher umbringen muss. Und dann bricht der Alex ein, und ich finde dieses Video.«
Jul spannte sich unwillkürlich an. Es gefiel ihm gar nicht, in einer Aufzählung mit Dämonen und unerklärlichen Katastrophen genannt zu werden. Er öffnete den Mund, um etwas zu sagen, doch Karin hob die Hand.

»Außerdem gibt sich irgendwer große Mühe, dieses ganze Zeug zu vertuschen. Kein Wort über Monsterratten in irgendeiner Zeitung, obwohl der Senat offensichtlich bestens darüber informiert ist. Immerhin haben sie dich angeheuert, um sie zu beseitigen. Und weißt du, was mit diesem Video hier passiert ist?« Aufgebracht gestikulierte sie in Richtung des Laptopbildschirms. »Es ist im Internet komplett verschwunden! Ein Glück, dass ich's gespeichert hab. Selbst der YouTube-Account von dem Typ, der es online gestellt hat, existiert nicht mehr.«

Karins Blick bohrte sich förmlich in Juls. »Weißt du, du bist echt in Ordnung, Jul. Du hast mich vor so einem Rattenvieh gerettet, und ich glaub nicht, dass du in dieser Vertuschungsaktion mit drinhängst. Aber ich bin ziemlich sicher, dass du mehr weißt, als du mir verrätst. Also bitte, sag mir, was hier los ist. Es hängt alles irgendwie zusammen, oder?«

Für einen Moment hielt Jul dem Blick seiner Mitbewohnerin stand. Wie viel sollte er ihr erzählen? Sie wohnten erst seit ein paar Monaten zusammen, dennoch hatte er sich einem Menschen noch nie so nahe gefühlt wie ihr. Er empfand ... Freundschaft. Ohne wirklich einen Entschluss gefasst zu haben, ging er um das Sofa herum und setzte sich neben sie. »Wie kommst du auf die Idee, dass ich mehr weiß?«

»Na ja.« Karin zuckte mit den Schultern. »Deine Verbindung zu den Monsterratten ist eindeutig. Anscheinend hast du, bevor wir uns kennengelernt haben, dein ganzes Leben darauf verwendet, sie zu jagen. Hattest kein Dach überm Kopf, aber dafür diese Wumme, die Plasmageschosse oder irgendwas in der Richtung verschießen kann.«

Was hatte sie sich da nur zusammengereimt? »Es sind ganz normale Kugeln, Karin. Ich schwöre es.«

»Aber sie haben geleuchtet!« Sie raufte sich die Haare. »Ich weiß doch, was ich gesehen hab.«
Eine Welle komplizierter Gefühle überrollte Jul. Er wusste sie kaum zu deuten, doch mit einem Mal war ihm klar, dass er Karin nicht belügen wollte. Das hatte er bisher nie getan. Er hatte nur Dinge verschwiegen und darauf gebaut, dass sie nie fragen würde. Nun aber fragte sie.
Einem Impuls folgend streckte er die Hand aus und legte sie auf Karins Schulter. Sofort wurde sie ruhiger. »Es waren keine Plasmageschosse.« Er gab seiner Stimme einen sanften, beschwörenden Ton. »Aber sie haben geleuchtet, da hast du recht. Doch wie bringt mich das deiner Ansicht nach mit dem in Verbindung, was auf dem Alexanderplatz geschehen ist?«
»Wenn ich das wüsste.« Karin stieß einen frustrierten Seufzer aus. »Du gehörst halt mit zu den seltsamen Dingen, über die ich in letzter Zeit gestolpert bin. Es sind ja nicht nur die Leuchtgeschosse oder was auch immer. Ich hab ...« Mit einem Mal wirkte sie verlegen. »Na ja. Als ich letztens in dein Zimmer geplatzt bin, als du dich umgezogen hast, hab ich die Narben auf deinem Rücken gesehen. Sehen nicht gerade aus wie normale Narben. Irgendwie haben sie einen ... seltsamen Schimmer oder so.«
Jul ließ die Hand wieder sinken. Karin war offensichtlich sehr viel mehr Dingen auf der Spur, als er geahnt hatte. Einen Moment lang starrte er in Richtung des Fernsehers, der noch immer Bilder der Katastrophe zeigte. Doch die Entscheidung war längst gefallen.
»Was würdest du sagen, wenn ich dir erzähle, dass ich ein Engel bin? Oder besser gesagt war.« Er sprach leise, sah sie nicht an. Seltsam, dass er nun fürchtete, sie könnte ihm nicht glauben.
Karin schnappte nach Luft, doch als er sich ihr wieder zuwandte, lag kein Unglauben in ihrem Gesicht. Eher der Ausdruck

eines Menschen, der gerade das passende Puzzleteil für die passende Lücke gefunden hatte. »Deine Narben ...«
Noch ehe sie den Satz beenden konnte, nickte Jul. »Darüber würde ich ungern sprechen.«
War das Mitleid in ihrer Miene, als sie ebenfalls nickte? Doch der Ausdruck verschwand so schnell, wie er gekommen war. In Karins Gesicht arbeitete es. Er konnte sich vorstellen, dass sie versuchte, die Existenz von Engeln in ihr Weltbild einzufügen. Sicher keine leichte Aufgabe, denn bislang hatte sie auf ihn nicht sonderlich religiös gewirkt.
»Das ist ...« Sie stockte, räusperte sich. »Irgendwie hatte ich bisher eher an Genexperimente und Superkräfte und so gedacht. Engel sind ein bisschen ... metaphysischer, als ich erwartet hatte. Das wirft eine Menge Fragen auf. Ich meine, so ganz allgemein ...«
Jul hob eine Hand, ehe sie fortfahren konnte. »Können wir vorerst bei dieser Sache bleiben?« Er deutete Richtung Fernseher, der gerade wieder den schiefen Fernsehturm zeigte. Der Tag war bereits anstrengend genug gewesen. Er wollte es vermeiden, nun auch noch im wahrsten Sinne der Worte Fragen zu Gott und der Welt beantworten zu müssen. Vor allem, da das unvermeidlich zu einem Eiertanz um ungeliebte Erinnerungen ausarten würde.
»Okay.« Karin wirkte enttäuscht, doch im nächsten Moment atmete sie bereits tief durch und versuchte offensichtlich, sich zu sammeln. Während sie ihn aufmerksam von der Seite musterte, zupfte die Andeutung eines Grinsens an ihren Mundwinkeln. Jul legte den Kopf schief, erwiderte den Blick fragend. Was sah sie? Das Einzige, was an ihm zumindest halbwegs den menschlichen Vorstellungen von Engeln entsprach, war sein weißblondes Haar, und das trug er eindeutig zu struppig. Seine zerschlis-

sene Jeans passte ganz sicher nicht ins Bild, ebenso wenig wie die Pistole in seinem Schulterhalfter.

Karins Grinsen wurde breiter, dann schüttelte sie den Kopf. »Sorry, ich werd 'ne Weile brauchen, um über die Erkenntnis hinwegzukommen, dass mein Mitbewohner ein Engel ist. Oder war. Oder was auch immer. Ich bin mir auch noch nicht sicher, ob ich das so im Großen und Ganzen cool oder unheimlich finden sollte, aber im Moment tendiere ich zu cool.«

Jul lächelte. »Mit cool könnte ich auf jeden Fall besser leben als mit unheimlich.«

Unvermittelt lachte sie auf. »Na, dann ...«

Als ihr Blick erneut auf den Fernseher fiel, wurde ihre Miene wieder ernst. Abermals atmete sie tief durch. »Okay, reden wir mal über diesen ... Welleneffekt. Was weißt du darüber?«

»Nicht mehr als du, das musst du mir glauben.«

Nachdenklich strich sie sich über das Kinn, und Jul sah ihr an, wie das Problem sie erneut in Beschlag nahm. Erstaunlich, wie leicht sie alles um sich herum vergessen konnte, sobald es ein Rätsel zu lösen gab. »Aber irgendwer weiß etwas und will, dass es geheim bleibt. Sonst hätte sich niemand die Mühe gemacht, das Video verschwinden zu lassen. Wer könnte das sein?«

»Der Senator, mit dem ich heute gesprochen habe, sagte, er wolle nicht, dass Nachrichten über irgendetwas Übernatürliches in die Medien gelangen.«

»Hm. Angeblich vertuscht die Regierung ja eh immer ziemlich viel Zeug. Aber dann wäre sie darin erstaunlich gut.«

Jul ging nicht auf diese Bemerkung ein. Seine Gedanken wanderten bereits weiter zu der Tatsache, dass der Senator vom Nachmittag eben nicht nur ein Senator gewesen war. »Dann wären da noch die Dämonen«, sagte er schließlich.

Karins Lippen formten ein O. »Okay ... Ich schätze, es ist logisch, dass es Dämonen gibt, wenn es Engel gibt.« Dennoch rutschte sie unbehaglich in den Kissen hin und her. »Wie sind die denn so drauf?«

»Den niederen bist du schon begegnet, das sind deine Rattenmonster. Aber die mächtigen lassen sich kaum von den Menschen unterscheiden, wenn sie nicht erkannt werden wollen. Und genau das wollen sie nicht. Die Jagd nach Seelen ist sehr viel einfacher für sie geworden, seit viele Leute nicht mehr daran glauben, eine zu besitzen. Ich schätze, auch die Dämonen würden übernatürliche Vorkommnisse eher geheim halten wollen.«

Als Jul die Angst in Karins Gesicht bemerkte, bereute er seine Worte sofort. Hatte er ihr zu viel zugemutet? Sie schluckte sichtlich. »Okay ... das ist jetzt wirklich unheimlich.« Ihre Finger schlossen sich fester um die Kante ihres Laptops, als suche sie etwas Vertrautes, an dem sie sich festhalten konnte. »Also ...« Sie stockte, musste offensichtlich ihre Gedanken erst wieder sammeln. »Also könnten Dämonen irgendein fieses Höllendings auf den Alex losgelassen haben, damit er einstürzt. Und jetzt wollen sie nicht, dass ihnen jemand auf die Schliche kommt. Willst du das sagen?«

Eilig schüttelte Jul den Kopf, froh, Karin zumindest in diesem Punkt beruhigen zu können. »Nein, das meine ich nicht. Sie könnten das Video beseitigt haben, aber sie waren ganz sicher nicht für die Ereignisse auf dem Alexanderplatz verantwortlich.«

»Wieso nicht?«

»Das wäre eine längere Geschichte.« Nachdenklich spielte Jul mit dem Haltegurt seiner Pistole. Er musste Karin ein wenig Zeit geben, all die Informationen zu verarbeiten, ihr nicht noch mehr aufladen. »Belassen wir es vorerst dabei, dass es seit einer Weile eine Art ... Waffenstillstand zwischen Engeln und Dämonen gibt. Er ist an bestimmte Bedingungen geknüpft, und was auf dem Alexanderplatz passiert ist, verstößt eindeutig dagegen.«

Karin nickte langsam. Für einen Moment kehrte sich ihr Blick nach innen, als versuche sie zu entscheiden, welche Frage sie als Nächstes stellen sollte. Dann entschied sie sich für die offensichtlichste. »Aber was ist dann hier los?«

Jul hob die Schultern. »Ich weiß es nicht. Aber ich habe vor, es herauszufinden.«

Karins Augen leuchteten auf. »Ein guter Plan.«

4

Nach allem, was Amanda im letzten Jahr gesehen hatte, war dies trotzdem ein seltsamer Anblick. Schwerter in altertümlichen ledernen Scheiden blitzten unter den langen Mänteln der beiden Engel hervor, die rechts und links der zweiflügeligen Tür standen. Es waren vor allem die Schwerter, die die Wächter in der modernen Eingangshalle des Palisade-Tagungszentrums so fehl am Platz wirken ließen. Ihre Flügel hatte Amanda nur einmal kurz aufschimmern sehen, filigrane Gebilde aus Licht, die sie offensichtlich nach Belieben erscheinen und verschwinden lassen konnten. Der Anblick hätte ihr vor lauter Schönheit vielleicht die Tränen in die Augen getrieben, wäre sie nicht zu sehr mit ihrem Zorn beschäftigt gewesen. Da waren sie also, die Gegenstücke zu den Dämonen. Doch statt ihre alten Feinde zu bekämpfen, standen sie Seite an Seite mit ihnen und hatten nichts als missbilligende Blicke für Amanda übrig. Obwohl sie nie gläubig gewesen war, fühlte sie sich verraten.

Im Gegensatz zu den Engeln sahen die Dämonen neben ihnen aus, wie man sich Security-Leute vorstellt. Die Augen hinter dunklen Sonnenbrillen verborgen und die Knöpfe von Funkgeräten im Ohr. Nur hin und wieder wirkten ihre Fingernägel etwas zu lang und spitz, blitzten Reißzähne zwischen ihren Lippen auf.

Gemeinsam bewachten die vier ungleichen Gestalten die Tür zu dem Raum, in dem Balthasar nun schon vor Stunden verschwunden war.

Wieder sah einer der Engel zu Amanda herüber, die Augen hart und mitleidlos wie blaue Diamanten. Es kostete sie alle Mühe, unter dem Blick mit unbewegter Miene sitzen zu bleiben, anstatt sich einfach irgendwo zu verkriechen. Das Polster ihres Stuhls war mit einem Mal ungemütlich, egal wie sie ihr Gewicht verlagerte.

Automatisch strich sie über ihren linken Arm, fühlte die verhärteten Konturen der Schlange. Balthasar hatte ihr verboten, das Tattoo zu verstecken. Er hatte gesagt, dass es in der derzeitig angespannten Situation ihre Sicherheit garantieren würde, wenn man sie sofort als Dienerin eines Dämons erkannte. Deshalb trug sie etwas Ärmelloses, was sie sonst nur im Haus tat, und fühlte sich mehr als unwohl in ihrer Haut. Das Tattoo war ein Makel, den sie nicht gerne öffentlich zur Schau stellte. Obwohl die Sommersonne ihren Rücken wärmte, wünschte sie sich nichts mehr als lange Ärmel. Daran änderte auch die Tatsache nichts, dass Balthasar, was ihre Sicherheit betraf, höchstwahrscheinlich recht hatte.

Amandas Blick glitt wieder zu der Tür, hinter der sich in diesem Moment Engel und Dämonen trafen. Worum genau es bei dem Treffen ging, wusste sie nicht, denn Balthasar hatte ihr nur enthüllt, dass schon seit einer Weile ein wackeliger Waffenstillstand zwischen den beiden Gruppen herrschte und nun etwas Wichtiges geschehen war, über das sie reden mussten. Und dieser Waffenstillstand wiederum machte das Tattoo zu ihrer besten Überlebensgarantie. Sollte bei diesem Treffen irgendjemand zu Schaden kommen, der mit einer der Parteien in Verbindung stand, käme das wahrscheinlich einer diplomatischen Katastrophe gleich. Kein Dämon würde unter diesen Umständen einen Versuch wagen, Amanda zu beseitigen. Hoffte sie zumindest.

Inzwischen spürte sie die Blicke der Engel beinahe körperlich. Ihre Hände verkrampften sich um die Kanten des Stuhls. Was würden die beiden wohl sagen, wenn sie wüssten, dass Balthasar ihr das Tattoo aufgezwungen hatte? Dass er sich nicht einmal die Mühe gemacht hatte, sie in irgendeinen Vertrag hineinzuschwindeln, wie es bei seinen anderen Dienern der Fall zu sein schien? Dass er sie erpresste, weil er ihre Magie brauchte? Und vor allem, womit er sie erpresste?
Kurz wanderten ihre Gedanken zu Roman, doch dann schüttelte sie unwirsch den Kopf. Es war sinnlos, auch nur in Erwägung zu ziehen, dass die Engel ein Interesse daran haben könnten, ihr zu helfen. Mit ihren harten, mitleidlosen Mienen wirkten sie wie die Sorte Wesen, die man beauftragte, um ganze Städte zu zerstören oder zehn Plagen über Ägypten zu bringen. Nicht sehr gütig, dafür aber allzeit bereit, jede noch so kleine Sünde zu bestrafen. Sicher hätten sie ihr genügend Verfehlungen vorzuwerfen. Ihr, einer Einbrecherin und Dämonendienerin.
Die Tür öffnete sich, und ein Ruck ging durch die Wächter. Die Engel legten eine Hand auf den Griff ihrer Schwerter und wandten sich halb um. Für einen Moment flackerten ihre Flügel wieder auf, entfalteten sich zu atemberaubender Spannweite.
Die Dämonen blieben deutlich gelassener, doch auch sie wirkten mit einem Mal ... sprungbereit. Wie lauernde Raubtiere.
Amanda ließ sich ebenfalls von der Anspannung anstecken, setzte sich aufrechter hin.
Eine kleine Personengruppe strömte in die Eingangshalle. Die Engel waren leicht an ihrem hellbraunen bis weißblonden Haar zu erkennen und an den langen Mänteln, unter denen sich die Konturen ihrer Schwerter abzeichneten, wenn sie sich bewegten. Die Dämonen wären in einer Menschenmenge kaum aufgefallen. Viele trugen Anzug, manche schlicht Jeans und T-Shirt.

Unter ihnen befand sich auch die eine oder andere Frau. Die Engel dagegen … nun, sie sahen eher männlich als weiblich aus, doch wer wusste schon, ob Engel überhaupt ein Geschlecht besaßen.
Amanda entdeckte Balthasar im hinteren Teil der Gruppe, ins Gespräch mit einer Dämonin vertieft. Sie kannte die Frau nicht, doch das hatte nichts zu bedeuten. Balthasar hatte sich stets bemüht, sie von der Dämonenpolitik fernzuhalten.
Eine Bewegung ein Stück rechts von ihr weckte Amandas Aufmerksamkeit. Ein Mann im Anzug erhob sich von seinem Sitz. Bisher hatte sie ihn für einen weiteren Teil der Security gehalten, doch als er die Hand hob, um sich den Schweiß von der Stirn zu wischen, rutschte sein Ärmel ein Stück nach unten. Der Kopf seiner Schlange saß auf der Innenseite des Handgelenks, nicht auf dem Handrücken wie bei ihr selbst, doch er kennzeichnete ihn unverwechselbar als Dämonendiener.
Soweit sie wusste, bedeutete die Position des Kopfes, dass er nicht nur seine Dienste, sondern zuvor bereits seine Seele an seinen Herrn verkauft hatte. Über seinem Herzen würde zusätzlich eine blutrote Hand prangen, wie zum Zugreifen bereit. Es musste ein scheußlicher Anblick im Spiegel sein.
Was hatte er dafür wohl bekommen? Geld und Macht, so wie er aussah.
Der Mann blickte Balthasar, oder wahrscheinlich eher dessen Begleiterin, entgegen und wirkte dabei wie der Diensteifer in Person. Fehlte nur noch, dass er beim Anblick seiner Herrin mit dem Schwanz wedelte wie ein braver Hund. Amanda schüttelte sich vor Abscheu. So wollte sie niemals enden.
Demonstrativ lehnte sie sich in ihrem Stuhl zurück. Eine armselige Trotzgeste, wenn man genauer darüber nachdachte, aber sie gab ihr das Gefühl, zumindest noch ein klein wenig Kontrolle

über ihr Leben zu haben. Sie war kein gut abgerichtetes Haustier, sie traf eigene Entscheidungen, auch wenn es dabei größtenteils darum ging, wann sie einen Streit vom Zaun brach und eine Strafe riskierte und wann nicht.
Ein Luftzug streifte sie, als zwei Engel an ihr vorüberrauschten, und für einen Moment hing der frische Geruch kalter Wintertage in der Luft. Nachdenklich sah Amanda den beiden stolzen Gestalten nach. Diese Engel sahen alle so gleich aus in ihren langen Mänteln, und trotzdem mussten einige von ihnen wichtiger sein als andere. Was diese beiden wohl waren? Erzengel? Normale Engel? Oder irgendwelche von denen, die auf »-im« endeten, wie auch immer sie noch mal hießen? Amandas Wissen über Engel und deren Hierarchie stammte größtenteils aus Filmen und Serien. Sie wünschte sich, Balthasar hätte ihr etwas weniger über Magie und dafür mehr darüber erzählt, was all die himmlischen und höllischen Wesen auf Erden trieben.
Die Eingangshalle leerte sich schnell, und selbst die Türwächter verschwanden hinaus in den Innenhof. Der einzige andere Mensch im Raum ging seiner Herrin entgegen und verneigte sich tief. Amanda beobachtete ihn mit gerunzelter Stirn. Wie sie es hassen würde, so etwas tun zu müssen ...
Eine Hand legte sich auf ihre Schulter, und sie zuckte leicht zusammen, bevor sie Balthasar erkannte. Er beugte sich zu ihr herunter, und der ihm eigene Geruch nach heißem Schiefer stieg ihr in die Nase. Seine Stimme war kaum mehr als ein Zischen, als er sprach. »Du siehst hier die Oberste aller Dämonen vor dir. Wenn sie sich uns gleich nähert, wirst du aufstehen und dich verbeugen, oder ich schwöre dir, du wirst die nächsten fünf Nächte kein Auge zutun.«
Er meinte es ernst, das war ihr klar, als sie in seine Augen blickte, deren Iris eine beinahe schwarze Färbung angenommen

hatte. Balthasars Lippen bildeten einen dünnen Strich, und eine steile Falte furchte seine Stirn. Was auch immer ihm die Laune verdorben hatte, es konnte nicht allein ihr fehlender Diensteifer gewesen sein. Eilig erhob sich Amanda aus ihrem Sitz. Es gab Zeiten, da gehorchte man besser widerstandslos.
Balthasar nickte zufrieden, doch sein Gesichtsausdruck blieb düster. Irgendetwas musste sich bei der Besprechung mit den Engeln ergeben haben, das ihm ganz und gar nicht gefiel.
Amanda sah zu der Dämonin hinüber, die noch immer mit ihrem Diener sprach. Sie war hochgewachsen, trug eine schwarze Hose und ein ärmelloses, tief ausgeschnittenes Oberteil von derselben Farbe. Das rote Haar hatte sie hochgesteckt, nur einige entkommene Löckchen umrahmten ein ausgesprochen hübsches Gesicht. Das rechtfertigte zumindest ansatzweise die bewundernden Blicke, die der Diener seiner Herrin zuwarf.
Die Augen der Dämonin wirkten zu Amandas Überraschung freundlich, freundlicher sogar als die aller Engel, denen sie an diesem Tag begegnet war. Sie sah nicht so aus, wie Amanda sich den obersten Dämon vorgestellt hatte. Sie hatte mehr Härte erwartet, vielleicht sogar einen grausamen Zug. »Wie soll ich sie ansprechen?«, flüsterte sie Balthasar zu.
»Du nennst sie Herrin oder Meisterin Nachasch. Aber du wirst nur sprechen, wenn man dich dazu auffordert.«
Nachasch? Balthasar hatte das *ch* ungewöhnlich kehlig ausgesprochen, so dass das Wort noch einmal fremdländischer klang. Doch ganz sicher war dies nicht der wahre Name der Dämonin. Denn auch wenn es nicht viele Magier gab, wäre es wohl sehr unklug von ihr gewesen, ihren wahren Namen preiszugeben. Andererseits … war der Name des ersten gefallenen Engels nicht ohnehin bekannt?
Neugierde nagte an Amanda, etwas, das selbst das Jahr des

Dienstes bei Balthasar ihr nicht vollständig hatte austreiben können. »Sie ist doch nicht etwa Luzif…?«

»Nein.«

Weitere Fragen brannten ihr auf der Zunge, aber ihr linker Arm begann zu prickeln, und so schluckte sie sie hinunter. Stumm sah sie zu, wie der Diener nach einer weiteren Verbeugung in Richtung Innenhof verschwand. Nachasch wandte sich ihnen zu, und Amanda ballte die Hände zu Fäusten. O ja, sie würde es hassen, sich verbeugen zu müssen. Fast so sehr, wie sie sich selbst dafür verachtete, dass sie es trotzdem tun würde, weil Balthasars Drohung immer noch allzu frisch in ihren Ohren klang.

Doch zu ihrer Überraschung blieb ihr die Verbeugung erspart. Die Dämonin winkte ihnen lediglich, ihr zu folgen, und schritt dann auf die noch immer offen stehende Tür zum Besprechungsraum zu. Auch Balthasar setzte sich in Bewegung, und Amanda folgte ihm zögernd und mit einem mulmigen Gefühl in der Magengegend. Was wollte die oberste Dämonin von ihr?

Auf dem U-förmigen Konferenztisch standen umgedrehte Gläser und unangetastete Wasserflaschen, als hätte in diesem Raum nicht gerade erst eine mehrstündige Diskussion stattgefunden. Nur eine Feder zwischen den Beinen eines Stuhls deutete auf die Wesen hin, die sich bis vor kurzem noch darin aufgehalten hatten. Die Feder wirkte halb durchscheinend und schimmerte, als wäre sie nicht ganz von dieser Welt.

Erst das Geräusch, mit dem Balthasar die Türen schloss, holte Amanda ganz in die Gegenwart zurück. Im leisen Klicken des Schlosses schwang etwas Bedrohliches mit. Nun saß sie in diesem Raum fest, allein mit zwei mächtigen Dämonen, und ihr einziger Trost bestand darin, dass zumindest einer von ihnen sie nicht tot sehen wollte.

Amanda atmete tief durch und versuchte, ihre flatternde Nervosität so weit wie möglich von sich fortzuschieben.
Balthasar trat ein paar Schritte in den Raum, auf Nachasch zu. »Ich denke wirklich nicht, dass Amanda für diese Aufgabe geeignet ist. Lass mich einen meiner anderen Diener auswählen.«
Alarmiert blickte Amanda von Dämon zu Dämon, doch keiner der beiden beachtete sie. Nachasch schüttelte den Kopf, und nun lag ein gefährliches Blitzen in ihren Augen. »Du wirst sie schicken. Sagtest du nicht, dass sie Einbrecherin war, bevor sie zu dir gekommen ist? Welcher deiner Diener sollte geeigneter sein? Schauspieler etwa? Oder Manager vielleicht?«
Amanda dachte an die Wachen, die sie und Roman vor einem Jahr erwischt hatten. Worum auch immer es ging, sollte Krätschmer diese Aufgabe doch übernehmen, das narbengesichtige Arschloch. Doch sie wusste, was geschehen würde, wenn sie sich in dieses Gespräch einmischte.
Zwei weitere Schritte, und Balthasar stand zwischen Amanda und der Obersten der Dämonen. Die Geste hatte etwas erstaunlich Beschützendes. »Ich habe ein paar ehemalige Soldaten, die ...«
»Wir können dort unten niemanden gebrauchen, dessen erste Reaktion auf etwas Unerwartetes Geballer ist. Du schickst *sie.* Oder gibt es irgendeinen besonderen Grund, wieso du ausgerechnet ihr diese Aufgabe nicht übertragen willst?«
Schweigen senkte sich über den Raum. Nachaschs Blick war lauernd, sie wirkte wie eine sprungbereite Raubkatze, die nur darauf wartete, dass ihre Beute eine falsche Bewegung machte. Balthasar hob in gespielter Gleichgültigkeit die Schultern, setzte dazu an, etwas zu sagen ...
»Könnte mir jemand erklären, von was für einer Aufgabe hier überhaupt die Rede ist?« Die Worte waren heraus, ehe Aman-

da sie zurückhalten konnte, getrieben von einer gefährlichen Mischung aus Wut und Angst. Nicht nur, dass die beiden Dämonen über sie sprachen, als wäre sie nicht im Raum, es schien zusätzlich um etwas zu gehen, das nicht einmal Balthasar gefiel.

Der Schmerz flammte so plötzlich auf, dass Amanda einen Schrei nicht unterdrücken konnte. Wie um die Flammen zu ersticken, die darüber zu züngeln schienen, zog sie ihren Arm an den Körper und presste die Lippen fest aufeinander. Die Gestalten der beiden Dämonen verschwammen vor ihren Augen.

»Lass sie.«

Langsam verebbte das Brennen in ihrem Tattoo, nur die Demütigung glühte noch nach. Es war schlimmer, wenn jemand zusah. Und genau deshalb durfte sie erst recht keine Schwäche zeigen. Amanda straffte sich und strich ihr Oberteil glatt. Als sie aufsah, begegnete sie Nachaschs Blick. Neugierde glitzerte darin und etwas, das sie nicht deuten konnte. Die Dämonin winkte sie näher.

»Du hast von dem Unglück auf dem Alexanderplatz gehört?«

Amanda nickte, während sie einige Schritte auf die beiden Dämonen zuging. In Balthasars Augen glomm ein tödliches Funkeln. Es versprach ihr, dass ihre Einmischung noch Folgen haben würde. Doch für den Moment schwieg er.

»Was auch immer genau dort geschehen ist, dieser Einsturz war mehr als ein einfaches Unglück. Wir haben uns mit den Engeln darauf geeinigt, dass jede Gruppe einen Späher in den Krater schickt, um herauszufinden, was dort vor sich geht.«

Sollte sie es wagen, weitere Fragen zu stellen? Amanda warf Balthasar einen kurzen Seitenblick zu. Seinen Zorn hatte sie sich bereits zugezogen, schlimmer konnte sie es eigentlich nicht mehr machen. »Wieso wollt ihr dann ausgerechnet mich

schicken? Sicher wäre irgendein Dämon besser dafür geeignet.«
Ein Lächeln ohne Wärme huschte über Nachaschs Züge. »Wir haben Grund zu der Annahme, dass dort unten größere Gefahren lauern als Gaslecks oder Trümmerlawinen. Einige Feuerwehrleute und Sanitäter sind dort bereits verschwunden. Wir schicken jemanden, der ersetzbar ist.«

Im Auto herrschte angespanntes Schweigen. Amanda steuerte den schweren Mercedes wie in Trance durch den Berliner Nachmittagsverkehr. Nur langsam drang zu ihr durch, was das Gespräch mit Nachasch für ihre Zukunft bedeutete.
»Sie weiß es, nicht wahr?« Sie leckte sich die trockenen Lippen. »Dass ich deine Magierin bin.«
»Natürlich weiß sie es«, schnappte Balthasar. »Wenn irgendwo ein Gerücht umgeht, kannst du sicher sein, dass sie es kennt. Und eine bessere Gelegenheit, dich loszuwerden, hätte sie sich kaum wünschen können. Verdammt!« Dumpf krachte seine Faust auf das Armaturenbrett. »Noch ein wenig länger, und ich hätte vielleicht ihren wahren Namen herausgefunden. Ich habe eine Ahnung, wer sie sein könnte.«
Das klang, als gäbe Balthasar sie bereits verloren. Diese Erkenntnis riss Amanda aus ihrer Betäubung. Sie verkrampfte die Hände um das Lenkrad, damit sie nicht zitterten.
»Ich habe nicht vor zu sterben, Balthasar. Das Leben bei dir ist vielleicht beschissen, aber nicht beschissen genug, um einen Todeswunsch zu rechtfertigen.« Sie holte tief Luft. Irgendwie musste sie aus dieser Situation wieder herauskommen. Irgendwie. Als sie fortfuhr, bemühte sie sich, jegliches Zittern aus ihrer

Stimme zu verbannen. »Wir machen es so. Ich kehre lebend aus diesem verdammten Krater zurück, und du findest möglichst schnell Nachaschs wahren Namen heraus, damit wir sie loswerden können, bevor sie etwas Neues versucht. Und falls du eine Idee hast, die meine Überlebenschancen erhöhen könnte, werde ich alles tun, was nötig ist. Keine Beschwerden, kein Streit. Du hast mein Wort.«

Halb rechnete sie mit einer wütenden Reaktion, weil sie es wagte, ihm vorzuschreiben, was er tun sollte. Doch dann sah sie aus dem Augenwinkel, dass Balthasar lächelte. Unwillkürlich fühlte sie sich an ein im Wasser lauerndes Krokodil erinnert. Sie selbst war das Gnu, das arglos zu dicht ans Ufer getreten war. Hatte sie soeben ein Versprechen gegeben, das sie noch bereuen würde?

»Ich hätte nicht gedacht, dass sich deine Sturköpfigkeit einmal als nützlich erweisen würde.«

Für den Rest der Fahrt verfiel Balthasar in nachdenkliches Schweigen.

5

Kühle Abendluft strömte in Juls Zimmer, eine Erleichterung nach der Hitze des Tages und ein Grund, das Fenster trotz des Verkehrslärms nicht zu schließen. Aber er konnte die Kühle kaum würdigen. Jul lief wie ein gefangener Tiger zwischen Schreibtisch und Bücherregal auf und ab. Schlaf benötigte er nicht, doch selbst wenn das der Fall gewesen wäre, hätte er keine Ruhe gefunden. Etwas ging in der Welt vor, aber er fand einfach nicht heraus, was.

Zum hundertsten Mal sah er zu der großen Weltkarte hinüber, die seit dem Tag des ersten Bebens fast eine gesamte Wand seines Zimmers einnahm. Karin hatte ganze Arbeit geleistet, getan, was sie am besten konnte, Informationen beschafft. Das Ergebnis ihrer Bemühungen zierte die Karte in Form unzähliger roter Punkte. Sie waren umso größer, je größer die Wellenerscheinung an dem entsprechenden Ort gewesen war. Nach einer Weile hatten sie es aufgegeben, die ganz kleinen einzutragen. Flimmernde Flecken, wie Jul sie in dem U-Bahn-Tunnel gesehen hatte, gab es zu Tausenden in den meisten Teilen Europas.

Was blieb, wenn man die kleinen Erscheinungen wegließ, erinnerte an die Oberfläche eines Sees, in den man einen Stein geworfen hatte. Um den Einschlagspunkt waren die Wellen am höchsten, zum Rand hin verliefen sie sich. Ein metaphorischer Stein war in die Welt eingeschlagen, und zwar genau in Berlin auf dem Alexanderplatz.

Jul blieb stehen und starrte die Ansammlung roter Flecken auf

der Karte an, als könne er ihnen mit purer Willenskraft ihr Geheimnis entreißen. Karins Versessenheit, dieses Rätsel zu lösen, hatte längst auch von ihm Besitz ergriffen.
Doch das war gar nicht so leicht, denn der Alexanderplatz war besser abgeriegelt als der Hochsicherheitstrakt manch eines Gefängnisses. Es hatte genau einen Versuch gegeben, nach Verschütteten zu suchen. Die Feuerwehrleute und Sanitäter waren nie zurückgekehrt. Angeblich schwelten unter den Trümmern Brände, die man nicht löschen konnte. »Die schlechteste Ausrede des Millenniums«, wie Karin es nannte. Gebäude gingen nicht in Flammen auf, wenn sie einstürzten.
Jul streckte die Hand aus, fuhr den großen roten Punkt direkt über Berlin nach.
Irgendetwas schwelte tatsächlich unter der Stadt. Etwas Unheilvolles. Es hatte weitere Beben gegeben. Kleine nur, die keinen Schaden angerichtet hatten, doch sie waren eine konstante Erinnerung daran, dass irgendetwas nicht stimmte. Selbst die niederen Dämonen krochen kaum mehr aus ihren Löchern. Seit Tagen starrte Jul seine Karte an und fragte sich, ob dieses Geschwür roter Flecken immer weiter wachsen würde, bis es schließlich die ganze Welt verschlang.
Sorge nagte an ihm. Inzwischen ein vertrautes Gefühl. Wie ein Klumpen lag sie in seinem Magen. Mehr denn je wünschte er sich die alten Zeiten zurück, die absolute Sicherheit, dass alles seine Richtigkeit hatte. Damals war irdisches Leid für ihn bedeutungslos gewesen, ein Teil eines größeren Plans. Doch nun ... Es waren nicht nur die neuen Gefühle. Es lag auch daran, dass die Menschen keine gesichtslose Menge mehr für ihn darstellten. Der Klumpen in seinem Magen wurde schwerer, wenn er an Karin dachte. Daran, dass ihr unbeschwertes Lachen versiegen würde, wenn die Katastrophe über sie hereinbrach.

Das Rauschen von Schwingen riss ihn aus den Gedanken. Er wirbelte herum, sah schwach glimmende Federn. Ein Engel hockte auf dem Fensterbrett, wirkte ungewohnt in seiner einfachen Straßenkleidung. Nur das Schwert an seinem Gürtel war ein vertrauter Anblick. Die Flügel hatte er halb ausgebreitet, um das Gleichgewicht zu halten, ihr Licht möglichst weit gedämpft. Dennoch hoben sie sich deutlich vom dunkler werdenden Himmel ab.

Heißer Neid durchzuckte Jul. Dumpf pochte es in seinem Rücken. Wunden, die rein körperlich längst verheilt waren, aber doch nie aufhören würden zu schmerzen.

Nur am Rande nahm Jul wahr, dass der Engel ihn anstarrte. Sein eigener Blick klebte an den Schwingen.

»Du wirst im Dom erwartet.« Die Worte brachen den Bann. Jul zwang den Blick von den Flügeln zum Gesicht des Engels, doch die Züge sagten ihm nichts. Er war nur ein Mitglied der Schar, einer von Tausenden.

Mit einem trockenen Lachen schüttelte Jul den Kopf. »Ich werde ganz sicher nirgendwo erwartet. Ich bin ein Ausgestoßener, falls dir das noch nicht aufgefallen ist.«

»Meine Befehle sind eindeutig. Du wirst im Dom erwartet, Iacoajul, Engel der elften Nachtstunde.«

Beim Klang seines vollen Namens fuhr Jul zusammen. Er hatte versucht, ihn zu vergessen, damit er ihn nicht ständig an das erinnerte, was er verloren hatte.

Mühsam drängte er das Gefühl des Verlusts beiseite und konzentrierte sich wieder auf den Boten. Wer konnte etwas von ihm wollen, und warum? Hatte er seine Nase in Angelegenheiten gesteckt, die ihn ihrer Meinung nach nichts angingen? Er warf einen kurzen Blick zurück zur Karte. Möglicherweise.

Aber sie hatten ihm nichts mehr zu sagen. Sie konnten ihn nicht

erst rauswerfen und dann immer noch über sein Leben bestimmen wollen.
»Befehle!« Er schnaubte. »Das ist alles, was wir können, nicht wahr? Befehle befolgen. Dafür wurden wir geschaffen, das tun wir selbst nun noch, da unser Herr …«
»Der Herr wird zu uns zurückkehren.« Die Stimme des anderen war scharf wie eine frisch geschliffene Klinge.
»Der Herr ist tot! Seht es doch endlich ein. Wann merkt ihr endlich, dass ihr anfangen müsst, selbst zu denken?« Noch bevor die Worte seine Lippen ganz verlassen hatten, wusste Jul, dass er seinen Atem verschwendete. Er hatte all seine Argumente schon einmal vorgebracht, war damit gegen Mauern gerannt. Nichts hatte sich seitdem verändert. Abgesehen davon, dass er nicht mehr zur Schar gehörte.
»Du bist mehr ein Dämon als einer von uns!« Die Hand des Engels lag mit einem Mal auf seinem Schwert, er kauerte sprungbereit auf dem Fensterbrett. Doch das Schlimmste war die Verachtung in seiner Miene. Sie schmerzte Jul beinahe ebenso wie die Narben auf seinem Rücken.
Für einen Moment wirkte es, als wolle der Bote mit gezogener Klinge ins Zimmer stürzen, doch dann löste er die Finger vom Griff der Waffe, und seine Stimme wurde sanft. »Es ist nicht an mir, über dich zu richten. Komm in den Dom. Man will dir ein Angebot machen, du hast nichts zu befürchten.«
Er wartete nicht auf Juls Antwort, stieß sich nach hinten ab, drehte sich in der Luft. Kräftige Flügelschläge trugen ihn in die Höhe, hinein in den Nachthimmel, bis selbst das Glühen seiner Schwingen in der Dunkelheit verschwand.
Jul sah ihm noch lange nach.

Als Jul die Stufen zum Eingang des Berliner Doms hinaufstieg, war es kurz vor Mitternacht. Obwohl er wusste, dass der Dom zu dieser Zeit längst geschlossen sein sollte, zog er versuchsweise an einem der Türflügel. Zu seiner Überraschung schwang die Tür auf. Offensichtlich erwartete man ihn tatsächlich.

Jul trat in muffige Dunkelheit und durchquerte den Eingangsbereich mit zügigen Schritten. Schwaches Licht schimmerte durch die Glastüren, die in den Hauptraum führten.

Die Bankreihen lagen verlassen unter der hohen Kuppel, und die nächtliche Stadtbeleuchtung schimmerte durch die Friedenstaube aus buntem Glas an ihrem Scheitelpunkt. Auf dem Altar brannten ein paar Kerzen, und all das Gold auf den Fresken reflektierte ihren warmen Schein. Doch zwischen den Säulen am Rand des runden Raums lagen tiefe Schatten.

Obwohl er sich bemühte, möglichst leise aufzutreten, hallten seine Schritte von den Wänden wider, als er auf den Altar zuging. Angespannt hielt er inne und lauschte ins Halbdunkel. Flüsterte da nicht die Luft zwischen den Federn mächtiger Schwingen? Automatisch tastete Jul nach der Pistole in dem Schulterhalfter unter seiner Jacke. Doch in dieser Nacht lag sie zu Hause neben dem Handy. Trotz allem widerstrebte es ihm, eine solche Waffe an einen heiligen Ort zu bringen.

Flügelschlag. Jul legte den Kopf in den Nacken. Irgendwo am Rand der großen Domkuppel musste der Engel in den Schatten gesessen haben. Nun spielte der Schein der Schwingen über die Goldverzierungen ringsum. Ihre Spannweite war viel größer als die des Boten vom Abend, die Spitzen schienen beinahe die Seiten der Kuppel zu berühren.

Ein Erzengel.

Jul schluckte trocken. Doch er wich nicht zurück, hielt sich aufrecht und widerstand dem Drang, den Blick zu senken.

Ein Windstoß griff in sein Haar, als der Erzengel vor ihm landete und die Schwingen noch einmal streckte, ehe sie flackerten und erloschen wie die Flammen einer Kerze. Er war ganz in Weiß gekleidet, Hose und Hemd, doch das Licht der Kerzen beleuchtete ihn von hinten, und so blieb sein Gesicht im Schatten. Nur die Spitzen seines blonden Haars schimmerten wie ein Heiligenschein.

»Willkommen.«

Die Stimme klang vertraut. Jul schwieg, versuchte die Dunkelheit mit Blicken zu durchdringen, die Züge seines Gegenübers zu erkennen. Langsam gewöhnten sich seine Augen an die Lichtverhältnisse. Viel langsamer, als ihm lieb war.

»Ich habe dich rufen lassen, Iacoajul, weil ich dir die Gelegenheit geben will, dich zu rehabilitieren. Ich wäre bereit, dir deine Taten zu vergeben. Doch mein Bote berichtet mir, dass du noch immer an deinem Irrglauben festhältst.«

Ihr seid es doch, die die Augen vor der Wahrheit verschließen! Die Worte lagen Jul auf der Zunge, doch er schluckte sie hinunter, räusperte sich, um den Klumpen loszuwerden, den sie in seinem Hals zu bilden schienen. Rehabilitation …

»Ihr würdet mir meine Flügel zurückgeben?« In seiner Stimme schwang viel mehr Hoffnung mit, als er beabsichtigt hatte. Verärgert über sich selbst presste er die Lippen aufeinander.

Jul glaubte, ein mildes Lächeln auf den Zügen seines Gegenübers zu erahnen. »So ist es. Dein Vergehen wiegt schwer, doch uns ist nicht entgangen, wie unermüdlich du gegen das niedere Dämonengezücht kämpfst. Ich war der Ansicht, du hättest eine zweite Chance verdient. Allerdings verraten mir deine Worte dem Boten gegenüber, dass du dein Vertrauen in den Herrn noch immer nicht zurückgewonnen hast. Solange das so bleibt, kann ich nichts für dich tun. Der Platz für Zweifler ist bei den

Gefallenen. Hätte der Herr selbst damals das Urteil über dich verhängt, wärest du längst einer von ihnen.«

Der Erzengel wandte sich halb ab, als wolle er gehen, und für einen Moment erhellte Kerzenschein sein Profil. Jul schnappte nach Luft. Michael!

Ihm war, als knie er wieder am Boden, roch den Geruch von versengtem Fleisch. London war es damals gewesen, ebenfalls ein Dom. Zwei Engel hielten ihn fest, während ein dritter mit dem Flammenschwert hinter ihm stand. Die heiße Klinge schnitt in seinen Rücken. Brannte mit ihrem Feuer das Licht heraus, das er normalerweise strecken und zu Federn formen konnte. Ließ nichts zurück als sengenden Schmerz. Und Michael, der Einzige, der seiner Qual ein Ende hätte bereiten konnte, ragte stumm vor ihm auf, sah auf ihn herab, die Miene wie in Stein gemeißelt.

Jul schüttelte den Kopf, um die Erinnerungen zu verjagen. Der Erzengel kehrte ihm inzwischen den Rücken zu, schritt in Richtung Altar. So voller Arroganz, ohne jegliches Mitleid. Sollte es das gewesen sein? Nein. Michael hatte ihn nicht rufen lassen, nur um ihn abzuweisen. Der Erzengel spielte mit ihm, auch wenn er selbst es sicher eher als eine Prüfung bezeichnet hätte. Er wollte Reue sehen, wissen, was der Ausgestoßene bereit war zu tun, um wieder ein Teil der Schar zu werden.

Die Erkenntnis schmeckte bitter, schürte Juls Wut. Doch gleichzeitig warf sie eine Frage auf. Was war er bereit zu tun? Wie viel waren ihm seine Flügel wert?

Jul dachte an das Gefühl des Windes, der durch seine Schwingen strich, und die Sehnsucht schnürte ihm die Kehle zu. Er konnte jetzt nicht einfach gehen und in seine armselige Existenz unter den Menschen zurückkehren.

»Warte!«

Michael blieb stehen, sah über die Schulter zu ihm zurück, dieselbe steinerne Miene wie damals. Wieder stieg Jul der Geruch von verbranntem Fleisch in die Nase, und einmal mehr schob er die grausamen Bilder fort.
Es wäre sicher nicht schwer, den geläuterten Irrgläubigen zu spielen. Ob er davon überzeugt war, dass der Herr zu ihnen zurückkehren würde, wenn sie nur lange genug warteten? Natürlich. Wenn es ihm seine Flügel zurückbrachte, würde er wahrscheinlich sogar Loblieder auf die baldige Rückkehr des Herrn singen. Vielleicht würde er sich dafür hassen. Vielleicht aber auch nicht. Er würde die anderen ohnehin nie vom Gegenteil überzeugen können. Er hatte es versucht, hatte sogar göttliche Gebote übertreten, und war gescheitert. Sollten sie doch bis ans Ende aller Zeiten warten. Sollten sie sich doch weiter durch die Welt tasten wie Blinde, obwohl sie einfach die Augen öffnen müssten, um etwas zu sehen. Jul hatte sich bemüht, ihnen zu zeigen, dass sie ihren eigenen Weg finden konnten. Aber er würde denselben Fehler nicht zweimal machen. Der Preis war zu hoch gewesen, viel zu hoch.
Unter Michaels abwartendem Blick richtete er sich gerader auf. »Was muss ich tun, um meinen Glauben zu beweisen?«
Der Erzengel wandte sich ihm wieder vollständig zu und lächelte, ehe sein Gesicht erneut im Schatten versank. »Ich nehme an, du hast von den Ereignissen auf dem Alexanderplatz gehört.«

6

Die Scheibe beschlug unter Amandas Atem, so dicht stand sie davor. Der Raum dahinter erstrahlte in freundlichem Licht. Flauschige Teppiche bedeckten den Boden, ein breites Bett stand in der einen Ecke, ein großer Fernseher in der anderen. Roman hing auf einem der Sessel und spielte wie so oft irgendein Videospiel. Viel mehr gab es für ihn nicht zu tun. Er saß in einem goldenen Käfig.

Er war schon immer schlaksig gewesen, doch nun zeichneten sich unter seinem T-Shirt die Rippen ab. Oft genug verweigerte er das Essen. Als auf dem Bildschirm die Worte »Game Over« erschienen, ließ er mit einem Schulterzucken den Controller sinken, rieb sich in einer müden Geste über das Gesicht. Amanda vermisste sein Lächeln, sein Lachen. So lange hatte sie es nicht mehr gesehen. Stattdessen fielen seine Wangen immer weiter ein, und seine Haut hatte längst eine ungesunde, bleiche Färbung. Ein Jahr ohne Sonne. Ein verdammtes Jahr in diesem Keller.

Nebel legte sich vor Amandas Sicht, als ihr Atem schneller ging. Sie trat ein Stück vom Fenster zurück, sah zu, wie der beschlagene Fleck sich schnell wieder klärte. Doch das Gefühl, das ihren Puls in die Höhe trieb, blieb. Ein verdammtes Jahr, und sie hatte keinen Weg gefunden, ihren Bruder aus diesem Gefängnis herauszuholen.

Roman blickte auf, genau in ihre Richtung, und obwohl sie wusste, dass er sie nicht sehen konnte, erstarrte sie. Das Fenster

war einseitig verspiegelt, wie man es in diesen Krimiserien immer in den Verhörräumen sah. Roman starrte durch seine Schwester hindurch, ohne zu wissen, dass sie da war.
Wenn sie doch nur gegen die Scheibe trommeln könnte, seinen Namen rufen, um ihn wissen zu lassen, dass er nicht allein war. Für einen Moment wurde das Bedürfnis übermächtig. Amanda hob die Hand, ballte sie zur Faust. Aber dann biss sie die Zähne zusammen, rammte die Hand wieder in ihre Hosentasche. Sie durfte es nicht. Nicht so. Auf der Liste der Dinge, die ihren Bruder umbringen würden, stand an dritter Stelle der Versuch, mit ihm Kontakt aufzunehmen. Darüber nur Flucht und Verrat. Balthasar hatte diese Liste in die Innenseite ihrer Zimmertür gebrannt, damit Amanda sie nicht vergaß. Natürlich hätte er auch einfach einen Zettel schreiben können, aber das wäre nicht halb so eindrucksvoll gewesen. Ihr selbsternannter Herr hatte eine Schwäche für dramatische Gesten.
Amanda atmete tief ein. Sie hieß die zynischen Gedanken willkommen, schob sie wie einen Schutzschild zwischen sich und den Rest ihrer Gefühle. Langsam zog sie die Hand wieder aus der Tasche und zwang die Finger auseinander.
»Du verbringst zu viel Zeit hier unten.«
Amanda drehte den Kopf. Balthasar lehnte im Türrahmen, die Hände in den Hosentaschen. Er hatte sich gleich nach ihrer Rückkehr vom Tagungszentrum ohne ein Wort in seine Räume zurückgezogen. Wenn er sich nun wieder blicken ließ, bedeutete das hoffentlich, dass er irgendeinen Plan hatte.
»Wenn es dich stört, solltest du mir verbieten, hier herunterzukommen.« Die trotzige Erwiderung kam automatisch, wie immer, wenn die Gefühle in ihrem Inneren tobten. Mit den Gedanken an ihre aktuellen Probleme kam auch die Nervosität zurück. Womöglich hatte sie ihren Bruder gerade zum letzten Mal

gesehen. Sie schluckte. »Was geschieht eigentlich mit Roman, falls ich sterbe?«
Nachdenklich strich Balthasar sich über das Kinn, dann teilte ein Grinsen seine Lippen. »Sagen wir mal, es wäre besser für ihn, wenn du nicht stirbst.«
Schlagartig verkrampfte sich Amandas Magen zu einem festen Klumpen. Wenn sie im vergangenen Jahr eines gelernt hatte, dann, dass ihr selbsternannter Herr keine leeren Drohungen aussprach.
»Du könntest ihn einfach freilassen.«
Balthasar nickte. »Ich könnte. Aber ich habe das Gefühl, er ist ähnlich starrköpfig wie du und wahrscheinlich nachtragend. Er würde mir nur Ärger machen.« Musste er nun auch noch wie ein verdammter Mafioso klingen? Manchmal glaubte Amanda, dies alles machte Balthasar Spaß, war nichts als ein Spiel für ihn.
»Sieh es als eine zusätzliche Motivation, am Leben zu bleiben.«
Amanda merkte kaum, wie sich ihre Hände zu Fäusten ballten und sie einen Schritt auf Balthasar zu trat. »Auf diese Art von Motivation kann ich gut verzichten. Ich habe gesagt, dass ich alles tun werde, um zu überleben. Was willst du mehr?« Die letzten Worte hatten aggressiv klingen sollen, gerieten ihr aber viel zu jämmerlich. Sie presste die Lippen aufeinander, versuchte sich wieder zu sammeln. Es war gefährlich, in Balthasars Gegenwart Schwäche zu zeigen. Er würde jeden einzelnen dieser Momente gegen sie verwenden.
»Ich will dafür sorgen, dass du *wirklich* alles tust. Deine Sicherheit ist meine größte Sorge.« Hätte sie Balthasar nicht gekannt, hätte sein Lächeln auf sie vielleicht entwaffnend gewirkt, aber sie wusste es besser. Noch ehe sie etwas erwidern konnte, wandte er sich ab. »Komm! Ich habe da etwas für dich.«

Sie folgte ihm nicht sofort, sondern sah noch einmal in Romans Zelle. Irgendwann würde es ihr gelingen, ihren Bruder zu befreien. Sie brauchte nur etwas mehr Zeit. Und dafür musste sie die nächsten Tage überleben.

Der Geruch nach staubigen Büchern weckte Erinnerungen an die unzähligen Stunden, die sie mit Balthasar in der Bibliothek verbracht hatte. Hier hatte sie lernen müssen, bewusst nach der magischen Kraft in ihrem Inneren zu greifen – und ihr Lehrer war ein Dämon gewesen, der selbst nicht genau verstand, wie es funktionierte. Ein schmerzhafter Prozess, denn Geduld gehörte nicht zu Balthasars Stärken.

Amanda schüttelte den Kopf, verbannte die Erinnerungen dorthin, wo sie alle unliebsamen Gedanken einschloss. Die Gefahr für ihr eigenes Leben, das Schicksal ihres großen Bruders. Wenn sie zu lange über ihre Situation nachdachte, tat sich unter ihren Füßen ein Abgrund auf. In ihrer momentanen Situation konnte Grübeln tödlich sein. Sie musste einen klaren Kopf bewahren. Um jeden Preis.

Reine Gewohnheit lenkte Amandas Füße zwischen den Reihen von Bücherregalen hindurch auf den Tisch am Fenster zu. Draußen glitzerte der Wannsee im Mondlicht, und in der Ferne konnte sie trotz der fortgeschrittenen Stunde eine hell erleuchtete Yacht erkennen. Irgendjemand genoss dort gerade seinen Urlaub. Manche Leute hatten einfach so beschissen viel Glück.

Ein Klacken. Balthasar stellte ein Weinglas auf dem Tisch ab, legte ein schmales Messer daneben und machte eine auffordernde Geste in Richtung eines Stuhls. Während Amanda sich

setzte, nahm er ihr gegenüber Platz. Skeptisch betrachtete sie die Gegenstände auf der Tischplatte. Was sollte das werden?
Balthasar krempelte den linken Ärmel seines Hemdes hoch, griff mit der Rechten nach dem Messer. Ein schneller Schnitt zog eine rote Linie über seinen Unterarm. Mit einem mulmigen Gefühl sah Amanda zu, wie Blut aus der Wunde quoll, sich sammelte und in das bereitgestellte Gefäß tropfte. Auch Balthasar wirkte ungewohnt angespannt, während er dem roten Rinnsal zusah. Als das Glas zur Hälfte gefüllt war, stoppte die Blutung abrupt. Noch während er es in Amandas Richtung schob, schloss sich die Wunde wieder.
Zögernd, aber mit einer ziemlich genauen Vorstellung davon, was er von ihr erwartete, streckte sie eine Hand nach dem gläsernen Stiel aus. Wären da nicht ihre Sorgen gewesen, hätte sie sich ein Kichern wahrscheinlich nicht verkneifen können. Blut in einem Weinglas! Als ob es irgendein anderes Gefäß nicht auch getan hätte.
»Na los, trink!« Eine ungeduldige Handbewegung begleitete seine Worte, bevor Balthasar seinen Ärmel wieder herunterkrempelte.
Amanda zog das Glas zu sich hin, starrte in die rote Flüssigkeit. Sie erinnerte sich noch allzu gut, wie es gebrannt hatte, als Balthasar damit das Tattoo gestochen hatte. Sie konnte nur hoffen, dass es auf ihren Magen nicht ähnlich wirkte. »Eine Erklärung wäre nett.«
Anstelle einer Antwort kroch nur das wohlbekannte unangenehme Prickeln durch ihren Arm. Mit Balthasars Geduld schien es an diesem Abend noch schlechter bestellt zu sein als sonst. Amanda seufzte. Sie wollte nicht schon wieder einen Streit ausfechten, den sie nur verlieren konnte. Diese Sache sollte ihr offensichtlich irgendwie helfen, wenn sie Balthasars Äußerungen

richtig gedeutet hatte. Wie genau, das würde sie wohl früh genug erfahren. Sie setzte das Glas an die Lippen.
Scharf wie hochprozentiger Alkohol rann das Blut ihre Kehle hinab, während Balthasar sie mit düsterer Miene beobachtete. Sie leerte das Glas in einem Zug, schüttelte sich, als sie es absetzte. Hitze breitete sich vom Magen ausgehend in ihrem ganzen Körper aus.
»Vor ein paar Jahrhunderten hat ein Magier, der mich beschworen hatte, diesen Trick entdeckt.«
Amanda schauderte trotz des kleinen Feuers, das in ihrem Bauch zu glühen schien. Sie wollte gar nicht wissen, wie man zufällig auf die Idee kommen konnte, das Blut eines Dämons zu trinken. Doch sie kannte Auszüge aus einigen Aufzeichnungen vergangener Magier, und was sie dort gelesen hatte, ließ ein solches Experiment nicht allzu unwahrscheinlich erscheinen.
Das Feuer des Dämonenblutes glühte immer heißer in ihrem Inneren, rann durch ihre Adern, trieb ihr den Schweiß auf die Stirn. Amanda schloss die Augen, atmete möglichst flach, denn jede Bewegung schien die Flammen weiter anzufachen. Sie wartete darauf, dass es vorbeigehen würde, hoffte, es möge nicht lange anhalten, und verfluchte einmal mehr stumm ihren selbsternannten Herrn. Er hätte sie zumindest auf die Nebenwirkungen vorbereiten können.
Dann erreichte das Feuer die Quelle ihrer Magie. Amanda schnappte nach Luft. Es war wie ein Adrenalinstoß. Sie fühlte sich wacher und stärker, ihre Probleme erschienen ihr mit einem Mal klein. Ungeahnte Macht durchströmte sie, und mit ihr kam ein neues Verständnis dafür, wie die Dinge funktionierten. Amanda schlug die Augen auf, richtete den Blick auf das Weinglas. Noch nie war es ihr so leichtgefallen, eine Verbindung zwischen ihrer Magie und einem Gegenstand herzustellen. Noch

nie war eine Verbindung so stark gewesen. Sie fühlte die Kristalle des Glases, das regelmäßige Gittermuster der Moleküle. Und sie wusste mit einem Mal, wie einfach es war, dieses Gitter zu zerstören. Wo sie dafür ansetzen musste.
Ein Gedanke nur, und das Glas zersprang. Klirrend rieselten die Scherben auf den Tisch.
Sie sah zu Balthasar, öffnete den Mund, um etwas zu sagen, doch etwas in seiner Miene ließ sie innehalten. Eine Regung, die sie dort noch nie zuvor gesehen hatte: Furcht. Er hatte Angst vor ihr. Vor der Macht, die er ihr selbst gegeben hatte! Mühsam unterdrückte Amanda ein ungläubiges Lachen. Wie groß musste diese Macht dann sein? Groß genug, um ihn zu besiegen?
Nun perlte das Lachen doch noch über ihre Lippen, und mit ihm schwanden die letzten Zweifel. Natürlich konnte sie Balthasar besiegen. Mit einem Mal verstand sie gar nicht mehr, wieso sie ihn überhaupt je gefürchtet hatte.
Amanda senkte den Blick zu dem Messer, auf dessen blutiger Klinge im Licht der Lampen Glasscherben glitzerten. Noch ehe sie einen bewussten Entschluss gefasst hatte, sauste es auf Balthasar zu.
Sein Arm fuhr hoch, die Klinge grub sich bis zum Heft in seine Handfläche. Seine düstere Miene umwölkte sich noch weiter, doch er zeigte keinen Schmerz.
Balthasars Stuhl kippte, als er aufsprang. Klappernd fiel er zu Boden. Wie aus weiter Ferne spürte Amanda ein leichtes Brennen in ihrem Tattoo, aber es drang nicht zu ihr durch. Er konnte ihr nichts anhaben!
Mit einem Ruck zog Balthasar das Messer aus seinem Fleisch und rammte es tief in den Tisch. Ein Knurren kam über seine Lippen, die Zähne waren nicht mehr ebenmäßig, sondern spitz. Ein Funken von Furcht glitzerte noch immer in seinen Augen,

doch seine Züge hatte er wieder unter Kontrolle. Niemals Schwäche zeigen. Diese Lektion hatte sie von ihm gelernt.

Auch Amanda kam auf die Füße. Sie sah Balthasars Gestalt verschwimmen, und kurz darauf flog ein dunkler Schemen auf sie zu. Instinktiv hob sie die Arme, griff gleichzeitig nach der schier unerschöpflichen Kraft in ihrem Inneren.

Etwas krachte gegen ein nahes Regal. Ein riesiger schwarzer Hund ging in einem Regen aus Büchern zu Boden. Staub und Papierfetzen wirbelten auf. Sofort kam er wieder auf die Beine, schüttelte sich, und wieder verschwamm seine Gestalt. Er wuchs, gewann an Masse.

Amanda wollte ihn erneut von sich stoßen, doch diesmal stemmte er sich gegen ihre Kraft. Wie war das möglich? Irgendetwas geschah mit ihrer neugewonnenen Macht. Sie schien ihr durch die Finger zu rinnen, und mit ihr all das neue Wissen. Das durfte nicht geschehen! Wenn es ihr gelang, Balthasar zu töten, konnte sie in den Keller rennen, ihren Bruder holen und verschwinden, bevor irgendjemand in der Lage war, sie aufzuhalten. So zum Greifen nah war ihre Freiheit seit einem Jahr nicht mehr gewesen.

Amanda sammelte die Reste ihrer Magie. Wie hatte sie bloß das verdammte Glas zum Zerspringen gebracht? Es war doch erst wenige Sekunden her. Wieso nur konnte sie sich jetzt nicht mehr erinnern? Stattdessen griff sie mit dem Geist nach einem Regal. Es wackelte, fiel jedoch nicht. Ihre Macht zerrann immer schneller.

Balthasar trat einen Schritt näher, nun wieder beinahe menschlich. Für einen Moment musste er sich noch gegen ihre Magie stemmen, dann war auch das vorbei.

Mit dem Schwinden der magischen Kraft stürzten all ihre Sorgen wieder auf Amanda ein. Tränen der Verzweiflung traten ihr

in die Augen. Hatte sie Roman soeben mit ihrem Tun zum Tode verurteilt?
Nun erst bemerkte sie den brennenden Schmerz in ihrem Arm. Sie tastete danach, fuhr mit den Fingern über die feinen verhärteten Linien des Tattoos.
Eine Hand schloss sich um ihren Hals. Erschrocken keuchte sie auf. Balthasar drängte sie zurück, gegen die Wand neben dem Fenster. Seine krallenartigen Fingernägel gruben sich in ihre Haut, das Haar hing ihm wirr ins Gesicht, und er bleckte gefährlich spitze Zähne.
»Der erste Schub hält nie lange an.« Er atmete schnell, seine Augen funkelten schwarz. »Ich schätze, hierfür wird dein Bruder büßen müssen.«
Verzweifelt versuchte Amanda den Kopf zu schütteln. Sie bekam nicht genug Luft, um zu sprechen.
Balthasar lockerte seinen Griff ein wenig.
»Nicht!«, brachte sie atemlos hervor.
Ein kaltes Lächeln umspielte seine Lippen. »Er wird nicht daran sterben. Sieh es als Warnung.«
Endlich ließ er sie los, und auch der Schmerz in ihrem Arm verebbte. Balthasar trat einen Schritt zurück, während Amanda nach Atem rang. Schließlich straffte sie sich und strich ihre Kleidung glatt. Nur keine Schwäche zeigen.
Auch ihr selbsternannter Herr richtete sein Hemd, obwohl es unter der Verwandlung kaum gelitten hatte. Schweigend sahen sie einander an. Amandas Sorge um Roman wuchs mit jeder Sekunde, und sie musste sich auf die Zunge beißen, um nicht um seinetwillen um Gnade zu flehen. Bitten würde die Strafe nur erhöhen. Wenn sie ihren Bruder das nächste Mal sah, falls sie ihn je wiedersah, würde er vielleicht ein paar neue Narben haben, doch zumindest würde er leben. Und ihr blieb die Chance

auf einen weiteren Befreiungsversuch. Irgendwann. Wenn sie doch nur von vorneherein gewusst hätte, was geschehen würde! »Warum hast du mir nicht gesagt, dass die Wirkung nur so kurz anhält? Ich hätte nie …«

»Hättest du nicht?«, unterbrach Balthasar sie scharf. »Du wärst darauf vorbereitet gewesen und hättest gewusst, dass du mich schnell töten musst. Das wäre der einzige Unterschied gewesen.«

Amanda senkte den Blick. Er hatte recht. Mit so viel Macht in Händen hätte sie es einfach versuchen müssen – ganz gleich, was Balthasar gesagt oder getan hätte. Doch derlei Überlegungen brachten sie für den Moment nicht weiter. Stattdessen strich sie sich eine verirrte Locke aus dem Gesicht und bemühte sich, ihre Gedanken wieder auf ihr Hauptproblem zu lenken.

»Wenn du mir etwas von deinem Blut mitgibst, werde ich auf jeden Fall überleben können.«

Sofort verdüsterte sich Balthasars Miene. »Nein. Davon bekommst du nur etwas, wenn ich kontrollieren kann, wann du wie viel trinkst. Abgesehen davon, dass ich dir nicht traue, macht es süchtig.« Kurz schien sich sein Blick in weiter Ferne zu verlieren. War das etwa Schmerz, der über seine Miene huschte? Woran mochte er gerade denken?

Doch im nächsten Augenblick wandte er sich bereits wieder ab und ging zum Tisch hinüber. »Es gibt einige Auswirkungen, die über mehrere Tage anhalten. Deine Magie müsste stärker sein als zuvor, sobald du dich von diesem ersten Ausbruch erholt hast. Außerdem …« Er packte den Griff des Messers und zog es aus der Tischplatte. Reste des Blutes glitzerten an der Klinge, als er sich zu Amanda umwandte.

»Deine Hand.« Balthasar streckte die seine nach ihr aus, und zögernd legte sie ihre Hand hinein. Sie biss die Zähne zusammen. Das würde unangenehm werden.

Seine Finger schlossen sich fest um ihr Handgelenk, als er die Handfläche nach oben drehte. Er ließ ihr keine Zeit, sich auf den Schmerz vorzubereiten, setzte die Klinge schnell an, und sofort quoll Blut aus einem kleinen Schnitt.

»Mein Blut ist jetzt in deinem. Das gibt dir ein wenig von meinen Fähigkeiten. Konzentrier dich darauf, die Wunde zu verschließen.«

Während sie es versuchte, konnte sie Balthasars steigende Ungeduld spüren. Er stand zu dicht bei ihr, strahlte zu viel Wärme aus, störte ihre Konzentration.

»Stell dir vor, wie sie heilt und sich das Fleisch wieder zusammenfügt.«

Sie tat es und drückte dabei die Wundränder zusammen. Tatsächlich, es funktionierte! Das Blut hörte auf, aus dem Schnitt zu quellen. Kurz juckte es, wie heilende Wunden das manchmal taten. Doch schließlich zeugte nur noch ein dünner roter Strich von der Verletzung.

»Du wirst höchstwahrscheinlich in Begleitung eines Engels sein, und das Federvieh hat Heilkräfte. Allerdings ist es besser, wenn du dich auf niemanden verlassen musst.« Balthasar strich sich das wirre Haar aus dem Gesicht, bis er wieder so gefasst aussah, wie sie es von ihm gewohnt war. Dann wurde seine Stimme beinahe sanft. »Was die Engel betrifft, ist für sie Magie übrigens immer Dämonenwerk. Als gäbe es irgendeinen Unterschied zwischen deren Wundern und Zauberei.« Er schüttelte den Kopf. »Du solltest auf jeden Fall nicht erwähnen, was du kannst. Morgen früh geht es los. Du musst ausgeruht sein, deshalb befreie ich dich von deinen nächtlichen Studien. Geh schlafen.«

Als ob sie schlafen könnte ...

7

Die Nacht war noch immer warm, als Jul den Dom verließ. In Gedanken versunken wanderte er die Straße entlang, vorbei an alten Museumsgebäuden, deren Sandsteinfassaden von Scheinwerfern angestrahlt wurden.

Aufmerksam lauschte er in sich hinein, suchte vergeblich nach der freudigen Erwartung, die er doch eigentlich hätte spüren müssen. Wonach er sich gesehnt hatte, war zum Greifen nah. Hätte er sich nicht erleichtert fühlen müssen? Befreiter?

Stattdessen nagte die alte Frage an ihm. Schon wieder diese Frage, die sich einem Engel eigentlich nicht stellen sollte. Tat er das Richtige?

Zweifler hatte Michael ihn genannt, und damit hatte er unbestreitbar Recht. Lügner hätte er ebenso gut sagen können.

Wütend trat Jul nach einem Stein. War er wirklich schon so tief gefallen? Hatten Michael und sein Bote recht? Trennte ihn von den Dämonen tatsächlich nur noch der letzte Stoß in die Tiefe, das letzte Urteil, das nur sein Schöpfer und Herr über ihn hätte fällen können? Der Herr, den er für tot hielt, wie auch die Dämonen es taten?

Nein, er war ein Engel! Er hatte damals nur versucht, die Augen nicht vor der neuen Situation zu verschließen. Sein einziger Fehler war gewesen, dass er versucht hatte, die Sache selbst in die Hand zu nehmen, als die Erzengel nicht auf seine Worte hören wollten. Vielleicht hätte er mit etwas mehr Geduld noch einen anderen Weg gefunden. Vielleicht konnte er das immer noch, wenn sie ihn wieder in die Schar aufnahmen. Wenn er sich seinen Weg zurück erschlichen hatte, indem er ihnen allen etwas vorspielte.

Dennoch blieb eine Lüge eine Lüge.

Stimmen rissen ihn aus seinen Gedanken. Jul sah auf und bemerkte, dass er in irgendeine ihm unbekannte Seitenstraße abgebogen war. Über den Hausdächern, nicht weit entfernt, leuchtete das rote Licht an der Spitze des schiefen Fernsehturms. Jul hätte nicht erwartet, dass sich in dieser Gegend noch viele Leute aufhielten, vor allem nicht bei Nacht. Doch aus der Tür einer nahen Kneipe fiel Licht auf den Bürgersteig. Solange keine Einsturzgefahr für diesen Bereich bestand, wollte der Besitzer offensichtlich nicht schließen.

Eine Gruppe Menschen trat heraus. Einer taumelte, stützte sich auf seine Kameraden. Irgendjemand lachte.

»Bebt das schon wieder?«, nuschelte der Taumelnde. »Weil mir is, als würd der Boden schwanken, sag ich euch. Verdammte Erdbeben. Is nur 'ne Frage der Zeit, bis sie wieder stärker werden, wetten?«

Irrte sich Jul, oder klang das Gelächter diesmal etwas zu schrill, beinahe nervös?

»Musst du jetzt wieder davon anfangen?«, ließ sich eine Frau vernehmen.

»Ja, muss ich!« Der Mann stieß unsicher den Finger in ihre Richtung. »Weil ich nämlich keine Lust hab, den Scheiß totzuschweigen wie die verdammte Regierung!«

»Ist ja gut.« Die Stimme eines anderen Mannes. Sie klang beschwichtigend. »Wir haben's jetzt verstanden. Lass es sein ...«

»Ach, ich soll's sein lassen, ja?« Jetzt brüllte der Betrunkene, und seine Worte hallten durch die leere Straße. »Sag das mal meiner Freundin! Sie hat auf die verdammte U-Bahn gewartet,

und jetzt is sie tot! Aber wahrscheinlich kann die's auch einfach sein lassen, tot zu sein, was?«
Wie schnell Trauer in Zorn umschlagen konnte. Jul machte einen Schritt vor, erneut getrieben von jenem Gefühl, das er noch immer nicht ganz begriff. Mitleid.
Es blieb bei diesem Schritt. Was sollte er schon tun? Er konnte Tote nicht lebendig machen, konnte nicht jedem helfen. Warum trieb ihn dieses Gefühl immer wieder dazu, es zu wollen?
»So war das nicht ...«, begann die Frau.
»Weißte, warum ich grad hierherwollte?« Der Betrunkene deutete mit einer weit ausholenden Geste auf die Kneipe hinter ihm. »Weil ich nicht so tun will, als wär kein verdammtes Loch mitten in Berlin! Weil ich verdammt noch mal keine Angst hab! Wenn das so weiterbebt, dann verschwindet diese ganze große Riesenstadt vielleicht in 'nem großen Riesenkrater. Dann sind wir alle tot! Mausetot! Aber ich sag euch was, bis dahin hab ich keine Angst! Und ich werd euch zeigen, wie sehr mich dieses Loch am Arsch lecken kann!«
Erstaunlich zielstrebig marschierte der Mann los, die Straße hinunter in Richtung Alexanderplatz. Seine Freunde eilten ihm nach. Die Frau versuchte, den Betrunkenen festzuhalten, aber er riss sich los. »Ich piss in dieses verdammte Loch!«, hörte Jul ihn noch rufen. Dann verschwand er um eine Ecke.
Wie der Mann wohl reagieren würde, wenn er merkte, wie gut sein »verdammtes Loch« abgeriegelt war?
Eine Weile stand Jul auf der Straße, während ihm dämmerte, wie sehr er sich auf seine eigenen Probleme konzentriert hatte. Flügel hin oder her. Sie waren nicht der einzige Grund, zu tun, was Michael verlangte.

✣

»Ist das dein Ernst?« Mit hochgezogenen Brauen drehte Karin sich auf ihrem Schreibtischstuhl zu ihm um. Trotz der späten Stunde war sie bei seiner Rückkehr noch wach gewesen, was Jul nicht sonderlich erstaunt hatte. Für Karin war es ganz normal, die Nacht zum Tag zu machen.
»Absolut. Morgen steige ich in den Krater.« Er lehnte in ihrer Zimmertür, denn er wagte es nicht, den Raum zu betreten. Es schien kaum eine Stelle auf dem Boden zu geben, an die man den Fuß setzen konnte, ohne Gefahr zu laufen, empfindliche Elektronikteile zu zertreten. Mehrere Computergehäuse standen geöffnet herum, dazwischen lagen Kabel und Werkzeuge, halb verborgen unter alter Kleidung. Hinter Karin zeigte ein großer Bildschirm Reihen von Text mit vielen Klammern und Zahlen, die Jul nicht verstand.
»Und wie kommst du durch die Sperren?« Sie verschränkte die Arme vor der Brust. »Da laufen zu jeder Tages- und Nachtzeit haufenweise Polizisten rum, falls du es vergessen haben solltest. Und dann der Zaun und alles.« Seufzend schüttelte sie den Kopf. »Allerdings, wenn du's schaffst, kommen wir vielleicht endlich mal weiter. Ich werd hier nämlich langsam wahnsinnig. Immer wenn ich meine, irgendeinen Hinweis auf die Ursache für diesen Welleneffekt gefunden zu haben, löst er sich im nächsten Moment in Luft auf.« Sie machte ein zischendes Geräusch und stellte mit einer Hand eine kleine Explosion dar. »Das ist, als würde man versuchen, einer Spur aus unsichtbaren Brotkrumen zu folgen.«
Unwillkürlich musste Jul über Karins kleine Darbietung lächeln. »Ich gehe auf Geheiß eines Erzengels. Die Kirche hat in diesem Land zwar nicht mehr so viel Macht wie früher, aber er wird schon wissen, wie ich dort hineingelange. Und falls nicht, sind da immer noch die Dämonen, die ebenfalls jemanden in

den Krater schicken und die ganz sicher die richtigen Leute kennen.«

Karins Brauen zogen sich zusammen. »Moment ... Soll das etwa heißen, Engel und Dämonen machen hier gemeinsame Sache? Und was zur Hölle hast du überhaupt mit einem Erzengel zu schaffen? Jul, was geht hier nun schon wieder ab? Warum erfahr ich erst jetzt davon?« Sie hielt einen Moment inne. »*Zur Hölle* war grad die falsche Formulierung, oder?«

Diesmal reichte es nur zu einem kurzen Schmunzeln, zu deutlich war die Erkenntnis, dass er Karin längst nicht genug über die Zusammenhänge erzählt hatte. Wo fing er am besten an?

»Ich habe dir doch gesagt, dass es einen Waffenstillstand zwischen Engeln und Dämonen gibt«, begann er schließlich.

Karin nickte. »Sagst du mir jetzt endlich auch mal, warum?«

»Na ja, das ist auch nicht so einfach zu erklären. Stark vereinfacht kann man sagen, dass die Dämonen sich hier auf der Erde eingenistet haben. Und die Engel hatten die Wahl, sich entweder mit ihnen zu einigen oder einen Krieg zu beginnen. Einen Krieg, der den Menschen ihre Existenz offenbaren würde.«

Schon wieder war es ihm gelungen, den Herrn selbst bei all den Erklärungen nicht ein einziges Mal zu erwähnen. Umging er das Thema, weil es ihn schmerzte? Nein. Für den Moment war es einfach zu kompliziert.

»Und die Engel wollen nicht, dass die Menschen von ihrer Existenz wissen?« Karin lehnte sich in ihrem Stuhl vor.

Jul nickte. »Das hat damit zu tun, dass wahrer Glaube keiner Beweise bedürfen sollte. Und wenn die Leute sehen würden ...«

»... dass es Engel gibt, würden sie nicht mehr glauben, sondern wissen.« Karin grinste. »Okay, ich hab's verstanden. Religion ist manchmal echt verdammt seltsam.«

»Vielleicht.« Jul war ganz und gar nicht danach, eine Grundsatzdiskussion zu diesem Thema vom Zaun zu brechen. Vor allem nicht im Moment. »Aber wir waren bei dem Waffenstillstand. Ich nehme an, was auch immer auf dem Alexanderplatz geschehen ist, hat sie dazu bewogen, den Waffenstillstand zu einer Zusammenarbeit zu erweitern. Sie haben sich zumindest darauf geeinigt, zur selben Zeit Späher auszusenden. Jede Gruppe einen, weil sie einander eben doch nicht trauen.«

Karins Lippen formten ein O. »Scheiße ... Das heißt, sie müssen irgendwie denken, dass diese ganze Sache echt übel ist, oder? Ich meine, man beschließt nicht unbedingt zum Spaß, mit seinem Erzfeind zusammenzuarbeiten.«

Jul nickte. Das traf es ziemlich genau und stützte überdies das mulmige Gefühl, das ihn jedes Mal beschlich, wenn er die große Karte in seinem Zimmer betrachtete. Die Karte mit den roten Punkten.

Besorgt runzelte Karin die Stirn. »Hältst du das wirklich für schlau, mit so wenig Vorbereitungszeit irgendwo runterzugehen, wo es potenziell supergefährlich ist? Immerhin sind in diesem Krater schon Leute verschwunden und nie wiederaufgetaucht.«

»Ich muss mich an Michaels Zeitplan halten.« Jul zuckte mit den Schultern, doch zugleich fiel ihm auf, dass er bislang tatsächlich keinen Gedanken an seine eigene Sicherheit verschwendet hatte. Während des ersten Bebens hatte er sich sterblich gefühlt, hatte zum ersten Mal erfahren, wie es war, wenn das Ende der eigenen Existenz drohte. Doch dieses Erlebnis schien so wenig mit der Welt der Engel zu tun zu haben, die er kannte. Dort gab es keine Furcht vor dem Tod.

»Erzengel Michael?« Karin lachte, schüttelte dann den Kopf. »Sorry, das klingt immer noch ziemlich abgefahren.«

Jul lächelte. »Deshalb erzähle ich es dir nach und nach. Du bist klug, aber du brauchst Zeit, das alles zu verarbeiten.«
Für einen Augenblick erwiderte sie das Lächeln. Schüchtern, wie es sonst gar nicht ihre Art war. Doch dann wurde ihre Miene nachdenklich. »Aber warum du? Warum bekommst du irgendwelche Aufträge von Erzengeln? Soweit ich das verstanden habe, bist du doch irgendwie ... rausgeflogen, oder?«
Er zögerte. »Rausgeflogen trifft es wohl.« Wollte sie nun die ganze Geschichte dazu hören? Er hatte nicht die geringste Lust, in dieser Nacht noch einmal mit diesem Thema konfrontiert zu werden.
Seine Gefühle mussten sich allzu deutlich auf seiner Miene abgezeichnet haben, denn Karin hob beschwichtigend die Hände. »Ich frag nicht, warum, keine Angst. Für mich klingt das nur irgendwie so ...« Sie hob einen Finger. »Hier ist der große Erzengel Michael. Er hat eine echt superübergefährliche Aufgabe zu vergeben, und er schaut sich seine ganzen Engel an und denkt sich: Soll ich einen von diesen treuen Leuten riskieren? Aber dann fällt ihm eine Lösung ein. Da gibt es ja noch diesen Typ, der mal rausgeworfen wurde, aber irgendwie nicht zur Gegenseite übergelaufen ist. Wie auch immer das funktioniert ...«
Kurz hielt Karin inne. Jul spürte ihren durchdringenden Blick auf sich ruhen, aber er schwieg. Später. Später würde er es ihr erklären. Nur nicht jetzt.
Karin räusperte sich. »Also ist dieser rausgeworfene Engel theoretisch noch immer ein Engel«, fuhr sie fort, »und man kann ihm diese Aufgabe anhängen. Und wenn was schiefgeht, ist man sogar jemanden los, der sowieso schon immer irgendwie lästig war.« Sie ließ die Hand sinken. »Ich hab keine Ahnung, wie Engel denken. Aber ich finde die ganze Sache verdächtig.«
Schweigen legte sich über den Raum, nur durchbrochen vom

leisen Klacken von Metall. Erst nach einer Weile wurde Jul bewusst, dass dieses Geräusch von den Knöpfen seiner Jeansjacke kam. Er ballte die Finger zur Faust, zwang sie zur Reglosigkeit, und das Klacken verstummte. Konnte es sein, dass Michael so berechnend dachte? Er war schon immer ein Stratege gewesen, aber er war auch ein Engel. Ein Erzengel. Allerdings lag vielleicht genau darin das Problem. Auch Michael hatte früher nur Befehle ausgeführt. Nun aber war er auf sich allein gestellt und traf Entscheidungen, ohne je gelernt zu haben, zwischen den richtigen und den falschen zu unterscheiden. Wer konnte sagen, auf welche Abwege er ohne Führung geriet?

Mit einem Kopfschütteln verscheuchte Jul den Gedanken. »Selbst wenn, das ändert nichts.«

»Warum? Wir finden auch so noch einen Weg in den Krater. Und dann musst du dich nicht an diesen knappen Zeitplan halten und kannst dich ordentlich vorbereiten.«

Jul schüttelte den Kopf. »Es geht nicht nur darum, in den Krater zu kommen. Sie haben mir sozusagen ein Angebot gemacht, das ich nicht ablehnen kann.«

Karin schnaubte. »Jetzt komm mir nicht mit alten Filmzitaten. Ich nehme an, du wirst mir nicht sagen, was für ein Angebot?«

Schwang ein Vorwurf in den Worten mit? Jul seufzte. »Du hast doch die Narben gesehen. Michael kann mir meine ... Flügel zurückgeben.«

»Oh.« Eine Folge verschiedener Emotionen huschte über Karins Züge, zu schnell, um sie zu bestimmen. Sie öffnete den Mund, um etwas zu sagen, schloss ihn dann aber wieder. Schließlich seufzte sie. »Also gut. Pass halt auf dich auf. Und sag Bescheid, wenn ich dir irgendwie helfen kann.«

Jul lächelte. »Sammle einfach weiter alle Informationen über den Krater.«

»Das ist nun wirklich kein Problem.« Sie grinste, offensichtlich froh, nützlich sein zu können. »Ich glaube, es wäre gut, wenn ich dir alles zusammenstelle und auf dein Handy lade. Auch Karten und so. Sicher lässt sich irgendwie rausfinden, wo Gasleitungen und andere Sachen verlaufen, die vielleicht gefährlich werden könnten.« Mit neuer Energie drehte sich Karin zu ihrem Computer um und gab irgendeinen Suchbefehl ein. »Das Handy hat eine GPS-Funktion, aber der Krater ist natürlich noch nicht auf den Karten verzeichnet. Kein Ding, das lässt sich beheben. Außerdem bastel ich dir was, das dir anzeigt, was vor dem Einsturz wo stand.« Für einen Moment verlor sie sich in technischen Fachausdrücken, und Jul lehnte sich seufzend zurück.

»Karin …«

Mit einem kleinen Schubs drehte sie den Schreibtischstuhl wieder in seine Richtung.

»Das ist sinnlos, ich werde diese Technik nicht bedienen können.«

Mit einer entschlossenen Handbewegung wischte sie den Einwand beiseite. »Das ist idiotensicher, ehrlich. Du musst nur auf ein paar selbsterklärende bunte Icons tippen. Tu mir einfach den Gefallen und nimm das Handy mit. Und mach damit ein paar Fotos.«

Jul lächelte, dann nickte er. Ob er das Handy wirklich nutzen würde, wusste er nicht, aber ein Nein hätte Karin ohnehin nicht akzeptiert.

8

Amanda drückte sich die Nase an der Scheibe zu Romans Gefängnis platt, doch diesmal beschlug das Glas nicht. Es war, als weigerte es sich, ihre Anwesenheit überhaupt zur Kenntnis zu nehmen, so unbedeutend waren sie und ihre Wunsch, es zu durchdringen.

Unverwandt sah Amanda zu ihrem Bruder hinüber. Er saß in seinem Sessel, die Beine angezogen, die Arme um die Knie geschlungen, den Blick ins Leere gerichtet. Einsam und verloren.

Amanda war sich bewusst, dass sie träumte. Dass hier andere Regeln galten und sie dieses eine Mal gefahrlos dem Drang nachgeben, gegen die Scheibe klopfen und seinen Namen rufen könnte. Doch sie brachte es nicht über sich, mehr zu tun, als die geballte Faust zu heben. Als könnte Balthasar selbst in ihre Träume sehen.

Mit einem Mal öffnete sich die Tür in der gegenüberliegenden Zellenwand, ein Rechteck aus Dunkelheit tat sich auf. Balthasar trat aus der Schwärze, ein Unheil verheißendes Lächeln auf den Lippen. Während er sich Roman näherte, veränderte sich seine Gestalt. Seine Finger krümmten sich zu Klauen.

»Nein!« Es war kein Schrei, nur ein heiseres Flüstern. »Balthasar, nicht …«

Mit einem Mal fühlte Amanda das nassgeschwitzte Laken unter sich. Sie klammerte sich daran fest, kämpfte sich aus der Umarmung des Schlafes. Nur weg von dem, was ihr eigener Geist ihr zeigte. Mit einem Ruck schlug sie die Augen auf.

Schwer atmend starrte sie in die Dunkelheit, lauschte auf das schnelle Pochen ihres Herzens und versuchte, die Traumbilder abzuschütteln. Doch sie ließen sie nicht los, lauerten in ihrem Bewusstsein, bereit, sie wieder anzufallen, sobald sie zurück in den Schlaf sank.

Aber hatte tatsächlich nur der Traum sie geweckt? War da nicht irgendetwas gewesen? Ein Geräusch? Sie setzte sich auf, sah sich suchend um.

Schattenhaft konnte sie die Umrisse der Möbel erkennen. Schrank, Schreibtisch, Bücherregal. Die Türen, zwei rechteckige schwarze Löcher. Eine führte in den Flur, war von außen verschlossen, die andere ins Bad. Alles war wie immer.

Amanda rieb sich den Schlaf aus den Augen. Sie brauchte ein Glas Wasser, danach konnte sie vielleicht weiterschlafen.

Ein Klopfen ließ sie zusammenfahren. Es kam vom Fenster.

War das möglich? Sie spähte in Richtung der zugezogenen Vorhänge. Einmal, in einer sehr verzweifelten Nacht, hatte sie herausgefunden, dass sie aus ihrem Bettzeug kein Seil knüpfen konnte, das von ihrem Fenster bis zum Boden reichte. Wenn dort draußen jemand an der Fassade hing, musste er also entweder einige Mühen auf sich genommen haben ... oder er war kein Mensch.

Laut und schnell hörte Amanda das Pochen ihres Herzschlags in ihren Ohren. Hatte Nachasch beschlossen, sie doch sofort töten zu lassen? Aber seit wann klopften Auftragskiller höflich an? Vielleicht um sie zu täuschen, sich einen Weg in ihr Zimmer zu erschleichen, vorbei an den Schutzzaubern am Fenster?

Amanda zwang ihre Gedanken zur Ruhe. Wilde Spekulationen brachten sie nicht weiter. Sie tastete nach dem Lichtschalter, gerade als das Klopfen erneut erklang. Die Nachttischlampe flackerte auf, tauchte den Raum in schummriges Halbdunkel. Sie

konnte nicht im Bett sitzen bleiben und schon gar nicht wieder einschlafen, ohne zu wissen, wer oder was dort draußen war. Entschlossen schlug sie die Decke zurück.
Der Teppich verschluckte die Schritte ihrer nackten Füße, als sie sich vorsichtig dem Fenster näherte. Mit einer abrupten Bewegung zog sie den Vorhang beiseite, wich sofort wieder einen Schritt nach hinten.
Nichts geschah. Kein Monster versuchte, sie durch die Scheibe anzuspringen.
Amanda atmete tief durch und spähte nach draußen. Der Schein der Nachttischlampe machte das Fenster beinahe zum Spiegel. Doch zeichnete sich dahinter nicht ein heller Fleck ab, ein Gesicht? Sie kniff die Augen zusammen, trat einen Schritt näher. Tatsächlich! Das Gesicht lächelte, als sich ihre Blicke trafen, formte mit den Lippen Worte, die sie nicht hören konnte. Doch der Finger, der nun erneut ganz in der Nähe des Griffs gegen die Scheibe klopfte, sprach auch so eine deutliche Sprache.
Neugierig lehnte sich Amanda vor, schirmte die Augen vor dem Licht im Zimmer ab. Wer auch immer dort draußen saß, konnte oder wollte das Glas nicht durchbrechen, sonst hätte er es sicher längst getan. Sie hatte also nichts zu befürchten, solange sie das Fenster nicht öffnete.
Dennoch ging ihr Atem so schnell, dass die Scheibe sofort beschlug. Der weiße Dunst brachte die Erinnerung an den Traum zurück. Eilig wischte sie ihn fort, konzentrierte sich darauf, jenseits des Fensters etwas zu erkennen.
Blondes Haar umrahmte das Gesicht, wild wie eine Löwenmähne. Hinter dem Rücken der Gestalt erhoben sich zwei helle Schemen.
Amanda schnappte nach Luft. Flügel, das waren Flügel! Gebilde aus Licht, das so schwach glomm, dass die Ränder in der

Dunkelheit zerfaserten. Sie bewegten sich leicht, wohl damit ihr Besitzer auf dem Sims vor dem Fenster das Gleichgewicht halten konnte. Ein Engel!

Vorausgesetzt natürlich, dies war kein Trick. Balthasar hatte sich am Abend in eine Art Höllenhund verwandelt, er konnte sich Klauen wachsen lassen ... Was sollte also einen Dämon davon abhalten, auszusehen wie ein Engel?

Dennoch packte sie den Fenstergriff, drehte ihn allerdings nur auf Kipp. Kühle Nachtluft strömte durch den Spalt herein, strich um ihre nackten Beine und machte ihr bewusst, dass sie sich nur im T-Shirt schlafen gelegt hatte. Unbehaglich zupfte sie den Saum ein Stück nach unten. Wenn vor ihrem Fenster tatsächlich ein Engel saß, erntete sie nun womöglich wieder einen missbilligenden Blick.

Aber vielleicht konnte sie ihn auch dazu bringen, ihr und Roman zu helfen. Immerhin waren seine Leute per allgemeingültiger Definition die Guten. Konnte der Engel sie wirklich ihrem Schicksal überlassen, wenn er erfuhr, dass sie nie freiwillig in Balthasars Dienste getreten war?

Amandas Finger strichen über die verhärteten Linien ihres Tattoos. Nein, die Engel wussten von den Seelenverkäufen und den Sklavendiensten und unternahmen nichts dagegen. Wieso sollten sie ausgerechnet in ihrem Fall damit anfangen? Im Fall von zwei Einbrechern und Betrügern? Vergebung schien keine herausragende Eigenschaft dieser himmlischen Heerscharen zu sein.

Gewaltsam erstickte Amanda den aufkeimenden Funken Hoffnung. Eine weitere Enttäuschung konnte sie nicht gebrauchen.

»Wer bist du, und was machst du hier?« Sie hoffte, dass die Frage ausreichend forsch klang.

Der Engel legte eine Hand an die Scheibe und blickte sie durch

das Glas eindringlich an. »Lass mich ein, und ich erkläre dir alles. Hier draußen wird man mich bald entdecken.«
»Kannst du beweisen, dass du kein Dämon bist?«
»Nein, nicht hier. Aber ich kann dir und deinem Bruder helfen, wenn du bereit bist, mich anzuhören.«
Mit einem Schlag flammte der Hoffnungsfunke wieder auf, brannte sich durch all das Misstrauen, das sie darübergehäuft hatte. Sie zögerte nur noch einen Moment, dann öffnete sie das Fenster ganz.
Der Engel legte die Flügel dicht um seinen Körper, ehe sie ganz verloschen. Dann glitt er lautlos ins Zimmer.
Amanda trat einige Schritte zurück, um ihm Platz zu machen und um einen gewissen Sicherheitsabstand zu ihm zu wahren. Das Schwert an seiner Seite stieß leise klappernd gegen die Fensterbank, doch ein beiläufiger Handgriff verhinderte, dass es sich irgendwo verfing. Er schloss das Fenster hinter sich und zog die Vorhänge zu, als fürchte er, von draußen beobachtet zu werden. Als er sich wieder zu ihr umwandte, lag erneut ein Lächeln auf seinen Lippen. »Mein Name ist Michael.«
»Wie der Erzengel?« Nein, unmöglich. Warum sollte ein verdammter Erzengel nachts an ihr Fenster klopfen? Doch zumindest stand nun fest, dass ihr nächtlicher Besucher kein Dämon war, denn die Schutzzauber am Fensterrahmen hatten ihn offensichtlich vollkommen unbeeindruckt gelassen.
»Ja, wie der Erzengel.« Michael neigte den Kopf. »Hör mir zu. Ich weiß, dass du für die Aufklärungsmission ausgewählt wurdest, erst dadurch habe ich von dir und kurz darauf von deinem Bruder erfahren. Ich will dir helfen.«
»Einfach so?« Amanda runzelte die Stirn. Das klang entschieden zu gut, um wahr zu sein. Vielleicht träumte sie noch immer.
Michael lächelte erneut, ohne ihre Frage zu beantworten. »Du

musst nach deiner Mission nicht zu deinem Meister zurückkehren. Ich kann dich schützen.«

Warum erst nach der Mission? Die Frage lag Amanda auf den Lippen, doch eine andere drängte sich in den Vordergrund. »Und mein Bruder?«

»Auch für sein Wohl werde ich sorgen.«

Amanda biss sich auf die Unterlippe, versuchte, die innere Stimme zu ignorieren, die ihr zuschrie, dass sie diese Chance auf der Stelle ergreifen sollte, bevor sie wieder verschwand. »Wo ist der Haken?« Es musste einen geben.

»Es gibt keinen.« Die Antwort kam mit einem milden Lächeln. »Ich möchte dich nur unabhängig davon um einen Gefallen bitten.«

»Eine Bitte? Keine Bedingung dafür, dass du mir hilfst?« Angespannt spielte Amanda mit dem Saum ihres T-Shirts, zwang sich, nicht alle Vorsicht fahren zu lassen.

»So ist es.« Michael warf einen raschen Blick gen Fenster. Eilig fuhr er fort. »Dein Meister wird für den Verlauf der Mission durch deine Augen sehen wollen.«

Davon hatte Balthasar bisher noch nichts erwähnt, doch es sah ihm ähnlich. »Das ist möglich?« Der Gedanke daran behagte Amanda ganz und gar nicht.

»Ja. Eine Tätowierung mit seinem Blut an deinen Schläfen genügt.« Michael tippte sich mit dem Finger an die entsprechende Stelle. »Auf diese Art würden die Dämonen vor uns erfahren, was im Krater vor sich geht. Das darf nicht geschehen.«

»Stattdessen wollt ihr es als Erste wissen?«

Wieder nickte der Engel. »Viel hängt davon ab.«

Warum? Was hing davon ab? Was fürchteten Engel und Dämonen unter dem Alexanderplatz zu finden? Noch ehe Amanda eine dieser Fragen stellen konnte, ergriff Michael erneut das

Wort. »Deshalb müssen wir verhindern, dass dein Meister durch deine Augen sehen kann.«
Mit einem Mal spülte helles Licht über Amanda hinweg. Federn raschelten, als der Erzengel seine Schwingen ausbreitete. Diesmal machte er sich nicht die Mühe, ihren Schein zu dämpfen. Die schimmernden Spitzen stießen gegen die Wände, ohne dass die Flügel ihre volle Spannweite erreichten. Unwillkürlich wich Amanda einen weiteren Schritt zurück.
Michael griff hinter sich. Obwohl die Federn aus purem Licht zu bestehen schienen, packte er eine davon – und riss sie aus. Den halb durchscheinenden Kiel hielt er Amanda hin. »Trage sie so, dass sie deine Haut berührt, und sie wird dämonische Einflüsse von dir fernhalten.«
Sie streckte die Hand aus, hielt jedoch inne, als sie bemerkte, was sie tat. Ihr Blick huschte zu ihrer Zimmertür, zu den groben Buchstaben, die tief in das Holz eingebrannt waren. Amanda schluckte. *Verrat,* stand dort an erster Stelle. »Balthasar wird wissen, dass ich ihn hintergangen habe.«
»Trage die Feder erst dicht bei dir, wenn du im Krater bist. Er wird merken, dass sein Zauber nicht funktioniert, aber er wird eine Weile damit beschäftigt sein, den Grund dafür herauszufinden, denn dort geht einiges nicht mit rechten Dingen zu. In dieser Zeit wird er nicht einen Gedanken an deinen Bruder verschwenden. Oder an irgendetwas anderes.«
Eine gute Gelegenheit für die Engel, Roman zu befreien. Falls Michael das tatsächlich vorhatte. Konnten Engel lügen? Waren sie tatsächlich die Guten in diesem Spiel oder einfach auf eine andere Art fremdartig als die Dämonen? Genau genommen wusste sie rein gar nichts über dieses Wesen mit seinen schimmernden Flügeln und seinem Schwert, das förmlich aus dem Nichts aufgetaucht war und von ihr verlangte, ihm zu vertrauen.

Unter Michaels abwartendem Blick wippte sie auf den Fußballen vor und zurück, versuchte, ihre Gedanken zu ordnen. »Wenn ich das hier nicht mache, würde dir das eine Menge Problem bescheren, schätze ich.«
Wieder huschte dieses milde Lächeln über sein Gesicht. »Das ist gut möglich.«
»Du hättest dann wahrscheinlich wichtigere Dinge zu tun, als auf mich und Roman zu achten.«
Der Erzengel schwieg, die Feder noch immer ausgestreckt. Kein weiterer Blick zum Fenster verriet seine Ungeduld, doch Amanda wusste, dass er nicht ewig auf ihre Entscheidung warten würde. Und sein Schweigen sagte ihr alles, was sie wissen musste. So viel dazu, dass die Erfüllung seiner Bitte keine Bedingung für seine Hilfe darstellte.
Noch einmal sah Amanda zu den verkohlten Worten an ihrer Tür. Sie war drauf und dran, das Leben ihres Bruders in die Hände eines Fremden zu legen. Doch sollte Roman etwa den Rest seiner Tage in Balthasars Keller verbringen, nur weil seine Schwester zu feige war, eine einmalige Gelegenheit zu nutzen, wenn sie sich ihr bot?
Mit einem Ruck wandte sie sich von der Liste in der Tür ab und griff nach der Feder.

9

Die U5 fuhr nur bis zur Schillingstraße, dann musste Jul aussteigen und die Karl-Marx-Allee hinunterlaufen. Die breite Straße lag still da, keine Spur von den vielen Autos, die dort normalerweise vorüberrauschten. Nur die Blätter der Bäume auf dem Mittelstreifen raschelten im Wind.

Erst bei einem der alten, herrschaftlich wirkenden Häuser entdeckte Jul Menschen. Eine Familie lud gerade Gepäck in ein Auto. Während er sich näherte, schlug der Vater den Kofferraum zu.

»Warum kommst du nicht gleich mit, Mama?«, fragte ein kleines Mädchen.

Die Mutter zerzauste ihrer Tochter das Haar. »Ich muss noch ein paar Tage arbeiten, Schatz. Aber ich komme nach, sobald ich kann.«

»Versprochen?«

»Versprochen. Und nun ab mit euch ins Auto. Und seid lieb zu Oma und Opa.«

Die Kinder kletterten auf den Rücksitz, gerade als Jul die Familie passierte. Ehe auch der Vater ins Auto stieg, wandte er sich noch einmal an seine Frau. »Falls es schlimmer wird ...«

»Komme ich sofort nach. Glaub mir, ich fühle mich auch nicht wohl in der Nähe von diesem Krater. Aber bisher hat alles gehalten, also wird es das auch ein paar Tage länger tun, bis ich dieses Projekt abgeschlossen habe. Und wenn nicht, wird sicher rechtzeitig eine Warnung rausgegeben. Heutzutage kann man das alles frühzeitig feststellen und ...«

»Das hat den Leuten auf dem Alex nicht geholfen.« Der Mann klang besorgt.

»Da hat doch auch noch niemand mit einem Erdbeben gerechnet. Mach dir keine Sorgen um mich, es wird schon nichts passieren.«

Jul wurde langsamer, zögerte. Sollte er der Frau sagen, dass sie die Stadt besser gleich verließ, weil hinter alldem mehr steckte als ein einfaches Erdbeben? Aber was sollte er ihr erzählen? Dass Engel und Dämonen irgendeinen übernatürlichen Grund für die Katastrophe vermuteten? Er konnte sich vorstellen, wie glaubhaft er mit einer solchen Geschichte klang.

Als der Motor des Autos ansprang, sah er noch einmal zurück. Die Frau stand allein auf dem Bürgersteig und winkte ihrer Familie nach. Nein, wahrscheinlich hatte sie sogar recht, und in den nächsten paar Tagen würde genauso wenig geschehen wie in denen davor. Ein Beben hier und dort, einige Sichtungen des seltsamen Welleneffekts, die irgendwer sofort zu vertuschen versuchen würde. Sie war nicht in Gefahr, und er konzentrierte sich besser auf die Aufgaben, die vor ihm lagen.

Jul wandte sich ab und setzte seinen Weg fort.

Das Handy stellte ein ungewohntes Gewicht in seiner rechten Innentasche dar, auf der linken Seite drückte die Pistole gegen seine Rippen, und aus der größten Tasche ragte eine kleine Wasserflasche. Das war alles, was er an Ausrüstung bei sich trug. Er wusste nicht, was ihn erwartete, und er sah keinen Sinn darin, für jede noch so abwegige Eventualität vorauszuplanen.

Je näher Jul dem Alexanderplatz kam, desto deutlicher erkannte er den hohen Baustellenzaun, der die Umgebung des Kraters absperrte. An seinem Fuß türmten sich Blumen und Kerzen, ein buntes, langsam verwelkendes Band, das nicht abriss, soweit Jul sehen konnte. Hier und dort hingen Zettel und Fotos an den

Gitterstäben, zeugten vom Schmerz des Verlusts, den Jul nur allzu gut nachvollziehen konnte.
Ein Stück links, halb zwischen den Gebäuden verborgen, klaffte der Krater selbst, als hätte eine mächtige Faust ein Loch in die Stadt gestanzt. Er wirkte sehr viel größer als im Fernsehen.
Dort würde er also hinuntersteigen müssen. Mit einem Mal kehrte die Erinnerung an das erste Beben zurück, das Jul im U-Bahn-Tunnel erlebt hatte. Das Gefühl des Betons über ihm, dessen Gewicht auf seine Brust zu drücken schien.
Ungehalten schüttelte er den Kopf, schob die Erinnerung beiseite. Als er den Blick vom Krater losriss, entdeckte er eine Lücke im Zaun. Jemand hatte dort die Blumen zur Seite geschoben, und zwei Polizisten bewachten den Durchgang. Weitere Uniformierte patrouillierten an der Innenseite der Absperrung. Mehrere Personen standen dahinter auf der Kreuzung, die das Ende der Karl-Marx-Allee markierte. Michaels Löwenmähne leuchtete golden im Sonnenlicht, genau wie das Haar seiner beiden Begleiter. Er unterhielt sich gerade mit einer rothaarigen Frau, die ganz in Schwarz gekleidet war. Beide wirkten angespannt, sprungbereit, als würden sie jeden Augenblick mit einem Angriff ihres Gegenübers rechnen. Michaels Hand lag auf dem Griff seines Schwertes. Eindeutig kein freundliches Gespräch.
Als Jul auf die Lücke zuging, vertrat ihm einer der Polizisten den Weg. »Sie können hier nicht durch. Bitte bleiben Sie auf dieser Seite der Absperrung.« Der Polizist wollte ihn mit einer energischen Geste fortscheuchen, doch in diesem Moment erklang Michaels Stimme. »Das ist er!«
Ein Mann im Anzug, der in der Nähe der Rothaarigen stand, hob die Hand. »Es ist in Ordnung, lassen Sie ihn durch.«
War das nicht …? Jul kniff die Augen zusammen. Tatsächlich. Der

Mann vom Senat, der erst vor kurzem versucht hatte, ihn anzuheuern. Der Gehstock, auf den er sich stützte, war ein eindeutiger Hinweis. Seine Verletzung musste ihm noch zu schaffen machen. Entweder die Rothaarige war seine Meisterin oder der andere Dämon, der sich ein wenig im Hintergrund hielt und sich beinahe schützend neben einer menschlichen Frau aufgebaut hatte. Allein seine Haltung machte deutlich, dass es sich bei ihm nicht um einen Diener handelte. Die Frau neben ihm hingegen ... Sie hielt sich stolz aufrecht, doch halb versteckt unter ihrem braunen, gelockten Haar schimmerten an ihren Schläfen kleine blutrote Augensymbole und ließen keinen Zweifel daran, dass sie einem der anwesenden Dämonen gehörte. Zu ihren Füßen stand ein Rucksack, sie trug festes Schuhwerk und Jeans. Konnte es sein, dass die Dämonen einen Menschen in den Krater schickten?
Der Blick der Menschenfrau ruhte auf ihm, während er sich der kleinen Versammlung näherte. Neugierde zeichnete sich auf ihren Zügen ab, genau wie auf denen der Dämonen. Michaels Miene hingegen verdunkelte kaum verhohlener Ärger. »Du bist spät dran.«
Jul hob betont gleichgültig die Schultern. Michael mochte ihn in der Hand haben, aber er würde sich nicht schelten lassen wie ein unartiger Schuljunge. »Die Bahnverbindung hierher war schon mal besser.«
War das ein Schmunzeln, das über die Lippen der rothaarigen Dämonin spielte? Sie verschränkte die Arme vor der Brust und beobachtete den Austausch zwischen ihm und Michael mit interessiertem Funkeln in den Augen. Auch der Erzengel schien es zu bemerken. Er warf ihr einen kurzen Blick zu, und obwohl seine Miene deutlich machte, dass er mit Juls Antwort alles andere als glücklich war, wandte er sich schließlich ab und dem Krater zu. »Dann können wir ja beginnen.«

Die Dämonin nickte, und auf einen Wink von ihr traten ihr Artgenosse und die Menschenfrau näher.
Michael ließ den Blick kurz über den Krater schweifen, und Jul tat es ihm gleich. Auf der anderen Seite des Loches konnte er abgerissene und verbogene S-Bahn-Schienen erkennen. Große Schutthaufen türmten sich an den Stellen, an denen früher einmal Gebäude gestanden hatten, fast bis auf Straßenniveau. Dazwischen ging es erschreckend weit hinab, und der Abstieg würde sicherlich nicht einfach werden. Dann jedoch entdeckte Jul zwei metallene Pflöcke, die jemand nahe der Kante in den Asphalt getrieben hatte. Seile führten von dort in die Tiefe. Eine Strickleiter vielleicht?
»Eure Aufgabe ist einfach.« Die Dämonin sprach. »Haltet im Krater nach allem Ausschau, das euch ungewöhnlich erscheint.«
»Sucht außerdem einen Weg in die Tiefe«, fiel Michael ihr ins Wort. »Die Menschen, die vor euch in den Krater gestiegen sind, scheinen einen gefunden haben. Bedauerlicherweise ist kurz darauf der Kontakt zu ihnen abgebrochen.«
»Ihr kehrt erst um, wenn ihr jeden möglichen Weg erkundet habt ...«
»... aber ihr unternehmt nichts weiter, außer euch umzusehen. Fasst nichts an und bleibt zusammen.« Engel und Dämonin ergänzten einander erstaunlich gut, obwohl das wahrscheinlich nicht in ihrer Absicht lag. Aus ihrem Mund klang die Mission nach einem etwas komplizierteren Spaziergang. Erneut fragte sich Jul, was sie dort unten tatsächlich erwarten würde. Je mehr Michael und die rothaarige Dämonin es vermieden, über mögliche Gefahren zu sprechen, desto sicherer war er, dass er froh sein konnte, wenn er am Ende des Tages noch in der Lage war, wieder aus dem Krater herauszuklettern. Jul blickte zu der Menschenfrau hinüber. Die ganze Unternehmung wurde nicht

einfacher dadurch, dass sie ihn begleiten würde. Sie war zwar kein Dämon, aber sie diente einem. Das machte sie alles andere als vertrauenswürdig.

Sie erwiderte seinen Blick mit verschlossener Miene. Wahrscheinlich war sie hübsch, wenn sie lächelte, doch für den Moment bildeten ihre Lippen einen dünnen Strich. Ihre ganze Haltung drückte Anspannung aus.

Nein, diese Mission würde mit Sicherheit alles andere als ein Spaziergang werden.

10

Da war er wieder, dieser Blick. Der Typ in der Jeansjacke schaute sie an, wie es auch die Engel taten, die in Michaels Begleitung gekommen waren. Im ersten Moment hatte sie nicht daran gezweifelt, dass er einer von ihnen war. Selbst die Farbe des Haars stimmte. Es war so blond, dass man es fast weiß nennen konnte. Doch die Art, wie er Michael begegnet war … Hielten sich auch die Engel Diener?

Unruhig zupfte Amanda am Ärmel ihrer Bluse in dem Bemühen, das Tattoo ganz zu verdecken. Doch das konnte sie sich eigentlich sparen. Die neuen Zeichen an ihren Schläfen brannten noch immer, und ihr Rot leuchtete mit Sicherheit unter ihrem Haar hervor. Michael hatte recht behalten, was Balthasars Pläne anging.

Nachasch und der Erzengel beendeten ihre Rede, und Michael deutete zum Rand des Kraters hinüber. »Dort hinten führt eine Strickleiter hinab. Viel Glück.«

Das war es also. Ziemlich unbeeindruckend dafür, dass sie soeben in unbekannte Gefahren entlassen worden waren. Doch wahrscheinlich passend zu der Bedeutung, die man ihnen beimaß. Oder zumindest ihr. Ob die Engel für den Auftrag auch jemanden ausgewählt hatten, den sie loswerden wollten?

Amanda schulterte den Rucksack, in dem verschiedene Werkzeuge klapperten, und setzte sich in Richtung Kraterrand in Bewegung. Sie glaubte Balthasars Blick in ihrem Rücken zu spüren, doch sie drehte sich nicht noch einmal um. Darauf, sich von ihm zu verabschieden, konnte sie getrost verzichten.

In sicherem Abstand zur Kante blieb sie stehen und spähte in die Tiefe. Zerfetzte Wasser-, Strom- und Telefonleitungen ragten aus dem steilen Abhang, ebenso Teile von Fundamenten, die nicht vollständig hinabgestürzt waren. Der Grund des Kraters sah nicht besser aus, sie würden mehr klettern als laufen müssen. Verdammt, diese Mission hatte noch nicht einmal richtig begonnen, und sie verspürte schon das dringende Bedürfnis umzukehren.

Schritte hinter ihr. Der Typ, den die Engel geschickt hatten, trat neben sie, und sie machte eine einladende Geste in Richtung Strickleiter. »Nach dir.«

Das war vielleicht nicht nett, aber sie hatte kein Problem damit, ihn vorzuschicken, damit er zuerst auf die Stellen trat, an denen man möglicherweise einbrechen oder sich sonst wie verletzen konnte.

Mit einem Schulterzucken machte er sich an den Abstieg.

✣

Beton und Erde knirschten unter seinen Füßen, als Amandas Begleiter den Grund des Kraters erreichte. Die Strickleiter schwankte für einen Moment stärker, und sie klammerte sich daran fest, starrte stur auf die Kraterwand vor ihrer Nase. Nur nicht nach unten sehen.

Dann hörte sie, wie sich der Engel-Typ einige Schritte entfernte. Steine kullerten.

Schließlich spürte auch Amanda unebenen Boden unter den Füßen und drehte sich um. Ihr Begleiter hatte ihr den Rücken zugekehrt, ein Fuß ruhte auf einem Felsbrocken, der andere stand etwas tiefer. In dieser Pose wirkte er wie ein Entdecker, der skeptisch das neue Land betrachtete, das vor ihm ausgebreitet lag. Skepsis war wahrscheinlich auch angebracht.

Noch ein wenig unsicher auf dem Geröll trat Amanda neben ihn. Ein Stück entfernt erhob sich halb unter Trümmern begraben eine recht gut erhaltene Wand. Rechts davon, dort, wo früher der Kaufhof gestanden haben mochte, türmte sich ein Schuttberg bis fast zur Kraterkante.
»Wir könnten uns trennen.« Er wandte sich halb um, sah sie an.
Amanda schüttelte den Kopf. »Hast du nicht gehört? Wir sollen zusammenbleiben. Die trauen einander nicht so weit, wie ich einen Elefanten werfen kann. Wahrscheinlich ist es ihnen wichtig, dass wir dieselben Entdeckungen machen.«
Wieder dieser Blick, distanziert und voller Misstrauen. »Dein Meister ist bestimmt sehr zufrieden mit dir.« Mit diesen Worten wandte er sich ab und ging über das Geröll davon. Er bewegte sich erstaunlich sicher über den unebenen Boden. Während Amanda ihm folgte, ballte sie die Hände zu Fäusten. Als hätte der Blick noch nicht gereicht, um ihr deutlich zu machen, was er von ihr hielt. Verdammtes, arrogantes Arschloch!
Für eine Weile kletterten sie schweigend. Ohne es abgesprochen zu haben, hielten sie dabei auf die halbwegs intakte Wand zu. Die Öffnungen leerer Fenster klafften darin, möglicherweise gab es dahinter etwas zu entdecken, und irgendwo mussten sie ja anfangen.
Unter ihren Schritten lösten sich ständig kleinere Trümmerstücke, kullerten in Löcher und Ritzen. Doch je näher sie dem Zentrum des Kraters kamen, desto deutlicher glaubte Amanda, auch in der Ferne Kullern und Klacken zu hören. War das Trümmerfeld etwa die ganze Zeit in Bewegung? Stürzten unter ihren Füßen immer noch Stück für Stück kleinere Hohlräume in sich zusammen? Der Gedanke ließ sie schaudern.
»Hey, du.« Selbst ein Gespräch mit dem Engel-Typ war besser, als weiter auf diese unheimlichen Geräusche zu lauschen.

Er sah kurz zu ihr zurück, ohne zu antworten, konzentrierte sich dann sofort wieder darauf, wohin er seine Füße setzte.
»Wie heißt du?«
»Jul.«
»Schön, ich bin Amanda. Freut mich nicht unbedingt, dich kennenzulernen, aber immerhin weiß ich nun, wie ich dich nennen soll.«
»Ebenso.« Jul schwenkte nach links, um etwas zu umrunden, das aussah, als könnte es einmal Teil eines Brunnens gewesen sein. Warum musste er nicht nur arrogant, sondern auch einsilbig sein? Selbst ein ordentlicher Streit wäre eine Erleichterung gewesen, wenn er nur das stete Rutschen und Kullern im Hintergrund übertönt hätte. Sie ließ den Blick schweifen. Hier und dort schienen sich kleinere Trümmerstücke ein wenig zu bewegen, aber nirgendwo sackte etwas ein. Das war zumindest etwas.
Jul hatte derweil ein wenig Vorsprung gewonnen, und sie beeilte sich, wieder zu ihm aufzuschließen. »Was genau bist du?«
Er blieb stehen, sah mit gerunzelter Stirn zu ihr zurück. »Wie meinst du das?«
»Was du bist. Ein Mensch, ein Engel mit besonders wenig Respekt vor seinen Vorgesetzten, was ganz anderes? Wenn wir schon zusammen in diesem Loch festsitzen, würde ich gerne wissen, womit ich es zu tun habe. Immerhin macht es einen Unterschied, falls einem von uns was passiert, nicht wahr?«
Juls Miene verdunkelte sich, noch während sie sprach. Lag es an der Frage oder an der Tatsache, dass sie überhaupt versuchte, mit ihm zu reden? Vielleicht an beidem.
»Ein Engel.« Abrupt wandte er sich ab, setzte seinen Weg trotz des unebenen Bodens noch schneller fort. Mit einem Seufzen folgte Amanda ihm. Sie würde wohl etwas anderes suchen müs-

sen, um sich von dem mulmigen Gefühl in ihrer Magengegend abzulenken. Immer wieder strich ihr Blick über das Trümmerfeld, doch es ließ sich unmöglich sagen, wohin man ohne Gefahr treten konnte und wohin nicht.

Hoffentlich war zumindest Roman bald in Sicherheit. Unwillkürlich tastete sie über das Seitenfach ihres Rucksacks, in dem die Feder steckte. Sobald sie unter der Erde waren, würde sie ihr Versprechen einlösen.

Ein schrägstehendes Stück Wand führte sie hinab in eine Senke. Die Form der Vertiefung war seltsam, beinahe trichterförmig. Schutt knirschte, als Jul von der verhältnismäßig ebenen Fläche der Wand in die Mitte der Senke trat. Steine kollerten, kamen ins Rutschen, sackten ab.

Ohne lange nachzudenken, griff Amanda zu. Sie erwischte Juls Jeansjacke am Kragen, zog ihn mit einem Ruck zurück. Er taumelte, fing sich jedoch schnell wieder. Dort, wo er gerade noch gestanden hatte, schluckte ein größer werdendes Loch hinabrutschende Betonbrocken.

Auch das Wandstück, auf dem sie standen, sackte nach unten. Amanda hörte sich selbst erschrocken schreien, stolperte einen Schritt zurück. Kurz schoss ihr der Gedanke durch den Kopf, wie unglaublich beschissen es wäre, wenn sie so früh schon in ein Loch fallen und sich den Hals brechen würde. Dann riss sie ein weiterer Ruck beinahe von den Füßen und trieb sie auf das Loch in der Mitte der Senke zu. Doch eine Hand schloss sich schmerzhaft fest um ihren Oberarm. Sie kämpfte um ihr Gleichgewicht, bis ihr klarwurde, dass sich der Boden unter ihr nicht mehr bewegte. Die Wand musste sich irgendwo verkantet haben.

Einen Augenblick lang hörte sie nur ihren eigenen wummernden Herzschlag und das Rieseln von Sand. Sie atmete tief durch,

blickte auf und in Juls Gesicht. Nun erst löste der Engel seinen Griff um ihren Arm und nickte ihr zu. Er konnte also tatsächlich auch freundlich schauen.
Sie öffnete den Mund, um etwas zu sagen, doch er wandte sich bereits ab und schob sich näher an das Loch. Vorsichtig spähte er hinein.
Gut, wie er wollte. Wenn er sich nicht bedankte, würde sie es auch nicht tun. Sie hatten einander geholfen, sie waren quitt.
Obwohl Amanda halb damit rechnete, dass das Wandstück gleich wieder ins Rutschen kam, folgte sie dem Engel. Das Loch tat sich dunkel vor ihnen auf, und Amanda glaubte weiter unten staubigen Betonboden zu erkennen. Wie konnte das sein? Wohin war das Geröll verschwunden, das dort hinuntergerutscht war? Sie trat einen weiteren Schritt näher, darauf bedacht, sich nicht selbst das Licht zu verdecken. »Sag bloß, wir haben schon unseren Weg nach unten gefunden.«
Vielleicht war der Gang abschüssig, und der Schutt war deshalb nirgendwo mehr zu sehen? Amanda kniff die Augen zusammen. Der Beton dort unten erschien ihr seltsam unscharf.
»Nein. Siehst du nicht, wie der Boden sich wellt?«
Sie ging in die Hocke, um einen besseren Blick zu haben. Tatsächlich. Der Beton verhielt sich wie Wasser, warf kleine Wellen, die sich in konzentrischen Kreisen ausbreiteten. Aus diesem Winkel konnte sie außerdem die wenigen verbliebenen Betonbrocken etwas genauer erkennen. Amanda hielt den Atem an, lehnte sich noch ein Stück vor.
»Irre ich mich, oder hängen diese Trümmerstücke in der Luft?« Sie bemühte sich um einen möglichst gelassenen Tonfall. Nur keine Schwäche zeigen. Außerdem, hatte sie nicht selbst schon mit der Kraft ihrer Gedanken ein Glas zerspringen lassen? Dagegen waren schwebende Trümmerstücke nichts. Dennoch

klang ihre Stimme in ihren eigenen Ohren ein wenig schrill. Was zur Hölle ging in diesem Krater vor?

Jul ging neben ihr in die Hocke. »Du hast recht.« Er klang nur halb so überrascht, wie ihrer Ansicht nach angemessen gewesen wäre, doch vielleicht verbarg auch er seine Gefühle. »Ich wette, das hängt irgendwie mit diesem Welleneffekt am Boden zusammen. Wir werden auf jeden Fall nach einem anderen Weg Ausschau halten müssen.«

Mit einem Nicken erhob sich Amanda. Sie war ganz sicher nicht scharf darauf, auf diesen seltsamen, sich wellenden Untergrund zu treten. Also umrundeten sie die Senke großzügig, bevor sie wieder auf die intakte Wand zuhielten, über der sich der Trümmerberg erhob. Es war nicht mehr weit.

»Warum haben die Dämonen einen Menschen mit dieser Aufgabe betraut?«

Überrascht sah Amanda zu Jul hinüber. Dass er seinerseits versuchen würde, ein Gespräch zu beginnen, damit hatte sie nicht gerechnet. Sie überlegte, ob sie lügen sollte, doch wozu?

»Weil Diener ersetzbar sind. Außerdem müssen sie so nicht auf einen Bericht warten.« Sie tippte sich gegen eine Schläfe, und die Berührung schickte ein schmerzhaftes Prickeln durch das verdammte neue Tattoo. Es würde noch eine Weile dauern, bis es verheilt war. »Ich bin eine hochauflösende Kamera auf zwei Beinen.«

Juls Blick wanderte zu den roten Augensymbolen an ihren Schläfen, und sein Gesicht nahm wieder diesen Ausdruck an, der für Engel typisch zu sein schien. Doch nicht lang, dann starrte er wieder nach vorn. »Scheint kein guter Handel zu sein. Deine Seele gegen so was.«

Amanda verhielt mitten im Schritt. Dieser arrogante Mistkerl! Seine Leute billigten es doch, dass solche Deals geschlossen wurden! Wie konnte er es da wagen, irgendeine Art von moralischem Urteil über sie zu fällen? »Ich weiß ja nicht, was ihr Engel den ganzen Tag so macht, aber hier auf der Erde geht es teilweise ziemlich beschissen zu. Wir haben nicht immer eine Wahl, weißt du?« Mit zwei Schritten überholte sie Jul, stellte sich ihm in den Weg. Sie suchte seinen Blick, hielt ihn mit all der Wut, die in ihrem Inneren brodelte. »Und ich habe meine Seele nicht verkauft! Sie ist eines der wenigen Dinge, die noch mir gehören, obwohl ich wirklich nicht weiß, was mir das bringen soll. Immerhin scheint es euch nur dann zu interessieren, was wir damit machen, wenn ihr deswegen auf uns herabschauen könnt.«

Für einen Moment sah Jul sie mit undeutbarer Miene an. Amanda rechnete mit einer wütenden Erwiderung, doch er hob stattdessen beschwichtigend die Hände. Kurz huschte ein Lächeln über seine Lippen, das jedoch seine Augen nicht erreichte. »Entschuldige. Ich wollte deine Gefühle nicht verletzen.«

Mit diesen Worten ging er an ihr vorbei und trat in den Schatten des Schuttbergs vor ihnen. Verdutzt blickte Amanda ihm hinterher. Sie sah zu, wie er sich der Wand näherte und sich durch eine darin gähnende Fensteröffnungen lehnte. Vorsichtig, denn es steckten noch einige scharfkantige Scherben im Rahmen.

Hatte er diese Entschuldigung ernst gemeint, oder hielt er sie einfach für zu unwichtig, um mit ihr zu streiten?

11

Hinter dem zerbrochenen Fenster empfing sie staubiges Zwielicht. Juls Augen brauchten einen Moment, um sich darauf einzustellen und Sinn in das Chaos zu bringen, das der Einsturz hinterlassen hatte. Zwischen den allgegenwärtigen Betonbrocken lagen die Trümmer eines Schreibtisches, eines seiner stählernen Beine in die Höhe gereckt wie ein sterbendes Tier. Ein zertrümmerter Computerbildschirm und auf die Seite gefallene Aktenschränke deuteten darauf hin, dass dies einst ein Büro gewesen war. Nun glich der Raum einer Schutthalde, und dort, wo einmal die Decke gewesen war, hielt ein verbogener Stahlträger ein großes Stück einer Wand aus den oberen Stockwerken davon ab hinabzustürzen. Das gähnende Loch einer nur halb verschütteten Tür führte tiefer in den Berg aus Trümmern.

Amandas Schritte knirschten hinter Jul. Hoffentlich hatte seine Entschuldigung genügt, um ihr den Wind aus den Segeln zu nehmen. Ihm stand der Sinn nicht nach Streit. Er hatte seine Worte ernst gemeint. Worauf die Diener der Dämonen sich einließen, klang nach einem äußerst schlechten Handel, ganz jenseits moralischer Kategorien, die er ohnehin nur ansatzweise erfassen konnte.

Allerdings war ihm bislang nicht klar gewesen, dass nicht alle, die einem Dämon dienten, ihm auch ihre Seele verkauften. Offenbar gab es mehr als einen Preis, den ein Dämon für Macht, Geld und was auch immer sonst verlangen konnte. Falls

Amanda die Wahrheit sprach, diente sie ihrem Meister nur im Leben, doch nach ihrem Tod war ihre Seele frei. Aber was dann? Wenn Jul ehrlich war, wusste auch er nicht, was eine freie unsterbliche Seele in diesen Zeiten noch wert war. Der Herr war fort, und er hatte nicht nur die Engel, sondern auch den Rest seiner Schöpfung im Stich gelassen.

Jul schüttelte den Kopf, um den Gedanken loszuwerden. Stattdessen richtete er den Blick auf die Decke des Hohlraums im Schutt. Obwohl der Stahlträger die Trümmerstücke darüber offensichtlich recht sicher an Ort und Stelle hielt, sah es aus, als könnte der gesamte Aufbau jeden Moment in sich zusammenbrechen.

»Falls überhaupt, finden wir wohl da drin einen Weg nach unten, weil da nicht so viel Zeug nachrutschen konnte.« Jul zuckte zusammen, als Amandas Stimme direkt neben ihm erklang. Wie von selbst wanderte seine Hand zur Pistole. Er hätte sie kommen hören müssen! Dies war gefährliches Gebiet, er durfte in seiner Wachsamkeit nicht nachlassen.

Die Dämonendienerin schien in ihre eigenen Gedanken versunken zu sein. Mit kritischem Blick musterte sie die Decke des Raums. Dabei biss sie sich auf die Unterlippe, wahrscheinlich ohne es selbst zu merken, und erlaubte Jul damit einen kurzen Blick auf die Unruhe hinter ihrer gefassten Fassade. Wie wenig sie doch mit dem Senator gemeinsam hatte. Wären die Tätowierungen nicht gewesen, er hätte sie niemals für eine Dämonendienerin gehalten.

Doch er durfte nicht vergessen, was sie war. Selbst wenn sie ebenso ahnungslos war wie er, was die Vorgänge in diesem Krater betraf, musste das nicht auf ihren Meister zutreffen. Sie konnte Befehle haben, die ihn davon abhalten würden, seinen Teil der Mission zu erfüllen. Und Michael wäre sicher nicht erfreut, wenn die Dämonen Informationen erhielten, die den Engeln verborgen blieben.

Jul drückte mit den Fingerspitzen gegen eine der größeren Scherben, und sie brach aus dem Rahmen. Vorsichtig zog er sich auf das Sims, duckte sich durch das Fenster. Glas knirschte unter seinen Schuhen, als er mit einem Satz im Inneren des Raums landete. Er zwang seinen Blick zu Boden. Nur nicht nach oben sehen, wo sich jederzeit ein Trümmerstück lösen und eine ganze Lawine mit sich reißen konnte.

Amanda folgte etwas langsamer. Sie stiegen über verbogene Aktenschränke und fanden sich schließlich in einem Büroflur wieder. Schutt blockierte ihn in der einen Richtung, doch in der anderen erstreckte sich die Reihe der geborstenen Türrahmen ein ganzes Stück ins Zwielicht. Einige Streifen trüben Morgenlichts hatten einen Weg zwischen den Trümmern über ihren Köpfen und durch die Reste der Decke gefunden. Staub tanzte in ihrem Licht, und ein muffiger Geruch nach feuchtem Beton lag in der Luft. Und roch er dort nicht auch einen Hauch von Verwesung? Sicher waren in diesem Haus Menschen gestorben. Zu seiner Überraschung blieb das Mitleid bei diesem Gedanken aus. Tot war tot, daran ließ sich nichts mehr ändern.

Sie liefen den Gang entlang, blickten immer wieder in die angrenzenden Räume. Schilder mit Nummern hingen neben jeder Tür. Wenn die erste Ziffer das Stockwerk anzeigte, dann war dies einst das zweite gewesen.

Einige der Durchgänge waren vollständig blockiert, andere Räume konnte man betreten. Doch dort erwarteten sie nichts als Betontrümmer und die Reste von Schreibtischen, Aktenschränken und Computern. Papier lag überall verstreut. Jul hob eines der Blätter auf, entdeckte darauf aber nichts anderes als Reihen über Reihen von Zahlen.

Durch die nächste Tür schaute er nur noch im Vorbeigehen. Moment, konnte das …? Abrupt blieb er stehen und unterzog den Raum nun doch einer genaueren Betrachtung. Tatsächlich, er hatte sich nicht getäuscht. Dort schwebte ein Betonbrocken ein Stück über dem Haufen Schutt, auf dem er eigentlich liegen sollte. Unter ihm schien das Geröll Wellen zu schlagen, als wolle es jeden Moment zerfließen. Schon wieder.
Jul sah sich kurz um, entdeckte nicht weit entfernt ein verbogenes Metallrohr, vielleicht einst ein Tischbein. Er hob es auf, wog es in der Hand.
»Hältst du das für eine gute Idee?«, erklang Amandas Stimme hinter ihm.
Jul drehte sich nicht zu ihr um, fixierte den Stein. »Du magst hier sein, weil man es dir befohlen hat. Aber ich will tatsächlich wissen, was in diesem Krater vor sich geht.« Das war nur die halbe Wahrheit, doch über seine Flügel würde er mit einer Dämonendienerin ganz sicher nicht sprechen. Er hörte sie irgendetwas murmeln, das nicht sonderlich freundlich klang, während er einen Schritt auf den schwebenden Brocken zu tat. Dann holte er mit der Stange aus. Mit einem hellen, metallenen Klang stieß sie gegen den Beton. Im nächsten Moment ließ Jul das Metallrohr fahren. Mit einem Schmerzlaut auf den Lippen sprang er zurück.
Seine Hand brannte vor Kälte. Vorsichtig drehte er sie, streckte mühsam die tauben Finger. Es fühlte sich an, als würden Tausende von Nadeln in seine Hand stechen, doch immerhin gehorchten die Muskeln. Die Handfläche hingegen bot keinen schönen Anblick. Weiß wie Schnee, die Ränder blau, grün und schwarz. Erfroren. Steinchen knirschten unter Amandas Schuhen, als sie näher trat.
»Ich könnte jetzt sagen …«

»Erspar es mir«, unterbrach er sie und deutete nach vorn. »Sieh dir lieber das an.«
Die Stange klebte noch immer an dem Beton, ebenso bewegungslos wie der Brocken selbst. Das Trümmerstück hatte seine Position nicht einen Millimeter verändert. Hätte Jul das Metall noch einen Moment länger festgehalten, wäre er vielleicht ebenfalls erstarrt.
Was genau war es nur, das dieser Welleneffekt bewirkte? Er veränderte Dinge und ließ sie verschwinden, wie es bei dem Werbeplakat in Karins Video der Fall gewesen war. Er ließ Dinge erstarren.
Was, wenn das Verschwinden mit dem Einsturz zu tun hatte? Wenn sich einfach ein Stück Erde in Luft aufgelöst hatte und daraufhin alles zusammengebrochen war? Aber wie passten die Beben dazu? Er konnte sich einfach keinen Reim darauf machen.
Jul seufzte, senkte den Blick auf seine Hand und beschwor das blaue Glühen herauf. Warm floss es durch seine Glieder und umhüllte die Handfläche. Langsam nahm sie wieder eine normale Farbe an, das Gefühl in seinen Fingern kehrte zurück. Prüfend bewegte er sie und wandte sich schließlich von dem Betonbrocken ab. »Lass uns weitergehen.«
Schweigend setzten sie ihren Weg fort. Jul Gedanken kreisten noch immer um das Rätsel des Welleneffekts, doch so sehr er es auch hin und her wälzte, er konnte alldem keinen Sinn abgewinnen.
»Ich frage mich, welches Gebäude das hier mal war.« Wieder brach Amanda die Stille.
Anstatt zu antworten, fischte Jul das Handy aus seiner Tasche. Für eine Weile starrte er auf den Bildschirm, auf die kleinen bunten Bildchen, von denen die meisten ihm rein gar nichts sagten. Von wegen selbsterklärende Icons. Technik eben.

»Was suchst du?«
»Eine Sammlung von Karten, die uns sagen können, wo wir sind.« Vielleicht hätte er sich doch etwas mehr mit diesen Dingen beschäftigen sollen. Doch bisher hatte er sie kaum gebraucht. Nicht genug zumindest, um seinen Widerwillen dagegen zu überwinden.
»Lass mich mal sehen.« Amanda streckte die Hand nach dem Handy aus.
Er zögerte. Konnte es schaden, sie nach den Karten suchen zu lassen?
Ihre Miene verdüsterte sich. »Was? Hat du Angst, dass ich es einstecke und damit verschwinde?«
Erstaunlich, wie empfindlich sie jedes Mal reagierte, wenn sie glaubte, er wolle ihr irgendetwas vorwerfen. Konnte ihr nicht egal sein, was er von ihr dachte? Wieder hob Jul beschwichtigend die Hände, versuchte sich an einem Lächeln. Dann reichte er Amanda das kleine Telefon. »Versuch dein Glück.«
Nach einem weiteren düsteren Blick vertiefte sie sich tatsächlich in das Gerät, und Jul passte seine Geschwindigkeit ihren langsamer werdenden Schritten an.
Schließlich gab sie einen unwilligen Laut von sich. »Die Trümmer blockieren den Empfang.«
Musste sie ihn daran erinnern, was sich über ihren Köpfen türmte? Ehe Jul antworten konnte, ging sie ein paar Schritte bis zu einem Spalt in der Decke, durch den ein schmaler Lichtstrahl drang. Dort hielt sie das Handy in die Höhe und tippte mit dem Finger auf einige Icons.
»Hier stand mal das Berolinahaus, wie's scheint. Wo der C&A war. Das hier könnte eines der Bürostockwerke sein.« Während Amanda sprach, wandte sie sich erneut Jul zu, um ihm das Handy zurückzugeben. »Das heißt, es …« Sie stockte, er-

starrte mitten in der Bewegung, den Blick auf etwas hinter ihm gerichtet.
Jul wirbelte herum. Noch ehe er die Bewegung beendet hatte, hielt er die Pistole schussbereit in der Hand. Doch er zielte nur auf leere Luft.
Vor ihm öffnete sich eine Tür in ein weiteres Büro. Der Raum war halb mit Schutt gefüllt. Ein süßlicher, muffiger Geruch wehte Jul entgegen, schwach genug, dass er ihn erst jetzt bemerkte. Mit dem Blick suchte er die Trümmer ab und blieb schließlich an etwas hängen, das er fast für einen Teil des Schutts gehalten hätte: eine Hand. Sie ragte zwischen zwei Gipsplatten hervor, staubig und grau.
»Scheiße.« Amanda starrte noch immer in den Raum hinein, ohne sich zu rühren, in den Zügen eine Mischung aus Ekel und Entsetzen.
Jul dachte an die Blumen, die oben vor der Absperrung lagen. Welche davon waren wohl für den Besitzer dieser Hand bestimmt? Doch was war, wenn dieser Mensch noch lebte? Vielleicht stammte der Verwesungsgeruch, der ihm immer deutlicher in die Nase stieg, von einem zweiten, tiefer im Schutt vergrabenen Körper.
Jul trat in den Raum, beugte sich zu der Hand herunter. Sie war kalt, die Haut unnatürlich schwammig. Nur um sicherzugehen, schickte er seine Heilkraft in den toten Körper. Kurz spielte das blaue Glühen über die staubigen Finger. Doch es fand keinen Halt und erlosch. Es war wie bei dem Senator in dem verlassenen U-Bahn-Tunnel. Jul konnte die Seele des Toten nicht erreichen. Nur, dass sie bei dem Menschen unter den Trümmern nicht verschlossen und verkauft war, sondern schlichtweg fort.
Kopfschüttelnd richtete sich Jul wieder auf. Irgendjemand

würde diesen Mann für den Rest seines Lebens vermissen. Er räusperte sich. »Eigentlich ist es ein Wunder, dass wir erst jetzt auf eine Leiche stoßen.«

Ein ersticktes Lachen entrang sich Amandas Kehle. Sie wich einen Schritt zurück, noch immer blass im Gesicht. »Für einen Engel bist du ziemlich abgebrüht.«

Mit wenigen Schritten war er bei seiner Begleiterin, musterte sie. Ihre Hände zitterten, als sie sich damit über das Gesicht fuhr, doch dann rammte sie sie in die Taschen ihrer Hose. Ein harter Zug legte sich um ihren Mund, und sie straffte sich, nahm eine unnatürlich aufrechte Haltung an. Zumindest äußerlich wirkte sie nun wieder gefasst. Aber Jul glaubte nicht daran, dass es in ihrem Inneren genauso aussah.

»Für die Dienerin eines Dämons bist du leicht aus der Ruhe zu bringen.«

»Keine Ahnung, was du für Vorstellungen hast, aber ich laufe normalerweise nicht durch die Gegend und bringe Leute um oder buddle Leichen aus oder was auch immer deiner Meinung nach zu den typischen Beschäftigungen eines Dämonendieners gehört.« Sie klang nur halbherzig angriffslustig, offensichtlich noch immer damit beschäftigt, ihre Entdeckung zu verarbeiten. Noch einmal glitt ihr Blick zu der Hand des Toten, und ein Schauder durchlief sie. Abrupt wandte sie sich ab und setzte ihren Weg fort.

Jul schloss sich ihr an, beobachtete seine Begleiterin stirnrunzelnd. Was bezweckten die Dämonen damit, jemanden in den Krater zu schicken, der bereits beim Anblick einer Leiche vor Schreck erstarrte? Oder spielte Amanda ihm nur etwas vor? Doch wenn ja, wozu?

»Und was ist deine Entschuldigung?«

Die Frage riss ihn aus seinen Gedanken. »Was?«

Amanda warf ihm von der Seite her einen kurzen Blick zu. »Warum lässt dich eine Leiche so kalt?«

Erinnerungsbilder stiegen vor Juls innerem Auge auf. Brennende Städte, Wasser, das langsam alles Land verschlang, Heuschreckenschwärme und Engel, die sich des Nachts wie Schatten zwischen Lehmhäusern bewegten, um jedem erstgeborenen Sohn den Tod zu bringen. Er hätte Amanda vom Baum der Erkenntnis erzählen können, von dem Geschmack des Apfels auf seiner Zunge und von den Zweifeln und der Reue, die ihn damals am Fuß des Stammes befallen hatten. Von der gefühlten Ewigkeit, die er gebraucht hatte, um mit beidem zurechtzukommen. Doch er tat es nicht. »Ich sehe seit mehreren tausend Jahren Menschen sterben. Man gewöhnt sich daran.«

»Oh.« Eine Weile gingen sie schweigend den Gang hinunter. Doch nicht lange. »Ich kann immer noch nicht so ganz glauben, dass du wirklich ein Engel bist. Du wirkst nicht wie die anderen. Als würdest du nicht wirklich dazugehören.«

Die Worte trafen Jul wie eine Faust in den Magen. Zwar würde er bald wieder zur Schar gehören, seine Schwingen zurückbekommen. Doch noch war er ein Krüppel. Mit einem Mal schienen die Wände des Gangs ihn einzuengen, der Schuttberg über seinem Kopf wurde ihm umso deutlicher bewusst. Schmerzhafte Sehnsucht stieg in ihm auf. Nun, da die Freiheit des Fliegens wieder in greifbare Nähe gerückt war, schien es ihm umso unerträglicher, an die Erde gebunden zu sein.

»Das geht dich nichts an!« Er beschleunigte seine Schritte, so dass Amanda ein Stück zurückblieb.

Viel Abstand konnte er allerdings nicht gewinnen, denn der Gang endete abrupt an einer undurchdringlichen Wand aus verkanteten Trümmerstücken. Zwischen diesem Hindernis und der gezackten Bruchkante des Bodens klaffte ein Spalt. Ein

Spalt, der in einen Hohlraum unter ihren Füßen führte, eine Schutthalde hinab, die sich irgendwo in der Dunkelheit verlor. Er war gerade breit genug, um hindurchzukriechen.
Einmal mehr ertappte Jul seine Finger dabei, wie sie mit den Knöpfen seiner Jeansjacke spielten. Eilig vergrub er die Hände in den Taschen. Hatten die Wände des Gangs ihn zuvor noch erdrückt, erschien ihm der Platz zwischen ihnen nun im Vergleich zu dem Spalt angenehm groß.
Amanda seufzte. »Wenn ich für diesen Ausflug Geld bekommen würde, wäre es definitiv nicht genug.«

12

Missmutig betrachtete Amanda den schmalen Spalt zwischen der Bruchkante des Bodens und der Schutthalde, die hinab in die Dunkelheit führte. Wenn sie dort unten waren, musste nur etwas Ähnliches geschehen wie vorhin, als Jul beinahe in das Loch gefallen wäre, und sie würden so enden wie der Kerl unter den Trümmern in dem Büroraum. Allein die Erinnerung an die staubige, leblose Hand verursachte ihr Übelkeit. Mit einem Mal erschien es ihr sehr wahrscheinlich, dass Nachasch bekommen würde, was sie sich wünschte. Selbst wenn sie dort unten Glück hatten, wie viele schmale Löcher und einsturzgefährdete Hohlräume mochte es noch auf ihrem Weg geben? Und sie konnten nicht umkehren, bevor sie nicht alles erkundet oder zumindest irgendetwas gefunden hatten, das den Einsturz erklärte. Nachasch würde am Kraterrand stehen und ihr auf die Finger treten, wenn sie versuchte, dieses verdammte Loch zu verlassen, bevor ihre Aufgabe erfüllt war.
Amandas Kehle wurde ihr eng. Unter Trümmern begraben zu werden war bestimmt kein angenehmer oder auch nur schneller Tod. Wenn man Pech hatte, lag man stundenlang verletzt in der Dunkelheit, erstickte langsam und qualvoll.
Sie schluckte, holte tief Luft, um die herankriechende Panik zu vertreiben. Nur nicht daran denken, was geschehen könnte. Sie würde dies durchstehen, sie würde überleben. Und selbst wenn sie starb, war immerhin Roman in Sicherheit. Zumindest falls Michael sich an ihre Abmachung hielt. Vielleicht war es langsam

an der Zeit, ihren Teil davon zu erfüllen. Amandas Finger glitten zum Seitenfach mit der Feder.

»Hast du eine Taschenlampe dabei?«

Sie zuckte zusammen. Jul hockte neben dem Spalt und sah fragend zu ihr hoch. Amanda nickte, ging ebenfalls in die Hocke und wühlte in ihrem Rucksack. Ein Seil, ein Klappspaten, was auch immer sie mit Letzterem sollte … Balthasar hatte die Ausrüstung zusammengestellt.

Schließlich fand sie, was sie suchte, und reichte Jul die Taschenlampe, der sich sofort flach auf den Bauch legte, um in den Spalt hineinzuleuchten. Sein weißblonder Haarschopf verschwand beinahe vollständig darin. Das war die Gelegenheit. Bald würden sie unter der Erde sein und womöglich etwas finden, das Balthasar nicht sehen sollte.

Erneut tastete Amanda nach dem Seitenfach, den Blick weiterhin auf Jul gerichtet. Im Moment schaute Balthasar noch durch ihre Augen. Und er durfte auf keinen Fall sehen, was sie tat. Sie musste grinsen, als sie feststellte, dass der Hintern des Engels recht ansehnlich war. Perfekt, um den Blick darauf zu konzentrieren.

Eilig zog sie die Feder heraus, schloss kurz die Augen, um nicht in Versuchung zu geraten, sie anzusehen. Eigentlich musste der Schutz schon wirken, wenn sie das filigrane Gebilde aus Licht nur berührte, doch sie wollte lieber kein Risiko eingehen. Wenn sie Glück hatte, schrieb Balthasar die abgerissene Verbindung tatsächlich der besonderen Beschaffenheit des Kraters zu. Besser, er erfuhr nie, dass sie ihn verraten hatte. Michael mochte ihr seinen Schutz versprochen haben, aber vollkommen sicher fühlte sie sich damit nicht.

Wohin nun mit der Feder? Kurzerhand schob Amanda sie in ihren Ausschnitt und klemmte sie unter ihren BH. Sicher nicht

das, was man eigentlich mit dem Geschenk eines Erzengels tun sollte, aber er musste es ja nie erfahren.
»Ich sehe Schienen.« Juls Stimme hallte leicht und schickte einen Adrenalinstoß durch ihren Körper. In fliegender Hast ordnete Amanda ihre Kleidung.
»Das heißt, es geht da unten weiter.« Sie bemühte sich, möglichst gelassen zu klingen, doch ihr Herzschlag hämmerte laut in ihren Ohren. Nun gab es kein Zurück mehr. Sie konnte nur hoffen, dass Michael sich an seinen Teil der Abmachung hielt, Roman befreite und sie beschützte. Falls sie je wieder aus dem Krater klettern sollte, hieß das.
Jul zog den Kopf aus dem Loch und stemmte sich in eine kniende Position. Auffordernd nickte er in Richtung der Spalte. »Nach dir. Ich halte das Licht.«
Amanda schluckte schwer, doch sie wollte ganz sicher nicht vor einem verdammten Engel als feige dastehen. Wer zuerst durch das Loch kletterte, war ohnehin gleichgültig, wenn ihnen dort unten irgendwo die Decke auf den Kopf fiel. Also tastete sie an der Kante nach festem Halt und ließ sich mit den Füßen voran hinab.
Schutt geriet ins Rutschen, doch schließlich fand sie etwas, das nicht unter ihren Tritten nachgab. Vorsichtig schob sie auch ihren Oberkörper durch den Spalt. Stoff riss, als sie mit dem Ärmel irgendwo hängenblieb, aber sie kümmerte sich nicht darum. Viel wichtiger war, dass sie sich nicht irgendeine der stählernen Spitzen, die aus dem Beton ragten, ins Auge rammte.
Schließlich hockte sie auf dem Schuttabhang, dicht über ihrem Kopf das, was sie kurz zuvor noch als Boden bezeichnet hätte. Angenehme Kühle umfing sie, und unter ihr gähnte einmal mehr absolute Finsternis. Auch die nähere Umgebung konnte sie im spärlichen Licht, das von oben hereinfiel, nur schemen-

haft erkennen. Sie streckte die Hand durch das Loch hinauf, und Jul reicht ihr die Taschenlampe. Kurz darauf folgte der Rucksack.
Scharren deutete an, dass der Engel ihr folgte, doch sie sah nicht in seine Richtung und leuchtete stattdessen die Halde hinab. Dort, eine Bewegung! Irgendetwas huschte vor dem Lichtstrahl davon. Eine Ratte? Hoffentlich. Wer wusste schon, was sich sonst noch hier herumtrieb.
Der Tunnel verlief nicht parallel zu dem Gang oben, dennoch blockierte die Schutthalde auch hier eine Richtung komplett. Schienen glänzten am Boden unter den Trümmerstücken, und Amanda folgte ihnen mit dem Blick. Flimmerte dort vorne nicht etwas? Erklang in der Ferne nicht leises Rumpeln?
Betonbrocken kullerten an ihr vorbei, dann hockte Jul neben ihr. Sie leuchtete in seine Richtung, und das Licht ihrer Taschenlampe huschte über eine leicht verbogene Metallstange, die er gerade aus dem Schutt klaubte. Offenbar hatte er eine Vorliebe für diese Dinger.
»Was wird das nun schon wieder?«
Er grinste. »Wenn wir hier unten unterwegs sind, habe ich gerne mein eigenes Licht.« Mit diesen Worten hielt er die Stange ein Stück von sich weg. Plötzlich loderten blaue Flammen auf, leckten über das Metall. Erschrocken zuckte Amanda zurück. Sie verlor das Gleichgewicht, fing sich mit der freien Hand ab. Flackernde Schatten tanzten über die Wände des Gangs.
Wieder einmal bemühte sie sich um einen unbeeindruckten Gesichtsausdruck. »Wieso hast du dann vorhin überhaupt meine Taschenlampe haben wollen?«
»Habe da oben nichts Passendes aus Metall gefunden.«
Der Trick funktionierte also nur mit Metall. Amanda hob betont gleichgültig die Schultern, obwohl sie die flackernden blauen

Flammen nicht eine Sekunde aus den Augen ließ. »Damit wärst du auf jeden Fall das Highlight jeder Party.«
Sie zog den Rucksack zu sich heran und zwang ihren Blick von dem unirdischen Feuer fort. Schließlich konnten sie nicht ewig am oberen Ende dieser Halde sitzen bleiben. Vorsichtig rutschte Amanda ein Stück den Hang hinunter.
»Wahrscheinlich sagt es einiges über euch Menschen aus, dass ihr Flammenschwerter für einen Partygag haltet.« Auch Jul setzte sich in Bewegung, eingehüllt in blaues, unstetes Licht.
»Was du da hast, wäre ein ziemlich armseliges Schwert.«
»Selbst dieses armselige Schwert könnte einem Dämon eine Wunde schlagen, die sich nicht mehr schließt.«
Amanda horchte auf. War es das, womit Michael sie vor Balthasar schützen wollte? Konnte der Erzengel ihren selbsternannten Herrn vielleicht sogar töten? Nein, nur nicht hoffen. Wenn es so einfach wäre, gäbe es wahrscheinlich keinen Waffenstillstand und keinen einzigen verdammten Dämon mehr.
»Und genau deshalb verwendest du diese ach so mächtige Waffe nun als Fackel?« Ihrem Spott zum Trotz rückte Amanda ein Stück von Jul ab. Wenn diese blauen Flammen besonders Dämonen gefährlich werden konnten, wollte sie ihnen nicht zu nahe kommen, solange Balthasars Blut durch ihre Adern kreiste.
Schließlich blieb die Decke weit genug über ihnen zurück, um aufrecht stehen zu können. Dennoch bewältigten sie den Rest des Weges eher schlitternd als gehend. Inmitten einer kleinen Schuttlawine erreichte Amanda den Fuß der Halde. Erleichtert atmete sie auf, als sie festen Boden unter den Füßen spürte.
Der Lichtstrahl der Taschenlampe glitt über vor Nässe glänzende Betonwände, und Juls improvisiertes Flammenschwert tauchte die Schienen in flackerndes blaues Licht.
Amanda stutzte. War das ein Flecken blanker Erde in der Wand?

Mit gerunzelter Stirn trat sie näher. Tatsächlich. Der Übergang von steinigem Lehm zu Beton war nahtlos. Und dort vorne ragte ein Felsbrocken in den Tunnel, gerade so, als wachse er direkt aus der Wand.

Es wirkte, als wären sie in ein begehbares modernes Kunstwerk geraten.

»Was zur Hölle ist hier passiert?«

Jul zuckte mit den Schultern. »Wenn ich das wüsste.« Er trat an den Erdflecken heran und kratzte mit dem Finger ein wenig weichen Lehm aus der Wand. »Aber wenn es hier überall so aussieht, wundert es mich nicht, dass einige Tunnel eingestürzt sind.«

»Ich schätze, wenn wir das unseren Leuten als Erklärung präsentieren, schicken sie uns gleich wieder zurück, was?« Die Frage war nur halb ernst gemeint. Natürlich würden sich Engel und Dämonen nicht einfach mit dem offensichtlichen Grund für den Einsturz zufrieden geben. Ganz sicher wollten sie eine Erklärung für diese seltsamen ... Phänomene. Aber war es überhaupt möglich, eine solche hier unten zu finden?

Der Engel drehte sich zu ihr um, eine steile Falte zwischen den Brauen. »Interessiert es dich überhaupt nicht, was hier vorgeht?«

»Mich interessiert vor allem, hier lebend wieder rauszukommen.« Warum gab er ihr das Gefühl, als sei das etwas Schlechtes? Musste er ihr ständig unter die Nase reiben, dass er die edleren Motive für diesen verdammten Ausflug hatte? »Aber ich schätze, das Problem hast du nicht«, fuhr sie ihn an. »Wahrscheinlich bist du unsterblich oder so was.«

»Tut mir leid, dich enttäuschen zu müssen, aber das bin ich nicht.« Mit diesen Worten setzte er sich wieder in Bewegung, den Tunnel hinunter.

✣

Je weiter sie vordrangen, desto lauter wurde das Rumpeln, und je länger Amanda hinhörte, desto mehr glaubte sie, einen Rhythmus darin zu erkennen. Wie der Atem eines riesigen steinernen Wesens. Amanda schüttelte den Kopf. Beunruhigende Vergleiche halfen ihr nicht weiter, eher im Gegenteil.

Beim nächsten Rumpeln wehte Staub in den Lichtkreis ihrer Taschenlampe. Neben ihr spannte sich Jul an. Amanda ließ den Lichtkegel der Taschenlampe über die Decke huschen. Keine Risse, sie sah beruhigend solide aus. Doch hatte sich dort vorne in der Dunkelheit nicht gerade etwas bewegt?

»Hilfe!«

Jul zog im Gehen seine Pistole, und Amanda wünschte sich, auch eine Waffe zu besitzen. Wenn es nur eine gäbe, mit der sie umgehen konnte! Sie tastete nach der Quelle ihrer Magie, grub in ihren Erinnerungen. Wie sie das Glas zum Zerspringen gebracht hatte, wusste sie noch immer nicht, aber den Trick mit dem schwebenden Messer würde sie vielleicht wiederholen können.

Wieder rumpelte es. Gleichzeitig tanzte das vereinte Licht von Taschenlampe und Flammenschwert über eine Gestalt, brach sich auf den Reflektoren einer orangefarbenen Schutzweste. Ein Mensch! Aber warum stand er dort einfach so herum?

Das Rumpeln schwoll an, ein Zittern ging durch den Boden unter Amandas Füßen. Dann löste sich der erste Betonbrocken aus der Decke, riss den nächsten mit sich. Mit angstgeweiteten Augen starrte der Mann nach oben. Doch er rührte sich nicht, stand wie festgewurzelt inmitten des tödlichen Regens, hob verzweifelt die Arme, als könne ihn diese Geste schützen. Ein hohes, schmerzerfülltes Wimmern fand seinen Weg durch das Getöse der herabstürzenden Steine. Staub wirbelte ihnen entgegen, und Amanda hustete. Sie bemerkte es kaum. Sie konnte nichts anderes tun, als auf den Schuttberg zu starren, unter dem nun ein Mensch begraben lag. Ein Mensch, der bis eben noch gelebt hatte.

Für einen Augenblick herrschte Stille im Tunnel.

»Schau!« Juls Stimme riss sie aus ihrer Starre. Er deutete auf einen Stein, der ein Stück in ihre Richtung gerollt war. Nun setzte er sich wieder in Bewegung, allerdings rollte er diesmal von ihnen weg. Es war, als würde man einen Film zurückspulen. Der Stein hüpfte den Schuttberg hinauf, verschwand dann mit einem Satz Richtung Decke. Die anderen Trümmerstücke folgten ihm, erhoben sich wie von Geisterhand, um ihren angestammten Platz wieder einzunehmen. Der Mensch, der unter ihnen zu Boden gegangen war, wurde wie eine Puppe in die Höhe gerissen, zerschmetterte Glieder streckten sich und schienen plötzlich wieder unversehrt. Der Boden unter ihm schlug Wellen, als wäre er aus Wasser.

Der Blick des Mannes irrlichterte in Amandas Richtung, hielt den ihren gefangen. Zwischen tiefer Verzweiflung und Unglauben glomm ein Funke Hoffnung auf. »Bitte, helft mir!« Er machte einen verzweifelten Satz auf sie zu, doch die Trümmerstücke waren schneller. Erneut prasselten sie auf ihn hinab. Ein Schrei wehte durch den Tunnel, ein tierhafter Laut voller Wut und Angst, der schließlich in einem Gurgeln erstickte und erstarb. Erneut wölkte ihnen Staub entgegen.

Amanda zitterte. Sie schlang die Arme um den Oberkörper, doch die Kälte, die sie spürte, kam von innen. Der Gesichtsausdruck des Mannes kurz vor seinem Tod … Da war mehr als Furcht gewesen. Pures Entsetzen hatte in seinen Zügen gestanden. Er wusste, dass sein Tod nicht das Ende, nicht die Erlösung von allem Leid bedeutete. Er erinnerte sich an all die Male, die er zuvor gestorben war, und fürchtete die, die noch kommen würden.

Heftige Übelkeit packte Amanda, als die Steine erneut klackerten.
Sie sah auf und blickte direkt in Juls Gesicht. Zu ihrer Überraschung war seine Miene nicht reglos wie beim Anblick des Toten, den sie oben gefunden hatten. Stattdessen konnte sie im flackernden Schein seiner blauen Flammen tiefes Entsetzen und Mitleid darin lesen. Regungen, derer sie ihn gar nicht für fähig gehalten hatte.
»Kannst du ihn retten?«
Langsam schüttelte der Engel den Kopf. Neben ihnen stürzten erneut die Trümmer herab, begleitet vom verzweifelten Wimmern des Mannes in der orangefarbenen Schutzweste. Amanda zog den Kopf zwischen die Schultern, hätte am liebsten die Hände auf die Ohren gepresst. Wie lange musste der Mann dieses Grauen bereits durchleiden? Mehrere Tage, wenn er zu dem Rettungstrupp gehörte, der im Krater verschollen war. Nicht einmal Balthasar hätte sie ein solches Schicksal gewünscht. Sie musste etwas unternehmen, irgendetwas!
Amanda zwang sich, sich der grausigen Szene zuzuwenden, die erneut von irgendeiner höheren Macht zurückgespult zu werden schien. Als die Steine fielen, griff sie nach der Magie in ihrem Inneren. Sie folgte ihrem Gefühl. Nur nicht zu genau darüber nachdenken, wie es funktionierte, dann klappte es vielleicht. Mit der Kraft ihrer Gedanken stieß sie gegen die Trümmer. Wenn sie nur verhindern konnte, dass sie den Mann trafen …
Einige der Brocken ruckten im Fallen ein Stück beiseite. Doch sie konnte sich unmöglich auf alle gleichzeitig konzentrieren.
»Bitte, ich ertrage es nicht mehr!« Mit diesem Schrei auf den Lippen ging der Mann erneut in einem tödlichen Regen aus Beton zu Boden. Amanda hatte das Gefühl, an dem aufgewirbelten Staub ersticken zu müssen.

Sie wartete, zwang sich dazu, ruhig zu atmen. Wenn sie sich nur genug konzentrierte ...
»Springen Sie her!«, rief sie dem Mann zu, als er wieder stand. Erneut warf er sich in ihre Richtung. Gleichzeitig drückte sie die Steine mit all ihrer geistigen Kraft von ihm fort. Er schrie auf, als ihn ein fallender Brocken am Bein erwischt. Der Länge nach schlug er hin, bis zur Hüfte unter Schutt begraben. Schmerz verzerrte sein Gesicht. Aber er lebte!
Amanda eilte vor, bis an den Rand des Wellen schlagenden Bodens. Sie wollte die freie Hand nach dem Mann ausstrecken, doch Jul erschien neben ihr, hielt sie zurück. Eilig zerrte er den Gürtel aus seiner Hose, warf ihn dem Verletzten zu wie eine Rettungsleine. Zitternde Finger bekamen das Leder zu fassen. Es klappte!
Jul zog – und taumelte haltlos nach hinten. In einer Hand hielt er das Ende des Gürtels, sauber abgetrennt. Fassungslos starrte Amanda auf die andere Hälfte, an die sich der Mann noch immer klammerte. Sie hing straff gespannt in der Luft, reichte genau bis zu der Grenze, an der die Wellen verebbten. Amanda wurde übel bei dem Gedanken, dass dort ebenso gut ihre Hand hätte hängen können.
Mit einem Mal zog sich die Gürtelhälfte zurück, verschwand an der Grenze ins Nichts. Juls Wurf in umgekehrtem Ablauf. Auch der Mann wurde in seine Ausgangsposition zurückgerissen, die Betonbrocken fügten sich wieder in die Decke. Amandas Finger verkrampften sich um die Taschenlampe, ein erstickter Fluch kam über ihre Lippen. Sie hatten rein gar nichts erreicht. Und als die Steine erneut fielen, erschien am Rand des flimmernden Bereichs der Gürtel wieder, warf sich selbst aus, baumelte in der Luft, als wolle er sie verspotten.
Verdammte Scheiße! Amanda holte aus, um nach dem Stück Le-

der zu treten, hielt sich gerade noch rechtzeitig zurück. Unruhig ging sie auf und ab, biss sich auf die Unterlippe. Sie konnte diesem Mann nicht helfen, aber genauso wenig konnte sie ihn seinem Schicksal überlassen. Schon allein deshalb nicht, weil das Bild seiner schreckgeweiteten Augen sie dann bis in alle Ewigkeit in ihren Träumen verfolgen würde.

»Gib mir deine Waffe!« Sie blieb stehen, streckte die Hand in Juls Richtung aus, ohne ihn anzusehen, behielt stattdessen die Trümmer im Auge.

Der Engel schien zu erahnen, was sie vorhatte. »Wie gut kannst du schießen?«

Als Amanda schwieg, trat er neben sie, legte ihr eine Hand auf die Schulter. »Dachte ich mir. Mach Platz, du stehst im besten Schusswinkel.«

Die Trümmer hoben sich gerade wieder. Jul zog, zielte, schoss, alles in einer Bewegung. Der Knall hallte ohrenbetäubend laut durch den Tunnel. Ein rundes Loch erblühte auf der Stirn des Mannes, der gerade ein weiteres Mal eine aufrechte Haltung eingenommen hatte. Er sackte in sich zusammen, noch bevor die Decke erneut auf ihn herunterkrachte.

Amanda konnte nur hoffen, dass er nun tot bleiben würde. Und dass sie das Bild der Verzweiflung in seinen Augen je wieder loswurde. Andererseits überlebte sie vielleicht gar nicht lange genug, damit das eine Rolle spielte.

Vor ihnen hoben sich die Trümmer erneut. Zu Amandas Entsetzen wurde auch der Mann wieder mit in die Höhe gerissen. Für einen Moment fürchtete sie, Juls Schuss könnte nur für dieses eine Mal Wirkung gezeigt haben, doch kaum stand der Mann, sackte er auch schon wieder mit einem Loch in der Stirn in sich zusammen. Er spürte nichts, sicher spürte er nichts mehr. Sie hatten den Kreislauf gebrochen, er starb nun jedes Mal, noch ehe er wieder richtig zum Leben erwachen konnte.

»Es muss so sein, es muss!« Beinahe lautlos formten ihre Lippen immer wieder diese Worte. »Es muss!«

Sie wandte sich endgültig ab, wollte den Tod in seiner Unendlichkeit nicht mehr sehen. »Verdammt …« Ihre Stimme klang rauh, sie zitterte am ganzen Körper. Als sie aufschaute, begegnete sie Juls Blick, sah seine vor Sorge gerunzelte Stirn. Doch auf einmal kam ihr diese Miene vor wie eine sorgfältig aufgesetzte Maske.

»Was zur Hölle ist hier los?« Sie trat einen wackeligen Schritt auf ihn zu. »Du musst doch zumindest eine Ahnung haben, was verdammt noch mal hier abgeht! Michael weiß was, die Dämonen wissen was. Klar, dass mir niemand irgendwas erklärt, aber du bist doch hier der verdammte Engel. Warum gehst du eigentlich nicht einfach hin und fragst Gott, was er da für eine Scheiße baut?«

Tränen verschleierten Amandas Sicht, liefen ihre Wangen hinunter. Nun sah der Engel sie auch noch weinen. Aber wen kümmerte es, wenn sie doch eh bald sterben würde? Womöglich sogar immer und immer wieder, wie der Mann in der orangefarbenen Weste.

»Ich wünschte, das könnte ich.« Juls Stimme ging beinahe im Poltern der Steine unter. »Aber der Herr ist fort.«

13

Jul wusste immer weniger, was er von dieser Dämonendienerin halten sollte. Tränen zeichneten Spuren in den Staub auf Amandas Wangen, der Beweis für mehr Mitleid, als er je von ihresgleichen erwartet hätte. Doch auf seine Worte hin versiegten sie.

»Was?« Sie wischte sich mit dem Ärmel über die Augen, starrte ihn ungläubig an. »Du willst mir erzählen, dass es Gott nicht nur tatsächlich gibt, sondern dass er außerdem irgendwo verschollen ist?«

Misstrauisch verengte Jul die Augen. Hatte ihr Meister ihr wirklich nichts erklärt, oder tat sie nur so ahnungslos? Irgendetwas verbarg sie vor ihm, dessen war er sich sicher. Er hatte gesehen, wie die Trümmer vor ihrem Blick zurückgewichen waren. Sie mochte freundlich wirken, aber vertrauen durfte er ihr auf keinen Fall.

Jul schob die Pistole in das Schulterhalfter unter seiner Jacke zurück. »Ja, genau das. Vermisst, höchstwahrscheinlich tot.«

Er wusste, dass er bitter klang, doch nun hatte er sogar einen weiteren Beweis. Wäre der Herr tatsächlich noch irgendwo, hätte er so etwas wie den ewigen Tod dieses Mannes sicherlich nicht geduldet. Er mochte Menschen sterben und leiden lassen, aber nicht so. Nicht auf diese grauenhaft falsche Weise.

»Vielleicht hat es mit der Zeit zu tun.« Irgendwie musste er alldem einen Sinn abgewinnen, es erklären. »Der Welleneffekt scheint die Zeit anzuhalten oder rückwärtslaufen zu lassen.«

»Oder eine Zeitschleife zu machen.« Amanda warf einen Blick auf den Mann in der orangefarbenen Weste und schlang schaudernd die Arme um ihren Körper.

Jul überlegte. Wenn das stimmte, funktionierten mit einem Mal Dinge nicht mehr, die er bislang für unverrückbar gehalten hatte. Fundamentale Dinge, die die Schöpfung am Laufen hielten. Vielleicht weil der Herr nicht mehr da war, um darauf zu achten? Aber gab es dann überhaupt noch irgendwen, der die aus den Fugen geratene Welt wieder richten konnte?

»Ja, die Zeit.« Die Worte wurden mehr gezischt als gesprochen. Im selben Augenblick wie Amanda wirbelte Jul herum, zog seine Waffe.

Im Tunnel stand eine unförmige Gestalt. Halb Ratte, halb Mensch, von der Größe eines Kindes. Spitze Zähne glitzerten im Licht von Amandas Taschenlampe, als das Wesen den Mund öffnete. »Die Zeit ist immer das Erste, das nicht mehr funktioniert.«

In den Klang der zischenden Stimme mischte sich das Trippeln kleiner Füße. Unzählige Augen glühten im Licht, als immer mehr Wesen aus der Dunkelheit traten. Sie waren allesamt kleiner als ihr halbmenschlicher Bruder und hatten große Ähnlichkeit mit jenem Wesen, das Jul vor ein paar Tagen erschossen hatte. Wo kamen sie plötzlich alle her?

Der Lauf der Pistole zielte wie von selbst auf den Kopf des größten Dämons. Jul packte sein armseliges Flammenschwert fester. Sein Herz schlug schneller, die Gefahr verdrängte jeden anderen Gedanken. Doch die Flut der schuppigen Leiber erstreckte sich bis jenseits des Lichtkreises von Taschenlampe und blauem Feuer. Es waren zu viele. Sie würden sie schlicht überrennen.

»Was sind das für Viecher?« Amandas Flüstern ging beinahe im erneuten Fallen der Steine unter.
»Niedere Dämonen.«
»Die Überreste längst vergessener Götter.« Der halbmenschliche Anführer der Dämonenhorde sprach schon wieder. Zischend und kaum verständlich, aber es waren *Worte.* Dazu hätte er nicht in der Lage sein dürfen! Die niederen Dämonen waren kaum mehr als Tiere. Sie sprachen nie.
Allerdings griffen sie normalerweise auch ohne Zögern an. Diese Rotte hingegen sammelte sich hinter ihrem Anführer, lauerte, wartete.
»Schnell! Ich besitze nur noch einen Bruchteil meiner einstigen Macht. Und sobald sie meiner Kontrolle entgleiten, wird es für sie kein Halten mehr geben. Sie wittern euer Blut.« Das Wesen hob eine klauenfingerige Hand und deutete auf eine rostige Metalltür in der Wand des Tunnels, auf halbem Weg zwischen ihnen und der Dämonenhorde. »Dorthin.«
Die Tür musste zu einem Wartungstunnel oder etwas Ähnlichem führen. Doch warum wollte der Dämon, dass sie dort hineingingen? Sicher hegte er keine freundlichen Absichten.
»Schnell!« Inzwischen lag ein drängender Tonfall in dem Zischen. Die Rotte hinter dem Anführer regte sich unruhig. Zähne wurden gebleckt, Krallen gewetzt. Und auch der Anführer selbst wirkte unruhig, schüttelte sich, als wolle er irgendetwas loswerden. Vielleicht wurde er ebenfalls kontrolliert, war womöglich nur ein Sprachrohr für jemand anderen?
Das Knirschen von Schritten erklang neben Jul. Amanda ging vorsichtig ein Stück auf die Tür zu, sah sich dann nach ihm um. »Komm schon!«
»Ich werde nicht dorthin gehen, wo ein Dämon mich haben will.« Jul schob einen Fuß zurück, suchte einen möglichst

sicheren Stand. Er würde zumindest ein paar von ihnen mitnehmen, wohin auch immer der Tod ihn führen würde. Der Tod. Jul schluckte. Wie beim ersten Beben schrumpfte die Zukunft mit einem Mal auf wenige Augenblicke zusammen, hielt ihm seine eigene Sterblichkeit deutlich vor Augen.

»Welche Wahl haben wir?« Amanda warf einen beunruhigten Blick Richtung Dämonenhorde, tat jedoch keinen weiteren Schritt auf die Tür zu. »Zumindest will dieses Ding uns nicht töten, sonst hätte es seine Viecher ja schon längst auf uns gehetzt. Also tun wir erst mal, was es sagt. Oder kannst du es mit der ganzen Meute aufnehmen?«

Jul schüttelte den Kopf, ohne die Dämonen aus den Augen zu lassen. Einige von ihnen machten mühsame Schritte in ihre Richtung, als müssten sie sich gegen irgendeine unsichtbare Kraft stemmen.

»Dann sei kein Idiot.« Eine Hand schloss sich um seinen rechten Arm, und Amanda zerrte ihn mit sich in Richtung Tür. Widerwillig ließ Jul es geschehen. Sowenig es ihm auch gefiel, sie hatte recht. Die Wahl lautete, sofort zu sterben oder herauszufinden, was sie hinter der Metalltür erwartete – und möglicherweise noch ein wenig länger zu leben.

Die Gestalt des Anführers schien zu schmelzen, er fiel nach vorne auf seine Hände, die nun mehr Ähnlichkeit mit Rattenfüßen hatten. Aus seinem Gesicht schob sich eine spitze Schnauze, und sein Körper schrumpfte. Nach einer Weile war er nicht mehr von seinen Artgenossen zu unterscheiden. Und als wäre das ein Stichwort gewesen, setzte sich die Dämonenhorde in Bewegung.

Die Dämonendienerin hielt ausgerechnet den Arm mit der Pistole fest. Mit einem Ruck riss Jul sich los, feuerte in die heranstürmende Menge. Die Kugeln zogen blaue Flammenschweife hinter sich her, während er Amanda folgte. Doch es gelang ihm nicht einmal, eine Lücke in die Horde zu reißen. Die Dämonen schlossen sich sofort enger zusammen, huschten einfach über die Leichen ihrer getroffenen Artgenossen hinweg.

Amanda riss an der Klinke. »Verdammt, abgeschlossen! Beschäftige sie eine Weile.« Noch während sie sprach, zupfte sie etwas aus ihrem Gürtel, das in das Leder eingearbeitet gewesen war. Ein Stück Draht.

Dann waren die Dämonen heran.

Das erste Wesen, das ihn ansprang, zerteilte Jul mit dem Flammenschwert in zwei rauchende Hälften. Das blaue Feuer machte die Tatsache mehr als wett, dass er eigentlich nur ein stumpfes Rohr in der Hand hielt. Einem weiteren Biest jagte er eine Kugel in den Kopf. Dann sah er nur noch huschende Schemen und blaue Flammen, roch verbranntes Fell, verbranntes Fleisch, spürte die Zähne, Krallen und sichelförmigen Schwanzklingen, die sich in seinen Körper gruben. In seinem Rücken schrie Amanda auf, fluchte. Kurz darauf klackte etwas.

»Offen!«

Er taumelte nach hinten, während die Flut schuppiger Leiber auf ihn zu stürzte. Ein Schwerthieb sandte mehrere kleine Körper zuckend zu Boden. Doch gleichzeitig spürte er den Schmerz, als sich andere in seine Arme und Beine verbissen. Dann war er endlich durch die Tür, und Amanda warf sich dagegen, drückte sie zu. Sie schlug nach einem der Dämonen, der mit ihnen hereingekommen war, und das Licht ihrer Taschenlampe huschte wild über Decke und Wände eines kleinen Raums.

Mehrere gezielte Hiebe, und sämtliche kleinen Zähne lösten sich aus Juls Fleisch. Er wandte sich Amanda zu. Vor ihren Füßen lag einer der Dämonen, sein Kopf ein unförmiges zermatschtes Ding. Nur langsam nahm es wieder Form an. Zwei der Wesen hingen an ihrem Arm, und sie schlug verzweifelt mit der Taschenlampe auf eines davon ein.

»Halt still!«

Er hatte nicht damit gerechnet, doch sie tat es tatsächlich. Sie streckte den Arm so aus, dass es nur eines Streichs bedurfte, damit die beiden Körper zerteilt zu Boden fielen. Den dumpfen Aufprall noch in den Ohren, wandte er sich dem Ding am Boden zu, dessen Kopf beinahe wieder seine ursprüngliche Form angenommen hatte. Der Schuss knallte laut in dem engen Raum. Der Dämon zuckte noch einmal, dann lag er still, endgültig getötet durch das blaue Feuer, mit dem Jul seine Kugeln umhüllte. Während Amanda erleichtert aufatmete, sah er sich um. Die Kammer war nur wenige Schritte breit. Dicke Stromkabel verliefen von einem Kasten an der Wand über die Decke, verschwanden schließlich in einem Loch. Einen zweiten Ausgang gab es nicht. Eine Falle. Er hatte es gewusst.

Juls Blick kehrte zu Amanda zurück. Ihre Bluse hatte an mehreren Stellen Risse, und Blut glänzte dunkel auf dem schwarzen Stoff. Selbst durch ihre Jeans hatten sich die Biester gebissen. Ebenso wie durch seine eigene. Über die Wange der Dämonendienerin zog sich ein tiefer Schnitt, wahrscheinlich von einer der sichelförmigen Knochenklingen, in denen die Schwänze der Dämonen endeten. Jul steckte die Pistole weg und trat einen Schritt vor. Er streckte die Hand aus, um sie zu heilen. Wenn sie die Wahrheit sprach und ihre Seele nicht verkauft hatte, würde es funktionieren.

Mitten in der Bewegung erstarrte er. Der Schnitt schloss sich! Langsam, aber doch deutlich sichtbar verheilte er wie in Zeitraffer, bis nur noch ein roter Strich zurückblieb. Langsam ließ Jul die ausgestreckte Hand sinken, trat einen Schritt zurück, begegnete ihrem fragenden Blick. Was wurde hier gespielt? Er fühlte sich betrogen, auch wenn er mit etwas in der Art gerechnet hatte. Natürlich schickten die Dämonen keinen Menschen auf diese Mission. Wie hatte er das glauben können? Sie hatten versucht, ihn zu täuschen, warum auch immer. Dennoch versetzte ihm diese Entdeckung einen Stich. Er hatte sie fast gemocht.

In einer schnellen Bewegung zog er die Pistole erneut. Wie viele Kugeln waren noch im Magazin? Zwei vielleicht. Doch das würde genügen. Er zielte genau auf Amandas Herz.

»Was bist du?«

Eine Zeitlang starrte sie ihn aus weit aufgerissenen Augen an. Dann verhärtete sich ihre Miene. Ärgerte sie sich über sich selbst? War ihr gerade klargeworden, dass sie unvorsichtig gewesen war? Sie straffte sich und nahm eine übertrieben gerade Haltung ein. »Ich bin ein Mensch, was sollte ich sonst sein?«

»Die Wunden von Menschen schließen sich nicht innerhalb von Sekunden. Das tun nur die von Dämonen.«

»Dämonen versklaven sich nicht gegenseitig.« Langsam, wie um ihn nicht zu erschrecken, nahm sie die Taschenlampe in die linke Hand, krempelte mit der Rechten den Ärmel ihrer Bluse hoch. Im Halbdunkel wirkte ihr Mund dabei wie ein dünner Strich. Wieder wechselte die Taschenlampe die Hand, und Amanda richtete den Strahl auf ihren linken Unterarm. Rot wie frisches Blut wand sich die Schlangentätowierung darum, verschwand schließlich im Ärmel. »Du kannst dich gerne davon überzeugen, dass das Ding nicht aufgemalt ist.«

Jul rührte sich nicht von der Stelle. »Das erklärt nicht, was ich gesehen habe.«

»Das …« Sie seufzte, fuhr sich durch das Haar und schüttelte ein wenig Staub aus ihren Locken. »Balthasar hat mir sein Blut zu trinken gegeben, deshalb habe ich seine Selbstheilungskräfte.«

Lügen, nichts als Lügen! Was bezweckte sie damit? Jul trat einen Schritt auf sie zu, und Amanda wich zurück, stieß mit dem Rücken gegen die Wand. »Ich habe einmal einen Menschen gesehen, der das Blut eines Dämons getrunken hat, weil er dachte, es würde ihm ewiges Leben verleihen. Er war nach zwei Minuten tot.« Ein weiterer Schritt, und der Lauf der Waffe drückte gegen ihre Stirn. »Noch mal, und diesmal die Wahrheit: Was bist du, und wieso gibst du dich als Mensch aus?«

Die Taschenlampe zeigte gen Boden, nur noch das improvisierte Flammenschwert in Juls Linker erhellte Amandas Gesicht, zeichnete blau flackernde Schatten auf ihre Züge. Für einen Moment sah er noch Schrecken darin, dann verengten sich ihre Augen zu schmalen Schlitzen. »Ich bin eine Magierin.«

Etwas stieß mit Wucht gegen seine Waffenhand, drückte sie nach oben. Ein Schuss löste sich, schlug harmlos in die Wand. Jul sprang eilig zurück, als Amanda nach ihm trat, hob abwehrend sein improvisiertes Schwert. Sie funkelte ihn an, als wollte sie ihm nachsetzen, verharrte dann aber in halb geduckter Haltung, beobachtete ihn aufmerksam.

Auch Jul hielt inne. Eine Hexe also. Kein Dämon, der geplant hatte, sich sein Vertrauen zu erschleichen, nur um ihn dann zu überrumpeln, sobald sie etwas Wichtiges fanden. Das war viel wert. Auch wenn die Wahrheit sie nicht unbedingt sympathischer machte.

Langsam steckte er seine Pistole weg, um ihr zu zeigen, dass er sie nicht länger bedrohen wollte, und senkte das Flammenschwert. Auch Amanda richtete sich ein wenig auf, beäugte ihn aber weiterhin misstrauisch. »Das ist also der Lohn für deine Dienste«, murmelte er fast mehr zu sich selbst. »Magie.« Was sie wohl damit vorhatte?

Unerwartet verdüsterten sich ihre Züge erneut. Sie machte

einen halben Schritt vor. Doch dann huschte ihr Blick zu dem Flammenschwert in seiner Hand, und sie hielt inne.

»Hör endlich auf, über Dinge zu reden, von denen du keine Ahnung hast! Hör endlich auf zu denken, du wüsstest irgendetwas über mich und könntest über mich urteilen! Die Magie ist nicht mein Lohn, sie ist der verdammte Grund dafür, dass Balthasar mich in seine Dienste gezwungen hat. Ich würde sie liebend gern abgeben, wenn ich dafür mein altes Leben zurückbekommen würde.«

So plötzlich, wie ihre Wut gekommen war, verrauchte sie wieder. Sie wandte sich halb ab, wischte sich mit dem Handrücken über die Wange. Doch Jul hatte die glitzernde Träne bereits gesehen. Sie meinte es ernst, so gut konnte niemand lügen. Sie diente ihrem Herrn nicht freiwillig.

Mit einem Mal kam er sich vor wie das letzte Arschloch. Ein Gedanke löschte sein Schwert, die leicht verbogene Eisenstange fiel klappernd zu Boden. Wieso musste das alles so kompliziert sein? Wieso verschwamm die Grenze zwischen Gut und Böse immer mehr? Da stand er und hatte Mitleid mit einer Dämonendienerin.

Um sich zu sammeln, ging er zu der Tür hinüber, drückte kurz das Ohr an das Metall. Krallen kratzten auf der anderen Seite über Rost. Die Dämonen waren noch immer dort draußen. So bald würden sie aus dieser Falle nicht herauskommen. Hoffentlich gaben die Biester überhaupt irgendwann auf.

Als er sich wieder Amanda zuwandte, stand sie immer noch an derselben Stelle, so weit von ihm entfernt, wie es in dem kleinen Raum möglich war, die Taschenlampe gen Boden gerichtet. So konnte das nicht weitergehen. Er holte tief Luft. »Es tut mir leid.«

Sie nickte knapp, mit verschlossener Miene. Dann noch einmal

etwas freundlicher. »Ich schätze, du konntest nicht ahnen, dass ich das nicht freiwillig mache.«
»Ich wusste nicht, dass Dämonen Menschen auch in ihre Dienste zwingen können.« Erlaubte der Waffenstillstand das überhaupt? Jul war sich nicht sicher, ob man damals bei den Verhandlungen viel an das Wohl der Menschen gedacht hatte. Die Vereinbarung zwischen Engeln und Dämonen konzentrierte sich vor allem darauf, dass man verborgen bleiben musste und dass sich keine Seite allzu direkt in die Geschicke der Menschheit einmischen durfte.
»Ganz offensichtlich können sie genau das.« Amanda verschränkte die Arme vor der Brust und lehnte sich gegen die Wand. »Aber es sieht so aus, als wüssten wir beide ein paar Dinge nicht, die der andere weiß. Wie wäre es mit einem Austausch, während wir eh hier festsitzen?«
Jul zögerte. Worauf spielte sie an? Was wollte sie von ihm wissen?
»Ich habe leider keine Waffe, um dich dazu zu bringen, mir irgendetwas zu verraten«, fuhr Amanda fort, ein alles andere als freundliches Lächeln auf den Lippen. »Aber das nächste Mal, wenn du in ein Loch trittst, könnte ich einfach dabei zusehen, wie du hineinfällst, anstatt dich festzuhalten. Ich denke, unsere Überlebenschancen hier unten sind höher, wenn wir zumindest versuchen, miteinander auszukommen. Und ich denke, als Zeichen deines guten Willens und im Sinne einer künftigen guten Zusammenarbeit könntest du mir erklären, was du da vorhin über Gott gesagt hast.«
Jul nickte. Das war zwar nicht sein Lieblingsthema, aber eines, über das er reden konnte. Außerdem würde sie ihrem Herrn nichts Neues erzählen, wenn sie diese Informationen an ihn weitergab. Doch gleichzeitig musste er unbedingt mehr über

Amanda erfahren. Woher stammte ihre Magie, wenn nicht von einem Dämon, wie er immer geglaubt hatte? Natürlich durfte er keine persönlichen Fragen stellen, solange er nicht auch welche beantworten wollte. Dennoch konnte er sie auf diese Art vielleicht besser einschätzen lernen. »Erzähl mir von deiner Magie, und ich erzähle dir vom Verschwinden des Herrn.«

14

Amanda saß auf ihrem Rucksack an der Wand des kleinen Wartungsraums und atmete möglichst flach. Die Kadaver der toten Rattenviecher stanken nach verbranntem Fleisch. Draußen kratzten ihre Artgenossen noch immer an der Tür. Insgesamt keine gemütliche Lagerfeueratmosphäre.

Die Taschenlampe lag zwischen ihnen auf dem Boden, tauchte Juls Gesicht in Schatten, während er ihr gegenüber nach einer gemütlichen Sitzposition suchte.

»Warum muss ich eigentlich anfangen?«

»Weil meine Geschichte komplizierter ist. Lass mich noch eine Weile darüber nachdenken, wie ich sie erzähle.«

Amanda schnaubte. »Wer sagt mir, dass du überhaupt noch irgendwas erzählst, sobald du weißt, was du wissen willst?«

Jul seufzte. »Du hast doch vorhin selbst von guter Zusammenarbeit geredet. Wenn wir einander nicht mal genug vertrauen, um Informationen auszutauschen, werden wir hier wirklich nicht überleben.«

Wo er recht hatte ... Amanda biss sich auf die Unterlippe, versuchte das nervenzehrende Kratzen an der Tür auszublenden. Dahinter glaubte sie auch immer noch das Rumpeln fallender Steine zu hören. Sie schauderte, schlang die Arme um die Knie. Nur nicht an den Mann in der orangefarbenen Weste denken.

»Also, was genau willst du wissen?« Immerhin, wenn sie seine Fragen beantwortete, lenkte das ihre Gedanken in andere Bahnen.

»Woher deine Magie kommt, wenn nicht von einem Dämon.«
Amanda zuckte mit den Schultern. »Sie war schon immer da, schätze ich. Ich habe es nur lange nicht bemerkt.«
»Du wurdest damit geboren?« Jul klang ungläubig, doch seine schattenhaften Züge verrieten wenig. Strähnen weißblonden Haars hingen ihm in die Augen, ohne dass er Anstalten machte, sie fortzuwischen. Amanda konnte nicht einmal genau sagen, ob er sie ansah oder zu Boden starrte.
»Na, ich habe auf jeden Fall keine seltsamen Rituale abgehalten, um sie zu bekommen. Ich habe das erste Mal einen Dämon gesehen, als wir aus Versehen in das Haus von einem eingebrochen sind.« Ihre Stimme wurde rauh bei der Erinnerung, aber selbst daran zu denken war besser als ... Nein. Mit aller Willenskraft unterbrach sie den Gedankengang.
»Wen meinst du mit ›wir‹?« Jul lehnte sich vor, und nun blitzten seine Augen im schwachen Lampenschein. Eisblau, stellte Amanda abwesend fest, aber sie blickten nicht unfreundlich. Überheblichkeit und Misstrauen waren vollständig daraus verschwunden.
»Meinen Bruder und mich. Wir waren Einbrecher. Bis vor einem Jahr.«
»Ich schätze, dafür sollte ich dankbar sein. Wenn du das Schloss der Tür nicht geknackt hättest, hätten uns die Dämonen dort draußen wohl längst zerfleischt.«
Amanda spähte zwischen ihren Locken zu dem Engel hinüber. Sollte das so etwas wie ein Kompliment sein? Lächelte er vielleicht sogar? Als hätte er diesen Gedanken gehört, lehnte Jul sich wieder zurück, und sein Gesicht verschwand im Schatten.
»Ihr seid also in das Haus eines Dämons eingebrochen. Das deines jetzigen Meisters?«
Sie nickte, zögerte dann. Sollte sie die ganze Geschichte erzäh-

len? Vor ihrem inneren Auge erschien das Bild von Balthasars Liste, eingebrannt in ihre Zimmertür. Sie durfte nicht … Nein, das war Blödsinn. Michael wusste doch auch, dass ihr selbsternannter Herr sie mit Roman erpresste. Sie musste sich nicht mehr an Balthasars verfluchte Regeln halten, sie hatte sie in der letzten Nacht bereits so weit gebrochen, dass es kein Zurück mehr gab. Auf keinen Fall würde sie den Rest ihres Lebens in Angst vor Verboten verbringen, die nicht mehr galten. Und vielleicht konnte es nicht schaden zu sehen, wie ein anderer Engel auf ihre Situation reagierte. Es würde ihr helfen, Michael besser einzuschätzen.

Amanda holte tief Luft, suchte auf ihrem Rucksack eine gemütlichere Position. »Sie haben uns erwischt.« Sie versuchte, möglichst gleichmütig zu klingen. »Haben uns in den Keller geführt und wollten uns erschießen.«

Ein Scharren erklang, als Jul sich regte. Er lehnte sich wieder vor, die Züge weich, der Blick aufmerksam.

»In dem Moment ist irgendwas bei mir eingerastet. Ich schätze mal …« Sie unterbrach sich. Nur nicht zu viele Gefühle vor dem Engel zeigen. Sie hatte schon genug geheult. Besser, sie hielt die ganze Erzählung knapp und möglichst locker. »Ich schätze, Todesangst kann manchmal Wunder wirken. Auf jeden Fall war das das erste Mal, dass ich meine Magie verwendet habe. Und Balthasar war ziemlich beeindruckt, wie ich die Gewehre seiner Leute zum Schmelzen gebracht habe. Er hat meinen Bruder einsperren lassen und mir erklärt, dass ihm nichts geschehen wird, solange ich nach seinen Regeln spiele. Seitdem arbeite ich für ihn.«

Schweigen senkte sich über den kleinen Raum, nur das Kratzen der Dämonen an der Tür war noch zu hören. Kurz wirkte Jul, als wollte er die Hand nach ihr ausstrecken, doch dann verschränkte er die Finger ineinander, ließ sie auf seinen Knien ruhen.

»Ich nehme an«, sagte er schließlich vorsichtig, »eine der Regeln lautet auch, niemandem von dieser ganzen Sache zu erzählen. Wird er nicht erfahren, dass du sie gerade gebrochen hast? Du hast gesagt, er kann durch deine Augen sehen.« Der Engel deutete auf die Tattoos an Amandas Schläfen.

Sie verzog das Gesicht, tastete über die blutroten Augen, deren Umrisse noch immer brannten. »Nur weil er durch meine Augen sieht, hört er ja noch lange nicht, was ich sage.« Und letztendlich war da noch Michaels Feder, eine leichte Berührung direkt über ihrem Herzen. Sollte sie Jul davon erzählen? Nur für den Fall, dass Michael sein Versprechen nicht hielt, könnte sie ihn ebenfalls um Hilfe bitten, sich so eine weitere Sicherheit verschaffen. Er schien immerhin Mitleid mit ihr zu haben. Doch mit einem Mal beschlich sie das Gefühl, Balthasar könnte sie trotz allem irgendwie belauschen und von Michaels Plänen, ihrer einzigen Hoffnung, erfahren. Was für ein dummer Gedanke. Aber so sehr sie sich auch einredete, dass das unmöglich war, er schnürte ihr dennoch die Kehle zu. Hätte sie nur nichts gesagt!

»Und wie sollte Balthasar sonst davon erfahren?«, zwang sie sich zu fragen. Ihre Stimme klang heiser. Sie räusperte sich, schob die Vorstellung beiseite, dass ihr selbsternannter Herr bereits alles wusste, in diesem Moment auf dem Weg zu Roman war. »Du scheinst dir viel auf deine moralische Überlegenheit einzubilden. Mich an Balthasar zu verraten wäre auch nicht viel besser, als ihm deine Seele zu verkaufen, falls Engel so was haben.«

Zu ihrer Überraschung warf Jul den Kopf in den Nacken, und sein Lachen hallte von den engen Wänden wider. Schnaubend schüttelte er den Kopf. »Moralische Überlegenheit … Ist dir

schon einmal in den Sinn gekommen, dass du ebenfalls über Dinge redest, von denen du keine Ahnung hast?«
»Ach ja?« Amanda verschränkte die Arme vor der Brust, froh, ein Streitthema gefunden zu haben, das sie von ihren düsteren Gedanken ablenkte. »Dann klär mich mal auf, was dieser überhebliche Blick zu bedeuten hat, den ihr alle draufhabt.«
»Der …?« Jul wirkte verwirrt. Er zerzauste sich das Haar mit der Hand, und Staub rieselte herab. Dann lachte er erneut, schüttelte den Kopf. »Misstrauen. Pures Misstrauen. Wir haben zwei Schlachten gegen die Dämonen geschlagen, und der Waffenstillstand hält zwar inzwischen seit ungefähr zweihundert Jahren, aber er wackelt immer wieder bedenklich.«
»Moment …« Amanda hob eine Hand. »Was für zwei Schlachten?«
Jul lehnte sich erneut zurück, doch sie konnte das bittere Lächeln erahnen, das über seine Lippen huschte. »Ich schätze, dann ist es nun an der Zeit, dass ich etwas erzähle.«
Er sprach nicht sofort weiter. Seine Hände spielten mit den Knöpfen seiner Jeansjacke. Metall klackte leise auf Metall. War er nervös? Amanda schwieg, entschlossen, ihm die Zeit zu lassen, die er brauchte.
Schließlich räusperte Jul sich. »Von der ersten Schlacht hast du wahrscheinlich schon gehört. Das war die Vertreibung der Gefallenen aus dem Himmel, nachdem der Morgenstern aufbegehrt hatte.«
Amanda runzelte die Stirn. »Der Morgenstern?«
»Der Höllenfürst, der Oberste der Dämonen, der Erste der Gefallenen Engel …« Jul machte eine Geste, als wolle er andeuten, dass er die Liste noch beliebig fortsetzen konnte.
»Also Luzifer?«
Jul verzog das Gesicht, als hätte sie etwas Falsches gesagt, nickte dann aber. Er nannte die Dinge wohl nicht gern beim Namen.

»Dann meinst du diese Revolution, bei der am Ende alle aufrührerischen Engel in die Hölle verbannt wurden? Ich glaub, darüber hab ich mal einen Film gesehen.«
Jul verdrehte die Augen. »Darüber haben auch schon unzählige Dichter geschrieben, lange bevor es Filme gab.«
Gleichgültig zuckte Amanda mit den Schultern. Sie wollte diese Geschichte hören und nicht über alte Bücher belehrt werden. »Okay, und die zweite Schlacht?«
»Die zweite Schlacht fand vor etwas mehr als zweihundert Jahren statt.« Er starrte ins Leere, als würde er die Ereignisse wieder vor sich sehen, von denen er sprach. Wie alt war er eigentlich?
»Die Gefallenen kehrten zurück, sie wollten den Himmel für sich erobern, da sie glaubten, ein Recht darauf zu haben. Der Morgenstern ...«
»Also Luzifer ...«
Wieder verzog Jul das Gesicht, kommentierte ihren Einwurf aber ansonsten nicht.
»Er brach durch unsere Reihen, wir konnten ihn nicht aufhalten, bis er unseren Herrn erreicht hatte. Ich weiß nicht, was genau geschehen ist, ich war zu weit weg. Es gab eine Art Blitz, der uns alle für einen Moment blendete. Als wir wieder sehen konnten, waren der Morgenstern und der Herr fort, und mit ihnen alle Seraphim, die obersten der Engel.«
»Also ...« Amanda räusperte sich. Ihre Zunge klebte inzwischen an ihrem Gaumen. Der Staub der herabstürzenden Steine schien noch in ihrer Lunge zu hängen. Als ahnte Jul, was ihr Problem war, griff er nach einer kleinen Wasserflasche, die in seiner Tasche steckte. Er reichte sie ihr, und Amanda nahm dankbar einen Schluck.
»Also ist Gott seit zweihundert Jahren verschollen? Und wir reden hier wirklich von Gott? Schöpfer der Welt und so?«

Ein ernstes Nicken war die Antwort.
Amanda ließ sich gegen die kalte Betonwand in ihrem Rücken sinken, drückte den Kopf dagegen. Sie brauchte einen Moment, um ihre Gedanken zu sortieren.
Selbst nachdem sie erfahren hatte, dass es Engel und Dämonen gab, war es ihr schwergefallen, an einen Gott zu glauben. Nur weil die Bibel mit ein oder zwei Dingen recht hatte, hieß das ja noch lange nicht, dass der Rest auch stimmte. Der Gedanke an ein allmächtiges Wesen, das über ihr Schicksal entscheiden konnte, hatte für sie außerdem immer schon etwas Unheimliches gehabt. Sie wollte ihr Leben selbst bestimmen, auch wenn das im Moment zugegebenermaßen nicht sonderlich gut funktionierte.
Aber Fakten ließen sich nicht leugnen. Sie konnte Jul schlecht als Lügner bezeichnen. Wieso hätte er sie belügen sollen? Es gab also einen Gott, und er war verschollen. Oder tot. Wie das im Krieg nun einmal geschehen konnte.
Sie löste sich wieder ein wenig von der Wand, blickte Jul an, der sie seinerseits schweigend beobachtete.
»Ihr habt diesen Kampf also verloren?«, fragte sie langsam.
Jul schüttelte den Kopf. »Nicht ganz. Wie gesagt, der Morgenstern ist ebenfalls verschwunden, die Dämonen standen genauso ohne Führung da wie wir. Es war ... ein Unentschieden. Obwohl ich zugeben muss, dass sich die Dämonen schneller erholt haben als wir. Sie haben sich geweigert, in die Hölle zurückzukehren, und haben es sich auf der Erde gemütlich gemacht, während wir noch damit beschäftigt waren, uns neu zu organisieren.«
»Deshalb habt ihr den Waffenstillstand ausgehandelt?« Nun lehnte sich Amanda vor. Mit einem Mal passte vieles besser zusammen, auch wenn ihr Teile der Geschichte noch immer schwer greifbar erschienen.

»Ja, wir hätten versuchen können, sie zurückzutreiben, aber diese Schlacht hätte auf der Erde stattgefunden.«
»Also dachtet ihr, anstatt einmal ein bisschen Chaos anzurichten, während ihr aufräumt, lasst ihr lieber zu, dass die Dämonen hier machen, was sie wollen.« Der Satz hatte nicht wie ein Vorwurf klingen sollen, tat es aber dennoch.
»Sie können nicht machen, was sie wollen. Es gibt Einschränkungen.« Doch Jul hielt ihrem Blick nur einen Moment stand, sah dann zu Boden und fuhr sich mit der Hand über das Gesicht. »Womöglich wurde bei den Verhandlungen nicht sehr viel Wert auf das leibliche Wohl der Menschen gelegt. Und das Recht, um Seelen zu feilschen, hatten die Dämonen nun mal schon immer.«
Das leibliche Wohl war also eher unwichtig? Michaels Worte kamen Amanda in den Sinn, als er versprochen hatte, sich um Roman zu kümmern. *Auch für sein Wohl werde ich sorgen.* Meinte er damit überhaupt das, was sie angenommen hatte?
»Wenn ein Engel nur von Wohl redet, meint er dann das leibliche oder doch eher das Seelenheil?«
Halb im Schatten verborgen runzelte Jul die Stirn. »Kommt darauf an. Eher das Seelenheil, wieso?«
Eiseskälte kroch in Amandas Körper. Sie zog die Beine an, schlang die Arme darum. Hatte sie Roman gestern Nacht zum Tode verurteilt? »Ist es euch völlig egal, wenn ein Mensch vor seinem Tod leidet?«
Jul seufzte. »Engel denken anders. Mitleid ist etwas Menschliches. Sie ...«
Seine Augen weiteten sich, er starrte auf irgendetwas hinter ihr. Ohne nachzudenken, warf sich Amanda nach vorn. Sie stieß gegen Jul, der sie bei den Oberarmen packte, um ihr Halt zu geben. Ein frischer Hauch wehte ihr entgegen, doch sie nahm ihn nur am Rande wahr. Sie drehte den Kopf. Was war geschehen?

Die Wand, vor der immer noch ihr Rucksack lag, flimmerte, wellte sich, als bestünde ihre Oberfläche aus Wasser, in das soeben jemand einen Stein geworfen hatte. An der Tür kratzten noch immer die Rattenviecher, und gleich würde die Decke über ihren Köpfen zusammenbrechen oder etwas ähnlich Schreckliches geschehen.

Sie würden sterben. Sie hatte Roman verraten, und nun würde sie sterben.

15

Die gesamte Wand schlug Wellen wie die Oberfläche eines Sees im Sturm. Jul sah sie schon verschwinden, sah die Decke über ihnen einstürzen. Gleichzeitig war er sich überdeutlich Amandas Nähe bewusst, die neben ihm kniete. Sie hatte erstaunlich geistesgegenwärtig reagiert, doch nun starrte sie reglos auf den sich wellenden Beton. Er zog sie näher an sich, noch ein Stück weg von der Wand – mit der bald wer-wusste-schon-was geschehen würde.

Mit einem Mal beruhigten sich die Wellen, schienen sich auf eine Stelle zu konzentrieren. Ein Kreis entstand, etwa halb so hoch wie die metallene Tür, an der die Dämonen noch immer kratzten. Im Halbdunkel wirkte er wie ein Tor in eine andere Welt. Jul hielt den Atem an. Konnte er es wagen, erleichtert zu sein, oder würde das Verderben trotz allem über sie hereinbrechen?

Ein Knall, als zöge jemand den Korken aus einer Weinflasche. Ein kurzer Windstoß wehte Jul das Haar ins Gesicht. Schnell wischte er die weißen Strähnen fort. Er wollte dem Tod zumindest in die Augen sehen.

Wo sich zuvor die Wellen noch kreisförmig ausgebreitet hatten, klaffte nun ein Loch. Es wirkte, als hätte jemand ein Stück aus der Wand gestanzt, so exakt und glatt, wie kein Werkzeug es vermocht hätte. Amandas Rucksack lag vollkommen unversehrt davor, und abgestandene, feuchte Luft schlug ihnen aus der Dunkelheit dahinter entgegen. Neben Jul stieß Amanda ein halb schnaubendes, halb hysterisches Lachen aus. Er konnte sie gut verstehen.

»Das ist ein schlechter Witz«, keuchte sie.

Eine Weile starrten sie schweigend an, was sich dort vor ihnen aufgetan hatte. Dann spürte Jul kühle Finger auf seinen, und nun erst wurde er sich der Tatsache bewusst, dass seine Hand immer noch auf Amandas Oberarm lag.

Er drehte den Kopf, und der Geruch ihres Haars nach Staub und Shampoo wehte ihm in die Nase. Sie streifte seine Berührung ab, gerade als er die Hand zurückziehen wollte.

»Es tut mir leid … ich wollte nur …« Er hatte sie beschützen wollen. Sie, eine Dämonendienerin, Einbrecherin und Hexe. Er biss sich auf die Zunge, um nicht ebenfalls zu lachen. Die ganze Situation wurde immer absurder.

Amanda winkte nur kurz ab, erhob sich und trat näher an die Öffnung. Vorsichtig streckte sie eine Hand aus, fuhr prüfend mit dem Finger über die glatten Kanten. »Wenn das Zufall ist, dann hat er einen seltsamen Humor. Erst dieses Vieh, das uns den Weg hier rein weist, und dann das.« Sie bückte sich nach der Taschenlampe, und der Lichtstrahl fiel in einen ebenfalls kreisrunden Tunnel, der hinter der Wand in die Tiefe führte. Ein Ausgang aus der scheinbaren Sackgasse. »Das ist niemals Zufall.«

Jul war geneigt, ihr zuzustimmen. Wenn aber dieser Tunnel nicht zufällig entstanden war, wer steuerte dann den Welleneffekt? Wer war mächtig genug?

Jul stemmte sich ebenfalls in die Höhe. All dies gefiel ihm immer weniger. Er zog die Pistole aus dem Halfter, kramte ein Ersatzmagazin aus der Tasche. Das Klacken, als er nachlud, hallte laut in dem kleinen Raum.

Amanda sah sich nach ihm um. »Irgendwelche Vermutungen?«

Jul schüttelte den Kopf, bückte sich nach dem verbogenen Me-

tallstab. Nein, Vermutungen hatte er nicht, aber wenn ein denkendes Wesen dies alles verursachte, wollte er auf eine Begegnung mit ihm vorbereitet sein. Auch wenn seine Waffen wahrscheinlich wenig nützten gegen die große Macht, die hier zur Schau gestellt wurde. Doch alles war besser, als sich dem Unbekannten mit leeren Händen zu stellen.
Kalt und beruhigend vertraut strömte das blaue Feuer durch Juls Körper, den Arm hinab. Die Schatten flackerten, als Flammen über die Metallstange züngelten.
»Das Einzige, wovon ich im Moment überzeugt bin, ist, dass wir dort hinuntermüssen, wenn wir Antworten wollen.« Er nickte in Richtung des Tunnels. Irgendjemand gab sich Mühe, sie an einen ganz bestimmten Ort zu lotsen. Irgendetwas würde er dort von ihnen wollen, und ihr Tod war es nicht, denn den hätte er leichter haben können. Doch mit wem hatten sie es zu tun, und was plante er? Jul schüttelte den Kopf. Er würde es herausfinden. Im Moment musste er sich auf das konzentrieren, was vor ihm lag.
»Dann mal los.« Amanda schenkte ihm ein nervöses Lächeln, wandte sich dann wieder der Öffnung zu und spähte hinein. »Wäre toll, wenn uns da unten das Wunderland erwarten würde, aber ich hab so meine Zweifel.«
Sie zögerte, den Tunnel zu betreten, und Jul nutzte die Gelegenheit, um sich an ihr vorbeizuschieben. Er holte noch einmal tief Luft, dann trat er gebückt in den niedrigen Gang. Sofort schienen sich die Wände enger um ihn zu schließen. Seine Hände verkrampften sich um die Griffe seiner Waffen. Hoffentlich war dieser Tunnel nicht lang, hoffentlich fanden sie bald, was sie suchten. Er vermisste den freien Himmel mehr denn je. Schritt für Schritt zwang er sich voran.
Der Untergrund bestand aus Kies, Erde und Sand, so verdichtet, dass Juls Schuhe kaum Abdrücke darin hinterließen. Teile der

Decke waren herausgebrochen und bildeten kleine Haufen auf dem Boden. Jul schluckte. Flimmerte dort vorne nicht die Wand? Schlug die Decke nicht an einigen Stellen Wellen? Er zog den Kopf tiefer zwischen die Schultern, achtete darauf, nichts zu berühren. Hinter sich hörte er Amandas Schritte knirschen.

»Ich vermute, die Wellen haben einige Stellen in der Decke in der Zeit eingefroren, damit die gesamte Konstruktion überhaupt hält.« Es war ein beunruhigender Gedanke, aber der einzige, der Sinn ergab. Sie gingen nicht durch Fels, sondern durch Erde. Unter normalen Umständen hätte dieser Gang niemals seine Form halten dürfen. Wer auch immer den Welleneffekt kontrollierte, konnte sie jederzeit lebendig begraben.

Amanda hinter ihm blieb ungewöhnlich still. Jul musste den Impuls unterdrücken, sich nach ihr umzusehen. Es war noch immer nicht genügend Platz, um aufrecht zu gehen, und eine unbedachte Bewegung mochte unerfreuliche Folgen haben.

Jul atmete erleichtert auf, als der Schein seines improvisierten Flammenschwertes über den kreisrunden Ausgang des Tunnels leckte. Er beschleunigte seine Schritte, trat auf Betonboden hinaus, konnte sich endlich wieder aufrichten. Für eine Weile stand er einfach nur da, wartete darauf, dass sich sein pochender Herzschlag beruhigte.

Schließlich hob er die Metallstange und sah sich um. Er stand auf einer schrägen Rampe, schuttübersät und staubbedeckt. Nichts wies darauf hin, dass dieser Weg noch zum U-Bahn-Netz gehörte. Keine Lampen an der Decke, keine Hinweisschilder, nichts. Nur nackter Beton. Vielleicht ein Teil des Bunkers, der unter dem Alexanderplatz lag.

Hinter Jul knirschten Amandas Schritte, und er hörte sie erleichtert seufzen. Auch sie hatte also das Ende des Tunnels erreicht.

Mit einem Mal rollte ein Grollen durch den niedrigen Gang. Jul fuhr herum. Das Geräusch kam immer näher, wurde zu einem lauten Rumpeln. Staub wölkte aus dem kreisrunden Loch. Instinktiv wich Jul einige Schritte zurück, Amanda tat es ihm gleich. Der Strahl ihrer Taschenlampe riss herabstürzende Erde aus der Dunkelheit. Kies rollte aus dem Tunneleingang über den Betonboden der Rampe. Dann verstummte das Rumpeln, wurde abgelöst vom Kollern kleiner Steine und schließlich von staubiger Stille.

»Scheiße.« Amanda trat wieder ein Stück vor, leuchtete in den Tunnel. Ein Stück weit konnte man noch immer hineinkriechen, genauso weit, wie die Bunkerwand dick war. Danach blockierten Erde und Steine den Weg. »Ich hoffe, wir ersticken nicht hier unten. Und ich hoffe echt, wer auch immer diesen Tunnel gebaut hat, will uns nicht tot sehen.« Sie grub die freie Hand in ihr Haar, und die Tattoos an ihren Schläfen blitzten violett im Licht des blauen Feuers. Die steile Falte zwischen ihren Brauen, der harte Zug um ihren Mund spiegelten Juls eigene Gefühle.

Gern hätte er ein paar beruhigende Worte gesprochen, doch die Last all der Erde über ihm schien ihm die Luft aus den Lungen zu pressen. Er hasste dieses neu erwachte Bewusstsein der eigenen Sterblichkeit, das Gefühl, dass bald alles ein schmerzhaftes, grausames Ende finden könnte. Wie kamen die Menschen nur ihr Leben lang damit zurecht?

Jul schüttelte den Kopf, räusperte sich. »Runter«, entschied er. Bisher hatte ihr Weg sie nur nach unten geführt, das würde sich nun kaum ändern. Er schob die Pistole wieder unter seine Jacke, um zumindest eine Hand frei zu haben. Dann setzten sie sich in Bewegung, folgten der Rampe, die sich wie ein Treppenhaus immer weiter in die Tiefe wand.

»Was du vorhin über Engel und Mitleid gesagt hast …« Amanda

klang heiser. Jul wandte sich zu ihr um. Wieso interessierte sie dieses Thema so sehr?
»Was ist damit?«
»Wie war das gemeint? Könnt ihr kein Mitleid empfinden oder was? Wieso hast du dann vorhin versucht, dem Mann zu helfen, wenn er dir doch scheißegal sein könnte?«
Kurz glaubte Jul erneut den Apfel auf der Zunge zu schmecken, doch dann drängte er die Erinnerung beiseite. Das würde er ganz sicher nicht mit einer Dämonendienerin diskutieren. »Ich glaube nicht, dass das im Moment wichtig ist.«
»Ich würde es aber gern wissen. Oder ist das geheim?« Anspannung lag in ihrer Stimme. Jul begegnete ihrem Blick und stockte. Irgendetwas loderte darin. Verzweiflung?
Er hielt mitten auf der Rampe an, und Amanda blieb ebenfalls stehen. Langsam trat er einen Schritt auf sie zu, musterte sie im blau flackernden Licht. Ihre Haltung war gerade, selbstbewusst, die Miene hart, undeutbar. Doch hinter ihren Augen klaffte ein Abgrund.
»Was ist los?« Genau das Gefühl, von dem Amanda soeben festgestellt hatte, dass er es nicht empfinden dürfte, drängte die Worte über seine Lippen. Es half längst nichts mehr, sich daran zu erinnern, was sie war.
Sie holte tief Luft, berührte eine Stelle über ihrem Herzen. Ein Talisman unter ihrer Kleidung? »Michael hat mir etwas versprochen, und ich muss wissen, ob er vorhat, sich in der Art daran zu halten, wie ich dachte.«
Michael hatte mit ihr eine Abmachung getroffen? Jul versteifte sich. Vertraute der Erzengel ihm so wenig? »Was hat er dir versprochen? Was sollst du dafür tun?«
Amanda verschränkte die Arme vor der Brust. »Beantwortest du meine Frage nun oder nicht?«

Konnte man mit dieser Frau kein normales Gespräch führen? Ständig musste sie um Informationen feilschen. Nun gut, sie hatte in letzter Zeit wohl nicht sonderlich viele positive Erfahrungen gemacht. Jul seufzte, suchte nach einer Antwort, die möglichst wenig über ihn selbst verriet. »Engel wurden dafür geschaffen, Befehle zu befolgen, ohne sie zu hinterfragen. Sie haben nie gelernt, selbst zwischen Richtig und Falsch zu unterscheiden. Im Gegensatz zu euch haben sie nie vom Baum der Erkenntnis gegessen.«

Amanda runzelte die Stirn, und Jul suchte frustriert nach einem Beispiel, irgendetwas, das deutlich machte, was er meinte. Wie sollte er Gefühle oder deren Fehlen erklären, die er selbst nur halb verstand?

»Wir haben früher einfach getan, was der Herr uns befohlen hat«, versuchte er es noch einmal. »Dabei waren wir genauso glücklich, eine ganze Stadt zu vernichten wie eine frohe Botschaft zu überbringen. Es hat keinen Unterschied gemacht, es war doch alles Teil des göttlichen Plans. Man kann kein Mitleid empfinden, wenn man nicht versteht, was Unrecht ist.«

Nun wurde sie blass. Na endlich. »Und du willst sagen, Michael versteht das immer noch nicht?«

Jul nickte, hoffte, dass sie mit diesem Gedanken zu beschäftigt war, um zu erkennen, dass er selbst nicht ins Bild passte. »Was hat er dir versprochen?«, fragte er sanft.

Sie sah ihn an, musterte ihn mit verschlossener Miene, als sähe sie ihn zum ersten Mal. »Warum interessiert dich das überhaupt? Solltest du nicht genauso sein wie Michael? Was kümmern dich meine Probleme?«

Sie kümmerten ihn, weil er wissen wollte, warum ein Erzengel einer Dämonendienerin Versprechungen machte. Wie Michael vorhatte, diese zu erfüllen, ohne den Waffenstillstand zu brechen. Ob er überhaupt vorhatte, sie zu erfüllen. Konnte er tief genug gesunken sein, um zu lügen? Und wenn ja, was war ihm so wichtig?

Doch da war noch mehr. Natürlich Mitleid angesichts von Amandas Schicksal, aber dazu kam etwas in der Art, wie Jul es bei der alten Frau während des ersten Bebens gespürt hatte. Eine Verbindung. »Ich denke, wir haben ein ähnliches Problem. Mir hat Michael ebenfalls etwas versprochen, und ich weiß nicht, inwiefern er sich daran halten will.«

Mit großen Augen starrte Amanda ihn an. »Dir?« Dann stieß sie ein trockenes Lachen aus. »Und da dachte ich, ihr Engel wärt irgendwie besser als die Dämonen. Aber sieht so aus, als würdet ihr einander genauso wenig vertrauen.«

Ihr Spott versetzte ihm einen schmerzhaften Stich. Ja, eigentlich sollte er einem Erzengel vertrauen können, und zwar mit absoluter Sicherheit. Aber Sicherheiten gab es schon seit einer Weile nicht mehr. Nur noch Zweifel.

»Was kann ein Erzengel einem Engel versprechen und warum?«

Jul zögerte. Es war deutlich, dass Michael mehr wusste, als er verlauten ließ. Und der Erzengel plante etwas. Etwas, das ihm wichtig genug war, um mit Dämonendienern zu verhandeln. Am besten fand Jul schnell heraus, worum es sich dabei handelte, und sammelte so viele Informationen, wie er konnte. Wenn er dafür seine Geschichte gegen Amandas Wissen tauschen musste, dann sollte es so sein.

Er lächelte. »Ich habe zuerst gefragt. Du fängst an.«

16

Amanda lehnte sich gegen die Betonwand, machte es sich so gemütlich, wie es auf der Schräge eben ging. Da standen sie, auf dem Weg zur Lüftung eines großen Geheimnisses, und hatten nichts Besseres zu tun, als alte Geschichten auszutauschen.

Aber sie brauchte Sicherheit, was Michael anging, musste erst mehr über diejenigen erfahren, von denen sie sich Hilfe erhofft hatte, bevor sie sich dem großen Rätsel in der Tiefe stellen konnte. Natürlich hätte sie sich dafür einen sichereren Ort gewünscht. Einen, an dem sie nicht saßen wie auf dem Präsentierteller für Rattendämonenviecher und Schlimmeres. Aber ihr Leben hatte sie gelehrt, mit dem zurechtzukommen, was sie kriegen konnte. Wenn man seine Zeit damit vergeudete, auf perfekte Voraussetzungen zu warten, brachte man nie etwas zustande.

Immer wieder sah sie sich um. Auch Jul wirkte unruhig, doch er hörte ihr aufmerksam zu. Ihre Begegnung mit dem Erzengel war schnell erzählt. Während sie sprach, behielt sie Jul genau im Auge. Er sah nachdenklich aus, womöglich sogar ein wenig besorgt. Aber wer wusste schon, was er wirklich dachte. Sie hatte ja zuvor auch geglaubt, Mitleid in seiner Miene zu sehen.

»Er hat dir eine Feder gegeben?«

Amanda nickte. Unwillkürlich tastete sie nach dem durchscheinenden Gebilde unter ihrer Bluse.

»Soweit ich weiß, hat ein solches Geschenk weit mehr Macht, als er dir weismachen wollte.«

»Soweit du weißt? Solltest du das nicht sicher wissen?«
»Ich habe zu den untersten Rängen gehört. Denkst du, mir hätte irgendwer sonderlich viel erklärt?« Er klang bitter. Warum verhielt er sich so gar nicht wie der hirnlose Befehlsempfänger, als den er sich selbst dargestellt hatte? Und wieso sprach er in der Vergangenheit? Was war zwischen damals und heute noch geschehen?
»Ich kann dir nur sagen«, fuhr er fort, »dass Michael dich wahrscheinlich überall aufspüren können wird, solange du die Feder trägst. Und mehr.«
»Mehr?«
Er warf frustriert die Arme in die Luft. »Ich weiß es nicht.«
Das war wohl mal wieder ihr Glück, dass sie von allen Engeln ausgerechnet auf einen treffen musste, der ihr über die wichtigen Dinge keine Auskunft geben konnte. »Kannst du mir dann zumindest sagen, was Michael deiner Meinung nach wegen Roman unternehmen wird?«
Jul schwieg, ging ein Stück die Rampe hinauf, dann wieder hinunter, warf dabei einen Blick in die Dunkelheit, die sie von beiden Seiten umgab. Amanda wusste nicht, wie verlässlich sein Urteil sein würde. Dennoch ertappte sie sich dabei, den Engel mit angehaltenem Atem zu beobachten. Als würde er darüber entscheiden, ob Roman lebte oder starb.
Schließlich blieb Jul vor ihr stehen, und wieder glaubte sie Mitleid in seinen Augen zu lesen, als er sie ansah. »Ich denke, er hat tatsächlich eher gemeint, dass er für das Seelenheil deines Bruders sorgen wird. Alles Irdische ist vergänglich, nur die Seele zählt. Allerdings ...« Zwischen seinen Brauen bildete sich eine steile Falte. »Es würde bedeuten, dass er dich absichtlich in die Irre geführt hat. Er muss gewusst haben, was du glauben würdest. Das ist zwar keine Lüge, allerdings sehr nah dran. Er

rutscht auf den Pfad der Dämonen, aber ich verstehe nicht, warum.«

Michaels Gründe kümmerten Amanda herzlich wenig. Sie sah Roman vor sich, wie er ohne Hoffnung in seinem Sessel saß, in seinem goldenen Käfig. Er würde dort sterben. »Verdammtes Arschloch! Roman glaubt doch nicht mal, dass er eine Seele hat!«

Als sie aufsah, blickte sie in Juls blaue Augen. Er holte tief Luft. »Es tut mir leid.«

Amanda stieß ein bitteres Lachen aus. »Es tut dir *leid?*« Sie schlang die Arme um ihren Oberkörper, nicht sicher, ob die unterirdische Kälte sie frösteln ließ oder die Erkenntnis, dass sie das Leben ihres Bruders einem Wesen anvertraut hatte, das kein Gewissen besaß und nur der Seele überhaupt irgendeinen Wert beimaß. »Warum sollte dir leidtun, was mit meinem Bruder passiert?«

»Weil ich nicht bin wie die anderen Engel.«

Sie starrte ihn an, diese Gestalt in der zerfetzten Jeansjacke mit der lächerlichen verbogenen Eisenstange in der Hand, über die blaue Flammen züngelten. War das ein schlechter Witz? Machte es ihm Spaß, ihr eine Hoffnung zu nehmen, nur um am Horizont mit einer neuen zu winken?

Jul räusperte sich, ballte die freie Hand zur Faust und schob sie in seine Hosentasche, als wollte er seine Finger davon abhalten, seine Unruhe zu verraten. »Du hast gefragt, was ein Erzengel einem Engel versprechen könnte. Michael hat versprochen, mir etwas zurückzugeben, das er mir zuvor genommen hat.«

Aus zusammengekniffenen Augen musterte sie ihn. »Er hat dir etwas genommen? Wieso? Hast du was angestellt?«

Ein schiefes Lächeln huschte über Juls Gesicht. »Das trifft es ziemlich genau.«

Amanda verschränkte die Arme vor der Brust. Sie konnte wegen Michael für den Moment nichts unternehmen, aber sie konnte versuchen, neue Verbündete zu finden. Und derzeit war sie bereit, sich an jeden Strohhalm zu klammern. »Da bin ich ja mal gespannt.«

Mit gequälter Miene lehnte sich Jul neben ihr an die Wand, achtete dabei darauf, das improvisierte Flammenschwert möglichst weit von ihr wegzuhalten. »Das ist das erste Mal, dass ich jemandem davon erzähle. Ich hoffe, du weißt das zu würdigen.«

»Ich fühle mich geehrt.« Sie konnte den Spott nicht ganz aus ihrer Stimme heraushalten. Sie wusste, nur die Umstände trieben ihn dazu, sich ausgerechnet ihr anzuvertrauen. Sie hatten dasselbe Problem, und wahrscheinlich hoffte er genauso auf einen Verbündeten wie sie. Nun, sie würde ihm gerne helfen, Michaels Pläne und Beweggründe herauszufinden, wenn er ihr im Gegenzug bei Romans Befreiung half. Am besten, sie bot ihm genau das später an.

»Vielleicht hilft es dir ja, ein bisschen besser zu verstehen, wie Engel denken.«

Sie hob die Schultern. Konnte er nicht einfach anfangen zu erzählen?

Jul räusperte sich. »Nachdem der Herr fort war, waren einige von uns der Meinung, sein Verschwinden sei eine Prüfung. Wir müssten nur lange genug warten, treu bleiben, dann käme er wieder. Wir hatten ja immer noch all die festgesetzten Regeln, konnten neue Befehle aus seinen alten ableiten …«

Bevor sie es verhindern konnte, kam ein trockenes Lachen über Amandas Lippen. »Wie Menschen, die die Bibel interpretieren.«

Er seufzte. »Ich schätze, das trifft es. Nur dass wir noch verlorener waren. Wie gesagt, wir konnten … können nicht zwischen

Richtig und Falsch unterscheiden, wie ihr es tut. Wir hatten nur die Logik und einen Haufen alter Worte. Aber nur wenige von uns sahen darin ein Problem.«

Immerhin ein paar. Doch diese Bemerkung verkniff sich Amanda. Sie wollte ihn nicht schon wieder unterbrechen.

»Es gab einige wenige, die argumentierten, dass der Herr von uns erwartete, ohne ihn zurechtzukommen. Wir mussten in der Lage sein, über unser eigenes Schicksal zu bestimmen, ohne zu werden wie die Gefallenen. Diese Gruppierung sah unsere Rettung im Baum der Erkenntnis. Ich war einer von ihnen.«

Jul zog die Wasserflasche aus seiner Jackentasche. Er trank einen Schluck, starrte ins Leere. »Genau genommen war die Sache mit dem Baum der Erkenntnis meine Idee. Doch die Erzengel, die die Führung übernommen hatten, wollten nicht auf mich hören. Also beschlossen wir – ich und ein paar andere –, die Sache selbst in die Hand zu nehmen. Wir wollten sie vor vollendete Tatsachen stellen und so beweisen, dass es funktionieren würde. Es war die dämlichste Idee, die ich je hatte ...«

»Warum? Ich finde, sie klingt ganz in Ordnung.«

Er stieß ein Lachen aus, kurz und bitter. »Das beruhigt mich nur bedingt. Ich glaube inzwischen, dass sich ein Gefallener bei uns eingeschlichen hatte, um diesen Plan in unsere Köpfe zu setzen. Der Herr war ja nicht mehr da, um sie fernzuhalten.«

Wenn etwas schiefging, waren die Dämonen schuld? Wie praktisch, wenn man auf diese Art die Verantwortung für seine Fehler auf andere abwälzen konnte. Aber sie konnte Jul in gewisser Weise verstehen. Es war immer schöner, jemand anderem die Schuld geben zu können.

Er atmete tief ein. »Da es ursprünglich meine Idee gewesen war, war ich derjenige, der weit abseits der bewachten Tore über die Mauern des Garten Edens flog. Ich nahm einen Apfel

vom Baum der Erkenntnis und biss davon ab.« Wiederum stockte er, grub die Finger in seinen zerwuschelten Haarschopf.
»Ich nehme an, sie haben es nicht eingesehen«, stellte Amanda fest.
Jul schüttelte den Kopf. »Sie fanden mich unter dem Baum … Hast du mal das Alte Testament gelesen? Die Sintflut, die Plagen, die Zerstörung von Sodom und Gomorrha. Der Herr hat diese Dinge angeordnet, und wir haben sie durchgeführt. Ich habe in Ägypten einen kleinen Jungen in seinem Bett erstickt, während seine Eltern daneben schliefen. Unter dem Baum wurde mir klar, was ich getan hatte und dass ich den Grund dafür nicht kannte. Wieso erschafft der Herr die Menschen, nur um sie dann mit Prüfungen und Strafen zu quälen? Ist er unfehlbar, wo er es doch nicht hat kommen sehen, dass er plötzlich verschwinden würde? Ist er gut, wenn er keinen anderen Weg sieht, als durch Leid zu herrschen? Gibt es irgendeinen großen Plan, den nur er versteht? Ich hoffe noch immer, dass es so ist, aber ich weiß es nicht.«
Amanda hielt den Atem an, während Jul zu Boden starrte, die Lippen zusammengepresst, die Schultern herabgesunken. Dieser Schmerz in seinen Zügen verlieh der Geschichte ein beinahe spürbares Gewicht, machte es unmöglich, auch nur ein Wort davon anzuzweifeln.
»Sie haben mich also unter dem Baum der Erkenntnis gefunden, kaum mehr als ein Häufchen Elend. Es war zu viel auf einmal, und ich musste erst lernen, mit den neuen Gefühlen umzugehen. Natürlich war das Grund genug für die Erzengel, nicht einmal mehr über meinen Vorschlag nachzudenken. Und meine Mitverschwörer wandten sich entsetzt von mir ab. Sie sahen nur, dass ich ein göttliches Gebot gebrochen hatte und dafür bestraft worden war. In den Augen der Erzengel war ich kaum

besser als ein Gefallener. Aber sie konnten mich nicht zu einem Dämon machen. Das hätte nur der Herr gekonnt. Also haben sie das Nächstbeste getan. Sie haben mich auf die Erde gebracht und … mir meine Flügel genommen.«

Für einen Moment herrschte Schweigen. Amanda biss sich auf die Unterlippe. Was sollte man zu einer solchen Geschichte sagen? »Es tut mir leid« schien nicht einmal annähernd auszureichen.

»Also das hat Michael dir versprochen …«

Jul nickte langsam. »Ich soll meine Flügel zurückbekommen und wieder ein Teil der Schar werden.«

»Moment.« Amanda zog die Brauen zusammen. Das mit den Flügeln konnte sie verstehen. Aber was sollte die Sache mit der Schar? »Du willst wirklich wieder zu denen zurück, obwohl sie dir nicht geglaubt und dich wirklich beschissen behandelt haben? Du willst praktisch zurückgekrochen kommen und wieder Befehle von Leuten empfangen, die nicht mal kapieren, was Mitleid ist? Ich nehme zumindest nicht an, dass sie plötzlich doch eingesehen habe, dass du recht hattest.«

Jul stieß sich mit einem Ruck von der Wand ab, funkelte sie an. »Du hast keine Ahnung, wie es ist, allein und an den Boden gebunden zu sein.«

»O ja, klar.« Sie reagierte beinahe automatisch auf seinen aggressiven Tonfall, passte ihren daran an. »Ich stolpere hier ja auch nur über Schutt, weil ich zu faul bin zum Fliegen. Und ich habe haufenweise Freunde.«

Bildete sie es sich ein, oder loderten die blauen Flammen höher? Vielleicht sollte sie den Engel besser nicht weiter reizen. Aber Streit hielt sie vom Nachdenken über all das ab, was sie soeben erfahren hatte. Über Michael und Roman und Balthasar.

»Wenn du mich ausreden lassen würdest …« Seine Stimme

klang schneidend. »Ich meine, an den Boden gebunden zu sein, nachdem man die Freiheit des Fliegens kennengelernt hat.«

Amanda schnaubte. »Ja, die ist es sicher wert, alle anderen Freiheiten dafür aufzugeben und vor einem verdammten Erzengel zu buckeln, von dem du nicht mal weißt, ob du ihm trauen kannst.«

Mit einer wütenden Geste wandte Jul sich ab. »Ich hätte es besser wissen müssen, als einer Dämonendienerin hiervon zu erzählen.«

»Ach, nun bin ich wieder die böse Dämonendienerin und du der so unglaublich viel bessere Engel.« So viel zu der Hoffnung, einen Verbündeten zu finden.

»Hört auf zu streiten!« Die Stimme ließ sie beide herumfahren. Es lag ein Zischen darin, das Amanda schon einmal gehört hatte. »Ich brauche euch beide, und ihr habt schon genug Zeit vergeudet.«

17

Jul hob sein Flammenschwert, schob sich vor Amanda. Sie mochte etwas ausgesprochen haben, das er nicht wahrhaben wollte, doch das änderte nichts an dem Impuls, sie zu beschützen. Mit angehaltenem Atem starrte Jul die Rampe hinauf in die Dunkelheit.

Eine Gestalt trat aus den Schatten.

Wie der letzte niedere Dämon, der gesprochen hatte, hatte auch dieser nur noch entfernte Ähnlichkeit mit einer Ratte. Er näherte sich mit unbeholfenen Schritten, ein hundegroßes, massiges Ding aus Schuppen und zottigem Pelz. Gewölbte Stoßzähne ragten aus seinem Maul, und dazwischen hing die Nase herab, eine Art verkrüppelter, haariger Rüssel. Eine Ratte, die zur Hälfte ein Mammut sein wollte?

»Was zur Hölle …?«, hörte Jul Amanda murmeln. Es war nur entfernt die Frage, die ihm in den Sinn gekommen war.

»Wer bist du? Was willst du von uns?«

»Dass ihr euren Weg fortsetzt, würde mir für den Anfang genügen.« Die Stimme des Dämons war deutlicher als die des ersten, er wirkte ruhiger, weniger gehetzt. Ganz sicher kontrollierte irgendwer diese Wesen, und diesmal musste er seine Kraft offensichtlich auf weniger von ihnen verteilen. Hoffentlich bedeutete das, dass nicht gleich noch eine ganze Horde der Biester herbeigeeilt kam.

»Warum sollten wir? Was willst du von uns?« Und wer war der Unbekannte? Die Frage kreiste in Juls Kopf. Genau genommen

gab es nur einen, der die niederen Dämonen kontrollieren konnte. Aber das war unmöglich. Er war tot, genau wie der Herr.
»Ihr würdet mir keinen Glauben schenken, bevor ihr nicht gesehen habt, was euch dort unten erwartet.«
»Wer sagt uns, dass wir nicht in unseren Tod gehen?« Jul schob einen Fuß zurück, suchte sicheren Stand. Mit einem dieser Biester wurde er spielend fertig, egal wie seltsam es aussehen mochte.
Ein ungeduldiges Zischen drang aus dem Maul des Wesens. »Wenn ich euren Tod wollte, lägt ihr längst zerschlagen unter Schutt und Geröll. Ich garantiere euch, euch wird kein Leid geschehen. Geht ihr nun, oder muss ich wieder eine Horde dieser kümmerlichen Götterreste auf euch hetzen?«
»Ich muss zugeben, das Vieh macht mich neugierig.« Amandas Stimme klang beherrscht. Nach allem, was sie heute schon gesehen hatte, hielt eine solche Erscheinung wahrscheinlich nicht mehr viel Schrecken für sie bereit. »Ich würde außerdem gerne wissen, was es mit diesen Götterresten auf sich hat. Was für Götter?«
»Am Fuß der Rampe wirst du Antworten finden.«
»Wie wäre es mit einem Vorschuss?«
Jul schluckte ein ungläubiges Lachen hinunter. Sie spielte mit dem Dämon dasselbe Spiel, das sie mit ihm gespielt hatte. Er warf ihr über die Schulter einen Blick zu. Sie hatte die Arme vor der Brust verschränkt, das Kinn vorgeschoben. Doch inzwischen erkannte er die Anzeichen von Nervosität. Die etwas zu gerade Haltung, die harte Linie um ihren Mund.
Die bizarre Erscheinung wankte ein Stück näher. »Was die Engel niedere Dämonen nennen, sind in Wahrheit die armseligsten der alten Götter. Die, deren Namen niemand mehr kennt, deren Bildnisse vom Zahn der Zeit zerstört wurden.«

Jul runzelte die Stirn. Was redete dieses Biest da? »Es gibt keine anderen Götter neben dem Herrn.«
»Was immer du sagst, Engel. Du musst es natürlich wissen. Man hat dich ansonsten auch in alles eingeweiht, wie ich höre.«
Der Spott streute Salz in die Wunde, die Amandas Worte zuvor geschlagen hatten. Jul packte die Metallstange fester, wünschte, das Ding würde ihm einen Grund geben, es mit blauem Feuer zu spalten. Vielleicht sollte er die Tatsache, dass es ein Dämon war, schon als Grund gelten lassen.
»Nun geht.« Das Trippeln kleiner Füße unterstrich die Worte des Dämons.
Jul spürte Amandas Hand an seinem Arm. »Komm schon!«
Er schüttelte ihre Berührung ab. »Wir laufen direkt in eine Falle, wenn wir weitergehen.«
»Wir sitzen schon in einer Falle, Idiot. Und wenn er derjenige ist, der auch den Tunnel für uns gebaut hat, dann hätte er uns wirklich längst töten können.«
Augen glühten dort, wo die Rampe in der Dunkelheit verschwand. Bewegung entstand in den Schatten. Jul seufzte, ließ langsam das Flammenschwert sinken. »Gut. Sehen wir uns an, was es dort unten gibt.« Genau deswegen war er ja schließlich hier. Er wäre nur lieber aus freien Stücken hinuntergegangen.
Demonstrativ kehrte er den Dämonen den Rücken zu und folgte Amanda tiefer unter die Erde.

✣

Am Fuß der Rampe erwartete sie ein Gewirr aus Gängen und Räumen. Ein Labyrinth aus glatten, feuchten Betonwänden – ein Bunker. Ohne genau zu wissen, in welche Richtung sie sich wenden sollten, drangen sie tiefer vor. Dieses Bauwerk mochte unübersichtlich sein, aber sicher niemals so groß, dass sie sich darin unwiederbringlich verirren würden.

Wahllos bog Jul um eine Ecke – und erstarrte mitten in der Bewegung. Leuchtende Augen in der Dunkelheit. Ein fauchendes Zischen wehte durch den Gang.

»Falsche Abzweigung, würde ich sagen«, stellte Amanda fest.

»Es gefällt mir nicht, in eine bestimmte Richtung getrieben zu werden.«

»Denkst du, ich finde das toll?«

Aufmerksam beobachtete Jul die rattenartigen Dämonen. Diesmal war keiner dabei, der aus der Menge der wogenden Leiber herausstach. »Es könnte hier unten auch etwas geben, das wir nicht sehen sollen.«

Kleidung raschelte hinter ihm, als Amanda sich bewegte. »Du hast recht. Denkst du, du wirst mit dieser Gruppe hier fertig? Dann könnten wir nachsehen, was wir außerhalb der gekennzeichneten Wege finden.«

Jul lächelte. Es wurde immer leichter zu vergessen, dass er sie eigentlich nicht mögen sollte. »Gute Idee.«

Er zog die Pistole. Nur noch ein weiteres Ersatzmagazin steckte in seiner Tasche, aber diese Sache war ihm ein paar Kugeln wert. Ohrenbetäubend laut hallten zwei Schüsse in den Gängen, zogen glühende Streifen durch das Halbdunkel. Mit Leichtigkeit fanden sie ihr Ziel. Der Geruch nach versengtem Fleisch versetzte Jul in Kämpfe und Kriege vergangener Zeiten zurück. Und in einen anderen Tunnel, nur vor ein paar Tagen. Im Vergleich zu heute war die Welt damals beinahe noch in Ordnung gewesen.

Ein Wirbel aus Bewegung entstand in den Schatten. Schuppige Leiber huschten durcheinander, übereinander hinweg. Jul packte sein Schwert fester, zielte erneut …

Dann waren sie fort. Ihre trippelnden Schritte verklangen in der Dunkelheit.
Langsam schob er die Pistole zurück unter seine Jacke. »Ich bin mir nicht sicher, ob mir dieser kampflose Rückzug besser gefällt.«
Amanda zuckte mit den Schultern. »Vielleicht will unser geheimnisvoller Helfer beweisen, dass er nichts vor uns zu verbergen hat. Also, sehen wir uns gründlich um.«
Sie schob sich an ihm vorbei, und die Schatten wichen vor dem Strahl ihrer Taschenlampe zurück, als sie in den Gang vordrang. Wieder folgte er ihr.
Tatsächlich begegnete ihnen im ganzen Bunker kein einziger Dämon mehr. Wer auch immer sie an einem bestimmten Ort haben wollte, er schien eingesehen zu haben, dass es nichts brachte, sie dorthin zu scheuchen. Nun übte er sich in Geduld, ließ sie ihren eigenen Weg finden, immer weiter durch kahle Gänge und Räume. Was würden sie am Ende des Weges vorfinden? Was wollte der Unbekannte ihnen zeigen?
Irgendwann traten sie in einen Raum, dessen Boden kaum mehr als eine schlammige Pfütze war. Die Wände hier waren gemauert, und die Luft roch stickig und verbraucht. Eisenhalterungen zeigten an, wo vielleicht einstmals Betten gehangen hatten. Schlafstätten für die Menschen, die hier früher vor Luftangriffen Schutz gesucht hatten.
Stumm deutete Amanda nach vorne. Ein weiteres kreisrundes Loch klaffte dort in der Wand, und ein schwacher Lichtschein fiel auf das brackige Wasser davor.
Mit einem Gedanken löschte Jul sein Flammenschwert, und auch Amanda schaltete ihre Taschenlampe aus. Durch dämmriges Zwielicht tasteten sie sich auf den Lichtschein zu. Wasser platschte unter ihren Füßen.

Wieder duckte sich Jul als Erster durch den Durchgang. Er hatte es gründlich satt, durch unterirdische Gänge zu irren. Was auch immer sie erwartete, er hoffte, sie würden ihr Ziel bald erreichen. Als er sich wieder aufrichtete, wurde aus der Hoffnung schlagartig Sicherheit.

Für einen Moment glaubte er, eine Kathedrale betreten zu haben. Der Eindruck rührte nicht so sehr von der Wölbung der Decke oder den Felssäulen her – den Felssäulen, die es unter Berlin nicht hätte geben dürfen, da die Stadt auf sumpfigem Untergrund erbaut war. Es war mehr die andächtige Atmosphäre der Höhle. Eine solche Atmosphäre entstand an Orten, an denen über die Jahrhunderte hinweg inbrünstig gebetet wurde. Sie machte die herrschende Stille beinahe greifbar.

Das Licht kam aus der Mitte der Höhle, strahlte blendend hell von etwas zwischen den Säulen aus. Es war ein goldener, warmer Schein, so unerwartet in dieser Umgebung. Jul merkte kaum, wie er den Atem anhielt. Er kannte dieses Licht, hatte es so oft von fern gesehen, hatte im Anblick der Gestalt Frieden gefunden, die es umgab. Die Gestalt auf dem großen Thron im Himmel, umringt von den Seraphim.

Er hatte sich geirrt. Michael und die anderen Erzengel waren all die Jahre im Recht gewesen. Gott war nicht tot. Dort vorne wartete er.

Tränen der Erleichterung traten Jul in die Augen und rannen heiß seine Wangen hinab. Vielleicht war es tatsächlich eine Prüfung gewesen, vielleicht hatten sie ihn finden müssen, und nun würde er zu ihnen zurückkehren.

Jahrhundertealte Gewohnheiten zwangen Jul auf die Knie. Er legte die verbogene Metallstange vor sich auf den Boden, langsam und vorsichtig. Seine Finger verschränkten sich beinahe von allein ineinander, und noch immer trübten Tränen sein Blickfeld.

Doch etwas anderes trübte seine Erleichterung.
Er war nicht mehr derselbe wie vor zweihundert Jahren. Ungebeten drängten sich Fragen in sein Bewusstsein und mit ihnen Zweifel. Wenn dies eine Prüfung war, dann zu welchem Zweck? Was hatte der Herr prüfen wollen, warum hatte er zugelassen, dass deswegen das Unglück auf dem Alexanderplatz geschah? Was hatte der Welleneffekt zu bedeuten? Und warum harrte der Herr dort so reglos aus und unternahm nichts? Jul wollte Antworten, er konnte sich nicht mehr damit abfinden, auf Befehle zu warten.
Er wischte seine Tränen fort, blinzelte – und stutzte. Irgendetwas stimmte nicht. Der goldene Glanz war schwächer, als Jul ihn in Erinnerung hatte. Und regte sich da nicht etwas, das den göttlichen Schein weiter verdunkelte? Er kniff die Augen gegen das Licht zusammen.
Eine mächtige Schwinge reckte sich in die Höhe, ein Schattenriss vor dem goldenen Schein. Schwärze strahlte von ihr aus, mischte sich in das Licht, vergiftete es.
Hell und Dunkel flossen ineinander, eng umschlungen, genau wie die Gestalten, die Jul zwischen Licht und Schatten zu erkennen glaubte. Mächtige Gestalten, schwer fassbar selbst für seine Augen. Doch ihm war klar, dass sie dort nicht in einer solch engen Umarmung liegen sollten, enger als selbst Liebende. Fast als wären sie eins, als würden sie ineinander zerfließen. Und schon gar nicht hätten sie sich nur so schwach regen dürfen. Da hätte mehr sein müssen als das sanfte Wogen von Licht und Dunkelheit und das träge Strecken der schwarzen Schwingen.
Kälte kroch in Juls Glieder. Ja, der Herr war nicht tot. Aber was auch immer während des zweiten Krieges geschehen war, es war womöglich schrecklicher als alles, was er sich bisher hatte ausmalen können.

18

Amanda blinzelte, versuchte vergeblich, mehr zu erkennen als gleißende Helligkeit und alles verschluckende Dunkelheit. Licht und Schatten flossen ineinander, vermischten sich wie Yin und Yang. Es war ein atemberaubender Anblick. Doch gleichzeitig kratzte die Erkenntnis an ihrem Bewusstsein, dass sie nicht verstand, was sie sah. Dass sich dort mehr verbarg, als sie erkennen konnte.

Amanda kniff die Augen zusammen. Wie sie es hasste. Sie hatte gerade begonnen, sich an sprechende Rattendämonenviecher zu gewöhnen, hatte es geschafft, den Mann in der orangefarbenen Weste in den hintersten Winkel ihres Bewusstseins zu verbannen. Sie hatte sich zumindest die Illusion erkämpft, die Kontrolle zu behalten, langsam ein paar Puzzleteile zusammenfügen zu können. Und dann kam das Universum und erinnerte sie daran, dass sie klein und unwichtig und dumm war angesichts der Wunder und Phänomene, die es aus dem Ärmel schütteln konnte.

Erst als sie sich zu Jul umdrehte, merkte sie, dass er neben ihr kniete, die Hände wie zum Gebet gefaltet. Tränenspuren zeichneten sich auf seinem staubigen Gesicht ab, und sein Blick klebte förmlich an dem Spiel aus Licht und Schatten. Es dauerte einen Moment, bis Amanda dämmerte, was die Reaktion des Engels zu bedeuten hatte. Was – oder besser wen sie dort vor sich sah.

Das Blut rauschte in ihren Ohren, als ihr Blick zu dem Wogen aus Helligkeit und Dunkelheit zurückkehrte. Nun glaubte sie

Gestalten darin zu erkennen, undeutlich nur, aber annähernd menschenähnlich. Eine gleißend, die andere ein Schattenriss vor dem Licht. Sie lagen eng umschlungen beieinander. Nein, mehr als das. Sie schienen ineinander zu zerfließen. Es war schwer zu sagen, wo die eine endete und die anderen begann.

»Scheiße …« Das Wort war nur ein Hauch. Das konnte doch nicht sein, oder? Aber das war ein dummer Gedanke, wenn er von jemandem kam, der kraft seiner Gedanken Gläser zerspringen ließ. Natürlich konnte es sein. Was war denn schon unmöglich, wenn man einmal begann, das Übernatürliche zu akzeptieren?

Wenn die helle Gestalt war, was sie vermutete, war sie dann für den großen Haufen Scheiße verantwortlich, in dem die Welt steckte? Lenkte sie den Welleneffekt? Ganz bestimmt hätte sie die Macht dazu. Doch was bedeutete dann die Zerstörung des Alexanderplatzes, warum lag dieses mächtige Wesen an diesem Ort, und was hatte es mit der zweiten, dunklen Gestalt auf sich? Die beiden hätten gegensätzlicher kaum sein können, wirkten wie Tag und Nacht, Gut und Böse, Gott und …

Gott und Teufel.

Amanda schüttelte den Kopf, um ihre Gedanken zu ordnen. Juls Reaktion und die Geschichte, die er ihr zuvor erzählt hatte … All das passte zu ihrer Vermutung. Dennoch ergab so vieles keinen Sinn. Möglicherweise durfte man das aber auch nicht erwarten, sobald eine bestimmte Menge übernatürlicher Elemente im Spiel war.

Mehrmals atmete sie tief durch, zwang ihren Blick von dem Wogen aus Licht und Schatten fort. Sie ging neben Jul in die Hocke und legte ihm eine Hand auf die Schulter. »Jul.« Ihre Stimme war nicht mehr als ein Flüstern, sie wagte es nicht, sie weiter zu heben.

Er starrte durch sie hindurch. Verdammter Engel, sollte er nicht mit seinen wer-wusste-schon-wie-vielen-hundert Jahren Lebenserfahrung besser mit einem solchen Anblick umgehen können als sie?
Gut, vielleicht schockierte ihn das, was sie in dieser Höhle vorgefunden hatten, mehr als sie, möglicherweise war das sogar nachvollziehbar. Dennoch konnte er doch nicht ausgerechnet jetzt in Schockstarre verfallen, oder was auch immer er gerade tat. Er konnte sie doch nicht einfach im Stich lassen. Nicht in einem solchen Moment. Was sollte sie tun? Vielleicht schwebten sie hier sogar in Gefahr. Wer konnte das schon sagen? Sie ganz sicher nicht. Sie war nur ein einfacher Mensch mit ein paar lächerlichen magischen Fähigkeiten. Und sie wusste zu wenig. Viel zu wenig.
»Reiß dich zusammen!«, zischte sie. Sie packten den Engel fester an den Schultern, wollte ihn schütteln. Flügelschlag schreckte sie auf. Rechts von ihnen war ein Teil der Höhle durch einen Knick in der Wand vor ihren Blicken verborgen, und von dort erschien eine Gestalt, segelte dicht unter der Decke dahin. Ein Engel, ganz eindeutig, doch etwas an ihm wirkte seltsam. Amanda brauchte einen Augenblick, um zu erkennen, woher dieser Eindruck kam. Statt einem wölbten sich drei Paar Flügel in schimmernden Bögen aus dem Rücken des Engels, bewegten sich in einem komplizierten Rhythmus auf und ab. Neben ihr kam Jul wieder auf die Füße. »Seraph.«
Nur ein Wort, doch Amanda erinnerte sich, wo sie diese Bezeichnung zuletzt gehört hatte. In Juls Geschichte. Die Engel, die vor zweihundert Jahren verschwunden waren. Sie hatten also alle Vermissten auf einen Schlag wiedergefunden. Was für ein verdammt praktischer Zufall. Wenn sie nur an einen Zufall glauben könnte …

Würde es den sechsflügeligen Engel freuen, dass man ihn nach all den Jahren wiedergefunden hatte? Irgendwie bezweifelte sie, dass er derjenige war, der sie hier heruntergelotst hatte. Und es war nur eine Frage der Zeit, bis er sie entdecken würde.
Jul machte einen Schritt nach vorne. Doch Amanda packte ihn am Arm, zog ihn zurück in den Schatten des Durchgangs, durch den sie gekommen waren. Mit einem Ruck riss er sich los, drehte sich zu ihr um, die Stirn verärgert gerunzelt. Schnell legte sie ihm einen Finger auf die Lippen und begegnete seinem überraschten Blick.
»Hör mir zu«, flüsterte sie. »Nur eine Minute.«
Er ergriff ihre Hand, schob sie beiseite, nickte. Doch da war er wieder, dieser Blick, von dem er sagte, er sei aus purem Misstrauen geboren. Dieser verdammte Engelblick war wirklich das Letzte, was sie im Moment gebrauchen konnte.
»Schau nicht so. Wir wollten versuchen, miteinander auszukommen, schon vergessen? Aber bevor du deinen alten Kumpel oder was auch immer begrüßt, solltest du darüber nachdenken, ob hier nicht irgendwas faul ist.«
Jul runzelte die Stirn, und Amanda holte tief Luft. Das ungute Gefühl, das sie bei dieser Sache hatte, wurde immer stärker. Sie musste ihn davon überzeugen, sich noch eine Weile bedeckt zu halten. Zumindest bis sie etwas besser wussten, was hier gespielt wurde.
»Den Seraphen oder Seraphim oder was auch immer geht es offensichtlich gut.« Sie warf einen kurzen Blick zu dem sechsflügeligen Wesen, das gerade zur Landung ansetzte. Es sah noch immer nicht in ihre Richtung. »Doch ebenso offensichtlich haben sie es nie für nötig gehalten, sich bei euch zu melden oder euch mitzuteilen, wer bei ihnen ist. Wieso? Was genau machen sie hier unten?«

Langsam wurde Juls Blick weicher, nachdenklicher. Sehr gut. Eilig fuhr Amanda fort. »Wir sollten nichts übereilen und erst einmal beobachten, was hier geschieht. Einverstanden?«
Wieder nickte Jul, und nun endlich ließ er auch ihre Hand los. Er wischte sich mit dem Ärmel über die Wangen, und die Tränenspuren verschwanden, als er Dreck und Staub etwas gleichmäßiger verteilte. Ob sie auch so aussah, dreckig und abgekämpft? Wenn sie ehrlich war, wollte sie das gar nicht wissen.
Geduckt in dem kreisrunden Durchgang beobachteten sie den Seraph, der neben den beiden Gestalten niederging, umspielt von Licht und Schatten. Im Gegensatz zu den Engeln, die Amanda kannte, trug er keine moderne Kleidung. Nur eine weiße Stoffbahn umfloss seinen Körper lose, ließ ihn wirken, als wäre er tatsächlich soeben vom Himmel herabgestiegen, um das Wort Gottes zu verkünden. Er trat an die beiden Gestalten heran. Einen Augenblick lang wirkte es, als würde das Wogen von Licht und Schatten an seinen Flügeln zerren wie die unruhigen Fluten eines Meeres. Dann zog er die drei leuchtenden Paare dicht an den Körper, bis sie darin zu verschwinden schienen. Neben der hellen Gestalt blieb er stehen, sah auf sie hinab, nun selbst nur noch ein undeutlicher Schemen in gleißendem Licht.
Die dunkle Gestalt stemmte sich ein Stück hoch. Und mit einem Mal ragten Flügel über ihren Schultern auf. Nicht aus Licht, sondern aus Schatten. Und verwirrenderweise konnte Amanda nicht sagen, ob sie ledrig wirkten oder Federn besaßen wie die der Engel.
»Er schläft so tief wie eh und je.« Die Stimme der dunklen Gestalt klang ein wenig rauh, aber hallte gut hörbar von den Wänden wider. Sie schien keine Sprache zu sprechen, die Amanda

kannte, dennoch verstand sie sie. »Ihr werdet die Erde zerstören, ehe er genügend Kraft hat zu erwachen.«
Die Worte jagten Amanda einen Schauer über den Rücken. Ihre Gedanken wirbelten durcheinander. Gebannt verfolgte sie, wie sich die Haltung des Seraphs änderte, er seine drei Flügelpaare spreizte. Die Geste hatte etwas Drohendes, Angriffslustiges. »Wir? Deine Taten haben hierzu geführt.«
Ein abgehacktes Lachen kam über die Lippen der dunklen Gestalt, ging in ein Husten über. Schwach sank sie auf den Boden zurück. »Meine Taten? Ich tue seit Jahrhunderten nichts. Ihr dagegen könntet alldem noch immer ein Ende bereiten. Ihr habt die Macht, den Prozess umzukehren.«
Die Worte strömten über Amanda hinweg, ohne sie ganz zu erreichen. Nur langsam sickerte die Gewissheit zu ihr durch, dass dies alles mehr als nur ein wenig faul war. Es stank geradezu zum Himmel.
»Was einst erschaffen wurde, kann erneut erschaffen werden. Alles Irdische ist vergänglich. Der Herr dagegen ist einzig und ewig. Du solltest dankbar sein, dass wir keine andere Wahl hatten, als mit ihm auch dich zu retten. Was wir für ihn tun, kommt auch dir zugute.«
»Dankbar?« Wieder ein Lachen, schwächer diesmal. »Für Jahrhunderte des Schmerzes? Ihr wisst nicht, was ihr anrichtet.«
»Erspar mir deine Lügen. Du ...«
Wie der Schlag einer Glocke hallte ein Alarmschrei durch die Höhle. Er riss Amanda aus ihrer Starre. Adrenalin rauschte durch ihre Adern, sie sah sich hektisch um. Hatte man sie entdeckt? Aber sie konnte weder den Rufer noch sonst irgendwen entdecken. Er musste sich in dem Teil der Höhle befinden, den sie nicht einsehen konnte.
Mit einem Mal loderten blaue Flammen inmitten von Licht und

Schatten. Ein Flammenschwert in der Hand des Seraphs! Er trat einen Schritt auf die dunkle Gestalt zu. »Ruf deine Horden zurück.«
Erleichtert atmete Amanda auf. Damit konnten nicht sie gemeint sein.
»Bereiten sie euch Unannehmlichkeiten? Das bedauere ich natürlich zutiefst.« Wieder ein rauhes Lachen, dann ein Husten.
»Wie du wünschst. Es wird nicht lange dauern, sie zu vernichten.« Der Seraph breitete erneut seine Schwingen aus. Mit kräftigen Flügelschlägen schwang er sich in die Lüfte und flog in die Richtung davon, aus der er gekommen war.
Während das Geräusch schlagender Schwingen verklang, begegnete Amanda Juls Blick. Seine Augen waren geweitet, wie die ihren wahrscheinlich auch. Schock und Unglauben standen in seiner Miene geschrieben. Mit fahrigen Bewegungen spielten seine Finger an den Knöpfen seiner Jacke. Dann schob er die Hände mit einem Ruck in die Taschen, räusperte sich. »Wir …«
»Ihr solltet näher treten.« Die gezischten Worte ließen sie herumfahren. Dort, jenseits des Lochs in dem dunklen Raum, hockte eines der rattenartigen, schuppigen Dinger, die Amanda inzwischen besser kannte, als ihr lieb war. Es starrte sie aus schwarzen Knopfaugen an, reglos. Diesmal wirkte es so normal, wie es seiner Art eben möglich war – kein Rüssel, kein Menschengesicht. »Ihr wolltet wissen, wer ich bin. Nun, du wärst womöglich früher darauf gekommen, Engel, wenn du mich nicht tot geglaubt hättest. Du weißt doch, dass es nur einen gibt, der die niederen Dämonen, die vergessenen Götter, kontrollieren kann. Ist es nicht so?«
»Der Morgenstern.«
Juls heisere Worte bestätigten Amandas Verdacht. Fast wünschte sie, es wäre nicht so gewesen.

Das Rattending deutete ein abgehacktes Nicken an. »Wie ihr seht, bin ich noch am Leben. Aber den Rest dieser Unterhaltung sollten wir von Angesicht zu Angesicht führen. Beeilt euch, solange die Seraphim noch abgelenkt sind.«

Mit einem Schlag schien das Dämonenvieh aus einer Art Trance zu erwachen. Blitzartig wirbelte es herum und huschte davon. Für einen Moment noch plätscherte das Wasser unter seinen Schritten, dann war es in der Dunkelheit verschwunden. Betont langsam drehte sich Amanda um.

Die dunkle Gestalt saß erneut halb aufrecht. Blickte sie in ihre Richtung? Es ließ sich nicht sagen. Zumindest war damit die Frage beantwortet, wer sie hier heruntergelotst hatte. Auch wenn die Antwort nicht unbedingt dazu beitrug, die Situation weniger absurd zu machen.

»Der Teufel persönlich will mit uns reden, sehe ich das richtig?« Amanda drängte das hysterische Kichern zurück, das ihre Kehle hinaufzuklettern drohte.

»Es scheint so.« Juls Stimme klang seltsam tonlos.

»Dann sollten wir ihn wohl nicht warten lassen ...« Langsam setzte sich Amanda in Bewegung. Sie wollte Antworten, und wenn nur der Teufel persönlich bereit war, sie ihr zu geben, dann konnte sie wohl nicht wählerisch sein.

Während sie sich dem Wogen aus Licht und Schatten näherte, spähte sie immer wieder dorthin, wo der Seraph verschwunden war. In der Ferne glaubte sie die Geräusche eines Kampfes zu hören. Wütendes Zischen und unmenschliche Schreie, die nur aus den Kehlen der Dämonen stammen konnten.

Amandas Gedanken rasten noch immer in dem Versuch, das zuvor belauschte Gespräch zu verarbeiten. Bei der Vorstellung, dass soeben von der Zerstörung der Welt gesprochen worden war, wurde ihr schwindelig. Was hatte sie inmitten von all die-

sen großen, kosmischen Ereignissen zu suchen? Sie wollte doch nur ihren Bruder in Sicherheit bringen …
Amanda atmete tief ein. Sie musste sich beruhigen. Eins nach dem anderen angehen. Sich zuerst einmal auf die eine Sache konzentrieren, die sie verstand: Was auch immer in der Welt schiefging, die Seraphim nahmen es zumindest billigend in Kauf. Damit stand fest, dass sie ihnen nicht trauen konnte.
Amanda beschleunigte ihre Schritte. Um sich selbst keine Zeit zum Nachdenken zu geben, es sich anders zu überlegen, trat sie schnell in gleißendes Licht und alles schluckenden Schatten. Sofort kroch ein Kribbeln ihre Wirbelsäule hinab, die Härchen an ihren Armen stellten sich auf. Sie schauderte, als Dunkelheit sie einhüllte, froh, dass sie Juls Schritte neben sich hörte.
Amanda sah auf, blickte unvermittelt in gelbe Augen. Sie waren das einzig Beständige in einem Chaos von Eindrücken. Das Gesicht, in dem sie saßen, wirkte menschlich. Doch sosehr sie sich auch bemühte, sie konnte die Züge nicht genau erkennen. Waren sie bleich oder doch eher dunkel? Alt oder jung? Sie schienen sich nicht entscheiden zu können. Aber es stand Erschöpfung darin geschrieben … oder nicht? Kurz hatte Amanda den Eindruck von eingefallenen Wangen und dunklen Ringen unter den schwefelgelben Augen.
In der Dunkelheit erkannte sie undeutlich schwarzes Haar. Und waren das Hörner? Nein, sie musste sich getäuscht haben. Flügel hoben sich, schirmten sie und Jul von der Außenwelt ab. Mal schienen die Schwingen kaum Substanz zu haben, Gestalt gewordene Schatten. Dann glaubte Amanda rußgeschwärzte Federn zu erkennen. Und im nächsten Moment ledrige Flughäute. Und jenseits davon strahlte das Licht, verschmolz mit den Schatten, und auch aus der Nähe war es unmöglich zu sagen, wo die dunkle Gestalt aufhörte und die helle begann. Sie

schienen tatsächlich fast eins zu sein. Und es passte zu dem, was der Seraph gesagt hatte. *Was wir für ihn tun, kommt auch dir zugute.*

Schmerz pochte zwischen Amandas Schläfen, und sie schloss die Augen, um ihnen einen Moment Ruhe zu gönnen, das Chaos auszuschließen. Konnte sich ihr Gegenüber nicht wenigstens für eine Erscheinungsform entscheiden?

Das leise Geräusch einer Bewegung. Sofort riss sie die Augen wieder auf. Die dunkle Gestalt – Luzifer – streckte die Hand nach ihr aus! Unwillkürlich wich sie einen Schritt zurück.

»Ich will dir nichts zuleide tun!« Seine Stimme war nun nur noch ein Flüstern.

»Du bist ein Dämon. Was erwartest du? Vertrauen?« Jul trat neben Amanda, den kühlen Engelblick auf ihr Gegenüber gerichtet. Seltsamerweise hatte sein Verhalten etwas Beruhigendes. Er hatte recht. Auch Luzifer war zumindest theoretisch nur ein Dämon. Und sie wusste, wie man mit Dämonen zurechtkam. Zumindest bildete sie sich das ein.

»Du hast uns also hergeführt, Morgenstern. Was willst du?« Anspannung zeichnete sich auf Juls Zügen ab. Kurz irrte sein Blick zu dem goldenen Glühen, das hinter den dunklen Flügeln hervorschimmerte. Sicher fragte er sich, was mit seinem Herrn geschehen war und warum er hier lag und zu schlafen schien, auf unerklärliche Weise verbunden mit seinem größten Feind.

Luzifer lehnte sich ein wenig vor, und der Blick der gelben Augen bohrte sich in den Amandas. »Ihr habt mit angehört, was der Seraph über die Zerstörung der Welt gesagt hat. Ich will euch helfen, diesen Untergang aufzuhalten.«

Jul schüttelte ungläubig den Kopf, doch ihm schienen die richtigen Worte zu fehlen. Amanda öffnete den Mund, brachte aber ebenfalls keinen Ton heraus. Das war ein Scherz, oder?

»Moment …«, krächzte sie schließlich. »Abgesehen davon, dass mir nicht ganz klar ist, zu welchem Zeitpunkt wir die Aufgabe übernommen haben, die Welt zu retten …« Allein der Gedanke ließ in der Tiefe ihrer Kehle schon wieder ein hysterisches Kichern entstehen. »Warum zur Hölle wollen …« Sie stockte. Den Höllenfürsten zu siezen schien nicht richtig. ›Ihr‹ wäre vielleicht eine passendere Anrede gewesen, aber eher hätte sie sich die Zunge abgebissen, als irgendeinem Dämon freiwillig so viel Respekt entgegenzubringen. »Wieso willst ausgerechnet du uns dabei helfen? Ich meine, du bist der Teufel. Chaos und Zerstörung sind doch genau dein Ding, oder nicht?«

Die Worte klangen aggressiver, mehr nach einer Herausforderung, als Amanda beabsichtigt hatte. Doch das war immer noch besser, als zu verraten, wie verloren und überfordert sie sich in Wirklichkeit fühlte. Ob sich der Teufel davon allerdings täuschen ließ? Die gelben Augen schienen durch jede Fassade hindurchzusehen.

»Die Aufgabe ist eure, weil ich zu dem Schluss gekommen bin, dass ihr von allen, die bisher hier heruntergestiegen sind, als Einzige eine Chance auf Erfolg habt. Und wieso ich euch helfen werde …« Kurz blickte er auf, sah in die Richtung, aus der der Seraph gekommen war. Amanda reckte sich, konnte aber jenseits der Flügel nichts erkennen.

»Eigennutz. Ich helfe euch, damit ihr mir helft.«

»Was auch sonst?« Jul verschränkte die Arme vor der Brust, und Luzifer schenkte ihm ein Lächeln, das mehr an ein Zähneblecken erinnerte. Die beiden wirkten wie zwei Raubtiere, die einander belauerten, und Amanda fragte sich, was sie tun sollte, falls sie einander an die Kehle gingen. Doch der Moment verging.

»Ich habe vorhin Teile eurer kleinen Geschichten belauscht.«

Das Lächeln des dunklen Engels wurde dünn, bitter. »Lasst mich nun meine erzählen.«
Er hatte gelauscht? Eigentlich hätte sie das stören müssen, doch es wirbelten zu viele andere Dinge durch Amandas Kopf. Sie ließ sich zu Boden sinken, setzte den Rucksack ab, stellte die Taschenlampe neben sich. Was auch immer nun kam, sie wollte es nicht im Stehen hören. Sie hatte das Gefühl, dass ihr einiges davon nicht gefallen würde.
»Wir sind gespannt.« Ihre Worte aus Juls Mund. Aber gespannt war deutlich untertrieben.

19

Der Blick des Morgensterns ruhte auf Amanda, seine Züge von einer Schönheit, die eines ehemaligen Engels würdig war. Doch Jul entdeckte Schatten darin, nicht nur die der Erschöpfung. Und dann waren da diese Augen, gelb, und selbst in ruhigen Momenten schwelte darin kaum verhohlener Zorn.

Für einen Moment wirkte der Gefallene, als wolle er erneut die Hand nach Amanda ausstrecken. Jul machte einen halben Schritt zwischen die beiden, und der Morgenstern schenkte ihm ein spöttisches Lächeln. Vielleicht war es dumm, eine Dämonendienerin und Hexe beschützen zu wollen, doch langsam beschlich Jul das Gefühl, dass sie die einzige Verbündete war, die er hatte.

Sie hatte recht behalten mit ihren Bedenken. Irgendetwas war faul. Für einen Moment wünschte sich Jul, der Herr möge erwachen und ihm sagen, was er tun sollte. Aber war das nicht genau der Grund, aus dem er überhaupt erst vom Baum der Erkenntnis gegessen hatte? Damit er sich selbst ein Urteil bilden, richtige Entscheidungen treffen konnte? Vielleicht war es an der Zeit, endlich ernsthaft damit anzufangen. Auch wenn die Basis für sein Urteil zu einem Großteil jene Geschichte bilden würde, die der Herr der Lügen persönlich im Begriff war zu erzählen.

»Ich werde versuchen, mich kurzzufassen.« Der Blick gelber Augen wanderte von Amanda zu Jul. »Es begann alles damit, dass Jehovah einen Narren an den Menschen gefressen hatte. Wie so viele Götter vor ihm ...«

Es gelang Jul, nicht zusammenzuzucken, als der heilige Name des Herrn von dessen Erzfeind so offen ausgesprochen wurde. Er schwieg, obwohl ihm ein Widerspruch auf der Zunge lag. Was sollte dieses ständige Gerede von anderen Göttern?

»Er brachte zwei der Menschen in den Garten Eden.«

Nun konnte Jul sich nicht mehr zurückhalten. »Er hat sie erschaffen.«

Der Morgenstern schnaubte abfällig. »Ach, hast du ihm dabei zugesehen? Ich nicht.«

Jul presste die Lippen aufeinander. Nein, hatte er nicht, aber das hieß noch lange nicht, dass es nicht stimmte. Er zwang sich, dem Blick der gelben Augen weiter standzuhalten. So leicht würde er sich nicht von einem Dämon aus dem Konzept bringen lassen.

Die Miene des Morgensterns wurde weicher. »Das Einzige, was die Götter zur Entwicklung der Menschen beigetragen haben, sind die verschiedenen Gaben. Feuer, Erkenntnis, Wissen über Ackerbau und dergleichen mehr. Die Menschen selbst existierten vor ihnen. Doch wenn du mich nicht ständig unterbrechen würdest, könnte ich das der Reihe nach erzählen. Dann wird es sogar verständlich.«

Letzteres bezweifelte Jul, doch er machte eine auffordernde Geste und verschränkte die Arme vor der Brust.

»Nun gut ... Jehovah brachte die Menschen in den Garten Eden, behauptete, er habe sie erschaffen, und verhätschelte sie bis zum Erbrechen. Von früh bis spät mussten wir sie preisen. Ausgerechnet diese verlausten Abkömmlinge nackter Affen!«

»Na, danke.« Die gemurmelten Worte kamen von Amanda, und ein belustigtes Schmunzeln huschte über die Züge des Morgensterns. Unbeirrt fuhr er fort. »Also beschloss ich zu gehen.«

Jul stieß ein trockenes Lachen aus. »So kann man es auch nen-

nen, wenn man aus Eifersucht einen Krieg anfängt und verliert.«
»Eifersucht hatte damit nicht das Geringste ...« Der gefallene Engel unterbrach sich. Er spähte dorthin, wo der Seraph verschwunden war. Dann legte er einen Finger an die Lippen. Die Dunkelheit ringsum wurde dichter.
Eine Gestalt mit drei leuchtenden Flügelpaaren zog über sie hinweg. Jul duckte sich tiefer in den Schatten der dunklen Schwingen. Was würde geschehen, wenn ein Seraph sie entdeckte? Ihn mochten sie einfach wieder wegschicken, darauf vertrauen, dass er ihre Befehle befolgte. Doch Amanda ... Eine Dämonendienerin, die wusste, wo der Herr schlafend und verwundbar lag, würde diese Höhle nicht lebend verlassen.
Er betrachtete sie, die düstere Miene, mit der sie zu dem Seraph hinaufstarrte. Sie biss sich auf die Unterlippe, wahrscheinlich unbewusst, und die Geste ließ sie für einen Moment verletzlich wirken, ängstlich sogar.
Verriet er den Herrn, wenn er nicht wollte, dass ihr etwas geschah? Nein, sie stellte keine Gefahr da, wollte sich doch ohnehin von ihrem Meister lossagen. Und sie war gegen ihren Willen in diese Sache hineingeraten. Unschuldig – zumindest in dieser Hinsicht. Doch die anderen Engel dachten zu sehr in Schwarz und Weiß.
Schließlich drehte der Seraph wieder ab, verschwand aus Juls Blickfeld.
»Wie dem auch sei ...«, hob der Morgenstern leise erneut an. »Nicht lange nach meinem Fall machte ich eine faszinierende Entdeckung. Zum einen fand ich heraus, dass Jehovah nicht der einzige Gott ist. Aber damit nicht genug. Er ist sogar einer der jüngeren.«
Jul schüttelte den Kopf. Alles in ihm sträubte sich dagegen, auch

nur ein Wort davon zu glauben. »Ich nehme an, das ist eine der Lügen, die der Seraph erwähnt hat.«

Der Morgenstern runzelte verärgert die Stirn, doch ehe er etwas erwidern konnte, erklang Amandas Stimme. »Heißt das, jeder Gott jeder anderen Religion existiert auch?«

Jul blickte sich nach ihr um. In ihren Augen glitzerte Interesse, sie schien geneigt, die absurde Geschichte zu glauben. Und wieso spürte auch er das Nagen der Zweifel?

»Das ist lächerlich!« Der Widerspruch fiel heftiger aus, als er beabsichtigt hatte. Es durfte nicht sein! Dem Herrn die Einzigartigkeit und damit die Allmacht abzusprechen würde bedeuten, dass er fehlbar war wie jeder andere. Dass er tatsächlich auch falsche Befehle geben konnte. Dass all das stimmte, was Jul fürchtete, seit man ihn weinend unter dem Baum der Erkenntnis gefunden hatte. Mit einer wütenden Geste wischte er Zweifel und Angst beiseite. »Dann gäbe es Tausende von ihnen. Wie hätten wir das nicht bemerken sollen?«

Der Morgenstern grinste. »Ihr habt sie falsche Götter geheißen, habt sie für Dämonen gehalten. Und das sind sie inzwischen auch zu einem großen Teil. Sie kamen zu mir, nachdem Jehovah mich und meine Anhänger in die Hölle verbannt hatte. Jehovah verdrängte die alten Götter, jagte sie und vernichtete sie. Sie waren schwach, weil er ihnen die Menschen nahm, die sie verehrten und ihnen opferten. Sie hofften auf Asyl bei uns Gefallenen. Ich gewährte es ihnen, im Austausch gegen ihre bedingungslose Treue und ihr Wissen. Sie erzählten mir einiges. Zumindest jene, die sich genügend Macht bewahrt hatten, um noch sprechen zu können. Die Vergessenen habt ihr ja gesehen. Sie taugen nur noch als meine Augen und Ohren. Und ab und zu als Sprachrohr.«

»Nun bin ich sicher, dass du lügst.« Da war ein Fehler in der

Geschichte des Morgensterns, ein Widerspruch! Juls Anspannung löste sich. Er streckte seine Finger, von denen er bis eben nicht gemerkt hatte, dass sie zu Fäusten geballt waren. Hatte er so sehr gefürchtet, es könnte doch ein Körnchen Wahrheit in all der Absurdität stecken? »Zum einen sagst du, der Herr wäre weder der einzige noch der erste Gott. Doch dann wären die alten Götter, wie du sie nennst, mächtiger als er, immerhin waren sie vor ihm da. Wie hätte der Herr sie jagen und vernichten können, wenn er schwächer gewesen wäre als sie?«

»Oh, er besaß eine mächtige Waffe.« Im Lächeln des Morgensterns schwang eine Spur Boshaftigkeit mit. Als könnte er sehen, wie die Zweifel zurückkehrten, stärker als zuvor an Jul nagten. Als würde er den Anblick genießen. Jul bemühte sich um eine unbeteiligte Miene, dem Tumult in seinem Inneren zum Trotz. Er würde dem Höllenfürsten nicht zur Erheiterung dienen.

Der Morgenstern lehnte sich vor, hüllte ihn tiefer in Dunkelheit. »Armer kleiner Engel.« Ein spöttisches Grinsen blitzte im Zwielicht auf. »Ich habe euch Freiheit geschenkt, aber du hast die alten Fesseln durch die Bürde des Gewissens ersetzt. Und nun nagt es an dir, nicht wahr? Es muss schwer sein, sich ständig zu fragen, ob man das Richtige tut, das Richtige denkt ... Manchmal verstehe ich, wieso Jehovah seine nackten Affen davor schützen wollte, während viele andere Götter die Erkenntnis als Geschenk an ihre Anhänger herausgaben.«

Ebenso wenig würde er sich provozieren lassen. Jul atmete tief durch, legte eine schneidende Kälte in seine Stimme. »Vergiss nicht, dass du etwas von uns willst.«

»Falsch. Ich biete euch meine Hilfe an. Und ihr werdet sie brauchen. Ihr denkt, dies hier wäre schlimm?« Der Morgenstern schloss in einer knappen Geste den gesamten Krater ein. »Bisher ist nur die Zeit ein wenig aus den Fugen geraten. Wartet ab, was noch kommen wird.«

Sein Blick bohrte sich in den Juls, und er senkte die Stimme zu einem Zischen. »Natürlich gewinne ich auch etwas dabei, wenn ich euch helfe. Jehovah und ich werden mit dieser Welt vergehen, ganz gleich, was die Seraphim glauben. Er hat sie nicht erschaffen, er wird sie nicht überleben. Aber ich sieche hier lieber weiter dahin, als einen Menschen und einen Engel um irgendetwas zu bitten. Ist das klar?«

So viel Stolz. Es war nicht schwer zu erkennen, was zum Fall des Morgensterns geführt hatte. Aber in den gelben Augen flackerte es. Das war doch nicht etwa Furcht? Konnte es sein, dass er die Sterblichkeit fühlte, so wie Jul sie auf dem Weg hierher gefühlt hatte? Konnte es sein, dass diese ganze abstruse Geschichte doch ein Körnchen Wahrheit enthielt?

Jul schluckte. Alles in ihm zog sich zusammen. Seine Finger glitten über die Knöpfe seiner Jeansjacke, und diesmal war es ihm egal, wie viel diese Angewohnheit über seine innere Unruhe verriet.

Das goldene Glühen jenseits der Schattenflügel zog seinen Blick an. Allwissend und allmächtig. Nicht einmal die Seraphim glaubten mehr, dass der Herr beides war. Immerhin versuchten sie verzweifelt, ihn zu schützen, ihn wieder aufzuwecken aus seinem Schlaf. Allmacht ließ nicht zu, dass man geschwächt unter der Erde lag, verbunden mit seinem ärgsten Feind. Außer, dies war irgendwie Teil eines höchst komplizierten Plans. Doch wie lange konnte Jul sich noch an diese Hoffnung klammern? Er fühlte, wie er langsam den Halt verlor.

Eine Bewegung neben ihm riss ihn aus seinen Gedanken. Amanda stemmte sich in die Höhe, trat einen Schritt näher. »Sprich weiter. Gott hatte also eine mächtige Waffe. Aber was hat das damit zu tun, dass die Welt im Moment zum Teu… ähm … untergeht?«

Der Morgenstern hob den Blick, sah sich kurz in der Höhle um, bevor er fortfuhr. »Die Herrschaft über ihre Anhänger war vielen der Götter nicht genug. Sie wollten die Welt nicht mehr mit den anderen teilen, und so schufen sie mächtige Waffen, mit denen sie einander bekämpften. Waffen, die nicht nur töteten, sondern auch die Kräfte des Besiegten auf den Sieger übertrugen. Jehovah besaß eine davon.«

Ein Funkeln trat in die Augen des Gefallenen, belustigt vielleicht.

»So viel zu Güte und Sanftmut, nicht wahr? Er gewann immer mehr an Macht. Schließlich eroberte er den Himmel und den Garten Eden für sich. Nicht einmal sie stammen aus seiner Hand. Er hatte sie anderen genommen und nach seinen Wünschen neu geformt. Das Einzige, was er jemals erschaffen hat, waren wir Engel. Und nachdem er mit uns eine Armee sein Eigen nannte und in den Nachkommen von Adam und Eva seine ersten Anhänger fand, machte er sich daran, seinen Herrschaftsbereich auszudehnen.«

Jul schluckte, versuchte vergeblich, den Kloß in seiner Kehle loszuwerden. Auf schreckliche Weise ergab dies alles Sinn. All die Befehle, die er nicht verstanden hatte, fügten sich zu einem stimmigen Bild, wenn ihr einziger Zweck der Gewinn von mehr Macht gewesen sein sollte. Einschüchterung, Beseitigung von Feinden. Aber der Herr war nicht so kaltblütig, nicht so grausam. Er liebte die Menschen.

»Erstaunlich, nicht wahr?« Der Morgenstern blickte ihn an, als erriete er seine Gedanken. Doch im nächsten Moment sah er sich erneut um, bevor er schneller fortfuhr: »Mit der Zeit fühlte er sich sicher. Er glaubte, mich kontrollieren zu können, und die alten Götter der meisten semitischen, afrikanischen und europäischen Stämme waren tot oder fristeten ein Schattendasein unter meinem Schutz. Amerika fiel ihm förmlich in den Schoß. Er musste nur zusehen, wie seine Menschen es für ihn eroberten und missionierten. Er fühlte sich unbesiegbar, wurde unachtsam, und das ermöglichte es mir, eine der Waffen an mich zu bringen, mit denen die Götter sich bekämpften. Das war der Grund für den zweiten Krieg.« Die Dunkelheit wogte, erweckte für einen Augenblick den Eindruck, alles Licht verschlingen zu wollen. Bitterkeit schlich sich in die Stimme des Morgensterns. »Ich musste ihm nur nah genug kommen.«

Plötzlich erstarrten sie, die Dunkelheit und ihr Herr. Ein Zittern schüttelte den Gefallenen wie ein Krampf, und goldenes Licht spülte über sie hinweg, als sich die Schatten zusammenzogen, die Flügel zuckten. Er krümmte sich zusammen, als litte er Schmerzen, zischte etwas, das nach einem langen, ausführlichen Fluch klang. Jul wich einen Schritt zurück und tastete nach seiner Waffe. Scharren hinter ihm zeigte, dass auch Amanda auf Abstand ging.

Doch der Anfall verebbte. Schwer atmend winkte der Gefallene sie näher, legte erneut die Schwingen um sie. Keinen Moment zu früh. Wieder erklang Flügelschlag, eine schimmernde Gestalt zog über sie hinweg. Erneut duckte sich Jul in die Schatten, wechselte einen Blick mit Amanda, die ihn aus weit aufgerissenen Augen ansah. Was ging hier noch vor, von dem sie nichts wussten?

Der Seraph ging tiefer, fast als wollte er nachsehen, ob alles in Ordnung war. Er wollte doch nicht etwa landen? Doch dann drehte er ab, und Jul atmete erleichtert auf.

»Was war das?« Amanda hatte die Stimme zu einem kaum hörbaren Flüstern gesenkt.

»Die Auflösung der Welt geschieht in Schüben. Es wird bald wieder ein Beben geben.« Die Stimme des Gefallenen war schwach, noch leiser als zuvor. »Uns bleibt nicht mehr viel Zeit. Hört mir zu.«
In einer fahrigen Bewegung fuhr er sich mit den Händen durchs Gesicht. Seine Kieferknochen mahlten, als litte er noch immer Schmerzen, wollte es aber nicht zeigen. Zu gerne hätte Jul dies alles als Schauspiel abgetan, als einen Versuch, sich ihr Mitleid zu erschleichen. Aber das passte nicht zu dem Stolz, den der Morgenstern zuvor zur Schau gestellt hatte. Und die Seraphim waren offensichtlich mit diesen Anfällen vertraut, so gelassen, wie sie darauf reagierten. Eisige Kälte kroch in Juls Glieder, zusammen mit der Erkenntnis, dass er zumindest einen Teil dieser Geschichte würde glauben müssen.
»Ich kann nur vermuten, was zu der Katastrophe geführt hat. Wahrscheinlich liegt das Problem darin, dass Jehovah mich geschaffen hat und wir daher in gewisser Weise zusammengehören. Ich wollte seine Macht, aber ich bekam ihn ganz.« Der Gefallene deutete dorthin, wo Licht und Schatten ineinanderflossen, wo man nicht mehr sagen konnte, wo der Herr endete und sein ärgster Feind begann.
Jul blinzelte, versuchte mehr zu erkennen, scheiterte.
»Wir sind miteinander verschmolzen, sind beinahe eins geworden. Und wie immer, wenn gegensätzliche Kräfte aufeinanderprallen, hätten wir uns beinahe gegenseitig negiert. Wir wären gestorben, wenn die Seraphim nicht eingeschritten wären. Ich erwachte hier.«
»Aber was hat das mit dem zu tun, was jetzt passiert?« Amanda hatte die Arme um ihren Oberkörper geschlungen, als friere sie. Jul dagegen fühlte sich wie betäubt.
Der Morgenstern beugte sich vor, um Amanda direkt in die

Augen zu sehen. Goldenes Licht quoll unter seinem Flügel hindurch, ließ die Konturen verschwimmen. »Die Seraphim nutzen ihre Heilkräfte, um Lebensenergie aus der Schöpfung auf Jehovah zu übertragen. Auf diese Art haben sie bereits großen Schaden angerichtet. Ihr fragt euch, was die Erzengel und die mächtigeren Dämonen so sehr beunruhigt? Nun, sie kennen den Welleneffekt. Sie haben gesehen, wie er Himmel und Hölle zerstört hat. Sie haben euch verboten, je dorthin zurückzukehren, nicht wahr? Nun weißt du, wieso.«
Jul nickte, schauderte. So lang wussten die Erzengel schon, dass etwas nicht stimmte, und unternahmen nichts. Andererseits, was hätten sie tun sollen?
»Die Erde ist als Nächstes ...« Erneut krümmte sich der Erste der Gefallenen unter Schmerzen. Seine Flügel schlugen, Wind fuhr Jul ins Haar. Und für einen Moment sah er das goldene Licht flackern. Es dauerte nur den Bruchteil einer Sekunde, doch es erschreckte ihn mehr als alles andere. Dieses Licht war ewig, unendlich. Es konnte, durfte nicht schwächer werden, nicht einmal für einen Augenblick! Und was war das für ein Schatten auf der Brust der hellen Gestalt? Er prangte dort wie eine Wunde, ein Makel in all dem Licht. Jul glaubte ein Stechen in der eigenen Brust zu fühlen, so sehr schmerzte ihn der Anblick.
Dann senkten sich die Schattenflügel wieder, und die Dunkelheit kehrte zurück. Nur der Schmerz blieb, schnürte ihm die Kehle zu. Jul sah auf und direkt in gelbe Augen, während seine Zweifel den letzten Widerstand hinwegspülten. Dies konnte unmöglich Teil eines großen Plans sein. Es war einfach nur unfassbar falsch.
»Die Wunde, die ich ihm beigebracht habe, heilt nicht.« Der Morgenstern klang atemlos, erschöpft. »Sie saugt all die Le-

benskraft in sich auf, und längst läuft der Prozess, den die Seraphim begonnen haben, von selbst weiter. Ich kann die Auswirkungen ein wenig steuern, aber es gibt nur einen Weg, ihn aufzuhalten. Jemand muss Jehovah töten. Ich würde es selbst tun, aber es ist schwer, dem Leben eines Gottes mit bloßen Händen ein Ende zu setzen.«

Die Worte hingen zwischen ihnen in der Luft wie die Klinge einer Guillotine kurz vor dem Fall. Hatte Jul sie tatsächlich gehört?

Dann lachte Amanda leise auf, brach damit den Bann. Es war kein glückliches Lachen, im Gegenteil, es klang schrill und ein wenig hysterisch. »Jemand heißt dann wohl wir.«

»Nicht ihr. Du. Er kann es nicht.« Der Morgenstern nickte in Juls Richtung. »Er wurde ebenfalls von Jehovah erschaffen. Es wäre möglich, dass er genauso mit ihm verschmelzen würde wie ich.«

Endlich gelang es Jul, den Kopf zu schütteln. »Nein. Das muss ein Trick sein. Du willst nur, dass wir dich befreien.« Es war ein letztes, verzweifeltes Aufbäumen gegen seine eigenen Zweifel, auch wenn er wusste, dass sie längst gewonnen hatten. Der Morgenstern mochte in Teilen lügen, er mochte ihnen Dinge verschweigen, und seine Darstellung der Tatsachen war ganz sicher von Hass und Eifersucht geprägt. Doch irgendwo darunter lag eine Wahrheit, die Jul nicht leugnen konnte, auch wenn er es noch so sehr wollte.

Mit einem beinahe sanften Lächeln schüttelte der Morgenstern den Kopf. »Glaub, was du willst, aber denke daran: Wenn es keine List ist und ihr nicht handelt, dann geht die Welt zugrunde. Willst du das verantworten? Was sagt das Gewissen dazu, das du dir so teuer erkauft hast?«

Jul presste die Lippen aufeinander, versuchte vergeblich, seine

Gedanken zu ordnen. »Besteht die Möglichkeit, dass du mit ihm stirbst?«
Ein abgehacktes Lachen kam über die Lippen des Morgensterns, doch tiefe Linien in seinen Zügen verrieten deutlich, dass er wieder Schmerzen litt. »Wärst du eher bereit, mir zu glauben, wenn ich die Frage bejahen würde?« Er fuhr fort, ohne eine Antwort abzuwarten. »Um ehrlich zu sein, weiß ich es nicht, und es könnte mir kaum gleichgültiger sein. Es wird vielleicht noch einmal Jahrhunderte dauern, bis die Erde vollständig zerstört ist und Jehovah und ich mit ihr sterben. Für mich bedeutet das noch einmal Jahrhunderte in schlechter Gesellschaft und ...« Er stöhnte, krümmte sich. »Vor allem spüre ich Jehovahs Wunde. Sie schmerzt mit jedem Schub Lebensenergie, der in ihr versickert. Ich würde einen schnellen Tod dem hier vorziehen.«
»Ich glaube ihm.« Amandas Hand legte sich auf Juls Schulter, ganz leicht nur, als wäre sie bereit, sie jederzeit zurückzuziehen. Er konnte spüren, wie sie zitterte. »Ich meine, das alles hier ist verdammt wahnsinnig. Warum also nicht auch noch glauben, dass die Welt demnächst untergeht? Passt zu meinem beschissenen Glück ...« Ihre Stimme brach, und sie holte tief und zitternd Luft. Schließlich fuhr sie leiser fort. »Außerdem hat der Seraph die Geschichte bestätigt, oder? Er hat auch vom Weltuntergang geredet.«
Ganz langsam nickte Jul. Er schluckte trocken, räusperte sich. »Nehmen wir mal an, auch ich würde dir glauben, Morgenstern. Was müssten wir tun?«

20

Sie würde also Gott töten müssen, um die Welt zu retten. Amanda bemühte sich, ein erneutes hysterisches Lachen herunterzuschlucken. Sie war sich nicht sicher, ob dieser Gedanke jemals ganz in ihren Kopf passen würde. Er schien zu groß dafür zu sein. Zu vollständig irrsinnig.

Auf der Suche nach einem Anker in diesem Sturm wandten sich ihre Gedanken automatisch Roman zu. Wenn die Welt unterging, schwebte auch er in Gefahr, in noch größerer Gefahr als zuvor. Das ergab Sinn, oder? Was ebenfalls Sinn ergab, war die Tatsache, dass sie nicht zulassen konnte, dass ihm irgendetwas geschah. Unter keinen Umständen.

Sie klammerte sich an den Gedanken. Dies war ihr Ziel. Sie durfte es nicht aus den Augen verlieren.

Sie sah auf und begegnete Luzifers Blick. Instinktiv schlang sie die Arme fester um ihren Körper. Diese Art, wie er sie anschaute, als wäre sie irgendein Tier, das gerade ein interessantes Kunststück vollführt hatte. Ein nackter Affe. Vielleicht war es wirklich Eifersucht.

Inzwischen machten ihr die ständig wechselnden Züge nicht mehr so viel aus. Sie achtete mehr auf den Ausdruck, nicht auf das Aussehen.

»Bevor ich euch erkläre, wie ihr Jehovah töten könnt, sage mir, wer durch deine Augen blickt.«

Amandas Hand fuhr zu den Tattoos an ihren Schläfen. Sie hatte sie ganz vergessen! »Du hast wohl nicht alles belauscht, worüber wir gesprochen haben. Ich habe eine Feder von Michael bekommen, die …«

Ein heftiger Fluch unterbrach sie. Eine Hand stieß vor, packte sie. Sie unterdrückte einen Schrei, stemmte sich gegen den Griff. Spitze Fingernägel gruben sich in ihren Oberarm. Seine Haut glühte förmlich, selbst durch den Stoff ihrer Bluse. »Du trägst die Feder eines Erzengels bei dir?«

»Lass sie los.« Juls Stimme war leise, aber bestimmt. Er hielt die Pistole in den Händen, zielte genau auf Luzifers Kopf. Er bedrohte den Teufel mit einer Pistole! Gegen ihren Willen musste Amanda lachen. Es war einfach zu viel. Die Krönung dieses Tages.

Luzifer schüttelte den Kopf, unbeeindruckt angesichts der Drohung. »Ich wünschte, eine Kugel aus dieser Waffe könnte mich erlösen.« Doch er lockerte seinen Griff. Amanda rieb sich den Arm und wich einen Schritt zurück.

Luzifer streckte die Hand in ihre Richtung, Handfläche nach oben. »Gib mir die Feder!« Sein Tonfall klang befehlsgewohnt, Ungeduld schwang darin mit, wie sie es von Balthasar kannte. Es war dieser Tonfall, der sie schlagartig wieder in der Realität verankerte. Und ihren Trotz weckte.

»Was hast du vor?«

Gelbe Augen funkelten. »Hat er dir verraten, dass diese Feder eine Verbindung zu ihm darstellt? Beinahe wie die Tätowierungen an deinen Schläfen eine Verbindung zu deinem Meister sind, nur umfassender.«

Hieß das, Michael belauschte in diesem Moment ihr Gespräch, hatte sie womöglich die ganze Zeit belauscht? Amanda wechselte einen Blick mit Jul, sah, dass er blass geworden war.

Aber wenn sie die Feder abgab, würde Balthasar wieder verfolgen können, was sie tat. War das besser?

Luzifer hielt die Hand noch immer ausgestreckt. »Ich weiß, dass du dich von deinem Meister lossagen willst. So viel habe ich gehört. Ich kann die Verbindung stören, ohne die Feder ganz zu vernichten. Sie wird dich weiter schützen.«

Amanda zögerte. Konnte sie diesem Versprechen glauben?

»Ganz gleich, was Michael dir versprochen hat, er kann dich nicht am Leben lassen nach dem, was du hier unten gesehen hast.« Er blickte Jul an. »Sag es ihr! Was werden die Engel tun, nun, da sie hiervon wissen?«

Es war Jul deutlich anzusehen, dass ihm Luzifers Tonfall ebenso wenig gefiel wie Amanda. Doch nur für einen Moment, dann wurde seine Miene zu einer undurchdringlichen Maske. »Deine Worte über den Herrn als Lüge abtun und sich den Seraphim anschließen. Sie werden den Herrn um jeden Preis beschützen wollen.« Die Antwort war nicht mehr als ein heiseres Flüstern. »Kein Dämon darf je hiervon erfahren, also auch nicht deren Diener.«

Amanda fröstelte, und sie war sich sicher, dass auch die heiße Sommersonne über der Erde sie nicht hätte wärmen können. Sie löste den obersten Knopf ihrer Bluse, tastete nach der Feder. Wie es aussah, war egal, wer ihr über die Schulter schaute, beides würde ähnlich beschissen enden. Also konnte sie das Risiko ruhig eingehen. Langsam zog sie das filigrane Gebilde hervor. Es war ein heller Fleck inmitten der Schatten. Und es wiegte sich leicht im Wogen von Helligkeit und Dunkelheit, wie in einer sanften Strömung.

Als Luzifer den Kiel berührte, verzog er das Gesicht, musste sich offensichtlich zwingen, die Finger darum zu schließen. Amanda wandte den Blick ab, bevor sie losließ, starrte zu Boden. Nun konnte Balthasar wieder durch ihre Augen sehen, und auch wenn es vielleicht keinen Unterschied mehr machte, sollte er nichts von der Feder wissen. Sie musste zumindest so tun, als könnte sie diesen Wahnsinn überleben, als hätte sie eine Chance, Balthasar und Michael zu entkommen.

Am Rand ihres Blickfeldes strömten Schatten vorüber. Luzifer zischte einen Fluch. Sie hörte seinen keuchenden Atem, schloss die Augen, um der Versuchung zu widerstehen aufzuschauen. Stattdessen konzentrierte sie sich auf Jul, hörte, wie er sein Gewicht neben ihr verlagerte.

»Hier.«

Sie tastete blind, berührte zuerst erschreckend heiße Hände, dann trafen ihre Finger auf federleichten Widerstand. Während sie zugriff, schaute sie auf.

Was vorher ein Gebilde aus Licht gewesen war, war nun mit Schatten durchsetzt, fleckig. Doch sie konnte kein Bedauern angesichts der zerstörten Schönheit aufbringen, konnte nur hoffen, dass es funktioniert hatte, dass sie zumindest halbwegs sicher war, sowohl vor Balthasar als auch vor Michael.

Sie schob die Feder in ihren Ausschnitt zurück, klemmte sie hinter ihren BH. Ein Grinsen huschte über Luzifers Gesicht, obwohl die Ringe unter seinen Augen noch tiefer wirkten als zuvor.

Jul regte sich unruhig. »Also …?«

Der Höllenfürst nickte. Noch einmal ließ er den Blick durch die Höhle schweifen. Dann fuhr er fort. »Ihr müsst die Waffe finden, mit der ich Jehovah verletzt habe. Nur damit werdet ihr ihn töten können. Ich kann euch einen Namen nennen, einen Dämon, der wusste, dass ich sie besessen habe, und der vielleicht weiß, wo sie jetzt ist. Sobald ihr die Waffe gefunden habt, kehrt mit ihr hierher zurück. Ich versuche, einen Weg offen zu halten.«

»Du kennst seinen wahren Namen?« Zumindest würde es dann kein Problem darstellen, den entsprechenden Dämon zu fin-

den. Sie würde ihn einfach beschwören. Endlich einmal ein Problem, das sie lösen konnte!
»Natürlich.« Luzifer lächelte. »Er heißt Baal Hadad.«
»Baal?« Jul wirkte noch immer blass, erschüttert auf jeden Fall. Doch langsam schien er sich mit dem abzufinden, was sie gehört hatten. »Wahrscheinlich sollte es mich nicht verwundern, dass es ausgerechnet einer der mächtigeren Dämonen ist«, stellte er trocken fest. »Doch das alles wird uns nichts nützen, wenn wir nicht an die Oberfläche zurückkehren können. Der Weg, den wir gekommen sind, ist verschüttet.«
Ein konzentrierter Ausdruck trat auf Luzifers Gesicht, sein Blick schien in die Ferne zu reichen. Für eine Weile war nur der leise Flügelschlag eines Seraphs zu hören. Amanda sah sich ängstlich um, konnte den sechsflügeligen Engel aber nirgends entdecken.
»Die unterirdische Festung, durch die ihr gekommen seid, ist mit einem der vielen Tunnel verbunden, die die Menschen gegraben haben. Ich kann euch den Weg bis dorthin und zur Oberfläche freihalten.«
»Wir werden Probleme bekommen, sobald wir oben sind.« Wie von selbst wanderten Amandas Gedanken zu Roman. Sie war fast sicher, dass Michael ihn nicht befreit hatte. Und selbst wenn, bedeutete das nur, dass ihr Bruder nun in den Händen eines mitleidlosen Wahnsinnigen war. Ihr Magen zog sich zu einem festen Klumpen zusammen. Wenn ihr Bruder überhaupt noch eine Chance haben sollte, brauchte sie genug Macht, um ihn selbst zu beschützen.
»Ich …« Es machte süchtig, hatte Balthasar gesagt, doch sie hatte wahrlich wichtigere Probleme. »Es wäre verdammt hilfreich, wenn ich etwas von deinem Blut bekommen könnte.«
»Es wäre sehr viel besser, du wüsstest davon überhaupt nichts.«

Luzifers Stirn legte sich in tiefe Falten. »Säße ich nicht hier unten gefangen, hätte dein Meister nicht mehr lange zu leben. Wir haben uns nicht umsonst bemüht, dieses Geheimnis zu hüten.«
Amanda sah wieder die Liste vor sich, die in Balthasars Villa in die Tür ihres Zimmers eingebrannt war. Die Liste der Dinge, für die Roman sterben würde. *Auch für ihn werde ich sorgen,* hörte sie Michael sagen. Dieser verdammte, scheinheilige Mistkerl! Es wurde Zeit, dass mal irgendetwas so funktionierte, wie sie es wollte. »Es geht mir am Arsch vorbei, was ich wissen sollte und was nicht. Du hast uns gerade einen Haufen Zeug erzählt, das ich besser nicht wüsste. Willst du nun, dass wir da oben eine Chance haben oder nicht?«
Ein amüsiertes Funkeln trat in Luzifers Augen. »Gut. Für den Weg hier heraus sollst du etwas bekommen. Die Wirkung meines Blutes wird länger anhalten, als du es wahrscheinlich gewohnt bist, also ...«
»Das reicht nicht. Ich ...«
»Es muss genügen!« Sein Tonfall duldete keinen Widerspruch. »Denkst du, ich könnte nicht ahnen, dass du mein Blut nicht nur für die Suche nach der Waffe brauchst? Wenn du Macht willst, dann beeil dich damit, ihn zu töten.« Sein Kopf ruckte in Richtung der leuchtenden Gestalt. »Jehovahs Kräfte werden dir gehören.«
Für einen Moment starrte Amanda den gefallenen Engel wortlos an. Hatte sie das gerade richtig verstanden? »Wie ... ich dachte ... heißt das, diese Übertragung der Macht, die geschieht, wenn man jemanden mit dieser Waffe tötet, funktioniert nicht nur für Götter, sondern auch für ...?« Die Möglichkeit allein nahm ihr den Atem. Sie mit der Macht eines Gottes? Ein erschreckender Gedanke, gleichzeitig aber auch ein Hoffnungsschimmer. Dann wären Roman und sie endlich sicher.

Luzifer schnaubte abfällig. »Ja, es funktioniert auch für Leute, deren Vorfahren sich gegenseitig Läuse aus dem Fell gesucht haben.«
Dann verzerrte sich seine Miene. Er krümmte sich vor Schmerz, die Dunkelheit wogte um ihn herum. Doch kurz darauf richtete er sich schwer atmend wieder auf. Er streckte die Finger, und seine Fingernägel wuchsen, wurden zu scharfen Klauen. Mit einer entschlossenen Bewegung zog er einen Schnitt über seinen Hals. Sofort quoll Blut daraus hervor. »Schnell.«
Amanda schüttelte sich. Nun wünschte sie sich, Balthasars Weinglas zur Hand zu haben, Klischee oder nicht. Sie trat einen Schritt vor, und der gefallene Engel legte den Kopf zur Seite, eine Geste, die ihr aus unzähligen Vampirfilmen vertraut vorkam. Erneut schauderte sie, zögerte aber nicht. Stattdessen hielt sie sich Roman vor Augen. Ihr Bruder, wie er in seinem goldenen Käfig saß, mutlos und einsam.
Das Blut floss in einem dünnen Rinnsal Luzifers Brust hinab, doch längst nicht so schnell oder so viel, wie es bei einem Menschen der Fall gewesen wäre, hätte man ihn an derselben Stelle verletzt. Es lockte mit der Möglichkeit, zumindest für eine Weile mehr zu sein als ein Spielball höherer Mächte.
Vorsichtig legte sie eine Hand auf Luzifers Schulter und hätte sie beinahe sofort wieder zurückgezogen, so heiß glühte die Haut. Sie lehnte sich vor, und ein verbrannter Geruch wehte ihr entgegen. Luzifers Hände krallten sich in den Kragen ihrer Bluse, als wolle er jederzeit bereit sein, sie zurückzustoßen. Dann legte sie die Lippen auf die Wunde.
Sein Blut rann so scharf ihre Kehle hinab, dass Amanda nach dem ersten Schluck den Kopf zur Seite drehte, um zu husten. Neben ihrem Ohr hört sie Luzifer leise lachen. »Ich hoffe, dein Meister hat dir gesagt, dass es süchtig macht.«

Sie nickte nur und presste den Mund wieder auf die Wunde an seinem Hals. Schnell breitete sich das vertraute Brennen in ihrem Magen aus, doch sie zwang sich, nicht noch einmal abzusetzen.

Schließlich stieß Luzifer sie tatsächlich von sich. Amanda stolperte einen Schritt zurück, wischte sich den Mund mit dem Ärmel ab. Sie begegnete Juls Blick und zuckte zusammen, als sie Abscheu in seiner Miene las. Mit zusammengebissenen Zähnen starrte sie zu Boden. Was wusste er schon? Das Brennen breitete sich langsam in ihrem Körper aus. Schweiß trat ihr auf die Stirn.

»Durch die Festung kommt ihr wieder nach oben. Los!« Luzifers Wunde hatte sich bereits wieder geschlossen. Er krümmte sich vor Schmerz, schlug mit seinen Schattenschwingen. Dunkelheit ballte sich um Amanda, schickte ein Kribbeln über ihre Haut. Doch sie war sich nicht sicher, ob die Schatten genügten, um sie zu verbergen.

Jul packte sie am Arm, zog sie mit sich, zurück zu dem Loch in der Wand, durch das sie gekommen waren. Flügelschlag erklang hinter ihnen. War das Luzifer oder …? Sie warf einen Blick über die Schultern. Ein Seraph! Der Engel stieß einen hellen Schrei aus, ein Ruf, dessen Bedeutung eindeutig war. Er hatte sie entdeckt! Er legte seine drei Schwingenpaare an und stieß herab, auf sie zu. Blau loderte etwas auf, das nur ein Flammenschwert sein konnte.

Das Brennen hatte inzwischen Amandas gesamten Körper erfasst. Sie konzentrierte sich auf die Macht in ihrem Inneren, doch sie entglitt ihr, wollte sich noch nicht greifen lassen. Hilflos stolperte sie hinter Jul her. Er hob im Rennen seine Waffe. Ein Schuss hallte durch die Höhle, aber entweder ging er daneben, oder irgendetwas lenkte ihn ab. Der Seraph war nun so

nah, dass sie die einzelnen Falten der flatternden, weißen Stoffbahn erkennen konnte, die ihm als Gewand diente. Und hinter ihm tauchten weitere aus der Tiefe der Höhle auf.
Endlich erreichte das Brennen von Luzifers Blut die Quelle von Amandas Magie.
Es war, als wäre ein Damm gebrochen, ungleich stärker als beim letzten Mal. Macht durchströmte sie, eine glühende Flut, die drohte, sie mit sich fortzureißen. Sie kämpfte um die Kontrolle, ließ sich von Jul mitziehen, ohne darauf zu achten, wohin sie ging. Feuer schien durch ihre Adern zu fließen, ihre Muskeln schmerzten. Doch der reißende Strom ließ sich lenken, gehorchte ihrem Willen! Amanda hörte ihr eigenes Lachen von den Wänden der Höhle widerhallen. Magie pulsierte durch ihren gesamten Körper, und mit ihr kam die Gewissheit, es mit allem und jedem aufnehmen zu können.
Sie blieb stehen und sah dem Seraph entgegen. Kurz trafen sich ihre Blicke, seiner voll ruhiger Entschlossenheit, in ihrem brannte wahrscheinlich die Magie. Sie griff nach der Macht in ihrem Inneren, und im selben Augenblick umhüllte ein helles Licht den anfliegenden Engel. Kurz zögerte sie. Sollte sie versuchen, ihn zu töten, oder …?
»Amanda!« Juls Stimme riss sie aus ihrer Erstarrung.
Sie fühlte den Körper vor sich, spürte, woraus er bestand. Ein Gedanke, und sie zwang ihre Magie zwischen die einzelnen Teile, trieb sie auseinander.
Licht stob in alle Richtungen, glühende Tropfen klatschten ringsum auf den Boden wie Blut. Der Schein, der den Seraph umgeben hatte, erlosch. Seine Flügel flackerten wie die sterbende Flamme einer Kerze. Aber ihr Schwung trug die Gestalt weiter auf Amanda zu. Ihre Form war nur noch annähernd menschlich, ähnelte mehr einem gleißenden Klumpen. Instink-

tiv stieß Amanda den Seraph Kraft ihrer Gedanken von sich, und mit einem dumpfen Klatschen schlug er in einiger Entfernung auf dem Boden auf. Flüssiges Licht bildete eine Lache um seine glühende Gestalt, wie Blut. Noch einmal flackerten die Flügel auf, doch sie standen in einem seltsamen Winkel ab, als hätte die Magie sie gebrochen. Dann erloschen sie.
Übelkeit stieg in Amanda hoch, stark genug, um selbst das Gefühl von Macht zu untergraben, das von ihr Besitz ergriffen hatte. Sie hatte einen Engel getötet! Dieses mächtige, unirdische Wesen verging, und es war ihre Schuld.
Aber nein. Die geschundene Gestalt regte sich leicht. Erleichterung und Unglauben rangen in Amanda miteinander. Sie hatte versucht, dasselbe zu tun wie mit dem Weinglas. Hatte versucht, den Seraph in tausend Stücke zerspringen zu lassen. Doch irgendwie hatte er dem Angriff zumindest zum Teil widerstanden. Was brauchte es dann, um seinesgleichen umzubringen?
Das Geräusch schlagender Schwingen ließ sie aufsehen. Der zweite Seraph näherte sich schnell, hinter ihm ein dritter. Am Boden brüllte Luzifer auf, und seine Schatten wogten wie Wellen im Sturm. Die gesamte Höhle vibrierte.
Wieder fühlte sich Amanda am Arm gepackt. Sie stolperte neben Jul her, duckte sich durch das kreisrunde Loch in der Wand. Wasser platschte unter ihren Schritten, als sie durch den ersten Bunkerraum hasteten. Das Licht einer Taschenlampe flammte auf, Jul musste daran gedacht haben, sie mitzunehmen. Nur ihr Rucksack lag wohl noch immer inmitten des Chaos aus Licht und Schatten.
»Jetzt verstehe ich, wieso du sein Blut wolltest«, stieß er im Laufen hervor. Amanda antwortete nicht, konzentrierte sich stattdessen darauf, so schnell zu rennen, wie sie konnte. Für

den Augenblick spürte sie keine Erschöpfung, und Jul schien ohne Probleme mit ihrem Tempo mithalten zu können.
Die Erde bebte immer stärker unter ihren Füßen. Doch wo Amanda normalerweise das Gleichgewicht verloren hätte, rannte sie nun einfach weiter, gestützt von der Macht, die durch ihre Adern kreiste. Jetzt zog sie Jul mit sich, nicht umgekehrt.
Hinter ihnen rumpelte es. Irgendwo kam Gestein herunter. Brach gerade der Durchgang zur Höhle ein? Staub rieselte auf sie herab, doch die Decke hielt. Noch.
Aber selbst wenn sie einstürzte, was konnte es ihr schon anhaben? Sie hatte das Blut des Höllenfürsten getrunken. Seine Hitze glühte bis in ihre Fingerspitzen. Plötzlich wusste sie nicht einmal mehr, warum sie überhaupt weglief. Ja, sie hatte den Seraph nicht beim ersten Versuch getötet, aber sie hatte die Kraft für viele mehr. Sie wurde langsamer.
Amanda schüttelte den Kopf, versuchte ihre Gedanken zu klären, die Stimme abzuschütteln, die ihr zuflüsterte, sie könne es mit der ganzen Welt aufnehmen. Diese Kraft war begrenzt! Sie musste hier raus, bevor sie nachließ.
Doch in welche Richtung sollte sie gehen? Unschlüssig sah sie sich um. Sollten sie zur Rampe zurück, oder gab es einen anderen Weg zu dem Ausgang, von dem Luzifer gesprochen hatte? Da, eine Bewegung vor ihnen in der Dunkelheit. Einer der rattenähnlichen Dämonen huschte in einen nahen Durchgang.
Ohne sich darüber verständigen zu müssen, folgten sie ihm. Sie rannten Fluchten langgestreckter Räume entlang, oder waren es Gänge? Der Bunker schien kein Ende zu nehmen. Wie groß war dieses Ding?
Schließlich verebbte das Beben, und sie rannten noch immer. Kahle Betonwände huschten an ihnen vorbei. Nach einer

gefühlten Ewigkeit erreichten sie eine Treppe. Amanda wurde nicht langsamer, nahm zwei Stufen auf einmal.

Wenig später standen sie vor einer Metalltür. Ein Gedanke, und sie flog aus den Angeln. Doch mit einem Mal zitterten Amanda die Knie. Wie von fern spürte sie das Brennen ihrer Muskeln. Aus dem Glückstaumel der Macht stürzte sie in die Realität zurück. Wie hatte sie so dumm sein können, sich für unbesiegbar zu halten? Sie wusste doch, dass die Uhr tickte. Und nun rann ihr die Magie durch die Finger.

Das Bild des zerfetzten Seraphs schob sich vor ihr inneres Auge. Ihr wurde übel. Hatte sie das getan? Hatte sie wirklich versucht, einen Engel zu töten? Schaudernd schlang sie die Arme um ihren Körper. Sie war Einbrecherin, keine verdammte Mörderin.

Sie ballte die Hände zu Fäusten, damit sie nicht zitterten, während sie Jul in einen Tunnel folgte, in dem Schienen im Licht der Taschenlampe glänzten. Sie hatten es geschafft, die Oberfläche konnte nicht mehr weit sein. Kurz atmete Amanda erleichtert auf.

Doch je schneller die Wirkung des Blutes nachließ, desto drängender schob sich Roman in ihre Gedanken. Wo war er? Hastig kratzte sie alles zusammen, was ihr an Magie geblieben war, und konzentrierte sich auf ihren Bruder. Ein Bild flackerte in ihrem Geist auf. Seine Augen waren geschlossen, die Züge entspannt. Er lag auf der Matratze, die ihm seit einem Jahr als Bett diente. Amanda erkannte die Wände seines Gefängnisses ringsum. Ihr Magen krampfte sich zu einem festen Klumpen zusammen. Es war alles, wie Jul gesagt hatte. Michael hatte sie betrogen.

Sie streckte ihren Geist, versuchte nach Roman zu greifen. Sie wollte verdammt sein, wenn sie ihn noch länger in Balthasars Gewalt ließ. Doch das Bild verschwamm, wurde immer undeut-

licher. Dann war es fort, und sie blickte in Augen, die bläulich grün schimmerten wie das Eis der Arktis. Jul hielt sie bei den Schultern, und sie glaubte so etwas wie Besorgnis in seinen Zügen zu lesen.
»Alles in Ordnung?«
Nein, überhaupt nichts war in Ordnung. Ihr Bruder würde sterben, und sie ebenfalls, wenn sie nicht unwahrscheinliches Glück hatte. Und obendrein wurde von ihr erwartet, dass sie die Welt rettete. Wie kam er überhaupt auf die Idee, dass alles in Ordnung sein könnte?
Doch Amanda wusste, dass die Frage so nicht gemeint war. Sie atmete tief durch. Dann nickte sie. Sie wünschte nur, sie hätte früher versucht, ihren Bruder zu finden, ihn zu sich zu holen. Das Gefühl von Macht, das mit der Wirkung des Dämonenblutes kam, hatte ihr vorgegaukelt, sie hätte Zeit genug.
»Die Wirkung lässt nach.« Ihre Stimme klang selbst in ihren eigenen Ohren heiser.
Jul schenkte ihr ein Lächeln, das jedoch gezwungen wirkte. »Immerhin hat es ausgereicht, uns beiden einmal das Leben zu retten. Die Seraphim können alles in ihrem Licht verbrennen, das ihnen zu nahe kommt.«
»Spar dir das. Ich habe fast einen Engel getötet. Das kannst du nicht toll finden.« Sie entzog sich seinem Griff, ging ein paar Schritte von Jul fort. Nicht an den zerfetzten Engel denken, nicht an Roman. Sie musste sich auf das konzentrieren, was vor ihr lag. Aber was sollte sie tun? Ihr Bruder saß noch immer im Haus des Dämons fest, den sie verraten hatte. Eine Horde wütender Seraphim war wahrscheinlich hinter ihnen her. Und als wäre das noch nicht genug, ging die Welt unter, und ausgerechnet der Teufel persönlich hatte ihnen die Verantwortung aufgeladen, sie zu retten.

Seit Balthasar sie gefangen hatte, hatte sie nicht geglaubt, dass es noch schlimmer kommen konnte. Sie hatte sich geirrt.
Tränen liefen ihr die Wangen hinab, während die letzten Reste ihrer magischen Macht versickerten. Sie fühlte sich zerschlagen und erschöpft, wollte nichts lieber tun, als sich irgendwo zusammenzurollen und zu schlafen.
Jul stand plötzlich neben ihr, ohne dass sie seine Schritte gehört hatte. Er legte ihr eine Hand auf die Schulter. Sie war angenehm warm, nicht glühend heiß wie die von Luzifer.
»Du hast getan, was du tun musstest. Niemand macht dir deswegen Vorwürfe.«
Amanda sah ihn überrascht an. In seinem Blick standen weder Abscheu noch Misstrauen. Seine Miene war ernst und ließ seine Worte sehr viel ehrlicher wirken, als ein Lächeln es getan hätte. Er konnte nicht wissen, wieso sie tatsächlich weinte, doch der Versuch, sie zu trösten, stellte mehr menschliche Wärme dar, als sie im gesamten vergangenen Jahr erfahren hatte. Es war seltsam ungewohnt.
Amanda atmete tief durch, und schließlich gelang es ihr, die Tränen zurückzudrängen. Sie schniefte, wischte sich mit dem Ärmel ihrer Bluse das Gesicht trocken. Es nützte nichts, in diesem U-Bahn-Tunnel zu stehen und zu heulen. Sie musste etwas unternehmen, und sie wusste auch schon, was. Sie hatte nur eine Möglichkeit, und die hieß Baal.
»Ich werde diese Waffe suchen und Gott töten.« Ihre Stimme war kaum mehr als ein Krächzen. Amanda räusperte sich, ehe sie fortfuhr. »Ich nehme nicht an, dass du mitkommen willst. Aber ich wäre dir dankbar, wenn du mich nicht verraten würdest.«
Das war alles, was sie von dem Engel erwarten konnte, wenn überhaupt. Und sie brauchte ja auch keine Hilfe, solange genug

Dämonenblut zur Verfügung stand. Da Luzifer ihr einen wahren Namen genannt hatte, würde sich da sicher etwas machen lassen. Mit einem Anflug morbider Neugier fragte sie sich, wie süchtig das Blut wohl machte und wie die Entzugserscheinungen aussahen. Das würde sie wahrscheinlich früher herausfinden, als ihr lieb war.

Jul antwortete nicht. Amanda hielt den Blick fest auf die Schienen vor ihren Füßen gerichtet. Langsam setzte sie sich in Bewegung, und Juls Hand rutschte von ihrer Schulter. Schritte hinter ihr verrieten, dass er ihr folgte. Hoffentlich gingen sie auch tatsächlich in die richtige Richtung.

»Worum geht es dir bei dieser Sache? Macht oder die Rettung der Welt?«

Erst versuchte er, sie zu trösten, dann kam er ihr wieder mit Moral. Verdammter Engel! »Ach, willst du mir helfen, falls meine Motive rein genug sind?« Kurz warf sie einen Blick über die Schulter. Falls ihr Spott ihn traf, ließ er es sich nicht anmerken.

»Eigentlich werde ich einfach immer noch nicht schlau aus dir.«

Mit einigen schnellen Schritten holte Jul sie ein. Die Taschenlampe in seiner Hand zeichnete einen unruhigen Lichtkreis vor ihnen auf den Boden. Nun erst wurde ihr klar, dass er auch die Eisenstange in der Höhle zurückgelassen haben musste, die er als Flammenschwert verwendet hatte.

Amanda strich sich eine verirrte Locke aus dem Gesicht, starrte die Schienen entlang, die sich vor ihnen in die Dunkelheit erstreckten. Warum nicht ehrlich antworten? »Die Welt ist mir ziemlich egal. Falls ich Luzifer richtig verstanden habe, geht sie sowieso erst unter, wenn ich längst tot bin. Was kümmert mich das? Toll war sie ohnehin nie. So gesehen geht es mir also um Macht. Ich brauche sie, um meinen Bruder aus Balthasars Keller zu holen. Falls er noch lang genug lebt.«

Er schüttelte den Kopf, einen gequälten Ausdruck im Gesicht. Strähnen weißblonden Haars fielen ihm in die Augen. »Die anderen Engel bräuchten den Herrn dringend. Sieh dir Michael an. Wie er dich in die Irre geführt hat. Ich glaube nicht, dass er das früher gewagt hätte. Sie brauchen Führung, sonst werden sie den Dämonen immer ähnlicher.«

Führung von einem Gott, wie Luzifer ihn beschrieben hatte? Wie er auch in Teilen der Bibel beschrieben wurde? Ihre Zweifel mussten sich deutlich auf ihrem Gesicht abgezeichnet haben, denn Jul schüttelte erneut den Kopf. »Der Morgenstern mag mit dem Weltuntergang recht haben, womöglich hat er auch die Wahrheit darüber gesagt, wie man ihn verhindern kann. Aber der Herr ist nicht böse. Er ...«

Jul stockte, suchte nach Worten und schien nicht die richtigen zu finden. Er ließ die Schultern hängen und wirkte plötzlich sehr verloren.

Amanda biss sich auf die Unterlippe. Was konnte sie sagen, um ihn zu trösten? Alles, was sie anzubieten hatte, waren mehr schlechte Neuigkeiten. »Selbst wenn – im Moment ist er nicht in der Lage, irgendwen zu führen. Und wenn die ganze Geschichte stimmt, wird er das auch nie wieder sein.«

Jul nickte mit düsterer Miene. Eine Weile gingen sie schweigend nebeneinander.

»Unsere Wege sollten sich trennen, bevor wir den Krater verlassen«, sagte er schließlich.

Amanda nickte. Sie konnte ihm schlecht zum Vorwurf machen, dass er nichts mit dem Tod seines Herrn zu tun habe wollte. Doch als er fortfuhr, horchte sie auf.

»Ich habe eine Freundin, die dich hier in der Nähe abholen kann. In der Stadt würdest du ansonsten Aufsehen erregen, so wie du aussiehst. Ich kehre derweil zu Michael und deinem

Meister zurück und erzähle ihnen, du seist hier unten gestorben. Das sollte verhindern, dass irgendjemand nach dir sucht. Und falls es irgendetwas gibt, das ich tun kann, um die Situation deines Bruders zu verbessern ...«

Hoffnung. Sie war nicht totzukriegen und erhob sich erneut aus der Asche der letzten Enttäuschung. Vielleicht konnte Jul Balthasar tatsächlich dazu bringen, Roman vorerst am Leben zu lassen. Vielleicht konnte er ihn erpressen. Amanda kannte einige von Balthasars Geheimnissen. Sicher wäre es ihm nicht unbedingt recht, wenn Nachasch erfuhr, dass er geplant hatte, sie zu beschwören und zu bannen. Vielleicht würde es funktionieren, vielleicht konnte sie sowohl ihren Bruder als auch die Welt retten und mit heiler Haut davonkommen.

»Alles Weitere ...« Juls Stimme riss sie aus ihren Gedanken. Er stockte, schien mit sich selbst zu ringen. »... werde ich entschieden haben, bis wir uns wiedersehen.«

21

Der Fernsehturm war fort. Jul blinzelte. Wieso hatte er das nicht früher bemerkt? Er nahm es erst jetzt richtig zur Kenntnis, während er Amanda nachsah, wie sie sich einen Weg über die Trümmer am Grund des Kraters suchte. Sie entfernte sich in die entgegengesetzte Richtung, die Jul einschlagen würde, und hielt somit genau auf den Fernsehturm zu. Wenn er denn noch gestanden hätte. Das letzte Erdbeben musste ihn gefällt haben. Nur noch ein verbogener Stumpf ragte aus dem Fundament, umstanden von den Bäumen des Parks, der hinter ihm begann. Jul entdeckte die verbeulten Reste der metallenen Kugel inmitten all der anderen Trümmer im Krater. Zum Glück war der Turm längst gesperrt gewesen. Doch nur weil diesmal niemandem etwas geschehen war, hieß das nicht, dass es beim nächsten Mal auch so sein würde. Die Situation würde sich zuspitzen, wenn niemand etwas unternahm.

Jul schüttelte den Kopf, wandte sich abrupt ab. Noch wollte er darüber nicht nachdenken. Aber noch konnte er leider auch sonst nichts tun. Er musste warten, Amanda einen Vorsprung lassen. Besser, sie war schon weit fort, wenn er mit Michael und ihrem Meister sprach.

Jul legte den Kopf in den Nacken, sah zur Sonne hinauf, die inzwischen hoch am Himmel stand. Sie brannte heiß auf ihn hinab, nach der Dunkelheit und Enge unter der Erde eine Erleichterung. Er atmete tief ein, streckte seine Flügel …

Schmerz zuckte durch seinen Rücken und durch Gliedmaßen,

die er längst nicht mehr besaß. Wie lange würde es dauern, bis er sich endlich daran gewöhnt hatte? Doch er wollte sich gar nicht daran gewöhnen. Er hatte seine Mission erfüllt. Also bekam er seine Flügel nun zurück, oder nicht? Falls Michael je vorgehabt hatte, sein Versprechen zu halten, hieß das. Falls er keinen Grund fand, es nicht zu tun.

Hatte Jul Amanda gegenüber irgendetwas gesagt, das der Erzengel gegen ihn verwenden konnte? Immerhin hatte Michael mitgehört, wenn man dem Morgenstern glauben durfte. In Gedanken ging Jul ihre Gespräche noch einmal durch.

Michael bezichtigt zu haben, auf den Pfad der Dämonen abzurutschen, war ganz sicher nicht gut, aber vielleicht konnte er dafür Reue zeigen und um Verzeihung bitten.

O ja, und er hatte den Morgenstern gefragt, was sie tun mussten, um den Herrn zu töten. Aber er konnte behaupten, das sei nur Mittel zum Zweck gewesen, um mehr über dessen Pläne zu erfahren. Er wusste nicht einmal, ob er damit lügen würde. Wo stand er in dieser Sache? Was sollte er tun, wenn er Amanda wieder traf? Erneut sah Jul die schattenhafte Wunde vor sich, die im gleißenden Licht des Herrn klaffte. Konnte er dabei mithelfen, jemanden zu töten, den er mehrere Jahrtausende lang verehrt hatte? Der ihn erschaffen hatte? Konnte er den anderen Engeln die Hoffnung auf die Rückkehr des Herrn endgültig nehmen?

Seine Gedanken drehten sich im Kreis, suchten immer und immer wieder nach einer Lücke in der Geschichte des Morgensterns und fanden keine. Alles, was er gesagt hatte, passte zusammen. All die Puzzleteile waren an ihren Platz gefallen, und es war nicht ihre Schuld, dass sie ein ganz anderes Bild ergaben, als Jul immer gedacht hatte. Dennoch …

Nein. Mit einiger Willensanstrengung zwang Jul seine Gedanken

in eine andere Richtung. Er hielt es nicht länger aus, setzte sich langsam in Bewegung. Sorgfältig behielt er den Boden im Auge, achtete auf jede Bewegung des Gerölls, auf jedes Flimmern.
Während er ging, rief er sich die Nachricht ins Gedächtnis, die Amanda ihm für ihren Meister mitgegeben hatte, bevor sie sich getrennt hatten. »Du musst darauf bestehen, ihn unter vier Augen zu sprechen. Sag ihm, ich hätte dir ein Geheimnis verraten für den Fall, dass ich sterbe. Balthasar soll Roman freilassen, oder du erzählst Nachasch, dass geplant war, sie zu beschwören und in einen Ring zu bannen.«
Erpressung, Intrigen, Geheimnisse, Lügen. Seit er seine Flügel verloren hatte, war es Jul gelungen, sich von alldem fernzuhalten. Nun steckte er mittendrin. Und das nicht einmal nur um Amandas willen. Er belog Michael doch schon seit ihrem Treffen im Dom.
Missmutig trat Jul nach einem Stein und sah zu, wie er über größere Trümmerstücke hüpfte und schließlich mitten in der Luft hängen blieb. Vorsichtig umrundete er die entsprechende Stelle, an der der Boden Wellen schlug, als bestünde er aus Wasser. Für Erpressung und Intrigen hatte er sich außerdem aus freiem Willen entschieden. Er hätte nicht anbieten müssen, Amandas Bruder zu helfen. Doch er hatte die Verzweiflung in ihren Augen gesehen. Sie konnte, ohne die Miene zu verziehen, beschließen, den Herrn zu töten, aber wenn es um das Schicksal ihres Bruders ging, taten sich Abgründe hinter ihren grünen Augen auf. Selten war Jul einem Menschen begegnet, der gleichzeitig so entschlossen und so verletzlich war wie sie. Er hatte nicht anders gekonnt, als seine Hilfe anzubieten.
Deshalb hatte er Karin angerufen, gleich nachdem sie wieder freien Himmel über den Köpfen gehabt hatten. Er hatte ihr die nötigsten Dinge erklärt. Seine Mitbewohnerin war ohnehin ge-

rade in der Nähe. Sie würde kommen und helfen. Jul hatte Amanda sein Handy mitgegeben, damit sich die beiden Frauen absprechen konnten. Sie würden schon einen Weg finden, Amanda aus dem Krater zu holen. Wahrscheinlich hatte Karin bereits irgendeinen wahnsinnigen Plan.

Jul blickte an der zerklüfteten Wand empor, die immer höher vor ihm aufragte. Zwischen abgerissenen Stromkabeln, Wasserrohren und Stücken von Beton hing noch immer die Strickleiter. Stand dort oben an der Kante nicht sogar jemand und blickte zu ihm herunter? Er kniff die Augen zusammen und blinzelte gegen das Licht. Ja, eine annähernd menschliche Gestalt beugte sich gefährlich weit über den Abgrund. Langsam machte Jul sich an den Aufstieg.

Die Gestalt an der Kante trat ein paar Schritte zurück, und schließlich zog sich Jul auf den Asphalt der Kreuzung. Aus dem Augenwinkel sah er einen goldenen Schimmer. Er schaute auf und bemerkte nun erst, dass der Mantel fehlte, den sonst jeder Engel trug. Leuchtende Schwingen waren blasse Schemen im hellen Sonnenlicht. Und sein Gegenüber hielt das Schwert locker in der Hand, dessen Scheide leer an seinem Gürtel baumelte. Nur die modern geschnittene Kleidung, T-Shirt und Hose, schien nicht ganz zu dem Bild zu passen.

Jul sah sich um. Sie waren allein. Selbst die Polizisten am Durchgang im Zaun fehlten. Unwillkürlich tastete er nach seiner Waffe, ließ die Hand dann jedoch wieder sinken. Zumindest theoretisch war dies einer von seinen Leuten.

»Wo sind die anderen?« Der Engel kam Jul vage vertraut vor, wahrscheinlich, weil er ihn am Morgen bereits in Michaels Begleitung gesehen hatte. Nein, auch von früher. Ein Name kam ihm in den Sinn. Cadmiel.

»Ich soll dich zu Michael bringen.« Cadmiel bedeutete ihm mit der freien Hand, ihm zu folgen. Als sie durch die Lücke im Gitterzaun traten, legte er seine Schwingen eng an den Körper, breitete sie dahinter jedoch sofort wieder halb aus, als erwarte er jederzeit einen Angriff. Unruhig sah Jul sich um. Wenn es noch einen Beweis gebraucht hätte, dass etwas nicht stimmte, dann wäre es dieser gewesen. Hinzu kam, dass die Karl-Marx-Allee wie ausgestorben dalag. Nur in der Ferne erklangen die Geräusche der Stadt. Polizeisirenen mischten sich in den allgegenwärtigen Motorenlärm. In Berlin konnte man Sirenen allerdings kaum als ungewöhnlich bezeichnen.

»Was ist geschehen?«

»Der Waffenstillstand ist gebrochen.« Cadmiel deutete mit seinem Schwert in den Himmel, und Jul legte den Kopf in den Nacken. Man hätte sie für Vögel halten können, so hoch flogen sie. Doch es waren Engel, und sie strebten mit großer Geschwindigkeit einem Ziel entgegen, das irgendwo in der Richtung des Brandenburger Tors lag. Jul schluckte. Welche Schlüsse hatte Michael aus dem gezogen, das er durch Amanda gehört und gesehen hatte?

»Wieso ...«

Doch der andere Engel unterbrach ihn. »Michael wird dir alles erklären.« Er führte Jul ein Stück den Zaun entlang, vorbei an Reihen über Reihen langsam verwelkender Blumen. Der Geruch toter Blüten stieg Jul in die Nase, schien ihn ersticken zu wollen. Wenn Dämonen und Engel tatsächlich kämpften, würden danach an vielen Orten in der Stadt, ja auf der ganzen Welt, solche Sträuße liegen. Falls es am Ende überhaupt noch jemanden gab, der sie dorthin legen konnte. Was hatte Michael nur zu einem solchen Schritt bewogen?

Sie gingen die Alexanderstraße hinunter, von der nur noch die rechte Spur geblieben war. Auch hier wirkte alles wie ausge-

storben, nirgendwo war ein Mensch zu sehen. Die Häuser so dicht am Platz waren sicher evakuiert worden. Aber zumindest die Polizisten mussten doch irgendwo sein!
Noch immer folgten sie dem Verlauf des Baustellenzauns. Fast schien es Jul, als wolle sein Führer den Krater umrunden.
Tatsächlich. Sie überquerten die nächste wie ausgestorben daliegende Kreuzung und gingen auf die Stelle zu, an der der Fernsehturm hätte stehen müssen. Nur noch klägliche Reste der Grundmauern ragten hier in die Höhe. Jul sah sie und starrte doch durch sie hindurch. Ein Gedanke hämmerte in seinem Kopf und verdrängte alle anderen. In diese Richtung war Amanda gegangen.
Cadmiel schwieg, während sie die Karl-Liebknecht-Straße hinuntergingen, und Jul sah keinen Sinn darin, ihm weitere Fragen zu stellen. Sein Begleiter wirkte noch immer angespannt. Mit halb ausgebreiteten Flügeln, das Schwert fest umklammert, behielt er aufmerksam die Fassaden der Häuser im Auge, als erwarte er, dass jeden Moment ein Dämon aus einem der Fenster oder Hinterhöfe gestürzt kam. Automatisch spähte auch Jul immer wieder in die Hauseingänge, hielt nach Bewegungen Ausschau.
Weiter vorne hatte vor dem Einsturz des Platzes eine S-Bahn-Brücke über die Straße zu dem Bahnhof geführt, der nun in Trümmern am Grund des Kraters lag. Inzwischen stand diese Brücke nur noch zur Hälfte. Stützpfeiler waren weggebrochen, als der Boden unter ihnen nachgegeben hatte, und verbogene Gleise ragten über die klaffende Kante bis weit in den Krater hinunter. Der Zaun machte an dieser Stelle einen Knick, um auch die Brücke mit abzusperren.
Dort warteten sie.
Zuerst entdeckte Jul die Engel, deren Flügel sich hell von den

Trümmern hinter ihnen abhoben. Dann sah er auch die Menschen. Karins rotgefärbter Haarschopf war leicht auszumachen, neben ihr Amanda in ihrer staubigen, schwarzen Bluse und der Jeans voller Löcher und Blutflecken. Sie standen mit dem Rücken zum Zaun, halb verdeckt von ihren Bewachern, die sich mit gezogenen Schwertern vor ihnen aufgebaut hatten. Zwei Engel waren es, mit Cadmiel drei. Dazu kam Michael, der ihnen nun entgegenging, die Hand am Schwertgriff, wie der Feldherr, der er früher gewesen war und nun wohl wieder sein würde.
Jul zwang sich, seinen Weg gemessenen Schrittes fortzusetzen. Er schob die Hände in die Taschen seiner Jacke, um deutlich zu machen, dass er nicht vorhatte, nach seiner Waffe zu greifen. Seine Gedanken rasten auf der Suche nach einem Grund, den er Michael auftischen konnte, damit er Amanda trotz des Krieges mit den Dämonen am Leben ließ. Karin war unschuldig, sie war sicher nicht in Gefahr. Aber Amandas Tätowierungen kennzeichneten sie viel zu deutlich als in diesem Konflikt der falschen Seite zugehörig.
Michaels Miene war düster. Er blieb dicht vor Jul stehen, hielt sich nicht mit Begrüßungen auf. »Was hat es mit Baal auf sich?«
Die Frage erwischte Jul vollkommen unvorbereitet. Woher wusste der Erzengel von Baal? Der Morgenstern hatte die Macht der Feder gebrochen, bevor er diesen Namen genannt hatte. Hatte Amanda Michael erzählt, was sie vorhatte? Wie viel hatte sie ihm erzählt? Jul schwieg, unsicher, was er sagen sollte. Offensichtlich einen Moment zu lang.
»Bist du ein Engel, oder bist du keiner, Iacoajul?« Michaels Blick schien ihn zu durchbohren. »Ich kann darüber hinwegsehen, dass du diese Dämonendienerin entkommen lassen wolltest. Das schreibe ich deiner besonderen Situation zu. Allerdings darfst du nicht vergessen, wem du Loyalität schuldest.«

Juls Gedanken überschlugen sich. Er musste Zeit gewinnen, herausfinden, was Michael plante und was er wusste. Und er musste sich darüber klarwerden, wo er selbst stand. »Du hast ihr deinen Schutz versprochen.«
»Und ich halte mein Wort. Ich werde für ihr Seelenheil kämpfen wie für das aller anderen Menschen.« Ein Lächeln spielte um die Lippen des Erzengels. »Hast du die Zeichen nicht erkannt? Was ihr dort unten gesehen und gehört habt, hat mir die Augen geöffnet. Die Wege des Herrn sind unergründlich und rätselhaft, doch eines ist deutlich: Das Jüngste Gericht steht bevor. Wir müssen die letzte Schlacht gewinnen und das Himmelreich auf Erden errichten. Wenn diese Dämonendienerin ihre Sünden bereut, wird sie dort ihren Platz finden.«
Das Jüngste Gericht. Der Gedanke lag so nahe, dass Jul erstaunt war, bisher selbst nicht daran gedacht zu haben. Doch war das Ende aller Zeiten nicht etwas, das der Herr persönlich einleiten musste, das auf seinen Befehl geschehen würde? Jul hatte die Wunde in dem leuchtenden, göttlichen Leib gesehen. Dies war nicht Teil irgendeines Plans, dies war nichts, was der Herr selbst in Gang gesetzt hatte. Oder etwa doch? Hatte der Morgenstern ihn so geschickt auf einen Irrweg gelockt?
»Leider sieht es nicht so aus, als würde die Dämonendienerin ihre Sünden bereuen.« Der Erzengel trat einen weiteren Schritt vor und legte Jul eine Hand auf die Schulter. »Dich muss verwirrt haben, was du dort unten gehört hast, und vielleicht hat auch das hübsche Gesicht dieser Frau dich für sie eingenommen. Doch ist es nicht so, dass unser gefallener Bruder ihr einen Auftrag erteilt hat, der den Plan des Herrn vereiteln und die letzte Schlacht zu seinen Gunsten entscheiden soll? Sag mir, welche Rolle Baal dabei spielt.«
Juls Gedanken drehten sich im Kreis. Wem sollte er glauben?

Was sollte er glauben? Zweifel und immer mehr Zweifel. Wurde er sie denn niemals los?
Jul blickte an Michael vorbei. Amanda stand mit harter Miene und vollkommen aufrecht am Zaun. Wenn, dann war auch sie getäuscht worden, da war er sich sicher. Sie wusste nicht mehr als er. Ihre Blicke trafen sich, und sie legte fragend den Kopf schief, als wollte sie herausfinden, ob er noch immer bereit war, ihr zu helfen. Aber konnte er ihr helfen? Konnte er Michael von ihrer Unschuld überzeugen?
»Amanda will nur ihren Bruder in Sicherheit wissen.« Jul sah in die stahlgrauen Augen des Erzengels. »Das ist ihr einziges Ziel. Sie hätte am liebsten gar nichts mit alldem hier zu tun.«
Mit sanftem Blick schüttelte Michael den Kopf, wie ein Vater, der besonders viel Geduld für sein begriffsstutziges Kind aufbringt. »Du lässt dich zu leicht täuschen, Iacoajul.« Der Erzengel nahm die Hand von Juls Schulter und trat beiseite, gab den Weg zu Amanda und Karin frei. »Ich will dich dennoch wieder in unsere Reihen aufnehmen. Du sollst deine Flügel zurückerhalten und an unserer Seite gegen die Dämonen kämpfen. Du musst mir dafür nur im Detail erzählen, was der Morgenstern über Baal gesagt hat. Außerdem ...« Er deutete in Richtung der beiden Frauen. »Der Herr ist angreifbar in diesen Momenten der Entscheidung. Niemand außer uns darf erfahren, wo er sich befindet.«
»Sie müssen also sterben, weil sie zu viel wissen? Beide?« Juls Stimme klang tonlos in seinen Ohren.
Michael nickte, ernst und ruhig. Karin schnappte erschrocken nach Luft. Amandas Miene wurde undurchdringlich. Sie sah ihn an, und der Vorwurf in ihren Augen schmerzte.
»Es steht hier viel mehr auf dem Spiel als nur die vergängliche irdische Existenz zweier Menschen. Verstehst du das?« Die

Stimme des Erzengels war eindringlich. Er musterte Jul, schien nach einem Anzeichen zu suchen, dass seine Worte zu ihm durchgedrungen waren.
Jul verstand sehr wohl. Und er zweifelte keinen Augenblick an Michaels Aufrichtigkeit. Vielleicht war das das Schlimmste an der Sache. Der Erzengel war nicht grausam. Er tat nur, was er für nötig hielt. Er war tatsächlich davon überzeugt, dass die beiden Frauen eine Gefahr darstellten. Und er versuchte alles, um Jul begreiflich zu machen, was er für die Wahrheit hielt, ihn in die Schar zurückzuholen, einen weiteren Kämpfer für seine Sache zu gewinnen.
Michael lehnte sich vor. »Beweise mir, dass du es verstehst. Und falls du recht hast und ihre Motive rein sind, werden sie an der Seite des Herrn sitzen, sobald dies alles vorüber ist.«
Jul nickte langsam. Und mit einem Mal klärte sich das Durcheinander seiner Gedanken. Die Zweifel waren noch immer da, er konnte nicht mit Sicherheit sagen, was richtig oder falsch war. Da war nur ein vages Gefühl, das ihm sagte, was er zu tun hatte. Doch es war immerhin mehr als nichts. Und wenn er nicht darauf hörte, wozu war der Biss in den Apfel dann gut gewesen?
Kurz wanderten seine Gedanken weiter zu seinen Flügeln, zu Michaels Versprechen. Die Narben auf seinem Rücken pochten schmerzhaft. Höchstwahrscheinlich würde er diese Entscheidung bereuen. Aber es hatte ja auch nie jemand gesagt, dass es einfach war, das Richtige zu tun.
Langsam zog Jul die Hände aus den Taschen und umschloss den Griff seiner Waffe. Karins Augen weiteten sich ungläubig. »Jul?«
»Mach dir keine Sorgen, Karin.« Er richtete die Waffe auf Amanda. Dies konnte schrecklich schiefgehen. Seine Hände zitterten kaum merklich. Er dachte daran, was sie ihm über den Tag erzählt hatte, an dem ihr Meister sie und ihren Bruder gefangen

hatte. Wie ihre Magie aus ihr herausgebrochen war, als sie keinen anderen Ausweg mehr gesehen hatte. Ob es noch einmal funktionieren würde?

Bevor er es sich anders überlegen konnte, drückte Jul ab. Diesmal zog die Kugel keinen Schweif blauen Feuers hinter sich her. Der Knall hallte laut zwischen den Häusern wider. Amandas Augen weiteten sich. Ihre Hände fuhren zu dem Loch in ihrer Brust. Blut durchnässte ihre Bluse. Sie sackte in die Knie, während sich ihre Finger rot färbten.

Wo blieb die Magie? Juls Magen krampfte sich zusammen, als mehr und mehr Blut in den Stoff ihrer Bluse sickerte. Besaß sie nicht die Fähigkeit, sich selbst zu heilen? Besaß sie nicht Kräfte, die selbst einem Seraph gefährlich werden konnten? Hatte sie nicht schon einmal Gewehre geschmolzen, als ihr Leben in Gefahr gewesen war? Wieso geschah nun nichts dergleichen? Er hatte sie retten wollen!

Hastig machte Jul zwei Schritte vor, fort von Michael und Cadmiel. Karin hatte die Finger in die Stäbe des Baustellenzauns gehakt und die Augen geschlossen, ihre Lippen zitterten, fast als bete sie.

Jul zielte auf den Engel, der ihr am nächsten stand, schoss. Beinahe glaubte er den Einschlag der Kugel am eigenen Leib zu fühlen. Alles in ihm sträubte sich dagegen, seinesgleichen zu bekämpfen. Doch nun gab es kein Zurück mehr. »Karin!«

Ihre Lider flogen in die Höhe, gerade als ihr Bewacher ihr vor die Füße fiel. Gleißendes, flüssiges Licht sprudelte aus einer Wunde an seinem Hals. Er hatte die Hände darum verkrampft, und ein blaues Glühen strahlte bereits darunter hervor. Karin stieß einen spitzen Schrei aus, drückte sich noch dichter gegen den Zaun.

Der Lichtstrom verebbte, als die Wunde heilte. Doch ein gezielter Tritt gegen seinen Kopf ließ den Engel erschlaffen. »Wo steht dein Auto? Wir müssen Amanda von hier fortbringen. Schnell!«

Eine Bewegung aus dem Augenwinkel. Der zweite Bewacher der beiden Frauen trat vor. Blaue Flammen flackerten um sein Schwert, Unglauben und Zorn über sein Gesicht. Jul legte auf ihn an. Hinter seinem Gegner kniete Amanda, stützte sich mit einer Hand auf dem Asphalt ab, die andere auf ihre Wunde gepresst. Immerhin lebte sie noch.

Ein mächtiger Schlag traf den Engel, ehe Jul abdrücken konnte. Er wurde zur Seite geschleudert, schlug hilflos mit den Flügeln. Glas klirrte, als er auf der anderen Straßenseite gegen eine Hauswand prallte. Amanda! Es funktionierte also doch!

Sofort fuhr Jul herum. Blaues Feuer, blass im hellen Sonnenschein. Er warf sich gerade noch rechtzeitig zur Seite, um Cadmiels Flammenschwert zu entgehen. Michaels Schlag jedoch kam zu schnell. Jul riss den linken Arm hoch, wich zurück. Schmerz biss in seinen Unterarm, gleichzeitig stießen seine Füße gegen etwas Weiches. Noch ein Schritt weiter, und er würde über den bewusstlosen Engel stolpern. Cadmiels Schwert beschrieb einen flammenden Bogen. Jul duckte sich, fühlte den Luftzug dicht über seinem Kopf. Er schoss, ohne zu zielen, und der Engel krümmte sich vor Schmerz. Blieb nur noch Michael.

Eine Bewegung warnte Jul zu spät. Er fuhr herum, sah Michael auf sich zuspringen, die Flügel ausgebreitet. Das Schwert sauste herab.

Etwas riss den Erzengel zurück. Eine unsichtbare Hand fegte ihn beiseite, er prallte gegen Cadmiel. Der Schwung trug beide Engel davon, es schepperte, als sie in den Bauzaun krachten. Wie zwei Blätter im Wind wurden sie weiter in die Höhe gerissen, über den Rand des Kraters hinweg.

Michaels Flügel peitschten die Luft, und kurz schwebte er, stemmte sich gegen die Kraft, die ihn fortstieß. Sein Schwert deutete auf Jul. »Du magst wie einer von uns aussehen, aber du bist ein Dämon!« Ruckartig knickten seine Flügel nach hinten, diese Gebilde aus Licht, gebrochen durch Magie. Er trudelte, fiel, und sein zorniger Schrei verstummte abrupt.

Mit klopfendem Herzen verharrte Jul. Doch er durfte keine Zeit verlieren, durfte nicht darüber nachdenken, was er soeben getan hatte, welche Folgen es haben würden. Dennoch hallten Michaels Worte in ihm nach, während er sich zu Karin umwandte. Seine Mitbewohnerin stand noch immer mit schreckgeweiteten Augen am Zaun. Er schob die Pistole zurück in das Halfter unter seine Jacke und streckte die Hand nach ihr aus. Sie zuckte zusammen, als er sie an der Schulter berührte.

»Schnell, wo ist dein Auto? Selbst wenn Michael da unten von einem Trümmerstück aufgespießt wurde, wird er daran nicht sterben. Wir müssen hier weg!«

Das schien Karin aus ihrer Erstarrung zu reißen. Sie deutete mit zitternder Hand an ihm vorbei.

»Gut, geh vor und lass den Motor an, ich komme gleich nach.«

Er wartete Karins Antwort nicht ab, eilte stattdessen weiter zu Amanda. Sie lag auf der Seite, ihr Blut glänzte feucht auf dem Stoff der Bluse. Hatte er sie getötet?

Mit einem bitteren Geschmack im Mund ging Jul neben ihr auf die Knie, tastete nach einem Puls. Er war schwach, aber vorhanden. Erleichtert atmete er auf. Jul rollte Amanda auf den Rücken, ignorierte dabei den Schmerz in seinem linken Arm. Seine eigenen Wunden würde er später heilen. Er schob die Hand fort, die immer noch über einer Stelle dicht unter ihren Brüsten lag. Doch rechts, nicht links. Er hatte nicht auf das Herz gezielt. Da war das Loch, das die Kugel in den Stoff gefressen hatte, dar-

unter alles rot, so dass er nicht erkennen konnte, ob ihre Heilkräfte überhaupt nicht oder nur teilweise gewirkt hatten. Eilig riss Jul an den Knöpfen der Bluse, kümmerte sich nicht darum, dass einige absprangen.
Schwach im hellen Sonnenlicht leuchtete Michaels Feder auf. Sie steckte hinter dem rotfleckigen BH, war wie durch ein Wunder frei von Blutflecken geblieben. Doch nicht nur das. In der Höhle hatte Jul deutlich mehr Schatten in dem feinen Gebilde aus Licht gesehen. Es schien, als würde es sich regenerieren. War es dem Morgenstern nicht gelungen, die Verbindung vollständig zu trennen? Das würde erklären, woher Michael von Baal wusste. Wahrscheinlich hatte er zu diesem Zeitpunkt nur noch Bruchstücke mitbekommen, kannte daher den Namen des Dämons, aber nicht den Zusammenhang, in dem er stand. Und so hatte er sicher auch Amanda gefunden.
Jul packte die Feder und schleuderte sie fort. Mit einem Zipfel des Blusenstoffs, der noch einigermaßen trocken war, wischte er das Blut von Amandas Haut. Ein Einschussloch kam zum Vorschein, doch nicht sehr tief. Offensichtlich hatte sie die Verletzung zumindest teilweise heilen können. Er legte die Finger neben die Wunde, und blaues Glühen irrlichterte über ihre Haut. Nun würde sich zeigen, ob sie ihre Seele tatsächlich nicht verkauft hatte.
Die Wunde schloss sich langsam, beinahe widerwillig. Vielleicht lag es an dem Dämonenblut. Doch sie heilte. Das war alles, was zählte. Langsam fiel die Anspannung von Jul ab. Er hatte Amanda nicht getötet! Sie würde leben. Und sie hatte ihn nicht belogen. Ihre Seele gehörte noch immer ihr.
Schließlich blieb nur noch ein vernarbter Fleck zurück, und Amanda regte sich, hustete. Rote Tropfen glänzten auf ihren Lippen. Sie rollte sich auf den Bauch, und ein heftiger Husten-

anfall schüttelte sie, sie spuckte Blut. Jul hielt ihr Haar zurück, stützte sie.
Schließlich würgte Amanda ein letztes Mal und wischte sich mit dem Handrücken blutigen Speichel vom Mund. Dann setzte sie sich auf, sah an sich hinunter.
»Arschloch.« Ihre Stimme klang heiser. »Du hast echt auf mich geschossen.«
Jul lachte, konnte nicht anders, obwohl er nicht wusste, wieso. »Mir ist nichts Besseres eingefallen. Ohne deine Magie hätte ich keine Chance gegen Michael gehabt. Es tut mir leid.«
»Das war der mieseste Plan aller Zeiten.«
Jul lächelte. »Zumindest hat er funktioniert. Aber wir müssen hier weg. Kannst du gehen?«
Sie nickte, und mit seiner Hilfe kam sie auf die Beine. Ihre Bluse stand noch immer offen, und obwohl es dafür nun wohl zu spät war, wandte er den Blick ab, versuchte nicht zu starren. Er hatte die Menschen lange genug beobachtet, um zu ahnen, was für Gefühle dieser Anblick bei ihm auslöste, doch dies war nicht der richtige Zeitpunkt, um sich damit auseinanderzusetzen.
So schnell es ging, eilten sie auf Karins weißen Kombi zu, der nicht weit von den Gleisen entfernt an einer Hausecke stand. Ganz in der Nähe lag mit verdrehten Gliedern der Engel, den Amanda gegen die Hauswand geschleudert hatte. Er regte sich schwach, doch es würde noch eine Weile dauern, bis er die Verfolgung aufnehmen konnte. Jul hielt sich so neben Amanda, dass sein Körper sie vor dem Anblick abschirmte.
»Ich schätze, du hast dich entschieden«, stellte sie fest, als sie das Auto fast erreicht hatten.
»Ich schätze, das habe ich.« Jul seufzte. Ja, nun gab es kein Zurück mehr. »Du solltest übrigens während der Fahrt die Augen geschlossen halten. Sonst sieht dein Meister, wohin wir fahren.«

22

Amanda spürte das Vibrieren des Motors, und um sie herum rauschte der Berliner Verkehr. Den Geräuschen nach zu urteilen, fuhren längst nicht so viele Autos wie sonst. Sirenen heulten an ihnen vorüber, nicht zum ersten Mal, seit sie unterwegs waren. In der Ferne hörte man sie ständig. Juls Freundin, Karin, musste immer wieder Umwege fahren, weil Straßen gesperrt waren.

Amanda zupfte an dem Schal, der ihre Augen bedeckte. Jul hatte ihn in dem mit Gerümpel vollgestopften Kofferraum des Autos gefunden. Da Balthasar nun wieder durch ihre Augen sehen konnte, musste sie verhindern, dass er sah, wo sie sich versteckte. Dies war vorerst die beste Lösung.

Amanda vergrub das Gesicht in den Händen. Für kurze Zeit hatte es den Anschein erweckt, als könnte alles gut werden, als hätte sie die Dinge im Griff. Doch nun herrschte wieder Chaos. Sie waren gerade so mit dem Leben davongekommen und auf der Flucht. Außerdem wusste Michael mehr, als er wissen durfte. Er hatte sie nach Baal gefragt. Sie hatte ihn im Gegenzug einen beschissenen Lügner genannt, der seine Versprechen nicht hielt.

Bremsen quietschten, ein lauter Knall. Amanda wurde in ihren Gurt geschleudert, als auch Karin in die Eisen stieg.

»Habt ihr das Ding gesehen?« Juls Mitbewohnerin klang panisch. »Scheiße, sind das Hörner? Ist das das, was ich denke, dass es ist?«

Amanda verkrampfte die Hände um die Kanten ihres Sitzes, musste sich zwingen, die Augenbinde nicht hochzuschieben. »Was ist los?«

»Ein Dämon ist auf die Straße gestürzt.« Der Engel sprach vollkommen ruhig. »Da, siehst du diese Seitenstraße, Karin?«

Das Auto ruckte, als Karin die Kupplung zu schnell kommen ließ und ihren Wagen in eine scharfe Kurve zwang. Bald darauf wurde es ruhiger, Sirenen und das Chaos des Stadtverkehrs blieben hinter ihnen zurück. Nur Karins leise Stimme war noch zu hören. »Scheiße, Scheiße, Scheiße, Scheiße ...«

Dafür, dass sie ihre zwei ungewöhnlichen Passagiere durch einen Krieg steuerte und erst vor ein paar Minuten erfahren hatte, was unter dem Alexanderplatz lag, schlug sie sich allerdings ziemlich gut. In der kurzen Zeit, die sie Karin kannte, hatte Amanda großen Respekt für die Frau mit dem rotgefärbten Haar entwickelt. Nicht zuletzt, weil Karin sie mit Hilfe eines Seils und eines gewagten Klettermanövers aus dem Krater geholt hatte.

Amanda biss sich auf die Unterlippe, lauschte angestrengt nach draußen. Falls im Himmel über ihnen wirklich Engel und Dämonen aufeinanderprallten, hörte sie nichts davon. Immerhin hatten diese Kämpfe ein Gutes. Balthasar war vielleicht zu beschäftigt, um sich um Roman zu kümmern.

»Oh, bitte lass es so sein.« Amandas Lippen bewegten sich stumm, bis ihr auffiel, dass dies ein schlechter Zeitpunkt war, um mit dem Beten anzufangen. Niemand würde sie hören.

Mit einem Seufzer lehnte sie sich zurück. Sie trug Juls Jeansjacke, aber die Bluse darunter hatte sie trotz der Temperaturen nicht ausziehen wollen. Nicht im Auto. Der von ihrem eigenen Blut durchnässte Stoff klebte unangenehm an Bauch und Rücken, ihr Hals schmerzte vom Husten, und sie hatte schrecklichen Durst.

Sie schauderte bei dem Gedanken, wie es sich angefühlt hatte, an ihrem eigenen Blut zu ersticken. Für einen Moment hatte sie wirklich geglaubt, Jul würde sie umbringen, um seine Flügel zurückzubekommen. Und obwohl er das offensichtlich nie vorgehabt hatte, war sie dem Tod eindeutig zu nahe gekommen. Es war wirklich ein verdammt beschissener Plan gewesen. Amanda schlang die Arme fest um ihren Oberkörper, versuchte, ihre Gedanken in eine andere Richtung zu lenken.
Bisher schien sie niemand zu verfolgen. Aber Jul war überzeugt, dass Michael überlebt hatte. Außerdem gab es ihm zufolge noch einen Haufen weiterer Erzengel, die Michaels Arbeit zur Not fortführen würden.
»Halt mal eben still, Amanda.« Juls Stimme erklang dicht neben ihr, dann fühlte sie seine Finger an ihrer Schläfe. Er schob die Augenbinde an dieser Stelle ein wenig hoch und strich über das Symbol, das dort eintätowiert war. Sie krallte die Finger in den Stoff ihrer Jeans, um sich daran zu hindern, seine Hand beiseitezuschieben. Niemand sollte diese scheußlichen Zeichen berühren. Schlimm genug, dass sie die Tattoos an ihren Schläfen nicht unter Kleidung verstecken konnte.
»Irgendeine Idee, wie ich die Dinger wieder loswerden kann?«, fragte sie angespannt.
»Ich kenne mich mit diesen Tätowierungen nicht aus.« Endlich ließ Jul die Hand sinken. »Aber das Sicherste wäre wohl, sie rauszuschneiden.«
Amandas Magen krampfte sich zusammen. Als ob dieser Tag nicht schon genug Unannehmlichkeiten bereitgehalten hätte. Doch sie zwang sich zu einem Nicken. »Du hast nicht zufällig ein Skalpell dabei?«
»Ich hab irgendwo im Kofferraum ein Taschenmesser, glaube ich.« Das war Karins Stimme, die aus der Richtung des Fahrer-

sitzes erklang. Nun wirkte sie etwas ruhiger. »Falls nicht, besorge ich eins. Ihr zwei braucht eh frische Klamotten, und was zu futtern wahrscheinlich auch.«

»Ist beim letzten Erdbeben noch irgendetwas eingestürzt, abgesehen vom Fernsehturm?« Jul hatte sich offensichtlich wieder in seinem Sitz zurückgelehnt, denn diese Worte erklangen von weiter weg als zuvor.

Auch Amanda hatte auf ihrem Weg hinaus Trümmer der metallenen Kugel gesehen, die bis zum Morgen noch die Spitze des Turms geziert hatte. Wären sie zu diesem Zeitpunkt nicht noch unter der Erde gewesen, hätte sie das fallende Gebäude womöglich erschlagen. Sie waren dem Tod an diesem Tag eindeutig zu oft zu knapp von der Schippe gesprungen.

»Nein, aber die Regierung bekommt es inzwischen richtig mit der Angst zu tun. Die ganzen Leute, die sich für besonders wichtig halten, haben sich schon aus dem Staub gemacht.« Karin schnaubte. »Wie die Ratten auf dem sinkenden Schiff. Jetzt werden es wahrscheinlich mehr Flüchtlinge. Warte ...«

Nach einem Moment klickte leise ein Knopf, dann klang klassische Musik durchs Auto, gefolgt vom statischen Rauschen eines Radiosender-Wechsels.

»... die Augenzeugen als Engel beschrieben. Ähnliche Vorfälle sind inzwischen auch aus anderen Städten Deutschlands bekannt. Auch in Paris, Rom und London wollen Menschen Engel gesehen haben, die einander bekämpfen. Die Polizei fordert alle Einwohner auf, in ihren Häusern zu bleiben und diese nur zu verlassen, falls ...«

Wieder das Rauschen, als Karin am Knopf des Radios drehte.

»... hat jeklirrt, also ick wie nüscht ins Badezimmer, um zu gucken, wat da los is. Da hat so'n Typ aufm Boden jelegen, zerfetzter Anzug und Flügel uffm Rücken, so wie bei 'ner Fledermaus.

Bin ick janz schnell rückwärts wieder raus und hab die Polizei jerufen. Kann man ja nich erwarten, dass ick …«

Rauschen.

»… entbrannte ein Kampf im Himmel: Michael und seine Engel kämpften gegen den Drachen. Und der Drache kämpfte und seine Engel, und sie siegten nicht, und ihre Stätte wurde nicht mehr gefunden im Himmel. Und es wurde hinausgeworfen der große Drache, die alte Schlange, die da heißt: Teufel und Satan, der die ganze Welt verführt, und er wurde auf die Erde geworfen, und seine Engel …«

»Mach bitte aus.« Jul schien sich zu bewegen, dann schwieg das Radio.

Für eine Weile herrschte Stille im Auto, als jeder von ihnen seinen eigenen Gedanken nachhing. Schließlich brach Amanda das Schweigen. »Falls tatsächlich noch irgendwo ein Laden offen hat und du eh einkaufen gehst, bring Kreide mit.«

Wie gut standen die Chancen, dass man noch irgendwo einkaufen konnte? Vielleicht nicht so schlecht, wenn die Angestellten in ihren Läden ausharrten, weil sie es nicht wagten, in diesem Chaos nach Hause zu gehen.

»Kreide?«

»Ich werde einen Dämon beschwören müssen.« Sie konnten nur hoffen, dass Baal keine Sackgasse war. Wenn er nicht wusste, wo sich diese Waffe befand, war ihre Suche zu Ende, bevor sie begonnen hatte.

»So was wollte ich schon immer mal sehen.« Karins Lachen klang nervös. »Brauchst du sonst noch irgendwas? Kerzen? Ziegen? Jungfrauen? Hamster?«

Amanda musste schmunzeln. »Nur Kreide, das reicht.«

✣

Es klickte, das Geräusch eines Schlosses, das nicht mit dem dafür vorgesehenen Schlüssel geöffnet wurde. Amanda grinste. Auch blind war sie also nicht vollkommen nutzlos. Sie stieß die Tür auf und fühlte einen Luftzug, als Karin an ihr vorüberging. Dann ergriff eine Hand ihren Arm, und Jul führte sie in einen kühlen Hausflur.

»Das Haus ist erst letztens geräumt worden, davor haben hier illegale Einwanderer gewohnt. Sucht euch einfach irgendeine der Wohnungen aus. Strom und Wasser müsste es noch geben, macht aber kein Licht, wenn's geht.« Karin ratterte all diese Informationen in Windeseile herunter. »Ich bin dann erst mal wieder weg, Auto verstecken und Vorräte besorgen. Wenn's nichts mehr zu kaufen gibt, kann ich sicher irgendwo was mitgehen lassen. Bis nachher.«

»Danke, Karin.«

»Gern geschehen … Iacoajul.«

Amanda glaubte förmlich zu hören, wie Jul das Gesicht verzog. Dann fiel die Tür hinter seiner Freundin ins Schloss, und sie war allein mit dem Engel. Schweigen senkte sich zwischen sie.

»Wie kommt ein Engel zu einer Mitbewohnerin?« Fragen waren gut. Sie lenkten sie von der Tatsache ab, dass in einer von Juls Taschen Karins Messer steckte, das diese tatsächlich im Kofferraum des Autos gefunden hatte. Allein bei dem Gedanken, dass es dazu dienen würde, ein Stück aus ihr herauszuschneiden, drehte sich ihr der Magen um.

»Ich habe sie mal vor einem niederen Dämon gerettet.« Wieder ergriff Jul ihren Arm, warnte sie leise vor der ersten Stufe der Treppe. Sie fühlte ihn dicht neben sich, roch den Staub in seiner Kleidung und etwas anderes, das sie an kalte, frische Luft denken ließ. Derselbe Geruch hing auch in Juls Jeansjacke, die sie noch immer trug.

»Wie das?«
»Karin hat einiges für Verschwörungstheorien übrig. Sie hat eine Internetseite darüber und erstaunlich viele Kontakte, die sie mit Informationen versorgen. Als sie von seltsamen Ratten in einer alten Hausruine gehört hat, wollte sie das überprüfen. Ich bin ihr zu Hilfe gekommen. Und da ich zu der Zeit auf der Straße gelebt habe, hat sie mir angeboten, bei ihr zu wohnen. Ich glaube, am Anfang war das ein Vorwand, um so viel wie möglich über mich zu erfahren.«
»Du hast auf der Straße gelebt?« Der Klumpen in Amandas Magen war noch immer da, doch der Smalltalk tat seinen Dienst und hielt ihre Nervosität in Grenzen.
»Es ist nicht so einfach, sich in eurer Gesellschaft zurechtzufinden. Vor allem, wenn jeder Mensch, dem man begegnet, Gefühle in einem auslöst, die man nur sehr langsam zu verstehen lernt.«
Schweigend stiegen sie weiter die Treppe hinauf. Erst als Amanda schon dachte, Jul wolle bis in den Dachboden des Gebäudes klettern, blieb er stehen. »Lass es uns mit dieser Wohnung versuchen.«
Seine Hand schloss sich um die ihre, führte sie, bis sie den Knauf einer Tür ertastete. Es war erstaunlich leicht, sich von ihm die Richtung weisen zu lassen. Er schien genau zu wissen, welche Hinweise er ihr geben musste, damit sie sich zurechtfand. Gleichzeitig fühlte sie sich unwohl dabei, derart auf jemand anderen angewiesen zu sein. So tief saßen Balthasars Lektionen, dass sie sich, blind wie sie war, schutzlos und ausgeliefert fühlte, obwohl sie inzwischen sicher war, Jul vertrauen zu können.
Amandas Finger glitten an dem Metall hinab bis zum Schloss. Nichts Kompliziertes, natürlich nicht. Wieder zog sie einen der Dietriche hervor, die in ihren Gürtel eingearbeitet waren. Auch

das war ein Geschenk von Balthasar gewesen. Er hatte wirklich an alles gedacht, das musste sie ihm lassen.
Kurze Zeit später sprang die Tür auf, und ein Schwall muffiger Luft wehte ihnen entgegen. Das Schweigen zwischen ihnen rauschte in Amandas Ohren, während Jul sie in die Wohnung hineinführte. Konnte er nicht irgendetwas sagen? Ihr Kopf war plötzlich wie leergefegt, ihr Mund trocken. Nun musste sie sich gleich dem Versuch stellen, diese verfluchten Tattoos loszuwerden.
Etwas knirschte unter ihren Schuhen, wahrscheinlich Gips, der beim letzten Beben von der Decke gerieselt war. Licht sickerte durch den Stoff des Schals, als sie aus dem dunklen Eingangsbereich in ein helles Zimmer traten. Alte Holzdielen knarrten unter ihren Schritten.
Schließlich blieb Jul stehen. »Wir sollten es nicht lange hinauszögern.« Sie spürte den Luftzug, als er neben ihr in die Hocke hing, dann zog er sie ebenfalls zu Boden. »Leg den Kopf in meinen Schoß. Dann fällst du nicht um, falls du ohnmächtig wirst.«
Diese Worte genügten, damit sich Amandas Magen wieder verkrampfte. Mit dem prickelnden, brennenden Schmerz, den Balthasar einsetzte, um sie zu bestrafen, konnte sie umgehen. Doch dies hier würde etwas vollkommen anderes werden. Sie zitterte, als sie sich auf dem harten Boden ausstreckte. Holz mit Linoleum darüber. Ihre Finger ertasteten sogar ein eingeprägtes Kachelmuster, und mit derselben Klarheit nahm sie wahr, wie der blutverkrustete Stoff ihrer Bluse an ihrem Bauch und ihrem Rücken klebte. Ihr Bewusstsein tat alles, um sich abzulenken, sandte ihr gestochen scharfe Sinneseindrücke.
Jul zog ihren Kopf auf seinen Schoß, und erneut stieg ihr sein besonderer Geruch in die Nase. Er erinnerte sie an einen klaren

Wintertag. Sie spürte, wie er sich über sie beugte, der Knopf seiner Jeans drückte gegen ihren Hinterkopf. »Halte die Augen geschlossen.« Er streifte ihr die Augenbinde ab, Stoff raschelte, dann drückte er ihr den Schal als fest gerolltes Päckchen in die Hände. »Ist vielleicht ein bisschen fusselig, aber du brauchst was zum Draufbeißen.«

Amanda stieß ein kurzes Lachen aus. »Du klingst wie ein Experte. Hast du schon oft an Leuten rumgeschnitten?«

»Ich schätze, Kämpfe zählen nicht?« Jul musste spüren, wie sie sich versteifte. »Ich habe eine ruhige Hand, mach dir keine Sorgen«, fügte er eilig hinzu.

»Traue nie jemandem, der dir sagt, du sollst dir keine Sorgen machen.«

Er lachte leise. Warme Finger strichen über das Tattoo an ihrer rechten Schläfe. »Bereit?«

»Nein, aber fang an.« Amanda grub die Zähne in den Schal, wappnete sich gegen den Schmerz, so gut sie konnte. Zuerst war es nur ein kühler Druck gegen ihre Schläfe, dann ein Stechen. Amandas gesamter Körper verkrampfte sich, als Jul schnitt. Sie wollte sich aufbäumen, doch er hielt sie mit der freien Hand fest. Tränen stiegen ihr in die Augen, und der Schal dämpfte ihren Schrei. Die Klinge des Messers zog einen glühenden Kreis um das Tattoo. Sie konnte nur erahnen, was er dann tat, versuchte sich nicht vorzustellen, wie er das Messer unter die Haut schob, um sie von ihrem Fleisch, vielleicht sogar vom Schädelknochen zu trennen. Amanda merkte kaum, wie sie schrie, Sterne tanzten hinter ihren geschlossenen Lidern.

Ihre nächste bewusste Empfindung war der Druck von Juls Fingern an ihrer Schläfe. Sie musste kurz ohnmächtig geworden sein. Wohltuende Kühle ging von der Berührung aus, und der

Schmerz schwand. Wie gut, dass er heilen konnte, denn sie brachte kaum die Konzentration auf, um die Kräfte des Dämonenblutes zu nutzen. Dann nahm er die Finger fort, Stoff raschelte, und er tupfte ihr mit einem Zipfel von irgendetwas das Blut von Schläfe und Wange. Amanda spuckte den Schal aus.

»Hat es funktioniert?« Sie erschrak, wie schwach ihre Stimme klang.

»Man sieht es nicht mehr. Nun nur noch das andere, dann hast du es geschafft.«

Amanda schüttelte seine Hand ab und setzte sich auf. Fast wären ihre Arme unter ihr eingeknickt. Sie weigerten sich, ihr eigenes Gewicht zu stemmen. Doch schließlich kniete sie, die Augen noch immer geschlossen. Ihr Atem ging schnell, als wäre sie gelaufen. »Gib mir einen Moment.« Mit dem Ärmel der Jeansjacke wischte sie sich die Tränen aus dem Gesicht.

»Je länger du wartest, desto mehr Zeit hat deine Angst, um zu wachsen.« Seine Stimme klang ruhig, als spräche er mit einem verwundeten Tier.

»Ich weiß«, zischte sie. Musste er sie nun auch noch belehren? Sie wusste, dass sie dies so schnell wie möglich hinter sich bringen musste, aber alles in ihr sträubte sich dagegen, noch einmal zu erleben, was sie soeben durchgemacht hatte.

Eine Berührung an ihrem Arm verriet ihr, dass der Engel die Hand nach ihr ausgestreckt hatte. Sacht zog er sie wieder hinunter, und sie atmete tief durch, ließ es zu. Es führte kein Weg daran vorbei, wenn sie nicht wollte, dass Balthasar ihr bei jedem Schritt über die Schulter sah. Wenn er erfuhr, was sie plante, hatte sie so gut wie verloren.

Amanda wimmerte, als sie die Klinge wieder an der Schläfe spürte. Diesmal kam die Ohnmacht nicht. Sie spürte, wie sich die Haut von ihrer Schläfe löste, hatte das Gefühl, ihr würde an dieser Stelle ein glühender Nagel in den Kopf getrieben. Und sie hörte sich selbst schreien, wie von fern.

Schließlich fand sie sich zitternd und mit tränennassem Gesicht in Juls Armen wieder. Es musste sein T-Shirt gewesen sein, mit dem er ihr das Blut abgewischt hatte, denn ihr Kopf lehnte an seiner nackten Schulter. Sie war ihm dankbar, dass er ihr weder übers Haar strich noch beruhigende Worte murmelte. Damit hätte sie sich nur noch schwächer gefühlt.

»Das war scheußlicher, als ich erwartet habe.«

»Ich weiß.« Für eine Weile schwieg er. »Wir könnten dasselbe auch mit der Tätowierung an deinem Arm machen.«

Sofort verkrampfte sich Amanda wieder. »Die reicht bis zur Schulter!«

»Du kannst die Wunde doch sofort wieder heilen. Und wenn du es nicht schaffst, mache ich es.«

»Nein!« Die Antwort kam vielleicht ein wenig zu heftig. Aber dieses Tattoo behinderte sie für den Moment nicht. Und allein bei dem Gedanken, die Haut von ihrem Arm zu ziehen, wurde ihr erneut übel.

Amanda richtete sich ein wenig auf, und ihr Blick fiel über Juls Schulter, wanderte seinen Rücken hinunter und blieb an dem Narbengewebe hängen, das ganz schwach golden schimmerte. *Sie haben mir meine Flügel genommen,* hatte er gesagt, und Amanda versuchte, lieber nicht allzu genau darüber nachzudenken, wie das vonstatten gegangen war. Mit einem Mal erschien es ihr lächerlich, wie sie sich anstellte wegen ein bisschen Haut. Dennoch blieb sie bei ihrer Entscheidung. Wenn ihr gelang, was sie vorhatte, konnte sie Balthasar einfach töten. Dann musste sie sich über sein Blut unter ihrer Haut keine Gedanken mehr machen.

Sie schob Jul ein Stück von sich fort, obwohl sie sich in seinen

Armen erstaunlich wohl fühlte. »Ich habe mich noch gar nicht bedankt.«

Er setzte ein schiefes Lächeln auf. »Für die Schmerzen gerade oder dafür, dass ich auf dich geschossen habe?«

»Eher dafür, dass du Karin und mich nicht erschossen hast. Ich nehme an, es hätte dir viel bedeutet, deine Flügel zurückzubekommen.«

Kurz huschte ein Schatten über seine Züge, und seine Finger gruben sich in ihre Schulter. Dann entspannte er sich wieder. »Ich möchte lieber nicht damit anfangen, aus Eigennutz Menschen zu töten. Das tun bereits genug andere.«

Amanda musterte ihn mit gerunzelter Stirn. »Du bist seltsam. Ist für dich alles eine Frage der Moral? Was ist mit deinen Gefühlen? Karin ist deine Freundin, oder etwa nicht?«

Der Engel nickte, dann löste er sich vollständig von ihr und stand auf. Er wandte ihr den Rücken zu, als er zum Fenster hinüberging, so dass Amanda Gelegenheit hatte, seine Narben genauer zu betrachten. Auf beiden Schulterblättern prangten faustgroße, leicht schimmernde Flecken mit ausgefransten Rändern, von denen jeweils ein Strich aus schwachem Licht ein Stück seinen Rücken hinunter verlief. Sie schauderte bei dem Gedanken an die Schmerzen, die er erlitten haben musste.

»Wäre ich ebenso wie Michael davon überzeugt gewesen, dass dies alles einem höheren Ziel dient, hätte ich dich vielleicht tatsächlich getötet.«

Diese Worte rissen Amanda aus ihren Gedanken. Sie hatte nicht mehr damit gerechnet, dass Jul noch etwas sagen würde.

»Wenn ich mir sicher wäre, dass es einen göttlichen Plan gibt, der so aussieht, wie Michael es darstellt, dann müsste ich auch glauben, dass es zu eurem Besten gewesen wäre, euch zu töten.«

»Das wäre verdammt arrogant.« Langsam kam Amanda auf die Füße. »Immerhin seid ihr im Moment genauso ahnungslos wie wir Menschen. Wenn du mich fragst, hat Michael vorhin geklungen wie der nächstbeste Straßenprediger.« Ein Schwindelgefühl erfasste sie. Schwärze kroch vom Rand ihres Blickfeldes heran. Amanda hielt inne, wartete, bis sie wieder klar sehen konnte. Als sie die letzten Schlieren fortblinzelte, drehte sich Jul zu ihr um und musterte sie besorgt. Dann hellte sich seine Miene auf, er lachte.

»Gibt es eigentlich irgendetwas, wovor du Respekt hast? Götter, Engel und Dämonen scheinen nicht dazuzugehören.«

Grinsend trat Amanda näher. Sie fühlte sich seltsam leicht, nun, da sie die Tattoos los war und die Erinnerung an den Schmerz verblasste. Wenn es ihr nun für eine Weile gelang, nicht über das nachzudenken, was noch vor ihr lag … Ihr Blick glitt über Juls nackten Oberkörper. Seine Muskeln zeichneten sich nicht überdeutlich, aber doch gut erkennbar unter seiner Haut ab. Sein Geruch hing ihr noch immer in der Nase …

Eilig schüttelte Amanda den Gedanken ab. Er mochte vielleicht gut aussehen, wie er dastand, nur in Jeans und ein schiefes Lächeln auf den Lippen, und es mochte sein, dass sie einiges gemeinsam durchgemacht hatten. Aber er war ein verdammter Engel, und sie kannte ihn gerade einmal seit dem Morgen.

Jul schien ihren Stimmungswechsel zu bemerken, denn er sah sie fragend an. Dann trat er seinerseits näher, streckte eine Hand aus, um ihr Haar an einer Schläfe beiseite zu streichen. Kurz fühlte Amanda seine warmen Finger auf ihrer Wange. Die Berührung weckte die gerade erst verdrängten Gedanken erneut.

»Es tut mir leid, dass ich größere Wunden nicht heilen kann, ohne dass Narben zurückbleiben.«

Auch beim zweiten Tattoo hatte Jul die Heilung übernommen. Amanda hatte nicht die Kraft aufgebracht, sich auf das zu konzentrieren, was Balthasar ihr beigebracht hatte.
»Sieht es sehr schlimm aus?«
»Du bist immer noch ziemlich hübsch.«
Überrascht ruckte ihr Kopf hoch. Amanda versuchte in Juls Miene zu lesen, doch das leichte Lächeln konnte alles bedeuten. Schließlich gab sie dem Drang nach, legte eine Hand auf seine Brust und ließ sie von dort zu seinem Nacken hinaufwandern. Es war, als suche sich all die Anspannung, all die Angst, die sie den Tag über durchlitten hatte, ein Ventil. Sie wollte nicht länger darüber nachdenken, was geschehen war und was sie noch tun musste. Sie wollte für eine Weile vergessen, welche Verantwortung auf ihren Schultern lastete.
Jul beugte sich vor. Seine Lippen streiften die ihren, dann richtete er sich wieder auf, sah sie an. Ein Ausdruck, den sie nicht deuten konnte, stand in seinen blauen Augen, als er sie langsam in die Arme schloss. Seine Bewegungen waren vorsichtig, als wäre er sich nicht ganz sicher, ob er das Richtige tat. Ihre Hand strich seinen Rücken hinauf, und Jul zuckte zusammen, als sie Narbengewebe ertastete. Er drückte ihren Arm ein Stück nach unten, löste sich jedoch nicht von ihr, sondern zog sie stattdessen noch näher an sich. Vielleicht ging es ihm ähnlich wie ihr. Sicher gab es genug Dinge, die er nur allzu gern für eine Weile vergaß.
»Amanda …« Sein Atem strich über ihre Wange. »Bist du dir sicher, dass …?«
»Ja.« Sie knabberte an seinem Hals und hörte ihn nach Luft schnappen.
Doch dann schob er sie ein Stück von sich weg. Mit unergründlicher Miene musterte er sie. »Dass du nicht vergisst, dass ich kein Mensch bin.«

»Es ist mir egal, was du bist.« Was zählte, war, dass seine Nähe Vergessen versprach, zumindest für eine Weile. Aber dann traf Amanda die Erkenntnis, was er meinte. »Du darfst nicht, oder?« Gab es da nicht die Geschichte von den Engeln, die etwas mit Menschen angefangen hatten und dafür gefallen waren? Irgendetwas in der Art kam doch in einem der Teile von *God's Army* vor.

Jul lächelte, legte eine Hand an ihre Wange. Langsam glitten seine Finger nach unten, zogen eine kribbelnde Spur ihren Hals hinab und fanden den obersten Knopf der Jeansjacke. »Nach allem, was ich getan habe, spielt das kaum mehr eine Rolle. Aber …« Er zuckte etwas verlegen mit den Schultern. »Ich weiß nur sehr ungefähr, wie es geht.«

Amanda lachte. »Dafür machst du deine Sache ziemlich gut. Den Rest zeige ich dir.«

23

Warmes Wasser prasselte auf Jul herab, fast so warm wie Amandas Haut an seiner. Sie hatte ihn ins Bad gezogen, unter die Dusche. Er hielt sie, drängte sie gegen die kalte Fliesenwand. Ein Stöhnen kam über ihre halb geöffneten Lippen, und er spürte, wie sein Körper darauf reagierte, wie dieser einfache Laut seine Erregung steigerte. Es war erstaunlich, atemberaubend, eine Art der Verbundenheit, wie er sie noch nie erlebt hatte. Beinahe ließ sie ihn seine Einsamkeit vergessen. Es war rein körperlich, doch für den Moment gehörten sie zusammen. Für den Moment klammerten sie sich aneinander, auf der Suche nach Nähe in einer Welt, die aus den Fugen geriet.

Dann spülte Ekstase jeden bewussten Gedanken davon. Amanda krallte die Finger in seine Schultern und legte den Kopf zurück. Ein Stöhnen kam tief aus ihrer Kehle, und Jul hörte sich selbst keuchen. Wellen ungekannter Gefühle brandeten durch seinen Körper und schlugen über ihm zusammen.

Schließlich schmiegte Amanda den Kopf schwer atmend an seine Schulter. Er hielt sie, versuchte gleichzeitig, diesen Augenblick festzuhalten, in dem seine Gedanken so klar waren wie die Luft nach einem Gewitter. Sicher würden die Sorgen bald zurückkehren, die die Ekstase davongeschwemmt hatte, aber noch hatte er eine kleine Galgenfrist.

»Nun habe ich einen Engel verführt.« Sie schob sich ein Stück von ihm fort, grinste ihn durch einen Vorhang aus fallenden Tropfen an.

Jul lachte. »Du bist nicht die erste Menschenfrau, die einen Engel verführt.« Außerdem war er nicht mal mehr ein richtiger Engel. Michaels Worte drängten sich wieder in sein Bewusstsein, zerschlugen den Augenblick der Ruhe. Wurde er tatsächlich nach und nach zum Dämon? Seine Flügel hatte er endgültig verloren, und der Gedanke daran ließ die Narben auf seinem Rücken schmerzen. Und nun ließ er sich auch noch mit einer Sterblichen ein ...

Nein, er war noch immer ein Engel! Juls Finger fuhren über seinen linken Unterarm, dort, wo Michaels Flammenschwert ihn erst vor wenigen Stunden getroffen hatte. Nur eine dünne Narbe war zurückgeblieben. Wäre er endgültig gefallen und ein Dämon geworden, hätte er diese durch blaues Feuer zugefügte Wunde nicht heilen können.

Amanda drehte das Wasser ab. Während sie aus der Dusche stieg, strichen ihre Finger leicht über seine Brust, verscheuchten seine düsteren Gedanken. »Also habe ich mich richtig erinnert, dass es eine Geschichte über Engel gibt, die was mit Menschen hatten.«

Jul nickte und folgte ihr hinaus. Es gab keine Teppiche, überhaupt keine Möbel in diesem Bad, und sie hinterließen kleine Pfützen auf den hässlichen braunen Fliesen. Er hob sein T-Shirt auf und reichte es Amanda. Trotz der Blutflecken war es das Beste, was sie zum Abtrocknen hatten.

»Es war nach dem Fall des Morgensterns.« Er wusste, dass sie die Geschichte würde hören wollen. Es kam ihm vor, als würde er sie schon länger als einen halben Tag kennen, nach allem, was sie zusammen durchgemacht hatten. Während sie sich abtrocknete, setzte er sich auf den Badewannenrand. »Samael war einer der Ersten, zusammen mit Azazel und Samyaza. Sie verliebten sich in Menschenfrauen, stiegen zu ihnen auf die

Erde hinab. Andere folgten ihrem Beispiel. Sie zeugten Kinder, die einige Probleme verursachten, und das war der Punkt, an dem der Herr wütend wurde. Am Ende wurden die Kinder in der Sintflut ertränkt und die Engel aus dem Himmel verbannt, wie der Morgenstern und seine Anhänger. Der Herr hat sie alle in tiefe Kerker gesperrt, tiefer noch als die Hölle, und ohne die Möglichkeit auf ein Entkommen. Vorher war es nur eine lose Regel, aber seitdem ist es uns strengstens verboten, uns ... verführen zu lassen.«
Amanda hielt inne, runzelte die Stirn. Wie sie da stand, nackt und nass und skeptisch, hätte sie ein wunderschönes Bild abgegeben, wäre da nicht die Tätowierung gewesen. Die Schlange auf ihrem linken Arm wand sich bis hinauf zu ihrer Schulter, ein blutiges Mal auf ihrer bleichen Haut.
»War das dann nicht etwas übertrieben?«
»Was?«
»Diese Engel bis in alle Ewigkeit einzusperren.« Sie trocknete sich fertig ab, warf ihm das T-Shirt zu.
Er hob die Schultern. »Die Wege des Herrn sind unergründlich.« Wie leer diese Worte klangen, wie wenig sie aussagten.
Sie verzog das Gesicht. »Auf die Art kann man alles wegerklären.«
Jul seufzte. Schnell trocknete er sich ab und schlüpfte in seine Hose. Es fiel ihm inzwischen so leicht, Amandas Skepsis nachzuvollziehen. Je länger er mit ihr diskutierte, je öfter er gezwungen wurde, über Richtig und Falsch und all die Grautöne dazwischen nachzudenken, desto natürlicher erschienen ihm all die zusätzlichen Gefühle, die ihm der Biss in den Apfel beschert hatte. Was er in den Jahren auf der Straße immer so weit wie möglich von sich fortgeschoben hatte, was er in der Zeit mit Karin nur langsam verstehen gelernt hatte, wurde nun inner-

halb kürzester Zeit ein Teil von ihm. Es hatte offensichtlich nur die Notwendigkeit gebraucht, sich damit auseinanderzusetzen. Dennoch verlieh es ihm keine Sicherheit. Im Gegenteil, Zweifel schienen ein fester Bestandteil von alldem zu sein. Früher war alles so viel einfacher gewesen …

Das Klingeln des Handys ließ Jul zusammenzucken. War Karin in Schwierigkeiten?

»Das Handy ist noch in meiner Hosentasche.« Amanda sah sich suchend um, doch Jul entdeckte ihre Hose als Erster. Er fischte das kleine Gerät aus einer der Taschen und brauchte eine Weile, bis er herausgefunden hatte, wie man abhob.

»Karin, alles in Ordnung?«

»Aushilfsadler an Adlernest. Wo seid ihr?«

Er lachte. Ja, offensichtlich war alles in Ordnung, und Karin schien den Schock der jüngsten Ereignisse gut verarbeitet zu haben.

»Sechster Stock, erste Tür links.«

»Roger, Roger.«

Jul schob das Handy in seine Tasche und musterte Amanda, die gerade in ihre Hose schlüpfte. Ihre Bluse war ein zusammengeknüllter, blutverkrusteter Fetzen in einer braungekachelten Ecke. »Du kannst wieder meine Jacke haben, bis Karin hier ist.« Sie nickte dankend, doch Jul ließ den Blick bereits weiter durch den Raum schweifen. Das kalkverkrustete Waschbecken, die wenig appetitlich aussehende Toilette … Wo war seine Pistole? Beinahe hätte er wieder geflucht, als es ihm einfiel. Im Zimmer nebenan! Er hatte sie zusammen mit seinem T-Shirt abgelegt. Mit einem Schritt war Jul bei der Tür. Wie hatte er nur so unaufmerksam sein können? Wer wusste schon, ob Michael sie nicht doch fand. Er durfte nicht ausgerechnet jetzt anfangen, Fehler zu machen.

Er riss die Badezimmertür auf, eilte durch den engen Flur in den anderen Raum. Als es klingelte, zuckte er zusammen. Eilig hob er die Waffe auf, zog sie aus dem Halfter. Lieber nichts riskieren.
Auf nackten Sohlen und mit der Pistole in der Hand schlich Jul durch den Flur. Die Finger an der Klinke verharrte er, lauschte mit angehaltenem Atem. Leises Füßescharren drang durch das dünne Holz, es klang nach einer Person. Ruckartig riss er die Tür auf, hob die Waffe. Eine Tüte fiel mit einem weichen Plumpsen zu Boden.
»Verdammt, Jul!« Karins Augen waren hinter den Brillengläsern vor Schreck geweitet.
Er ließ die Pistole sinken und hob entschuldigend die Schultern. »Ich konnte nicht wissen, ob du es wirklich bist.«
»Ein Engel hätte eher einen dramatischen Einstieg durchs Fenster hingelegt, als zu klingeln.«
Jul schüttelte den Kopf. »Glas bricht in der Realität nicht so leicht wie in deinen Action-Filmen.«
Karin ging mit der ganzen Situation erstaunlich gut um, doch er durfte nicht vergessen, dass sie im Vergleich zu Amanda bisher ein behütetes Leben geführt hatte. Sie dachte in Kategorien von Filmen und Büchern, sah dies alles womöglich als ein großes Abenteuer. Mit einem Mal bereute er es, sie in diese Sache hineingezogen zu haben. Besser, sie hätte diesen Krieg irgendwo in Sicherheit ausgesessen.
Er griff nach der Tüte am Boden. Stoff knisterte darin, und sie war recht schwer.
Während Karin sich mit einer weiteren Tüte in den Armen an ihm vorbei in die Wohnung schob, musterte sie ihn aufmerksam. Sein nackter Oberkörper, das vom Duschen nasse Haar. Dann schweifte ihr Blick den kurzen Flur hinab zu Amanda in

der Badezimmertür. Auch ihr Haar tropfte deutlich, hinterließ dunkle Flecken im staubigen Jeansstoff seiner Jacke. Mit hochgezogener Augenbraue sah Karin zwischen Jul und Amanda hin und her. Einige Augenblicke herrschte unangenehmes Schweigen. Dann schepperte es leise, als Karin die zweite Tüte abstellte.

»Hat jemand Hunger?«

Es gab Döner, auf dem sie lustlos herumkauten. Jul blickte immer wieder aus dem Fenster und suchte den Himmel ab. Einmal glaubte er, einen Schwarm Engel vorüberfliegen zu sehen, und irgendwo in der Stadt stieg eine dunkle Rauchsäule auf. Die Sirenen waren inzwischen ständig zu hören, ansonsten blieb es draußen unheimlich still. Nur ab und zu fuhr ein Auto vorbei, wahrscheinlich auf dem Weg aus der Stadt.

Amanda hatte ihren Döner kaum zur Hälfte gegessen, als sie aufstand und in der zweiten Tüte zu wühlen begann. Sie trug nun eine etwas zu lange Jeans, die sie unten einmal umgeschlagen hatte, und ein schwarzes Spaghettiträger-Top. Karin hatte auch noch eine dünne Jacke für sie gekauft. Erstaunlicherweise versuchte Amanda nicht, ihre Tätowierung unter dieser Jacke zu verstecken. Ein Zeichen, dass sie sich in ihrer aktuellen Gesellschaft relativ unbefangen fühlte, oder doch einfach die nachmittägliche Hitze?

Karins Blick folgte Amandas Bewegungen, wie schon seit einer Weile. Entweder war sie fasziniert oder misstrauisch, ganz sicher konnte Jul das nicht sagen.

»Hat das Tattoo an deinem Arm eigentlich auch irgendeine magische oder was auch immer Funktion wie die Dinger, die an

deinen Schläfen waren? Oder ist es nur so eine Art Zugehörigkeitsmarkierung?«
Täuschte er sich, oder versteifte sich Amanda kurz? Als sie antwortete, klang ihre Stimme vollkommen beherrscht. »Es ist die dämonische Version eines Elektroschockhalsbands.«
Karins Lippen formten ein O, und auch Jul schluckte hart an dem Bissen, den er gerade kaute. Es war nur logisch, dass die Dämonen ihre Diener nicht unbedingt verhätschelten, doch er hatte sich nie Gedanken darüber gemacht. Bis heute waren Dämonendiener für ihn Menschen gewesen, die ihre Seele für Macht und Geld verkauften. Freiwillig. Er hatte nie geahnt, dass jemand wie Amanda darunter sein könnte. Allein die Vorstellung, was sie im letzten Jahr durchgemacht hatte, drehte ihm den Magen um, weckte in ihm den Wunsch, ihrem Meister eine Kugel in den Schädel zu jagen, wenn er ihn das nächste Mal sah. Juls Finger verkrampften sich um sein Essen. Er atmete tief durch, versuchte die brodelnde Wut in seinem Inneren zu besänftigen. Wo kam sie nur her? Woher kam dieses heftige Bedürfnis, Amanda zu beschützen?
»Wo hast du denn die Kreide?« Amanda hockte noch immer neben der Tüte und spähte hinein.
»Irgendwo unter dem Brot, glaub ich.« Karin gestikulierte mit einer Dose Limo und schob mit dem Daumen ihre Brille ein Stück auf dem Nasenrücken nach oben. »Ich hab auch alle möglichen anderen Schreibwerkzeuge mitgebracht. Da war so'n Laden, bei dem die Tür eingeschlagen war und keiner mehr da. Die hatten alles Mögliche. Auch Klebeband. Dachte mir, dass du bestimmt irgendwas auf den Boden zeichnen willst, und bei Teppich wärst du da mit Kreide ziemlich aufgeschmissen gewesen.«
»Ah.« Amanda zog einen Edding aus der Tüte. Als sie sich zu

Karin umdrehte, lächelte sie. »Der ist für den Boden hier wirklich besser geeignet.«

Sie hatten nahe der Tür des Raums ihr Lager aufgeschlagen, in dem Jul Amanda die Tätowierungen rausgeschnitten hatte. Den freigebliebenen Teil des Bodens schritt Amanda nun ab. Der Platz schien zu reichen, denn schließlich ging sie in die Hocke und begann zu zeichnen.

Eine Döner-Verpackung raschelte, als sich Karin zu ihm herüberbeugte.

»Nichts gegen Amanda«, flüsterte sie. »Aber warum genau können wir uns sicher sein, dass sie nichts Fieses ruft, das uns beide umbringt? Ich meine, du kennst sie seit heute Morgen.«

»Ich vertraue ihr. Und wenn sie mich hätte umbringen wollen, hätte sie mich unter dem Alexanderplatz einfach den Seraphim überlassen können.«

»Wenn du es sagst …« Karin wirkte nicht vollkommen überzeugt, doch sie verfolgte das Thema nicht weiter, seufzte stattdessen. »Ich hoff, diese ganze Sache endet nicht in einer Katastrophe. Ich meine, eine größere Katastrophe als die, die gerade schon da draußen abgeht. Gott töten …« Sie lehnte sich zurück und schüttelte den Kopf, als könne sie es immer noch nicht fassen.

Jul sah auf seinen Döner hinab, wickelte dann die Alufolie darum und legte ihn endgültig beiseite. »Das hoffe ich auch. Tut mir leid, dass ich dich da mit reingezogen habe.«

Karin winkte ab. »Das hier ist viel besser, als daheim zu sitzen und nicht zu wissen, was los ist. Ich komm klar. Die Frage ist, wie's dir geht.« Ungewöhnlich ernst blickte sie ihn an.

Betont gleichgültig hob er die Schultern. »Erstaunlich gut.«

Noch während diese Worte über seine Lippen kamen, wurde ihm bewusst, dass sie tatsächlich der Wahrheit entsprachen.

Trotz aller Zweifel fühlte er sich so lebendig wie seit Jahrhunderten nicht mehr. Zum ersten Mal, seit der Herr verschwunden war, hatte seine Existenz wieder ein Ziel, auch wenn es ihm noch immer nicht gefiel. Er lebte nicht mehr einfach so vor sich hin, nur aufrechtgehalten von der Hoffnung, dass irgendwann alles wieder von selbst gut wurde. Er konnte etwas bewirken. Was an ihm nagte, war nicht mehr die Hoffnungslosigkeit eines Verlassenen oder die Einsamkeit eines Verbannten. Es waren nur die Zweifel eines Wesens mit einem Gewissen, das sich fragte, ob es richtig handelte.

Nur seine Flügel … Eilig schob er den Gedanke beiseite. Er hatte seine Entscheidung getroffen, nun musste er mit den Konsequenzen leben.

Eine Weile sahen sie Amanda zu, die mit Edding ein Pentagramm über das in den Linoleumboden eingestanzte Kachelmuster zeichnete. Jul hatte solche Zeichnungen schon gesehen, einmal sogar auf dem Boden eines Bischofgemaches. Doch nun wurde ihm klar, wie wenig er eigentlich darüber wusste. Er hatte Jahrtausende in einem kleinen, abgeschotteten Teil der Welt zugebracht. Er wusste, was ein Engel wissen sollte, und kannte sich vielleicht ein wenig besser mit den Menschen aus als die meisten seiner Artgenossen. Doch er hatte sich nie bemüht, über seinen Horizont hinauszublicken, mehr zu lernen.

Schließlich richtete sich Amanda auf und betrachtete ihr Werk kritisch. »Keine Ahnung, ob das richtig ist. Ich hab so was erst ein paarmal gezeichnet und noch nie aus dem Gedächtnis …«

Für eine Weile hing der Satz im Raum. Jul trat neben sie, betrachtete die Zeichnung und dann Amandas besorgte Miene. »Was geschieht, wenn es nicht richtig ist?«

»Dann kann Baal die Linien übertreten, und ich glaube, er wird nicht sonderlich erfreut darüber sein, dass ich ihn beschworen habe.« Sie grub die Hand in ihr Haar, legte eine der kreisrunden, weißen Narben an ihren Schläfen frei. »Ich glaube nicht, dass er mit sich reden lässt. Der einzige Weg, ihn dazu zu bringen, uns zu helfen, wird sein, ihm zu drohen. Wir lassen ihn erst wieder frei, wenn er uns sagt, wo diese Waffe ist. Aber dafür muss er auch tatsächlich in dem Pentagramm gefangen sein.«

Jul nickte. Ein Dämon, der eine Waffe besaß, die so mächtig war, wie der Morgenstern sie beschrieben hatte, würde sie kaum freiwillig herausgeben. Nicht einmal dann, wenn das Schicksal der Welt davon abhing. Eher würde er versuchen, den Herrn selbst zu töten. Und wenn der Morgenstern die Wahrheit gesagt hatte, würde mit diesem Mord alle Macht des Herrn auf ihn übergehen. Jul schauderte. Daran wollte er lieber gar nicht denken.

Allerdings würde sich erst noch zeigen müssen, ob der Dämon die Waffe tatsächlich besaß. Hätte er dann nicht längst versucht, möglichst viele von seinesgleichen umzubringen, um mehr Macht zu erlangen? Aber möglicherweise ging er langsam und vorsichtig vor, versuchte, so viel Macht wie möglich zu sammeln, bevor irgendjemand merkte, was er tat.

Jul schüttelte den Kopf. Sie würden es früh genug herausfinden. Er tastete nach der Pistole, die wieder an seiner Seite hing. Er zog sie, und es klickte leise, als er sie entsicherte. »Wir werden es versuchen müssen. Falls er die Linien übertritt, halte ich ihn auf.«

Amanda nickte. »Erschieß ihn nur nicht. Er ist unsere einzige Spur.«

Ja, sie hatten nur diese eine Chance. Wenn es nicht funktionierte, wenn sie nicht erfuhren, wo die Waffe war, würden sie den Rest ihrer Existenz als Gejagte verbringen, von Michael und Amandas Meister gleichermaßen verfolgt, so lange auf der

Flucht, bis nicht mehr genug von der Welt übrig war, um noch irgendwohin zu fliehen.

Sie sahen einander an, und für einen Moment bröckelte die starke Fassade, die Amanda so gerne zur Schau trug. Furcht schimmerte durch die Risse, schlug ihre Fänge auch in Juls Herz.

Er streckte die freie Hand nach ihr aus, zog sie an sich und atmete den Geruch ihres feuchten Haars. »Es wird schon nicht schiefgehen. Keine Sorge.«

Mit einem Lächeln schob sie ihn ein Stück von sich. »Vertraue nie jemandem, der dir sagt, du sollst dir keine Sorgen machen.« Dann wurde ihre Miene wieder ernst, und sie nickte in Karins Richtung. »Stell dich irgendwo da hinten hin.«

Karin saß noch immer inmitten des abgebrochenen Mahls auf dem Boden und zog die Augenbraue ein Stück in die Höhe, als Jul ein paar Schritte in ihre Richtung ging. Doch der hob nur die Schultern. Dies war nicht der richtige Zeitpunkt für Erklärungen.

Er suchte sich einen Platz, von dem aus er auf alles schießen konnte, das in dem Pentagramm erschien, ohne Amanda zu treffen. Ihre Schultern hoben sich, als sie tief durchatmete. Dann murmelte sie dreimal den Namen Baal Hadad.

Jul hatte etwas Eindrucksvolleres erwartet, dennoch hielt er unwillkürlich den Atem an. Er hob die Pistole, zielte ungefähr auf Kniehöhe. Sein eigener Herzschlag hallte laut in seinen Ohren.

Irgendetwas entstand innerhalb des Pentagramms, ein grober Umriss aus Nebel oder Rauch. Er waberte, verdichtete sich. Eine annähernd menschliche Gestalt schälte sich heraus. Doch dann zerfaserte sie wieder, die Konturen verwischten. Sollte das geschehen? Amanda stöhnte auf, irgendetwas stimmte nicht. Jul umklammerte die Pistole fester, hin- und hergerissen zwischen dem Wunsch, an ihre Seite zu eilen, und dem Wissen, dass er auf seinem Posten bleiben musste. Der Umriss verblasste immer weiter. Plötzlich schien es, als fahre ein Windstoß in den Nebel, verwehe ihn. Mit einem Schrei fiel Amanda auf die Knie. »Nein! Verdammt, nein!«

24

Wieso funktionierte es nicht? Amanda starrte wie betäubt auf die Linien des mit Edding gemalten Pentagramms. Es konnte kaum daran liegen, dass sie sich nicht an die ganzen verdammten Klischees gehalten, Kerzen aufgestellt oder Räucherwerk verbrannt hatte. Die Beschwörung an sich bestand daraus, den Namen des Dämons dreimal auszusprechen und die Kraft der Magie in die Worte fließen zu lassen. Selbst das Pentagramm diente nur ihrem Schutz.

Sie merkte kaum, wie Jul neben ihr in die Hocke ging und ihr eine Hand auf die Schulter legte. Ihre Gedanken waren bei Roman, der noch immer in seiner verfluchten Zelle saß. Sie vergrub das Gesicht in den Händen. Wieso hatte es nicht funktioniert?

Die Frage hallte in ihren Gedanken … aber hatte irgendwer sie nicht gerade auch laut ausgesprochen? Sie sah auf, begegnete Juls besorgtem Blick. »Amanda«, wiederholte er sanft, »was ist da gerade geschehen?«

Sie schüttelte den Kopf. »Ich weiß es nicht. Es ist, als käme ich nicht richtig zu ihm durch. Und am Ende war es, als würde die ganze Energie, die ich reingesteckt habe, irgendwie nach hinten losgehen.«

Fragend sah sie Jul an, machte sich jedoch keine großen Hoffnungen, dass er wusste, was schiefgelaufen war. Immerhin schien er noch weniger Ahnung von Magie zu haben als sie. Nachdenklich starrte er auf die Stelle, an der Baal hätte erscheinen sollen. Es war Karin, die schließlich das Wort ergriff.

»Vielleicht ist er irgendwo, wo es ... Interferenzen gibt? Ihr wisst schon, wie bei *Star Trek*, wenn sie jemanden nicht hochbeamen können.«

Jul runzelte irritiert die Stirn, doch Amanda biss sich auf die Unterlippe, versuchte sich an alles zu erinnern, was sie über Beschwörungen gelernt hatte. Leider war das nicht viel. »Er könnte doch nicht etwa unter dem Alexanderplatz sein, und der Welleneffekt ...?«

Juls Kopfschütteln unterbrach sie. »Bisher wissen wir nur, dass der Welleneffekt die Zeit durcheinanderbringt. Außerdem werden die Engel alles tun, um sicherzustellen, dass kein Dämon in die Nähe des Herrn kommt. Allerdings ...«

Er stemmte sich aus der Hocke in die Höhe, begann, zwischen Amanda und Karin hin und her zu laufen. »Michael wusste von Baal. Er wird versuchen, ihn zu finden, um zu erfahren, was für eine Rolle er bei alldem spielt.«

»Das wird ihn einiges an Zeit kosten. Die Dämonen halten ihre wahren Namen geheim, also weiß Michael nicht, welcher von ihnen Baal ist. Und im Moment herrscht dazu totales Chaos.«

Amanda drehte sich im Sitzen um und wandte dem Pentagramm den Rücken zu, damit sie Jul und Karin im Blick hatte. Es musste einen Weg geben, herauszufinden, wo Baal sich aufhielt. Wenn sie nur lange genug darüber nachdachte ...

»Nicht unbedingt.« Jul machte dicht vor dem Fenster kehrt, durchschritt das Zimmer erneut der Länge nach. Unter dem Linoleum knarrten morsche Bodendielen bei jedem Schritt. »Die Dämonen können zwar ihr Äußeres verändern, aber ein Erzengel und erst recht ein Seraphim lässt sich dadurch nicht täuschen. Wenn er genau genug hinsieht, könnte Michael Baal erkennen, egal in welcher Gestalt.«

»Also ist es möglich, dass die Engel ihn längst gefunden haben.

Können sie verhindern, dass ich ihn beschwöre?« Amanda bemühte sich um einen ruhigen Tonfall, doch am Rand ihres Bewusstseins lauerten Verzweiflung und Zorn. Musste Michael jeden verdammten Plan durchkreuzen, den sie sich zurechtlegte?

Jul blieb stehen, hob die Schultern und fuhr sich in einer ratlosen Geste durch das nasse Haar. »Die Seraphim vielleicht. Keine Ahnung. Du weißt ja ...«

»... du bist nur ein einfacher Engel«, beendete sie den Satz.

Seufzend ließ er den Kopf hängen.

Amandas Finger trommelten einen schnellen Rhythmus auf den Boden. Es musste irgendeine Lösung geben. »Nehmen wir mal an, sie würden ihn irgendwo gefangen halten. Hast du eine Ahnung, welche Orte dafür in Frage kämen?«

»Sie haben nicht so vielfältige Kontakte wie die Dämonen. Es kommen eigentlich nur Kirchen, Synagogen oder Moscheen in Frage. Dort leben sie auch. Eine Wohnung zu mieten oder zu kaufen erfordert viel zu viel Umgang mit Technik und anderen Dämonenerfindungen.« Jul verzog das Gesicht, und Amanda erahnte einen weiteren Grund dafür, wieso er früher auf der Straße gelebt hatte.

Karin stöhnte und verdrehte die Augen. »Weißt du, wie viele Kirchen es in Berlin gibt?«

Jul nickte, nahm seine Wanderung wieder auf, langsamer diesmal. »Außerdem könnten sie ihn auch aus der Stadt gebracht haben.«

»Vorausgesetzt, sie haben Baal überhaupt gefangen, und es liegt nicht an was anderem, dass ich ihn nicht beschwören kann.« Amanda grub die Hände in ihr Haar, schüttelte den Kopf. »Vielleicht ist er tot.« Der Gedanke schnürte ihr die Kehle zu. »Können Dämonen sterben?«

»Natürlich. Die mächtigen genauso wie die niederen.« Jul blieb erneut stehen, um sie anzusehen. »Aber Baal wurde früher als Gott verehrt, und noch kennen viele Menschen seinen Namen. Es gibt Monumente, die ihn darstellen. Wenn der Morgenstern recht hat …« Er stockte. In Erwägung zu ziehen, dass der Teufel mit irgendetwas recht haben könnte, schien Jul noch immer schwerzufallen. »Wenn diese ganze Sache mit den alten Göttern stimmt und sie umso mehr Macht haben, je mehr Menschen sie noch kennen … dann ist Baal keiner der gefallenen Engel. Er ist womöglich stärker. Es wäre sicher nicht leicht, ihn umzubringen.«

Amanda verengte die Augen zu Schlitzen und musterte Jul. Meinte er es ernst, oder wollte er sie nur beruhigen? Doch er starrte nur nachdenklich vor sich hin, seine Finger spielten an den Gurten des Pistolenhalfters, ohne dass er es zu bemerken schien.

»Wenn er so mächtig ist, denkst du, er könnte Nachasch sein?« Das würde ihnen zumindest einen Anhaltspunkt geben, wo sie suchen mussten.

Jul hob die Schultern. »Gut möglich. Aber …«

Ein tiefes Grollen unterbrach ihn. Sein Kopf ruckte herum, und auch Amanda sah auf. Sie kannte das Geräusch, auch wenn sie es lange nicht mehr gehört hatte. Nicht mehr, seit es Kampffliegern verboten war, über Städte zu fliegen. Mit einem Satz war sie auf den Beinen und am Fenster, Jul und Karin rechts und links neben ihr. Sie kniff die Augen zusammen, spähte hinauf in den wolkenlosen Himmel.

Die grauen Kampfflugzeuge waren dunkle Schemen vor strahlendem Blau. Sie flogen tief, strichen beinahe zu dicht über die Häuser hinweg.

»Ich glaub, das ist nur ein Aufklärungsflug.« Karins Stimme war

nicht mehr als ein Flüstern. Sie schirmte ihre Augen mit der Hand ab und starrte angestrengt in den Himmel.
»Woher willst du das wissen?«, fragte Amanda. Konnte es nicht sein, dass das Militär entschieden hatte, den Kämpfen in der Luft ein Ende zu bereiten?
»Diese länglichen Dinger ganz außen an den Flügeln sind Aufklärungs-Pods. Sie unterscheiden sich von Raketen oder Treibstofftanks, weil sie …«
Amandas Blick wurde von einer Bewegung dicht über den Dächern der Stadt angezogen, und sie hörte nicht länger zu. Es waren nur undeutliche Gestalten, doch sie hätte ihren rechten Arm darauf verwettet, dass dort Engel in den Himmel stiegen. Es schien fast, als wollten sie die Flugzeuge begrüßen, denn diese hielten direkt auf sie zu.
Kurz bevor Stahl auf Fleisch und Licht prallte, zogen die Flieger hoch. Auch die Engel schwangen sich in die Höhe, allerdings viel zu langsam. Flügel konnten es nicht mit Düsentriebwerken aufnehmen. Oder doch?
Eine der punktgroßen Gestalten schoss den beiden Fliegern förmlich hinterher. Fast hatte sie eines der Flugzeuge erreicht, brauchte wahrscheinlich nur noch die Hand ausstrecken, um die Tragfläche zu berühren. Dann erstrahlte ein Licht, breitete sich wie eine Aura um den Engel aus, umhüllte den Flieger. Geblendet wandte Amanda den Blick ab. Als sie wieder hinsah, trudelte das Flugzeug, sackte wie ein Stein zu Boden. Ihre Finger verkrampften sich um die Kante der Fensterbank. Mit angehaltenem Atem beobachtete sie den Fall. Vielleicht konnte der Pilot noch mal hochziehen, vielleicht … Die Maschine verschwand hinter den Dächern außer Sicht. Amanda zuckte zusammen, als eine dumpfe Explosion zu ihnen herüberhallte. Warum zur Hölle hatten die Engel das getan?

»Die Seraphim kämpfen tatsachlich an Michaels Seite. Er muss sie überredet haben, sich nicht länger zu verstecken.« Juls Worte drangen nur langsam zu Amanda durch. Nun erst ging ihr auf, dass sie dieses helle Strahlen schon einmal gesehen hatte. Es hatte den Seraph umhüllt, den sie mit ihrer Magie zerfetzt, aber nicht getötet hatte. Was hatte Jul gesagt? Damit konnten die Seraphim jeden vernichten, der ihnen zu nahe kam. Das war also geschehen. Keine Panzerung hatte den Piloten des Flugzeugs vor diesem himmlischen Licht schützen können. Amanda schauderte, während sie zusah, wie eine schwarze Rauchsäule hinter den Dächern aufstieg.
Das zweite Flugzeug war an den Engeln vorbeigeschossen, gewann immer weiter an Höhe, während es sein Heil in der Flucht suchte. Die Engel kreisten noch eine Weile wie Vögel, die bereit waren, ihr Nest gegen jeglichen Eindringling zu verteidigen. Dann sanken sie wieder ab.
»Warum haben sie das getan?«, wiederholte Karin die Frage, die auch Amandas Denken beherrschte.
»Die Dämonen haben wahrscheinlich auch im Militär Diener«, hörte Amanda sich sagen und war selbst erstaunt, dass sie die Antwort kannte. Neben ihr nickte Jul.
»Michael, oder welcher Seraph auch immer nun das Kommando übernommen hat, wird kein Risiko eingehen wollen«, fügte er hinzu. »Sie müssen dafür sorgen, dass keine Flugzeuge, Bomben und Panzer auf Seiten der Dämonen zum Einsatz kommen, denn dann haben sie verloren. Ich denke, das war eine Warnung an die Menschen, sich nicht einzumischen.«
Amanda stieß ein trockenes Lachen aus. »Dumm nur, dass Menschen umso gefährlicher werden, je mehr Angst sie haben. Jetzt wird sich das Militär erst recht einmischen.«
Jul hob die Schultern, wandte sich vom Fenster ab. Er mochte

auf den ersten Blick gleichgültig wirken, doch es lag ein harter Zug um seinen Mund, seine Lippen waren ein dünner Strich. »Sie sind es gewohnt, dass man sie verehrt und fürchtet. Früher hätte es kein Mensch gewagt, die Hand gegen einen Engel zu erheben. Sie verstehen nicht, dass sich die Zeiten geändert haben.«

Für eine Weile herrschte Schweigen in dem kahlen Raum, dann seufzte Karin. »Umso wichtiger, dass wir irgendwas tun, bevor das hier zum Dritten Weltkrieg ausartet oder so was …« Sie fuhr sich mit leicht zitternden Händen durch das rote Haar. Dann setzte sie eine entschlossene Miene auf. »Wie wär's mit der Idee? Ihr zwei ruht euch ein bisschen aus, während ich mal nachschaue, was ich über die aktuelle Situation rausfinden kann. Vielleicht liefert uns das einen Hinweis, wohin euer Dämon verschwunden ist.«

Amanda konnte nichts weiter, tun als müde zu nicken. Vielleicht fand Karin tatsächlich etwas, das sie in irgendeiner Weise weiterbrachte. Es war besser, als darauf zu warten, dass irgendetwas geschah. Solange sie noch etwas unternehmen konnten, gab es Hoffnung.

Auch Jul deutete ein Nicken an, dann ging sein Blick wieder zum Fenster. An mehreren Stellen stieg Rauch auf, zeigte an, dass die Kämpfe auch am Boden weiter tobten. Zum Glück stand Balthasars Villa recht weit außerhalb. Hoffentlich weit genug. Wenn Roman etwas geschehen sollte …

»In der Tüte sind ein paar Decken, falls du dich hinlegen willst, Amanda.« Karin fischte bereits ein Smartphone aus ihrer Hosentasche. Zumindest einer von ihnen schien die Situation im Griff zu haben. Vorerst.

Amanda suchte sich eine Ecke, in der sie die Decken aus der Tüte ausbreitete. Die zwei Lagen Wollstoff nahmen dem Boden kaum seine Härte, doch es tat gut, einfach zu liegen. Nur die Augen durfte sie nicht schließen, denn dann sah sie sofort den zerfetzten Seraph vor sich, das abstürzende Flugzeug oder Bilder aus ihrem Traum der vergangenen Nacht. Balthasar, der sich über Roman beugte, ein Lächeln auf den Lippen, bei dessen Anblick ihr übel wurde.

Also starrte Amanda gen Decke, versuchte Muster in den Rissen und Flecken abgeblätterten Putzes zu erkennen. Jul stand am Fenster, und in einer Ecke saß Karin über den kleinen Handybildschirm gebeugt. Ab und zu fluchte sie leise. Über die zu kleinen Tasten der eingeblendeten Tastatur und darüber, dass sie ihren Laptop zu Hause gelassen hatte. Amanda fielen die Augen zu. Sie war so unglaublich müde.

✣

Als sie hochschreckte, hatte das Licht den Goldton des späten Nachmittags. Karin hockte neben ihr, die Hand an Amandas Schulter. Ihre Miene drückte Missmut aus, und eine rotgefärbte Haarsträhne hatte sich hinter die Gläser ihrer Brille verirrt. Amanda blinzelte, rieb sich die Augen und schluckte den schalen Geschmack in ihrem Mund hinunter. Ein kurzer Rundumblick zeigte ihr, dass Jul noch immer am Fenster stand. Doch nun lehnte er mit dem Rücken am Fensterbrett, sein Blick ruhte auf ihr.

»Irgendwas rausgefunden?« Karins Miene beantwortete die Frage bereits eindeutig mit Nein, dennoch hoffte Amanda auf ein Ja, bis Juls Mitbewohnerin den Kopf schüttelte.

»Nichts, das uns weiterhilft.« Karin zählte die Neuigkeiten an den Fingern ab. »Geistliche in aller Welt verkünden Botschaften der Engel. Das Ende der Welt wäre nahe, die Menschen sollten beten und sich unter keinen Umständen in den Kampf einmischen. Wer es doch tut, ist mit den Dämonen im Bunde.« Sie verdrehte die Augen, als hätten sie es bloß mit schlechter Propaganda zu tun. Ihr Gehabe wirkte ein wenig zu lässig, um echt sein. »Einige Dämonen scheinen sich im Turm des Internationalen Handelszentrums verschanzt zu haben. Was da abgeht …« Nun brach die Fassade, sie schluckte, ratterte eilig weiter ihre Zusammenfassung herunter. »Die Bilder im Internet sehen aus wie aus der neuesten Verfilmung der Offenbarung. Überall wird gekämpft, ein paar Häuser in der Stadtmitte brennen. Außerdem wurden bei verschiedenen Kirchen und bei der Synagoge Engel gesichtet. Das war's.« Sie schob sich die verirrte Strähne aus dem Gesicht. »Wenn wir mehr rausfinden wollen, brauchen wir deine Kontakte, Amanda.«

»Was für …?« Amanda brach ab, als ihr klarwurde, was Karin meinte. Sie setzte sich auf, schüttelte noch in derselben Bewegung den Kopf. Niemals! »Ich hab Balthasar verraten. Er wird sich kaum vor Freude überschlagen, wenn ich mich jetzt bei ihm melde.«

»Dann denk dir eine Ausrede aus. Schieb diesem Erzengel die Schuld in die Schuhe oder so. Wie ich das verstanden hab, bist du mit deinem Magiezeugs recht wichtig für deinen Meister, oder? Vielleicht ist er einfach froh, dass du noch lebst.« Karin vollführte eine vage Geste mit der Hand, die wahrscheinlich ausdrücken sollte, dass alles möglich war. Sie sah Amanda eindringlich an. »Auf jeden Fall weiß er bestimmt mehr, als ich mit Hilfe von Nachrichten, YouTube und Twitter rausfinden kann. Normalerweise hab ich auch anderweitig Kontakte, aber die sind entweder auf dem Weg aus der Stadt oder haben sich irgendwo verkrochen. Wir brauchen Infos von einem Insider. Wenn dein Meister noch lebt, steckt er womöglich mitten in der

Schlacht und weiß, ob irgendwo ein Dämon gefangen wurde oder wo die Engel ihr Hauptquartier haben oder so was.«
Amanda biss sich auf die Unterlippe. Möglicherweise wusste Balthasar tatsächlich mehr, immerhin waren er und Nachasch bei Michael gewesen, als alles begonnen hatte. Falls er noch lebte, falls sie ihn davon überzeugen konnte, im Auftrag von Luzifer zu handeln, würde er vielleicht ein paar wichtige Informationen mit ihr teilen. Doch er würde Forderungen stellen, und er durfte auf keinen Fall von der Waffe erfahren.
»Haben wir nicht noch eine andere Möglichkeit?« Sie warf Jul einen hilfesuchenden Blick zu, doch der hob nur entschuldigend die Schultern.
»Tut mir leid.«
»Du sollst ihn doch nur anrufen!« Deutliche Ungeduld schwang in Karins Stimme mit. »Übers Telefon wird er dir kaum den Kopf abreißen, und ich hab dafür gesorgt, dass niemand den Anruf zurückverfolgen kann.«
O nein, den Kopf abreißen konnte er ihr nicht, aber sie war sich nicht ganz sicher, ob das Tattoo auch über weite Entfernungen funktionierte. Vielleicht hätte sie Juls Angebot doch annehmen und es herausschneiden lassen sollen. Allein der Gedanke daran drehte ihr den Magen um. Da ging sie lieber das Risiko ein.
Amanda seufzte und streckte die Hand nach dem Handy aus, das Karin ihr reichte. Zögernd wog sie das flache Gerät in der Hand. Es war höchstwahrscheinlich nur ein einfacher Anruf, dennoch rauschte ihr das Blut in den Ohren, ihr Herz klopfte schmerzhaft schnell. Sie hatte immer geglaubt, Balthasar nicht zu fürchten. Hatten ihre kleinen Rebellionen das nicht wieder und wieder bewiesen? Doch sie hatte nie etwas getan, das ihn wirklich wütend gemacht hatte. Bis jetzt … Und sofort machte

sie sich fast in die Hose, wenn sie auch nur mit ihm sprechen sollte. Wie unglaublich armselig … Wie hatte sie zulassen können, dass er solche Macht über sie gewann?

Wütend auf sich selbst hieb Amanda auf die virtuellen Tasten ein, wählte eine Nummer, die auswendig zu lernen er sie gezwungen hatte. Nur für den Fall, dass ein anderer Dämon das Haus angriff, wenn er gerade fort war. Angespannt lauschte sie auf das Freizeichen.

Es dauerte lange, bis jemand abhob.

»Ja?« Die Stimme klang barsch und erschöpft, gehörte eindeutig nicht Balthasar. Halb enttäuscht, halb erleichtert atmete Amanda auf.

»Wer ist da?« Angelernte Vorsicht hielt sie davon ab, zu erwähnen, wen sie hatte sprechen wollen.

»Krätschmer. Aber dasselbe könnte ich fragen.« Daniel Krätschmer. Sie hatte den Namen nicht oft gehört, aber das zugehörige Gesicht mit den unzähligen kleinen Narben war tief in ihr Gedächtnis eingebrannt. Sofort sah sie ihn wieder vor sich, das Gewehr in den Händen, dessen Lauf sich langsam auf ihren Bruder richtete, ein Grinsen auf den Lippen. Er war der Befehlshabende der Wachleute, die Balthasar beschäftigte. Einer derjenigen, die sie und Roman damals gefangen genommen hatten. Amanda musste sich räuspern, bevor ihre Stimme wieder sicher klang.

»Hier ist Amanda. Ich hatte eigentlich auf Balthasars Handy angerufen.«

»Es gibt 'ne Rufumleitung aufs Festnetz, wenn er nicht rangeht. Und im Moment eine von dort auf mein Handy. Solltest du nicht bei ihm sein?« Misstrauen schwang in seiner Stimme mit.

»Wir wurden getrennt. Hast du in letzter Zeit mal aus dem Fenster geschaut?« Sie versuchte aggressiv zu klingen, ihre

Nervosität damit zu überspielen. »In der Stadt ist die Hölle los.«
Er lachte bellend, offensichtlich davon überzeugt, dass sie einen guten Witz gemacht hatte. »Ich hätt meinen Arsch verwettet, dass du so 'ne Gelegenheit nutzen würdest, um abzuhauen. Aber als Liebling des Chefs lebt's sich wohl doch nicht so schlecht, was?« Wieder ein Lachen, dreckig diesmal.
Als sie schwieg, wurde er ernster. »Geh nicht zur Villa zurück. Wir mussten evakuieren. Sag mir, wo du bist, dann schick ich wen, der dich abholt.«
Die Engel hatten die Villa angegriffen? Amandas Magen krampfte sich zusammen. »Wo ist mein Bruder?«
»In seiner Zelle.« Krätschmer klang so gleichgültig, als hätte sie nach dem Verbleib ihres Lieblingsstofftiers gefragt. »Das Federvieh hat uns verfolgt und nicht im Keller nachgesehen, ob da noch jemand ist. Also sollte er am Leben sein. Jetzt sag mir, wo du bist.« Ein scharfer Unterton vertrieb jede Gleichgültigkeit. Sie konnte sich vorstellen, welchen Ärger er bekommen würde, sollte Balthasar erfahren, dass er zwar mit ihr geredet hatte, es ihm aber nicht gelungen war, sie heimzuholen. Doch das war nicht ihr Problem.
»Du hast also keine Ahnung, wo Balthasar ist?« Vielleicht war er tot, hoffentlich war er tot. Dann hätte Michaels Wahnsinn zumindest etwas Gutes hervorgebracht.
»Nicht die geringste. Er hat sich bis jetzt nicht gemeldet. Hör zu, wenn du mir sagst ...«
Dieses Gespräch brachte sie nicht weiter. Doch zumindest hatte sie erfahren, dass Roman vorerst in Sicherheit war und Balthasar nirgendwo in seiner Nähe. Amanda setzte dazu an aufzulegen, hielt dann jedoch mitten in der Bewegung inne. Nachdenklich kaute sie auf ihrer Unterlippe.

Balthasars gesamte Dienerschaft wusste nicht, dass sie ihn verraten hatte. Offensichtlich hatte er seit dem Morgen nichts mehr von sich hören lassen. Und zumindest Krätschmer erahnte den Wert, den sie für ihren gemeinsamen Herrn darstellte. Sie drückte das Handy wieder an ihr Ohr, fing fragende Blicke von Jul und Karin auf und bedeutete ihnen zu warten.
Der Wachmann redete noch immer, doch sie fuhr ihm einfach dazwischen.
»Wenn Balthasar sich noch nicht gemeldet hat, steckt er vielleicht irgendwo in Schwierigkeiten. Er stand wahrscheinlich genau neben einem Erzengel, als die ganze Sache losgegangen ist.« Ihre Gedanken rasten, während sie sich eine Geschichte zurechtlegte, die einigermaßen plausibel klang. Wenn sie Krätschmer dazu bringen könnte, Baal für sie zu finden, während er glaubte, seinem Meister zu helfen ... »Ich brauche Infos. Kannst du rausfinden, ob die Engel so was wie ein Hauptquartier haben?«
»Jetzt erzähl mir nicht, dass du ihm helfen willst.« Deutliches Misstrauen schwang in Krätschmers Stimme mit. »Wärst du seit neuestem als loyal einzustufen, hätt er mir das gesagt.«
»Das Leben als seine Magierin ist nicht schlecht.« Sie bemühte sich um einen möglichst neutralen Tonfall. Sollte er aus der Bemerkung machen, was er wollte. »Ich würd freiwillig für ihn arbeiten, aber er vertraut mir noch nicht. Also werd ich ihm wohl beweisen müssen, dass er das kann. Ein ordentlicher Deal mit Balthasar bringt einige Vorteile mit sich, oder?« Amanda wusste so gut wie nichts vom Leben der anderen Diener Balthasars, doch sie konnte sich ungefähr vorstellen, was für einen Preis ein Mann wie Krätschmer hatte. Kein geistig normaler Mensch grinste so, wenn er den Befehl erhielt, jemanden zu erschießen. Es hätte sie nicht gewundert, wenn Krätschmer ir-

gendein illegales Hobby hatte, für das Balthasar ihm Straffreiheit garantierte.

»Einige.« Sie glaubte, das Grinsen des Wachmanns förmlich zu hören. Hatte er die Lüge tatsächlich geschluckt? »Gut, ich schick ein paar Männer auf Erkundungstour. Aber du solltest dich da nicht weiter einmischen. Der Chef reißt mir den Arsch auf, wenn dir was passiert. Sag mir, wo ...«

»Vergiss es. Ich melde mich in ein paar Stunden wieder, um zu sehen, ob du was rausgefunden hast. Ich hab heute schon ein paar Engel besiegt, ich kann auf mich aufpassen.«

Ohne eine Antwort abzuwarten, legte Amanda auf.

Als sie Karin das Handy zurückgab, zitterten ihre Hände. Sie hatte schon mal besser gelogen, sie war eindeutig aus der Übung. »Keine Ahnung, ob das eine gute Idee war, aber mir ist nichts anderes eingefallen. Wenn wir Glück haben, finden Balthasars Leute was raus, das uns weiterhilft.«

Karin hob lediglich eine Augenbraue, doch Jul runzelte skeptisch die Stirn. »Ich habe kein gutes Gefühl bei der Sache, aber uns gehen wohl langsam die Möglichkeiten aus.«

Ja, das taten sie. Aber noch gab es Hoffnung, und Amanda war entschlossen, so lange daran festzuhalten, wie sie konnte.

25

Scheinwerfer beleuchteten die Fassaden der Alten Nationalgalerie und des Neuen Museums, tauchten Treppen und antik anmutende Sandsteinsäulen in einen warmen gelben Schein. Wer angesichts der immer noch wütenden Kämpfe daran gedacht hatte, die Scheinwerfer bei Anbruch der Dunkelheit einzuschalten, war Jul ein Rätsel, doch er wollte sich nicht beschweren. Ihr Licht reichte bis unter die Kolonnade, die den Platz vor der Nationalgalerie umschloss. Hier war es möglich, alle drei Richtungen im Auge zu behalten, aus denen der Mann kommen konnte, auf den sie warteten. Jul lehnte sich an eine der Säulen der Kolonnade und ließ den Blick schweifen.

Ein Stück vor ihnen erhob sich hinter Bäumen der Dom, ein schimmerndes Juwel in der Dunkelheit. Zwischen den Türmen glaubte er die Umrisse von Engeln gegen den dunklen Himmel zu erkennen. Oder waren es nur Statuen?

Eine Weile beobachtete er sie aufmerksam, bis Flügel in der Nacht aufschimmerten. Keine Statuen. Gleichzeitig zuckte ein dumpfer Schmerz durch seinen Rücken. Schnell wandte er den Blick ab, ballte die Fäuste. Er musste endlich damit abschließen. Diesmal war es seine Entscheidung gewesen. Er hatte die Wahl gehabt und endgültig mit der Schar gebrochen. Nun war es zu spät für Reue. Er zwang alle Gedanken an seine Schwingen beiseite und sah sich weiter um.

Links von ihm spannte sich die Friedrichsbrücke über die Spree, und von dort führte eine Straße am Säulengang vorbei,

zwischen dem Alten und dem Neuen Museum hindurch, die sich rechter Hand von ihm erhoben, bis zur anderen Seite der Museumsinsel. Die Gebäude standen still und verlassen da, keine Menschenseele wagte sich nach draußen. In kürzester Zeit schien Berlin zu einer Geisterstadt geworden zu sein, durch deren Straßen nur noch übernatürliche Wesen streiften.
Lange würde es so nicht bleiben. Bald würden Panzer durch die Straßen rollen, egal womit die Engel drohten. Die Menschen würden nicht mit eingezogenen Köpfen zusehen, wie der Kampf zwischen Himmel und Hölle ihre Städte zerstörte. Die Frage war nur, wie viel Einfluss die Dämonen besaßen und ob sich das Militär auf ihre Seite schlagen würde.
Ein Scharren neben ihm riss Jul aus seinen Gedanken. Amanda trat unruhig von einem Fuß auf den anderen. »Krätschmer hätte sich ruhig einen anderen Treffpunkt aussuchen können. Was, wenn uns ein Engel hier entdeckt?« Mit sorgenvoller Miene sah sie zum Dom hinüber, dann wickelte sie sich enger in ihre Jacke. Es war kühl geworden.
»Hier wird er immerhin nicht versuchen können, dich mit Gewalt heimzuholen. Zumindest nicht, ohne unerwünschte Aufmerksamkeit auf sich zu ziehen.« Dennoch hatte Jul bei diesem Treffen kein gutes Gefühl. Der Dämonendiener hatte am Telefon nur verraten, dass er etwas wusste, hatte dann auf ein Treffen mit Amanda bestanden. Was plante er?
Wahrscheinlich stellte sich Amanda dieselbe Frage. Sie wirkte angespannt, hatte die Schultern hochgezogen und die Arme um ihren Körper geschlungen, als könne sie sich so vor all dem Übel der Welt schützen. Ließ sie ihn bewusst immer öfter hinter ihre starke Fassade blicken, oder fehlte ihr inzwischen schlicht die Kraft, sie lange aufrechtzuerhalten? Sie hatte am Nachmittag nur kurz geschlafen, und inzwischen war es bei-

nahe Mitternacht. Sicher forderte die Erschöpfung ihren Tribut.
Sie sah auf, begegnete seinem besorgten Blick. »Vielleicht ist der Dom das Hauptquartier, das wir gesucht haben? Vielleicht will er uns das zeigen?«
Jul runzelte die Stirn. »Das könnte er dir an einem sichereren Ort auch einfach sagen. Dafür müsste er dich nicht ausgerechnet hierherbestellen.«
Amanda biss sich auf die Unterlippe. »Was, wenn Balthasar inzwischen wieder aufgetaucht ist?«
Dieser Ausdruck in ihren Augen, sobald die Sprache auf ihren Meister kam. Er erinnerte Jul an ein Tier, das man in die Enge getrieben hatte. Er hätte sich doch gegen Karins Idee aussprechen sollen, den Dämon zu kontaktieren. Es tat ihm beinahe körperlich weh, Amanda in einer solchen Bedrängnis zu sehen. Er schüttelte den Kopf, versuchte ihn wieder klarzukriegen. Was geschah nur mit ihm? Noch nie hatte er eine so heftige Reaktion auf die Not eines Menschen erlebt. Dies war kein Mitleid, keines der neuen Gefühle, die der Biss in den Apfel ihm geschenkt hatte. Es erinnerte ihn mehr an das, was er beim Anblick des Herrn am Grund des Kraters empfunden hatte. Oder an Samael, der wütete wie ein Dämon, während die Schar ihn von seiner menschlichen Geliebten trennte. Samael, von dem er Amanda am Nachmittag noch erzählt hatte. Konnte es sein …?
Das Summen des Handys unterbrach seine Gedanken. Jul zog es aus der Tasche seiner löchrigen Jeansjacke. Die Nachricht auf dem Bildschirm war von Karin: »Sie kommen. Fünf Leute, Sturmgewehre.«
Gleich fünf? Und bewaffnet? Juls Hand kroch unter die Jacke zu seiner Waffe.
Amanda beugte sich zu ihm herüber, um die wenigen Worte

ebenfalls zu lesen. Sofort versteifte sie sich, spähte die Straße entlang, zwischen Neuem und Altem Museum hindurch. Dort hinten irgendwo hatte Karin Stellung bezogen, schien dies doch die wahrscheinlichste Richtung, aus der Krätschmer kommen konnte. Offensichtlich hatten sie richtig getippt.

»Wir können immer noch verschwinden.« Er warf ihr einen fragenden Blick zu. »Fünf schwer bewaffnete Männer sind zu viel für ein einfaches Treffen.«

Sie schüttelte den Kopf. »Das ist unsere einzige Spur.« Kurz loderte verzweifelte Entschlossenheit in ihren Augen auf, dann wurde ihre Miene hart und undurchdringlich. Nun war die starke Fassade wieder an ihrem Platz.

»Und wenn es doch eine Falle ist?« Er sollte sich nicht so viele Sorgen um sie machen. Aber er tat es. Als wäre seine Situation nicht schon kompliziert genug ...

Amanda biss sich auf die Unterlippe. Das nächste Kopfschütteln fiel heftiger aus. »Nein, du hast es selbst gesagt. Nicht hier. Er kann in Hörweite der Engel keinen Kampf riskieren. Sie wären sofort hier und würden uns einfach alle plattmachen.«

Jul nickte. Dennoch ließ er den Griff der Pistole nicht los.

Kurz darauf sah er sie. Schatten, die an der Rückwand des Alten Museums entlanghuschten, immer darauf bedacht, dass die Engel auf dem Dach des Doms sie nicht erspähten. An der Ecke des Gebäudes hielten sie inne, und einer der Schatten gab den anderen Zeichen. Geduckt überquerten sie die Straße, tauchten zwischen den Säulen der Kolonnade unter.

Dann trat ihnen ein breitschultriger Mann entgegen. Unzählige kleine Narben überzogen sein Gesicht, ein helles Muster im schwachen Licht der Fassadenbeleuchtung. Krätschmer, ohne Zweifel. Seine Kleidung war grau, wirkte militärisch, ebenso wie das stoppelkurze Haar. Der Eindruck wurde von dem

Sturmgewehr in seinen Händen verstärkt. Die Mündung der Waffe richtete sich auf Jul.
Ihre Blicke begegneten sich. Jul lächelte betont freundlich, ohne die Hand von der Pistole zu nehmen.
Hinter dem Dämonendiener sammelten sich seine Leute, nicht viel mehr als Schemen im Schatten der Säulen. Nur ab und zu schimmerte das Metall ihrer Waffen matt im Mondlicht, machte deutlich, dass auch sie auf Jul zielten.
Sein Herz klopfte schneller. Hoffentlich hatte er sich nicht geirrt.
»Wer ist das?«, knurrte Krätschmer, und Amanda trat vor, in die Schusslinie. Keine Spur von Anspannung und Unsicherheit war ihr mehr anzusehen. Sie schob das Kinn energisch nach vorn und blickte dem Dämonendiener direkt in die Augen.
»Meine Rückendeckung. Aber offensichtlich hätte ich mehr Leute mitbringen sollen.«
Ein abfälliges Grinsen huschte über Krätschmers Gesicht. »Du traust mir also nicht. Ich bin verletzt.«
»Hast du etwa nicht vor, mich so schnell wie möglich in ein sicheres Versteck zu schaffen? Ich weiß, dass du Ärger bekommst, falls mir was zustößt. Aber ich lasse mich nicht wieder wegsperren. Schon gar nicht von dir. Ist das klar?« Amanda machte einen weiteren Schritt auf den Dämonendiener zu, und Jul unterdrückte den Impuls, sie festzuhalten, hinter sich zu ziehen. Er umklammerte seine Waffe fester. Sie würde schon wissen, was sie tat. Und irrte er sich, oder richtete Krätschmer den Gewehrlauf tatsächlich kurz auf sie? Wie viel wusste er über ihre Fähigkeiten?
Im nächsten Moment setzte der Dämonendiener ein anzügliches Lächeln auf, fast als wollte er damit seine Nervosität überspielen. »Keine Sorge. Wenn du dich wirklich beim Chef ein-

schleimen willst, geb ich dir die Chance dazu. Ich hab gesehen, was du kannst, und ich könnt wen mit deinen Fähigkeiten gebrauchen bei dem, was ich vorhab.«

Jul beschloss, lange genug geschwiegen zu haben. Er trat einen Schritt vor, und die Gewehrläufe folgten ihm. »Und was hast du vor?«

»Bevor du hier neugierige Fragen stellst«, knurrte Krätschmer, »erklär erst mal, wer zur Hölle du bist. Warum hast du ’nen Außenstehenden in die Sache mit reingezogen, Amanda?«

Mit gespielter Gleichgültigkeit winkte Amanda ab. Jul hatte bisher nicht gewusst, dass man nicht nur mit Worten, sondern mit der gesamten Körpersprache lügen konnte. Amanda war gut darin, wie es schien.

»Er ist ein Informant. Er weiß mehr über die Engel als irgendjemand sonst. Dachte, das könnte vielleicht nützlich sein.«

Krätschmer runzelte die Stirn. »Ach, und was macht ihn zum Experten für das Federvieh?«

Es wurde Zeit, auch mal die Wahrheit zu sagen. »Die Tatsache, dass ich ein Engel bin.«

Im Schatten der Säulen erklangen leise Flüche. Krätschmer jedoch stieß ein kurzes, bellendes Lachen aus. »Guter Witz. Dann zeig mal deine Flügel.«

Jul hatte mit der Frage gerechnet, dennoch brauchte er einen Moment, um mit der gebotenen Gleichgültigkeit zu antworten. Er verstand langsam, wieso Amanda sich so sehr bemühte, keine Schwäche zu zeigen. In der Gesellschaft solcher Menschen konnte man sich so etwas nicht leisten. »Die wurden ausgebrannt.«

Diese Antwort brachte ihm eine hochgezogene Augenbraue ein. Er seufzte. »Ich beweise dir, dass ich ein Engel bin. Schau her.«

Endlich ließ er seine Pistole los. Er brauchte irgendetwas aus

Metall. Betont langsam schob er eine Hand in die Tasche seiner Jeansjacke, zog sein letztes Ersatzmagazin daraus hervor. Er schüttelte die Patronen in seine Handfläche, schob dann alle bis auf eine wieder in das Magazin zurück. Ein wenig kam er sich vor wie ein Zauberkünstler, als er die verbliebene Patrone so hob, dass alle sie sehen konnten.

Ein Gedanke, und ihre Spitze war in blaues Feuer gehüllt, ein winziges Licht in der Dunkelheit. Mehrere der Wachleute schnappten nach Luft. Nach einer Weile ließ Jul stumm die Hand sinken, und das blaue Flackern erlosch. Langsam schob er die Patrone wieder in das Magazin zurück. »Ich bin ein Ausgestoßener unter den Engeln. Mein einziges Interesse ist es, Amanda zu helfen.«

Das brachte ihm ein paar anzügliche Pfiffe ein, aber er beachtete sie nicht. Auch Amandas Blick blieb stur auf Krätschmer gerichtet. »Glaubst du mir jetzt, dass er nützlich ist?« Sie verschränkte die Arme vor der Brust. »Und können wir nun endlich dazu kommen, dass du mir erzählst, was ihr herausgefunden habt?«

Der Dämonendiener murmelte etwas, das eindeutig nach einer Verwünschung klang. Sein Blick bohrte sich in den Amandas. »Wenn das hier irgendein Scheißtrick ist, bist du tot, egal was der Chef dazu sagen würde. Und dann geh ich zu deinem allerliebsten Bruder und schneid ihn in dünne Scheiben. Angefangen bei den Füßen. Klar?«

Für eine Weile herrschte Schweigen, die Spannung in der Luft war beinahe greifbar. Dann deutete Amanda ein Nicken an.

Krätschmer grinste. »Schon besser.« Endlich senkte er seine Waffe. Klappern und Füßescharren hinter ihm zeigten an, dass sich auch die anderen Wachleute entspannten. »Also, ich hab den Diener von dieser Oberdämonin erreicht. Der Kerl vom Se-

nat, der mit euch am Krater war. Er sagt, die Engel haben sich heute Mittag ohne Vorwarnung auf den Chef und diese Nachasch gestürzt. Das feige Aas von Senator ist geflohen und hat nicht gesehen, wie der Kampf ausgegangen ist. Aber seitdem hat er nichts mehr von seiner Chefin gehört. Also dieselbe Situation wie bei uns.«
Juls Finger glitten über die Knöpfe seiner Jacke. Es hatten keine Leichen am Kraterrand gelegen. Keiner der beiden Dämonen war dort gestorben.
»Kann sein, dass sie beide tot sind, kann sein, dass sie beide irgendwo untergetaucht sind oder mitten in 'ner Schlacht stecken. Aber ...« Krätschmer machte eine kurze Kunstpause, genoss es offensichtlich, im Mittelpunkt zu stehen. »Wir haben die Polizeikontakte vom Chef angezapft. Ein paar Engel sind gesehen worden, wie sie einen Dämon vom Alex Richtung Museumsinsel geschleift haben. Der Dom hier ...«, er deutete mit dem Daumen in die entsprechende Richtung, »... ist das einzige Gebäude auf der Insel, das nennenswert von Federvieh bewacht wird. Also gehen wir davon aus, dass der Dämon da drin sein muss. Deshalb das Treffen hier.«
»Haben diese Polizisten den Dämon erkannt?«
Das Narbengesicht schüttelte den Kopf. »Die haben nur ledrige Flügel, Zähne und Klauen gesehen. Keine Ahnung, ob's der Chef war. Aber wenn er's nicht ist, dann diese Nachasch, und die weiß vielleicht mehr.«
Jul wechselte einen Blick mit Amanda. Es sah ganz so aus, als hätten sie Baal tatsächlich gefunden. Jeden anderen Dämon hätten die Engel einfach getötet, anstatt ihn gefangen zu nehmen. Blieb nur noch die Frage, hinter welchem Namen Baal sich versteckt hatte. War er die oberste Dämonin oder Amandas Meister? Jul konnte sich nicht entscheiden, welche Möglichkeit

unerfreulicher wäre. Aber vielleicht zog er auch die falschen Schlüsse. Diese beiden mussten nicht die einzigen in der Nähe des Alexanderplatzes gewesen sein.
»Und ihr wollt da heute Nacht rein und den gefangenen Dämon herausholen?« Jul deutete auf den Dom.
Krätschmer grinste. »Du bist ja 'n ganz schlaues Köpfchen.«
»Wir sind dabei«, erklärte Amanda schnell.
Jul seufzte. Nun ließ er sich wirklich mit Dämonendienern ein. Er sah zum Dom hinüber, suchte die Gestalten vor dem dunklen Nachthimmel. Es waren viele. Zu viele. Und auch vor den Türen hielten Engel Wache. Zu zweit kamen sie dort niemals hinein. Krätschmer und seine Leute waren ihre einzige Chance. Aber würden sie die Geister wieder loswerden, die sie damit gerufen hatten?

✣

Parallel zur Straße führte ein baumgesäumter Kiesweg von der Alten Nationalgalerie zum Dom. Im Schatten der Äste bewegten sie sich von Stamm zu Stamm. Krätschmer voran, dann Jul und ganzen hinten Amanda. Jul wusste, dass Krätschmers Männer zur selben Zeit einen Bogen schlugen, um sich dem Dom von vorne zu nähern. Diese Aufteilung war das Ergebnis einer langen und hitzigen Diskussion, in deren Verlauf Krätschmer mehrmals so ausgesehen hatte, als wolle er Amanda im nächsten Moment erschießen.
Bald kam eine Treppe in Sicht, die zu einem überdachten, dem Eingang des Gotteshauses vorgelagerten Gang hinaufführte. Krätschmer kauerte sich in den Schatten des letzten Baums und gab ihnen ein Zeichen zurückzubleiben. Auch Jul drückte sich an einen Stamm, und seine Hand tastete nach dem Griff

seiner Pistole. In Gedanken ging er durch, wie viele Kugeln er noch hatte. Nicht genug für einen größeren Kampf. Doch sie mussten ohnehin heimlich vorgehen, das war ihre einzige Chance. Sie konnten nicht wissen, ob ein Seraph in der Nähe war. Falls sich ein so hochgestellter Engel in diese Unternehmung einmischte, würden ihnen alle Kugeln der Welt nicht mehr helfen.

Angespannt lauschte Jul. Immer wieder erklangen in der Ferne Sirenen. Doch die Museumsinsel lag wie ausgestorben da. Alles war ruhig.

Eine Explosion zerriss die Stille der Nacht, ließ Jul zusammenzucken. Das musste die geplante Ablenkung sein.

Krätschmer reagierte sofort. Er löste sich aus seiner Deckung, huschte die Treppe hinauf und drückte sich gegen eine der Säulen, die die Überdachung des Gangs stützten. Vorsichtig spähte er in die Schatten. Dann legte er an, zielte, und ein schallgedämpfter Schuss zischte. Dann winkte er ihnen, ihm zu folgen. Lautlos eilte Jul die Treppenstufen hinauf, Amanda dicht hinter ihm.

Sein Blick glitt den dunklen Gang hinunter. Wahrscheinlich hatten zwei Engel den Eingang bewacht. Der eine musste nachsehen gegangen sein, was es mit dem Lärm auf sich hatte. Der andere lag am Boden, eine dahingestreckte Gestalt mit einer immer größer werdenden Lache aus Licht unter dem Kopf. Jul schluckte. Er wusste, dass eine normale Menschenwaffe einen Engel nicht so einfach töten konnte, dass es nur lange dauern würde, bis diese schwere Wunde heilte und er sich wieder erhob. Aber er wusste nicht, ob Krätschmer das auch schon herausgefunden hatte. Der Dämonendiener hatte auf den Kopf gezielt. Wahrscheinlich war er also bereit gewesen, einen Engel kaltblütig zu ermorden. Was, wenn ihm das wirklich einmal gelang? Jul umklammerte den Griff seiner Pistole fester.

Schüsse und die Explosionen von Handgranaten hallten zu ihnen herüber, während Krätschmer über den reglosen Körper hinwegstieg. Er rüttelte an der Tür, wandte sich leise fluchend an Amanda. »Kriegst du das Schloss auf?«
Sie nickte und trat vor, sichtlich bemüht, nicht in Richtung des Engels am Boden zu sehen. Während sie arbeitete, ließ Jul den Blick schweifen. Noch immer erklangen Schüsse und Schreie auf der anderen Seite des Doms. Wie viel Zeit mochten Krätschmers Männer ihnen wohl erkaufen können? Wie lange würde es dauern, bis die Engel bemerkten, dass diese vier nur eine Ablenkung waren?
Mit einem Klacken sprang einer der Türflügel auf. Krätschmer drängte sich an Amanda vorbei, Jul folgte ihm auf dem Fuß. Er hatte kaum die Schwelle übertreten, als ihn das Gefühl befiel, dass etwas nicht stimmte. Beunruhigt versuchte er, in fast vollkommener Dunkelheit etwas zu erkennen, bis ihm einfiel, dass er zum ersten Mal mit einer Waffe in der Hand heiligen Boden betrat. Ein weiteres Zeichen dafür, dass seit dem Morgen kaum mehr etwas war, wie es sein sollte.
Sie schlichen durch den dunklen Vorraum, hinüber zu einer weiteren doppelflügeligen Tür. Schwaches Licht fiel durch die darin eingelassenen, milchigen Glasfenster. Die Hand bereits an der Klinke, wandte sich Krätschmer zu Jul um. »So, Herr Experte, wo sollen wir deiner Meinung nach mit Suchen anfangen?«
Ruhig begegnete Jul dem Blick des Dämonendieners. »In den Katakomben. Ich nehme an, der Dämon wird von mindestens zwei Engeln bewacht werden.«
»Das wird ein Kinderspiel.« Krätschmer hob grinsend sein Sturmgewehr. »Ich hätt gedacht, dieses himmlische Gesocks wär schwerer zu töten, aber so wie's aussieht, ist das hier ein Haufen Schlappschwänze.«

Kurz fixierte er Jul lauernd. Dessen Rückenmuskulatur zuckte in dem Impuls, drohend die Flügel zu spreizen. Es spielte keine Rolle, dass dieser Mann mit seinem Schuss in Wahrheit nicht das gewünschte Ziel erreicht hatte. Es war die Absicht, die zählte. Juls Gedanken kreisten. Wie konnte er verhindern, dass Krätschmer früher oder später tatsächlich Schaden anrichtete? Sie hätten ihn niemals mitnehmen dürfen. Doch ohne ihn und vor allem ohne die Ablenkung, die seine Männer für die Wachen auf dem Dach darstellten, wären sie nicht in den Dom hineingelangt.

»Du fällst auch um, wenn man dir hinterrücks eine Kugel in den Kopf jagt.« Diesmal war Amandas Fassade nicht perfekt, ihre Stimme klang schwächer als zuvor, zitterte leicht. Es war beruhigend zu sehen, dass der vermeintliche Tod des Wächters am Eingang sie nicht kaltließ. Eine kleine Bestätigung, dass sie nicht war wie so viele andere Dämonendiener. Wie Krätschmer. Dann hatte sie sich wieder gefangen, machte eine ungeduldige Handbewegung Richtung Tür. »Los, wir haben nicht ewig Zeit.« Krätschmer warf ihr einen düsteren Blick zu, schob aber die Tür auf.

Wie bei Juls letztem Besuch brannten auch diesmal Kerzen neben dem Altar, spendeten ein flackerndes, schwaches Licht. Sofort legte er den Kopf in den Nacken und spähte hinauf in die Kuppel. Diesmal schwebte von dort kein Engel herab, nirgendwo war das Rauschen von Flügelschlägen zu hören. Dennoch hielten sie sich dicht an der Wand, und ihre Schritte hallten in Juls Ohren viel zu laut von dem Gewölbe wider, als sie hinter den letzten Reihen der Bänke entlangeilten.

Krätschmer schien einen Plan des Gebäudes im Kopf zu haben, denn er steuerte zielstrebig eine schmale Seitentür an, die in einer Nische verborgen war. Der Schein elektrischen Lichts schimmerte unter der Ritze hindurch. Kurz lauschte Krätschmer an dem dunklen Holz, dann stieß er die Tür auf, die Waffe schussbereit.

Der Engel neben der abwärts führenden Treppe fuhr herum, sein Schwert flammte auf. Ein schallgedämpfter Schuss zischte im selben Moment, als Jul die von lockigem, hellbraunem Haar umrahmten Züge erkannte.

»Muriel.« Das Wort war kaum mehr als ein Hauch, dennoch richtete sich der Blick des Engels auf Jul, während er in die Knie ging. Seine Augen weiteten sich. Klappernd fiel das erloschene Schwert zu Boden, in der Brust seines weißen Hemdes klaffte ein rundes Loch. Schimmerndes Blut, flüssigem Licht gleich, sickerte in den Stoff.

Doch diese Wunde würde einen Engel nicht lang außer Gefecht setzen. Warum hatte Krätschmer das getan, warum hatte er diesmal nicht auf den Kopf gezielt?

Jul wurde die Kehle eng bei dem Gedanken an die Schmerzen, die sein alter Freund durchleiden musste. Muriel krümmte sich am Boden kniend, die Flügel halb ausgebreitet, die Arme um den Körper geschlungen. Das blaue Glühen schimmerte bereits zwischen seinen Fingern hindurch. Sobald er sich geheilt hatte, würde er zum Angriff übergehen. Aber Jul wollte verdammt sein, wenn er zuließ, dass Krätschmer noch einmal Hand an seinen ehemaligen Waffenbruder legte. Er machte einen Schritt in den Raum hinein. »Lass mich …«

»Vergiss es.« Der Dämonendiener trat gemächlich auf sein Opfer zu, die Waffe im Anschlag. »Das ist meine Beute, schieß dir selber ein Federvieh.«

Jul konnte das breite Grinsen auf dem Gesicht des Dämonendieners nur erahnen, aber das genügte, damit sein Magen sich verkrampfte. Beinahe ohne sein Zutun schloss sich seine Hand um den Griff der Pistole. Doch Krätschmers Finger spannte sich bereits am Abzug.

Jul riss die Pistole aus dem Halfter, ahnte bereits, dass er zu langsam sein würde. Wieder zischte ein Schuss. Ein weiteres Loch erblühte in Muriels Hemd. Der Engel keuchte erstickt, und schimmerndes, flüssiges Licht benetzte seine Lippen. Krätschmer lachte leise. »Zu langsam. Wenn du dich heilen willst, bevor ich dir eine weitere Kugel in den Körper jage, musst du schon schneller sein.«

Abscheu stieg in Jul auf. Wie war es möglich, dass ein solches Wesen die Fähigkeit besaß, zwischen Gut und Böse zu unterscheiden? Wie gelang es diesem Menschen, die Stimme seines Gewissens so gründlich zu ignorieren?

»Was soll der Scheiß, Krätschmer?« Wut schwang in Amandas Stimme mit. Im selben Moment entsicherte Jul seine Pistole.

»Wenn du noch einmal schießt, bist du tot.« Seine Stimme hallte leicht zwischen den hinauf- und hinabführenden Treppen wider.

Der Dämonendiener wirbelte herum, richtete sein Gewehr auf Jul. »Ich wusste doch, dass man dir nicht …«

Muriel stieß sich ab, packte in derselben Bewegung sein Schwert. Er prallte gegen Krätschmer und riss ihn um. Mit einem dumpfen Laut schlug der Dämonendiener gegen die Wand neben der Tür. Seine Waffe schlitterte über den Marmorboden davon.

Muriel hockte über ihm, die Hände um den Griff seines Schwertes verkrampft, das tief im Bauch seines Opfers steckte. Während Krätschmers Züge sich in einer Mischung aus Schmerz und Entsetzen verzerrten, verebbte Juls Abscheu langsam. Mitleid stellte sich keines ein.

Mit einem Ruck drehte Muriel die flammende Klinge in der

Wunde. Der Dämonendiener bäumte sich auf, einen stummen Schrei auf den Lippen. Dann sank er reglos zurück.

Eilig duckte sich Jul unter Muriels schlagenden Schwingen hindurch. Der Engel wandte sich zu ihm um, machte Anstalten, das Schwert aus Krätschmers Körper zu ziehen. Dann war Jul bei ihm, umfasste Muriels Handgelenk mit festem Griff und drückte ihm die Pistole an die Stirn. Der Geruch von verbranntem Fleisch stieg ihm in die Nase.

»Nimm die Hände vom Schwert, Muriel.«

Der Engel erstarrte. Für einen Moment blickte er Jul schweigend an, das Gesicht eine ausdruckslose Maske. »Also ist es wahr, dass du ein Verräter bist.«

»Nicht mehr, als wir Verräter waren, weil wir beschlossen, vom Baum der Erkenntnis zu essen.«

Hinter ihm gab Amanda einen überraschten Laut von sich, doch er kümmerte sich nicht darum. Er hatte ihr erzählt, dass er damals nicht allein gewesen war. Zumindest nicht, als es darum gegangen war, den Entschluss zu fassen. Nur in den Garten Eden selbst hatte ihn niemand begleitet.

»Ich habe dich und die anderen nie an Michael verraten«, fuhr er fort. »Doch das ließe sich nachholen. Vielleicht beschließt er, euch ebenfalls die Flügel zu nehmen, allein dafür, dass ihr die Absicht gehegt habt, es mir gleichzutun.«

Muriels Augen weiteten sich vor Schreck. Sein Finger glitten endlich vom Griff des Schwertes, das noch immer in Krätschmers Körper steckte. Muriels Flügel flackerten und erloschen, und Jul zog ihn von dem Dämonendiener herunter. Der Raum enthielt, abgesehen von den nach oben und nach unten führenden Treppen, nur noch eine Art Tresen, von Glas umschlossen. Tagsüber wurden dort vielleicht Eintrittskarten verkauft. Dorthin drängte Jul seinen ehemaligen Mitverschwörer mit vorgehaltener Waffe. In die Ecke zwischen Tresen und Treppe.

»Lieber wäre mir allerdings, wenn du mir einfach kurz zuhörst.«

Muriels Blick flackerte von Jul zu Amanda, die irgendwo hinter ihm stehen musste. »Ich sehe die Tätowierung auf dem Handrücken der Frau«, sagte er schließlich, und die Kälte in seiner Stimme versetzte Jul einen Stich. »Warum sollte ich jemandem zuhören, der mit Dämonen im Bunde ist?«

Rascheln hinter ihm lenkte ihn für einen Moment ab. Er warf einen kurzen Blick über die Schulter, sah Amanda neben Krätschmer knien. Sie fühlte seinen Puls, doch Jul zweifelte nicht daran, dass dem Mann nicht mehr zu helfen war. Er wandte sich erneut Muriel zu, ließ die Waffe sinken.

»Du sollst mir zuhören, weil ich vom Baum der Erkenntnis gegessen habe und im Gegensatz zu dir sowie allen Erzengeln zwischen Gut und Böse unterscheiden kann. Würdest du mir glauben, wenn ich sage, dass falsch ist, was Michael tut?« Es erstaunte ihn, dass er mit solcher Sicherheit von etwas sprechen konnte, über das er sich selbst so unsicher war. Damals, als er mit Muriel und einigen anderen den Entschluss gefasst hatte, hatten sie geglaubt, es würde alles klarer und einfacher werden, hätten sie erst einmal von der verbotenen Frucht gekostet. Denn sicher war ein Engel in der Lage, einen besseren Nutzen aus dieser göttlichen Gabe zu ziehen als die Menschen. Doch Jul hatte nichts weiter bekommen als verschwommene Gefühle und Zweifel.

»Nein.« Muriel schüttelte den Kopf, seine Flügel flackerten kurz auf, zuckten, als wolle er sich jeden Moment auf seinen ehemaligen Freund stürzen. Jul spannte sich unwillkürlich an. Er legte Muriel eine Hand auf die Brust, auf die längst verheilten Einschusslöcher, um ihn tiefer in die Nische zu drücken. Doch der Engel sprach einfach weiter. »Die Erzengel hatten recht. Die Frucht der Erkenntnis war nie für Engel bestimmt. Ich habe dich gesehen, als sie dich aus dem Garten getragen haben. Wir waren alle da, voller Hoffnung.« Bitterkeit schwang in den letzten beiden Worten mit. »Du hast geweint und gestammelt. Es war deutlich, dass der Versuch deinen Verstand zerrüttet hat.«

»Du irrst. Es dauerte nur eine Weile, sich daran zu gewöhnen. Ich verstehe noch immer nicht alles. Aber es hat funktioniert. Bitte, glaub mir.« Ohne dass er es wollte, nahm Juls Stimme einen flehenden Tonfall an. Nun erst wurde ihm bewusst, wie viel es ihm bedeutete, Muriel von der Wahrheit seiner Worte zu überzeugen. Nicht nur, weil ihm das lieber war, als einen alten Freund niederzuschlagen und zu fesseln, damit sie ihren Weg fortsetzen konnten, sondern auch, weil es jedes Mal schmerzte, die Worte Verräter oder gar Dämon aus dem Mund von seinesgleichen zu hören.

»Wir sind hier, um ein großes Unglück aufzuhalten, und wir haben nicht viel Zeit. Es wäre sehr viel weniger Aufwand, dich einfach zu erschießen. Aber wie könnte ich das tun?«

Bildete er es sich ein, oder wurde Muriels Blick weicher, nachdenklicher? Um seinen Worten Gewicht zu verleihen, sicherte Jul seine Pistole, schob sie in das Halfter zurück. »Was mein Begleiter getan hat, tut mir leid. Er hat seine gerechte Strafe erhalten.«

Die Augen des anderen Engels weiteten sich, endlich schwand die Kälte aus seinen Zügen. Wie eine Maske fiel sie von ihm ab, und darunter kamen Verzweiflung und Hoffnung zum Vorschein.

»Es hat tatsächlich funktioniert«, hauchte er, noch immer ein wenig ungläubig. »Wieso haben die Erzengel das nicht erkannt? Wieso bist du nicht zurückgekehrt, nachdem du gelernt hattest, mit der Gabe umzugehen, um sie zu überzeugen?«

»Ich bin erst noch dabei, alles zu verstehen. Aber ich glaube, mindestens Michael weiß, dass es funktioniert hat.« Nun war es Juls Stimme, die bitter klang. »Offensichtlich kann er mir dennoch nicht verzeihen.«

»Aber hat der Herr denn nicht auch den Menschen verziehen? Liebte er sie nicht immer noch, auch nach ihrer Vertreibung aus dem Paradies?«

Wie lang es her war, dass Jul diese Argumentation gehört hatte! Sie hatten nichts gehabt als die Logik, auf die sie sich bei ihrer Entscheidung verlassen konnten, und hatten deshalb jedes Wort des Herrn, jede seiner Taten analysiert. Hatte er nicht vielleicht gewollt, dass Adam und Eva vom Baum der Erkenntnis aßen? Wieso sonst hätte er ihn so leicht zugänglich machen sollen? Konnte es nicht sein, dass er den Baum für seine Engel im Garten Eden zurückgelassen hatten, damit diese die Möglichkeit erhielten, eigene Entscheidungen zu treffen? Damals hatten all diese Überlegungen so viel Sinn ergeben. Nun nickte Jul nur, um einen alten Freund nicht zu beunruhigen. Er wusste längst nicht mehr, was er glauben sollte.

Ein tiefer Seufzer kam über Muriels Lippen. »Hätte ich das früher gewusst, hätte ich vielleicht den Mut gefunden, deinem Beispiel zu folgen. Doch nun existiert der Garten Eden nicht mehr. Nach deiner Tat haben die Erzengel den Baum der Erkenntnis vernichtet und den Garten den Menschen überlassen. Auch das Himmelreich gibt es nicht mehr, und der Herr selbst liegt schlafend unter der Erde, wie man hört.« Er senkte die Stimme, lehnte sich ein Stück vor. Seine Augen waren groß, voller unausgesprochener Sorgen. »Michael streitet es ab, aber ich habe

Gerüchte gehört, der Herr sei tödlich verwundet und ... Schlimmeres.«
Jul wich Muriels Blick aus, brachte es nicht über sich, das Gerücht zu bestätigen. Stattdessen wechselte er das Thema. »Kannst du mir sagen, ob hier ein Dämon gefangen gehalten wird?«
Muriels bestätigendes Nicken ließ ihn erleichtert aufatmen. Zumindest würde diese Unternehmung nicht umsonst gewesen sein.
»In den Katakomben. Die Seraphim haben ihn mit Ketten gebunden, die weder er selbst noch irgendeine Art dämonischer Magie brechen kann.« Das erklärte, weshalb Amanda den Dämon nicht hatte beschwören können.
»Ich danke dir.« Jul wollte sich abwenden, doch Muriels Hand schloss sich um seinen Arm.
Sein ehemaliger Waffenbruder sah ihn eindringlich an. »Sag mir, was ich tun soll, Iacoajul.« Diesmal war er es, der flehte. »Sag mir, was richtig und was falsch ist.«
Mit einem Mal erschienen Jul seine eigenen Zweifel bedeutungslos. Er zumindest hatte eine Zukunft unter den Menschen, falls Amandas Plan gelang. Die anderen Engel hingegen waren ohne Führung verloren. Tränen stiegen Jul in die Augen. Was konnte er tun, um Muriel zu helfen? Es gab keine einfache Antwort auf seine Frage.
»Hey, Jul.« Erschöpfung schwang in Amandas Stimme mit, nun, da niemand mehr da war, vor dem sie ihre starke Fassade aufrechterhalten musste. Sie hatte sich Krätschmers Waffe am Halteguri über die Schulter geschlungen. »Ich will nicht stören, aber wir haben nicht die ganze Nacht Zeit.«
»Die Wahl deiner Begleiter verstehe ich immer noch nicht.« Muriel senkte die Stimme, so dass Amanda ihn nicht verstand.

»Sie hat sich von ihrem Meister losgesagt.«
Muriel schnappte erstaunt nach Luft. Er schob sich an Jul vorbei, der ihm Platz machte, musterte Amanda mit Misstrauen, aber auch Neugierde. Sie wich einige Schritte zurück, als Muriel zu Krätschmers Leichnam trat und mit einem Ruck sein Schwert aus dessen Körper zog. Offensichtlich war sie noch nicht ganz überzeugt, dass der Engel die Waffe nicht in ihre Richtung schwingen würde.
Juls ehemaliger Waffenbruder ließ die Klinge kurz aufflammen, um sie zu säubern. Dann schob er sie in die Scheide zurück und löste den Schwertgurt von seinen Hüften. Vor seinem alten Freund ging er auf die Knie, hielt ihm mit gesenktem Haupt die Waffe entgegen. Überrascht wich Jul einen Schritt zurück.
»Diese modernen Schusswaffen mögen es dir gestatten, einen Engel vom Himmel zu holen. Doch wenn du mit Dämonen verkehrst, solltest du ein Flammenschwert zur Hand haben.«
Die Rührung schnürte Jul die Kehle zu. Zögerlich streckte er die Hand aus und nahm das Schwert entgegen. Langsam legte er sich den Gurt um. Was hatte er da nur angerichtet mit so wenigen Worten? Womit hatte er die Ehrfurcht verdient, mit der sein alter Freund ihm begegnete?
»Ich danke dir«, brachte er heiser hervor.
Als Muriel aufsah, brannten Hoffnung und Verzweiflung wie helles Feuer in seinen Augen. Er wartete immer noch auf einen Befehl, auf eine einfache Antwort auf seine Frage. Jul schluckte. Hätte er doch nur eine gehabt! Wie konnte er Muriel begreiflich machen, dass seine einzige Chance darin lag zu lernen, wie man selbständig dachte? War das überhaupt möglich ohne die vagen Gefühle des Gewissens, die einen leiteten?
Amanda kam ihm zuvor. »Gibt es dort unten noch mehr

Wachen?« Sie klang angespannt, drängend. Natürlich hatte sie recht, sie mussten sich beeilen.

Der Engel nickte, erhob sich gleichzeitig. »Ihr wollt zu dem Dämon?«

»Ja. Er hat Informationen, die wir brauchen.« Das Gewicht des Schwertes an seiner Seite war ungewohnt und zugleich vertraut. Jul legte eine Hand auf den Griff, stellte fest, dass seine Finger beinahe automatisch in die richtige Position glitten. »Kannst du die Wachen von ihren Posten fortlocken?«

Ein Lächeln huschte über Muriels Gesicht. Nun hatte er, was er wollte – eine Aufgabe, einen Befehl. »Natürlich. Was soll ich danach tun? Verabreden wir einen Treffpunkt?«

»Nein.« Erschrocken schüttelte Jul den Kopf. Er erinnerte sich noch allzu gut an seine eigene Verzweiflung, als er Luzifers Worten gelauscht hatte. Er wollte nicht, dass sein alter Freund dasselbe durchmachen musste. Besser, er hielt ihn aus dieser Sache raus. »Bleib hier bei den anderen.« Plötzlich kam ihm eine Idee. »Weißt du, wie man ein Telefon benutzt?«

Als Muriel voller Widerwillen das Gesicht verzog, aber nickte, fuhr Jul eilig fort. »Melde dich bei mir, falls irgendetwas Ungewöhnliches geschieht. Falls du erfährst, dass Michael etwas plant, oder dir neue Gerüchte bezüglich des Herrn zu Ohren kommen. Meine Nummer ...« Er stockte, sah hilfesuchend zu Amanda hinüber. »Kann ich meine Handynummer irgendwo nachschauen?«

Sie stieß ein müdes Lachen aus. Dann streckte sie die Hand aus, und er legte das Handy hinein. Kurz darauf nannte sie eine Zahlenreihe, die Muriel mehrmals murmelnd wiederholte. Dann wandte sich der Engel ab und eilte die Treppen zu den Katakomben hinunter.

26

Schweigend warteten sie. Ihre Atemzüge erschienen Amanda laut in dem hohen Raum. Der Gurt des Sturmgewehrs schnitt ihr in die Schulter, die Waffe stellte ein ungewohntes Gewicht an ihrer Seite dar.

Sie vermied es, in Krätschmers Richtung zu sehen, legte stattdessen den Kopf in den Nacken und folgte dem Verlauf der Treppe mit dem Blick. Das Geländer wies in regelmäßigen Abständen Verzierungen auf, und hoch über ihrem Kopf fiel schwaches Mondlicht durch getöntes Glas. Ob dies wohl die Kaisertreppe war, von der man immer in den Reiseführern las? Dieser Privataufgang zu den Logen für irgendein früheres Regierungsoberhaupt? Ihre erste Besichtigung des Berliner Doms hatte sie sich eindeutig anders vorgestellt.

Unaufhaltsam kehrten ihre Gedanken zu Krätschmer zurück. Sie war sich fast sicher, dass er sie ansehen würde, wenn sie in seine Richtung schaute, mit einem Vorwurf im Blick. Sie glaubte noch immer, seinen Puls unter ihren Fingern zu spüren, schwach, aber unzweifelhaft vorhanden. Vielleicht sollte sie es Jul sagen? Doch wozu ihn damit belasten? Sie konnten es sich nicht leisten, das Leben des Wachmanns zu retten. Früher oder später hätten sie ohnehin einen Weg finden müssen, ihn loszuwerden. Sie brauchten keine weiteren Probleme, und Krätschmer würde garantiert zu einem werden, wenn er erfuhr, was sie in Wirklichkeit plante.

Amanda senkte den Blick, und ohne dass sie etwas dagegen tun konnte, wanderte er zu dem Wachmann hinüber. Beim Anblick des schwarzgeränderten Lochs in seinem Bauch musste sie schlucken. Vielleicht sollte sie doch …? Sicher gab es andere Möglichkeiten, als ihn elendig verrecken zu lassen.

Krätschmer hätte bestimmt keinen weiteren Gedanken an sie verschwendet, wäre er in ihrer Situation. Doch war sie nicht in irgendeiner Art und Weise verpflichtet, besser zu sein als er? Wem gegenüber? Gott lag halb tot unter der Erde, außerdem hatte sie nie an ihn geglaubt. Ihr Gewissen? Das würde sie nur umso mehr quälen, wenn sie den Wachmann rettete, sich dadurch aber die Chance verbaute, ihrem Bruder zu helfen.

Sie wusste nicht, wieso sie dennoch Luft holte, um etwas zu sagen. Vielleicht, weil sie feige war, weil sie diese Entscheidung über Leben und Tod nicht allein fällen wollte. Falls sie überhaupt noch gefällt werden musste …

»Ich denke, wir haben lang genug gewartet.« Jul stand an der Treppe, die nach unten führte, die Hand fest um den Griff seines neu erworbenen Schwertes geschlossen. Er sah sie an, dann huschte er die Stufen hinunter, ohne eine Antwort abzuwarten. Amanda klappte den Mund wieder zu und folgte ihm. Krätschmer war ohnehin ein Arschloch. Wahrscheinlich tat sie der Welt einen Gefallen, wenn sie ihn sterben ließ. Das war ein guter Gedanke. Sie klammerte sich daran fest, bis sie die unterste Treppenstufe erreichte.

Sie hatte ein Gewölbe erwartet, irgendetwas Altes, Unheimliches. Stattdessen fand Amanda sich in einem weiß gestrichenen Gang wieder. Linker Hand versperrte eine modern aussehende Glastür den Weg, und in der Wand rechts der Treppe war eine weiße Stahltür mit der Aufschrift »Technikraum« eingelassen. Amanda runzelte die Stirn. Sie hatte nie darüber nachgedacht, aber natürlich beleuchtete man auch Kirchen heutzutage

nicht mehr mit Hilfe von Kerzen. Dennoch kam ihr dies alles in einem so alten Gebäude fehl am Platz vor.
Das hohe Gewölbe, in das sich der Gang nach rechts hin öffnete, entsprach schon eher ihrer Vorstellung. Dort war es dunkler, das Licht der Deckenbeleuchtung schien gedämpft. Dennoch konnte Amanda breite Säulen erkennen. Und Särge. Riesige, prachtvoll verzierte Särge. Das waren also die Katakomben.
Wieder ging Jul voran, schlich auf leisen Sohlen in den Schatten der ersten Säule. Wo Krätschmer sich mit militärischer Präzision bewegt hatte, wirkte der Engel mehr wie ein Jäger, der sich an seine Beute heranpirscht. Seine Bewegungen waren fließend, seine gesamte Haltung drückte Konzentration aus.
Amanda folgte ihm so leise wie möglich. Unruhig ließ sie den Blick hin und her schweifen. Hatte Juls Freund nicht ein wenig zu hilfsbereit gewirkt? Vielleicht lauerte man ihnen auf. Sie schüttelte den Kopf. Dies war kein guter Zeitpunkt, um paranoid zu werden.
Nichts regte sich in dem Gewölbe, die Wachen schienen tatsächlich fort zu sein. Doch der Wald aus Säulen und die vielfach gewölbte Decke machten es schwer, den Raum zu überschauen, und spielten den Augen Streiche.
Hüfthohe Gitter verbanden die Säulen miteinander, schufen einen Weg, den Besucher entlanggehen konnten, ohne den an den Wänden aufgereihten Särgen zu nahe zu kommen. Sie passierten zwei breite, quadratische Pfeiler, an denen Tafeln mit Plänen und Erklärungen hingen. Amandas Blick huschte zwischen den Särgen hin und her. Einige wirkten alt, als wollten sie jeden Moment zerfallen. Andere waren neu und deutlich schlichter als die Versionen aus früheren Zeiten. Manch einer war eindeutig zu klein für einen Erwachsenen. Andere sahen so aus, als hätte man besonderen Wert auf einen möglichst

schweren Sargdeckel gelegt. Es hätte Amanda nicht weiter überrascht, hätte von innen plötzlich etwas gegen das Holz geklopft.
Schließlich kamen sie an eine Wegkreuzung. Geradeaus lag eine Nische mit einem großen Kreuz. Links sah Amanda eine weitere Glastür und dahinter die Auslagen eines Souvenirladens. Möglicherweise ein Ausgang. Endeten Rundgänge durch Museen und alte Gemäuer nicht immer in Souvenirläden?
Der rechte Weg führte zu einem hohen, mit Spitzen verzierten Gittertor, das einen gesonderten Bereich vom Rest der Halle abtrennte.
Dann sah sie ihn. Wo eigentlich eine Ecke hätte sein müssen, wich die Wand, vor der die Särge standen, von dem abgegrenzten Besucherweg zurück, öffnete sich in eine Nische.
Dort kniete er. Dicke Ketten wanden sich um seine Handgelenke. Sie hielten ihn zwischen den beiden hintersten Säulen aufrecht, die Arme ausgebreitet. Amanda hatte Flügel, Klauen und Reißzähne erwartet. Hatte Juls Freund nicht gesagt, dass diese Fesseln den Dämon in seine wahre Gestalt zwangen? Doch auf den ersten Blick wirkte er beinahe menschlich. Nur die gefährlich spitzen Hörner störten das Bild. Sie ragten aus einer Flut dunklen, gelockten Haars hervor.
Striemen zierten seine Haut. Hässliche Brandnarben, die sich über die Arme und die nackte Brust wanden. Sofort kamen Amanda Juls Worte über Flammenschwerter wieder in den Sinn. Nur sie konnten einen Dämon dauerhaft verletzen. So viel also zur Güte und Sanftmütigkeit von Engeln.
Der Dämon hing schlaff in seinen Ketten, wirkte nicht, als könne er sich aus eigener Kraft aufrecht halten. War er überhaupt bei Bewusstsein? Konnten Dämonen ohnmächtig werden?
»Rede du mit ihm.« Obwohl Jul flüsterte, hallte seine Stimme in

dem Gewölbe wider. »Ich halte Wache. Ruf mich, wenn ich die Fesseln lösen soll.«
Amanda nickte. Eilig kletterte sie über die Gitterabsperrung, zuckte zusammen, als das Sturmgewehr gegen die metallenen Streben stieß. Verdammte Waffe. Für einen Moment war sie versucht, sie beiseitezulegen. Sonderlich gut schießen konnte sie ohnehin nicht. Doch dann rückte sie nur den Gurt zurecht. Das Gewicht an ihrer Seite vermittelte ihr zumindest die Illusion von Sicherheit.
Zwischen staubigen Särgen und Säulen hindurch ging sie auf den Dämon zu. Er hob den Kopf, und Amanda musste gegen Übelkeit ankämpfen. Rote getrocknete Spuren zogen sich seine Wangen hinab, als hätte er blutige Tränen geweint. Kurz lagen seine Augen noch im Schatten, und sie glaubte, man hätte sie ihm ausgestochen. Doch dann blitzten sie im Licht der Lampen. Die Lippen des Dämons verzogen sich zu einem dünnen Lächeln, legten ein wenig zu spitze Zähne frei.
»Amanda.« Die Stimme war nicht mehr als ein heiseres Flüstern. »Was verschafft mir die Ehre?«
Amanda erstarrte mitten im Schritt. Krätschmers Vermutung war also richtig gewesen. Es gab nur zwei Dämonen, die ihren Namen kannten. Balthasar und Nachasch. Den einen hatte sie betrogen, und die andere hatte sie zum Sterben in ein verdammtes Loch geschickt. Baal war also tatsächlich einer der beiden. Wie viel Pech konnte ein Mensch haben?
Amanda holte tief Luft. Der Dämon konnte ihr nichts tun. Er war gefesselt und eindeutig geschwächt, zur Abwechslung saß sie mal am längeren Hebel. Dennoch zitterten ihre Hände, und sie schob sie wütend in die Taschen ihrer Hose, als sie schließlich näher trat.
In sicherem Abstand blieb sie stehen und musterte ihn. Bis auf

die blutigen Spuren waren seine Züge so gut wie unversehrt. Nur eine dünne rote Brandnarbe zog sich unter seinem linken Auge entlang. Sein Gesicht war ihr vollkommen fremd. Natürlich. Immerhin hatte sie bisher weder Balthasar noch Nachasch in ihrer wahren Gestalt gesehen. Nach allem, was sie wusste, konnte die Oberste der Dämonen durchaus in Wirklichkeit männlich sein.
Wer von beiden mochte dort vor ihr knien? Es war doch nicht etwa so einfach?
»Balthasar?«
Ketten klirrten, als er sich um eine geradere Haltung bemühte. Er war es, ganz eindeutig. Die Art, wie er sich bewegte, die Art, wie er sie ansah. »Du bist also Baal. Ein offensichtlicherer Tarnname als Balthasar ist dir wohl nicht eingefallen?«
Sie redete mal wieder, ohne vorher über ihre Worte nachzudenken, als könnte sie damit ihr Herz übertönen, das laut in ihren Ohren pochte. Unwillkürlich hielt sie den Atem an, erwartete, das Prickeln in ihrem linken Arm zu spüren. Doch da kam nichts. Lag es an den Ketten?
Beim Klang seines wahren Namens verdüsterte sich Balthasars Miene. »Müsstest du nicht wissen, wer ich bin, nachdem du mich an die Engel verraten hast? Michael hat sich lange genug damit gebrüstet, wie leicht es war, meine Diener gegen mich zu wenden. Sicher hat es ihm große Freude bereitet, dir auch noch meinen wahren Namen zu verraten.«
Amandas Finger verkrampften sich um den Griff ihrer Waffe. »Hätte ich gewusst, dass er ein noch größeres Arschloch ist als du, hätte er es nicht so leicht gehabt«, zischte sie. »Wenn es nach Michael ginge, wäre ich inzwischen tot.«
Zum ersten Mal, seit sie ihn kannte, sah Amanda so etwas wie Verwirrung in Balthasars Miene. »Wieso bist du dann hier?«

»Um dich zu befreien.« Die Worte schienen voller Widerhaken zu sein, so schwer kamen sie ihr über die Lippen. Aber was sollte sie tun? Ihren Plan aufgeben, nur weil sie erfahren hatte, dass es ausgerechnet Baal war, der sie ein Jahr lang versklavt hatte? »Vorausgesetzt, du erklärst dich dazu bereit, uns zu helfen.« Nun, da sie einmal angefangen hatte, sprudelte alles aus ihr heraus. Sicher würde es nicht mehr lange dauern, bis die Wächter zurückkehrten. In knappen Worten erzählte sie, dass sie Luzifer unter dem Alexanderplatz gefunden hatten, dass er ihnen den Namen Baal genannt hatte. Sie berichtete vom drohenden Untergang der Welt und davon, was sie brauchten, um ihn aufzuhalten. Zu gerne hätte sie den Wert der Waffe heruntergespielt, hätte so getan, als würden sie sie nicht allzu dringend benötigen. Doch allein die Tatsache, dass sie in den Dom eingebrochen waren, um zu erfahren, wo sie sie finden konnten, bewies das Gegenteil. Sie schwieg nur darüber, welche Macht man durch die Waffe erlangen konnte. Immerhin bestand die verschwindend geringe Möglichkeit, dass er davon nichts wusste.
Als sie geendet hatte, musterte Balthasar sie mit durchdringendem Blick. Dann nickte er, als wolle er bestätigen, dass er ihr glaubte. »Mach mich los. Wir reden über den Preis für meine Hilfe, sobald wir den Dom verlassen haben.«
Wie selbstverständlich er ihr Befehle erteilte, selbst nun, da er in Ketten lag! Wieder schloss sie die Finger fest um das Metall des Sturmgewehrs. »Genügt dir deine Freiheit nicht? Wir können auch einfach wieder gehen und dich hier zurücklassen.«
Wieder lächelte Balthasar, überlegen und alles andere als freundlich. »Dann erfahrt ihr nie, wo die Waffe ist.«
»Dann geht die Welt unter, und du mit ihr.«
»Ebenso wie du. Ich habe keine Angst vor dem Tod. Wie steht es mir dir?«

Amanda hörte ihre eigenen Zähne knirschen, kämpfte darum, zumindest äußerlich ruhig zu wirken. »Ich werde es bis zum Untergang gemütlicher haben als du.« Demonstrativ nickte sie in Richtung der verbrannten Striemen auf seinen Armen und dem Oberkörper.

Balthasars Miene versteinerte. »Früher oder später werden sie einsehen, dass ich ihnen auch unter Folter nicht verrate, weshalb mein Name über die Lippen des Höllenfürsten kam. Bis dahin werde ich mir die Zeit mit dem Gedanken versüßen, dass diejenige, die für meine Situation verantwortlich ist, nicht weniger leidet als ich. Oder denkst du, es wird leicht für dich werden, mit dem Wissen zu leben, dass deine Weigerung, mit mir zu verhandeln, das Schicksal der Welt besiegelt hat?«

Amanda fühlte sich, als würde eine eisige Faust ihren Magen zu einem kleinen Klumpen zusammendrücken. Sie war sich sicher, was auch immer Balthasar für seine Hilfe verlangte, es würde für sie nicht angenehm werden. Doch wenn es ihm wirklich ernst mit dem war, was er sagte, würde ihr keine Wahl bleiben. Er war schon immer sturer gewesen als sie.

Dennoch wollte sie nichts unversucht lassen. Sie bemühte sich um eine gleichgültige Miene. »Ich komme schon klar. Ich werde mir einfach ein Beispiel an dir nehmen.«

Nur um zu testen, wie Balthasar reagieren würde, wandte sie sich zum Gehen. Als er keine Anstalten machte, sie zurückzuhalten, schritt sie langsam zwischen den alten Särgen hindurch, den Weg zurück, den sie gekommen war. Wie weit musste sie wohl gehen, bis er ihr nachrief?

Jul stand noch immer mitten auf der Wegkreuzung, das Schwert in der einen, die Pistole in der anderen Hand. Angespannt blickte er mal in Richtung des Souvenirladens, mal den Weg entlang, den sie gekommen waren. Ab und zu wischte er sich mit dem

Handrücken eine weißblonde Strähne aus dem Gesicht. Mit jedem Schritt in seine Richtung hoffte Amanda Balthasars Stimme in ihrem Rücken zu hören. Doch der Dämon schwieg beharrlich, sie glaubte nur seinen Blick in ihrem Rücken zu spüren. Fast war sie sich sicher, dass er lächelte.

Der Engel empfing sie mit fragendem Gesichtsausdruck. Er kam zu ihr ans Geländer, so dass sie nicht zu ihm hinüberklettern musste.

»Was hat er gesagt?«

Amanda holte tief Luft. Balthasar machte immer noch keine Anstalten, sie zurückzurufen. Und er würde es auch nicht mehr tun, da war sie sich nun sicher.

»Ich fürchte, das alles wird ein wenig komplizierter, als wir erwartet hatten. Baal ist Balthasar, und er weiß, dass ich ihn verraten habe. Er ...«

In diesem Moment flog die Tür zum Souvenirladen auf. Jul wirbelte herum.

Amanda packte ihre Waffe fester. Doch dann erkannte sie den braun gelockten Haarschopf des Engels, der durch die Tür stürzte. Auch Jul entspannte sich, ließ Schwert und Pistole sinken und trat seinem Freund einen Schritt entgegen.

»Schnell, ihr müsst fort! Der Kampf draußen ist fast entschieden. Die Angreifer ziehen sich zurück.«

Mit einem Mal wurde Amanda klar, wohin der Weg durch den Souvenirladen führte. Ins Domcafé, in dem unter normalen Umständen Touristen überteuerten Kaffee tranken, und von dort auf die Straße, zur Vorderseite des Doms, wo Krätschmers Männer sich offenbar erstaunlich lange gegen die Engel gehalten hatten. Diesen Ausgang konnten sie also nicht nehmen. Sie würden den Weg zurückgehen müssen, den sie gekommen waren.

Jul nickte nur. Er wandte sich um und flankte dicht neben Amanda über die Absperrung. Mit schnellen Schritten näherte er sich Balthasar. Blaue Flammen flackerten um die Klinge seines Schwertes auf, und mit einiger Befriedigung beobachtete Amanda, wie jegliches Lächeln von den Zügen des Dämons wich.

Jul jedoch nahm neben einer der Ketten Aufstellung. Fragend sah er zu Amanda zurück. »Nehmen wir ihn mit, oder müssen wir einen anderen Weg finden?«

Was für ein anderer Weg denn? Sie hatten nur diesen einen Anhaltspunkt. Unter keinen Umständen konnten sie es sich leisten, Balthasar zurückzulassen, und dem Lächeln nach zu urteilen, das nun wieder über seine Lippen spielte, wusste er das nur allzu genau. Irgendwie gelang es ihm immer wieder zu bekommen, was er wollte.

Amanda seufzte. »Wir ...« Sie hielt inne, ihr Blick glitt an den Ketten hinauf, zu den Säulen, um die die dicken Metallglieder geschlungen waren. Ein Grinsen stahl sich auf ihre Lippen, als ihr eine Idee kam. »Können wir ihn in Ketten mitnehmen?«

Das Grinsen sprang auf Jul über. Er schritt an der Kette entlang, blieb vor einer der Säulen stehen. In einem weit ausholenden Schlag schwang er das Schwert. Es klirrte, als die blau brennende Klinge auf Metall traf. Die Flammen leckten über die Kettenglieder, tanzten an ihnen entlang. Als wäre sie nie fest verankert gewesen, glitt die Kette an der Säule hinab und fiel zu Boden. Jul hob das Ende auf, eilte zur anderen Säule hinüber. Diesmal berührte er die metallenen Glieder nur mit der Spitze seines Schwertes. Wieder tanzten die blauen Flammen darüber, wieder fiel das Ende klirrend herab.

Balthasar bleckte die Zähne, als der Engel sich ihm näherte, die beiden Enden der Ketten in der Hand. »Das wird euch nichts

nützen. Solange ich in Ketten liege, erfahrt ihr von mir ebenso wenig wie Michael.«
»Kann sein.« Amanda hob die Schultern. »Aber ich treffe eine solche Entscheidung lieber nicht, während uns die Engel im Nacken sitzen.« Sie zwang sich, dem Blick des Dämons standzuhalten. Das Gesicht mochte ein anderes sein, doch die Augen waren dieselben geblieben, blitzten voller Zorn und Ungeduld. Für einen Moment glaubte sie, das Prickeln in ihrem Tattoo zu spüren, musste den Impuls unterdrücken, mit der Rechten nach dem linken Arm zu greifen. Wütend ballte sie die Hand zur Faust. Es war nichts als Einbildung. Wenn er in der Lage gewesen wäre, ihr Schmerz zuzufügen, hätte er es längst getan.
Balthasar blickte sie unverwandt an, während Jul die Ketten ein paarmal um die Arme des Dämons wickelte und damit seine Hände vor seinem Körper zusammenzwang. Der Engel schlang die metallenen Fesseln so umeinander, dass sie einen festen Knoten bildeten, zog daran, um zu prüfen, ob er fest saß. Schließlich kam Balthasar schwankend auf die Füße. »Der Preis für meine Hilfe steigt mit jeder Minute, Amanda.«
Sie schluckte, bemühte sich um eine gleichgültige Miene. Einfach nicht hinhören. Er versuchte nur, ihr Angst zu machen, sie zu einer übereilten Entscheidung zu drängen. Sie würden nichts gewinnen, wenn sie ihn sofort von seinen Fesseln befreiten.
Jul überreichte ihr die Enden der Ketten, die schweren Eisenglieder lagen kalt in ihrer Hand. Dann wandte er sich zum ersten Mal an Balthasar. »Hör zu, Dämon. Ich denke nicht, dass du hierbleiben willst, und du solltest wissen, dass deine Chancen mit uns besser stehen als mit Michael. Also verhalte dich ruhig, während wir dich hier rausbringen. Und falls du darüber nachdenken solltest, bei der nächstbesten Gelegenheit zu fliehen, vergiss nicht, dass nur ein Engel deine Ketten öffnen kann.«

Für einen Moment musterte der Dämon Jul, nachdenklich und neugierig. Dann neigte er den Kopf, gerade weit genug, dass die Geste nicht aufgrund seiner Hörner bedrohlich wirkte. Mit einem dünnen Lächeln auf den Lippen wandte er sich wieder Amanda zu. »Ich hoffe, du genießt die Situation, solange du kannst.« Er machte mit seinen gefesselten Händen eine auffordernde Geste in Richtung des Geländers. »Nach dir.«

27

Jul beobachtete, wie Amanda den Dämon zu dem schmiedeeisernen Geländer führte. Seine Bewegungen verrieten die Schmerzen, die seine Wunden ihm bereiten mussten, doch er beklagte sich nicht. Im Gegenteil, seine Haltung war stolz, und um seine Lippen spielte noch immer ein leichtes Lächeln.

Amanda hielt so viel Abstand zu ihrem Meister, wie die Ketten es ihr erlaubten. Seit sie wusste, wer Baal war, schien sie ein bisschen kleiner geworden zu sein, wirkte weniger entschlossen und weniger selbstbewusst. Und das, obwohl nicht sie gefesselt war, sondern er.

Jul hatte sie am Mittag gefragt, ob es überhaupt etwas gab, wovor sie Respekt hatte. Nun wusste er es. Obwohl man es kaum Respekt nennen konnte, wenn er durch Furcht erzwungen war. Mit einem Mal verstand Jul sehr viel besser, wieso Amanda sogar bereit war, den Herrn zu töten, um diesem Dämon zu entkommen. Dennoch ... allein der Gedanke, dass der Tod seines Schöpfers, seines Vaters mit dieser Befreiungsaktion immer näher rückte, drehte ihm den Magen um. Aber was für eine Wahl blieb ihm schon? Und hätte der Herr selbst es nicht auch so gewollt? Was auch immer der Morgenstern über ihn sagen mochte, er würde sicherlich niemals zulassen, dass seinetwegen die gesamte Schöpfung zugrunde ging.

Doch nun, während Jul Amanda und ihren Meister beobachtete, trieb eine andere Frage an die Oberfläche: Was würde sie mit all der Macht tun?

Jul überwand die Absperrung mit einem Satz, musterte Amandas Züge, während er neben ihr herging. Wieder einmal verrieten sie nichts von ihren Gefühlen. Doch wie viel Angst und Wut steckten hinter dieser Maske? Welches Ventil würden sich diese Gefühle suchen?

Trotzdem hatte Jul sich von seinem Gewissen leiten lassen, hatte ihr geholfen und würde ihr weiterhin helfen. Es gab kein Zurück mehr.

»Iacoajul.« Er wandte sich um, sah in Muriels Augen. Der andere Engel strahlte eine Ruhe aus, die Jul lange nicht mehr bei seinesgleichen gesehen hatte. Es war die Ruhe, die mit der Gewissheit kam, dass man genau das tat, was man tun sollte. Fast schien es, als ginge ein Leuchten von Muriel aus, das das Gewölbe erhellte.

»Als ich die Wachen fortgeschickt habe, habe ich versprochen, an ihrer Stelle Wache zu halten. Wenn ihr den Dämon mitnehmt, ich aber hierbleiben soll, muss es so aussehen, als hättest du mich besiegt.«

Jul nickte nur, denn Worte wollten ihm nicht über die Lippen kommen. Er schob die Pistole in das Halfter zurück, trat auf den anderen Engel zu.

»Geht schon mal vor, Amanda. Ich komme gleich nach.«

Er legte Muriel eine Hand auf die Schulter, blickte in Augen, die ihn voller Vertrauen ansahen. Was hatte er da nur angestoßen, wohin würde es führen?

Kurz zögerte er, dann gab er sich einen Ruck. Es blieb keine Zeit für Bedenken. In einer schnellen Bewegung stieß er Muriel das Schwert in die Brust, glaubte beinahe, den Schmerz selbst zu spüren. Der Engel schwankte, sank dann in die Knie. Noch einmal stieß Jul zu, und diesmal drang die Klinge in Muriels Hals. Zwei Wunden, die schwer genug waren, einen Engel eine Weile aufzuhalten.

»Lass dir nicht zu viel Zeit damit, dich zu heilen.« Kurz ließ er die Klinge aufflackern, um sie zu säubern, dann wandte er sich ab und eilte davon. Im Rücken spürte er Muriels Blick, der noch immer voller Vertrauen war.

✣

Auf der Treppe wurden Baals Bewegungen zunehmend geschmeidiger. Er litt ganz offensichtlich noch immer Schmerzen, doch er verbarg es besser. Als Krätschmers Leichnam in Sicht kam, hob er überrascht eine Braue. Dann verengten sich seine Augen zu Schlitzen. Mit einer knappen Geste deutete er auf den Toten, Ketten klirrten. »Heil ihn, Engel.«

Ärger stieg in Jul auf, unwillkürlich schlossen sich seine Finger um den Griff des Schwertes. Wie selbstverständlich der Dämon davon ausging, ihm befehlen zu können. »Selbst wenn ich es wollte, ich kann keine Toten zum Leben erwecken.«

Nun erst blickte Baal sich nach ihm um, die Miene voller Ungeduld. »Er ist nicht tot.«

Überrascht wandte Jul sich Amanda zu, doch die senkte den Blick. Braune Locken fielen nach vorn, verdeckten ihre Züge und machten mehr als deutlich, dass das, was ihr Meister soeben ausgesprochen hatte, keine Neuigkeit für sie war. Zu erraten, was ihr in diesem Zusammenhang durch den Kopf gegangen war, stellte kaum eine Schwierigkeit dar. Dennoch, wieso hatte sie nichts gesagt? Es gab außer Karin niemanden mehr auf der Welt, dem sie beide trauen konnten. Sollten sie nicht zumindest zueinander ehrlich sein?

Sie sah auf, und ihre Züge verhärteten sich. Erst da wurde Jul bewusst, dass er den Gesichtsausdruck zur Schau getragen haben musste, den sie den Engelblick nannte. Er schüttelte den

Kopf, zwang sich zu einer entspannteren Miene und drückte sich an Amanda und dem Dämon vorbei, die Treppe hinauf. Vertrauen war so leicht zu verlernen.
Jul betrachtete das schwarzgeränderte Loch im Bauch des Dämonendieners. Es war schwer vorstellbar, dass er nicht tot sein sollte. »Woher willst du wissen, dass er noch lebt?«
»Ich sehe den schwachen Funken in ihm.«
Jul runzelte die Stirn. Das war keine Fähigkeit, die ein Dämon normalerweise besaß. Hatte der Morgenstern also wirklich die Wahrheit über die alten Götter gesagt? Konnte Baal – ein phönizischer Gott, sofern Jul sich richtig erinnerte – das eine oder andere aus seiner alten Existenz bewahrt haben? Er schüttelte den Kopf, verspürte sofort Unruhe, ein Nagen, das er inzwischen als schlechtes Gewissen erkannte. Doch der Gedanke daran, wie Krätschmer auf Muriel geschossen hatte, brachte es zum Verstummen. So funktionierte das also. »Wenn er noch lebt, sollten wir ihm weiteres Leid ersparen. Mitnehmen können wir ihn nicht.«
»Ich glaube, das würde Amanda nicht gefallen.« Baal lächelte schon wieder. »Er ist der Einzige, der die Kombination kennt, die das Gefängnis ihres Bruders öffnet.«
Amanda sog scharf die Luft ein. »Du lügst!«
Der Dämon schüttelte den Kopf. »Die Möglichkeit, dass du vielleicht eines Tages meinen wahren Namen herausfindest, bestand immer. Deshalb habe ich vorgesorgt. Auch das Schloss wurde unter Berücksichtigung deiner Fähigkeiten entworfen.«
Hinter Amandas Zügen arbeitete es sichtlich, sie biss sich auf die Unterlippe, sah von dem Dämonendiener zu ihrem Meister. Schließlich traf Jul die Entscheidung für sie. Sie hatten einfach keine Zeit, sich lange darüber den Kopf zu zerbrechen, ob der Dämon log oder nicht. Er ging neben Krätschmer in die Hocke. »Wenn er Ärger macht, töte ich ihn.«

»Keine Sorge. Im Gegensatz zu Amanda gehorcht dieser Mann mir aufs Wort. Ich werde dafür sorgen, dass er tut, was ihr sagt.«

Jul legte zwei Finger auf verbranntes Fleisch. Der heilende blaue Schein floss warm durch seine Hand und flackerte über Krätschmers Haut. Der Mann lebte tatsächlich noch, wenn auch wahrscheinlich nur gerade so. »Ein Wunder, dass er seine Seele nicht verkauft hat.«

»Eher bedauerlich. Aber ich konnte ihm bisher kein gutes Angebot machen.« Mit immer noch etwas steifen Bewegungen erklomm der Dämon die restlichen Stufen, in einigem Abstand gefolgt von Amanda, die immer wieder nach unten sah, lauschte. Sie hielt sowohl die Enden der Ketten als auch das Sturmgewehr fest umklammert.

Unter Juls Hand regte sich Krätschmer, hustete, wälzte sich auf den Bauch. Eilig erhob sich Jul und trat einen Schritt zurück. Er wollte nicht in der Reichweite eines Mannes bleiben, der zuletzt versucht hatte, ihn zu erschießen.

Stattdessen ging er zu der Tür hinüber, die zurück in den Hauptraum führte, und lauschte. Hörte er da nicht leise Bewegungen? Konnte das sein? Möglicherweise war einer der Wächter vom Dach über den äußeren Kuppelumgang hereingekommen.

»Chef?« Krätschmers Stimme klang heiser.

»Ja, ich bin es«, meldete sich der Dämon irgendwo hinter Jul.

»Trauen Sie nicht …«

»Ich weiß.« Die Worte des Dämons klangen schneidend. »Tu, was sie sagen. Folge uns, sobald du kannst.«

»Amanda hat meine Waffe.«

»Ich schätze, sie hat sie sich verdient. Wir reden später über deine Fehler.«

»Ruhig!« Jul wollte nicht länger hören, wie der Dämon mit seinem Diener umging. »Folgt mir leise, möglicherweise ist dort drüben jemand.«
Er zog die Pistole aus dem Halfter, dann öffnete er die Tür. Vorsichtig spähte er hindurch. In Kerzenschein getauchte Bänke, Säulen und goldene Verzierungen. Sonst nichts. Dafür erklangen aus den Katakomben aufgeregte Stimmen. Irgendwo hinter ihm stieß Amanda einen geflüsterten Fluch aus. »Schnell.«
Einer nach dem anderen traten sie in den Hauptraum, Krätschmer noch immer ein wenig wackelig auf den Beinen, aber wachsam und aufs Äußerste gespannt. Jul fühlte, wie seine Nackenhaare sich aufrichteten. Ein Wort des Dämons, und Krätschmer würde ihnen in den Rücken fallen. Nur für den Moment hatten sie alle einen gemeinsamen Feind.
Amanda ging als Letzte, schloss die Tür hinter sich.
Wieder eilten sie dicht an der Wand entlang, auf die doppelflügelige Tür zu, die dem Altar gegenüber lag. Diesmal verschwendete Jul keine Zeit mit Lauschen, stieß sie einfach auf.
Flügel rauschten. Er wirbelte herum, gerade noch rechtzeitig, um zu sehen, wie ein Engel aus der Kuppel hinabstieß. Direkt auf Amanda zu.
Sie ließ die Ketten fahren und hob das Gewehr. Eine schallgedämpfte Salve hallte im Gewölbe, und auf der anderen Seite des Raums rieselte Gips von der Wand. Auch Jul feuerte. Die Kuppel warf den lauten Knall verzerrt zurück, und der Engel taumelte. Getroffen.
Doch sein Schwung trug ihn weiter. Er prallte gegen Amanda und mit ihr gegen die Wand in ihrem Rücken. Kurz verschwand sie hinter gleißenden Federn.
Sie schrie, und Juls Herz verkrampfte sich. Dann fiel ein weiterer schallgedämpfter Schuss. Der Engel zuckte zusammen, wich

jedoch nicht zurück. Im nächsten Augenblick flog das Sturmgewehr davon, schlitterte klappernd über den Boden.
Jul zielte erneut, doch ehe er abdrücken konnte, trat Baal in sein Schussfeld. Der Dämon schwang die losen Enden der Kette, Metall blitzte im Kerzenlicht, prallte mit einem dumpfen Geräusch auf Fleisch.
Diesmal war es der Engel, der schrie, hell wie zerberstendes Glas. Magie steckte in diesen Ketten, und sie durchdrangen die Flügel nicht einfach, sondern zerschmetterten sie. Schimmernde Federn rieselten zu Boden wie Schneeflocken aus Licht.
Im blauen Schein seines Schwertes tanzten die Schatten auf den Wänden, als der Engel herumfuhr. Baal duckte sich unter dem Schlag hindurch, stieß ein tiefes Knurren aus. »Sie gehört mir.«
Der nächste Schlag traf, zog eine verbrannte Spur über Baals Brust. Der Dämon wich zurück, schwankte. Der Engel folgte ihm langsam, während blaues Glühen seinen Flügel umhüllte. Nun hatte Jul wieder freies Schussfeld.
Er drückte ab, mehrmals schnell hintereinander. Schimmernde Blutflecken erblühten auf der Brust des weißen Hemdes. Der Engel taumelte, fiel. Baal setzte ihm nach, zerrte dabei an seinen Fesseln. Juls improvisierter Knoten löste sich, und der Dämon packte je eine Kette in jeder Hand, ließ sie wie zur Probe hin und her schwingen. Noch immer umschlossen dicke Eisenringe seine Handgelenke, hinderten den Dämon daran, die Gestalt zu wechseln. Doch das änderte nichts daran, dass diese Fesseln zwei tödliche Waffen darstellten.
Da flog die Tür auf, durch die sie gekommen waren. Blau flackerndes Licht erhellte den Durchgang.
»Wir müssen hier raus«, rief Jul. »Schnell!«
Zu seiner Überraschung reagierte Baal. Er wandte sich von dem

Engel ab, rannte auf die Tür zu, die Krätschmer aufhielt. Der Dämonendiener trug sein Gewehr wieder über der Schulter. Nun erst sah Jul auch Amanda wieder. Ihr Gesicht war ein blasses Oval im Halbdunkel, und sie hielt sich die linke Schulter, während sie ihrem Meister folgte, so schnell sie konnte. Jul wartete auf sie und trat an ihrer Seite in den dunklen Vorraum. Um Baal machte er sich keine Sorgen. Der Dämon brauchte ihn, wenn er seine Fesseln vollends loswerden wollte.

»Ich kann's nicht heilen«, presste Amanda zwischen zusammengebissenen Zähnen hervor. »Flammenschwert und Dämonenblut vertragen sich wohl echt nicht.«

Im Gehen zog Jul ihre Hand beiseite und schob zwei Finger durch das verkohlte Loch, das im Stoff ihrer Jacke klaffte. Es schien eine Ewigkeit zu dauern, bis der Schmerz aus ihren Zügen wich, bis sie den Vorraum durchquert hatten. Als sie endlich in die kühle Nacht hinausstürzten, glaubte Jul die Hitze der Flammenschwerter im Nacken zu spüren.

Baal und Krätschmer hatten den Weg unter den Bäumen bereits erreicht. Nur Sekunden, dann tauchten auch Jul und Amanda in die Schatten der Äste ein. Hinter ihnen erklang das Schlagen großer Flügel.

Vom Kiesweg huschten sie unter die Kolonnade, immer darauf bedacht, keinen offenen Himmel über sich zu haben. Der schnelle Wechsel von spärlichem Licht und Schatten machte es beinahe unmöglich, Entfernungen abzuschätzen, doch schließlich kam das Ende des Säulengangs in Sicht. Zwischen den letzten beiden Säulen sah Jul Wasser glitzern. Dort, ein Stück unter ihnen, lag die Spree. Würde der Dämon in den Fluss springen? Nein, er musste wissen, dass die Engel leicht auf sie herabstoßen konnten, sobald sie ohne Deckung im Wasser schwammen. Links von der Kolonnade, Ecke an Ecke mit der letzten Säule, erstreckte sich ein schmales Gebäude. Ein massiver Zaun verlief zwischen dem Bau und der Nationalgalerie, versperrte den Weg in diese Richtung. Hinter dem Zaun lag ein freier Platz ohne Deckung, der bis an die Rückseite des Pergamonmuseums reichte. Wenn sie es dorthin schafften ...

Eine Sturmgewehrsalve zischte. Krätschmer warf sich gegen die Gittertür im Zaun, und das zerschossene Schloss gab mit einem Knall nach.

Zu viert sprinteten sie über den freien Platz. Vor ihnen erhob sich die dunkle Rückseite des Pergamonmuseums, daneben der Schatten eines Baums. Noch immer erklang Flügelschlag über ihren Köpfen, niemals würden sie die Engel abhängen können. Doch das mussten sie auch nicht. Das Gebäude versprach Sicherheit.

Dann blaues Feuer, direkt über ihnen.

Jul blieb kaum mehr Zeit, eine Warnung zu rufen, da ging der Engel vor ihnen nieder. Er machte sich nicht die Mühe, seine Landung abzufangen. Seine Flügel erloschen einfach ein Stück über dem Boden, und er fiel. Federnd ging er in die Knie, das blau brennende Schwert zum Stoß erhoben.

Krätschmer kam schlitternd zum Stehen, doch Baal stürmte einfach weiter, sein Brüllen hallte über den Platz. Eine der Ketten schnellte vor, der Engel duckte sich. Doch sofort zischte auch die zweite Kette vor und wickelte sich um seinen Schwertarm.

Der Dämon zog mit einem Ruck an der Kette. Etwas knackte, das Schwert fiel klappernd zu Boden.

Jul sah sich eilig um. Es war nicht mehr weit. Der Schatten des Pergamonmuseum erhob sich dicht vor ihnen. Mondlicht brach sich auf Fensterglas. Vielleicht konnten sie es noch schaffen.

Ein kräftiger Windstoß machte seine Hoffnungen zunichte.

Große Flügel schlugen, wirbelten Staub unter den Füßen dreier landender Engel auf. Das Haar des mittleren schien selbst im spärlichen Licht noch matt golden zu glimmen, umrahmte sein Gesicht wie eine Löwenmähne. Traurig schüttelte er den Kopf.
»Ich habe nicht gedacht, dass du so tief sinken würdest, Iacoajul.« Michaels Stimme trug weit zwischen den alten Gebäuden.
»Er kann immerhin noch auf dich herabsehen.« Amanda trat vor, und der Blick, mit dem sie den Erzengel maß, war voller Verachtung.
Juls Finger schlossen sich wie von selbst um den Griff seiner Pistole. Sie waren nicht so weit gekommen, um nun zu scheitern. Immerhin hatten sie Glück im Unglück, bisher war kein Seraph unter ihren Gegnern. Doch Michael allein war schon schlimm genug.
Während Amanda sprach, wich Baal von seinem Gegner zurück, der sich seinerseits in Michaels Gefolge einreihte. Ketten schabten über den Asphalt, als der Dämon sich näher an Jul heranschob, die striemenübersäten Arme hinter dem Rücken verschränkte.
»Löse meine Fesseln, wenn du überleben willst«, zischte er. »Wenn ich die Gestalt wechseln kann, habe ich vielleicht eine Chance gegen Michael.«
Widerwillig senkte Jul den Blick auf die Eisenbänder, die Baals Handgelenke umschlossen. Wenn er den Dämon befreite, wären sie seiner Gnade ausgeliefert. Tat er es nicht, würden Michael und sein Gefolge sie in jedem Fall besiegen. Das würde Amandas Tod bedeuten. Und wahrscheinlich auch seinen.
»Worauf wartest du?« Ungeduld schwang in Baals Stimme mit. »Du hast mein Wort, dass ich euch später helfe … zu einem angemessenen Preis.«

Alles in Jul sträubte sich, auch nur darüber nachzudenken, mit einem Dämon zu verhandeln. Doch welche Möglichkeiten blieben ihm sonst? Amanda erneut anschießen und damit die in ihr schlummernden Kräfte freisetzen? Das hatte sie beim ersten Mal beinahe umgebracht. Was, wenn er diesmal nicht die Gelegenheit erhielt, sie rechtzeitig zu heilen? Was, wenn es überhaupt nicht noch mal funktionierte und sie einfach starb?

Hinter ihnen knirschten Schritte. Krätschmer fuhr herum, und auch Jul warf einen Blick über die Schulter. Weitere Engel näherten sich vom Zaun her, helle Schemen in der Dunkelheit. Sie waren umzingelt.

»Lasst die Frau am Leben.« Michaels Stimme schnitt wie eine Klinge aus Eis durch die Nacht. »Sie wird sicher gesprächiger sein als der Dämon. Die anderen sind ohne Bedeutung.«

Alles in Jul verkrampfte sich. Nicht, weil der Erzengel soeben sein Todesurteil ausgesprochen hatte. Nein, vor seinem inneren Auge erschien das Bild von Baal, wie er in den Katakomben zwischen den Ketten gehangen hatte. Doch nun kniete an der Stelle des Dämons Amanda auf dem kalten Steinboden, blutig und mit Striemen übersät.

Jul traf seine Entscheidung innerhalb eines Augenblicks. Er streckte die Hand nach den Eisenschellen aus, ließ blaues Feuer über das Metall tanzen. Der Dämon zischte vor Schmerz, dann sprangen die Schellen auf, und die Ketten fielen. Jul fing sie auf, bevor sie klirrend auf dem Boden aufschlagen konnten.

Baals Gestalt wuchs an, knochige Spitzen durchstießen die Haut seines Rückens und wölbten sich wie Klingen aus seinen Ellbogen. Mit einem gewaltigen Satz stieß er sich ab, sprang zwischen den Engeln hindurch, genau auf Michael zu. Der Erzengel trat einen eleganten Schritt beiseite, schwang sein Schwert. Doch Baal drehte sich im Flug, seine Gestalt flackerte.

Wo zuvor noch ein Arm gewesen war, zischte die flammende Klinge nun durch leere Luft.
Wie eine Katze kam der Dämon mit den Füßen zuerst auf, hinterließ Furchen im Asphalt, als er seinen Schwung bremste. Sofort waren drei Engel über ihm. Sie trieben ihn mit kräftigen Schlägen zurück gegen den Stamm des nahen Baums. Er brüllte wütend auf, schien in einer Vielzahl von Formen zu zerfließen. Doch genau solche Feinde zu bekämpfen, hatten die Diener des Herrn gelernt. Eine flammende Klinge zog einen tiefen Schnitt durch sich ständig wandelndes Fleisch, und Schmerz mischte sich zu der Wut in Baals Stimme.
Jul fuhr herum, riss Muriels Schwert gerade rechtzeitig aus der Scheide, um den Hieb einer flammenden Klinge zu parieren. Die drei Engel hinter ihnen waren zum Angriff übergegangen.
Seine Linke fand den Griff der Pistole. Er schoss, wich gleichzeitig nach hinten, parierte einen weiteren Schlag. Einer der Engel fiel zurück, um seine Wunden zu heilen. Die anderen rückten dichter zusammen.
In Juls Rücken ratterte Krätschmers Sturmgewehr. Die Schüsse hallten laut über die Insel, der Schalldämpfer schien den Geist aufgegeben zu haben. Jul zog sich Schritt für Schritt zurück, folgte dem Geräusch der Waffe. Schimmerndes Blut tränkte inzwischen die weiße Kleidung seiner Gegner, doch auch in Juls Fleisch bissen schmerzhafte Treffer. Ununterbrochen prasselten Schläge auf ihn ein. Er wich aus, parierte, schickte das blaue, heilende Glühen durch seinen Körper. Sein Herz pochte laut, sein Atem ging schnell. Er versuchte, sich ganz auf den Moment zu konzentrieren, alles ringsum zu vergessen, wie er es auf der Jagd nach Dämonen tat. Doch seine Gedanken wollten nicht schweigen. Am Krater war er mit der Sorge um Karin und Amanda beschäftigt gewesen. Nun aber lenkte ihn nichts

davon ab, dass er gegen seinesgleichen kämpfte. Dass er sie schwer verletzen oder töten musste, um diese Nacht zu überleben.

Jul strauchelte.

Mit einem triumphierenden Schrei sprangen seine Gegner vor – und hielten inne, als wären sie gegen eine Wand geprallt. Eine unsichtbare Kraft drückte sie von Jul fort, den Weg zurück, den sie gekommen waren. Flügel aus Licht entfalteten sich. Federn stoben, als ihre Besitzer sich mit aller Kraft gegen das stemmten, was sie zurücktrieb.

»Krätschmer hält Michael unter Sperrfeuer.« Amandas Stimme erklang dicht hinter Jul, angespannt und drängend, konzentriert, aber verhältnismäßig ruhig. Griff sie etwa bewusst auf ihre Kräfte zu? Es bestand kein Zweifel, dass sie es war, die die Engel zurückschob. »Aber ich weiß nicht, wie lange er das noch schafft. Wir müssen hier weg.«

»Zum Museum.« Jul wandte sich um. Mündungsfeuer und blaue Flammen tauchten die Szenerie vor ihm in unwirkliches Licht. In eben diesem Moment stürmte Michael auf Krätschmer zu, achtete nicht auf die Kugeln, die an seinem Kopf vorüberzischten oder in sein Fleisch schlugen. Er breitete die Flügel halb aus und sprang, die von Feuer umspielte Klinge vor sich ausgestreckt. Fluchend warf sich der Dämonendiener zur Seite. Er rollte ab, kam in derselben Bewegung wieder auf die Füße. Sofort legte er erneut auf den Erzengel an, und ungezielte Schüsse rissen Splitter aus dem Asphalt.

Jul nutzte die Gelegenheit. Er schob das Schwert in seine Scheide zurück, ergriff Amandas Hand und zog sie an Michael vorbei. Im Rennen gab er einen Schuss in den Schatten des Baums ab. Einer von Baals Gegnern krümmte sich vor Schmerz, ein weiterer lag bereits reglos am Boden. Doch die Bewegungen des

Dämons schienen langsamer zu werden, fahriger. Lang würde er nicht mehr durchhalten.
Dann erreichte Jul die Rückseite des Pergamonmuseums. Er ließ Amandas Hand los, stieß das Schwert durch die nächstbeste Fensterscheibe. Glas splitterte, Holzstreben vergingen im blauen Feuer. Er winkte Amanda durch die entstandene Öffnung, kletterte ihr dann eilig hinterher. Glas knirschte unter seinen Sohlen, als er auf der anderen Seite aufkam. Im Licht der blauen Flammen sah er sich um.
Sie schienen in einem Aufenthaltsraum für das Museumspersonal gelandet zu sein. Ein Tisch stand in der Mitte, eine Arbeitsplatte mit einer Kaffeemaschine darauf an der Wand.
Eine Bewegung ließ Jul aufschauen. Ein kleiner, dunkler Schatten glitt lautlos durch das zerbrochene Fenster herein. Eine Eule? Hoffentlich der Dämon, seinetwegen nahmen sie dies alles immerhin auf sich.
Dann folgte Krätschmer. Er griff nach einem runden Gegenstand an seinem Gürtel, zog an einem Ring, schleuderte das metallene Ei zum Fenster hinaus. »Weg hier!«
Er stieß eine Tür in der gegenüberliegenden Wand auf, und sie fanden sich in den eigentlichen Ausstellungsräumen wieder.
Die Eule flog ihnen voraus, als sie durch dunkle Museumssäle eilten. Die Rekonstruktionen antiker Gebäude erhoben sich ringsum, nichts weiter als Schatten. Nur ab und zu brach sich der Schein der blauen Flammen auf dem Glas einer Vitrine. Hinter ihnen hallte die Explosion der Handgranate durch die Nacht.
Schließlich wurden sie langsamer. Jul blickte sich um, sah die Fliesen eines Mosaiks, goldene Löwen auf blauem Grund. Er kannte die Prozessionsstraße, zu der dieses Mosaik gehörte, er kannte auch das Tor, durch das sie führte. Er hatte beides an

seinem ursprünglichen Standort gesehen, in Babylon vor vielen Jahrhunderten, als er die Göttin, der es geweiht war, noch für einen Dämon gehalten hatte. Es war ein seltsames Gefühl, nun wieder zwischen denselben Mosaiken zu stehen. So viel hatte sich geändert.

Jul riss sich von seinen Erinnerungen los und wandte sich seinen beiden menschlichen Begleitern zu. Mitten in der Bewegung hielt er inne. Er blickte direkt in die Mündung von Krätschmers Waffe.

Ein müdes Lächeln zupfte an seinen Mundwinkeln. »Das ist also der Dank dafür, dass ich dein Leben gerettet habe.«

»Wärst du nicht gewesen, wär es nie so weit gekommen«, knurrte der Dämonendiener.

Eine Bewegung in der Nähe ließ Jul aufsehen. Die Eule landete ungeschickt auf dem glatten Boden, strauchelte und musste mit den Flügeln schlagen, um das Gleichgewicht zu wahren. Dann wuchs ihre Gestalt. Die Federn schmolzen, der Schnabel schwand und machte einem menschlichen Gesicht Platz. Es waren nicht die Züge, die der Dämon im Dom getragen hatte. Auch die Hörner waren fort, das Haar wirkte glatter und die Haut ein wenig heller. Doch Jul erkannte ihn trotzdem. Vor ihm stand der Mann, den er am Krater bereits als Amandas Meister identifiziert hatte.

»Nimm die Waffe runter, Daniel. Diese beiden sind als Bittsteller zu mir gekommen.« Baal klang nicht außer Atem, nur eine Spur von Schmerz schwang in seiner Stimme mit. Bei seiner Verwandlung hatte er sich nicht um solche Details wie Kleidung geschert. Im blau flackernden Licht wirkte er blass, und die roten Striemen traten deutlich auf seiner Haut hervor. In seinem rechten Oberschenkel klaffte eine tiefe Wunde, die Ränder verbrannt. Er humpelte einen Schritt auf sie zu. »Wir brauchen ein Auto.«

»Unseres steht nicht weit von hier.« Krätschmer ließ das Sturmgewehr nur widerwillig sinken.
»Unseres ebenfalls.« Karin, die an ebenjenem Auto wartete, erwähnte Jul nicht, doch er hoffte inständig, dass die Engel sie nicht entdeckten. Sie mussten schnell zu ihr und dann fort von diesem Ort. »Wir teilen uns am besten auf.«
»Nimm du dein Auto, Engel. Amanda kommt mit uns.« Der Tonfall des Dämons machte deutlich, dass es sich bei seinen Worten nicht um einen Vorschlag handelte, sondern um einen Befehl. »Wir treffen uns im Tiergarten an der Siegessäule. Von dort aus fährst du uns hinterher. Ich habe Verstecke in der ganzen Stadt, in denen wir sicher sind. Dort können wir über das verhandeln, was ihr von mir wollt.«
Jul schüttelte den Kopf und packte sein Schwert fester. Die Dinge mochten sich nicht zu ihren Gunsten entwickelt haben, doch er würde sich sicherlich nicht herumschubsen lassen. Und solange es auch nur halbwegs in seiner Macht lag, würde er auch Amanda davor bewahren. Immerhin war es seine Schuld, dass ihr Meister nun nicht mehr in Ketten lag. »Amanda kommt mit mir.«
Baal verzog das Gesicht zu einem abfälligen Lächeln. Ein Wink von ihm, und Krätschmer richtete seine Waffe wieder auf Jul.
»Hört auf!« Amandas Stimme hallte von den Mosaikwänden wider. »Michael könnte jeden Moment hier auftauchen. Wir können es uns nicht leisten zu streiten!«
Der Dämon wandte sich ihr zu. »Dann pfeif deinen Wachhund zurück und fahr mit mir. Ich will auf der Fahrt mit dir reden.«
Amandas Miene mochte unbewegt bleiben, aber da war die Art, wie sie schluckte, wie sie die Fäuste ballte, bis ihre Knöchel weiß hervortraten. Jul konnte sie nicht allein lassen. Aber ein Kampf würde nur Michael auf sie aufmerksam machen. »Ich traue dir nicht, Dämon. Wer garantiert mir, dass du beim Treff-

punkt erscheinen wirst? Dass du nicht einfach mit Amanda verschwindest?«

Ein heiseres Lachen kam über Baals Lippen. »Ich weiß, wer du bist. Jeder Dämon in der Stadt hat schon von dem flügellosen Engel gehört, der die Vergessenen jagt. Diese Gelegenheit ist zu günstig, und du bist zu wertvoll, um dich zurückzulassen.«

Es schien Jul eine Ewigkeit her zu sein, dass er in dem alten U-Bahn-Schacht niedere Dämonen gejagt hatte, dass der Diener eines anderen Dämons versucht hatte, ihn für seine Zwecke einzuspannen. Höchstwahrscheinlich sprach Baal die Wahrheit. Er würde die Gelegenheit nutzen wollen, ihn für sich zu gewinnen. Ein Engel war eine mächtige Waffe gegen Konkurrenten.

Fieberhaft überlegte Jul, welche Argumente er noch vorbringen konnte, wie er den Dämon dazu bewegen konnte, von seiner Forderung abzulassen. Wieso sagte Amanda nichts? Sie verstand sich deutlich besser auf solche Dinge als er. Aus dem Augenwinkel warf er ihr einen Blick zu. Sie wirkte erschöpft und mutlos und noch kleiner als im Dom. All ihre Stärke schien verschwunden. Was hatte er nur getan, in was für eine Situation hatte er sie gebracht?

»Ist schon in Ordnung. Ich gehe mit ihm.« Ihre Stimme klang tonlos, doch als sie seinem zweifelnden Blick begegnete, rang sie sich ein Lächeln ab. »Ich hab ein Jahr bei ihm gewohnt und es überlebt.«

Der Dämon grinste. »Dann wäre das ja geklärt.« Er klang, als hätte er nie mit einem anderen Ausgang der Diskussion gerechnet. So viel Arroganz!

Ohne eine Antwort von Jul abzuwarten, wandte Baal sich ab, humpelte in einen Nebenraum und spähte aus einem Fenster. Vermutlich, um nach Engeln Ausschau zu halten.

Aus zusammengekniffenen Augen sah Jul ihm nach. Wenn der

Dämon schon bekam, was er wollte, dann allerdings zu Juls Bedingungen. Er warf Krätschmer einen kurzen Blick zu. Der Dämonendiener tat es seinem Meister auf der anderen Seite des Gangs längst gleich, beobachtete aufmerksam den dunklen Himmel. Die Gelegenheit war günstig.

Eilig zog Jul das Handy aus seiner Jackentasche. Es war wie durch ein Wunder heil geblieben, obwohl der Jeansstoff selbst unzählige versengte Löcher aufwies. Schnell steckte er es Amanda zu. »Ruf Karin an, falls irgendetwas schiefläuft.«

Es gab so viel mehr, das er ihr sagen wollte, doch seine Kehle war wie zugeschnürt. Sie schenkte ihm ein kurzes Lächeln, das ihre Anspannung aber nicht verbergen konnte. »Es wird vielleicht teuer, aber wir können die Waffe immer noch bekommen«, flüsterte sie ihm zu. »Solange wir irgendwie an die Waffe herankommen, wird alles gut.« Es klang wie etwas, von dem sie sich selbst überzeugen wollte.

Nachdenklich sah Jul zu dem Dämon hinüber, dann beugte er sich zu Amanda hinüber und brachte seinen Mund dicht an ihr Ohr. »Meinst du nicht, wir könnten ohne ihn von hier verschwinden? Und dann beschwörst du ihn, sobald wir in Sicherheit sind? Nun sollte es doch gehen, oder?«

Amanda biss sich auf die Unterlippe, schüttelte dann den Kopf. »Er hat Michael nichts verraten. Womit könnten wir ihm drohen, das schrecklicher ist als diese Folter? Außerdem ... sobald wir fort sind, wird er Roman aus der Villa holen lassen und ...« Ihre Stimme brach. Sie wandte sich ab, und ihre Schultern hoben und senkten sich, als sie mehrmals tief durchatmete. Der Anblick weckte einen dumpfen Schmerz in Juls Brust. Hatte er wirklich die beste Möglichkeit gewählt, als er Baal von seinen Ketten befreit hatte?

»Drei der gefiederten Schlappschwänze bewachen den Haupt-

eingang.« Krätschmers heisere Stimme schnitt in seine Gedanken. »Ich glaube, es stehen auch welche auf der Brücke, aber das ist schwer zu erkennen.«
»Wir nehmen die Notausgänge«, bestimmte Baal. »Und wenn es sein muss, schwimmen wir durch den Fluss.«
Amanda seufzte, doch sie beklagte sich nicht. »Dann los.«
Einer nach dem anderen huschten die drei davon, verschwanden in der Dunkelheit.
Schließlich setzte sich auch Jul wieder in Bewegung. Er fand schnell einen Fluchtplan, der ihm den Weg zu einem der Notausgänge wies. In dem Hof, den das Museumsgebäude wie ein U umschloss, leuchteten die Flügel der Wache stehenden Engel hell in der Dunkelheit. Sie bemerkten ihn nicht, als er im Schatten der alten Mauern Richtung Fluss huschte. Auch die Wächter auf der Brücke, der einzigen Möglichkeit, vom Hof aus die Museumsinsel trockenen Fußes zu verlassen, vernahmen das leise Plätschern nicht, mit dem er ins Wasser glitt.
Schnellen Schrittes ließ Jul die Museumsinsel hinter sich. Über ihm kreisten die Engel, immer wieder stießen sie herab, glitten dicht über die verlassenen Straßen, um nach Bewegungen Ausschau zu halten. Mehrmals musste Jul reglos in Nischen oder an Vorsprünge gekauert ausharren, bis sie wieder fort waren. So musste eine Maus sich fühlen, die von Falken gejagt wurde.

Keine Viertelstunde später lenkte Karin das Auto in den Kreisverkehr, der die Siegessäule umgab. Sie hatte sich schweigend angehört, was geschehen war. Noch immer war sie ungewöhnlich still. Müdigkeit vielleicht, doch es war vor der Zeit, zu der sie normalerweise schlafen ging.

Trotz der fortgeschrittenen Stunde waren viele Autos unterwegs. Weiter hinten, Richtung Stadtring, erstreckte sich eine Schlange aus roten Rücklichtern. Jeder wollte die Stadt verlassen, irgendwohin, wo es sicher war. Als ob es einen solchen Ort noch gegeben hätte.

Karin hielt kurzerhand auf einer der Haltestreifen am Rand des Kreisverkehrs, die normalerweise für Busse bestimmt waren. »Steigen wir aus?«

Jul ließ den Blick schweifen. Der Ort war gut gewählt. In der Mitte des Kreisverkehrs erhob sich die Siegessäule, der goldene Engel auf ihrer Spitze war hell erleuchtet, wie die Fassaden der Museen und des Doms. Seine lächerlich kleinen Flügel strahlten, als wären sie tatsächlich aus Licht. Auf der anderen Seite der Straße begann hinter einer niedrigen Mauer die dunkle Linie der Bäume. Falls die Engel kamen, würden sie schnell im Schatten der Äste untertauchen und ihre fliegenden Verfolger leicht auf der großen Fläche des Tiergartens abhängen können.

Nach einer Weile schüttelte Jul den Kopf. »Wir bleiben sitzen. Der Dämon hat gesagt, wir sollen ihnen hinterherfahren, sobald sie hier sind, also macht es keinen Sinn auszusteigen.«

Karin lehnte sich in ihrem Sitz zurück, sah aus dem Augenwinkel zu ihm herüber. Ihr derzeitiges T-Shirt trug die Aufschrift »404 – Shirt not found«, ihr rotgefärbtes Haar wirkte ein wenig zerstrubbelter als sonst. Doch alles in allem schienen die bisherigen Ereignisse sie nicht sonderlich verändert zu haben, sie sah aus wie immer. Seltsam, wo doch sonst alles auf den Kopf gestellt worden war.

»Denkst du, sie kommen wirklich?«, fragte sie nach einer Weile.

»Ich hoffe es.«

»Du spielst ein ziemlich gefährliches Spiel.«

Jul seufzte. »Dies ist weder ein Spiel noch ein Film, Karin. Die

Welt wird sich in Nichts auflösen, wenn wir nichts unternehmen.«
Im Licht der Siegessäule blitzten Karins Augen zornig auf. »Ich weiß! Deshalb mache ich mir Sorgen um dich, du dummer, flügellahmer Engel!«
Überrascht begegnete Jul ihrem Blick. Sie verstand den Ernst der Lage also doch. Vielleicht hatte sie nur ihre eigene Art, mit alldem umzugehen. Sie holte tief Luft, fuhr dann ein wenig ruhiger fort: »Du lässt dich mit Leuten ein, von denen offiziell bekannt ist, dass man ihnen nicht trauen kann, und dein toller Plan zur Rettung der Welt besteht darin, einer Frau, die du einen Tag kennst und in die du offensichtlich verschossen bist, eine Superwaffe in die Hand zu drücken, mit der sie Gott töten soll, was sie supermächtig machen wird. Klingt das in deinen Ohren nicht auch vollständig irre?«
Für einen Moment herrschte Schweigen im Auto. »Ein bisschen.«
»Ein bisschen?« Karin warf in einer verzweifelten Geste die Arme in die Höhe. »Selbst wenn die ganze Sache funktioniert, würde es mich nicht wundern, wenn sich daran gleich die nächste Katastrophe anschließt. Amanda, die neue Göttin. Ich weiß, du hältst viel von ihr, und sie sieht sicher nicht schlecht aus, und vielleicht ist sie auch gut im Bett, wobei ich gar nicht so genau wissen will, was ihr getrieben habt, als ich weg war. Aber …«
»Du hast recht.«
»… sie hat wer weiß was durchgemacht bei ihrem Dämonenmeister, und egal wie verliebt du bist, musst du doch zugeben, dass …«
»Du hast recht, Karin.«
Diesmal schienen die Worte zu ihr durchzudringen. Karin hielt

mitten im Satz inne und starrte ihn verblüfft an. »Was? Ist das dein Ernst?«
Jul nickte lächelnd, obwohl ihm nicht danach zumute war. Er hatte sich eigentlich zuerst mit Amanda über dieses Thema unterhalten wollen. Nun mit Karin darüber zu sprechen, ohne dass die Person, um die es ging, anwesend war, trug den bitteren Beigeschmack von Verrat. Allerdings wusste er nicht, wann sich wieder eine Gelegenheit zu einem Gespräch ergeben würde. Besser, es nicht weiter vor sich herzuschieben. »Mir wäre es auch lieber, wenn niemand die Macht des Herrn nutzen könnte. Gleichzeitig ist sie aber Amandas einzige Chance, ihrem Meister endgültig zu entkommen. Das will ich ihr unter keinen Umständen nehmen. Wenn es schon sein muss, dass irgendjemand ...« Er stockte, die Worte kamen ihm nicht über die Lippen. »Wenn es ohnehin getan werden muss, dann soll sie es tun.«
Karin legte die Stirn in Falten. Sie öffnete den Mund, doch Jul hob eine Hand, um anzuzeigen, dass er noch nicht fertig war.
»Dennoch sollten wir auf jeden Fall mehr über diese Waffe herausfinden. Vielleicht gibt es eine Möglichkeit, wie Amanda nur einen Teil der göttlichen Kräfte erhält. Vielleicht kann sie die Macht sogar wieder abgeben, wenn sie sie nicht mehr braucht. Möglicherweise kann sie ohnehin nicht damit umgehen, immerhin ist ein Mensch nicht dazu bestimmt, so viel Macht in Händen zu halten. Dann ist es zu ihrem eigenen Wohl wichtig, dass wir einen Weg finden, sie davon wieder zu befreien.« Wieso klang das nur wie eine billige Ausrede?
Doch Karin nickte nachdenklich, setzte die Miene auf, die sie immer zur Schau trug, wenn sie ein schwieriges Problem zu lösen hatte. »Wir brauchen also mehr Informationen. Ich glaub allerdings nicht, dass man im Internet was zu dem Thema fin-

det.« Dann huschte ein Lächeln über ihre Lippen. »Aber schön zu sehen, dass du dir ein bisschen Vernunft bewahrt hast.«
Jul ging nicht auf die letzte Bemerkung ein. »Wir werden uns in Kürze auf dem Weg zum Versteck eines Dämons befinden ...«
Er musste den Satz nicht zu Ende führen, Karins Augen leuchteten auf. »Denkst du, er hat da ein Computersystem, in dem ich herumschnüffeln könnte?«
Es war schwer, sich der Begeisterung seiner Mitbewohnerin zu entziehen. Sicher konnte es tatsächlich nicht schaden, sich zu informieren, und sei es nur, dass sie überprüften, ob stimmte, was Luzifer ihnen erzählt hatte. »Womöglich kein Computersystem, aber vielleicht eine Bibliothek. Unsicherer ist, ob Baal sein Wissen über die Waffe irgendwo niedergeschrieben hat, aber einen Versuch ist es wert.«
Karin öffnete den Mund, um etwas zu erwidern, doch das Klirren der Autoscheiben unterbrach sie. Wie ein Grollen, das man mehr spürt als hört, rollte das Erdbeben unter ihnen hinweg. Weiter vorne auf der Straße erscholl ein Hupkonzert, Bremsen quietschten, Autos drängelten, um möglichst schnell weiterzukommen. Nur fort von all den unerklärlichen Phänomenen.
Jul lehnte sich vor, behielt durch die Windschutzscheibe hindurch den goldenen Engel auf der Siegessäule im Blick. Wenn er kippte ...
Doch das Beben verebbte. Wie Wellen, die auf der weiten Oberfläche eines Sees verliefen, wurden die Stöße schwächer, erstarben schließlich ganz. Karin allerdings nahm nicht wieder auf, was sie hatte sagen wollen. Vielleicht fragte sie sich genau wie er, was diesmal wohl zu Bruch gegangen war. Wie der Krater, der einst der Alexanderplatz gewesen war, nun wohl aussah.
Schließlich erklang ein Hupen ganz in ihrer Nähe. Angespannt

starrte Jul dem sich nähernden Scheinwerferpaar entgegen. Ein schweres, dunkles Fahrzeug zog langsam an ihnen vorbei, und er erhaschte einen Blick auf Amanda, die sich aus dem hinteren Seitenfenster lehnte und winkte. Karin startete den Motor, ordnete sich auf derselben Spur ein, um dem Wagen des Dämons zu folgen.

»Liebst du sie?«

Jul zuckte zusammen, durch diese unerwartete Frage aus seinen Gedanken gerissen. Wie sollte er darauf nur antworten? »Ich weiß es nicht.« Nachdenklich musterte er Karins Profil. »Bist du eifersüchtig?«

Ihr Lachen klang ein wenig schrill. »Das hättest du wohl gern. Tut mir leid, dich enttäuschen zu müssen. Ist schon anstrengend genug, dich als Mitbewohner zu haben.«

Erleichtert lehnte er sich zurück. Immerhin etwas, worum er sich keine Sorgen machen musste.

28

Amanda schloss die Augen, atmete tief durch und konzentrierte sich ganz auf das Gefühl des Fahrtwindes, der ihr durchs Haar wehte, ihre Sinne belebte und die Reste des Schmerzes vertrieb. Balthasar hatte keine Zeit verschwendet, hatte sie im Detail zu allem befragt, was geschehen war, und hatte Feuer durch ihr Tattoo gejagt, wenn er glaubte, sie würde lügen oder ihm etwas verschweigen. Sie rieb sich den Arm. Wäre sie am vergangenen Mittag doch nur nicht so feige gewesen. Sie hätte zulassen sollen, dass Jul das verfluchte Ding herausschnitt. Aber sie hatte den Schmerz gefürchtet. Und sie hatte geglaubt, Balthasar nie wieder so machtlos gegenübertreten zu müssen. Der Plan war gewesen, göttliche Macht zu erlangen, bevor sie ihn wiedersah.

Nachdem ihre Freiheit am Morgen noch zum Greifen nahe gewesen war, fühlte sich dies alles wie eine Niederlage an. Doch hätte Jul Balthasar nicht befreit, wäre sie nun vielleicht Michaels Gefangene. Ob das schlimmer gewesen wäre, wusste sie nicht, in jedem Fall aber hätte es sie der Befreiung ihres Bruders auch nicht nähergebracht.

»Mach das Fenster zu.« Ein leicht verbrannter Geruch, gemischt mit dem von Flusswasser und heißem Schiefer, stieg ihr in die Nase, als Balthasar sich zu ihr herüberlehnte. Sie saßen zusammen auf der Rückbank, Krätschmer fuhr. Ohne die Augen zu öffnen, tastete Amanda nach dem Knopf, und die Scheibe glitt surrend in die Höhe.

»Sieh mich an.«
Widerwillig hob sie die schweren Lider. Es war schon viel zu lange her, dass sie eine vernünftige Menge an Schlaf bekommen hatte. Doch das machte sie nur empfänglicher für den Schmerz. Schon wieder kroch er die blutrote Schlange hinauf. Sie ballte die Linke zur Faust. Am liebsten hätte sie Balthasar mit der Kraft ihrer Magie von sich gestoßen, hinaus aus dem Auto. Vorhin, bei der Begegnung mit Michael, hatte sie ganz ohne Hilfe Kräfte in ihrem Inneren gefunden, von denen sie bisher nur wenig geahnt hatte. Sie wusste noch immer nicht, wie sie das Weinglas hatte zerspringen lassen, doch Wesen und Gegenstände von sich zu stoßen, das wurde immer einfacher. Versuchsweise griff sie nach der Magie in ihrem Inneren, um sich zu vergewissern, dass sie noch da war, dass sich die Erkenntnis, wie sie sie einsetzen musste, nicht wieder verflüchtigt hatte ... Der Schmerz zerriss ihre Konzentration mit Tausenden Nadelklauen.
»Wenn du so weitermachst, stumpfe ich irgendwann dagegen ab«, murmelte sie matt.
»Deinen Schreien nach zu urteilen, ist das bisher nicht der Fall.« Ein Schmunzeln huschte über Balthasars Lippen. Keine Spur von Blut war mehr auf seinem Gesicht zurückgeblieben, nur die dünne rote Narbe verlief noch unter seinem linken Auge. Er hatte sich sogar um Kleidung bemüht, sie beschworen, oder wie auch immer er das tat. Nun trug er eine Hose, aber sein Oberkörper blieb nackt. Fast als wollte er, dass sie die roten Striemen darauf sah.
»Was denkst du über den Engel?«
Die Frage traf sie wie ein Guss kalten Wassers. Amanda versteifte sich und hoffte, dass er es nicht bemerkte. »Jul?« Zeit gewinnen, Gedanken ordnen. Es wäre sicher einfacher, wenn sie

die Antwort auf diese Frage selbst gekannt hätte. Aber auf keinen Fall durfte sie den falschen Eindruck erwecken.
Das Kribbeln in ihrem Arm wurde stärker. Sie stöhnte leise auf, drehte die Augen gen Autodach und erhaschte kurz einen Blick auf Krätschmers Grinsen im Rückspiegel. Das Arschloch sollte sich besser auf die Straße konzentrieren.
»Er ist in Ordnung, höchstwahrscheinlich vertrauenswürdig. Dass er ein Gewissen hat, habe ich schon erwähnt.« Leider. Sie hatte Juls Geschichte nicht ausplaudern wollen. Doch sie war erschöpft genug gewesen, um sich in ihren eigenen Ausreden zu verheddern, so dass Balthasar ihr auf die Schliche gekommen war. Immerhin wusste der Dämon noch nicht, dass sie mit Jul geschlafen hatte. Eilig verdrängte sie den Gedanken, fürchtete halb, er könnte ihn von ihrem Gesicht ablesen.
»Was hast du mit ihm vor?« Vielleicht konnte sie ablenken, wenn sie ihrerseits Fragen stellte.
Balthasar grinste. »Du solltest dir mehr Gedanken darüber machen, was ich mit dir vorhabe.«
Sie schüttelte den Kopf. »Das ist nicht so schwer zu erraten.« Viel mehr interessierte sie da, was er für Roman plante, doch das wagte sie nicht zu fragen. Sie würde ihren Bruder retten müssen, bevor es Balthasar möglich war, in die Villa zurückzukehren. Die Informationen über die Waffe aus ihrem selbsternannten Herrn herauslocken, das Ding finden, göttliche Macht erlangen. Das war noch immer der Plan. Und er musste gelingen, koste es, was es wolle.
»Ach ja?« Balthasars Blick bohrte sich in den ihren. »Lass mich an deinen Gedanken teilhaben.«
Sie legte den Kopf zurück, beobachtete ihn nur aus dem Augenwinkel. »Du würdest mich gerne töten, unter anderem auch, weil ich deinen wahren Namen kenne.« Zufrieden stellte sie

fest, wie sich seine Miene verdüsterte. »Allerdings wäre das zum einen zu gnädig, und zum anderen hättest du dann eine Hausmagierin weniger. Also wirst du dich darauf beschränken, mir das Leben zur Hölle zu machen.«

Es dauerte nur einen Moment, dann fand wieder ein Lächeln den Weg auf seine Lippen. »So weit korrekt. Ich muss dich allerdings gar nicht töten, um zu verhindern, dass du meinen wahren Namen je wieder aussprichst.« Er lehnte sich vor, und das dunkle Haar fiel über seine nackten Schultern nach vorn. Als er ihr mit dem Finger über den Hals strich, glühte seine Haut wie von Fieber. Amandas Herz machte einen schmerzhaften Sprung, doch sie rührte sich nicht. In Gedanken ging sie verschiedene grausige Methoden durch, mit denen er sie zum Schweigen bringen konnte. Er würde doch nicht etwa …? »Stumm nütze ich dir nichts.«

Balthasar lachte. »Das ist wahr.« Sein Finger kam auf ihrem Kehlkopf zu liegen. »Aber alles, was es braucht, ist ein Tattoo hier, und du wirst an meinem Namen ersticken, wenn du noch einmal versuchst, ihn auszusprechen.«

Noch ein verdammtes Tattoo. Amanda krallte die Finger in die vom Flusswasser feuchten Sitzpolster, damit sie nicht dem Drang nachgab, Balthasars Hand beiseitezuschlagen. Sie konnte allerdings nicht verhindern, dass sie schluckte, und sie wusste, er würde es spüren.

Balthasar lächelte und lehnte sich wieder zurück. Wären die Striemen auf seiner Haut nicht gewesen, hätte er entspannt gewirkt. Ein erfolgreicher Geschäftsmann, der seinen Feierabend genoss. »Zu dumm, dass der Engel meinen Namen auch kennt. Dass Michael und seinesgleichen unsere Täuschungen durchschauen, ist ärgerlich genug. Aber ein verstoßener Engel, der sogar bereit ist, sich mit Magieanwendern einzulassen …«

Zu gerne hätte Amanda behauptet, Jul wisse von nichts. Doch sie erinnerte sich noch genau an ihre Worte im Dom: »Luzifer hat uns den Namen *Baal* genannt.« Sie hätte nur von sich selbst sprechen dürfen. Wie hatte sie Jul nur so gedankenlos in Gefahr bringen können? Sie biss sich auf die Unterlippe, schwieg und hoffte auf ein Wunder, das ihren Fehler ungeschehen machen würde.
Es kam nicht. »Darum werde ich mich später kümmern. Wenn er ein Gewissen besitzt, dürfte es leicht sein, ihn zum Schweigen zu überreden. Er scheint recht besorgt um dich zu sein, meinst du nicht auch?« Dunkle Augen glitzerten berechnend.
»Wir haben dasselbe Ziel, er braucht mich.« Es gelang ihr, ihre Stimme einigermaßen gleichmütig klingen zu lassen, doch am liebsten hätte sie geschrien. Nicht Jul auch noch! Er durfte nicht in Balthasars Netz aus Erpressungen hineingezogen werden, vor allem nicht ihretwegen. Selbst wenn all ihre Pläne fehlschlugen, sollte zumindest er den Rest seiner Existenz in Freiheit verbringen können. Amandas Hände ballten sich zu Fäusten, doch sie zwang sich, die Finger wieder zu öffnen, sie scheinbar locker in ihrem Schoß liegen zu lassen.
Sie atmete tief durch. Ruhig. Sie musste Ruhe bewahren, das war das Wichtigste. Ruhe bewahren und noch eine Weile Balthasars Spiel mitspielen, bevor sie endlich aus dem Gefängnis ausbrechen konnte, das er für sie errichtet hatte.
Für eine Weile herrschte Schweigen im Inneren des Autos. Draußen zogen die nächtlichen Straßen Berlins vorüber, und sie betrachtete die Häuser jenseits der Glasscheibe, die sie vom Rest der Welt trennte. Inzwischen waren es vor allem mehrstöckige Wohngebäude. Nur in wenigen Fenstern brannte Licht. Ab und zu kamen sie an einem eingeschlagenen Schaufenster vorbei, denn natürlich hatte der eine oder andere das Chaos

zum Plündern genutzt. Ganz selten trafen sie auf andere Autos, nirgendwo war jemand zu Fuß unterwegs. Alle, die fortwollten, standen wahrscheinlich schon an den Wegen aus der Stadt im Stau. Der Rest hatte sich offensichtlich verkrochen.

Weiter vorne zuckte Blaulicht. Krätschmer bog ab, bevor sie die Stelle erreichten, doch Amanda erhaschte einen Blick auf einen Krankenwagen und auf ein Loch im Dach des Hauses, vor dem er stand. Ein Loch, das wahrscheinlich ein abstürzender Engel oder Dämon geschlagen hatte. Zwei Sanitäter trugen eine Gestalt aus dem Haus. Lebendig oder tot? Doch da verschwand die Szene bereits hinter einer Hausecke. Amanda schluckte. Eigentlich konnte ihr der Rest der Welt egal sein, eigentlich war vor allem ihr Bruder wichtig. Doch auf dieser Trage hatte ein Mensch gelegen. Wie viele waren inmitten der Kämpfe bereits umgekommen?

»Mach das Radio an.« Balthasars Stimme riss Amanda aus ihren Gedanken, doch ihr selbsternannter Herr sprach nicht mit ihr. Krätschmer fummelte einen Moment an den Knöpfen des Geräts, Rauschen erklang, dann Stimmen.

»... Militärs auf Demonstranten getroffen, die die Ausfahrten von Militärstützpunkten in ganz Deutschland blockierten. Damit folgten diese Menschen einem Aufruf des Papstes sowie mehrerer evangelischer Geistlicher und islamischer Führer. Geistliche in aller Welt verkünden seit dem Nachmittag, dass es Menschen verboten sei, sich in einen Kampf einzumischen, den immer mehr Menschen für eine Schlacht zwischen Engeln und Dämonen halten. In einer Rede am Abend sagte Bundeskanzlerin ...«

Balthasar lehnte sich zu Krätschmer vor. »Was mit Musik. Lauter.«

Nach mehreren knisternden Senderwechseln hallte klassische

Musik durchs Auto. Balthasar lehnte sich zurück, musterte Amanda schweigend. Eine Schlange, die überlegte, ob sie ihre Beute Kopf oder Hinterteil voran verschlingen sollte. »Du hast mir noch nicht gesagt, was du mir dafür anbietest, dass ich euch helfe.«
Deshalb also die Musik, er wollte wohl nicht, dass Krätschmer bei diesem Teil des Gesprächs mithörte. Doch wieso ließ er sie den Preis festlegen? Amanda hatte fest damit gerechnet, dass Balthasar Forderungen stellen würde. War dies vielleicht eine Falle? Sie rieb sich die vernarbten Schläfen. Sie konnte kaum mehr die Augen offen halten, geschweige denn klar denken. In diesem Zustand zu verhandeln war das Letzte, was sie tun wollte.
»Ich dachte, damit warten wir bis morgen früh, wenn ...« Wenn sie ausgeschlafen hatte. Doch das auszusprechen würde bedeuten, eine Schwäche einzugestehen. »... wenn Jul ...«
»Nein.« Es war nur dieses eine Wort, doch es duldete keinen Widerspruch. Amanda hörte ihre eigenen Zähne knirschen. Er tat so, als hätte sich nichts zwischen ihnen geändert, aber das hatte es. Sie kannte seinen wahren Namen, sie war sozusagen im Auftrag des Höllenfürsten, seines Herrn, unterwegs, und sie lernte langsam, mehr von ihren Kräften bewusst einzusetzen. Es musste ihr doch irgendwie möglich sein, sich zumindest einmal gegen ihn durchzusetzen.
Sie holte tief Luft. »Doch. Wir verhandeln morgen, Baal Hadad. Jul wäre ...«
Der Schmerz traf sie ohne Vorwarnung. Sie krümmte sich in ihrem Sitz, fluchte zwischen zusammengebissenen Zähnen.
»Ich weiß, dass du müde bist, Amanda. Aber du schläfst nicht, ehe du mir nicht einen Grund genannt hast, weshalb ich dir überhaupt so etwas wie ein Bett in meinem Haus anbieten

sollte. Im Moment denke ich eher über eine Zelle im Keller nach. In Ketten.« Balthasars Stimme war ein leises, drohendes Grollen. Er lehnte sich zur ihr herüber, wieder stieg ihr der ihm eigene Geruch nach heißem Schiefer in die Nase. »Und versuche nicht, mir mit deinem Engelfreund zu drohen. Nur weil er ein Flammenschwert trägt, heißt das noch lange nicht, dass er in der Lage ist, mich zu besiegen.«

So viel also dazu. Sie atmete flach, versuchte das Brennen in ihrem Arm aus dem Bewusstsein zu verdrängen. Doch eine Hand packte sie an der Schulter, brach ihre Konzentration und drückte sie gegen die Lehne des Sitzes. Balthasars Finger umschlossen ihr Kinn und zwangen sie, ihn anzusehen.

»Michael hat mir im Laufe des letzten Tages dreimal die Augen ausgestochen. Mit einem einfachen Messer, damit sie jedes Mal wieder nachwuchsen. Erst als er erkannt hat, dass der kurze Schmerz frischer Wunden allein nicht genügt, um mich zum Reden zu bringen, hat er begonnen, mir bleibende Verletzungen zuzufügen.« Er ließ ihr Kinn los und hob die Hand. Nun erst erkannte Amanda die dünnen roten Linien unter seinen Fingernägeln. Vor ihrem inneren Auge entstand das Bild von Nadeln, um die winzige, blaue Flammen züngelten.

»Ich habe deinen Namen in jeder Sprache verflucht, die ich kenne. Es ist mir egal, wer deine Freunde sind. Ich werde dir dies hier nicht leichtmachen.«

Langsam ließ der Schmerz nach. Für einen Moment hielt Amanda einfach nur ihren Arm umklammert. Sie wandte sich ab, versuchte, zu Atem zu kommen und die Tränen in ihren Augen fortzublinzeln, damit Balthasar sie nicht sah. Schließlich straffte sie sich und strich sich das Haar aus dem Gesicht. Beinahe schwarze Augen beobachteten sie abwartend, nun ohne irgendeine Gefühlsregung.

»Was willst du denn von mir? Soll ich vor dir auf die Knie fallen und dich anflehen, uns zu helfen?«

Kurz huschte ein Schmunzeln über Balthasars Lippen, die Vorstellung schien ihm zu gefallen. »Das wäre ein Anfang, aber kaum genug.«

Amanda schüttelte den Kopf. Dieses verdammte, arrogante Arschloch! Sah er denn nicht, dass es hier um mehr ging als nur ein Geschäft oder seine Rache? Diesmal lehnte sie sich zu ihm herüber, ohne sich darum zu kümmern, wer er war und was er ihr antun konnte. »Die Welt geht unter! Wie kannst du da nur so verdammt …« Sie suchte nach Worten, fand aber keine, die Balthasars Verhalten auch nur annähernd beschrieben hätten. Eine hilflose, wütende Geste war alles, was sie zustande brachte. »Ich werde nicht vor dir im Staub kriechen, nur um auch deinen Arsch retten zu dürfen. Nicht, solange ich mich kein Stück schuldig fühle wegen dem, was die Engel mit dir gemacht haben.« Sie holte tief Luft. Dies wäre ein guter Zeitpunkt gewesen, den Rest der Worte, die ihr auf der Zunge lagen, herunterzuschlucken, bevor sie sich um Kopf und Kragen redete. Doch die Sätze drängten förmlich heraus. Sie wollte sie Balthasar ins Gesicht schleudern, wollte ihm sagen, was sie von ihm hielt. Sie stieß den Finger in Balthasars Richtung.

»Ich habe mich nicht zum Spaß auf Michaels Vorschlag eingelassen, und aus meiner Sicht hast du jede einzelne dieser verdammten Narben verdient. Du hast mir das letzte Jahr zur Hölle gemacht. Wenn du nun meinetwegen in den vergangenen Stunden nicht sonderlich viel Spaß hattest, würde ich sagen, dass wir damit quitt sind.«

Die Bewegung kam zu schnell, als dass sie darauf hätte reagieren können. Balthasar packte ihre Hand, drückte zu, bis sie aufstöhnte. Seine Augen sprühten dunkles Feuer.

»Es geht mir nicht um ausgleichende Gerechtigkeit, Amanda.« Seine Stimme war kaum mehr als ein drohendes Zischen. »Ich war einst ein Gott, ich weiß sehr wohl, dass Gerechtigkeit anders aussieht. Aber du musst verstehen, dass du mich nicht verraten kannst, ohne die Konsequenzen dafür zu tragen. Finde dich endlich damit ab, dass du mir gehörst. Lerne, wo dein Platz ist und immer sein wird. Sobald du tust, was ich sage, ohne zu murren, zu diskutieren und zu jammern, wird dein Leben nur noch halb so schlimm sein. Doch bis du dich dieser Erkenntnis beugst, wird es die Hölle sein, auch damit die anderen sehen, dass ich es nicht dulde, wenn man mir auf der Nase herumtanzt.«

»Es gibt andere Wege als Furcht, um Leute dazu zu bringen, zu tun, was man will.« Doch ihre Stimme klang in ihren eigenen Ohren schwach. Es geschah schon wieder. Balthasar gewann diesen Streit. Er drängte sie zurück in die Rolle der widerwilligen Dienerin und gescheiterten Rebellin. Er überfuhr sie einfach mit seiner Kompromisslosigkeit, ließ ihr nur die Wahl, nachzugeben oder alles brennen zu sehen, das ihr lieb und teuer war. Vielleicht würde er ihr einen Schritt entgegenkommen, wenn sie ihn ein paar Jahre zappeln ließ, doch diese Zeit hatte sie nicht, hatte Roman nicht. Ganz zu schweigen von Berlin, das Stück für Stück zerfiel.

Endlich lockerte Balthasar den Griff um ihre Hand. »Furcht funktioniert allerdings am besten.«

Gerade noch rechtzeitig biss sich Amanda auf die Zunge, um eine abfällige Bemerkung darüber zurückzuhalten, wie unglaublich gut seine Methoden bisher bei ihr funktioniert hatten. Es brachte nichts, ihn weiter zu reizen. Vielleicht konnte sie es stattdessen nutzen, dass er für den Moment gewillt schien, sich auf eine Diskussion einzulassen. »Wenn du früher mal ein Gott warst, solltest du dann nicht im Gegensatz zu den ganzen gefallenen Engeln so was wie ein Gewissen besitzen? Was sagt das zu solchen Themen wie Erpressung und Sklaverei? Mitleid muss doch …«

Sofort wurde seine Miene hart. »Mitleid verlernt man schnell über die Jahrhunderte. Sklaverei war ganz normal, dort, wo ich herkomme. Und jeder vernünftige Mensch hat damals seine Götter auch gefürchtet.«

Was für ein Gott mochte er wohl gewesen sein? Wurde Baal nicht sogar im Alten Testament erwähnt? Das hieß, sein Herrschaftsgebiet musste sich irgendwo in der Nähe von Israel, Ägypten oder sonst wo erstreckt haben, wo Moses und seine Leute vorbeigekommen waren, als sie den Rekord für den längsten Fußmarsch der Welt aufgestellt hatten. Sie dachte an die phönizischen, syrischen und ägyptischen Kunstschätze, die man überall in Balthasars Villa finden konnte. Konnte es sein, dass er ein wenig sentimental war?

»Aber doch nicht nur.«

»Das ist wahr, und so halte ich es auch heute noch. Frag doch bei Gelegenheit mal Daniel hier …«, Balthasar nickte in Richtung Fahrersitz, »… wieso er für mich arbeitet.«

Amanda holte bereits Luft für eine Erwiderung, als ein leichtes Prickeln durch ihren Arm rieselte. Offensichtlich war seine Geduld am Ende. Sie schloss den Mund wieder, und Balthasar nickte zufrieden.

»Dein Angebot, Amanda.«

Müde fuhr sie sich mit den Händen über das Gesicht. »Wie gesagt, es gibt nichts, das du dir nicht einfach nehmen könntest.«

»Doch, das gibt es.« Wieder streckte er eine Hand aus, legte sie zwischen ihre Brüste, genau an die Stelle, an der ihr Herz saß. Die Stelle, an der ein Tattoo in Form einer zupackenden Hand

den Verkauf der eigenen Seele besiegelte, wenn man sich dazu bereiterklärte. »Es gibt da etwas, das ich nur bekommen kann, wenn du es mir freiwillig überschreibst.«
Das also wollte er. Amanda fühlte so etwas wie Erleichterung in sich aufsteigen. Die ganze Zeit hatte sie mit etwas Schlimmerem gerechnet, etwas, das weh tun würde, mit irgendetwas Entwürdigendem, Demütigendem. Ihr Seelenheil erschien ihr im Vergleich zu dem, was sie sich ausgemalt hatte, nicht weiter wichtig. Himmel und Hölle gab es doch sowieso nicht mehr, hatte Luzifer das nicht gesagt?
Doch da gab es eine Sache, über die sie sich vorher unbedingt Klarheit verschaffen musste. »Darf ich eine Frage stellen?«
Ein Schmunzeln huschte über Balthasars Lippen. »Wieso auf einmal so unterwürfig? Natürlich darfst du. Ich will, dass du weißt, was dich dein Verrat kostet.«
»Was stellt ihr Dämonen mit den Seelen an, die die Leute euch verkaufen?«
Er stieß ein leises Lachen aus, während er sich zurücklehnte. »Du bist seit einem Jahrhundert der erste Mensch, der diese Frage stellt.« Eine kurze Pause, dann fuhr er ernster fort. »Normalerweise verschlingen wir sie und mehren damit unsere Kräfte. Da dein Fall allerdings etwas Besonderes ist … Ich habe mir die eine oder andere Fähigkeit aus meiner Zeit als Gott bewahrt. Dazu, deine Seele in irgendeinen jüngeren Körper zu verpflanzen, sobald du stirbst, sollten meine Kräfte reichen.«
Amanda öffnete den Mund, um etwas zu sagen. Doch kein Ton kam heraus. Sie starrte Balthasar an, während die Bedeutung seiner Worte langsam in ihren Geist sickerte. Bot er ihr gerade Unsterblichkeit an? Doch zu welchem Preis? Allein die Vorstellung, die Ewigkeit in seinen Diensten verbringen zu müssen, ließ sie schaudern. Als wüsste er genau, was sie dachte, breitete

sich ein Grinsen auf seinen Lippen aus. Das Krokodil, das das Gnu bereits halb verschlungen hatte.
»Nein.« Das Wort war nur ein Hauch, mehr brachte sie nicht hervor, ihre Kehle war wie zugeschnürt. Natürlich gab es da ihren Plan, der ohnehin vorsah, dass sie bald mächtiger sein würde als er. Theoretisch konnte sie ihm versprechen, was sie wollte, ohne sich später daran halten zu müssen. Doch selbst wenn es ihnen gelang, die Welt zu retten, musste nur eine Kleinigkeit schiefgehen, irgendetwas, das verhinderte, dass sie am Ende mit genügend Macht dastand, um Balthasar die Stirn bieten zu können, und sie wäre verloren.
Für eine Weile driftete nur die Musik aus dem Radio durch das Auto. Irgendein Klavierstück, Amanda hätte nicht einmal sagen können, von welchem Komponisten. Sie saß einfach nur da, wog sorgfältig ihre Möglichkeiten ab und versuchte, Balthasars siegesgewisses Lächeln zu ignorieren.
Schließlich räusperte sie sich. »Beantworte mir noch eine Frage. Wo ist die Waffe jetzt? Ich glaube nicht, dass du sie hast, ansonsten wärst du längst der Anführer der Dämonen.«
»Nachasch hat sie.« Balthasars Miene verdüsterte sich. Hinter diesen wenigen Worten schien sich eine längere und für ihn wahrscheinlich wenig erfreuliche Geschichte zu verbergen.
Amanda seufzte, für etwas anderes reichte es nicht mehr. Wie viel Pech konnte ein Mensch haben? Ausgerechnet Nachasch, die sie zum Sterben in den Krater geschickt hatte. Doch hatte das nicht auch seine guten Seiten? Da Balthasar nie ein Engel gewesen, also nicht von Gott erschaffen worden war, wäre es ihm gefahrlos möglich, sich all die Macht selbst zu holen, die unter dem Alexanderplatz schlummerte. Nachasch würde das allerdings niemals zulassen, eher würde sie die Waffe einem Menschen geben, falls sie sie nicht selbst nutzen konnte. Blieb

nur die Frage, was sie war. Alter Gott oder Engel? »Lebt sie denn noch?«
»Sie ist entkommen, als Michael und seine Begleiter mich überwältigt haben.«
»Wird sie Jul oder mich anhören?«
Balthasar sah sie an, als hätte sie gefragt, ob Nachasch sich dazu herabließ, mit Kakerlaken zu sprechen. »Ihr kämt nicht mal in ihre Nähe.«
Log er oder sprach er die Wahrheit? Schwer zu sagen, aber es war nicht unwahrscheinlich, dass er recht hatte. Ganz zu schweigen von der Tatsache, dass sie keine Ahnung hatte, wo sie anfangen sollte, nach der Anführerin der Dämonen zu suchen. Sie ahnte, worauf dies hinauslief. »Würde sie dich anhören?«
»Ja.«
»Aber du hast nicht zufällig in der Zwischenzeit ihren wahren Namen herausgefunden, was alles unglaublich viel einfacher machen würde?«
»Ich war anderweitig beschäftigt.« Balthasar lächelte dünn.
Amanda stieß einen müden Seufzer aus. Was für Alternativen blieben ihr denn schon? Sie würde einfach hoffen müssen, dass am Ende alles gutging. »Gut, ich biete dir meine Seele dafür, dass du Nachasch dazu überredest, Jul oder mir die Waffe zu übergeben, mit der man einen Gott töten kann.«
War das exakt genug formuliert? Zumindest in ihrem übermüdeten Zustand konnte sie kein Schlupfloch entdecken. Natürlich würde er ihr die Waffe abnehmen wollen, würde fürchten, dass sie plante, auch ihn zu töten. Aber da musste sie einfach schneller sein als er, musste den Grund des Kraters erreichen, bevor er sie aufhalten konnte. Das war die Karte, auf die sie alles setzte. Entweder sie gewann alles, oder sie verlor alles. Der

Gedanke an die Niederlage war es, der sie noch etwas hinzufügen ließ. »Und dafür, dass du meinen Bruder freilässt.«
Mit einem Grinsen auf den Lippen lehnte er sich vor. »Gerissen. Aber deinen Bruder kann ich nicht freilassen.«
»Du müsstest so oder so irgendwann ohne ihn als Druckmittel auskommen, wenn ich dir bis in alle Ewigkeit dienen soll.« Amanda bemühte sich, ihre Stimme gleichgültig klingen zu lassen, sie hatte in dieser Verhandlung bereits zu viele Emotionen gezeigt.
»Irgendwann, ja. Aber bis dahin sind es noch ein paar Jahre, in denen du dich daran gewöhnen musst zu gehorchen.« Balthasar musterte sie nachdenklich. Seine Augen waren nun heller, beinahe von einem menschlichen Braun. »Allerdings könnte ich dir garantieren, dass er nicht für deinen Verrat leiden muss. Außerdem ließe es sich einrichten, dass du ab und zu mit ihm sprechen darfst.«
Amanda musste sich beherrschen, um ihm nicht allzu ungläubige Blicke zuzuwerfen. Der Dämon kam ihr tatsächlich ein Stück entgegen? Vielleicht war ihr Gerede über Mitleid doch nicht vollständig ohne Wirkung geblieben. Aber nein, wahrscheinlich war, dass Balthasar genau wusste, wo die Grenzen dessen lagen, was sie akzeptieren konnte.
Sie nickte, fühlte sich dabei, als würde sie sich damit einverstanden erklären, ihr eigenes Grab zu schaufeln. »Dann haben wir einen Deal.« Nur mit Mühe unterdrückte sie das Zittern in ihrer Stimme.

✣

Es war ein Haus mit einer hässlichen grünen Fassade. Nicht heruntergekommen, aber auch nicht so gut gepflegt, dass es inmitten seiner graffitibesprühten Nachbarn aufgefallen wäre.

Amanda fröstelte. Sie zog ihre angesengte, feuchte Jacke enger um sich, während sie den Blick schweifen ließ. Eine ganz normale Straße in irgendeiner Wohngegend. An der nächsten Ecke entdeckte sie ein Café, ein Stück in die andere Richtung lag ein Bioladen. Sie legte den Kopf in den Nacken, hielt über die Dächer der Häuser hinweg nach einem Orientierungspunkt Ausschau, der ihr verriet, wo genau sie sich befanden. Doch alles, was sie sah, war der Widerschein von Feuer an der Unterseite vereinzelter Wolken.
Karins Wagen hielt hinter dem Balthasars. Irgendwo in den Häusern ringsum musste es noch Leben geben, doch als das Geräusch des Motors erstarb, wurde es gespenstisch still. Nur das Heulen der Sirenen in der Ferne schien nicht mehr verstummen zu wollen.
Eine Autotür schlug zu, und Amanda löste den Blick vom Himmel, um Jul entgegenzusehen. Der Engel näherte sich ihnen mit einer Hand auf dem Griff seines Schwertes. Seine Hose klebte wie die ihre noch immer feucht an seinen Beinen. Er hatte also auch keinen anderen Weg gesehen, als durch den Fluss zu schwimmen.
Er musterte sie, als wolle er feststellen, ob es ihr gut ging, und für einen Moment wogen Verzweiflung und Erschöpfung nicht mehr ganz so schwer. Sie lächelte, zum einen, um ihn zu beruhigen, zum anderen, weil es guttat, jemanden in der Nähe zu wissen, dem sie vertrauen konnte. Oder zumindest jemanden, von dem sie hoffte, dass sie ihm vertrauen konnte.
»Sag deiner Freundin, sie soll auch aussteigen.« Balthasar nickte in Richtung des Autos, hinter dessen Windschutzscheibe sich der Umriss einer menschlichen Gestalt abzeichnete. »Ich weiß von ihr, und ich will mit ihr reden, um zu entscheiden, ob ich auch ihr meine Gastfreundschaft anbiete.«

Ein schneller Schritt, und Jul stand in direkter Linie zwischen Balthasar und dem Auto. Er warf Amanda einen fragenden Blick zu, und ihre rechte Hand glitt unwillkürlich zur linken, strich über die verhärteten Linien des tätowierten Schlangenkopfes. »Ich habe ihm etwas genauer erzählt, was passiert ist.«
Juls Augen folgten ihrer Geste, und seine Miene verdüsterte sich. Ohne sich umzudrehen, hob er die Linke. Die Autotür öffnete sich, und Karin stieg langsam aus. »Sie steht unter meinem Schutz. Michael ist nicht der Einzige, der Muster in dein Fleisch ritzen kann.«
Amanda konnte sich Balthasars Lächeln vorstellen, ohne ihn ansehen zu müssen, raubtierhaft und wenig freundlich. »Keine Sorge, Engel. Ich werde sie nicht fressen.« Er winkte Karin näher, und diese folgte der Aufforderung zögernd. Sie musterte den Dämon, wachsam, aber auch ein wenig neugierig.
Amanda blickte zu Krätschmer, der das Geschehen mit düsterer Miene beobachtete. Durch das verkohlte Loch, das in seiner Kleidung klaffte, war eine helle Narbe zu sehen, die sich über seinen Bauch zog.
»Du bist also gut darin, Informationen zu sammeln?« Balthasar stellte die Frage im Plauderton, als wäre dies eine Art Vorstellungsgespräch.
Karin nickte, rückte nervös ihre Brille zurecht. »Ich brauch nur einen Internetanschluss und …«
»Das können wir auch, Chef«, fiel Krätschmer ihr ins Wort. »Wir …« Er brach abrupt ab, und Amanda sah, wie seine Linke sich zur Faust ballte, wobei der rote Schlangenkopf auf seinem Handrücken deutlich hervortrat. Sein Blick traf auf ihren, doch sie machte sich nicht die Mühe, ihre Schadenfreude zu verbergen.
»Was unternehmt ihr derzeit, um über die aktuelle Situation

auf dem Laufenden zu bleiben, Daniel?« Balthasars Stimme klang ruhig, beinahe freundlich.
Die Antwort kam schnell und zackig. Im Gegensatz zu Amanda schien Krätschmer es für das Recht seines Herrn zu halten, ihm Schmerz zuzufügen. »Wir hören Polizei- und Militärfunk ab und beobachten die Nachrichtenkanäle.«
»Schön und gut. Wie könntest du dies ergänzen?« Balthasar schenkte Karin ein Lächeln, das ihn beinahe attraktiv wirken ließ.
»Es gibt viele Infos, die man nur über YouTube oder Twitter bekommt.« Juls Mitbewohnerin sprach schnell, stolperte ab und zu über die Worte. »Unglaublich viele Leute machen Videos von allen möglichen Ereignissen oder schreiben, was sie sehen. Dadurch ist die Informationsbasis breiter und vielfältiger, und man erfährt Neuigkeiten oft live …«
Amanda gab es auf, der Erklärung zu folgen, als sie Juls Blick auffing. Sie trat einen Schritt von Balthasar fort, und der Engel kam zu ihr herüber, brachte den Mund dicht an ihr Ohr. Der Duft frischer, kalter Winterluft stieg ihr in die Nase. Juls Stimme war kaum mehr als ein Hauch. »Hat er dir weh getan?«
»Ich hab's überlebt.« Sie sah ihn nicht an, bemerkte nur aus den Augenwinkeln, wie sich seine Hand fester um den Schwertgriff schloss. »Es tut mir leid, dass ich von Karin erzählt habe.« Nun erst schaute sie auf, blickte in eisblaue Augen. »Zumindest weiß er nicht, dass wir …«
Als Karin verstummte, unterbrach sich auch Amanda. Erst als Balthasar das Wort ergriff und seine Stimme ihr Flüstern überdeckte, fuhr sie fort.
»Ich habe einen Deal mit ihm. Er hat mir gesagt, wo die Waffe ist, und er wird uns helfen, sie zu bekommen.«
»Du hast mit ihm verhandelt?« Sorge spiegelte sich in Juls Zü-

gen. »Warum hat du nicht gewartet? Es mag sein, dass wir ihm etwas anbieten müssen, um an die Waffe zu kommen. Und ich verstehe nicht sonderlich viel von Verhandlungen. Aber ich weiß, dass man nicht in der denkbar schwächsten Position damit beginnt. Ich hätte dir den Rücken stärken, dich vor seinen Angriffen schützen können. Ich …«

»Du kennst ihn nicht«, unterbrach Amanda ihn. »Er dreht alles immer so, dass es gegen einen arbeitet. So hat er immerhin nichts von dir fordern können. Versprich mir, dass du nicht versuchen wirst, neu zu verhandeln.«

Für einen Moment schwieg Jul, während sich eine tiefe Falte zwischen seinen Brauen bildete. »Was für einen Preis hat er verlangt?«

Mit einer schnellen Geste wischte sie die Frage beiseite. »Spielt keine Rolle. Er würde eh nicht davon abrücken, sondern eher versuchen, auch noch etwas von dir zu verlangen. Versprich mir einfach, dass du nicht versuchen wirst, mit ihm zu verhandeln. Es ist schon schlimm genug, dass mein Bruder meinetwegen in Balthasars Keller sitzt. Ich würde mich beschissen fühlen, wenn du auch in sein Netz gerätst. Du musstest schon drauf verzichten, deine Flügel zurückzubekommen. Jetzt bin ich dran.«

Ein leises Lachen kam über seine Lippen, nur ein klein wenig Bitterkeit schwang darin mit. Noch immer stand Sorge in seinen Augen, doch gleichzeitig funkelte etwas anderes darin. Eine Wärme, die sie die kühle Nachtluft ringsum vergessen ließ. »Führen wir jetzt einen Wettbewerb, wer mehr opfert, um die Welt zu retten?«, fragte er sanft.

Was kümmerte sie schon die Welt? Doch ehe Amanda antworten konnte, schnitt ein Prickeln in ihrem linken Arm wie ein Messer durch ihre Gedanken. Sie wandte den Kopf und sah, wie

Balthasar sie ins Innere des Hauses winkte. Verdammter Angeber. Er hätte genauso gut etwas sagen können, um ihre Aufmerksamkeit auf sich zu ziehen. Aber natürlich ließ sich mehr Eindruck schinden, wenn er demonstrierte, dass er seine Diener auch ohne ein Wort beherrschte.

Im Treppenhaus schlug Amanda ein muffiger Geruch entgegen, der wahrscheinlich von dem ausgetretenen Läufer auf den hölzernen Stufen stammte. Eine Batterie von Briefkästen zu ihrer Rechten wies darauf hin, dass dieses Haus für mehr als einen Bewohner gedacht war. Doch Amanda konnte keine Namensschilder neben den Briefschlitzen erkennen, ebenso fehlten die üblichen Aufkleber, die meist vergeblich dazu aufforderten, keine Werbung einzuwerfen. Kein Fahrrad und kein Kinderwagen standen im Flur. In diesem Haus lebte offensichtlich niemand.

Dennoch öffnete sich kurz nach ihrem Eintreten die Tür einer Wohnung im Erdgeschoss. Eine Frau stand im Rahmen, genauso gekleidet wie Krätschmer. In ihrem Rücken flackerte das blasse Licht eines Bildschirms, und ihre Waffe hielt sie locker in der Hand, als habe sie gewusst, was sie im Hausflur erwarten würde. Sie salutierte vor Balthasar.

Anweisungen schwirrten über Amandas Kopf hinweg. Wie spät mochte es inzwischen sein? Drei Uhr nachts? Später? Sie fühlte sich, als hätte sie seit Tagen nicht mehr geschlafen.

Schließlich stand Balthasar vor ihr, sprach sie direkt an. »Geh in die Wohnung im zweiten Stock und warte im Esszimmer auf mich.«

Amanda unterdrückte ein Gähnen, nickte müde. Natürlich würde er ihr keine Ruhe lassen, bis er sichergestellt hatte, dass sie ihn nicht bei der ersten Gelegenheit heimlich beschwören konnte. Auch wenn sie auf die Weise wahrscheinlich nur genauso viel erfahren würde wie Michael – nämlich nichts.

»Ich lasse sie nicht noch einmal mit dir allein.« Juls Stimme erklang hinter ihr. Sie wollte sich zu ihm umdrehen, doch Balthasar kam ihr zuvor.
»Solange du mir nicht im Weg rumstehst, kannst du gerne zusehen, wie ich ihr das Tattoo steche, das unsere Abmachung besiegelt.«
Mit einem Schlag war Amanda wieder hellwach, schüttelte den Kopf. »Bleib bei Karin, Jul.« Sie wollte nicht, dass er sah, wie Balthasar sein Blut unter ihre Haut stach, dass er erfuhr, wie schmerzhaft diese Prozedur war. Doch ihr Unbehagen musste ihr zu deutlich anzusehen gewesen sein, denn Balthasar grinste plötzlich breit. »Wenn ich es mir recht überlege, bestehe ich sogar darauf, dass du zusiehst, Engel.«

Schweigend stiegen sie die Treppe hinauf, Juls Hand lag noch immer auf dem Griff seines Schwertes. Krätschmer hatte dagegen protestiert, dass der Engel seine Waffen behalten durfte, doch Balthasar hatte ihn mit einem Blick zum Schweigen gebracht. Er schien sich sicher zu fühlen. Sogar sicher genug, um Amanda und Jul eine Weile allein zu lassen.
Im zweiten Stock traten sie durch eine Wohnungstür auf weißen, sauberen Teppichboden. Die Garderobe im Flur sah aus, als hätte noch nie ein Mantel daran gehangen, und ebenso unbenutzt wirkten die erlesenen Möbel in Wohn- und Esszimmer. Die Regale waren leer, und selbst die Ausstellungsstücke in einem Möbelhaus strahlten im Vergleich mehr Wohnlichkeit aus. Immerhin machte man sich dort die Mühe, Buchattrappen und Plastikobst aufzustellen.
Ganz offensichtlich hatte Balthasar dieses Versteck nie genutzt,

hatte es nur unterhalten, für den Fall aller Fälle. Anscheinend konnte man als Dämon nie paranoid genug sein.
Amanda ließ sich auf das Sofa fallen, und Staub wirbelte aus den Polstern auf. Ihr gegenüber, in einem durch eine offene Schiebetür abgetrennten Bereich, stand ein Tisch, an dem problemlos eine Großfamilie Platz gehabt hätte. Er zumindest wirkte, als hätten daran schon Leute gesessen. Die Stühle standen unordentlich um ihn herum, und auf der Tischplatte thronte eine einsame Wasserflasche. Ächzend erhob sich Amanda vom Sofa, ging zu der Wasserflasche hinüber, schraubte sie auf und trank gierig. Die Kohlensäure kitzelte ihren Gaumen und belebte ihre Sinne ein wenig.
»Erzählst du mir nun von der Verhandlung mit deinem Meister, oder muss ich warten, bis ich ihren Ausgang von ihm erfahre?« Juls Stimme erklang hinter ihr, und sie drehte sich um, zu müde, um ihm böse zu sein, weil er Balthasar ihren Meister genannt hatte.
Der Engel wirkte seltsam fehl am Platz inmitten des sterilen Wohnzimmers, das keinerlei Spuren der vergangenen Beben zeigte. Das weißblonde Haar hing ihm wirr und nass ins Gesicht, die Jeansjacke wies Löcher und braune Flecken getrockneten Blutes auf. Nein, sie waren nicht ganz braun, schimmerten leicht. Na ja … er war immerhin ein Engel.
Seine ganze Haltung wirkte angespannt, als rechne er jeden Moment mit einem Angriff. Seltsam nur, dass trotz der modernen Kleidung das Schwert an seiner Seite zu ihm zu gehören schien, als wäre es schon immer Teil von ihm gewesen.
»Hörst du dann auf, zu versuchen, mich vor Balthasar zu beschützen?« Kaum hatte sie die Worte ausgesprochen, bereute sie sie bereits. Seit einem Jahr gab es endlich wieder jemanden, der sich um sie sorgte, und sie stieß ihn zurück. Aber Balthasar

würde jeden noch so gutgemeinten Versuch, ihr zu helfen, ins Gegenteil verkehren. Solange sie etwas von ihm wollten, saß er am längeren Hebel. Falls sie den Worten ihres selbsternannten Herrn Glauben schenkte, konnte Jul ihn ja nicht einmal dann besiegen, wenn er ihm nur mit dem Flammenschwert den Kopf abschlagen wollte. Und das war sicher einfacher, als ihn lebend zu fangen.

»Ich komme schon allein …«

»Ich sehe, wie du allein klarkommst«, unterbrach er sie ruhig. »Es gelingt dir nicht einmal, kleine Geheimnisse vor deinem Meister zu wahren.«

Musste er ihr ihre Fehler nun auch noch unter die Nase reiben? Amanda schnaubte. »Ich bin seit fünf Uhr heute Morgen wach, und der Tag war nicht gerade erholsam! Tut mir ja leid, dass er die Lücken in meiner Geschichte gefunden hat, aber klar denken ist im Moment nicht so einfach.«

Beschwichtigend hob er die Hände, wirkte dabei noch immer so ruhig und gelassen, als würden sie nur nett plaudern. Es war wirklich entnervend, mit diesem Kerl zu streiten. »Dann vertrau mir doch einfach. Lass mich versuchen, sicherzustellen, dass er dich ordentlich behandelt. Falls er sich nicht an eure Abmachung hält, falls er mehr Forderungen stellt, kann ich deinem Widerspruch mehr Nachdruck verleihen.« Mit diesen Worten senkte er die Rechte wieder auf den Griff seines Schwertes.

Amanda seufzte, fuhr sich mit der Hand durch das wirre Haar. Sie wollte einfach nicht, dass Jul zusah, wie Balthasar ihr eines seiner Tattoos stach. Er sollte sie nicht so sehen, so hilflos und so verletzlich. Doch vielleicht hatte er recht. Vielleicht konnte er zumindest *etwas* bewirken.

»Gut. Versuch es.« Die Worte kamen nur als Murmeln über ihre

Lippen. Dann wandte sie sich von dem Engel ab und wieder der Wasserflasche zu. Sie trank erneut, drehte den Verschlussdeckel zwischen den Fingern. Sie hatte Juls Frage noch immer nicht beantwortet. Besser, er erfuhr es von ihr als von Balthasar. »Der Deal ist, dass er meine Seele bekommt, wenn er uns hilft.«

Nur das Geräusch von Glas auf Holz war zu hören, als sie die Flasche wieder abstellte, hinter ihr herrschte Schweigen. Als sie sich zu Jul umwandte, war seine Miene ernst.

»Das wiegt meine Flügel mehr als einmal auf.« Etwas in seiner Stimme jagte Amanda Schauer über den Rücken, doch sie drängte das Gefühl beiseite. »Willst du das wirklich …?«

»Ich sehe keine andere Möglichkeit. Und wie toll kann das Leben nach dem Tod schon sein, das ich dadurch verpasse? Den Himmel gibt es nicht mehr. Mal ganz abgesehen davon, dass ich eh nie eine Chance gehabt hätte, dorthin zu kommen …«

»Gut erkannt.« Amandas Kopf ruckte herum. Balthasar lehnte lässig im Türrahmen, noch immer mit nicht mehr als einer schwarzen Stoffhose bekleidet. Das lange Haar hatte er zum Zopf zurückgebunden. »Dieben war der siebte Graben im achten Kreis der Hölle vorbehalten. Eine Ewigkeit, in der man immer wieder durch einen Schlangenbiss zu Asche zerfällt und neu ersteht.«

Juls Miene verhärtete sich. »Es gab immer die Chance auf Vergebung.«

»Ja, wenn man auf Knien darum bat.« Ein Schmunzeln kräuselte Balthasars Lippen. »Aber damit Amanda vor irgendwem kniet, müsste man ihr wahrscheinlich die Achillessehnen durchschneiden.«

29

Jul schüttelte den Kopf. Es hatte wenig Sinn, mit einem Dämon über Religionsfragen zu streiten.
Baal humpelte derweil auf Amanda zu. »Wir nehmen den Esstisch als Unterlage.«
Ohne ein Wort nickte sie, griff nach der Wasserflasche, stellte sie von der Tischplatte auf den Boden. Ihre Bewegungen wirkten steif und kontrolliert, als fürchte sie, schon mit einer kleinen Geste zu viel von dem zu verraten, was in ihr vorging. Sie wandte sich wieder zu Baal um, und als sie seinem Blick begegnete, wurde ihre Miene hart. Nur hinter ihren Augen schienen Gefühle zu brennen. Ob Hass oder hilfloser Zorn, konnte Jul nicht mit Sicherheit sagen. Nur kurz sahen Meister und Dienerin einander an, dann senkte Amanda den Kopf.
Jul schluckte, um einen Kloß loszuwerden, der ihm plötzlich im Hals saß. Das war nicht die Amanda, die er kennengelernt hatte. Seine Amanda war stolz und nie um eine bissige Bemerkung verlegen. Sie senkte nicht demütig das Haupt, duckte sich nicht aus Furcht vor irgendwem. Er hätte Baal nie befreien dürfen.
In Jul reifte eine Erkenntnis heran. Karins Bedenken hin oder her, er würde Amanda niemals daran hindern, die nötige Macht zu erlangen, um diesem Dämon zu entkommen. Egal, welche Gefahr sie danach darstellen sollte.
»Kennst du die alten Tätowiermethoden, Engel?« Jul wandte den Kopf und begegnete Baals Blick. Er brauchte einen Moment, die Worte zu verstehen, denn sie entstammten irgend-

einer sehr alten Form des Babylonischen. Als wolle der Dämon nicht, dass Amanda verstand, was er sagte. Mit einem Nicken beantwortete er die Frage. Die Menschen waren schon immer fasziniert von der Idee gewesen, sich zur Zierde Verletzungen zuzufügen. Selbst das Verbot des Herrn in dieser Hinsicht hatten sie über die Jahrhunderte gern ignoriert.

»Gut.« Der Dämon schob eine Hand in die Tasche seiner Hose, zog ein Skalpell hervor, über dessen Klinge eine Plastikkappe gestülpt war. »Dann lass dir gesagt sein, dass ich hiermit nichts weiter vorhabe, als ihre Haut zu ritzen, selbst wenn ich es über der Kehle ansetze. Ich will nicht, dass du meinst, dein Flammenschwert ziehen zu müssen, da du dich ja offensichtlich zu Amandas Beschützer erklärt hast.«

Jul musste sich räuspern, bevor er in derselben Sprache etwas erwidern konnte. Er bemühte sich, seiner Stimme einen herausfordernden Tonfall zu verleihen. »Warum hast du mir das Schwert gelassen, wenn du es fürchtest?«

»Ich fürchte es nicht, zumal ihr auf meine Hilfe angewiesen seid. Aber wer weiß, wozu du dich aus unangebrachter Sorge hinreißen lassen würdest. Du könntest mir zumindest lästig werden.«

Baals Lächeln hatte nichts Freundliches. Es zeigte nur weiße, leicht spitze Zähne. Jul erwiderte es ruhig. Sie beide wussten, dass er im Falle eines Kampfes mehr als nur ein geringes Ärgernis wäre. Angesichts von Baals Verletzungen war er sogar recht zuversichtlich, ihn besiegen zu können. Andererseits hatte sich der Dämon mit eben jenen Verletzungen vor kurzem erst gegen drei Engel gleichzeitig behaupten können.

Ehe er etwas erwidern konnte, richtete sich Baals Blick auf einen Punkt hinter ihm, und auch Jul drehte sich um. Amanda stand von ihnen abgewandt bei dem großen Tisch, neben ihr

auf dem Boden lag ein kleiner Haufen Kleidung, ein BH ganz zuoberst. Ihr bloßer Rücken schimmerte bleich im Lampenlicht, nur ihr braunes Haar bedeckte noch in leichten Wellen ihre Schultern. Mit einem Mal war Jul sich der Präsenz des Dämons überdeutlich bewusst. Baal sollte sie so nicht sehen, sollte sie schon gar nicht berühren, sollte ihr nicht mit dieser Klinge nahe kommen und ein weiteres blutrotes Tattoo stechen. Er durfte ihre Seele nicht bekommen.
Juls Hand verkrampfte sich um den Schwertgriff, während er gegen den Drang ankämpfte, zwischen den Dämon und Amanda zu treten. Sie hätte es ihm nie verziehen, wenn er sich einmischte. Nicht, solange er keine bessere Lösung wusste.
Die Schlange, die sich um Amandas Arm wand, leuchtete in satterem Rot auf. Leise zog sie die Luft zwischen die Zähne und ballte die Linke zur Faust. Sie drehte sich langsam zu ihnen herum, schob die Hände mit aufgesetzter Lässigkeit in die Taschen ihrer Jeans und wich Juls Blick aus.
Lächelnd trat Baal auf sie zu. In einer bewussten Anstrengung löste Jul die Finger vom Heft des Schwertes. Er hatte sich mit Dämonen eingelassen, und so etwas kam dabei heraus. Er musste Ruhe bewahren, Ruhe war wichtiger als alles andere. Aber sie war auch am schwersten zu erreichen. Am Nachmittag noch hatte Amanda in seinen Armen gelegen. Nun musste er zusehen, wie Baal eine Hand ausstreckte und mit den Fingern über die kleine, runde Narbe knapp neben dem Rippenbogen fuhr, die von dem Loch geblieben war, das Juls Kugel hinterlassen hatte. Wie konnte der Dämon es wagen, sie zu berühren?
»Gut gezielt«, kommentierte Baal trocken. »Ich hätte nicht gedacht, mal einem Engel zu begegnen, der mit einer Schusswaffe umgehen kann.«
Jul antwortete nicht, konzentrierte sich ganz darauf, langsam

und gleichmäßig zu atmen. Wieder dachte er an Samael. Samael, der tobte, während die Engel seine menschliche Geliebte festhielten und ihn von ihr fortzerrten. Jul hatte es nie verstanden. Bis jetzt. Nun wusste er, wie es sich anfühlte. Ausgerechnet nun, da er genug andere Probleme hatte.
Der Dämon nickte in Richtung Tisch. Amanda schob sich auf die hölzerne Platte, legte sich zurück und strich ihr Haar beiseite. Baal zog die Plastikkappe von der Klinge des Skalpells, ließ sie achtlos fallen, während Jul ein paar Schritte um den Tisch herum trat, um die Hände des Dämons im Blick zu behalten. Vielleicht keine gute Idee, aber er hatte nicht darauf bestanden, bei Amanda zu bleiben, nur um dann wegzusehen.
»Wenn du nicht stillhalten kannst, muss ich dich festbinden.«
»Keine Sorge.« Amandas Stimme klang heiser. Sie streckte die Arme aus, und ihre Finger schlossen sich zu beiden Seiten um die Tischkanten. Der Dämon beugte sich über sie. Doch statt wie angekündigt mit dem Skalpell ihre Haut zu ritzen, zog er die Klinge quer über seine eigene Handfläche. Er schloss die Finger um die Wunde zur Faust, und Blut quoll dazwischen hervor. Fast sanft legte er die Hand zwischen Amandas Brüste, genau an die Stelle, unter der ihr Herz schlug. Als er sie wieder wegzog, blieb ein blutiger Abdruck auf ihrer Haut zurück.
Jul biss die Zähne zusammen. Er war ein Engel, er sollte nicht in der Lage sein, derart brennende Eifersucht zu empfinden.
Die Wunde in der Hand des Dämons schloss sich bereits wieder, doch ein Tropfen löste sich, fiel glitzernd im Lampenlicht und hinterließ ein rotes Mal auf Amandas linker Brust. Während der Dämon sich die blutige Hand an der Hose abwischte, betrachtete er diesen Fleck scheinbar fasziniert. Dann hob er den Blick zu Jul, und in seine Augen trat ein Glitzern, das nichts Gutes verhieß.

Baal beugte sich vor, sah Jul dabei unverwandt an. Viel zu dicht schwebten seine Lippen über Amandas Haut. Die Provokation stand deutlich im Blick des Dämons. Was wollte er beweisen? Wie groß seine Macht über Amanda war? Dass sie es selbst dann nicht wagte, ihm Einhalt zu gebieten, wenn er ihr derart zu nahe trat?

Tatsächlich rührte sie sich nicht, zischte nur leise etwas, das Jul nicht verstand. Der Dämon lachte, strich ihr in einer besitzergreifenden Geste über die Wange.

Jul handelte, ohne nachzudenken. In einer schnellen Bewegung glitt das Schwert aus seiner Scheide. Ein Schritt, und blaue Flammen flackerten dicht vor Baals Kehle. Der Dämon verharrte mitten in der Bewegung, war kurz davor gewesen, den roten Tropfen aufzulecken. Noch immer sah er Jul an, und seine Lippen verzogen sich zu einem Grinsen. »Eifersüchtig?«

»Er ist ein Engel, Balthasar.« Amandas Stimme zitterte leicht. Sie hob die Hand und wischte den Tropfen fort. Im Liegen sah sie zu ihnen beiden hoch, während Baal sich wieder aufrichtete und Jul sein Schwert sinken ließ. Die blauen Flammen erloschen. Er hatte einen Fehler begangen, das war ihm klar. Er hatte genau das getan, was der Dämon wollte.

Baal grinste noch immer. »Das hat nichts zu bedeuten. Die Hälfte aller Gefallenen wurde wegen einer Frau aus dem Himmel verstoßen. Schlimmer noch, sie wurden tiefer eingekerkert als die anderen und säßen dort noch immer fest, hätte der Höllenfürst sie nicht mit Hilfe von uns alten Göttern befreit.« Lauernd beobachtete er Jul, schien auf irgendeine Reaktion zu hoffen. Doch noch einmal wollte Jul ihm diesen Gefallen nicht tun. »Ich glaube, wäre dies hier ein paar Jahrhunderte früher geschehen, wärst du nun einer von uns, Engel, und auf Luzifers Gnade angewiesen. Du bist verliebt.«

Ausgesprochen zu hören, was er selbst vermutet und gefürchtet hatte, machte es endgültig wahr. Und seinen Fehler umso schwerwiegender. Jul kam wieder in den Sinn, was Amanda vorhin auf der Straße gesagt hatte. *Ich würde mich beschissen fühlen, wenn du auch in sein Netz gerätst.* Der Dämon nutzte bereits das Band zwischen ihr und ihrem Bruder, um sie zu erpressen, und er wäre ganz sicher daran interessiert, einen Engel zu seinen Dienern zu zählen. Jul schüttelte den Kopf, suchte verzweifelt nach etwas, das er sagen konnte, um das eindeutig Bewiesene zu relativieren. Er war sehenden Auges in eine Falle getappt. Wie hatte er so dumm sein können?

Eine Bewegung Amandas lenkte Baal von ihm ab. Sie führte den Finger an ihre Lippen, mit dem sie zuvor den Tropfen Dämonenblut von ihrer Haut gewischt hatte. Verstohlen, aber doch nicht heimlich genug. In einer schnellen Bewegung schoss die Hand des Dämons vor, schloss sich um ihr Handgelenk. Jul versteifte sich, rührte sich jedoch nicht.

»Kein Tropfen ohne meine Erlaubnis«, knurrte Baal. »Habe ich mich gestern nicht klar genug ausgedrückt?«

Wieder vertiefte sich das Rot der Schlange an Amandas Arm, und sie keuchte vor Schmerz. Ohne ein Wort ließ Jul sein Schwert aufflammen. Viel tiefer konnte er sich in der Falle des Dämons ohnehin nicht mehr verstricken, und er würde nicht zulassen, dass Baal Amanda weh tat.

Das blaue Flackern genügte, damit Baals Kopf herumruckte. Jul begegnete dem Blick fast schwarzer Augen, dann löste ein dünnes Lächeln die zornige Miene des Dämons ab. Das Rot der Schlange wurde blasser, und Amanda entspannte sich. Jul löschte sein Schwert.

Für einen Moment betrachtete Amanda das Blut an ihrem Finger. Sie atmete tief durch, verwischte den Tropfen dann auf

ihrer Handfläche. »Das bisschen hätte ohnehin nichts bewirkt.«
»Warum hast du es dann versucht?« Baals Blick bohrte sich in den ihren.
»Weil … ich dachte …«
»Weil du bereits süchtig bist«, unterbrach er sie barsch. »Mach dir da nichts vor. Wir werden dich auf Entzug setzen müssen, wenn dies alles vorbei ist.«
Jul hielt inne, das Schwert erst halb in der Scheide. Süchtig? Er suchte Amandas Blick, doch die wich ihm aus, biss sich mit sorgengefurchter Stirn auf die Unterlippe.
Sie hatte ihm also nicht alles gesagt.
Baal beugte sich wieder über Amanda, und die Frage, wie ehrlich sie Jul gegenüber gewesen war, trat in den Hintergrund. Der Dämon ritzte ihre Haut mit dem Skalpell, fügte sich selbst einen Schnitt an der Fingerspitze zu. Er rieb sein Blut in die kleine Wunde, und Amanda verkrampfte sich, zischte vor Schmerz. Jul hörte seine eigenen Zähne knirschen.
Langsam zog Baal auf diese Weise die Umrisse des blutigen Handabdrucks nach, begann dann das Innere mit Schattierungen und Mustern zu füllen. Er arbeitete konzentriert, ohne Jul noch einmal eines Blickes zu würdigen, ohne sich darum zu kümmern, wie fest Amandas Finger sich um die Tischkanten krallten. Seine Hände schienen sich fast von allein zu bewegen, geleitet von jahrhundertelanger Erfahrung.
Für Jul schienen Stunden zu vergehen, in denen er nichts weiter tun konnte, als zuzusehen, wie Amanda litt. Irgendwann trat er näher, ergriff ihre Hand und ließ zu, dass sie ihm beinahe die Finger zerquetschte, während sie sich an ihn klammerte. Doch die ganze Zeit über wich sie seinem Blick aus. Erst hielt sie den Kopf zur Seite gedreht, und als Baal begann, eine zweite

Tätowierung über ihrer Kehle zu ritzen, starrte sie gegen die Decke, als könne sie dort Erlösung finden. Sie hatte nicht gewollt, dass er zusah, und nun verstand er, warum.
Als Baal sich schließlich zurücklehnte, ein zufriedenes Lächeln auf den Lippen, sickerte bereits das erste Licht des Morgens zwischen zugezogenen Vorhängen hindurch.
»Jetzt gehörst du mir mit Leib und Seele.«
Jul versteifte sich. Doch Amanda setzte sich lediglich langsam auf, erwiderte den Blick des Dämons müde. Ihr ganzer Oberkörper war blutbeschmiert, erinnerte Jul viel zu sehr daran, wie er sie am vergangenen Mittag angeschossen hatte. Sie antwortete nicht, glitt vom Tisch, schwankte leicht und tastete nach Juls Schulter, um dort Halt zu finden.
Er vergewisserte sich, dass sie sicher stand, dann erst bückte er sich nach ihrer Jacke, legte sie ihr um die Schultern. Der Dämon beobachtete ihn wie eine Spinne, in deren Netz sich ein besonderes interessantes Beutetier verfangen hatte. Jul war es mittlerweile gleichgültig. An diesem Brocken würde sich Baal verschlucken. Er hatte nicht vor, sich erpressen oder einschüchtern zu lassen. Er war kein einfacher Sterblicher.
»Werde ich jetzt im Keller übernachten müssen, oder hast du ein Bett für mich?« Amandas Stimme klang matt.
Der Dämon grinste. »Es gibt eine ganze Wohnung für dich, ein Stockwerk über diesem. Dort wirst du auch passende Kleidung finden.«
Kurz darauf standen sie im Treppenhaus. Amanda zog die Jacke fester um ihre Schultern, wehrte jeden seiner Versuche ab, sie zu stützen, während sie die Stufen erklommen. Jul musterte sie von der Seite. Eigentlich sollte er sie zur Rede stellen, sollte sie fragen, was ihr Meister zuvor gemeint hatte, als er von einer Sucht gesprochen hatte. Doch die Erschöpfung hatte tiefe Lini-

en in ihre Züge gegraben, und so begleitete er sie stumm hinauf, sah zu, wie sie sich das Blut von der Haut wusch, und zog einen Stuhl neben ihr Bett, als sie in die Kissen fiel. Mit dem Schwert über den Knien wachte er über ihren Schlaf.

Geräusche an der Wohnungstür rissen ihn aus düsteren Gedanken. Er konnte nicht sagen, wie spät es war, nur wenig Licht fiel durch die Ritzen des heruntergelassenen Rollladens. Doch es musste noch immer früher Morgen sein, lang hatte Amanda bisher nicht geschlafen. Jul erhob sich. Mit dem Schwert in einer Hand trat er auf den Wohnungsflur hinaus. In der Tür stand die Frau, die sie bei ihrer Ankunft in Empfang genommen hatte. Diesmal ohne Gewehr, nur mit einem Pistolenhalfter am Gürtel. Ihr Blick ging kurz zu dem Schwert, doch sie schien sich davon nicht beeindrucken zu lassen.
»Komm mit. Der Chef will dich sprechen.«
Jul musterte sie schweigend. Auf ihrem Handrücken konnte er keinen blutroten Schlangenkopf entdecken, also musste der sich an der Innenseite ihres Handgelenks befinden. Unter dem Ärmel verborgen wie bei den meisten Dämonendienern, denen er bisher begegnet war. Wieso war es bei Amanda und Krätschmer anders? Weil sie noch im Besitz ihrer Seelen gewesen waren, als sie ihre Dienste verkauft hatten, ob nun freiwillig oder nicht? Prangte über dem Herzen dieser Frau ebenfalls eine blutrote Hand?
Mit verärgert gerunzelter Stirn erwiderte sie seinen Blick. »Was ist jetzt? Kommst du?«
Er nickte ihr zu, schob das Schwert in die Scheide zurück. »Geh vor.«

Sie machte auf dem Absatz kehrt, eilte ihm mit schnellen Schritten voran, wobei der Zopf wippte, zu dem sie ihr Haar zurückgebunden hatte. Jul folgte ihr die Treppe hinab bis zu der Wohnung, die er vor einiger Zeit erst gemeinsam mit Amanda verlassen hatte. Dort hielt die Frau an, öffnete die Tür und winkte ihn hindurch. Was konnte Baal von ihm wollen? Gab es Neuigkeiten? Die Tür zum Wohnzimmer stand offen, und trübes Morgenlicht zeichnete ihre Umrisse auf den Boden des dunklen Flurs. Er hielt darauf zu – und erstarrte auf der Schwelle. Beinahe hätte er geflucht.

»Karin!«

Juls Mitbewohnerin begegnete seinem Blick mit zerknirschtem Lächeln, und gleichzeitig breitete sich Erleichterung in ihrem Gesicht aus. Hinter ihr ragte Baals Gestalt auf. Die Hände des Dämons lagen auf ihren Schultern, und als Karin Anstalten machte, sich zu erheben, drückte er sie in ihren Sitz zurück. Juls Finger schlossen sich um den Griff seines Schwertes. Baal folgte der Bewegung mit den Augen, kommentierte sie jedoch nicht.

»Deine kleine Freundin hier ist eine erstaunlich begabte Hackerin«, sagte er stattdessen. »Ich würde es wirklich bedauern, wenn ich sie töten müsste.«

Jul schluckte. »Was hat sie getan?«

Doch er kannte die Antwort auf diese Frage bereits. Sie hatten im Auto darüber geredet, er selbst hatte ihr diese Idee eingegeben. Nun bereute er es, sie überhaupt zum Haus des Dämons mitgenommen zu haben. Hätte er sie doch nur aus all dem herausgehalten. Wenn ihr etwas zustieß, war das allein seine Schuld. Gleichzeitig brauchte er sie. In einer Welt voller Technik, mit der er kaum umgehen konnte, hatte er begonnen, sich in einigen Dingen stark auf sie zu verlassen, das wurde ihm nun klar. Falls Baal in diesem Haus nicht gerade eine umfangreiche

Bibliothek unterhielt, hätte er nicht gewusst, wo er nach Informationen über die Waffe suchen sollte.
»Ihr ist es gelungen, Zugang zu dem Server mit meinen privaten Dateien zu erhalten.« Irrte er sich, oder klang der Dämon beeindruckt? »Leider will sie mir nicht sagen, was sie gesucht hat. Vielleicht kannst du mir helfen, ein wenig Licht in die Sache zu bringen, Engel. Bevor ich zu drastischeren Maßnahmen greifen muss.«
Karin sank sichtlich ein Stück in ihrem Stuhl zusammen, ihre Finger krampften sich in den Saum ihres T-Shirts. Mit großen Augen sah sie Jul an, und er schenkte ihr ein beruhigendes Lächeln, auch wenn er selbst noch nicht genau wusste, wie er sie aus dieser Situation herausholen sollte, ohne dass es auf einen Kampf hinauslaufen würde.
Demonstrativ nahm er die Hand vom Griff seines Schwertes, trat ein Stück in den Raum hinein und stieß die Tür hinter sich mit dem Fuß zu.
»Ich fürchte, für diese ganze Sache bin ich verantwortlich. Ich wollte wissen, ob der Morgenstern die Wahrheit gesagt hat. Über die alten Götter und die Waffe, die wir suchen.«
»Soso.« Endlich entließ Baal Karin aus seinem Griff. Langsam nahm er an dem Tisch Platz, entlastete dabei stets sein verletztes Bein. Mit einer einladenden Geste deutete er auf den Stuhl ihm gegenüber. Jul kam der Aufforderung nach, rückte beim Setzen sein Schwert zurecht und legte dann die Hände vor sich auf den Tisch.
»Natürlich«, fuhr der Dämon nach einer Weile fort, »konntest du dich mit diesen Fragen nicht einfach an mich wenden, da du davon ausgehen musstest, dass auch ich nicht die Wahrheit sage.«
»Alle Dämonen lügen, wenn es ihnen nützt.«

Baal stützte die striemenübersäten Unterarme auf die Tischplatte und nickte. »Dennoch habt ihr zwei meine Gastfreundschaft missbraucht. Ich bin ein wenig enttäuscht, obwohl ich von einem Engel eigentlich nichts anderes erwartet habe. Es war mir schon immer ein Rätsel, wie es euch gelingt, euch für etwas Besseres zu halten.«

Bilder von Amanda, wie sie auf eben diesem Tisch gelegen hatte, stiegen in Jul auf. Es kostete ihn all seine Willenskraft, die Hände locker auf dem Holz liegen zu lassen. »Immerhin versklaven wir niemanden.«

Baal lachte leise auf, und im selben Moment streckte er die Hand nach Karin aus, die versucht hatte, auf den nächsten Stuhl links von ihr zu rutschen, ein Stück von dem Dämon fort. Mit festem Griff hielt er sie am Oberarm, und nun kroch Juls Rechte doch in Richtung seiner Waffe.

»Was genau wolltest du wissen, Engel? Sag es mir, vielleicht beantworte ich deine Fragen sogar.«

»Dann wüsste ich immer noch nicht, ob du die Wahrheit sprichst.«

Seinen Worten zum Trotz musterte Jul den Dämon nachdenklich. Vielleicht war es einen Versuch wert, auf diesem Weg ein paar Informationen zu erhalten. Vielleicht genügte es sogar, Baal zu verraten, was genau er hatte wissen wollen, damit er Karin in Ruhe ließ.

»Ich kann dir beweisen, dass es mehr als einen Gott gibt, wenn es das ist, woran du zweifelst. Der Höllenfürst schien es für wichtig zu halten, euch von der Wahrheit zu überzeugen. Also will ich mein Bestes tun, um die letzten Zweifel auszuräumen.« Ein selbstironisches Schmunzeln spielte um Baals Lippen. Er zeigte keinesfalls die Ergebenheit, die Jul von jemandem erwartet hätte, der sich bemühte, nach dem Willen desjenigen zu handeln, dem er Loyalität geschworen hatte. Doch das lag wahrscheinlich in der Natur der Dämonen.

»Gut. Beweise es mir.« Jul bemühte sich, seine Miene möglichst unbewegt zu halten, während er Baal abwartend ansah. Vom Morgenstern hatte er bisher nur Argumente gehört, überzeugende Argumente zwar, aber doch nichts weiter als Worte. Ein Beweis wäre etwas anderes, und er war sich keineswegs sicher, ob er einen solchen sehen wollte. Einen Beweis, der ein für alle Mal belegen würde, dass er über Jahrtausende hinweg an eine Lüge geglaubt hatte. Doch er konnte es sich nicht leisten, die Augen vor der Wahrheit zu verschließen, wenn sie tatsächlich so aussah, wie die Dämonen behaupteten.

Wieder lächelte Baal, ohne dass ihn diese Geste in irgendeiner Weise freundlicher wirken ließ. »Wir sind uns einig, dass ein gefallener Engel diese Male für den Rest seiner Existenz tragen würde?« Bei diesen Worten hob er seine striemenübersäten Arme. Jul nickte und runzelte gleichzeitig die Stirn. Wollte dieser Dämon behaupten, er könne mit blauem Feuer geschlagene Wunden heilen, weil er einst kein Engel, sondern ein Gott gewesen war?

»Wenn du ein Gott wärst, dürfte dir das blaue Feuer allerdings von vorneherein wenig anhaben können«, wandte er ein.

»Glauben.« Das Lächeln des Dämons wurde bitter. »Der Glauben der Menschen hat uns schon immer geformt. Wenn genug davon einen für einen Dämon halten, wird man ein Dämon. Sie können einem allerdings nicht vollständig nehmen, was man einst war … Ich zeige es euch, aber dafür brauche ich einen Freiwilligen.«

Für einen Augenblick mutete Baal wie ein Bühnenzauberer an. Doch nur so lange, bis er das Skalpell anhob, das noch immer auf dem Tisch lag. Getrocknetes Blut klebte an der Klinge und

dem weißen Plastikgriff. »Wer ist bereit, mir etwas Blut zu opfern?«
»Im wörtlichen Sinn?« Karin saß auf der äußersten Kante ihres Stuhls und musterte Baal von dort aus. In ihrem Gesicht spiegelten sich Skepsis, Angst und Faszination in schneller Abfolge, ohne dass es einem der Gefühle gelang, die Vorherrschaft zu erringen. Der Dämon schenkte ihr einen kurzen Blick, bevor er wieder Jul ansah.
»Natürlich.«
Jul schnaubte und schüttelte den Kopf. So weit kam es noch. »Denk dir einen besseren Beweis aus.«
»Ich habe nur diesen.« Baal zuckte mit den Schultern, ließ das Skalpell sinken. »Ich würde Blitze vom Himmel rufen, wenn ich könnte, aber mit meinen Anhängern hat Jehovah mir auch einen Großteil meiner Macht genommen.« Eine Andeutung von Bitterkeit schlich sich in seine Stimme. »Wunder sind die besten Beweise für Göttlichkeit. Doch um eines zu vollbringen, brauche ich erst ein Opfer, aus dem ich Kraft ziehen kann.«
Nun gewann die Faszination in Karins Zügen. Sie vergaß sogar, möglichst viel Abstand zu Baal zu halten, und lehnte sich ein Stück vor. »Gewinnen alle Götter durch Opfer Kraft?«
Der Dämon musterte sie, als überlege er, ob sie einer Antwort würdig war. Dann nickte er.
»Aber nicht in allen Religionen gibt es so was«, wandte sie ein. »Man nehme nur mal die Evangelen, die haben nicht mal Weihrauch und so Zeug. Und …«
Mit einer schnellen Handbewegung schnitt Baal ihr das Wort ab. »Wenn man erst mal ein paar Millionen Anhänger hat, genügen Gebete. Aber Blut ist die wirksamere Opfergabe.« Erneut suchte sein Blick den Juls, hielt ihn fest. »Hast du dich nie gefragt, wieso die Vergessenen Götter Menschen anfallen, wenn

sie die Gelegenheit dazu bekommen? Ist das nicht selbst für Dämonen ein seltsames Verhalten?«

Jul runzelte die Stirn. Tatsächlich hatte er darüber nie genauer nachgedacht. Was Luzifer und Baal die Vergessenen nannten, waren für ihn nun einmal Dämonen, niedere dazu. Was sie taten, war nie erfreulich, und diese rattenähnlichen Wesen taten sich auch nicht gerade durch ihre Intelligenz hervor. »Willst du sagen, sie wollen auf diese Art Blutopfer erzwingen?«

Ein Nicken war die Antwort. »Sie haben nur vergessen, dass Opfer freiwillig gegeben werden müssen.«

Jul dachte an die vielen niederen Dämonen, die er erschlagen und erschossen hatte. Wenn man es aus dieser Perspektive betrachtete, erschien ihr Schicksal fast traurig. Allerdings waren und blieben sie Dämonen. Er mochte Mitleid mit den Menschen empfinden, aber nicht mit den Ausgeburten der Hölle. Niemals würde er bereuen, diese Wesen getötet zu haben, schon gar nicht das eine, das damals beinahe seine Zähne in Karins Kehle geschlagen hätte. Damals, als sie unbedingt hatte wissen wollen, ob an den Gerüchten über Monsterratten in der alten Hausruine etwas dran war.

Und heute streckte sie die Hand nach dem Skalpell aus. »Ich wollte schon immer mal ein göttliches Wunder sehen.«

Jul seufzte. Offensichtlich hatte sie seitdem nichts hinzugelernt.

»Karin!« Seine Stimme klang ein wenig schärfer als beabsichtigt, doch sie schenkte ihm nur ein zuversichtliches Grinsen.

»Sieh es als wissenschaftliches Experiment. Ich zumindest will rausfinden, ob er die Wahrheit sagt.«

»Eine sehr lobenswerte Einstellung.« Der Dämon lächelte, während er Karin das Skalpell überreichte. »Falls du je einen wirklich sicheren Job suchen solltest, ich kann Menschen wie dich immer gebrauchen.«

Erleichtert beobachtete Jul, wie seine Mitbewohnerin das Gesicht verzog. Immerhin blieb sie bei den wichtigen Dingen vernünftig.

»Ich steh nicht so auf Tattoos«, murmelte sie. Dennoch nahm sie das Skalpell entgegen, betrachtete die blutige Klinge allerdings erst einmal zögernd und schob währenddessen mit dem Daumen die Brille auf ihrer Nase zurecht.

»Karin«, versuchte Jul es noch einmal, diesmal ruhiger. »Wir haben beide zu wenig Ahnung von diesen Dingen. Wer weiß, was er uns verschweigt.«

Unentschlossen drehte sie das Skalpell in den Händen, zuckte zusammen, als der Dämon ihr eine Hand auf die Schulter legte.

»Lass sie ihre eigenen Entscheidungen treffen, Engel. Im Gegensatz zu dir weiß sie, dass man nur Antworten erhält, wenn man etwas wagt.«

»Er hat recht.« Karin wich Juls Blick aus. »Außerdem, was soll schon passieren? Menschen haben seit Jahrhunderten Göttern geopfert, und bisher ist niemand daran gestorben ...« Sie unterbrach sich, schien ihre letzten Worte noch einmal zu überdenken. »Außer die Menschenopfer natürlich. Aber hier geht es ja nur um ein bisschen Blut, oder nicht?«

»So ist es.« Baal nickte ihr aufmunternd zu, und sie setzte die scharfe Klinge auf ihrer Handfläche an.

»Er ist kein Gott mehr, sondern ein Dämon.« Sah sie den Unterschied denn nicht? Karins Neugierde würde sie eines Tages noch umbringen.

Sie hob nur die Schultern und atmete tief durch. Unverbesserlich! Aber er konnte sie das nicht wagen lassen. Jul streckte die Hand aus, legte sie um Karins. »Gib her. Wenn du es unbedingt wissen willst, dann tue ich es. Du hast für heute schon genug Schwierigkeiten.«

Während Karin ihm die Klinge überreichte, bemühte er sich, Baals selbstzufriedenes Lächeln zu ignorieren. Schon wieder ein Fehler? Es war ihm egal. Was zählte, war, dass er Karin so weit wie möglich aus allem heraushielt, das mit Dämonen zu tun hatte.

Kurz hüllte er die scharfe Schneide in blaues Feuer, um sie zu säubern. Zufrieden stellte er fest, dass die Miene des Dämons sich beim Anblick der Flammen verdüsterte. Dann setzte er die Klinge an seine Handfläche.

»Wenn das Blut fließt, sprich die Worte: ›Ich opfere dieses Blut Baal‹«, ließ der Dämon sich vernehmen. »Kompliziertere Opferformeln sind nur Schnickschnack, den Priester sich ausgedacht haben, um wichtiger zu wirken.«

Karin kicherte nervös, doch Jul drückte nur die Klinge in sein Fleisch. Der Schmerz schnitt angenehm durch all seine Zweifel und Sorgen. Für einen Moment bündelte er seine Gedanken im Hier und Jetzt und ließ alles jenseits einfachster Empfindungen verblassen. Doch nicht lang, dann wurde ihm wieder bewusst, was er dort tat. Dies war wahrhaftig ein Schlag ins Gesicht des Herrn. Daran musste Jul denken, während er die Worte murmelte, die der Dämon ihm genannt hatte. Ein Engel, der einem Götzen opferte.

Blut tropfte auf die Tischplatte, röter als das der anderen Engel, auch wenn es noch immer leicht schimmerte. Baal betrachtete die kleine Pfütze beinahe hungrig. Jul fragte sich, ob er vorhatte, es zu trinken, doch offensichtlich genügten Handlung und Widmung des Opfers. Noch während Jul zusah, verblassten die Striemen auf dem Oberkörper des Dämons, und er seufzte erleichtert auf. Durch diesen Beweis hatte er sicher ebenso viel gewonnen wie seine beiden Zuschauer, wenn nicht sogar noch mehr.

Jul schloss die Hand zur Faust, und zwischen seinen Fingern erstrahlte das heilende blaue Glühen.
»Genügt das, um dich zu überzeugen, dass ich mehr als ein einfacher Dämon bin? Oder muss ich erst Wasser in Wein verwandeln, damit du den Worten des Höllenfürsten Glauben schenkst?«
»Das genügt.« Jul schob das Skalpell von sich. Er hatte Dämonen an tiefen Wunden langsam und qualvoll sterben sehen. Nie war es einem von ihnen gelungen, eine Verletzung, die blaues Feuer geschlagen hatte, auch nur ansatzweise zu heilen. Kein gefallener Engel, gleichgültig wie mächtig, hätte dies bewerkstelligen können. So hatte der Herr es eingerichtet, als Teile der Schar fielen. Baal musste tatsächlich mehr sein, als es auf den ersten Blick den Anschein hatte.
»Was wolltest du über die Waffe wissen?« Die Stimme des Dämons schnitt durch seine Gedanken.
Jul strich sich eine Haarsträhne aus dem Gesicht, bemühte sich, mit dieser Geste auch die Bitterkeit beiseitezuschieben, die von ihm Besitz ergriffen hatte. Wenn er den Herrn doch zumindest dafür hassen könnte, dass er seine ergebensten Diener so lange getäuscht hatte. Doch da war ein Teil von ihm, der ihn noch immer verehrte, der noch immer verzweifelt darauf hoffte, dass es einen guten Grund für all dies gab. Kurz begegnete er Karins besorgtem Blick, dann sah er wieder den Dämon an.
»Was tut diese Waffe?«
Wieder lächelte Baal wenig freundlich. »Wer sie trägt, erhält die Macht desjenigen, den er tötet.«
»Gibt es eine Möglichkeit, das zu verhindern?« Karin saß nun wieder auf der äußersten Stuhlkante, so weit von dem Dämon entfernt, wie es ihr möglich war. Doch sie zeigte keine Angst

mehr, trug stattdessen den konzentrierten Blick zur Schau, den sie immer aufsetzte, wenn es ein Problem zu lösen galt.
Der Dämon lachte. »Das ist es also. Ihr fragt euch, wem die Aufgabe zufallen wird, Jehovah zu töten, nicht wahr? Wer immer es tut, wird mehr Macht erlangen, als die meisten anderen noch herrschenden Götter besitzen.«
»Ich nehme an, du wärst gern derjenige.« Jul beobachtete Baal aufmerksam.
»Natürlich.«
»Allerdings besitzt du die Waffe nicht.« Amanda hatte ihm viel zu wenig von dem Handel mit ihrem Meister erzählt. Er hätte sie doch noch danach fragen sollen. Nun fischte er im Trüben, musste Schlüsse aus dem wenigen ziehen, das er wusste.
Der Dämon nickte. »Nachasch ist mir zuvorgekommen, als ich nach der Schlacht nach der Waffe gesucht habe. Sie würde niemals zulassen, dass ein Rivale sie bekommt. Also musst du dir keine Sorgen machen, dass ich mich wieder zum Gott aufschwingen könnte.« Wieder dieses Lächeln, herablassend und ohne Freundlichkeit. Es schien Baal erstaunlich wenig zu kümmern, dass ihm eine derart große Chance entgehen würde. »Obwohl es mir sicher auch nicht gelänge, mehr Chaos über die Welt zu bringen als Jehovah auf dem Zenit seiner Herrschaft.«
Jul biss sich auf die Zunge, versagte sich jede abfällige Bemerkung. Er wollte Informationen, nicht schon wieder Streit. »Was ist diese Nachasch? Dem hebräischen Namen nach wohl ein gefallener Engel, aber ich dachte immer, es wäre der Morgenstern gewesen, der in der Gestalt der Schlange in den Garten Eden eingedrungen ist.«
Baal hob die Schultern. »Er war es auch. Aber wenn Nachasch sich nach der Schlange im Paradies benennen will, wer sollte sie davon abhalten? Der Name sagt gar nichts, ich tippe aller-

dings auch auf einen Gefallenen. Möglicherweise weiß sie nicht einmal etwas mit der Waffe anzufangen. Nur ich wusste, was der Höllenfürst da besaß, denn ich habe ihm geholfen, sie zu finden. Vielleicht haben einige der anderen Götter geahnt, was er plante, doch die Gefallenen ...« Der Dämon bleckte die Zähne zu einem abfälligen Grinsen. »Jehovah hat es wirklich meisterhaft verstanden, euch ahnungslos zu halten.«

Jul schnaubte. Hatten alle Dämonen nichts Besseres zu tun, als zu versuchen, ihn zu reizen? »Ich denke, du bist neidisch, weil ihm etwas gelungen ist, wovon du nur träumen kannst.«

Baals Augen funkelten wütend. Er beugte sich über die Tischplatte zu Jul herüber ...

»Vielleicht könnt ihr die theologischen Diskussionen auf ein andermal verschieben?« Karins Stimme wurde leiser, als der Dämon sich ihr zuwandte, aber sie sprach dennoch weiter. »Du ... Sie haben meine Frage noch nicht beantwortet.«

Kurz schien es, als käme Karin mit dieser Unterbrechung nicht ungestraft davon, und Jul spannte sich unwillkürlich. Doch dann glätteten sich Baals Züge. »Niemand kann verhindern, dass die Macht des Opfers auf den Träger des Messers übergeht. Allerdings kann der Träger selbst sich entschließen, diese Macht wieder aufzugeben.«

Karin seufzte, während Jul nachdenklich auf die langsam trocknenden Flecken seines eigenen Blutes starrte. Wäre Amanda dazu bereit, einmal gewonnene göttliche Macht wieder aufzugeben, wenn sie sie nicht mehr brauchte? Zu gerne hätte er diese Frage mit Ja beantwortet, doch er musste sich eingestehen, dass er das nicht konnte. Er kannte sie nicht gut genug.

Baal wandte sich Karin zu. Er lehnte sich zu ihr hinüber, so dass sie noch ein Stück weiter über die Kante ihres Stuhls rutschte. »Ich mag dich, deshalb will ich gern vergessen, was du getan hast. Wie wäre es, wenn du dich zum Ausgleich ein wenig nützlich machst? Ich weiß inzwischen, wo Nachasch sich aufhält, aber nicht, wie wir gefahrlos zu ihr gelangen können. Setz dich mit meinen Leuten zusammen und versuch, einen Weg zu finden. Du bekommst von ihnen alle nötigen Informationen.«

Karin warf Jul einen fragenden Blick zu. Erst als er nickte, erhob sie sich langsam, beinahe, als wäre sie nicht sicher, ob der Dämon ihr tatsächlich erlauben würde aufzustehen. Als er keine Anstalten machte, sie aufzuhalten, wurden ihre Bewegungen selbstbewusster. Jul sah ihr nach, während sie den Raum verließ. Dann wandte er sich wieder dem Dämon zu.

»Ich will dein Wort, dass du ihr nichts zuleide tust. Auch dann nicht, wenn dies alles vorüber ist.«

Mit einem amüsierten Lächeln sah Baal ihn an, und Jul erwiderte den Blick ruhig. Das Wort eines Dämons war nicht viel wert, aber immerhin besser als nichts.

»Ich werde sicherstellen, dass sie niemandem meinen wahren Namen verraten kann. Abgesehen davon ist sie nicht in Gefahr, solange auch du über alles Stillschweigen bewahrst, das du im Verlauf des vergangenen Tages erfahren hast. Dasselbe gilt für Amanda.«

Jul konnte sich vorstellen, wie der Dämon Karins Schweigen sicherstellen wollte. Er sah noch deutlich das verschlungene Muster vor sich, das Baal in die Haut über Amandas Kehlkopf geritzt hatte. Es überraschte ihn, dass Baal nicht versuchte, ihm ebenfalls eine Tätowierung aufzudrängen. Aber vielleicht war er überzeugt, ihn auch ohne eine solche Maßnahme in der Hand zu haben. Außerdem, wer wusste schon, ob es bei einem Engel überhaupt funktionieren würde?

»Du hast mein Wort, dass ich deinen wahren Namen niemandem verrate. Aber ich lasse mich nicht von dir erpressen.«

Baal lächelte lediglich dünn und erhob sich. Er umrundete den Tisch, während Jul ebenfalls aufstand, und der allzu vertraute Geruch nach heißem Schiefer stieg Jul in die Nase, als der Dämon dicht an ihn herantrat. »Ich glaube, du wirst nachgeben, wenn ich den Hebel an der richtigen Stelle ansetze. Außerdem habe ich dir auch das eine oder andere anzubieten.« In einer schnellen Bewegung strichen Finger über Juls Rücken, deren Hitze er selbst durch den Stoff von Jacke und T-Shirt fühlte. Er versteifte sich, wollte Baal aber nicht den Gefallen tun zurückzuzucken. »Falls du irgendwann wieder fliegen willst …«

»Das kannst du nicht!« Erst Michael, nun dieser Dämon. Jul schloss die Augen, atmete tief durch. *Und führe uns nicht in Versuchung, sondern erlöse uns von dem Übel.* Es war ein menschliches Gebet, aber es half, seine Gedanken in ruhigere Bahnen zurückzuzwingen. Er würde nie wieder fliegen, der Preis war auch bei diesem Angebot zu hoch. Es lohnte nicht, auch nur darüber nachzudenken.

»Mit dem richtigen Opfer kann ich so einiges«, drang Baals Stimme an sein Ohr. »Dein Blut ist mächtig.«

30

Amanda spürte ein weiches Kissen unter ihrer Wange. Sie lag in wohlige Wärme gehüllt, nicht ganz sicher, wo sie war, nicht ganz sicher, ob es sie interessieren sollte. Ihre Augen weigerten sich, sich zu öffnen, der Schlaf zog an ihr, wollte sie ins Reich der Träume zurückholen. Am besten, sie drehte sich noch mal um und gab dem Ruf nach.

Sie regte sich leicht, und rauher Stoff strich über ihre Brust. Wunde Haut brannte unter der Berührung, holte sie ein Stück weiter in die Welt zurück. Sie runzelte die Stirn, tastete über ihren nackten Bauch, einen Rippenbogen entlang, erspürte dünne, leicht verhärtete Linien zwischen ihren Brüsten. Ein leises Stöhnen kam über ihre Lippen, als sie sich mit einem Schlag daran erinnerte, was am vergangenen Tag geschehen war. Wo sie sich befand. Was sie getan hatte.

Das Rascheln von Kleidung verriet eine Bewegung in der Nähe. Blinzelnd öffnete sie die Augen.

Durch die Ritzen des Rollladens fiel Licht ins Zimmer, zeichnete getupfte Muster auf den flauschigen weißen Teppich und tauchte die Einrichtung in schummriges Halbdunkel. Einige der Lichtflecken spielten über die Gestalt auf dem Stuhl neben ihrem Bett, ließen weißblondes Haar aufleuchten, fingen sich am Griff des Schwertes und in eisblauen Augen, die direkt in ihre Seele zu blicken schienen. Eine Seele, die nicht mehr ihr gehörte. Die sie sich aber zurückholen würde, sobald sie die Waffe in der Hand hielt. Wenn alles nach Plan lief, besaß

Balthasar ihre Seele nur auf Zeit. An diesen Gedanken hatte sie sich in der vergangenen Nacht bereits geklammert, bis sie ihn fast glauben konnte.

Amanda rieb sich den Schlaf aus den Augen und betrachtete den Engel neben ihrem Bett, der ihren Blick mit einem leichten Lächeln erwiderte. Ein verdammter Engel saß neben ihrem Bett! Hatte er die ganze Nacht dort gewacht? Sie hatte immer gedacht, so etwas taten nur Leute in Filmen.

Aber dies alles war kein Film. Weder ihre Begegnung mit Gott und Teufel noch der Handel mit Balthasar, noch der ganze surreale Rest des vergangenen Tages. Auch nicht die Tatsache, dass ihr Bruder in diesem Moment allein in einer Zelle saß, in die ihm niemand das Frühstück bringen würde. Dieser letzte Gedanke wog schwerer als die anderen, riss sie hart in die Realität zurück.

»Halte noch eine Weile durch, Bruderherz.« Ihre Lippen bewegten sich lautlos. Nun, da Balthasar Roman Straffreiheit zugesagt hatte, würde sie dafür sorgen müssen, dass sich so schnell wie möglich wieder jemand um ihn kümmerte. Nicht dass er in diesem verdammten Keller verhungerte, während sie damit beschäftigt war, die Welt zu retten.

Jul sah sie an, als wüsste er, was sie dachte. Sein Blick wurde ernst, und er lehnte sich in seinem Stuhl ein wenig vor. *Du bist verliebt,* hatte Balthasar zu ihm gesagt, und er hatte die Behauptung weder abgestritten noch bestätigt. Gab es tatsächlich mehr als sexuelle Anziehung zwischen ihnen? War es mehr als die Sorge um eine Verbündete und möglicherweise sogar Freundin, die Jul dazu bewog, sie vor ihrem selbsternannten Herrn zu beschützen?

Ihr Blick glitt über seine ernste Miene und seinen Körper hinab, während sie ihre eigenen Gefühle zu ergründen versuchte. Er hatte die Jeansjacke ausgezogen, sie hing über der Lehne des Stuhls, mehr Fetzen als Kleidungsstück. Über sein ebenfalls angesengtes T-Shirt verliefen die Gurte des Pistolenhalfters, drückten den Stoff eng an seine Haut, die durch das eine oder andere Loch hindurchschimmerte. Neue Narben zeichneten sich darauf ab, dünne, helle Striche, die noch nicht da gewesen waren, als ihre Finger am vergangenen Nachmittag über dieselben Stellen geglitten waren. Ein angenehmes Kribbeln durchlief Amanda bei der Erinnerung, löste einen Teil ihrer Anspannung.

Dennoch wischte sie den Gedanken beiseite, versuchte sich darauf zu konzentrieren, was jenseits des Körperlichen lag. Was empfand sie für Jul? Aber dort lauerte nur Chaos. Zu viel war in den letzten Tagen geschehen, um sich über irgendetwas sicher zu sein.

Seufzend stemmte sie sich ein Stück in die Höhe, verzog das Gesicht, als das Brennen in den beiden Tattoos erneut aufflammte. Doch diese Art des Schmerzes hatte etwas beruhigend Vertrautes. In all dem Chaos der letzten Tage war er etwas, das sie kannte und mit dem sie zu leben gelernt hatte. Es war seltsam, was man begann, mit einem Gefühl von Zuhause zu assoziieren, wenn man lange genug bei einem Dämon lebte.

»Hast du Schmerzen?«

Sie schüttelte den Kopf. »Mein Körper braucht nur eine Weile, um sich an das viele neue Dämonenblut unter der Haut zu gewöhnen.«

Juls Blick ging zu dem blutroten Muster auf ihrem Kehlkopf, und seine Miene verdüsterte sich. Sofort zog Amanda die Decke ein Stück höher. Es gab nichts, das er nicht schon gesehen hätte, dennoch wollte sie nicht, dass er diesen neuen Makel anstarrte.

»Dämonenblut wirkt aber nur wie eine Droge, wenn man es trinkt?« Seine Stimme klang neutral, doch durch seinen betont unbeteiligten Gesichtsausdruck schimmerte der engeltypisch misstrauische Blick. Automatisch richtete Amanda sich gerader auf, schob das Kinn vor. Nur nicht zeigen, dass es ihr einen Stich versetzte, wenn er sie so ansah.

»Wenn es einen nicht umbringt, heißt das«, fügte er hinzu. »Wie es bei den meisten Menschen der Fall zu sein scheint.«

»Ich wusste nicht, dass es einen umbringen kann.« Selbst in ihren eigenen Ohren klang ihre Stimme gereizt. Was sollte das werden? Warum hatte sie das Gefühl, er wollte sie wegen irgendetwas kritisieren? »Aber wahrscheinlich hängt es mit meiner Magie zusammen, dass es bei mir anders wirkt als bei normalen Menschen.«

»Das beantwortet meine Frage nicht.«

»Es macht nur süchtig, wenn man es trinkt.« Amanda zog die Beine an, schlang über der Decke die Arme um die Knie. Was kümmerte es sie überhaupt, was Jul von ihr dachte, solange er ihr nur half? Mochte er noch so gut aussehen, noch so gut im Bett sein und noch so angenehme Gesellschaft darstellen, wenn er nicht gerade damit beschäftigt war, ihr zu misstrauen. Das alles spielte keine Rolle. Es zählte nur Roman, den sie befreien, und ihr eigenes Leben, das sie endlich wieder in den Griff bekommen musste. Es gab wirklich Wichtigeres als Männer, worüber sie sich Gedanken machen sollte.

Aber Jul hatte in der Nacht an ihrem Bett gewacht.

Wütend schob sie den Gedanken beiseite.

»Gibt es noch etwas, das ich bisher nicht wusste?« Die Frage holte Amanda ins Hier und Jetzt zurück. Darum ging es also. Sie hatte ihm nicht gesagt, dass Dämonenblut süchtig machte, und für ihn war das offensichtlich ein Vertrauensbruch.

»O ja«, antwortete sie giftig. »Ich hab dir noch nicht jedes einzelne Detail aus meiner Kindheit erzählt.«

Der Engel seufzte, fuhr sich mit der Hand über das Gesicht. »Es tut mir leid. So war es nicht gemeint. Aber es ist wichtig für mich zu wissen, wie weit er dich in der Hand hat. Ganz unabhängig davon, dass ich mir Sorgen ...« Er unterbrach sich und schüttelte den Kopf, als hätte er schon zu viel gesagt. Er räusperte sich und begann, einige Punkte an den Fingern abzuzählen. Nun klang seine Stimme hart. »Er hält deinen Bruder als Geisel. Du bist süchtig nach seinem Blut. Er kann dir mit nur einem Gedanken Schmerzen zufügen. Und er besitzt deine Seele. Sonst noch etwas, womit er dich dazu bringen könnte, dich gegen Karin und mich zu wenden?«

Amanda biss sich auf die Unterlippe. Sie musste schlucken, bevor sie antworten konnte. Sah ihre Situation, von außen betrachtet, tatsächlich so jämmerlich aus? »Ich bin nicht süchtig nach seinem Blut, sondern nach Dämonenblut im Allgemeinen.« Als ob es irgendetwas änderte, dieses Detail richtigzustellen. Sie räusperte sich. Schob alle Gedanken an Blut und Sucht weit von sich. »Außerdem will Balthasar dir nichts tun. Er will dich besitzen.«

»Ach, das ist besser?« Jul sah sie herausfordernd an, und Amanda erwiderte seinen Blick wütend.

»Immerhin heißt das, dass er nicht versuchen wird, dich umzubringen. Lass dich nicht erpressen und geh auf keinen Fall auf seine Spielchen ein, dann bist du sicher.«

»Du meinst, ich hätte gestern Nacht nicht einschreiten sollen.«

»Ja.« Doch mit einem Mal klang ihre Stimme nicht mehr so fest, wie sie es gerne gehabt hätte. Sie schauderte bei der Erinnerung an Balthasars heißen Atem, der über ihre Haut strich. Er hatte nie ... Nicht in dem ganzen Jahr, das sie bei ihm lebte ... Es gab genug andere Frauen, die er in sein Bett holen konnte. Von ihr hatte er immer nur ihre Magie gewollt. Aber um Jul zu reizen, war ihm offensichtlich jedes Mittel recht. Wie weit wäre er gegangen, wenn der Engel ihn nicht aufgehalten hätte?

»Ich lerne, meine Magie zu beherrschen«, hatte sie ihm zugezischt. »Irgendwann habe ich genug Macht, um dir alles heimzuzahlen, was du nun tust.«

Balthasar hatte nur gelacht, und seine Lippen hatten die Worte *Keine Sorge* geformt. Wahrscheinlich hatte er nicht daran gezweifelt, dass Jul eingreifen würde. Berechnendes Arschloch, das er war. Wahrscheinlich legte er sich bereits einen Plan zurecht, wie er sie auch dann noch kontrollieren konnte, wenn ihre Kräfte wuchsen. Nur göttlicher Macht würde er ganz sicher nichts entgegenzusetzen haben.

»Warum hast du ihm nicht selbst Einhalt geboten? Es war sicher nicht Teil der Abmachung, dass er dich für seine Spielchen missbrauchen darf.«

Amanda seufzte. »Ich hatte gehofft, du reagierst vielleicht nicht. Dann hätte Balthasar gewusst, dass er dich auf die Art nicht kriegen kann.« Das war eine Lüge, zumindest nur die halbe Wahrheit. Aber sie wollte Jul gegenüber nicht eingestehen, dass sie zu müde und erschöpft gewesen war, um mehr zu tun, als eine leere Drohung auszustoßen. Sie hatte Balthasar keinen Grund geben wollen, schon wieder glühende Nadeln durch ihr Tattoo zu jagen.

Endlich wurde Juls Miene weicher. Er grub die Finger in sein weißblondes Haar, seufzte ebenfalls. »Ich werde mich nicht für meine Fragen entschuldigen. Ich kann nicht blind vertrauen, wenn ein Dämon im Spiel ist.«

»Blind vertrauen ist nie eine gute Idee.« Auch Amanda entspannte sich, streckte die Beine. Der Stoff der Decke rieb über das Tattoo zwischen ihren Brüsten, und sie zuckte zusammen. Wieder verdüsterte sich Juls Miene. Er nahm das Schwert von seinen Knien, das dort die ganze Zeit über gelegen hatte, sicher in seiner Scheide verborgen. Nun fand es seinen Platz neben dem Stuhl, lehnte dort an einem hölzernen Bein, während Jul sich zu Amanda vorbeugte. Er schob die Decke ein Stück nach unten, betrachtete die blutrote Hand über ihrem Herzen. Sie verzog das Gesicht. Musste das sein?

»Wie fühlt es sich an?«

»Es brennt, aber ...« Sie brach ab, als seine Finger über ihre Haut strichen, eine kribbelnde Spur auf ihren Brüsten hinterließen. Vorsichtig, zögernd beinahe, fuhr Jul die roten Linien nach. Seine Berührung dämpfte das Brennen des Dämonenblutes. Sicher nicht, weil er irgendwelche himmlischen Kräfte einsetzte, sondern allein aufgrund der Kühle seiner Finger. Dennoch schob Amanda seine Hand beiseite.

»Nicht. Das Ding ist scheußlich, am besten, du schaust es nicht mal an.«

»Es ist nun ein Teil von dir, fürchte ich. Und es fühlt sich kaum anders an als ein Geflecht von Narben. Vielleicht solltest du es als solches sehen. Wir beide haben seit gestern einige Narben mehr.« Mit der anderen Hand fuhr er über die Stelle an ihrer Schulter, an der sie im Dom ein Flammenschwert durchbohrt hatte.

Amanda hatte noch keine Gelegenheit gehabt, sich im Spiegel zu betrachten, und war sich auch nicht sicher, ob sie das wollte. Doch nun verdrehte sie den Hals, um die Narbe zu sehen, die sich vom Schlüsselbein bis zum äußeren Ende der Schulter zog. Sie wünschte sich, es gäbe irgendjemanden, vor dem sie damit angeben konnte. In den Kreisen, in denen sie und Roman sich vor der Sache mit Balthasar bewegt hatten, hätte dieser breite, weiße Strich sicher einigen Leuten Respekt abgenötigt. Warum auch immer. Eigentlich zeigte eine Narbe doch nur, dass man zu

langsam oder zu dumm gewesen war, um rechtzeitig auszuweichen.
Juls Finger fanden erneut den Weg zu der blutroten Hand, strichen die Wölbung ihrer linken Brust entlang, vertrieben alle Gedanken an alte Zeiten. Ein wohliger Schauer durchlief Amandas Körper. Hoffentlich war er sich bewusst, was er da anrichtete. Sie ließ den Blick erneut über sein löchriges T-Shirt gleiten, streckte schließlich eine Hand aus, um es ein Stück nach oben zu ziehen.
Er schien zu ahnen, was sie wollte. Lächelnd lehnte er sich zurück und machte sich mit geübten Fingern an den Gurten des Pistolenhalfters zu schaffen. Kurz darauf fiel die Waffe mit einem dumpfen Laut auf den Teppich. Der Engel stand auf und zog sich das angesengte Kleidungsstück über den Kopf.
Einige der neuen Narben waren so dünn, dass man sie kaum erkennen konnte, andere dick und gezackt, als hätte etwas an dem Fleisch gerissen, bevor es wieder verheilt war. Amanda streckte erneut die Hand aus, und Jul trat näher, setzte sich auf die Kante des Bettes. Sie rückte an ihn heran, schmiegte sich an ihn, während sie mit den Fingern über seine Brust strich.
»Darf ich dir nun auch eine unangenehme Frage stellen?«
Ein schiefes Lächeln huschte über Juls Züge. »Nur zu.«
»Hat Balthasar recht?«
Jul ließ sich mit der Antwort Zeit, schob derweil eine Hand unter die Decke, tastete nach ihrem Oberschenkel und strich daran hinauf. Amandas Atem beschleunigte sich. »Hey, nicht ablenken.«
Er grinste, doch als er sich ihr zuwandte, war seine Miene wieder ernst. »Womit soll er recht haben?«
»Dass du in mich verliebt bist.« Doch spielte das überhaupt eine Rolle? Wollte sie es wirklich wissen? Dies war vielleicht

die letzte Gelegenheit, noch einmal all ihre Sorgen zu vergessen, bevor sie bei dem Versuch starb, sich selbst, die Welt und ihren Bruder zu retten. Mehr zählte eigentlich nicht.
Ihre Hand tastete nach dem Knopf von Juls Hose, und er schloss sie in die Arme, küsste ihren Hals und sandte damit sanfte Schauer ihren Rücken hinab. Vielleicht lenkte er wieder ab, aber nun war es ihr egal.
»Natürlich habe ich recht.« Die Stimme und das Geräusch der sich öffnenden Tür erklangen im selben Moment. Amanda zuckte zusammen, wollte sich von Jul lösen. Doch der hielt sie fest, zog sie enger an sich. Sie drehte den Kopf, konnte Balthasars Gestalt im Türrahmen jedoch nur aus dem Augenwinkel erahnen. Juls Stimme strich dicht an ihrem Ohr vorbei, kalt wie frisches Gletschereis. »Du störst, Dämon.«
Amanda verschluckte sich fast an einem ungläubigen Laut, halb Lachen, halb ersticktes Keuchen. Sie hustete. Dass er derart direkt Streit suchte, schien nicht zu dem Engel zu passen. Versuchte er, Stärke zu zeigen? Hatte er erkannt, dass das die einzige Sprache war, die Balthasar verstand?
Leise Schritte, Balthasar trat ein Stück in den Raum. »Du vergreifst dich schon wieder ohne meine Erlaubnis an meinem Eigentum, Engel.«
Sein Eigentum? Unerfülltes Verlangen und heiße Wut vereinten sich zu einem glühenden Ball in Amandas Magen, drängten alles andere beiseite. Dieser verdammte, arrogante …
Mit einem Mal war Juls warme Umarmung fort. Es klapperte dumpf, als ein Gegenstand zu Boden fiel. Amandas Nackenhaare stellten sich auf, eilig wandte sie sich vollständig um.
Engel und Dämon standen einander gegenüber. Jul geduckt und kampfbereit, Balthasar mit den Händen lässig in den Taschen seiner Hose, die er noch immer ohne zugehöriges Hemd trug.

Sein nackter Fuß ruhte auf dem Schwert des Engels, das neben dem Stuhl am Boden lag.
»Amanda ist niemandes Eigentum!«
»Die Tattoos sagen etwas anderes.« Balthasar lächelte, unverbindlich und selbstbewusst. Aber auch seine Haltung wurde nun lauernd, er nahm die Hände aus den Taschen, und seine Finger streckten sich zu Krallen. Nur am Rande nahm Amanda wahr, dass kein einziger Striemen mehr seine Haut verunzierte. Sie zog die Decke um ihren Körper und war mit einem Satz aus dem Bett, um zwischen Engel und Dämon zu treten. Das Letzte, was sie nun brauchte, waren zwei Kerle, die um sie stritten, egal aus welchen Gründen. Amanda begegnete Balthasars Blick, atmete tief durch. Ruhe bewahren. Er mochte ein Riesenarschloch sein, aber über ihre Wut angesichts der Art, wie er sie behandelte, würde er nur lachen.
»Lass die Spielchen, Balthasar. Sag einfach, wieso du hier bist.«
Seine gerunzelte Stirn machte deutlich, dass sie für seinen Geschmack eindeutig zu wenig Respekt an den Tag legte. Doch zu ihrem Erstaunen blieb der Schmerz in ihrem Arm aus. Es schien fast, als würde er sich in Juls Gegenwart zurückhalten.
»Ich wollte deinen Engel sprechen.« Das Lächeln kehrte auf seine Züge zurück, kalt und hintergründig. »Aber das hat sich nun erledigt. Ich denke, die Fronten sind bereits ausreichend geklärt.«
Amanda holte Luft, um zu widersprechen, aber er hob eine Hand. »Außerdem will ich euch beide bei einer Besprechung über unser weiteres Vorgehen dabeihaben. Eigentlich sollte die sofort beginnen …« Sein Blick wanderte von Amanda zu Jul, dessen warmen Körper sie in ihrem Rücken spüren konnte. »Angesichts der Umstände allerdings will ich dir ein Geschenk machen … Iacoajul, nicht wahr? Sieh es als Vorgeschmack auf

das, was du haben könntest, falls du dich entschließt, für mich zu arbeiten. Ihr habt noch zwanzig Minuten, bevor ich euch ein Stockwerk tiefer erwarte.« Abschätzig musterte er Jul, seine Mundwinkel zuckten. »Das sollte reichen.«

Mit diesen Worten wandte er sich zur Tür, während Amandas Hände sich zu Fäusten ballten. Bestechung und Erpressung in einem, und das alles, während er sie wie einen Gegenstand behandelte, den man großzügig verleihen konnte, wenn es einem nützte.

»Arschloch!« O ja, das würde ihn bestimmt tief treffen. Sie biss sich auf die Zunge.

Balthasar sah über die Schulter zu ihr zurück, und eine Welle brennenden Schmerzes rollte durch ihren Arm. Sie keuchte auf, hörte die Tür mehr zufallen, als dass sie es sah. Als auch die Wohnungstür ins Schloss fiel, blinzelte sie immer noch schwarze Flecken aus ihrem Blickfeld fort, kämpfte langsam verebbende Übelkeit nieder. Jul stand vor ihr, hielt sie bei den Schultern, während seine eisblauen Augen Funken sprühten. »Sobald wir die Waffe haben, töte ich ihn.«

Die Worte klangen nicht wie eine in Wut gesprochene, leere Drohung, sondern wie ein fester Vorsatz. Amanda lächelte bitter. »Was denkst du, was ich vorhabe, falls ich genügend Macht zusammenbekomme?«

Dann seufzte sie, ließ die Decke einfach ihren Körper hinabgleiten und wandte sich ab. Vom Schlafzimmer trat sie in den dunklen Flur der Wohnung. Sicher hatte Jul ebenso wenig Lust wie sie, Balthasars ach so großzügiges Geschenk anzunehmen. Doch wenn ihnen noch zwanzig Minuten blieben, bevor man sie erwartete, hatte sie Zeit zu duschen.

Ein fernes Grollen ließ sie zusammenzucken. Was geschah nun schon wieder? Wie konnte ein Tag nur so beschissen anfangen?

Dann jedoch bebte der Boden unter ihren Füßen, und sie wusste, womit sie es zu tun hatte. Dies war kein neues Übel, und diese Tatsache allein reichte aus, um sie erleichtert aufatmen zu lassen. Es war ein bekannter Schrecken, einer, mit dem sie umgehen konnte, mochte er noch so oft den nahenden Weltuntergang ankündigen. Während Gips von der Decke rieselte, in ihrem Haar hängen blieb und sich auf ihre nackten Schultern legte, trat sie wieder zurück unter den Türrahmen. War das nicht, was man bei Erdbeben tun sollte? Mit fest um den Rahmen verkrallten Fingern wartete sie ab, bis sich die Erde wieder beruhigte.

Dämonen schienen ein Talent dafür zu besitzen, sich selbst in Szene zu setzen. Oder war das jahrhundertelanger Übung geschuldet? Balthasar zumindest wirkte wie die Essenz aller Feldherren, während er sich über den Tisch beugte, auf dem Amanda in der Nacht zuvor gelegen hatte und dessen Anblick genügte, damit ihr leerer Magen sich zusammenzog. Nun war darauf eine Karte ausgebreitet, die der Dämon aufmerksam studierte. Krätschmer stand neben ihm, die Hände hinter dem Rücken gefaltet, ganz der aufmerksame Adjutant. Ab und zu machte einer der Männer eine leise Bemerkung. Es hätte nur noch gefehlt, dass sie miniaturisierte Darstellungen verschiedener Truppenteile auf der Karte hin und her schoben. Doch es stand nur ein einsamer Pappbecher auf einer Ecke, eine Thermoskanne auf einer anderen. Der Duft von Kaffee hing im Raum.

Gerade als Amanda hinter Jul eintrat, verdüsterte sich Balthasars Miene. Offensichtlich lief nicht alles nach seinem Willen.

Geschah ihm recht. Schadenfroh grinste sie und zupfte am Kragen der Bluse, die sie im Schrank in ihrem Zimmer gefunden hatte. Ganz konnte das Kleidungsstück das Mal über ihrer Kehle nicht verbergen. Sie hatte über ein Halstuch nachgedacht, doch bei den Temperaturen draußen hätte sie das wahrscheinlich nach kürzester Zeit bereut. Ihr Grinsen verging so schnell, wie es gekommen war.
Auf dem Sofa saß Karin, einen Laptop auf den Knien. Sie sah beim Geräusch der Tür nur kurz vom Bildschirm auf. Dunkle Schatten unter ihren Augen verrieten, dass sie in der Nacht nicht viel Schlaf gefunden hatte. Ohne hinzusehen, griff sie nach dem Kaffeebecher, der gefährlich wackelig neben ihr auf der Armlehne des Sofas stand. Sie trank einen Schluck, verzog dann das Gesicht und starrte anklagend in das dunkle Getränk. »Verdammtes Erdbeben.«
Tatsächlich hingen noch Gipskrümel in ihrem Haar und hatten wahrscheinlich auch den Weg in den Becher gefunden. Schnaubend stellte sie ihn wieder auf die Lehne zurück.
Balthasar sah auf, als hätten die leisen Worte genügt, um ihn darauf aufmerksam zu machen, dass Karin nicht mehr voll konzentriert bei der Arbeit war. »Hast du die Route überprüft?« Der Amanda nur allzu vertraute ungeduldige Unterton schwang in seiner Stimme mit.
»So gut wie, Boss. Bisher sieht da alles ruhig aus.«
Neben Amanda versteifte sich Jul. Der Geruch von angesengtem Stoff wehte ihr in die Nase, als er an ihr vorüberging, auf das Sofa zu. In Ermangelung irgendwelcher Ersatzklamotten hatte er das löchrige T-Shirt von gestern wieder angezogen. Es schien ihn nicht zu kümmern.
Mit einer routiniert wirkenden Bewegung drückte Jul das Schwert an seinem Gürtel zur Seite und ließ sich neben Karin

aufs Sofa sinken. Während Amanda zu Balthasar hinüberging, hörte sie ihn in ihrem Rücken flüstern. »Boss?«
»Das war nur so dahingesagt«, verteidigte sich Karin. »Ich hab nicht vor, je so richtig für ihn zu arbeiten, okay?«
Die Art, wie Jul mit seiner Mitbewohnerin umging, erinnerte Amanda an Roman und an alte Zeiten. Ihr großer Bruder. Stets darum besorgt, dass sie nicht an die falschen Männer geriet und sich aus Schwierigkeiten heraushielt. Er hatte versucht, ihr Mutter und Vater zu ersetzen, und oft genug war es ihr lästig gewesen, dass er in ihr die kleine Schwester sah, die er beschützen musste. Doch inzwischen vermisste sie selbst seine übertriebene Sorge. Was hätte sie nicht dafür gegeben, wieder mit ihm über Kleinigkeiten streiten zu können.
Amanda spürte den Druck aufsteigender Tränen und schüttelte wütend den Kopf, zwang ihre Gedanken in die Gegenwart zurück. Krätschmers Blick klebte an den verschlungenen Zeichen über ihrer Kehle, als sie beim Kartentisch stehen blieb. Ein Grinsen spielte über seine Lippen, als wolle er sagen: »Ich hoffe, das war so schmerzhaft, wie es aussieht.«
Balthasar sah sie forschend an, ihr vom Duschen nasses Haar, die frische Kleidung. Sie konnte sich denken, was er wissen wollte.
»Du bekommst Jul nicht.«
»Dann bekommst du ihn auch nicht.«
Wie verdammt beiläufig er über die privatesten Dinge in ihrem Leben entschied! Betont gleichgültig hob Amanda die Schultern. Keine Gefühle zeigen, nicht einmal darüber nachdenken. Sie bemühte sich, Balthasars Blick standzuhalten.
»Es gibt da etwas Wichtigeres ...« Sie stockte. Irgendwann musste sie den Dämon auf Roman ansprechen, doch war dies der beste Zeitpunkt? Aber wer wusste schon, wann sich das

nächste Mal die Gelegenheit bieten würde? »Hast du einen Moment Zeit, um über Roman zu sprechen?«
Die Worte kamen ihr so schwer über die Lippen, als müsste sie jedes davon einzeln hervorwürgen. Noch nie hatte sie Balthasar um irgendetwas gebeten.
Hinter dem Dämon grinste Krätschmer hämisch. Als hätte er gesehen, was sein Diener tat, wandte sich Balthasar zu ihm um. »Sieh nach, wo das Frühstück bleibt.«
Mit mürrischer Miene trollte sich Krätschmer, eindeutig nicht glücklich darüber, einen einfachen Botendienst erledigen zu müssen. Amanda sah ihm nach, während Unruhe an ihr nagte. Es war doch sicher kein gutes Zeichen, dass ihr selbsternannter Herr bei diesem Gespräch keine Zuhörer haben wollte. Aus Rücksicht auf sie hatte er den Wachmann sicher nicht fortgeschickt.
»Ich habe deinen Bruder noch gestern Nacht aus der Villa holen lassen. Er ist an einem sicheren Ort.«
Amanda öffnete den Mund, um etwas zu sagen, doch ihr fehlten die Worte. Sie hatte fest damit gerechnet, dass er Roman noch eine Weile darben lassen würde, dass sie ihn würde bitten müssen, ihren Bruder in Sicherheit zu bringen.
»Die Unternehmung hat mich vier Leute gekostet. Wir sind Michael nur knapp zuvorgekommen.«
»Michael?« Natürlich, wie hatte sie nur so dumm sein können? Amanda biss sich auf die Unterlippe. Der Erzengel wusste von ihrem Bruder, wusste, was er ihr bedeutete. Warum hatte sie nicht selbst daran gedacht? Wäre Balthasar nicht so vorausschauend gewesen, hätten die Engel sicher einen Weg in Romans Gefängnis gefunden, nun, da es unbewacht war … Und sie wollte gar nicht daran denken, was dann geschehen wäre.
Balthasar lachte leise und spöttisch. »Dachtest du, Michael

würde sich die Möglichkeit entgehen lassen, dich mit deinem Bruder zu erpressen, nun, da er mich verloren hat? Er will noch immer wissen, warum der Höllenfürst euch meinen wahren Namen verraten hat, und du würdest doch alles für dieses armselige Häufchen Elend tun.«
Amanda starrte auf die Karte Berlins hinab, ohne sie zu sehen. Sie wusste nicht, was sie getan hätte, hätte Michael Roman bedroht. Balthasar hätte sie auf jeden Fall, ohne zu zögern, noch einmal verraten. Nur auf die Hoffnung hin, dass das Arschloch von einem Erzengel zur Abwechslung einmal an mehr als das Seelenheil aller Beteiligten dachte.
Balthasars fiebrig heißer Finger legte sich unter ihr Kinn, drückte es hoch, damit sie ihn anschaute. Nun war seine Miene ernst. »Du solltest dich von deinem Engel nicht zu sehr ablenken lassen. Michael lauert nur darauf, dass einer von uns ihm eine Schwäche offenbart. Gedankenlosigkeit kannst du dir nicht leisten.«
Amanda trat einen Schritt zurück, ballte die Hände zu Fäusten. »Das hat nichts mit Jul zu tun! Bis gestern Nacht dachte ich, die größte Gefahr droht Roman von dir. Und nachdem du mir zugesichert hattest, ihm nichts zu tun, bin ich kaum mehr dazu gekommen, einen klaren Gedanken zu fassen.« Sie reckte das Kinn vor, damit er das Tattoo über ihrer Kehle besser sehen konnte und wusste, worauf sie anspielte. Mit schmerzvernebeltem Hirn dachte es sich nicht sonderlich gut, das war alles. Es waren außerdem zu viele andere Dinge geschehen, über die sie hatte nachdenken müssen. Sie hatte nicht über Jul ihren Bruder vergessen. Niemals.
»Die Engel werden sich herzlich wenig um Ausreden scheren, sollten sie deiner habhaft werden.«
Amanda holte Luft, um etwas zu sagen, doch ein leichtes Pri-

ckeln kroch ihren Arm hinauf, eine Warnung, dass der Dämon nicht in der Stimmung für Diskussionen war. »Michael darf um keinen Preis von der Waffe erfahren«, fuhr er mit eindringlicher Stimme fort. »Er könnte damit Jehovah nicht töten und würde das ohnehin nie tun. Aber mit jedem Dämon, der unter seiner Klinge fällt, würde er mehr Macht gewinnen.«

Amanda schauderte bei der Vorstellung und nickte. Dass das keine angenehme Aussicht wäre, da immerhin waren sie einer Meinung. Sie fuhr mit dem Finger eine Straße auf der Karte nach, versuchte ihren nächsten Worten einen möglichst beiläufigen Klang zu geben. »Es wäre einfacher, mich auf das Problem zu konzentrieren, das Michael und der Weltuntergang darstellen, wenn du nicht gleichzeitig so eifrig damit beschäftigt wärst, dein Netz zu spinnen.«

Balthasars Lächeln hätte sehr gut zu einem achtbeinigen Krabbeltier gepasst, das seiner Beute beim Zappeln zusah. »Es wäre einfacher für mich, euch beiden bei eurem Vorhaben zu helfen, müsste ich nicht gleichzeitig darauf achten, dass mir meine Hausmagierin nicht abspenstig wird.«

Wie viel von ihren Plänen konnte er erahnen? Für eine Weile sahen sie einander in die Augen. Die Balthasars waren von einem dunklen Braun, wirkten fast menschlich. Doch tief in seinem Blick blitzte eine diamantene Härte. Amanda spürte, wie sich die Härchen in ihrem Nacken aufstellten. Ganz sicher wusste er, was sie vorhatte, und sie konnte sich des Gefühls nicht erwehren, dass er ihr einen Schritt voraus war.

31

Jul sah über Karins Schulter auf den Bildschirm ihres Laptops und konnte dennoch nicht genau feststellen, was sie tat. Was allerdings auch daran liegen mochte, dass seine Gedanken um ein ganz anderes Thema kreisten, untermalt vom leisen Klacken der Knöpfe seiner Jacke.

Karin schien schon beinahe vergessen zu haben, mit wem sie es zu tun hatte. Die Blicke, die sie dem Dämon zuwarf, waren längst nicht mehr ängstlich, sondern nur noch fasziniert. Und dass sie ihn »Boss« genannt hatte, beunruhigte Jul noch immer. Selbst wenn es nur ein Scherz gewesen war, so hieß das doch, dass sie sich in Baals Umgebung sicher genug fühlte, um zu scherzen.

Wenn es Baal gelang, Karin um den Finger zu wickeln, würde er ganz sicher auch sie gegen ihn verwenden. Sich nicht in Baals Netz verstricken zu lassen würde schwerer werden, als Jul gedacht hatte.

»Verdammt!« Karins Ausruf riss ihn aus seinen Gedanken. Jul beugte sich vor und versuchte festzustellen, was sie so sehr störte.

Ein Fenster auf dem Bildschirm zeigte in schlechter Qualität einen gepflasterten Platz, der in weiten Stufen zur Straße hin abfiel. Die Kamera musste knapp oberhalb menschlicher Reichweite an irgendeiner Wand hängen, nahm den Ort von schräg oben auf. Das Bild wechselte alle paar Sekunden, zeigte in abgehackten Bewegungen, was sich dort abspielte.

Jul sah eine geflügelte Gestalt, halb im Aufrichten begriffen. Der schimmernde Fleck unter ihr auf dem Asphalt musste Blut sein. In der Hand hielt sie ein Schwert.
Dann der Engel mit ausgebreiteten Flügeln.
Im nächsten Bild war er fort.
»Das ist eine Kamera am Seiteneingang des Internationalen Handelszentrums. Ziemlich einfach, sich da reinzuhacken, das Sicherheitssystem hat mehr Löcher als ein Schweizer Käse.« Karin unterdrückte ein Gähnen. »Ich schätze, ziemlich genau über diesem Platz wird gekämpft.«
Nun, da sich in dem Bild nichts mehr bewegte, entdeckte Jul tatsächlich weitere Details, die auf Kämpfe hinwiesen. Dort, neben einem der Blumenkübel, lag etwas, das von der Form her an eine Hand erinnerte. Ihre Fingernägel bogen sich in langen Krallen. Und ganz weit hinten, beinahe außerhalb des Bildausschnitts, zeichnete sich der Umriss einer liegenden Gestalt ab, die Glieder unnatürlich verdreht.
Das Geräusch der sich öffnenden Tür schreckte Jul auf. Krätschmer trat ein, gefolgt von mehreren Männern und Frauen. Stumm und mit gesenktem Blick trugen diese Menschen Tabletts herein. Jul sah Körbe mit Brötchen, Schalen voller Obst, Teller voller Wurst und Käse. Das Essen wurde auf dem Tisch abgestellt, dann zogen sich die Bediensteten wieder zurück. Jul blickte ihnen nach. Wussten sie, wem sie dienten? Trugen sie auch Tätowierungen? Aus den Ärmeln lugte nirgendwo ein Schlangenkopf.
»Kommt her, esst und hört euch an, was wir herausgefunden haben.« Baal gelang es, selbst die Einladung zum Frühstück wie einen Befehl klingen zu lassen.
Karin klappte ihren Laptop zu, klemmte ihn sich unter den Arm und ging damit zum Tisch. Amanda saß bereits und griff nach

einem Brötchen. Ein Lächeln huschte über ihre Züge, als sie Jul ansah, wurde jedoch schnell von einem verbissenen Ausdruck abgelöst. Irgendetwas machte ihr Sorgen. Bei ihrer derzeitigen Situation nicht weiter verwunderlich.
Baal nahm am Kopfende des Tisches Platz und faltete die Arme über der Karte Berlins, die fortzuräumen sich niemand die Mühe gemacht hatte. Jul war klar, was der Dämon mit seiner Position am Tisch deutlich machen wollte, doch es kümmerte ihn nicht. Sollte er sich doch aufspielen, wenn ihm danach war, das waren nichts als leere Gesten.
Baal lehnte sich vor. Über das leise Klappern von Besteck hinweg begann er zu berichten. »Ich habe Nachricht erhalten, dass Nachasch lebt. Sie hat sich zusammen mit einigen anderen Dämonen im Internationalen Handelszentrum verschanzt, das von Engeln belagert wird. Sie kann das Gebäude nicht verlassen, also müssen wir dorthin, um sie zu treffen.«
»Was die Frage aufwirft, wie wir da reinkommen«, warf Jul ein.
»Ich würde vermuten, dass Michael gegen eure Anführerin schweres Geschütz auffahren wird. Es dürften dort auch Seraphim kämpfen.«
Baal nickte, wandte sich dann an Karin. »Was hast du herausgefunden?«
»Ich hab eine sichere Route«, erklärte Juls Mitbewohnerin mit vollem Mund, schluckte dann schnell, bevor sie weitersprach. »Bis zum Handelszentrum kommt man über ein paar Umwege ganz leicht. Das Problem ist, einen Eingang zu finden, bei dem nicht gekämpft wird. Die Engel sind da überall. Sich dem Gebäude zu nähern, würde so eine Art Spießrutenlauf durch eine Neuverfilmung von Hitchcocks *Die Vögel* werden.«
Karin genoss es sichtlich, bei der Planung dieses Unternehmens eine wichtige Rolle zu spielen. Zu sehr für Juls Geschmack.

Baal legte die Fingerspitzen aneinander, sein Blick glitt über die Anwesenden. »Es wird uns nichts anderes übrigbleiben, als uns den Weg hinein zu erkämpfen.«
Jul schüttelte den Kopf. »Das wäre Selbstmord, falls du nicht zufällig irgendwo eine kleine Privatarmee stationiert hast.«
»Was ist mit dem Militär?«, meldete sich Amanda zu Wort, ein angebissenes Marmeladenbrötchen in der Hand. »Den einen oder anderen Kontakt dahin dürftest du doch haben, Balthasar.«
Baal schüttelte den Kopf. »Habe ich, aber die Option fällt aus.«
»Wieso?«, fragte Jul. Was war geschehen, während er an Amandas Bett gewacht hatte?
Ungeduld spiegelte sich in Baals Miene. Seine Augen verdunkelten sich, als hätte jemand Tinte in das Braun gegeben, das sie zuvor gehabt hatten. »Was spielt das für eine Rolle?«
Er war es ganz offensichtlich nicht gewohnt, dass jemand seine Aussagen hinterfragte. Nun, Jul würde sich nicht wie einer der Handlanger des Dämons behandeln lassen. Er lächelte und hielt dem Blick stand. »Ich hätte die Information gern. Du fällst die Entscheidungen hier nicht allein, also bist du auch nicht der Einzige, der wissen muss, was dort draußen vorgeht. Was ist mit dem Militär?«
Einige Augenblicke starrten sie einander an. Dann wandte der Dämon den Kopf und nickte Karin zu. Sie kaute eilig ihren letzten Bissen und klappte den Laptop auf, den sie neben ihrem Teller abgestellt hatte.
Es bedurfte keiner Worte. Eine Nacht nur, und sie schien genau zu wissen, was Baal von ihr erwartete – und bereitwillig zu tun, was er wollte. Jeder Triumph darüber, dass er seinen Willen durchgesetzt hatte, blieb Jul im Hals stecken. Er verfluchte sich einmal mehr dafür, dass er Karin mit in dieses Haus gebracht hatte.

Drei Klicks, dann drehte Karin den Computer so, dass sie alle einen guten Blick auf den Bildschirm hatten. »Das ist mit dem Militär.«

Jul lehnte sich vor. Der Bildschirm zeigte ein Video, einen Fernsehbericht, den wohl irgendwer ins Internet hochgeladen hatte. Die Kamera schwenkte über eine Menschenmenge. Die Leute schienen zu singen, hielten Kerzen oder Plakate in der Hand. Der Schwenk war zu schnell, um die Aufschriften zu lesen, doch Jul konnte einige Wortfetzen aus Bibelzitaten entziffern. Aber nicht nur. Er erhaschte auch einen Blick auf arabische Schriftzeichen, sah Worte aus dem Koran. Und dort hinten, war das nicht Hebräisch?

»Zuerst waren es friedliche Proteste«, erklärte ein Sprecher. »Angehörige der verschiedensten Glaubensrichtungen hatte sich in den frühen Morgenstunden zusammengefunden, um die Ausfahrt von Panzern aus den Kasernen zu verhindern. Doch dabei sollte es nicht bleiben.«

Das Bild wechselte. Zeigte wackelige Aufnahmen von rennenden Menschen. Vorrückende Polizisten mit ihren Plastikschilden und Helmen. Menschen, die Molotowcocktails warfen, niedergeknüppelt wurden oder versuchten, dem Strahl eines Wasserwerfers auszuweichen. Jul hielt den Atem an.

»Der Versuch, die Proteste aufzulösen, eskalierte. Noch in diesem Moment liefern sich Religiöse und Polizei Straßenschlachten, die an Intensität immer weiter zunehmen. Verschiedene radikale islamistische, aber auch christliche Gruppierungen haben Attentate angekündigt. Sie fordern, dass die Regierung davon absieht, sich in die Kämpfe einzumischen, die in ganz Deutschland zwischen Wesen toben, die immer mehr Menschen für Engel und Dämonen halten. Religiöse Führer in aller Welt sprechen inzwischen vom Jüngsten Gericht und rufen zu

Gebeten, Beichten und innerer Einkehr auf. Wenn man diese Bilder sieht, möchte man es beinahe glauben.«

Die letzte Einstellung zeigte die Silhouetten von Engeln. Dunkel vor dem blauen Himmel, aber helle Flecken vor der aufsteigenden Rauchsäule, die sie umkreisten. Juls Finger spielten mit den Knöpfen seiner zerfledderten Jacke, und er ballte die Hand zur Faust, als er bemerkte, was er tat. Die Kämpfe, das Chaos. Dies alles hätte nie geschehen dürfen. Der Herr hätte es ganz sicher nicht gewollt.

Dann wurde der Bildschirm schwarz. Karin klappte den Laptop zu. »Ich würde sagen, die sind vorerst zu beschäftigt, um hierbei Partei zu ergreifen. Aber ein Gutes hat die Sache. Die ganzen großen Buchreligionen scheinen sich endlich mal einig zu sein.«

»Das waren sie in den wichtigen Punkten schon immer.« Juls Stimme klang in seinen eigenen Ohren heiser. »Sie glauben alle an denselben Gott.«

Der Gott, der ihnen nun nicht mehr beistehen konnte.

Baal lachte. »Dafür haben sie allerdings sehr viel Energie und Blut darauf verwendet, sich über Details zu streiten. Aber das bringt uns nicht weiter. Vorschläge, wie wir zu Nachasch gelangen?«

Für einen Moment herrschte Schweigen. Schließlich legte Amanda ihr Messer beiseite und sah den Dämon an. Mit einem Mal war sie wieder sie selbst. Sie hielt sich aufrecht, ein entschlossener Zug lag um ihren Mund. Es war keine Angst mehr in ihrem Blick. »Sieht so aus, als kämst du nicht darum herum, mir noch mal was von deinem Blut zu geben, Balthasar.«

Nein, Jul hatte sich geirrt. Sie war nicht sie selbst. Sie war die Frau, die sie gerne wäre. Die sie kurz sein konnte, wenn sie das

Blut eines Dämons trank. Stark genug, damit nichts auf der Welt ihr etwas anhaben konnte.
Über den Tisch hinweg begegneten sich ihre Blicke. Was auch immer sie in seiner Miene sah, die ihre verhärtete sich. Dann wandte sie sich ab, wieder ihrem Meister zu, sah ihn abwartend an.
Jul biss sich auf die Zunge. Sie würde es ihm nur übelnehmen, wenn er Einspruch gegen ihren Vorschlag erhob. Zumal es keinen Grund dazu gab. Abgesehen davon, dass ihn die Vorstellung, wie sie das Blut ihres Meisters trank, noch immer abstieß. Abgesehen vielleicht auch davon, dass er sich Sorgen um sie machte. Doch das zu hören, hätte sicherlich nur den Dämon gefreut.
Es dauerte eine Weile, bis Baal wieder das Wort ergriff. Er nickte knapp. »Sobald wir dort sind.« Dann sah er Krätschmer an, der bisher schweigend gegessen hatte. »Stell ein paar Leute zusammen, die uns begleiten.«

✣

Jul streckte den Arm aus, um Karin zurückzuhalten, als sie zusammen mit den anderen den Raum verlassen wollte. Sie legte den Kopf schief, sah ihn fragend an, und für einen Moment sah er sich selbst, eine Spiegelung in ihrer Brille. Zerrissen und abgekämpft.
»Du solltest hier fort, irgendwohin, wo du sicher bist. Am besten nicht nach Hause, Michael weiß, wo wir wohnen.«
»Was?« Sie schüttelte den Kopf. »Bist du wahnsinnig? Du und Amanda, ihr macht hier einen auf Retter der Welt, und ich soll in irgendeinem Versteck Däumchen drehen?«
Jul seufzte. »Erzähl mir nicht, dass du mitkommen willst, wenn

wir in dieses belagerte Gebäude gehen. Karin ... du warst noch nie in einem Kampf. Du kannst nicht mit einer Waffe umgehen.«

Hinter der Brille funkelten Karins Augen. Sie entzog ihm ihren Arm. »Du hältst mich ja für sehr blöd ... Natürlich komm ich nicht mit. Ich bleib hier und halte euch über Funk über alles Wichtige auf dem Laufenden. Ich will nur nicht zu Hause tatenlos rumsitzen, verstehst du das denn nicht?«

Jul verzog das Gesicht. »Du bist hier nicht sicher. Kommt es dir nicht auch seltsam vor, wie es Baal nicht weiter zu stören scheint, dass er die Waffe nicht haben kann? Ich denke, er wird sich gegen uns wenden, sobald er eine Chance sieht, an sie heranzukommen. Und wenn du hierbleibst, in seinem Haus, inmitten seiner Leute, könnte er genau diesen Leuten befehlen, dich als Geisel zu nehmen.«

Karin verschränkte die Arme vor der Brust. »Was macht es denn schon für einen Unterschied, ob Baal oder Amanda diese Waffe bekommt?«

Jul öffnete den Mund, aber die Worte blieben ihm im Hals stecken. Er blickte in Karins wütendes, ernstes Gesicht, fand nirgendwo ein Anzeichen von dem gewohnten Schalk in ihrem Blick. »Karin ... Baal ist ein Dämon.«

»Ich weiß! Hör auf, mich zu behandeln, als wäre ich ein dummes Kind!« Sie atmete tief durch, fuhr sich mit beiden Händen durch das rotgefärbte Haar. Als sie weitersprach, klang ihre Stimme eindringlich, aber geduldig. »Er war mal ein Gott, und die Welt ist damals auch nicht untergegangen. Zumindest weiß er, wie man mit so viel Macht umgeht. Amanda könnte einfach durchdrehen. Und es gibt keine Möglichkeit, ihr diese Macht wieder wegzunehmen, wenn sie sie nicht freiwillig abgeben will. Außer, du bringst sie auch noch mit dieser Waffe um, aber ich glaub nicht, dass du das willst. Oder kannst, weil sie dann immerhin beschissen mächtig sein wird.«

Jul packte Karin an den Oberarmen, sah ihr tief in die Augen. Sie wusste nicht, wovon sie sprach. Sie hatte nicht gesehen, wie der Dämon Amanda behandelte. Auch wenn Jul sonst an so vielem zweifelte, in Bezug auf Baal zumindest war er sich sicher. »Die Welt ist damals vielleicht nicht untergegangen, aber sie hätte dir nicht gefallen. Baal stammt aus einer Zeit, in der Sklaverei alltäglich war. Amanda ...«

Er zögerte, warf einen kurzen Blick in Richtung Tür. Sie war geschlossen, dennoch senkte Jul die Stimme. Er hatte noch immer nicht mit Amanda über dieses Thema gesprochen. Hatte er Angst vor ihren Antworten? »Amanda die Waffe zu geben, stellt vielleicht ein Risiko dar, aber zumindest stehen die Chancen gut, dass sie nicht die alten Zeiten wieder aufleben lässt. Es ist gut möglich, dass sie sogar bereit ist, die Macht wieder aufzugeben, sobald sie sie nicht mehr braucht.«

»Aber du bist dir da nicht sicher.«

Zu gerne hätte Jul widersprochen. Aber das wäre eine Lüge gewesen. Er seufzte. »Dafür bin ich mir, was Baal angeht, umso sicherer. Und ansonsten steht niemand zur Auswahl, der ... der diese Aufgabe übernehmen könnte. Abgesehen von dir.«

Er beobachtete Karin genau. Am liebsten hätte er diese Möglichkeit nicht erwähnt, hätte sie nicht darauf aufmerksam gemacht, dass sie theoretisch auch tun konnte, was Amanda vorhatte. Doch er musste wissen, wie sie reagieren würde.

Karins Augen weiteten sich, und er ließ sie los, als sie einen Schritt zurückwich. Sie biss sich auf die Unterlippe, schüttelte den Kopf. »Ich ...«

Sie brach ab, schien nach Worten zu suchen. Jul konnte förmlich zusehen, wie ihre Schutzmechanismen versagten, wie ihr kein

Scherz einfiel, mit dem sie dieses Thema von sich schieben, auf sicherer Distanz halten konnte. Sie schüttelte noch einmal den Kopf, presste die Lippen aufeinander.

»Tut mir leid, aber ich bin wohl nicht genug wie Amanda. Du hast recht, ich sollte die Weltrettung den coolen Leuten überlassen.«

Sie machte auf dem Absatz kehrt, schüttelte Juls Hand ab, als der sie noch einmal zurückhalten wollte. Dann stürmte sie aus dem Raum, die Treppe hinunter. Jul lief ihr hinterher. Er erreichte die Eingangstür, als sie bereits bei ihrem Auto stand. Neben ihm flog die Tür der Erdgeschosswohnung auf, die Frau mit dem Pferdeschwanz trat heraus. Sie zog ihre Pistole, machte Anstalten, Karin zu folgen.

Jul packte sie am Arm, bevor sie das Haus verlassen konnte. Sie wirbelte zu ihm herum. Mit einem wuchtigen Schlag trieb sie ihm die Faust in den Magen. Jul schnappte nach Luft, doch er verstärkte nur seinen Griff, nutzte die Dämonendienerin, um sich aufrecht zu halten.

»Lass sie gehen«, stieß er hervor. »Sie stellt kein Sicherheitsrisiko dar.«

»Niemand verlässt das Haus, ohne …«

»Es ist in Ordnung.« Baal stand am oberen Treppenabsatz, ein dünnes Lächeln auf den Lippen. »Sie weiß, wie sie mich erreichen kann, und ich finde sie wieder, wenn ich sie brauche.«

Jul ließ die Dämonendienerin los und richtete sich auf. Draußen wurde ein Motor angelassen, ein Auto fuhr davon. Gut. Sie mochten sich im Streit getrennt haben, aber immerhin war sie nun in Sicherheit. Bestimmt war Karin klug genug, sich irgendwo ein Versteck zu suchen, vielleicht sogar die Stadt zu verlassen. Sie würde für die meisten Engel nichts weiter als irgendein beliebiger Mensch sein, den sie nicht beachten mussten, solange er sich nicht einmischte.

Dennoch fühlte sich Jul mit einem Mal sehr allein.
Wütend schob er das Gefühl beiseite und richtete den Blick auf Baal. »Lass Karin in Frieden!«
»Keine Sorge, ich werde ihr nichts tun. Im Gegensatz zu dir weiß ich ihren Wert zu schätzen, und ich denke, das dürfte ihr auch bald klarwerden.« Das Lächeln des Dämons wurde breiter. »Aber nun solltest du dich auf eine Schlacht vorbereiten.« Er wandte sich an die Frau. »Lena, stell jemanden ab, der ihn mit Munition versorgt und was immer er sonst braucht.«

Sie kauerten unter einer Eisenbahnbrücke, Jul, Baal, Amanda und Krätschmer mit zehn weiteren Wachleuten des Dämons, darunter auch Lena, die Frau, die versucht hatte, Karin aufzuhalten. Jul schob sich am rauhen Stein entlang, spähte unter der Brücke hervor. Schräg rechts von ihnen erhob sich der hohe Turm des Internationalen Handelszentrums. Der blaue Schein von Flammenschwertern spiegelte sich auf seiner dunklen Fensterfront, die Abbilder der vorbeifliegenden Wesen wurden von Rissen und Sprüngen im Glas verzerrt. Unmenschliches Brüllen hallte durch die Luft, vermischt mit dem Schlagen mächtiger Schwingen. Wie damals, als Engel und Dämonen das letzte Mal gegeneinander gekämpft hatten …
Schritte erklangen hinter Jul, der Geruch nach heißem Schiefer stieg ihm in die Nase. »Man fühlt sich in alte Zeiten zurückversetzt, nicht wahr?«
Jul antwortete dem Dämon nicht, suchte weiter den Himmel ab. Eine Gestalt mit sechs gleißenden Flügeln. Dort!
Der Seraph erwehrte sich vier Dämonen auf einmal. Sein Flam-

menschwert zeichnete eine leuchtende Spur in die Luft, und seine drei Schwingenpaare schlugen in einem komplizierten Rhythmus, hielten ihn unverrückbar an derselben Stelle. Einer der Dämonen fiel, trudelte wie ein angeschossener Vogel zu Boden. Doch sofort glitten drei weitere heran.

Was dann geschah, sah aus wie eine lautlose Explosion. Helles Licht brach aus dem Seraph heraus, umgab ihn wie eine Aura. Es schien, als ginge eine zweite Sonne am Himmel auf. Der Ball aus Licht wuchs, hüllte die Dämonen ein, erfasste sogar einen der niederen Engel, der dem Seraph zu nahe gekommen war.

Für einen Augenblick waren sie alle noch dunkle Schemen in dem Gleißen. Dann schien ein Windstoß in die Silhouetten zu fahren, sie verwehten wie Rauch im Wind. Als das Licht erlosch, rieselte nur noch Asche zu Boden. Dämonen und Engel gleichermaßen waren fort.

Jul hatte ähnliche Szenen in den letzten beiden Schlachten gegen die Dämonen schon unzählige Male gesehen. Er hatte schon immer gewusst, dass es den Seraphim gleichgültig war, wenn sie mit ihrem Licht sowohl Freund als auch Feind vernichteten. Doch nun schmeckte er den Apfel auf der Zunge, hatte das Gefühl, ein Stück davon hätte sich tief in seinem Rachen verkantet. Wie hatte ihn das zuvor nie stören können? Wie hatte er es als gegeben hinnehmen können?

»Jetzt wird es eine Weile dauern, bis er das Licht wieder einsetzen kann. Ich denke, auf den Moment hat Nachasch nur gewartet.« Baal deutete nach oben, auf eine Gestalt mit Flügeln, die ebenso aus Schatten zu bestehen schienen wie die des Morgensterns. Im Anflug änderte sie ihre Form so schnell, dass Jul kaum mehr sah als einen unförmigen Schemen. Dann prallten Seraph und Dämon aufeinander.

»Woher weißt du, dass das Nachasch ist?«

»Weil nur sie es allein mit einem Seraph aufnehmen würde. Allerdings ist es dennoch nicht sehr klug von ihr. Wir sollten uns beeilen, sonst ist sie tot, bevor wir mit ihr sprechen können.« Baal wandte sich um, winkte Amanda zu sich heran. Sie näherte sich zögernd, auch ihr Blick klebte förmlich an der Schlacht über ihnen.
»So viele … Ich weiß nicht, ob …«
»Das wirst du nicht mehr sagen, sobald du getrunken hast.« Die Stimme des Dämons klang angespannt. Er ballte die Linke zur Faust, setzte den Daumennagel der Rechten an sein Handgelenk.
Diese einfache Handlung zog Amandas Blick an wie ein Magnet. Irrte sich Jul, oder wirkte ihre Miene beinahe … hungrig? Er schauderte, wandte sich ab, wollte nicht mit ansehen, was gleich geschah.
»Ich kann langsam ganz gut nachvollziehen, wie ein Vampir sich fühlen muss«, hörte er sie hinter sich sagen, ihre Stimme zitterte leicht. Immerhin war sie sich der Gefahr bewusst.
Jul sah nun doch über die Schulter zu den beiden zurück, erhaschte einen Blick auf Baals düstere Miene.
»Es gab mal einen Magier, der versucht hat herauszufinden, ob sich mit Menschenblut eine ähnliche Wirkung erzielen lässt.« Fast konnte man meinen, der Dämon wolle mit alten Geschichten sein eigenes Unbehagen überspielen. Blut lief in einem dünnen Rinnsal aus einer Wunde an seinem Handgelenk, und er streckte den Arm in Amandas Richtung.
»Ich nehme an, es hat nicht funktioniert.« Sie schloss die Hand um den Unterarm ihres Meisters, zog sein Handgelenk an ihre Lippen. Diesmal gab es kein Zögern mehr, nicht wie unter dem Alexanderplatz, als sie von Luzifers Blut getrunken hatte.
»Nein. Und er wurde kurz darauf gepfählt, woran ich nicht ganz

unschuldig war.« Der Dämon bleckte die Zähne zu einem hämischen Grinsen. »Er war der Letzte, den wir beseitigen mussten, weil er um das Geheimnis unseres Blutes wusste.«

Kurz versteifte sich Amanda, doch nicht für lange. Ihr Haar fiel ihr ins Gesicht, als sie den Kopf senkte und gierig trank. Wieder wandte Jul sich ab, schob die Hände in die Taschen und starrte gen Himmel, wo der Kampf unverändert tobte. Mit einem Mal war er unsicherer denn je, ob Karin nicht recht hatte, was Amanda anging. Er hatte die Sorge um ihren Bruder in ihren Augen gesehen, hatte die Träne gesehen, die sie für den Mann vergossen hatte, der immer und immer wieder unter dem Steinschlag sterben musste. Sie war weder rücksichtslos noch grausam, sondern besorgt um diejenigen, die ihr etwas bedeuteten. Doch gleichzeitig steckte sie voller Verzweiflung. Was, wenn ihr Wunsch nach Stärke sie alles andere vergessen ließ? Wenn sie zurückschlug, sobald sich ihr die Möglichkeit bot, sich für alles zu rächen, was die Welt ihr angetan hatte?

Ein ersticktes Keuchen riss ihn aus seinen Gedanken. Baal stieß Amanda von sich, entzog ihr seinen Arm. Sie stolperte einen Schritt zurück, der Schlangenkopf auf ihrem Handrücken leuchtete in kräftigem Rot. Stumm ballte sie die Finger zur Faust, begegnete dem Blick ihres Meisters.

»Du wirst gierig.« Er wischte sich das Blut von der Haut, die Wunde hatte sich längst geschlossen.

»Da draußen ist ein Seraph«, stieß sie heiser hervor. »Und ich ende lieber nicht als Aschehäufchen, nur weil mir auf halber Strecke die Magie ausgeht.«

Baal nickte knapp, doch es dauerte noch einen Moment, bis das leuchtende Rot von Amandas Tätowierung ein Stück weit verblasste. Der Dämon wandte sich wieder dem zu, was sich über ihren Köpfen abspielte. Während er den Kampf beobachtete, streckten sich seine Finger zu Klauen, Knochenspitzen traten aus seinen Ellbogen und Schultern. Auch Jul griff nach Pistole und Schwert. Er musste nun alle seine Gefühle beiseiteschieben, musste sich ganz auf den Kampf konzentrieren, der ihnen bevorstand.

»Du gibst das Zeichen, Amanda.«

Sie nickte, leckte sich einen Blutstropfen aus dem Mundwinkel und schloss die Augen, als lausche sie in sich hinein.

32

Jetzt!« Amanda sprach das Wort in dem Moment, in dem das Brennen von Balthasars Blut die Quelle ihrer Magie erreichte. Der Rausch der Macht schwemmte durch ihren Körper und spülte alle Sorgen davon. Juls missbilligender Blick, als sie von Balthasars Blut getrunken hatte. Die Ungewissheit darüber, wo Roman war, wie es ihm ging. Die Übermacht der Engel, die um das Gebäude aus Beton und Glas kreisten. Nichts von alldem konnte sie berühren, konnte ihr etwas anhaben. Sie besaß Macht.

Nur ein leises Stimmchen sagte ihr, dass sie beunruhigend finden sollte, was mit ihr geschah, doch es ertrank schnell in dem Gefühl der Unbesiegbarkeit. Amanda stürmte los.

Im Laufen setzte sie über verdrehte und verkohlte Körper hinweg, die Gefallenen der Schlacht über ihnen. Oder nicht? Die meisten der Leichen sahen erschreckend menschlich aus. Keine Schwingen, kein glühendes Blut. Ringsum ratterten die Maschinengewehre von Krätschmers Leuten. Der Wind rauschte in mächtigen Schwingen, als die Engel auf sie herabstießen.

Amanda fegte sie mit einem Gedanken beiseite. Es war so einfach. Sie hörte sich selbst lachen.

Doch die Engel standen wieder auf, erhoben sich erneut in die Lüfte, kamen erneut heran, mit flammenden Schwertern in der Hand. Diesmal waren es mehr, und sie konnte sie nicht alle im Auge behalten.

»Du musst sie töten!«, hörte sie Balthasar rufen.

Das Bild des zerfetzten Seraphs schob sich vor ihr inneres Auge und brach die Wellen des Rausches. Sie musste also töten? Auf Balthasars Befehl? Wütend ballte sie die Hände zu Fäusten. »Du kannst mich mal!«

Sie stieß einen weiteren Engel von sich. Glas knirschte, als er in die Fassade prallte, ein Spinnennetz feiner Risse zog sich über die Fensterfront.

Neben ihr schrie jemand auf. Die Frau mit dem Pferdeschwanz fiel unter der Klinge eines Engels. Maschinengewehrfeuer ratterte auf Amandas anderer Seite, ließ Flecken aus flüssigem Licht auf weißem Stoff erblühen, riss hässliche Krater in das Gesicht des Angreifers. Er kippte wie in Zeitlupe nach hinten, und Amanda rannte weiter, wusste, dass das Bild sie verfolgen würde, sobald die Wirkung von Balthasars Blut nachließ.

Dort vorne war die Drehtür aus Glas, ein paar Stufen führten zu ihr hinauf, und darüber prangten in metallenen Lettern die Worte »Internationales Handelszentrum«. Dahinter lag im Halbdunkel eine weite Eingangshalle. Hoffentlich machte jemand auf.

»Amanda!« Das Wort war mehr ein wütendes Brüllen als ein Ruf. Amanda blickte sich um, sah Balthasar auf ledrigen Schwingen herangleiten. Wind fuhr ihr ins Haar, als er direkt neben ihr landete. Klauen griffen nach ihr und hinterließen schimmernde Blutspuren auf ihrer Bluse. Sie unterdrückte den Drang, ihn wegzustoßen, ließ zu, dass er sie an der Schulter packte und umdrehte. Er deutete auf eine Gestalt ein Stück weiter vom Eingang entfernt. Jul!

Der Engel stand bei einem der gefallenen Dämonen, Pistole in der einen Hand, flammendes Schwert in der anderen. Er feuerte auf einen anfliegenden Artgenossen, zerfetzte mit blau glühenden Schüssen dessen Flügel. Der Dämon, nein, die Dämonin zu seinen Füßen regte sich, kam wieder auf die Beine und streckte ihre schattenhaften Schwingen. Oder was von ihnen übrig war, denn dort, wo die linke sein sollte, ragte nur noch ein Stumpf aus Schwärze auf.

Keiner der beiden sah den Seraph, und selbst wenn sie es getan hätten, hätte es ihnen nicht viel genützt. Mit kräftigen Flügelschlägen kam er näher, während Engel und Dämonen gleichermaßen vor ihm zurückwichen. Eine Insel der Ruhe im Chaos der Schlacht.

»Töte den Seraph«, erklang Balthasars Stimme an Amandas Ohr. »Töte ihn, oder dein geliebter Engel stirbt, und Nachasch mit ihm.«

Amanda spürte ihre eigenen Zähne knirschen. »Sag mir was, was ich noch nicht weiß«, zischte sie wütend, den Blick fest auf den sechsflügeligen Engel gerichtet. Sie würde ihn nicht töten können, aber sie konnte ihn schwer verletzen. Wie sie es schon einmal getan hatte.

Ein goldener Schein umhüllte den Seraph, Jul drehte sich um, rief eine Warnung. Mit einem Mal fühlte Amanda sich in die Höhle unter dem Alexanderplatz zurückversetzt. Wieder sah sie die zerfetzte Gestalt vor ihrem inneren Auge, doch diesmal schob sie das Bild von sich, konzentrierte sich auf das Gefühl der Macht, das sie durchströmte. Alles war gut, niemand konnte ihr etwas anhaben. Ihr nicht und auch denjenigen nicht, die ihr etwas bedeuteten.

Instinktiv wusste sie, was sie tun musste. Sie griff nach der Magie in ihrem Inneren, konzentrierte sich auf den Seraph, schob ihren Geist zwischen die Teilchen, aus denen er bestand.

Federn und Licht stoben auf. Risse entstanden in der menschlichen Hülle des sechsflügeligen Engels, das Schimmern seines Blutes brach hervor. Er taumelte, stürzte, als zerfetzte Flügel ihn nicht mehr tragen konnten. Von seinem eigenen Schwung getragen trudelte er zu Boden. Mit einem nassen Klatschen fiel er der Dämonin mit der verletzten Schwinge vor die Füße – Nachasch.

Ohne zu zögern, beugte sie sich herunter. Eine Klauenhand schoss vor, die andere wehrte schwach zugreifende Hände ab, die wie ausgefranst wirkten, nur noch annähernd menschlich. Nachaschs Finger gruben sich tief in die Brust des Seraphs, drückten zu. Ein Zucken durchlief seinen Körper.

Dann erstarb jegliche Abwehr. Reglos blieb er liegen. Tot?

Unwillkürlich trat Amanda einen Schritt vor, hielt den Atem an. Das Leuchten seines Blutes wurde schwächer. Es verglomm wie eine erlöschende Kerze. Noch einmal flackerten die Flügel auf, zerbrochene Gebilde aus Licht. Schließlich verschwanden auch sie, ließen nichts zurück als eine Leiche, die genauso gut zu einem Menschen hätte gehören können. Ringsum bildete sich eine rote Lache.

Übelkeit stieg in Amanda auf, nur leicht gedämpft durch die Wirkung von Balthasars Blut. Nun hatte sie wirklich einen Engel getötet.

Erst eine Berührung an ihrer Hüfte holte sie in die Realität zurück. Balthasars Finger fuhren an ihrem Gürtel entlang, zogen einen der Dietriche heraus, den er selbst in das Leder hatte einarbeiten lassen.

»Halt mir die Engel vom Leib, ich öffne die Tür.«

Er konnte Schlösser knacken? Aber wieso auch nicht? In Jahrhunderten Lebenszeit lernte man sicher das eine oder andere. Und es war besser, als die Tür einfach zu zertrümmern, so dass die Engel ihnen danach ungehindert folgen konnten.

Dann stand Jul neben Amanda, legte ihr eine Hand auf die Schulter und schenkte ihr ein müdes Lächeln. Nachasch trat hinter ihn, eine Erscheinung, die direkt aus einem apokalyptischen Gemälde entstiegen zu sein schien. Engelblut glänzte auf ihrer nackten Haut, denn sie trug keinen Fetzen Stoff am Leib. Auch die verstümmelten Schattenschwingen waren mit schimmernden und roten Flecken gesprenkelt, und ihr feuerfarbenes Haar umrahmte die Amanda vertrauten Züge in wilden Locken. Sie hätte eine gute Rachegöttin abgegeben.

Nachaschs Blick ruhte auf Amanda, und sie las eine seltsame Mischung aus Faszination und Berechnung darin.

Noch immer ratterte das Dauerfeuer eines Maschinengewehrs. Krätschmer und zwei seiner Leute wichen stetig schießend zur Tür zurück. Der Wachmann sah Amanda düster an.

»Verdammt beschissene Arbeit«, knurrte er. »Hättest du das Federvieh umgelegt, hätte ich nur halb so viele Leute verloren.«

Noch kreiste Balthasars Blut in ihren Adern. Sie wusste, es sollte sie kümmern, dass ihretwegen Menschen gestorben waren, aber das Gefühl der Schuld kam ihr fern vor. Wie etwas, das nicht ganz zu ihr gehörte. Amanda hob den Blick wieder zum Himmel, sah blaues Feuer flackern und stieß kraft ihrer Gedanken zu. Wieder fegte sie einen Engel vom Himmel.

»Es ist offen!«

Die kleine Gruppe folgte Balthasars Ruf, zog sich durch die Drehtür in die kühle, im Vergleich zum Sonnenschein draußen dunkle Eingangshalle zurück. Der Dämon blockierte die Tür mit einem Schreibtischstuhl vom Empfangstresen. Lange würde das nicht halten, aber vielleicht lang genug. Dann stürmten sie die Treppe hinauf. Jedes Stockwerk präsentierte sich in Form einer verschlossenen Tür, endlos schraubte sich die Treppe nach oben. Noch wurde Amanda von ihrer Magie getragen, doch sie fühlte sie bereits versickern, spürte das Brennen ihrer Muskeln immer deutlicher.

Endlich blieb Nachasch stehen, ihre Schwingen schmolzen, schienen sich in ihren Rücken zurückzuziehen. Sie klopfte an einer Tür, die sich in keiner Weise von denen in den vorangegangenen Stockwerken unterschied.
Ein Mensch öffnete. Er schien mit seinem perfekt sitzenden Anzug sehr viel besser in dieses moderne Bürogebäude zu passen als sie alle zusammen. Eindeutig ein Dämonendiener. Vielleicht arbeitete er normalerweise in diesem Haus? Nun verneigte er sich vor Nachasch, als diese als Erste an ihm vorüberschritt. Hallten hinter ihnen nicht bereits Tritte durch das Treppenhaus? Lange hatte der Schreibtischstuhl die Engel sicherlich nicht aufgehalten. Hoffentlich war die Tür stabiler, die Nachaschs Diener nach ihrem Eintreten wieder sorgfältig hinter ihnen schloss.
Sie standen in einem Büroflur, Teppichboden und Türen rechts und links. Nachasch rief etwas in einer fremden Sprache, und Türen öffneten sich. Bewaffnete Menschen traten heraus, aber auch Dämonen mit Klauen, Schwingen in unterschiedlichsten Formen und viele von ihnen mit Brandwunden. Tiefe, verkohlte Krater in ihrem Fleisch.
Amanda schauderte bei dem Anblick. Es musste schrecklich sein, eine solche Verletzung davonzutragen und zu wissen, dass sie niemals wieder verheilen würde.
Im gleichen Maß, wie sie die Schrecken ihrer Umgebung wieder wahrnahm, schwand die Magie, versickerte wie Wasser in heißem Wüstensand. Amandas Beine zitterten, und sie tastete nach Halt, fand Juls Schulter. Nun kamen auch die Bilder, die Toten und Sterbenden. Wie gierige Raubtiere rissen sie an ihr. Sie hatte zugelassen, dass die Hälfte von Krätschmers Leuten starb, sie hatte Nachasch den Seraph vor die Füße geworfen, praktisch eine Einladung, ihn zu töten. Sie hatte all das getan,

ohne darüber nachzudenken, geblendet vom Rausch der Macht.

Amandas Beine knickten ein, und Jul fing sie, legte einen Arm um ihre Hüfte, um sie zu stützen. Sein Geruch nach kalten Wintertagen stieg ihr in die Nase und beruhigte ihre aufgewühlten Gefühle ein wenig.

»Scheiße ...«, murmelte sie. »Das ist schlimmer als sonst.«

Jul antwortete nicht, beobachtete stattdessen mit sorgenvoll gerunzelter Stirn, wie die Dämonen und ihre Diener ihre kleine, abgekämpfte Gruppe einkreisten. Nur Balthasar hielt sich aufrecht, vermittelte zumindest den Anschein, als habe er die Situation unter Kontrolle. Mit einer herrischen Geste bedeutete er Krätschmer und seinen Leuten, die Waffen herunterzunehmen.

Nachasch trat vor ihn. Sofort veränderte sich Balthasars Haltung, seine Muskeln spannten sich, die Finger krümmte er zu Klauen. Dennoch ließ er zu, dass die Dämonin ihm eine Hand in den Nacken legte. Spitze Fingernägel gruben sich in seine Haut.

»Ich wurde darüber unterrichtet, dass du kommst und den verbannten Engel sowie ein paar Diener mitbringst.« Nachaschs Stimme war leise, doch ein drohender Unterton schwang darin mit. »Aber von deiner Magierin war nicht die Rede, und schon gar nicht davon, dass du ihr von deinem Blut geben würdest. Du weißt, dass ich dich und sie allein dafür töten müsste.«

»Hey!« Amanda legte alle Kraft in ihre Stimme, die sie aufbringen konnte. Dennoch klang sie heiser und schwach. »Wir haben dir den Arsch gerettet.«

Unerwarteter Schmerz flammte in ihrem Arm auf, Amanda stöhnte und stützte beinahe ihr ganzes Gewicht auf Jul, um nicht zu fallen. Das war also der Dank dafür, dass sie Balthasar ausnahmsweise mal verteidigte. Auch wenn sie es natürlich nicht ganz uneigennützig tat.

»Verzeih Amandas Worte. Respekt ist etwas, das zu lernen sie sich sehr schwertut.« In einer anderen Situation hätte sie sich vielleicht darüber gefreut, wie unterwürfig Balthasar klang. »Was mein Blut angeht ... Ich habe damit nicht angefangen. Sie hat davor bereits das des Höllenfürsten getrunken.« Er begegnete Nachaschs skeptischem Blick. »Hör dir an, was ich zu sagen habe, und entscheide dann, was du tust.«
Amanda konzentrierte sich darauf, gleichmäßig zu atmen, hatte kein Interesse daran, Balthasars kleine Lüge zu berichtigen. Stattdessen beobachtete sie Nachasch, die Balthasars Miene aufmerksam studierte. Schließlich zog sie die Hand zurück, hinterließ dabei blutige Kratzer an seinem Hals. Fast, als wolle sie prüfen, ob er es sich gefallen ließ. Sie nickte. »Gut, du darfst dich erklären.« Mit einer knappen Handbewegung gab sie einem Menschen in seiner Nähe ein Zeichen. »Nehmt ihnen die Waffen ab.«
Jul und Krätschmer protestierten gleichzeitig. Ihre unerwartete Einigkeit machte die Situation für Amanda nur noch surrealer, als sie durch den Nebel der Erschöpfung ohnehin schon wirkte. Doch sie währte nicht lang. Der Wachmann verstummte auf ein Zeichen Balthasars hin, und auch Jul musste sich schließlich der Übermacht beugen. Nachasch persönlich nahm ihm das Schwert ab, und Amanda spürte, wie er sich anspannte. Der Engel ließ die Klinge nicht aus den Augen, während die Dämonin sie halb aus der Scheide zog. Sie betrachtet das Schwert, und ein bitteres Lächeln spielte um ihre Lippen. Dann schob sie es mit einem Ruck zurück und hängte es sich um.
Zwei Dämonen traten an Amanda heran und zogen sie von Jul fort. Er wollte sie festhalten, kassierte dafür einen Klauenhieb und ein wütendes Knurren. Sie stolperte, wurde von groben Klauenhänden auf den Beinen gehalten. Der Griff war so fest,

dass sie vor Schmerz aufstöhnte, Krallen gruben sich in ihre Arme. Bei dem Laut drehte sich Balthasar zu ihr um. Alle Unterwürfigkeit schien von ihm abzufallen, während er ihre beiden Bewacher fixierte. »Sie gehört mir. Wer ihr Leid zufügt, muss sich vor mir verantworten!«
Die beiden Dämonen duckten sich unter Balthasars Blick. Die Hände, die Amanda hielten, veränderten ihre Form, wurden menschlicher. Die Krallen zogen sich aus ihrem Fleisch zurück. Und sie war viel zu erschöpft, um sich darüber zu ärgern, dass ausgerechnet sein Besitzanspruch auf sie ihr geholfen hatte.
Als man sie hinter Nachasch herführte, spürte sie die feindseligen und gleichzeitig begehrlichen Blicke aller versammelten Dämonen im Rücken. Aber ihr einziger Gedanke galt der Waffe, der sie gerade hoffentlich einen Schritt näher gekommen waren.

Das Zimmer, in das die Dämonen sie brachten, war schlicht eingerichtet, beinahe karg. Dennoch gelang es dem Konferenztisch, der den Raum dominierte, ausgesprochen teuer zu wirken. Er besaß diese sinnlose Stromlinienförmigkeit, die modernem Design zu eigen zu sein schien. Wenn sich an ihm die Vertreter wichtiger Firmen trafen, um ihre Geschäfte abzuwickeln, ging es sicherlich um große Summen. Nur an Aussicht mangelte es. Der Raum besaß keine Fenster und wurde nur von den Lampen an der Decke in warmes Licht getaucht. Damit war er höchstwahrscheinlich einer der sichersten Plätze in diesem Gebäude. Kein Engel würde hier plötzlich durch die Scheibe brechen können.
Amanda stolperte, als die Dämonen sie losließen. Doch inzwi-

schen zitterten ihre Beine nicht mehr ganz so stark, und sie fing sich nach einigen Schritten. Nachasch winkte ihre Bewacher aus dem Raum, und widerwillig zogen sie sich zurück, schlossen die Tür hinter sich. Dann blieben nur noch die Anführerin der Dämonen, Balthasar, Jul und Amanda zurück. Nun erst bemerkte sie, dass Krätschmer und seine Leute nicht mehr bei ihnen waren, man musste sie anderswo hingebracht haben.
»Setzt euch.« Mit einer einladenden Geste deutete Nachasch auf die Stühle. Amanda kam der Aufforderung als Erste nach, Jul nahm neben ihr Platz. Er neigte sich zu ihr herüber, und sein Atem strich ihr über die Wange. Erst sein Duft nach kalten Wintertagen machte ihr bewusst, wie stickig es in dem Raum bereits war. Es roch verbrannt, nach heißem Schiefer und nach Blut. »Danke für vorhin«, flüsterte er. »Du hast mir das Leben gerettet. Es ist nicht deine Schuld, dass der Seraph gestorben ist.«
Amanda schüttelte den Kopf, fuhr sich mit den Händen durchs Gesicht. Wieder sah sie die zerfetzte Gestalt des Seraphs vor sich. Sie schluckte. »Erinner mich nicht daran.«
Sie wandte sich ab, blickte sich nach den beiden Dämonen um, die noch immer standen. Balthasars Blick glitt über Nachaschs blutverschmierten Körper, von seiner zuvor zur Schau getragenen Unterwürfigkeit war nichts mehr geblieben. »Wie schwer bist du verletzt?«
Die Anführerin der Dämonen lächelte, breitete die Arme aus. Teilweise getrocknetes Engelblut haftete an ihren Fingern, ihren Armen, bildete schimmernde Spritzer auf ihren Brüsten und verklebte ihr Haar. Doch kein Kratzer zierte ihre Haut. »Siehst du irgendwo eine Verletzung?«
Balthasar erwiderte das Lächeln kalt. »Ich habe eine gesehen. Du wirst nie wieder fliegen können.«

Amanda spitzte die Ohren. Nachasch konnte sich also nicht einfach neue Schwingen wachsen lassen, obwohl ein Dämon doch in der Lage war, jede beliebige Gestalt anzunehmen? Sie stellte sich vor, wie der linke Flügel der Dämonin von nun an immer ein Stumpf bleiben würde, egal ob er aus schattenhaften Federn bestand oder aus ledriger Haut.

»Dann werde ich von nun an wohl am Boden kämpfen.« Nachasch beobachtete Balthasar lauernd. »Oder denkst du, ich könnte es ohne Schwingen nicht mehr mit einem fliegenden Gegner aufnehmen?«

»Ich denke, du solltest niemanden von deiner ... neuen Schwäche wissen lassen. Sie könnte den einen oder anderen auf die dumme Idee bringen, du wärst als Anführer nicht mehr geeignet.«

Amanda hielt den Atem an, verfolgte das Gespräch gebannt. Sie konnte nicht anders, als Balthasar für sein Geschick zu bewundern, sosehr sie ihn auch für alles andere hasste. Sie hatten noch nicht einmal begonnen, über die Waffe zu sprechen, und schon war es ihm gelungen, sich in eine vorteilhafte Position zu manövrieren. Er wusste um etwas, von dem Nachasch möglicherweise nicht wollte, dass es die Runde machte.

Die Dämonin überging die Bemerkung, wechselte das Thema. »Du hast vorhin Luzifer erwähnt. Er lebt?«

Balthasar nickte, und diese Bewegung brach den Bann. Die Spannung zwischen den beiden Dämonen verebbte, ließ nur das Versprechen zurück, dass das letzte Wort in dieser Sache noch nicht gefallen war. Balthasar wandte sich ab, steuerte nun endlich auf einen Stuhl zu. Er nahm Jul und Amanda gegenüber Platz, Nachasch ließ sich am Kopfende des Tisches nieder.

»Unsere beiden Späher ...«, Balthasar neigte den Kopf in die

Richtung von Jul und Amanda, »... haben den Höllenfürsten unter dem Alexanderplatz gefunden. Und nicht nur ihn.«
Nachasch hob eine Augenbraue. »Das verspricht eine interessante Geschichte zu werden. Warum lassen wir sie uns nicht von einem von ihnen erzählen?«
Amanda versteifte sich, doch Balthasar hob nur gekonnt gleichgültig die Schultern. »Wenn du es so willst. Amanda kann ...«
»Nein.« Nachaschs Stimme war von schneidender Kälte. »Ich dachte da eher an den Engel.« Ihr Blick wanderte zu Jul hinüber, und ein warmes Lächeln umspielte ihre Lippen. »Mich würde interessieren, was dich bewogen hat, die Seiten zu wechseln.«
Amanda biss sich auf die Unterlippe. Klar, dass sich die Dämonin ausgerechnet denjenigen von ihnen aussuchte, der am schlechtesten lügen konnte.

33

Fingen nun etwa auch die Dämonen an, ihn einen Dämon zu nennen? Nachaschs Worte erinnerten Jul auf jeden Fall sehr an Michael. Wenn er nicht auf der Seite der Engel war, musste er auf der der Dämonen sein. Aber so einfach war es schon lange nicht mehr. So einfach war es nicht mehr, seit er in den Apfel gebissen hatte. Jetzt gab es Grau zwischen Schwarz und Weiß. Baal schien das zu sehen, aber nicht Nachasch und nicht Michael. War das ein Zeichen, dass die Dämonin einst ein Engel gewesen war und kein alter Gott?

»Ich habe die Seiten nicht gewechselt.«

Nachasch musterte ihn mit einem amüsierten Funkeln in den Augen. »Wenn du es sagst. Aber jetzt berichte.«

Jul seufzte. Er wusste, warum Nachasch ausgerechnet ihn ausgewählt hatte. Sie ging davon aus, dass sie von ihm am ehesten die Wahrheit erfahren würde. Er war von allen in diesem Raum der schlechteste Lügner.

Doch er hatte es ohnehin satt. Intrigen. Machtkämpfe. Das ständige Streben nach dem eigenen Vorteil. Die Welt ging ringsum zugrunde, und doch hatten die beiden Dämonen nichts Besseres zu tun, als sich gegenseitig zu belauern. Wen kümmerte es, dass sich unter ihren Füßen ein Abgrund auftat, solange es noch andere gab, die man hineinstoßen konnte, bevor man selbst fiel?

Jul holte tief Luft und begann zu erzählen.

Er berichtete in aller Kürze, was sie unter der Erde gefunden und was der Morgenstern gesagt hatte. Er erzählte alles. Dass derjenige, der die Waffe führte, alle Macht des Herrn erhalten würde. Dass es den Schöpfungen des Herrn, den Engeln, nicht möglich war, die Waffe gegen ihren Schöpfer zu wenden. Dass dennoch irgendwer es tun musste, um die Welt zu retten.

Er ignorierte alle Versuche Baals, ihn zu unterbrechen. Auch Amanda warf ihm besorgte Blicke zu, doch sie schwieg. Vertraute sie darauf, dass er wusste, was er tat?

Als Jul geendet hatte, lächelte Nachasch. »Ich habe lange keinen Engel mehr so offen sprechen hören.« Sie lehnte sich über den Tisch und fixierte Amandas Meister. »Hast du noch etwas hinzuzufügen?«

Baal schüttelte mit düsterer Miene den Kopf, doch Nachasch hob eine Hand. »Ich denke, das hast du. Sag mir, was du bist.«

Schweigen senkte sich über den Raum, während Baal Juls Blick suchte. Der Dämon schien abzuwägen, was er sagen sollte, was er sagen konnte, ohne dass Jul ihn sofort als Lügner entlarvte. Sein Blick wanderte weiter zu Amanda, kehrte dann zu Nachasch zurück, als diese sich erhob. Wie eine mit Engelblut beschmierte, düstere Zwillingsschwester von Botticellis Venus stand die Dämonin am Kopfende des Tisches, und ihre Augen funkelten.

»Ich verlange nicht von dir, mir deinen wahren Namen zu verraten. Sag mir nur, ob du jemals ein Engel warst oder nicht.«

Nun spielte ein dünnes Lächeln über Baals Lippen, er schien eine Entscheidung getroffen zu haben. »Ich war einst ein Gott. Aber was spielt das für eine Rolle? Du würdest mir die Waffe nicht überlassen, egal was ich bin. Ich habe mit nichts anderem gerechnet und bin nur hier, weil sie mir ihre Seele verkauft hat, damit ich ihr helfe, die Welt zu retten.« Baal nickte in Amandas

Richtung, während Jul ihn aus zusammengekniffenen Augen musterte. Der Dämon schien noch immer viel zu gelassen angesichts der Aussicht, die Waffe niemals in die Finger zu bekommen. Da war eindeutig etwas faul. Welchen Plan Amandas Meister auch ausheckte, sein Ergebnis konnte nur unerfreulich werden.

»Wie bescheiden.« Mit einem spöttischen Lächeln setzte sich Nachasch wieder. »Doch was macht es für einen Unterschied, ob ich dir oder deiner Dienerin die Waffe anvertraue?«

»Dann hast du sie tatsächlich?« Es war, als habe jemand ein Feuer hinter Amandas grünen Augen entzündet, Jul konnte die Hoffnung darin leuchten sehen.

Nachasch runzelte ob der Unterbrechung die Stirn, doch ihr missbilligender Blick ruhte auf Baal, nicht auf dessen Dienerin. »Es ist dir wirklich nicht gelungen, ihr Respekt beizubringen.«

Das Lächeln von Amandas Meister wurde breiter. »Sie braucht eine starke Hand. Ich überlasse es dir, ihre Bestrafung zu wählen.«

Dämonen! Sie waren bei näherem Kennenlernen mindestens ebenso abstoßend wie aus der Ferne. Juls Hand glitt beinahe automatisch zum Griff seines Schwertes. Erst als er ihn nicht fand, fiel ihm wieder ein, dass die Waffe im Moment an Nachaschs Hüften hing.

»Ihr habt Wichtigeres zu tun.« Er bemühte sich um einen ruhigen Tonfall, konnte aber eine gewisse Schärfe nicht daraus verbannen. Der Blick zweier nicht ganz menschlicher Augenpaare richtete sich auf ihn. »Ich schließe mich Amandas Frage an. Hast du die Waffe, Dämon? Ansonsten verschwenden wir hier unsere Zeit.«

Für einen Augenblick musterte Nachasch ihn, als wolle sie ihn

neu abschätzen und einordnen. Dann nickte sie. »Ich habe sie. Aber bisher sehe ich niemanden, dem ich sie anvertrauen möchte.«
»Wenn du sie für dich behältst, geht die Welt zugrunde.«
»Wenn ich sie der Magierin gebe, fällt sie demjenigen in die Hände, der schon seit Jahrzehnten auf eine Gelegenheit lauert, mich von meinem Thron zu stoßen.« Nachaschs Blick bohrte sich in den Baals, der in einer unschuldigen Geste die Hände hob.
»Das sind schwere Anschuldigungen. Doch selbst wenn es so wäre, welche Alternativen hast du? Einen deiner Diener ausschicken, um Jehovah zu töten? Unerwiderte Liebe schlägt viel zu schnell in Hass um, denkst du nicht auch? Das Risiko würde ich an deiner Stelle nicht eingehen. Ich dagegen habe keinen Grund, dich zu hassen. Im Gegenteil, ich achte dich dafür, dass du dich länger an der Spitze der Macht gehalten hast als jeder andere seit dem Verschwinden des Höllenfürsten.«
»Ist das so?« Nachasch legte den Kopf zur Seite, ein belustigtes Funkeln in den Augen.
Neben Jul richtete sich Amanda etwas gerader auf, sie schien langsam wieder zu Kräften zu kommen. »Von mir bekommt Balthasar die Waffe nicht, wenn ich es verhindern kann.« Sie klang entschlossen, obwohl er sehen konnte, wie sie die Linke zur Faust ballte, so fest, dass die Knöchel weiß hervortraten. Vorbereitung auf einen Schmerz, der nicht kam. Der Kopf der Schlange auf ihrem Handrücken blieb blass und Baals Miene unbewegt.
Nachasch grinste. »Ich bin offensichtlich nicht die Einzige, deren Diener nur wenig Vertrauen verdienen. Im Vergleich zu dir habe ich meine allerdings besser unter Kontrolle, Balthasar. Verlässt du dich immer noch nur auf Schmerz, um deine

Leute zu bestrafen? Ich sage dir, es gibt effektivere Methoden.«
Angewidert verzog Jul das Gesicht. Hatten Dämonen keine anderen Gesprächsthemen?
Baal lächelte. »Die deinen führen für meinen Geschmack zu oft zu emotionalen Wracks.«
Doch Nachasch beachtete ihn schon nicht mehr, musterte stattdessen Amanda eingehend. Nachdenklich legte sie einen blutigen Finger an ihre Lippen. »Ich brauche eine Sicherheit, dass ich die Waffe zurückerhalte und du jedwede neu gewonnene Macht nicht gegen mich einsetzt. Dann müssen wir noch über den Preis reden ...«
Nicht schon wieder! Hitze stieg in Jul auf, schien ihn von innen heraus zu versengen. Er hatte sich dies alles lange genug angehört, hatte lange genug Ruhe bewahrt. Ihm wurde erst bewusst, dass er aufgesprungen war, als sein Stuhl hinter ihm zu Boden klapperte. »Könnt ihr Dämonen an nichts anderes denken? Niemand hier wird einen Preis dafür zahlen, auch dein Leben retten zu dürfen!«
Nachasch zuckte nicht zurück, blinzelte nicht einmal. Sie erhob sich langsam, ging um den Tisch herum auf Jul zu. Die Dämonin legte ihm die Hand auf die Schulter, beugte sich dicht zu seinem Ohr. »Was ist, wenn ich als Preis nichts weiter verlange, als dass du Balthasar für mich tötest?«
Die Worte waren so leise, dass Jul sich anstrengen musste, um sie zu verstehen. Er unterdrückte den Impuls, zu dem anderen Dämon hinüberzusehen, senkte stattdessen den Blick auf Amanda, die mit gerunzelter Stirn zu ihm hochsah. Ihr Meister würde ohnehin sterben müssen, damit sie endlich frei sein konnte. Jul wusste nicht, ob es ihm gelingen würde, den Dämon zu töten, doch er hatte nichts dagegen einzuwenden, es zu ver-

suchen. Mit Menschen mochte er Mitleid haben, doch an einen Dämon wäre es verschwendet gewesen. Ihm widerstrebte es lediglich, es für Nachasch zu tun.

»Du müsstest außerdem dafür bürgen, dass ich die Waffe wiederbekomme«, sagte die Anführerin der Dämonen lauter, noch bevor Jul etwas erwidern konnte. Sie schien davon auszugehen, dass sie sich einig waren. »Solltest du versagen, trittst du in meine Dienste.«

In diesem Moment erzitterte das Gebäude.

34

Jul sah gut aus, wenn er wütend war. Seine eisblauen Augen blitzten, das genaue Gegenteil des kühlen Engelblicks, mit dem er Amanda immer gemessen hatte. Er hatte diese ewigen Verhandlungen ebenso satt wie sie. Und er hatte mehr Energie, um zu widersprechen.

Amanda lehnte sich zurück, froh, dass er ihr ein wenig Zeit verschaffte, sich zu erholen, die blutigen Bilder der jüngeren Vergangenheit zurückzudrängen und tief in ihrem Inneren zu verschließen. Wenn das doch nur funktioniert hätte. Ständig sah sie die Frau mit dem Pferdeschwanz vor sich, ihre weit aufgerissenen Augen, als die Klinge des Engels in ihr Fleisch fuhr. Was diese Frau auch getan hatte, warum auch immer sie in Balthasars Diensten gestanden haben mochte, es war Amandas Aufgabe gewesen, sie und die anderen sicher durch die verdammte apokalyptische Schlacht zu bringen, die dort draußen tobte. Und sie hatte versagt. Hatte sich nicht überwinden können zu töten. Wie sollte das erst werden, wenn sie endlich wieder in der Höhle unter dem Alexanderplatz stand? Konnte sie überhaupt tun, was getan werden musste?

Sie würde es eben herausfinden müssen. Es nützte nichts, sich jetzt darüber den Kopf zu zerbrechen. Sie zwang sich, sich ganz auf Nachasch zu konzentrieren, beobachtete, wie sie um den Tisch herum zu Jul ging. Die Dämonin legte ihm eine Hand auf die Schulter. Ihr rotes Haar vermischte sich mit dem hellen des Engels, als Nachasch den Kopf neigte, um Jul etwas ins Ohr zu flüstern.

Das Bedürfnis, die Dämonin von ihm fortzustoßen, kam plötzlich und heftig. Amanda ballte die Hände zu Fäusten, runzelte die Stirn, verärgert über sich selbst. Jul konnte tuscheln, mit wem er wollte, was ging sie das schon an? Außerdem war die verboten gutaussehende nackte Frau, die ihm gerade vertraulich etwas ins Ohr flüsterte, ein Dämon und damit ganz sicher nicht sein Typ. Dennoch schnürte ihr die Eifersucht die Kehle zu.

Dann hob Nachasch die Stimme. »Du musst außerdem dafür bürgen, dass ich die Waffe wiederbekomme. Solltest du versagen, trittst du in meine Dienste.«

Nein! Amanda holte Luft, um zu protestieren. Doch die Worte blieben ihr im Hals stecken, als ein Zittern durch den Boden unter ihren Füßen ging, ein Vibrieren, das ihr bis in die Knochen drang.

Das ganze Gebäude bebte, durchgeschüttelt von der Kraft eines neuen Erdstoßes. Ein Knall auf dem Flur ließ sie zusammenzucken. Dann das Klirren herabrieselnder Scherben. Die Belastung musste für die mitgenommenen Fensterscheiben zu viel gewesen sein. Balthasar sprang im selben Augenblick auf, in dem Nachasch herumwirbelte, die Finger beider Dämonen krümmten sich zu Klauen. Gerade als Nachasch zur Tür stürmen wollte, streckte Jul die Hand aus, hielt sie zurück. Mit wutverzerrtem Gesicht wandte sich die Anführerin der Dämonen um. Doch Jul begegnete ihrem Blick ruhig. »Mein Schwert.«

Sofort entspannten sich Nachaschs Züge. In einer fließenden Bewegung zog sie die Klinge, hielt dem Engel die Waffe mit dem Griff voran entgegen. »Kein Feuer. Nicht jeder hier weiß, dass ein Engel auf unserer Seite kämpft.«

Jul verzog bei den Worten das Gesicht, widersprach diesmal allerdings nicht, sondern ergriff das Schwert.

Amanda hörte Balthasars Schritte hinter sich, gefolgt von seiner Stimme. »Die Waffe, Nachasch. Sag uns, wo du sie versteckt hast, bevor es zu spät ist. Wir können den Ausgang des Kampfes nicht abwarten.«
In der Hinsicht waren sie zumindest einer Meinung.
Ehe die Dämonin antworten konnte, flog die Tür auf. Nachaschs Diener stürmte herein. Trotz aller Eile verneigte er sich vor seiner Herrin, den Blick demütig gesenkt. Sie hatte ihre Hündchen wirklich gut abgerichtet. Als der Mann zu Nachasch aufsah, huschte eine Mischung aus Furcht und Verlangen über seine Züge, die Amanda schaudern ließ. Sie hatte immer gedacht, Balthasar hätte im vergangenen Jahr versucht, ihr alle Würde zu rauben. Doch dieser Anblick machte deutlich, dass er längst nicht das größte Arschloch in der Reihe der Dämonen war.
»Die Engel durchbrechen die Barrikaden hinter den Fenstern, Herrin!«
Nachasch stieß einige Worte in einer fremden Sprache aus, die Jul zusammenzucken ließen. Grob schob sie den Mann beiseite, kümmerte sich nicht darum, dass er das Gleichgewicht verlor und fiel. Ohne ihn auch nur eines weiteren Blickes zu würden, stürmte sie an ihm vorbei aus dem Raum. Hinter Amanda drang ein frustriertes Knurren aus Balthasars Kehle, das genau das ausdrückte, was sie fühlte. Nachasch durfte sich dort draußen nicht umbringen lassen, ohne ihnen gesagt zu haben, wo die Waffe war!
Mit wenigen Schritten war Amandas selbsternannter Herr ebenfalls an der Tür. Schreie drangen zu ihnen herein, das Brüllen der Dämonen und das Rattern automatischer Waffen.
Balthasar verschwand außer Sicht, und Jul folgte ihm dichtauf. Im Türrahmen blieb der Engel kurz stehen, sah zu Amanda zurück. »Ich rufe, wenn die Luft rein ist. Wir müssen hier raus.«

Fliehen, ohne etwas erreicht zu haben? Alles in ihr verkrampfte sich. »Nicht ohne Nachasch.«
Jul schien widersprechen zu wollen, doch dann klappte er den Mund wieder zu. Über den Raum hinweg suchte er ihren Blick, hielt ihn einen Moment lang fest. Irgendetwas schien er darin zu finden, denn schließlich nickte er, wandte sich um und huschte in den Flur hinaus.
Die Geräusche des Kampfes waren nun ganz nah, Amanda glaubte sogar, draußen blaue Flammen flackern zu sehen. Ihre Finger verkrampften sich um die Lehne ihres Stuhls, während sie verzweifelt nach der Magie in ihrem Inneren tastete. Doch sie fühlte sich ausgelaugt und leer. Die Quelle ihrer Macht war nicht fort, aber es schien, als hätte sie sich weit zurückgezogen bis in unerreichbare Tiefen. Amanda biss sich auf die Unterlippe. Musste sie wirklich untätig herumsitzen, während die anderen kämpften? Nichts weiter tun, als den Kopf unten zu halten und zu hoffen, dass kein Engel sie fand? Und wenn doch? Dann würde sie sich darauf verlassen müssen, dass Jul sie beschützte. Er der mutige Ritter und sie die holde Dame in Not. Wie unerträglich kitschig.
Amanda schüttelte sich. Da schien immer Balthasars Stimme zu sein, die ihr zuflüsterte, dass es ein Zeichen von Schwäche war, sich auf andere zu verlassen. Sie bekam sie nicht aus dem Kopf. Sie wollte nicht tatenlos abwarten, dass andere den Kampf für sie entschieden. Sie musste etwas unternehmen.
Ein leises Geräusch in ihrer Nähe schreckte sie auf.
Nachaschs Diener hockte noch dort auf dem Boden, wo er hingefallen war. Doch nun regte er sich, kroch auf allen vieren von der Tür zurück, schien sich hinter dem Konferenztisch verstecken zu wollen. Wie unglaublich armselig. Dieser Anblick gab den letzten Anstoß. Sie stand auf, schlich vorsichtig zur Tür.

Neben dem offenen Durchgang drückte sie sich an die Wand, spähte um den Rahmen in den Flur. Dort, ein Wirbel aus Bewegungen! Jul Rücken an Rücken mit Balthasars sich ständig wandelnder Gestalt. Mehrere Engel drängten die beiden immer weiter zurück. Amandas Herz machte einen Satz, als Jul sich nur knapp unter einem Schwertstreich hindurchduckte.
Ohne länger darüber nachzudenken, trat sie aus dem Raum, eilte auf die beiden zu.
Ein Brüllen hinter ihr ließ sie herumwirbeln.
Dort kämpfte eine Dämonin gegen drei Engel. Sie war eingekreist, zwei drangen von vorne auf sie ein, einer schnitt ihr in dem schmalen Gang jegliche Rückzugsmöglichkeit ab. Amanda erhaschte einen Blick auf einen abgetrennten Flügel, wusste, dass dies Nachasch war. Ahnten die Engel, wen sie vor sich hatten? Hatten sie sie deshalb von den anderen abgedrängt?
Die nutzlosen Schwingen der Dämonin bestanden nicht mehr aus Schatten, sondern wirkten fledermausartig. Sie waren so weit ausgebreitet, dass die nun ledrigen Enden Decke und Wände des Gangs streiften. Knochige Dornen ragten zwischen den Membranen hervor, gefährlich spitz. Die linke Schwinge traf einen Engel vor die Brust, schleuderte ihn nach hinten. Ledrige Haut riss, als Flammenschwerter hindurchfuhren. Wieder brüllte Nachasch vor Schmerz. Atemlos beobachtete Amanda den Kampf. Sollte sie eingreifen? Wie?
Die Dämonin sprang vor, und ihre Klauen schlitzten einem der Gegner vor ihr den Brustkorb auf. Ein weiterer Hieb zerfetzte dem Engel die Kehle, riss ihm den Kopf beinahe von den Schultern. Er fiel in einem Schauer aus schimmerndem Blut, das sich bereits rot färbte, noch bevor er den Boden berührte. Dafür kam der Engel hinter Nachasch bereits wieder auf die Füße.

Amanda hörte sich selbst eine Warnung rufen, wusste, dass sie zu spät kam. Der hintere Engel stieß zu.
Die blau flammende Schwertspitze trat auf der Höhe von Nachaschs Bauchnabel wieder aus. Gleichzeitig senkte auch der vordere Engel seine Klinge zwischen die Rippen der Dämonin.
Amanda fluchte, ohne die Worte zu registrieren. Sie war so dicht davor gewesen, die Waffe in den Händen zu halten! Ohne zu wissen, was sie tun sollte, machte sie einen Schritt nach vorn.
Nachasch ging in die Knie, und die Engel rissen ihre Klingen mit einem Ruck aus dem Fleisch ihrer Gegnerin. Der vordere hob das Schwert erneut zum Schlag. Der Schlag, der Amandas Hoffnungen endgültig begraben würde.
Das durfte nicht sein! Es durfte nicht so enden! Nicht nach allem, was sie bereits durchgemacht hatten.
Amanda lauschte in sich hinein, versuchte die Macht heraufzuzwingen, die in ihrem Inneren schlummerte. Aber je verzweifelter sie danach griff, desto weiter schien sich die Quelle ihrer Magie von ihr zu entfernen. Sie würde es nicht schaffen …
»Ach, scheiß drauf.« Amanda rannte los. Zwei Schritte, dann prallte sie von hinten gegen den Engel. Er wurde nach vorn gerissen, und Amanda fühlte den Ruck, als Nachaschs ausgestreckte Klauen den Schwung bremsten. Sie selbst landete neben der Dämonin auf den Knien. Warme, klebrige Tropfen trafen ihre Wange, und der Schrei des Engels gellte ihr in den Ohren. Nachasch schleuderte ihren blutenden Angreifer gegen die Wand, stieß gleichzeitig die zerfetzten Reste ihrer Flügel nach hinten. Das Schwert halb zum Schlag erhoben, erstarrte der Engel in ihrem Rücken. Langsam senkte er den Blick auf die knochige Spitze in seiner Brust.
Nachaschs Faust fuhr herab, grub sich tief in das Gesicht des

Angreifers vor ihr. Engelblut zeichnete ein Muster aus Licht auf die weiße Tapete.

Amanda wandte sich schaudernd ab. Nur aus dem Augenwinkel sah sie, wie der vordere Engel erschlaffte, in sich zusammensank, während sein Blut rot wurde wie das eines Menschen. Der hintere sackte mit einem tiefen Loch in der Brust in die Knie.

Schwankend kam Nachasch auf die Beine. Amanda tat es ihr gleich, schüttelte den Kopf, um ihn wieder klar zu bekommen. Sie streckte die Hand nach der Wand aus und stützte sich daran ab. Ihr Blick fiel durch eine nahe Tür in einen der äußeren Räume. Tischplatten und schwere Aktenschränke, das war die Barriere, mit der die Dämonen die Fenster verstärkt hatten. Nun lagen die Möbelstücke in Fetzen zwischen verwehtem Papier, Glasscherben und Leichenteilen. Und jenseits der zerbrochenen Fenster …

Amanda zog die Hand zurück, als hätte sie sich verbrannt. Helles Licht erstrahlte vor den Fenstern des Gebäudes, zeichnete die Umrisse der Türen in scharfen Schattenlinien auf den Boden. Das Licht eines Seraphs! Amanda erstarrte. Ihr Gehirn verweigerte die Arbeit, ihr Körper rührte sich nicht von der Stelle.

Nachasch packte sie, zog sie in einen der inneren, dunklen Räume. Sie taumelte, fiel. Nebeneinander gingen sie zu Boden.

Der helle Schein bereitete sich aus, drang durch die äußeren Wände des Gangs, erreichte den Engel, den Nachasch mit ihrer Schwinge durchbohrt hatte. Ein Ausdruck äußerster Verzückung breitete sich auf seinem Gesicht aus, er schien von innen heraus zu glühen, verschwamm in der gleißenden Helligkeit. Gebannt beobachtete Amanda, wie der Engel im Licht verging, sich darin auflöste wie eine Schneeflocke in heißem Wasser.

Erst als der Schein auch durch die Wand ihres Verstecks drang, zuckte sie zurück. Doch er erreicht sie nicht, verlosch und hinterließ nichts als helle Flecken auf ihrer Netzhaut.
»Sie haben mehr Seraphim gerufen.« Nachaschs Stimme war nicht mehr als ein heiseres Flüstern. Amanda nickte, blinzelte die bunten Nachbilder vor ihren Augen fort. Das war also der Grund, wieso die Seraphim während einer Schlacht in einer Blase der Ruhe zu schweben schienen. Ihr Licht verbrannte Freund und Feind gleichermaßen. Amanda schlang die Arme um ihren Oberkörper, um die plötzlich herankriechende Kälte fernzuhalten. Doch dass dieser Krieg von beiden Seiten ohne Rücksicht auf Verluste geführt wurde, hatte sie inzwischen zur Genüge gesehen.
Hoffentlich hatte das Licht Jul nicht erwischt. Der Gang lag wie leergefegt da, der Kampf hatte sich verlagert.
Ein dumpfes Ächzen lenkte Amandas Aufmerksamkeit endgültig wieder auf Nachasch. Die Dämonin lag auf der Seite, die Flügel wie vom Sturm zerfetzte Segel hinter ihr ausgebreitet. Ihre Brust hob und senkte sich in mühsamen Atemzügen, und auf ihren Lippen glänzte Blut. Der Geruch nach verbranntem Fleisch stieg Amanda in die Nase und ließ sie würgen. Dennoch rutschte sie näher an Nachasch heran, versuchte, nur flach zu atmen und die schwarzgeränderten Löcher in Brust und Bauch nicht zu genau anzusehen. Die Dämonin hatte ihr das Leben gerettet. Warum? Sie war die verdammte Anführerin der ganzen verdammten Höllenbrut! Wahrscheinlich musste sie Selbstlosigkeit erst im Lexikon nachschlagen, bevor sie wusste, was es bedeutete.
Nachasch streckte eine Hand nach ihr aus, und blutige Krallen strichen sanft über Amandas Wange. Sie hielt den Atem an, wagte nicht, sich zu rühren. »Schade, dass nicht ich diejenige

war, die dich gefunden hat. Dich hätte ich nicht mit Missachtung gestraft.« Die Dämonin hustete, spuckte Blut. »Du hättest es bei mir besser gehabt als bei ihm. Du hasst ihn sehr, nicht wahr?«
Amanda nickte benommen. Ganz langsam fanden ihre Gedanken wieder zurück in gewohnte Bahnen. Die Waffe. Sie musste danach fragen, bevor es zu spät war. Sie räusperte sich.
»Ich weiß, ihr Dämonen habt eine Schwäche für dramatische Gesten und so Zeug ...« Sie sprach zu schnell, redete Blödsinn. Doch immerhin brachte sie etwas heraus. »Aber der Tag ist schon beschissen genug, ohne dass du gleich stirbst und mir vorher nur irgendeinen halb vollendeten, kryptischen Hinweis darauf gegeben hast, wo ich die Waffe finden kann. Also sag es mir besser sofort, falls du überhaupt vorhast, das zu tun.«
Ein Lachen schüttelte Nachaschs Körper, ging in einen Hustenanfall über. Sie schob eine Klauenhand in Amandas Nacken, zog sie zu sich herunter. Aus nächster Nähe blickte Amanda in grüne Augen, die dunkel waren vor Schmerz. Sie musste sich anstrengen, um die nächsten Worte zu verstehen. »Ich trage sie stets bei mir. Auch wenn ich nicht wusste, was sie bewirken kann, habe ich doch immer geahnt, dass sie nicht in die Hände eines Konkurrenten fallen sollte.«
Ihre freie Hand schloss sich um Amandas Rechte, führte sie zu ihrem Oberschenkel. Zuerst zuckte Amanda zurück, doch Nachasch hielt ihr Handgelenk fest umklammert. Ihre Finger glitten über fieberheiße Haut, ertasteten schließlich auf der Innenseite des Oberschenkels etwas Hartes. O nein ... Amanda verzog das Gesicht.
»Es gibt schon seit einer Weile eine tolle Erfindung, nennt sich Safe. Ist eine sehr gute Möglichkeit, wertvolle Gegenstände aufzubewahren.« Sie plapperte noch immer, das war ihr klar, aber

sie konnte nichts daran ändern. Immerhin war sie gerade erst fast gestorben. Schon wieder. Und in der Ferne erklangen die Geräusche des Kampfes, und sie wusste nicht, wie sie jemals lebend aus diesem Gebäude kommen sollte. Als wäre das noch nicht genug, musste sie zudem einen Dämon aufschlitzen, um an das heranzukommen, was sie so dringend suchte.

Nachaschs Griff lockerte sich, ihre Hand glitt aus Amandas Nacken. Eine Weile lag sie mit geschlossenen Augen da, atmete flach.

»Brich eine Spitze aus meinen Flügeln«, flüsterte sie schließlich. »Die sollte scharf genug sein.«

Zögernd blickte Amanda zu der Ansammlung zerrissener ledriger Haut und spitzer Knochen in Nachaschs Rücken. »Das wird weh tun.«

»Bist du immer so ungehorsam?«

»Ich dachte, das wäre inzwischen klargeworden.« Musste wirklich jeder Dämon sie nach ihrem Gehorsam beurteilen wie einen Hund? Wütend erhob sich Amanda. Gut, das machte es zumindest leichter, Nachasch weh zu tun. Sie ging um die Dämonin herum und packte eine freiliegende Knochenspitze. Als wollte sie einen Stock brechen, stellte sie einen Fuß darauf. Mal sehen, wie überheblich die Dämonin danach noch war. Bevor Wut und Entschlossenheit verfliegen konnten, zog Amanda mit einem Ruck an der Spitze. Nachasch stieß einen erstickten Schmerzlaut aus.

Der Knochen brach nicht so leicht wie ein Stock. Amanda biss die Zähne zusammen, zog fester und versuchte, nicht daran zu denken, wie sich das für Nachasch anfühlen mochte. Dennoch kribbelte ihr Rücken, als könne sie eine Ahnung des Schmerzes spüren.

Der Körper der Dämonin verkrampfte sich, sie stöhnte gedämpft auf. Mit einem Mal knackte es. Amanda verlor das Gleichgewicht, stolperte einen Schritt zurück, bevor sie sich wieder fing. Schwer atmend stand sie eine Weile einfach nur da. In der Hand hielt sie ein spitzes Stück blutigen Knochens, das an der Stelle dünner wurde, an der es gebrochen war. Die Dämonin musste die Form verändert haben, um ihr zu helfen.

Wieder ging Amanda neben Nachasch in die Knie. Die Rechte der Dämonin lag dicht neben ihrem Gesicht, und blutige, halbmondförmige Bissspuren zogen sich über die Daumenwurzel. Die Wunde heilte nicht. War Nachasch etwa schon tot? Es sollte sie nicht kümmern, dennoch musste Amanda schlucken. Nein, sie lebte! Ihre Brust hob und senkte sich kaum merklich.

»Ich weiß, dass dein Meister versucht hat, meinen wahren Namen herauszufinden«, flüsterte die Dämonin heiser. »Bevor du ihn tötest, sag ihm, er lautet Samael. Er soll wissen, wer ihm seinen Untergang gebracht hat.«

Darum ging es ihr also, deshalb hatte sie Amanda gerettet und gab ihr nun die Waffe. Sie wollte Rache.

»Das ist ein Engelname, nicht wahr?« Wo hatte Amanda ihn nur schon mal gehört? »Was für ein Engel warst du, Samael?« Sie drehte das Stück Knochen in den Händen, zögerte, damit irgendetwas zu tun. Allein bei dem Gedanken, es zu verwenden, um an die Waffe heranzukommen, wurde ihr übel. Einen Knochen abzubrechen, der kaum Ähnlichkeit mit einem Teil menschlicher Anatomie hatte, war eine Sache. Ihn zu verwenden, um ein Bein aufzuschlitzen, eine ganz andere.

»Was weißt du über die Hierarchie der Engel?«

Froh über die Ablenkung versuchte Amanda zusammenzukratzen, was Jul ihr erzählt hatte. »Ganz unten stehen die normalen Engel, darüber die Erzengel … und darüber wieder die Seraphim, nicht wahr?«

Die Dämonin nickte schwach. »Es gibt noch mehr Ränge, aber ja, so ungefähr. Die Seraphim sind die höchsten Engel, aber ich stand noch einmal über ihnen, Zweiter nach Luzifer.«
»Solltest du dann einen Seraph nicht leicht besiegen können?« Ohne dass Amanda etwas dagegen tun konnte, wanderte ihr Blick zu der länglichen Erhebung auf der Innenseite von Nachaschs Oberschenkel. Sie war kaum zu sehen, wenn man nicht wusste, wonach man suchen musste.
»Der Fall ist mir nicht gut bekommen. Jehovah hat mich und mein Gefolge besonders tief eingekerkert. Ohne Luzifers Hilfe hätten wir uns nicht befreien können.«
Daher kannte sie den Namen! Jul hatte ihr davon erzählt. »Dann gehörst du zu den Engeln, die sich in sterbliche Frauen verliebt haben? Oder vielleicht eher Männer in deinem Fall …«
»Frauen.« Ein Lächeln huschte über Nachaschs Lippen. »Du hast doch gesehen, wie wir unsere Gestalt verändern können. Ich habe nach dem Tod meiner Geliebten die ihre gewählt, um niemals zu vergessen, was Jehovah mir genommen hat.« Unverhohlener Hass schwang selbst in diesem schwachen Flüstern mit. »Töte ihn für mich und für sie. Für Sarah …« Ihre Stimme versagte, ihr Körper verkrampfte sich. Eine Hand schloss sich um Amandas, und sie schaute Nachasch – nein, Samael – wieder ins Gesicht. Grüne Augen fixierten Amanda, als stelle sie einen Anker dar, der den sterbenden Dämon in der Welt der Lebenden halten konnte. Noch einmal bewegten sich Nachaschs Lippen, doch nur ein dünner Faden Blut fand seinen Weg darüber.
Dann erschlaffte der Griff der Dämonin endgültig. Gleichzeitig schienen ihre Flügel zu schmelzen, zogen sich zusammen, verschwanden in ihrem Körper und ließen nichts zurück als eine schwer verletzte, nackte Frau.

Amanda ahnte, was das zu bedeuten hatte. Bei ihrem Tod schien aus Engeln und Dämonen gleichermaßen alles Übernatürliche zu weichen. Dennoch beugte sie sich vor, tastete an dem schlanken Hals nach einem Puls, den sicher auch Dämonen hatten. Immerhin bluteten sie wie Menschen.
Sie fand keinen.
Für eine Weile saß Amanda reglos neben dem toten gefallenen Engel. Draußen war es still geworden, der Kampf war entweder vorüber oder hatte sich noch weiter von ihr fort verlagert. Die Kehle wurde ihr eng. Sie schniefte, wischte sich mit dem Ärmel ihrer Bluse eine Träne von der Wange. Wie dumm, ausgerechnet jetzt zu weinen. Ausgerechnet um einen Dämon, der versucht hatte, sie umzubringen. Doch das Einzige, woran sie denken konnte, war, dass Nachasch nie eine Chance gehabt hatte. Für ihre Liebe bestraft und sich selbst überlassen, ohne zwischen Gut und Böse unterscheiden zu können. Es war wirklich beschissen tragisch.
Irgendwann erinnerte sie sich an das Stück Knochen in ihrer Hand. Es war nicht mit dem Rest der Schwingen verschwunden. Sie machte sich daran, die Waffe aus Nachaschs Fleisch zu schneiden.
Der spitze Knochen zog eine rote Spur über die Haut. Amanda wandte den Blick ab und schob zwei Finger in den Schnitt, schluckte, um die aufsteigende Übelkeit niederzukämpfen. Ihre Fingernägel schabten über eine harte Oberfläche. Entschlossen drückte sie die Wundränder auseinander, bekam etwas zu fassen, zog. Mit einem leisen Schmatzen löste sich ein Gegenstand aus Nachaschs Fleisch. Erneut würgte Amanda, schmeckte Galle auf der Zunge. Sie atmete tief durch, starrte an die hintere Wand des Raums, bis sich ihr Magen beruhigt hatte. Dann erst senkte sie den Blick.

Sie hielt eine Klinge aus Stein in den Händen. Das Blut der Dämonin hob sich kaum von der dunklen Oberfläche ab. Die Waffe wirkte wie die Feuersteinmesser, die man manchmal in Museen sah, wenn die Aussteller nichts Interessanteres vorzuzeigen hatten. Doch die Klinge war länger, feiner gearbeitet. Und sie besaß einen Griff, ebenfalls aus schwarzem Stein.

Wie alt mochte diese Waffe wohl sein? Amanda stellte sich vor, wie ein inzwischen namenloser Steinzeitgott sie geschaffen hatte, um einen seiner Konkurrenten zu beseitigen. Ehrfürchtig strich sie über die steinerne Klinge. Ihr Herzschlag beschleunigte sich. Sie hatte sie gefunden! Endlich!

Doch ihre Hochstimmung verflog, als sie daran dachte, was noch vor ihr lag. Zuerst einmal musste sie lebend aus diesem Gebäude herauskommen. Und sie musste Jul finden.

Ihr Blick fiel auf ihre rot verschmierten Handflächen. Dämonenblut. Amanda leckte sich über die trockenen Lippen und schluckte. Ihre Fahrkarte nach draußen lag vor ihr. Nachasch hätte sicherlich nichts dagegen.

Sie sah auf, blickte in die toten Augen der Dämonin. Nein, wie konnte sie daran auch nur denken? Blut zu trinken war schon schlimm genug. Aber das Blut einer Toten … Amanda schüttelte sich. Wie tief wollte sie denn noch sinken? Es würde auch ohne gehen. Noch war sie nicht so hoffnungslos süchtig und nicht vollständig verzweifelt.

Entschlossen wischte sich Amanda die Hände an der Hose ab und säuberte die Steinklinge mit einem Zipfel ihrer Bluse.

Ein Geräusch hinter ihr ließ sie herumfahren. Und sie blickte direkt in Krätschmers Gesicht. Er grinste. »Hier bist du also.«

Amanda versteifte sich. Von allen Leuten, die sie hätten finden können, musste es ausgerechnet er sein? Langsam stand sie auf, stets darauf bedacht, das Messer hinter ihrem Rücken zu

verbergen. »Ich habe gehofft, sie hätten dich irgendwo weggesperrt.«
»Hatten sie auch, aber der Chef war so freundlich, uns wieder zu befreien. Er hat mir aufgetragen, dich zu suchen. Komm.« Er machte eine auffordernde Geste und wandte sich ab. Mitten in der Bewegung hielt er inne, betrachtete sie aus zusammengekniffenen Augen.
»Was hast du da?«
Amandas Hand verkrampfte sich um den Griff des Messers. Er durfte es nicht finden, durfte es ihr nicht abnehmen! Sie atmete tief durch, versuchte, ruhig zu bleiben. Um Krätschmer abzulenken, rieb sie sich mit der freien Hand durchs Gesicht. »Blutspritzer, nehme ich an.«
Seine Augen verengten sich weiter. Er trat ein Stück in den Raum hinein, auf sie zu. »Du hältst mich wohl für dumm.«
»Bist du das nicht?« Amanda wich ein paar Schritte zur Seite aus, versuchte sich unauffällig in Richtung Tür zu schieben. Doch er trat ihr in den Weg. Verdammt!
»Du machst mehr Ärger, als du wert bist«, knurrte Krätschmer. »Ich hoffe, der Chef sieht das bald ein.«
»Ach, ist es nicht deine Pflicht als sein braver Schoßhund, ihn für unfehlbar zu halten?« Hinter ihrem Rücken schob Amanda die Steinklinge von der rechten in die linke Hand. Gleich würde er versuchen, ihren Arm hinter dem Rücken hervorzuziehen, um zu sehen, was sie vor ihm verbarg.
Das Gesicht des Wachmanns verzerrte sich. In zwei schnellen Schritten war er bei ihr, packte ihr rechtes Handgelenk. Genau damit hatte sie gerechnet. Mit der Linken stieß sie zu, ein ungeschickt geführter Angriff. Krätschmers Arm kam hoch, zwischen die Klinge und seine Brust. Schwarzer Stein grub sich durch den Ärmel in sein Fleisch. Er fluchte.

Dann weiteten sich seine Augen.
Alle Farbe wich aus seinem Gesicht. Gleichzeitig brach eine Sturmflut von Bildern und Gefühlen über Amanda herein.
Wie ein reißender Strom spülten sie durch den Griff des Messers in ihren Körper. Erinnerungen wirbelten durch ihren Kopf, die nicht zu ihr gehörten. Sie sah Männer in Uniformen in irgendeiner trockenen, felsigen Landschaft. Dann ein kleines, dunkelhäutiges Mädchen, höchstens zwölf, verdreckt und nackt. Tränen rannen ihm über das Gesicht. Es folgten wichtig aussehende Uniformierte mit missbilligenden Gesichtern. Ihre Züge wurden zu denen Balthasars. Er lächelte. »Ich weiß, wieso man dich aus dem Wehrdienst entlassen hat. Aber deine Vorlieben sind für mich kein Problem. Im Gegenteil. Du sollst alles haben, was du willst. Kleine Mädchen und meinetwegen auch kleine Jungs. Alles, was ich als Gegenleistung will, ist bedingungslose Treue.«
Amanda schüttelte den Kopf, doch der Strom der fremden Bilder und Gefühle riss nicht ab. Und da war noch mehr. Kraft strömte in ihren Körper. Ihre Schwäche schwand. Vor ihr ging Krätschmer in die Knie, das Messer immer noch in seinem Arm, ihre Hand wie verwachsen mit dem Griff. Sie spürte seinen Schmerz, seine Wut und seine Überraschung, die sich mit ihrer eigenen mischte. So funktionierte die Waffe also.
Dann war es vorbei. Er fiel und riss das Messer mit sich.

35

Jul hetzte durch immer gleich aussehende Flure, setzte über leblose Körper hinweg. Glas knirschte unter seinen Sohlen, die Trümmer ausgerissener Türen bildeten Stolperfallen auf seinem Weg. Jenseits der leeren Öffnungen zogen zerschlagene Fensterscheiben und umgeworfene Möbelstücke am Rande seines Blickfelds vorbei. Hier hatten die Engel gewütet und waren dann weiter vorgerückt. Die Dämonen verloren, erdrückt durch die Übermacht der Schar. Das letzte Mal, als Jul Baal gesehen hatte, hatte er die kläglichen Reste seiner noch lebenden Artgenossen für einen Rückzug um sich versammelt. Die Dämonendiener waren längst alle tot.

Alle, bis auf eine. Diese Hoffnung trieb Jul durch die verwüsteten Gänge. Amanda musste überlebt haben.

Er hatte das Licht des Seraphs nur indirekt gesehen, nachdem die Engel ihn und Baal längst um eine Ecke gedrängt hatten. Sie hatten sie absichtlich von Nachasch getrennt, da war er sich sicher. Sie wussten, wer die Dämonen anführte.

Jul beschleunigte noch einmal seine Schritte. Amanda durfte nicht tot sein.

Endlich erreichte er den Flur, in dem sie getrennt worden waren. Hier lagen keine Leichen, keine Blutflecken zierten die Wände. Das Licht des Seraphs hatte alles Organische weggebrannt. Konnte das irgendjemand überlebt haben?

Seine Kehle war wie zugeschnürt. Hätte er Amanda doch nur nicht allein zurückgelassen! Ja, sie konnte auf sich selbst aufpassen, aber dem Licht eines Seraphs war jeder hilflos ausgeliefert. Hätte er sie doch nur mitgenommen, als er sich in den Kampf gestürzt hatte, Nachasch hinterher, ohne sie je zu erreichen.

Er wurde langsamer, spähte in jeden Raum, das Schwert griffbereit. Die Pistole war fort, irgendeiner von Nachaschs Leuten musste sie haben.

Schließlich erreichte er den Besprechungssaal, in dem die beiden Dämonen verhandelt hatten. Mit klopfendem Herzen beugte er sich in den dunklen Raum, versuchte, die Schatten mit Blicken zu durchdringen.

Leer.

Juls Magen krampfte sich zusammen.

»Amanda?«

Da! Hatte er ein paar Räume weiter nicht ein leises Geräusch gehört? Vorsichtig setzte er einen Fuß vor den anderen. Nur nicht unaufmerksam werden, dort vorne konnte auch ein Feind lauern.

»Amanda?«

»Jul?«

Nun rannte er doch wieder. Beinahe wäre er an dem Raum vorbeigestürmt, nur aus dem Augenwinkel sah er die drei Gestalten am Boden. Mit einer Hand hielt er sich am Türrahmen fest, bremste so seinen Lauf.

Amanda hockte am Boden und schüttelte den Kopf, als versuche sie, ihn frei zu bekommen. Nachasch lag neben ihr, regte sich nicht. Auf Amandas anderer Seite erkannte Jul eine weitere reglose Gestalt. Krätschmer? Wie war er hierhergekommen?

Amandas sah auf. Sie blickte ihn an und gleichzeitig durch ihn hindurch. Nun erst entdeckte Jul die schwarze Klinge in ihrem

Schoß. Mit schnellen Schritten ging er auf sie zu. »Alles in Ordnung?«
Sie lächelte, verzog gleich darauf das Gesicht. »Kommt drauf an, wie du Ordnung definierst. Ich fühle mich besser als seit Tagen, aber auf Krätschmers Erinnerungen hätte ich verzichten können. Er hat …« Sie hielt inne, schüttelte den Kopf. Ihr Mund bildete einen dünnen Strich. »Das willst du nicht wissen.«
Jul runzelte die Stirn. Sein Blick ging von Amanda zu der Steinklinge, wanderte von dort weiter zu Krätschmers Leiche. Konnte es sein? Ja, ganz offensichtlich. Sie hatte die Waffe tatsächlich gefunden. Und sie wirkte so wenig beeindruckend. So täuschend harmlos.
Langsam ging Jul vor Amanda in die Hocke. Er streckte die Hand nach dem schwarzen Messer aus, wagte kaum zu atmen. Ihre Finger zuckten, doch sie machte keine Anstalten, ihn aufzuhalten.
Dennoch hielt Jul in der Bewegung inne, kurz bevor er die Steinklinge berührte. Mit dieser Waffe hatte der Morgenstern den Untergang des Herrn eingeleitet. Und nun sollte sie den vereinten Feinden endgültig den Tod bringen. Sie sollte töten, was für Jahrtausende der Mittelpunkt seiner Welt gewesen war. Und er würde es zulassen, würde sogar dabei helfen.
Jul schluckte. Er ballte die Hand zur Faust und zog sie dicht an seinen Körper, fort von der Klinge. Er würde dieses verfluchte Ding nicht anrühren. Abrupt erhob er sich. »Kannst du gehen?«
Amanda nickte, packte das Steinmesser und kam in einer unerwartet geschmeidigen Bewegung auf die Beine. Von der Schwäche, die sie nach dem Abklingen der Wirkung des Dämonenblutes ergriffen hatte, war nichts mehr zu sehen. »Ich fühle mich nur, als wäre mein Kopf irgendwie überfüllt.«

Wieder ging Juls Blick zu Krätschmers totem Körper. »Du hast alle seine Erinnerungen erhalten?«
Sie hob die Schultern. »Soweit ich das beurteilen kann. Was ich habe, reicht mir auf jeden Fall. Die Sache hat nur ein Gutes.« Sie grinste. »Ich weiß, wo er Roman versteckt hat.«
Jul erwiderte das Grinsen nicht, musterte sie ernst. Die Finger seiner freien Hand glitten über die Knöpfe seiner Jacke. »Hast du eine ungefähre Vorstellung davon, wie viele Erinnerungen sich in ungefähr sechstausend Jahren ansammeln?«
Karins Worte gingen ihm durch den Kopf. *Was ist, wenn Amanda einfach vollkommen durchdreht?* Was, wenn sie das schlicht deswegen tat, weil sie alles sah, wusste und fühlte, was der Herr je gesehen und gedacht und gefühlt hatte?
Amanda sah auf, schluckte. »Sechstausend Jahre?«
Jul nickte. In Gedanken überbrückte er die weite Kluft der Jahrtausende, zerrte angestaubte Erinnerungen ans Licht, an die er seit Ewigkeiten nicht mehr gedacht hatte. »Zu Anfang, kurz nach meiner Entstehung, hatte ich kein Gefühl für Zeit, und ich habe abgesehen vom Garten Eden nichts von der Erde gesehen. Außerdem weiß ich nicht, wie viel Zeit zwischen dem Aufstieg des Herrn und der Erschaffung der Engel vergangen ist. Ich dachte immer, er wäre so alt wie das Universum, aber nun würde ich etwas vorsichtiger schätzen. Sechstausend Jahre sind es mindestens, wahrscheinlich mehr. Wenn dir von ungefähr dreißig Jahren Erinnerungen schon der Kopf schwirrt …«
Er ließ den Satz unvollendet, sah in Amandas Miene, dass sie verstand, was er meinte. Sie biss sich auf die Unterlippe, senkte den Blick. Doch dann schüttelte sie den Kopf und machte eine Bewegung, als wollte sie seine Bedenken wegwischen. »Ich werde damit schon irgendwie klarkommen.«
Sie setzte sich in Bewegung, doch er streckte eine Hand aus,

hielt sie fest. Gab es denn wirklich keine andere Möglichkeit? Konnte er nicht irgendwie sie und den Herrn vor dem bewahren, was sie vorhatte? »Du musst das nicht tun.«
Ihre Augen verengten sich zu wütenden Schlitzen. Aber lag nicht auch noch etwas anderes in ihrem Blick? Angst? »Ich sehe sonst niemanden, der sich freiwillig meldet. Und ich wette, Balthasar hat mir auch nicht den Gefallen getan, sich ein Flammenschwert durch den Kopf gehen zu lassen.«
»Ich fürchte nicht.« Weitere Worte lagen Jul auf der Zunge. Er blickte in Amandas grüne Augen, sah Anspannung in ihrer Miene. Sie hatte die Hand so fest um den Griff des unseligen Messers geschlossen, dass ihre Knöchel weiß hervortraten. Ihre letzte Hoffnung, an die sie sich mit verzweifelter Kraft klammerte. Jul schluckte hinunter, was er hatte sagen wollen. Wozu seine Zweifel aussprechen, wenn es längst kein Zurück mehr gab? Er hatte diesen Weg gewählt, als er Michaels Angebot ausgeschlagen hatte. Nun musste er ihn zu Ende gehen.
»Wir können das Gebäude nicht verlassen, solange draußen so viele Engel herumfliegen. Wir sollten uns ein Versteck suchen, bis sie fort sind.«

✣

Es gab mehr als ein Treppenhaus in diesem Gebäude. Sie suchten sich das abgelegenste, schlichen die Stufen hinab, Jul voran, die Hand am Schwert. Jeden Moment rechnete er damit, dass eine der Türen aufflog und Michael ihnen in den Weg trat. Oder, schlimmer noch, ein Seraph.
Sie erreichten den Keller unbehelligt, verkrochen sich in einem Raum, der Jul an die kleine Kammer unter dem Alexanderplatz erinnerte, in die sie vor den anstürmenden Horden niederer

Dämonen geflohen waren. Die Wände waren kahl, Kabel und Rohre liefen an ihnen entlang und über die Decke. Einige davon mündeten in einen großen Heizkessel, der den Raum beherrschte.

Im unsteten Licht seines Flammenschwertes ließ Jul sich gegen die Wand sinken. Doch er konnte kaum stillsitzen, suchte vergeblich nach einer gemütlichen Position. In den letzten Jahren hatte er nichts getan, als vor sich hin zu dämmern und abzuwarten. Nun erschien es ihm beinahe unerträglich, für eine Weile zur Untätigkeit verdammt zu sein. Und die Präsenz der Waffe, die nun wieder in Amandas Schoß lag, kratzte am Rand seines Bewusstseins, hielt ihm ständig vor Augen, worauf er sich eingelassen hatte.

Er legte das Schwert neben sich auf den Boden, behielt die Hand am Griff, damit die blauen Flammen nicht erloschen. »Ich wünschte, wir könnten dies schnell hinter uns bringen. Doch es wird nicht leicht werden, wieder unter den Krater zu gelangen.«

Amanda biss sich nachdenklich auf die Unterlippe. »Vielleicht durch einen der U-Bahn-Tunnel.«

Jul schüttelte den Kopf. »Die meisten werden verschüttet oder gesperrt sein. Es würde ewig dauern, einen zu finden, der uns dorthin führt, wo wir hinwollen. Am besten wäre, wir nehmen den Weg, auf dem wir das letzte Mal rausgekommen sind.«

»Wir müssen einen dieser vergessenen Götter oder niederen Dämonen oder was auch immer finden, damit Luzifer durch ihn erfährt, dass wir die Waffe haben.« Sie senkte den Blick auf die Steinklinge. »Vielleicht kann er uns helfen.«

»Es gefällt mir nicht, dass wir uns auf ihn verlassen müssen.«

Amanda nahm das Messer auf, drehte es zwischen den Händen. Dann hob sie den Blick wieder, sah ihn an. »Dir gefällt so gut

wie nichts an diesem Plan. Manchmal frage ich mich, wieso du mir überhaupt hilfst.«
Jul lehnte sich vor, hob den Griff des Schwertes ein Stück weit an, und blaues Licht tanzte über Amandas Züge. »Weil es mir richtig erscheint. Außerdem hätte der Herr nicht gewollt, dass die Welt seinetwegen untergeht.«
Sie legte den Kopf ein wenig schief. »Sicher?«
Jul atmete tief durch. Er lehnte sich zurück, das flammende Schwert mit der Spitze voran vor sich auf den Boden gestützt. Er lauschte in sich hinein, auf all die nagenden Zweifel. »Nein. Ich denke nur, wir haben bisher nur eine Seite der Geschichte gehört. Die der Dämonen. Sie stellen ihn natürlich möglichst schlecht dar.« Er hielt kurz inne, suchte nach Worten, die ausdrückten, was er fühlte. »Ich glaube zwar auch nicht mehr, dass der Herr unfehlbar ist, und ich kann nicht sagen, was seine Pläne waren. Aber ich will nicht akzeptieren, dass er so grausam und egoistisch ist, wie der Morgenstern behauptet.«
Jul atmete auf. Es tat gut, dies auszusprechen. Endlich Worte dafür zu finden. Zumindest mit einigem, was er in den letzten Tagen erfahren hatte, konnte er so seinen Frieden machen. Die Unsicherheit war noch immer da. Unsicherheit, wo vor so langer Zeit fester Glaube gewesen war. Doch sie drohte ihn nicht mehr zu verschlingen, sondern schien ein Teil von ihm geworden zu sein.
Für eine Weile senkte sich Schweigen über den Raum.
»Du hast recht«, sagte Amanda plötzlich. »Also, was Luzifer und Gott angeht. Aber wir sollten wirklich einen anderen Weg zurück in die Höhle finden. Vielleicht kann Karin eine Karte von diesem Bunker unter dem Alexanderplatz auftreiben? Ich wette, er hat noch andere Eingänge.«
Beim Klang von Karins Namen zuckte Jul zusammen. Hoffent-

lich ging es ihr gut. Hoffentlich war sie schlau genug gewesen, die Stadt zu verlassen.
»Sie hat nichts mehr mit dieser Sache zu tun.« Er bemühte sich, möglichst gelassen zu klingen, aber die Worte kamen etwas heiser heraus.
Jenseits der zwischen ihnen flackernden Flammen konnte er Amandas Gesicht kaum ausmachen. Ihr musste es ähnlich gehen, denn sie lehnte sich ein Stück zur Seite, um ihn an dem Flammenschwert vorbei anzublicken. Sorge furchte ihre Stirn.
»Hat Balthasar irgendwas ...?«
Jul schüttelte den Kopf. »Es war meine Schuld.«
Langsam ließ er den Griff des Schwertes sinken, so dass es zwischen ihnen lag und ihre Gesichter von unten in blauen Schein tauchte. Er atmete tief durch. Er hatte nicht vergessen, worüber er mit Karin gestritten hatte. Und er war es ihr schuldig, das Thema endlich Amanda gegenüber anzusprechen.
»Amanda ...« Er suchte nach Worten, fischte sie mühsam aus den Tiefen seines Verstandes. »Falls dies alles wirklich funktioniert ...«
»Das wird es.«
Er hob beschwichtigend die freie Hand. »Was ich sagen will, ist, wir wissen nicht, welche Auswirkungen es auf dich haben wird. Es kann sein, dass dein Verstand nicht mit so viel Macht umgehen kann, dass du ...«
»Dass ich zu einer Gefahr werde?«, unterbrach sie ihn, die Stimme bitter. »Hat Karin das gesagt?«
Immerhin verstand sie, was er sagen wollte. Jul räusperte sich, Karins Worte hallten in ihm nach. Er sah in Amandas ernste Züge, senkte dann den Blick auf die Waffe in ihrem Schoß.

»Wir dürfen die Augen nicht vor dieser Möglichkeit verschließen.« Seine Stimme klang barscher als beabsichtigt, und die Worte richteten sich zu gleichen Teilen an Amanda wie auch an ihn selbst. Etwas nicht wahrhaben zu wollen war der beste Weg ins Verderben, das hatte ihm Michael deutlich genug bewiesen.

Während er die schwarze Steinklinge betrachtete, sickerte eine Erkenntnis in seinen Geist. Er mochte die verfluchte Waffe nicht gegen den Herrn führen können, ohne eine Katastrophe heraufzubeschwören. Amanda konnte er allerdings damit töten, falls ihm keine andere Wahl mehr blieb.

Er schluckte. Nein, so weit würde es niemals kommen. Doch falls sich bewahrheitete, was Karin prophezeit hatte …

Jul schüttelte den Kopf. »Wir müssen auf alles vorbereitet sein und alles dafür tun, dass es nicht zum Schlimmsten kommt.«

Es gab so viele Worte, die er noch hätte aussprechen sollen, doch er brachte sie nicht heraus. Und auch Amanda schwieg, nickte nur knapp. Ihre Miene blieb dabei hart und unnahbar. Als hätte er das Recht verspielt, hinter die Fassade zu blicken. Weil er es gewagt hatte zu erwähnen, dass ihre einzige Hoffnung womöglich nach hinten losging.

✣

Ein schrilles Klingeln zerriss die Stille. Sie hatten seit einer Weile kein Wort mehr gesprochen, jeder in seine eigenen düsteren Gedanken versunken. Nun tastete Jul nach dem Handy, das Amanda ihm zurückgegeben hatte. Sein Herz schlug schneller. Es konnte nur Karin sein.

Das Gehäuse des kleinen Geräts war angesengt und verkratzt. Auf dem Bildschirm prangte, geteilt durch einen haarfeinen

Riss, eine unbekannte Nummer. Nicht Karins Name. Jul zögerte, dann hob er ab.
»Iacoajul?« Die Stimme drang verzerrt aus dem Apparat. Dennoch erkannte er sie. Ein seltsames Gefühl, sie durch ein so modernes Gerät zu hören.
»Muriel!«
»Ich kann … durch … Teufelsding kaum verstehen. Hörst du mich?«
Jul erhob sich, trat zu der Tür des kleinen Raums und öffnete sie einen Spalt weit, in der Hoffnung, so besseren Empfang zu bekommen. »Was gibt es, Muriel?«
»Sie sagen, dass du auf der Seite der Dämonen kämpfst.«
Jul seufzte. Schwarz und Weiß. Michael und die anderen kannten kein Grau, er konnte ihnen das nicht zum Vorwurf machen.
»Wer sagt das?«, fragte er, obwohl er es zu wissen glaubte. »Berichte mir genau, was geschehen ist.«
»Die Seraphim haben in einem Kampf bei einem hohen, modernen Gebäude ein paar Dämonen gefangen genommen und Michael aufgetragen, sie zu befragen. Ich hatte die Ehre, dabei Wache zu stehen. Sie waren nicht so standhaft wie Baal. Sie sagten, du seist dort gewesen, im Gefolge eines Dämons. In diesem Moment ist ein Spähtrupp auf dem Weg zu dem Gebäude, um noch einmal das Gelände nach dir abzusuchen. Es wurde beschlossen, dass du sterben musst.«
Jul verbiss sich einen Fluch. Es würde Muriels Loyalität nicht unbedingt stärken, wenn er hörte, wie er den Namen des Herrn missbrauchte. »Dann haben wir nicht viel Zeit. Aber hör mir zu, ich kämpfe nicht an der Seite der Dämonen, und schon gar nicht diene ich einem von ihnen. Ich war dort, und ich habe mit ihnen verhandelt, weil ich Informationen brauchte. Nur zu gern würde ich stattdessen einen Erzengel oder Seraph bitten, sein

Wissen mit mir zu teilen, aber diese Möglichkeit steht mir nicht offen. Bitte schenk mir noch eine Weile dein Vertrauen. Ich werde dir alles erklären, sobald ich Michaels falschem Jüngsten Gericht ein Ende gesetzt habe.«

»Das hast du also vor.« Staunen schwang in Muriels elektronisch verzerrter Stimme mit. Guter, treuer Muriel. »Ich vertraue dir, Iacoajul. Solange der Herr uns fernbleibt, wüsste ich nicht, wessen Wort mehr zählen sollte als deines. Du besitzt zwar nicht sein Wissen und auch nicht das Wissen eines Erzengels oder Seraphs, aber du kannst zwischen Gut und Böse unterscheiden. Darauf vertraue ich. Du bist mir keine Erklärung schuldig.«

»Doch, das bin ich.« Irgendwann musste Muriel die Wahrheit erfahren, so schmerzhaft sie auch sein mochte. Alle Engel durften nicht länger unwissend bleiben. Aber zuerst gab es Dringenderes zu erledigen. »Zuvor muss ich dich allerdings um etwas bitten. Wir müssen unter den Alexanderplatz. Gibt es einen Weg, wie wir unbemerkt dort hinunterkommen? Ich nehme an, Michael lässt die gesamte Gegend bewachen.«

Für eine Weile herrschte Schweigen auf der anderen Seite der Leitung. So lange, dass Jul schon fürchtete, die Verbindung wäre zusammengebrochen. Dann endlich erklang erneut Muriels Stimme. »Vielleicht, wenn ihr bei Nacht kommt. Ich will sehen, dass ich heute Abend für eine Wache eingeteilt werde. Wenn, dann findest du mich am Krater in der Nähe der Stelle, an der sich früher der hohe Turm mit der silbernen Kugel an der Spitze erhoben hat.«

»Der Fernsehturm?«

»Ich denke schon. Iacoajul?«

»Ja?«

»Ich bleibe dabei, dass du mir keine Erklärung schuldig bist, was dein Handeln betrifft. Aber um eines bitte ich dich. Wenn du von dort unten zurückkehrst, erzähle mir, was du gesehen hast. Ich will die Wahrheit wissen, auch wenn ich sehe, wie sie Michaels Schultern beugt.«

Jul lächelte, doch gleichzeitig fühlte sich seine Kehle wie zugeschnürt an. »Du wirst die Wahrheit erfahren, das verspreche ich.«

36

Die Hitze des Tages hing zwischen den Häusern wie eine dicke Decke. Sie machte Amanda das Atmen schwer, obwohl die Sonne bereits dabei war, hinter den Häusern zu versinken. Beinahe freute sie sich darauf, wieder unter die Erde zu kommen. Dort war es zumindest kühl.
Es war zum Glück kein langer Fußmarsch vom Internationalen Handelszentrum zum Alexanderplatz. Allerdings wurde er etwas länger, weil sie einen Bogen schlugen, um nicht über die Museumsinsel zu müssen, auf der der Dom stand. Während sie die Spree über die Friedrichstraße überquerten, spähte Amanda immer wieder in den Himmel. In der Ferne glaubte sie die Engel zu sehen, deren Kommen Juls Freund angekündigt hatte, helle Punkte vor dem blauen Himmel. Konnten sie die beiden Gestalten auf der Brücke ausmachen? Hier oben waren sie vollkommen ungeschützt vor neugierigen Blicken. Ahnten sie, dass ihnen ihre Beute soeben entkam? Es schien Ewigkeiten zu dauern, bis Amanda endlich in den schützenden Schatten der Häuser auf der anderen Seite eintauchte. Selbst wenn die Engel sie gesehen hatten, hier würden sie nicht mehr so leicht zu finden sein.
Jul bog nach rechts ab, und Amanda folgte ihm. Sie gingen mitten durch das Wohngebiet westlich des Alexanderplatzes. Die Straßen lagen wie ausgestorben da. Dieser Teil von Berlin wirkte wie eine Geisterstadt, nur hin und wieder fanden sie Hinweise auf Menschen. Ein Vorhang, der sich hinter einem Fenster

bewegte. Blaulicht hinter einer Ecke, um das sie einen Bogen machten.
Schweigen hing den ganzen Weg über zwischen ihnen wie eine unsichtbare Wand. Seit dem Gespräch im Keller des Internationalen Handelszentrums hatten sie kaum ein Wort gewechselt.
Amandas Gedanken kehrten dorthin zurück. Was Jul gesagt hatte, war recht eindeutig gewesen. Er traute ihr nicht zu, dass sie mit gottgleicher Macht umgehen konnte. Wenn sie ehrlich war, tat sie das selbst nicht, doch was sollte sie schon machen? Beschließen, die Welt nicht zu retten, weil etwas schiefgehen könnte? Ihren Bruder im Stich lassen? Ganz sicher nicht. Amanda trat im Gehen nach einem Stein, lauschte darauf, wie sein Klappern von den Wänden widerhallte. Sie musste es zumindest versuchen.
Das Schweigen zwischen ihnen drückte mit dem Gewicht all der Dinge auf sie nieder, die unausgesprochen geblieben waren. Was würde Jul tun, falls etwas schiefging? Wollte sie darüber überhaupt nachdenken? Vielleicht war es besser, wenn sie nicht erfuhr, was genau in seinem Kopf vorging. Sie musterte ihn von der Seite, seine verschlossene Miene, die Hand am Griff des Schwertes. Ja, das war ohne Zweifel besser. Sie hatte schon genug andere Probleme.
Amanda schloss die Finger um den Griff ihrer eigenen Waffe. Er ragte aus ihrem Hosenbund, die schwarze Klinge lag warm an ihrer Hüfte. Während sie ging, strichen ihre Finger über den glatten Stein. Es würde schon klappen. Es musste klappen.
Ein lauter Knall zerriss die Stille. Amanda zuckte zusammen. Eine Explosion! Schreie drangen zu ihnen herüber, kamen von irgendwo vor ihnen, hinter der nächsten Ecke. Was war dort los? Amanda wechselte einen beunruhigten Blick mit Jul. Der

Engel hob ratlos die Schultern, eilte dann vor, um in die nächste Straße zu spähen. Amanda folgte ihm dichtauf.

Mehrere Polizeiautos parkten ein Stück die Straße hinunter. Dahinter Reihen über Reihen blau gekleidete Gestalten. Sie kehrten ihr den Rücken zu, trugen Helme und Plastikschilde. Und ihnen gegenüber … Im ersten Moment sah Amanda vor allem Rauch und rennende Gestalten. Normale Menschen in normaler Kleidung. Einige hielten noch Schilder in der Hand, wie bei einer Demonstration. Einer blieb stehen, warf etwas. Mehrere Polizisten sprangen zur Seite oder duckten sich hinter ihre Schilde. Eine weitere Explosion erschütterte die Häuser ringsum.

Sofort rückten die Polizisten vor, knüppelten einen Fliehenden erbarmungslos nieder. Aber eine Gruppe Demonstranten stürmte von der Seite heran. Sie schwangen Baseballschläger und Schaufeln. Gegenstände des täglichen Gebrauchs, umfunktioniert zu Waffen. Einer hatte sogar etwas dabei, das aussah wie ein Schwert.

Mit angehaltenem Atem beobachtete Amanda das Geschehen. So sah also eine echte Straßenschlacht aus, wenn man sie nicht bloß im Fernsehen beobachtete.

»Die Religiösen«, flüsterte Jul. »Sie versuchen, die Polizei daran zu hindern, sich dem Alexanderplatz zu nähern.«

Amanda nickte. »Denkst du, sie haben den ganzen Platz umstellt?« Welche Ironie, wenn es nun einfache Demonstranten sein sollten, die sie vom Erreichen ihres Ziels abhielten. Sie hatte es mit Dämonen und Engeln aufgenommen, aber wie sollte sie an diesem Mob vorbeikommen?

»Vielleicht. Falls die Engel es ihnen aufgetragen haben. Dann bilden sie die erste Verteidigungslinie. Das Kanonenfutter.« Bitterkeit schwang in Juls Stimme mit.

Dunst wehte die Straße herab in ihre Richtung. Immer mehr Rauchgranaten flogen in die Menge. Vielleicht gelang es der Polizei ja durchzubrechen? Aber was brachte ihr das? Durchlassen würden die Männer in Blau sie auch nicht.
Plötzlich knackte ein Megaphon inmitten des Chaos.
»Haltet stand, Brüder und Schwestern!« Die elektronisch verstärkte Stimme hallte zwischen den Häusern wider. »Denkt daran, der Herr ist auf unserer Seite. Er hat seine Engel gesandt und uns einen Auftrag erteilt. Wir werden nicht weichen!«
Tatsächlich blieben die fliehenden Demonstranten stehen. Amanda beobachtete ihre verschwommenen Gestalten im Rauch. Sie husteten, sahen wahrscheinlich kaum etwas, aber sie sammelten sich und traten den vorrückenden Polizisten entgegen. So viel Entschlossenheit. Wenn diese Leute doch nur wüssten, wie es um ihren Gott tatsächlich stand. Aber sie sahen nicht so aus, als wären sie bereit zuzuhören, wenn man versuchte, es ihnen zu erklären.
»Lass uns einen anderen Weg suchen.« Juls Stimme klang angespannt, und Amanda nickte. Sie zog sich von der Hausecke zurück und sah sich um.
Wo waren sie? Eigentlich durfte es nicht mehr weit sein. Vielleicht ein Block noch oder zwei. Zeit für einen neuen Plan. Amanda packte Jul am Arm und zog ihn auf das nächste Haus zu. »Komm. Wir gehen durch die Hinterhöfe.«
So gut wie jedes Haus in Berlin besaß einen Hinterhof, aber weder Demonstranten noch Polizisten schienen sich dafür zu interessieren. Sie dachten nicht wie ein Einbrecher. Dachten nicht daran, dass man sich nur durch einen schmalen Durchgang schieben musste, über eine gepflasterte Fläche eilen, zwischen Bäumen und abgestellten Fahrrädern hindurch. Dass es

nicht lang dauerte, ein Fenster aufzubrechen. Amanda zog Jul durch eine leere Wohnung und einen Hausflur entlang. Zur Vordertür hinaus und über eine Querstraße, während links und rechts von ihnen die Schlacht tobte. Der nächste Durchgang führte sie in einen richtigen Garten. Beinahe friedlich, trotz der Schreie, die von der Straße zu ihnen hereindrangen.
Diesmal knackte Amanda das Schloss einer Hintertür. Wieder ein wie ausgestorben daliegender Hausflur. Bloß immer in gerade Linie weiter, ansonsten würden sie die Orientierung verlieren. Also durch die nächste Wohnung, die Tür hielt sie kaum auf. Im Vorbeilaufen spähte Amanda in eines der Zimmer. Offene, leere Schränke, davor eine vergessene Socke. Irgendwer hatte sehr eilig gepackt.
All diese verlassenen Behausungen. Amanda schauderte. Wenn man die Häuser von außen betrachtete, konnte man sich immer einreden, dass sich dort noch Leute verstecken. Erst wenn man hindurchging, ließ sich nicht mehr leugnen, dass alle Bewohner geflohen waren, dass niemand so dicht am Alexanderplatz bleiben wollte. Sie waren geflohen, obwohl es keinen Ort mehr gab, an dem sie sicher sein würden.
Weitere Höfe, Hausflure und Wohnungen folgten. Amanda versuchte, sie auszublenden, konzentrierte sich ganz auf ihr Ziel. Der Alexanderplatz. Die Gestalten aus Licht und Schatten am Grund des Kraters.
Schließlich traten sie aus einem letzten Hauseingang. Der Alexanderplatz lag vor ihnen.
Oder zumindest das, was von ihm übrig war.
Amanda hielt inne, auch beim zweiten Mal überwältigt von all der Zerstörung. Sie schien nicht zu der Welt zu gehören, die sie kannte, nicht einmal zu dem, was sie in Balthasars Heim kennengelernt hatte. Amanda stand an der Grenze zwischen dem

Berlin der Menschen und einer apokalyptischen Landschaft, die jeden falschen Schritt mit dem Tod bestrafte.

Und sie wuchs. Der Krater war breiter geworden. Die rechte Spur der Alexanderstraße fehlte nun ebenfalls, von den Absperrungen und den Blumen rings um den Platz war nichts mehr zu sehen. Die Fundamente der angrenzenden Gebäude bröckelten.

»Pass auf.« Eine Hand packte Amanda am Arm, zog sie tiefer in den Schatten des Hauseingangs, aus dem sie gerade getreten waren. An ihrer Schulter vorbei deutete Jul nach oben.

Sie folgte seinem Fingerzeig mit dem Blick und schnappte nach Luft. Instinktiv wich sie noch ein Stück zurück. Über dem tiefen Loch kreisten die Engel. Unmengen davon, wie Geier über dem Kadaver eines toten Tiers.

Hatten sie sie gesehen? Amanda hielt den Atem an, machte sich darauf gefasst, dass gleich ein Engel herabstoßen, blaues Feuer aufflackern würde.

Doch nichts geschah. Nach einer Weile ließ sie den Atem entweichen.

Aber würde es ihnen unter diesen Umständen gelingen, unbemerkt in den Krater zu gelangen? Juls Engelfreund hatte versprochen, ihnen zu helfen. Amanda war sich allerdings nicht sicher, was sie von ihm halten sollte. Halb rechnete sie damit, dass er Michael zu ihrem Treffpunkt mitbringen würde, irgendwelche sicherlich ernst gemeinten Worte über ihr Seelenheil auf den Lippen. Das war das Unheimlichste an den Engeln. Sie glaubten, der Menschheit etwas Gutes zu tun.

Konnte dieser eine Engel anders sein? Amanda biss sich auf die Lippe. Im Gegensatz zu Jul hatte er nicht vom Baum der Erkenntnis gegessen. Aber so oder so stellte er ihre beste Chance dar, unter die Erde zu gelangen.

Außer, Luzifer konnte ihnen einen Weg weisen. Ausgerechnet der Herr der Lügen, dem sie eigentlich genauso wenig trauen sollte. Aber zumindest hatte er ein Interesse daran, dass sie lange genug lebten, um mit der Waffe bis zu ihm durchzudringen. Wie seine Pläne danach aussahen? Vielleicht wollte er tatsächlich sterben. Vielleicht spekulierte er allerdings auch darauf, dass sie ihn bei dem Versuch, die Welt zu retten, befreiten.

Amanda spürte, wie sich ihre Lippen zu einem bitteren Lächeln verzogen. Letztendlich konnten sie doch nur wählen, wer ihnen die nächste unangenehme Überraschung bescherte. Die gesamte Belegschaft von Himmel und Hölle schien aus Arschlöchern zu bestehen.

Sie sah sich immer wieder aufmerksam um, spähte in die Schatten und hielt nach einem der rattengestaltigen vergessenen Götter Ausschau. Der Abstieg war beim letzten Mal schon gefährlich genug gewesen. Sie würde sich besser fühlen, wenn ihnen jemand den Weg ebnete und den Rücken freihielt. Selbst wenn es der Teufel persönlich war.

Dort! Huschte dort nicht etwas an der graffitibesprühten Hauswand entlang? Amanda kniff die Augen zusammen, konnte jedoch nichts Genaues erkennen. Seufzend ließ sie den Blick erneut schweifen.

»Noch ungefähr eine Stunde, bis die Sonne untergeht.« Juls Stimme riss sie aus ihren Gedanken. »Dann müssen wir beim Treffpunkt sein.«

✣

Es schienen mehrere Ewigkeiten zu vergehen, bis sich Dunkelheit über die Stadt senkte. Ein Stück die Straße herunter sah Amanda die Laternen aufleuchten, aber rings um den ehemaligen Alexanderplatz blieb alles dunkel. Wahrscheinlich war beim Einsturz eine Stromleitung gerissen. Nein, wahrscheinlich waren eine ganze Menge Stromleitungen gerissen. So wie alles andere, das Menschen in dieser Gegend geschaffen hatten. Im Dämmerlicht wirkte der Krater wie ein dunkler Schlund, der genauso gut direkt in die Hölle hätte führen können. Vielleicht wäre das sogar besser gewesen, immerhin gäbe es dort ganz sicher keine Seraphim. Amandas Magen verkrampfte sich, als sie daran dachte, wie Engel und Dämonen gleichermaßen in dem gleißenden Licht vergangen waren.

Das Rauschen mächtiger Flügel ließ sie zusammenzucken. Nervös spähte sie in den Himmel. Engel lösten sich aus dem Schwarm, der über dem Krater kreiste. In immer kleiner werdenden Kreisen schwebten sie hinab und landeten dicht am bröckelnden Rand des bodenlosen Abgrunds. Ihre Schwerter flammten auf, warfen flackernde Schatten über die Trümmerlandschaft. In einem Kreis nahmen sie um den Krater Aufstellung, einer immer gerade in Rufweite des anderen. Ihre Flügel leuchteten hell in der Dunkelheit, schufen Inseln aus Licht. Wie eine Perlenkette zogen sie sich am gezackten Abgrund entlang, selbst über die Dächer der Häuser. Ein undurchdringlicher Ring. Und darüber kreiste noch immer der Schwarm der Engel, bereit herabzustoßen, wo immer ein Artgenosse Alarm schlug.

Amanda stöhnte. »Da kommen wir nie unbemerkt durch. Und selbst wenn, fallen wir im Krater in irgendein Loch, weil wir es in der Dunkelheit nicht rechtzeitig sehen. Was hat sich dein Freund dabei gedacht?«

Jul lehnte sich vor, sein Atem strich über ihre Wange, und sie konnte nicht verhindern, dass ein angenehmer Schauer sie durchrieselte. »Muriel wird schon wissen, was er tut.«

»Seit wann bist du so vertrauensselig? Dieser Typ hat nicht mal ein Gewissen. Nenn mir einen Grund, warum er uns nicht verraten sollte.«

»Er glaubt mir.« Jegliche Wärme wich aus Juls Stimme. »Außerdem kenne ich ihn seit mehreren tausend Jahren.« Er zog sich von ihr zurück, und mit einem Mal schien der laue Wind, der durch Amandas Kleidung strich, an Kälte zu gewinnen.

»Aber er hat dir nicht geholfen, als du verbannt wurdest.« Nun erst wandte sie sich zu Jul um, sah Schmerz in seinem Blick aufflackern. Dann aber wurden seine Züge zu einer undurchdringlichen Maske.

»Was hätte er tun sollen?« Er schüttelte den Kopf, als wollte er das Thema verscheuchen. Dann wandte er sich von ihr ab. »Komm, wir sollten ihn suchen gehen.«

Er löste sich aus dem Hauseingang, huschte in die Dunkelheit davon. Amanda folgte ihm mit einem unguten Gefühl. Irgendetwas würde schiefgehen, sie war sich sicher. Doch sie wollte verdammt sein, wenn sie aufgab, solange noch nicht alles verloren war.

Die Engel standen reglos wie Statuen, schwarze Silhouetten vor den Lichtgebilden ihrer Flügel. Den Rücken hatten sie dem Krater zugewandt, und ihre Blicke glitten aufmerksam über die Umgebung. Jul und Amanda huschten vorsichtig von Schatten zu Schatten, entfernten sich wieder ein Stück vom Krater, während sie die Karl-Liebknecht-Straße hinuntereilten. Zum Glück war es nicht weit bis zu der Stelle, an der einst der Fernsehturm gestanden hatte. Bis zu ihrem Treffpunkt.

Amanda fragte nicht, wie Jul seinen Freund bei diesen Lichtverhältnissen erkennen wollte. Wahrscheinlich vertraute er darauf, dass der Engel auch daran gedacht hatte. Wie konnte man sich nur so blind auf jemanden verlassen?

Sie erreichten den kleinen Park, der direkt an den Fernsehturm gegrenzt hatte, und huschten zwischen die Bäume. Soweit sie erkennen konnte, reichte das Grün inzwischen bis zum Kraterrand. Der Ort war gut gewählt, das musste Amanda zugeben. Viel Deckung. Die Engel sahen zwischen den Ästen wahrscheinlich nur noch das Licht ihres jeweiligen Nebenmannes. Ohne Hilfe wäre es wohl dennoch schwer, zwischen ihnen hindurchzuschlüpfen. Aber wenn man einen von ihnen auf seiner Seite hatte ...

»Dort.« Jul hielt im Schatten eines Baums inne und deutete auf einen Engel, der sein Flammenschwert so hielt, dass blaues Licht über seine Züge spielte. Selbst Amanda erkannte das Gesicht. Es sah ganz so aus, als wäre Juls Vertrauen berechtigt gewesen. Sein Freund hatte wirklich an alles gedacht.

Jul trat vor, halb aus der Deckung heraus. Er hob eine Hand, und sein Freund wandte den Kopf in Richtung der Bewegung, seine Finger schlossen sich fester um den Griff des Schwertes. Im nächsten Moment ließ das Schwert wieder sinken. Blaue Flammen erloschen, als er die Klinge in die Scheide schob.

Er sah nach rechts und links, winkte sie eilig zu sich. So leise wie möglich huschten sie zu ihm hinüber, stets in der Deckung der Bäume.

»Muriel? Ich höre Bewegungen in deiner Nähe.«

Amanda erstarrte, als die Stimme durch den Park wehte. Mit klopfendem Herzen kauerte sie sich tief hinter einen Busch. Würde der andere Engel seinen Posten verlassen, nach dem Ursprung der Geräusche suchen?

»Kein Feind in Sicht«, rief Juls Freund. Genau genommen war das nicht einmal eine Lüge. Es kam immer darauf an, wie man Feind definierte.

Die Antwort schien den anderen Wächter zu beruhigen. Er blieb, wo er war, und sagte nichts mehr. Langsam entspannte

sich Amanda. Ebenso langsam kroch sie weiter. Spitze Steinchen gruben sich durch die Jeans in ihre Knie, aber sie wagte nicht, sich wieder aufzurichten.
Schließlich hockte sie neben Jul zu Füßen des Engels. Er sah nicht zu ihnen hinab, winkte sie an sich vorbei. Hier ging der Grünstreifen in einen asphaltierten Weg über, und dahinter verlief der gezackte Rand des Kraters, eine dunkle Linie in der Nacht. Fast geschafft.
»Ihr solltet bis zur Kante genügend Deckung haben.« Die Stimme von Juls Freund war so leise, dass Amanda sie kaum verstand. »Beeilt euch trotzdem. Und ich fürchte, ihr müsst klettern, ich …«
Er brach ab, blitzschnell fuhr seine Hand zu seiner Waffe. Erst dann sah auch Amanda die Bewegung. Ein rattengestaltiger Dämon flitzte in den doppelten Lichtkreis der Schwingen. Juls Freund zog das Schwert, spreizte angriffslustig die Flügel. Blaue Flammen flackerten auf.
»Nicht!«
Das Wort genügte, um den Engel erstarren zu lassen. Dabei hatte Jul es nur geflüstert. »Steck das Schwert weg, Muriel.«
Juls Freund gehorchte, ohne zu zögern und ohne eine einzige Frage zu stellen. Sah so das Leben eines Engels aus? Stumm Befehle befolgen, nie wissen, warum man tat, was man tat?
»Muriel?« Wieder die Stimme eines anderen Engels.
»Nur ein niederer Dämon. Er ist mir entwischt.« Auch das war genau genommen keine Lüge.
Zu dritt beobachteten sie, wie der vergessene Gott an ihnen vorbei und auf den Krater zuschoss. Doch er hielt dort nicht an. Als hätte er beschlossen, es mit einer Karriere als Lemming zu versuchen, stürzte er sich über den Rand.
Aber er fiel nicht. Amanda blinzelte, ohne dass sich etwas än-

derte. Das Rattenwesen hing in der Luft wie in einem dieser alten Zeichentrickfilme, wenn die Figuren nicht merken, dass sie gerade über den Rand eines Abgrunds getreten sind. Der Moment dehnte sich, und sie hielt unwillkürlich den Atem an. Der Dämon strampelte mit den kurzen Beinen, driftete ein Stück weiter über den Krater hinaus. Noch immer zog ihn die Schwerkraft nicht hinab.

Dann schwang er seinen sichelbewehrten Schwanz unter sich, schien irgendwo jenseits der Kante mit der scharfen Knochenklinge einen Halt zu finden. Ganz langsam sank er tiefer, verschwand außer Sicht.

Amanda ließ den angehaltenen Atem entweichen.

»Was geht hier vor?« Muriels Stimme war kaum mehr als ein Hauch, als er aussprach, was auch Amanda durch den Kopf ging. Sie starrte auf die Stelle, an der der vergessene Gott in der Luft gehangen hatte. Ein Fluch lag ihr auf der Zunge, aber sie brachte ihn nicht über die Lippen.

Schließlich ergriff Jul das Wort. »Erst die Zeit, nun die Schwerkraft. Wir sollten lieber nicht abwarten, was als Nächstes nicht mehr funktioniert.« Er räusperte sich. »Ich sagte doch, ich schulde dir eine Erklärung, Muriel. Aber nicht jetzt.«

Diese Worte rissen den Engel aus seinem Staunen. Hastig sah er sich um, legte sogar kurz den Kopf in den Nacken, um zwischen den Ästen in den Himmel zu spähen. »Ich habe das Gefühl, was auch immer ihr tut, ist wichtiger, als ich bisher dachte. Bist du sicher, dass ich euch nicht begleiten soll, Iacoajul?«

»Ja.« Nur dieses Wort, knapp und hart.

»Dann bleibt mir nichts, als euch zu wünschen, dass der Herr mit euch ist. Lauft auf mein Zeichen.«

Kleidung raschelte, als Juls Freund sich bewegte, doch Amanda sah nicht mehr in seine Richtung. Sie spannte sich an, fixierte die

Stelle, an der das Rattenwesen verschwunden war. Es hatte ihnen einen sicheren Weg hinunter in den Krater gezeigt. Die Naturgesetze gaben an diesem Ort den Geist auf, eines nach dem anderen, wie die Zahnräder eines Uhrwerks, in das Sand geraten war. Der Gedanke war zu erschreckend, um ihn ganz fassen zu können. Nur ein Gutes hatte er – sie würden nicht klettern müssen.

»Jetzt!« Blätter raschelten, als würde jemand an einem Ast schütteln. Versuchte Muriel, die Geräusche, die sie machten, zu überdecken?

Jul war schneller als Amanda, sprintete los. Am Kraterrand bremste er ab, ging in die Hocke und tastete an der Kante nach Halt. Im nächsten Augenblick schwang er sich darüber, schien kurz wie im Sprung erstarrt in der Luft zu hängen. Dann griff er nach unten, zog sich Stück für Stück hinab und verschwand außer Sicht.

Amanda wusste, sie sollte es genauso machen. Aber ihr Körper schien ein Eigenleben zu entwickeln, hielt am gezackten Rand inne, zögerte. Sie war drauf und dran, ihr Leben einer Fehlfunktion in den Gesetzen der Physik anzuvertrauen. Was, wenn die Schwerkraft auf halbem Weg auf einmal wieder funktionierte? Sie schaute in das Loch hinab, dessen Boden schwindelerregend tief unter ihr lag. Es sah aus, als würde sie in einen See blicken, der den Himmel spiegelte. Unzählige Lichtpunkte erstrahlten am Boden des Kraters, als wären die Sterne auf die Erde gefallen. Was lag dort unten noch im Argen?

»Amanda!«

Juls geflüsterter Ruf riss sie aus ihren Überlegungen. Sie ging an der unregelmäßigen Bruchkante in die Hocke, versuchte, das aufkommende Schwindelgefühl beiseitezudrängen. Jetzt war es zu spät für einen Rückzieher. Amanda schloss die Augen und schwang sich über den Rand.

Ihr Magen machte einen Satz. Es war haargenau dasselbe Gefühl, das einen befiel, wenn man in einem Vergnügungspark einen Free-Fall-Tower hinunterrauschte. Für einen Augenblick konnte sie nichts weiter tun, als sich an dem geborstenen Asphalt des Kraterrandes festzuklammern. Erst nach einer Weile sickerte die Erkenntnis in ihren Verstand, dass sie tatsächlich schwebte, dass ihr nichts geschehen konnte. Sie hatte Mühe, ein Lachen zurückzuhalten.
Langsam hangelte sie sich an der Steilwand des Kraters nach unten, fand Halt an Betonbrocken, hervorstehenden Rohren und Steinen. Sie kam sich vor wie ein Astronaut, der sich vorsichtig an der Außenwand einer Raumstation entlangbewegte. Der Gedanke ließ sie schwindeln.
Je tiefer sie kam, desto heller wurde es. Ein seltsames Zwielicht erleuchtete die Szenerie. Doch Amanda beging nicht den Fehler, über ihre Schulter nach unten zu sehen, um nach der Lichtquelle Ausschau zu halten. Der Anblick des Bodens weit unter ihr hätte ihrem Magen sicherlich nicht gutgetan.
Irgendwann spürte sie, wie ihre Füße gegen harten Widerstand stießen. Sie sah nach unten, auch wenn es sich nicht wie unten anfühlte. Im nächsten Moment schnappte sie nach Luft. Der Boden unter ihr wellte sich wie die Oberfläche eines Teichs, in den jemand einen Stein geworfen hatte. Ihr erster Reflex war, sich wieder nach oben abzustoßen. Dann erst dämmerte ihr, dass der Welleneffekt in diesem Fall genau das bewirkte, was ihr den Abstieg so leicht gemacht hatte. An der Stelle, an der sie hing, geschahen keine seltsamen Dinge mit der Zeit, sondern nur mit der Schwerkraft. Sie würde nicht irgendeines schrecklichen Todes sterben wie der Mann, den sie am Tag zuvor in dem U-Bahn-Tunnel gefunden hatten. Amanda atmete auf.
Eine Hand packte sie am Arm und zog sie von der Wand fort. Sie

schwebte über die Wellen hinweg und über die Grenze hinaus, an der sie verliefen.

Mit einem Schlag zog die Schwerkraft sie nach unten, als müsste sie wettmachen, dass sich einige Bereiche auf der Erde ihrem Zugriff entzogen. Amanda fiel, strauchelte auf dem unebenen Boden des Kraters. Juls Hand schloss sich fester um ihren Arm, und er ließ erst los, als sie ihr Gleichgewicht wiedergefunden hatte. Dann deutete er in den Krater hinaus.

»Ich sagte doch, Muriel wird schon wissen, was er tut.«

Tatsächlich herrschte keine absolute Dunkelheit am Grund des Kraters. Überall auf dem Boden schimmerten helle Flecken, als würde die Sonne dort auf die Steine scheinen. Sie wirkten wie Pfützen, Überbleibsel der Ebbe, mit der das Tageslicht sich zurückgezogen hatte. Ihr Licht strahlte nicht weit, wenn man sich von ihnen fernhielt, konnte man sich immer noch vor den Engeln in den Schatten verbergen. Aber es genügte, um nicht vollständig blind voranzustolpern.

Unter jedem dieser Flecken rollten sanfte Wellen über den Boden, ein Zeichen dafür, dass es dort tatsächlich noch Tag war, weil die Zeit verrücktspielte.

»Ich glaube, wenn wir das hier überleben, müssen wir davon ausgehen, dass irgendein Gott auf unserer Seite ist.«

»Ein Dämon reicht doch schon«, erwiderte Jul düster.

Unwillkürlich hielt Amanda nach huschenden Bewegungen und rattenartigen Gestalten Ausschau, sah jedoch nichts als Schutt und die seltsamen Flecken Tageslicht, die darüber verstreut waren. Sie hob die Schultern. »Im Moment ist mir alles recht. Meinetwegen könnte es auch Cthulhu sein, solange wir nur nicht kurz vor dem Ziel auf irgendeine eklige Art und Weise verrecken.«

»Das ist nicht die Art von Glaubensgrundlage, die ein Gott sich wünscht.« Täuschte sie sich, oder wurde seine ernste Miene ein wenig weicher? Immerhin schien er endlich wieder mehr mit ihr reden zu wollen als nur das Nötigste, und Amanda ging allzu gern darauf ein. Alles war besser, als in diesem Moment mit ihren Gedanken allein zu sein.

»Ich dachte, das ist, wie es früher funktioniert hat. Gab es da nicht diesen Kaiser, der nur deshalb aufgehört hat, Christen den Löwen zum Fraß vorzuwerfen, weil er unter dem Zeichen des Kreuzes irgendeine Schlacht gewonnen hat? Klingt für mich nach einer ähnlichen Überlegung.«

»Du meinst Kaiser Konstantin. Seine Mutter war Christin. Ich glaube, das hatte mehr mit seiner Entscheidung zu tun. Und selbst wenn die Geschichte stimmt, hast du noch immer ein Problem.« In Juls Augen trat ein amüsiertes Funkeln, und Amanda ertappte sich dabei, wie sie sich über den Anblick freute. »Du müsstest schon ein ganzes Weltreich befehligen, bevor ein Gott in Erwägung zieht, dir einen solchen Handel anzubieten.«

»Ich wusste es, Götter sind Snobs.« Sie beobachtete Jul aus dem Augenwinkel, sah ein schwaches Grinsen an seinen Mundwinkeln zupfen. Doch der Moment verging, seine Miene wurde wieder ernst. Entschlossen setzte er sich in Bewegung. »Lass uns dies hier zu Ende bringen.«

37

Es gab ein Spiel, das Kinder spielten, seit gepflasterte Wege existierten. Die Regeln schienen sich immer wieder zu ändern, Jul hatte viele Variationen davon gesehen. Doch ihr Kern war, dass man bestimmte Steine des Weges nicht berühren durfte, während man ihn entlangging. Oder die Ritzen zwischen den Steinen.

Er und Amanda spielten eine tödliche Version dieses Spiels, während sie tiefer in den Krater vordrangen.

Wenn der Boden vor Jul Wellen schlug, konnte er nicht sagen, ob an dieser Stelle die Zeit verrücktspielte, die Schwerkraft oder auch beides. Also machte er einen Bogen um alles, das auch nur annähernd verdächtig aussah. Die Flecken Tageslicht waren dabei sowohl Segen als auch Fluch. Sie sorgten dafür, dass man zumindest erahnen konnte, wohin man seine Füße setzte. Doch wenn man ihnen zu nahe kam, würden die Engel über dem Krater einen Schatten sehen, eine Bewegung. Und dann war das Spiel aus.

Es schien Jahrzehnte zu dauern, bis Jul endlich den tiefschwarzen Schlund des U-Bahn-Schachts erspähte, durch den sie am vergangenen Tag ans Sonnenlicht zurückgeklettert waren. Erleichtert atmete er auf, doch er wagte es nicht, seine Schritte zu beschleunigen. Auch auf den letzten Metern durfte er nicht an Wachsamkeit nachlassen. Er zwang seinen Blick zurück auf den Boden vor ihm, setzte weiter vorsichtig einen Fuß vor den anderen. Noch drei Schritte, zwei. Dann hatte er es geschafft.

Mehrere Stahlträger hatten sich über dem Durchgang ineinander verkantet, bildeten ein Dach, das herabrutschende Trümmer abhielt. Zu Juls Füßen führte eine Schutthalde wie eine Rampe unter die Erde. Betonbrocken lösten sich unter seinen Schritten, als er sich an den Abstieg machte. Kleinere Trümmer, die an ihm vorüberrollten, zeigten an, dass Amanda dicht hinter ihm war.

Dunkelheit umhüllte sie am Fuß der Halde. Dort mochte es ebenfalls Stellen geben, an denen es noch Tag war, aber die Strahlen der Sonne reichten zu keiner Zeit unter die Erde hinab, deshalb schimmerten nirgendwo helle Flecken auf dem Boden. Jul ließ sein Schwert aufflammen, und das blaue Flackern spielte über die Schienen zu seinen Füßen. Er hob die Klinge, während Amanda neben ihn trat. Gemeinsam spähten sie in den Tunnel hinein. Amanda fluchte leise.

Auch Jul spürte, wie sich ein beklemmendes Gefühl um seinen Brustkorb legte. Sein Blick klebte an der Decke, den Rissen, die sich darin abzeichneten, und den Stellen, an denen herunterfallende Trümmer mitten in der Luft erstarrt zu sein schienen. Gefrorene Wasserfälle aus Beton und Sand.

»Ich wusste, ich hätte zwischendurch noch rausfinden sollen, wie man durch Wände geht.« Amandas Stimme klang rauh. »Dann könnten wir jetzt einfach gemütlich nach unten driften.«

Jul lächelte. Je ernster die Situation, desto verbissener wurde Amandas Humor. Er war ihr Schild gegen alle Widrigkeiten, der nicht nur sie, sondern auch ihn davon abhielt, zu tief in düsteren Gedanken zu versinken. Er konnte sich niemanden vorstellen, mit dem er lieber durch diesen Tunnel gegangen wäre.

»Es hat keinen Zweck, hier herumzustehen. Komm.« Langsam setzte er sich in Bewegung, und Amanda folgte ihm. Sie schoben sich an in der Luft hängenden Betonbrocken vorbei, achteten darauf, keine Stellen zu berühren, an denen sich Boden oder Wand wellten. Hier und dort driftete ihnen Schutt entgegen, fiel klackernd zu Boden, wenn er die Bereiche verließ, in denen die Schwerkraft nicht mehr galt. Langsam bekam Jul Übung darin, jede noch so kleine Wellenbewegungen auf dem unebenen Untergrund zu erspähen.

»Ist das die Tür in den Bunker?«

Tatsächlich zeichnete sich ein dunkles Rechteck am Rand des Lichtkreises aus blauen Flammen ab. Amanda beschleunigte ihre Schritte, und Jul beeilte sich, mit ihr mitzuhalten, jedoch nicht ohne weiterhin ein aufmerksames Auge auf den Boden zu haben.

Ein schrilles Klingeln ließ sie beide zusammenfahren. Jul blieb stehen, tastete in seinen Taschen nach dem Handy. Dass dieses Gerät hier unten immer noch funktionierte, grenzte an ein Wunder. Amanda sah über die Schulter zu ihm zurück. »Wenn das so weitergeht, solltest du das Handy ausschalten, bevor wir unten ankommen. Wär unpraktisch, wenn es gerade dann klingelt, wenn wir uns vor den Seraphim verstecken müssen.«

Jul nickte nur abwesend, die Aufmerksamkeit bereits auf den Bildschirm des kleinen Geräts gerichtet. Diesmal stand Karins Name darauf. Sein Herzschlag beschleunigte sich. Hoffentlich war nichts geschehen.

»Karin?«

Knacken und Rauschen antwortete ihm. Dann ganz schwach Karins Stimme.

»… Alex?«

Er konnte nur raten, was sie meinte. »Ja, wir sind wieder beim Alexanderplatz.«

»… Gefahr … ihr …« Das Knacken schwoll an, kratzte schmerz-

haft an seinem Trommelfell. Jul hielt das Handy trotzdem weiter an sein Ohr gepresst, lauschte angestrengt, ob die Stimme seiner Mitbewohnerin noch einmal erklang.
»... habe gesehen ... du mich hören?«
»Kaum.« Er legte den Kopf in den Nacken, ließ den Blick über die Decke gleiten. Nun hätte er einen Riss oder ein kleines Loch gut gebrauchen können. Aber natürlich war der Beton über seinem Kopf ausgerechnet an dieser Stelle beinahe makellos.
Im nächsten Moment erstarb das Knacken abrupt. Als hätte seine Bewegung ausgereicht, den dünnen Faden der Verbindung zu zerreißen.
»Karin?«
Keine Antwort.
Jul ließ das Handy sinken, begegnete Amandas fragendem Blick. »Ich glaube, Karin wollte mich vor etwas warnen. Sie hat irgendwas gesehen.«
Er wandte sich um, sah den Weg zurück, den sie gekommen waren. Vielleicht sollte er umkehren und seine Mitbewohnerin zurückrufen, sobald er wieder unter freiem Himmel war?
Amanda folgte seinem Blick. »Wenn, dann muss es etwas sein, das sie durch Überwachungskameras oder so gesehen hat.« Sie biss sich auf die Unterlippe. »Da es hier unten sicher keine mehr gibt, die noch funktionieren, heißt das, es ist irgendwo hinter uns. Irgendjemand verfolgt uns vielleicht. Wir sollten uns beeilen.«
Widerwillig richtete Jul den Blick nach vorn. Amanda hatte recht. »Dann los.«
Noch schneller als zuvor gingen sie auf die Tür zu, die in den Bunker führte.

Sie eilten die Treppe hinab und durch lange Gänge und Räume. Es war, als würde irgendetwas den Bunker vor den Auswirkungen der Katastrophe schützen, denn im Gegensatz zu dem Tunnel über ihnen wirkte er beinahe unversehrt. Nur hier und dort glaubte Jul sanfte Wellen an den Wänden zu sehen.

Diesmal gab es keinen niederen Dämon, der sie führte, und an einer T-Kreuzung blieb Amanda schließlich stehen, blickte unschlüssig nach rechts und links. »Irgendeine Ahnung, wo wir beim letzten Mal langgegangen sind?«

Auch Jul sah sich um. Die kahlen Gänge wirkten alle gleich. Er schloss die Augen, versuchte, sich die Details ihrer Flucht aus der Höhle in Erinnerung zu rufen. Sie konnten doch nicht daran scheitern, dass dieser Bunker mehr einem Labyrinth als einem sicheren Unterschlupf glich.

Kaum hatte er die blau erleuchteten Gänge aus seiner Wahrnehmung ausgeschlossen, drangen Geräusche an seine Ohren. Er riss die Augen wieder auf, spähte in den Gang, aus dem sie gekommen waren. Sein Herz schlug schneller. Karin hatte sie wirklich vor Verfolgern warnen wollen! Und sie waren ganz nah.

Alarmiert folgte Amanda seinem Blick. »Was ist?«

Jul legte einen Finger auf die Lippen, zog sich zur Wand zurück und bedeutete ihr, es ihm gleichzutun. Sobald er ihren Körper neben seinem spürte, erstickte er die Flammen seines Schwertes.

Dunkelheit legte sich wie eine Decke über sie.

Doch nicht lang, dann wurde sie erneut von blauem Licht vertrieben. Es flackerte hinter einer Biegung des Gangs, aus dem sie gekommen waren.

Jul zuckte zusammen, als sich Amandas Finger in seinen Arm gruben. »Dort!«

Er wandte den Kopf, entdeckte auch rechts von ihnen das Flackern blauer Flammen. Gehetzt blickte er in den letzten Gang, der ihnen noch offenstand. Erklang dort nicht auch das Geräusch von Schritten? Er packte das Schwert fester. »Wie steht es mit deiner Magie?«, flüsterte er.

»Sollte dank Krätschmer so gut funktionieren, wie es ohne Dämonenblut eben geht.« Sie stieß ein tonloses Lachen aus. »Zur Not musst du mich wieder anschießen.«

»Meine Pistole hat immer noch irgendein Dämon, und das Schwert hinterlässt deutlich größere Wunden. Außerdem kann ich dich nun nicht mehr heilen.« Die letzten Worte klangen heiser. Eilig schob Jul jeden Gedanken an die blutrote Hand beiseite, die zwischen Amandas Brüsten prangte.

»Verdammt!«

Das traf es gut. Hatten sie bloß Pech, mehreren Patrouillen auf einmal zu begegnen, oder wussten die Engel, dass sie hier nach ihnen suchen sollten? Hatte sie doch jemand gesehen? Die Kehle wurde ihm eng. Hoffentlich hatte zumindest niemand Muriels Verrat bemerkt.

Noch immer flackerte kein Licht im dritten Gang. Amanda deutete in die entsprechende Richtung, und Jul nickte. Es war ihre einzige Chance.

Sie lief voran, die Schritte kaum hörbar auf dem Betonboden. Was für ein Glück, dass ihn das Schicksal ausgerechnet mit einer ehemaligen Einbrecherin zusammengeführt hatte.

Sie eilten den Gang hinunter, so schnell und leise wie möglich. Amanda bog um die nächste Ecke, die zumindest für den Moment Sicherheit versprach. Jul war ihr dicht auf den Fersen, tauchte nach ihr in die vollkommene Dunkelheit des Gangs. Er wurde langsamer, streckte die Hand aus und ertastete eine warme Schulter. Sie zuckte zusammen, entspannte sich jedoch gleich darauf wieder.

»Noch eine Biegung«, raunte er ihr zu. »Dann können wir wieder Licht riskieren.«

Er fühlte mehr, als er sah, dass sie die Hand nach der Wand ausstreckte, um sich daran entlangzutasten. »Nicht«, flüsterte er. »Der Welleneffekt.«

Eilig zog sie die Hand zurück. Langsam setzten sie ihren Weg fort, nun endgültig ohne eine Vorstellung davon, wohin sie gingen. Doch zuerst einmal war es wichtiger, nicht entdeckt zu werden.

Dann sah er es. Ein schwaches blaues Glühen vor ihnen, das die Kanten einer weiteren Abzweigung aus der Dunkelheit riss.

Abrupt blieb Amanda stehen. Jul hielt dicht hinter ihr inne, warf einen Blick über die Schulter zurück. Auch dort flackerte unregelmäßiges, blaues Licht über den Beton.

»Lass mich raten«, flüsterte sie, ohne sich zu ihm umzuwenden. »Wir sitzen in der Falle.«

»Nein.« Es überraschte Jul selbst, wie entschlossen seine Stimme klang. Sie würden das Schicksal der Welt nicht besiegeln, indem sie nun aufgaben. Inzwischen war er sich sicher, dass der Herr dies nicht gewollt hätte. Vielleicht wusste er in seinem langen Schlaf sogar, welche Zerstörung er verursachte, und litt, ohne etwas unternehmen zu können. Dies alles musste enden.

Leise schob sich Jul an Amanda vorbei.

»Wir haben auf dem Weg zu unserem Ziel nur ein paar Hindernisse zu überwinden.« Er sah kurz zu ihr zurück, konnte sie nur als dunklen Schemen erahnen. »Wir dürfen nicht zulassen, dass sie uns von zwei Seiten gleichzeitig angreifen.«

»Also die Flucht nach vorne.«

»Genau.« Dann lief er los.

Er stürmte um die Ecke, ließ sein Schwert aufflammen. Im flackernden Licht blickte er in die überraschten Gesichter von

vier Engeln. Warnrufe hallten durch die Gänge. Aber er war schon über ihnen, schlug zu. Blaue Funken sprühten, als flammende Klingen aufeinandertrafen.
In dem engen Gang nützten den anderen ihre Schwingen nichts. Es passten kaum zwei Engel nebeneinander, Federn aus Licht flackerten nur kurz auf, drohten sich ineinander zu verheddern, erloschen wieder. Jul duckte sich unter mehreren Schwerthieben hindurch, schwang seine Klinge und traf auf Widerstand. Einer seiner Gegner ließ sich zurückfallen, um sich zu heilen, ein anderer nahm seinen Platz ein.
Jul unterdrückte einen Fluch. So konnten sie ewig gegen ihn bestehen. Wenn er ihre Reihen jemals durchbrechen wollte, musste er töten. Mit dem ersten Treffer.
Er schluckte, packte dennoch sein Schwert fester. Schon um Amandas willen durfte er so kurz vor dem Ziel nicht scheitern.
Mit einem Mal ging ein Ruck durch zwei seiner Gegner. Wie willenlose Puppen flogen sie rückwärts, stießen gegen ihre beiden Artgenossen hinter ihnen. Alle vier gingen zu Boden. Sofort sprang Jul vor, rammte sein Schwert nach unten.
Er hatte auf das Herz des vordersten Engels gezielt. Doch im letzten Moment zog er die Klinge im Zustoßen ein Stück zur Seite, sie grub sich in den Bauch seines Gegners. Der keuchte vor Schmerz auf, während Juls Finger sich um den Schwertgriff verkrampften. Er konnte es nicht. Dies waren trotz allem seine Leute, und ihr einziger Fehler bestand darin, Befehle zu befolgen.
Allerdings lauteten diese Befehle, sie zu töten.
Er riss das Schwert aus dem Körper des Engels, biss die Zähne zusammen, so dass er sie knirschen hörte. Er schwang die Klinge in einem Bogen, zog sie über die Kehle eines Angreifers, der gerade wieder auf die Beine kam. Vor seinem inneren Auge be-

schwor er ein Bild dessen herauf, was sie mit Amanda tun würden, sollten sie siegen. Michael wollte sie lebend. Falls das immer noch galt.

Eine schnelle Bewegung ließ ihn aufsehen. Ein Engel sprang auf ihn zu, die Flügel halb ausgebreitet, so dass sie an den Wänden des Gangs entlangstrichen. Kurz sah Jul die Verachtung in den Zügen seines Gegners, dann fuhr das flammende Schwert herab. Er riss die eigene Klinge hoch, parierte, wich zurück. Sofort setzte der Engel nach, schwang das Schwert. Doch auf halbem Weg schien es auf Widerstand zu prallen, wurde ihm aus der Hand gerissen. Verlosch und verschwand in der Dunkelheit. Jul sprang vor, stieß zu. Wie von selbst fuhr seine Klinge in den Körper seines Gegners.

»Verräter«, zischte der andere ihm zu, Schmerz in der Stimme. Der Vorwurf sollte ihn längst nicht mehr treffen. Dennoch spürte er ihn, als würde die Klinge in seiner eignen Brust stecken.

»Scheiße!« Amandas Schrei brach sich an den Wänden. Er klang schrill, verzweifelt. Jul warf einen Blick über die Schulter, sah auch hinter ihr blaue Flammen flackern.

»Iacoajul!« Der Ruf schien den ganzen Bunker zu füllen. Mehrere Angreifer näherten sich Amanda, und Jul entdeckte Michaels goldene Mähne unter ihnen. Der Erzengel sah ihn direkt an, als wolle er ihn allein mit Blicken festhalten. »Meine Späher haben sich also nicht getäuscht, es ist ein giftiger Wurm in unser Nest gekrochen.«

Jul löste sich von seinem Gegner, wich zurück, bis er Rücken an Rücken mit Amanda stand. Ein Beben ging durch ihren Körper, er wusste nicht, ob aus Angst, Wut oder Verzweiflung. »Scheiße«, murmelte sie noch einmal erstickt. Wie gerne hätte er irgendetwas Tröstendes gesagt. Irgendetwas, das ihr Mut machte.

»Michael.« Jul drehte sich, schob dabei Amanda hinter sich, so dass er dem Erzengel gegenüberstand und sie seinen vorherigen Gegnern. Er blickte in Gesichter voller Verachtung und Misstrauen, einige davon bekannt, andere fremd. Mit einmal Mal musste er an das Vertrauen denken, das in Muriels Augen geleuchtet hatte. Er hatte es mit Worten geweckt. Konnte er das wieder tun? Blieb ihm genug Zeit dafür?
»Du hast uns erwischt, Michael«, begann er, darum bemüht, dass seine Stimme möglichst weit durch den Gang trug. »Willst du uns gleich töten oder erst erfahren, was wir vorhatten?«
Auf eine Handbewegung Michaels hin kam der Vormarsch der Engel zum Stillstand. Misstrauisch musterte er Jul. »Hoffst du, deiner gerechten Strafe zu entgehen, indem du mir sagst, mit welchen Lügen der Morgenstern deinen Geist gefüllt hat?«
»Nein.« Jul ließ das Schwert sinken, hielt sich jedoch bereit, es jeden Moment wieder hochzureißen. »Ich hoffe, dass du deine Fehler erkennst.«
Wenn er sich doch nur so sicher gefühlt hätte, wie diese Worte klangen. Aber sie verfehlten ihre Wirkung nicht. Ein erstauntes Raunen ging durch die versammelten Engel, und er hob die Stimme, um es zu übertönen. »Ich habe vom Baum der Erkenntnis gegessen, ich kann zwischen Gut und Böse unterscheiden. Du nicht, Michael, genauso wenig wie die Seraphim. Auf welcher Grundlage fällt ihr eure Entscheidungen?«
Das Raunen wurde lauter, bis Michael die Hand hob, und es verstummte. »Auch die Menschen haben vom Baum der Erkenntnis gegessen, dennoch irren sie.«
»Ich bin kein Mensch.« Jul bemühte sich, alle Unsicherheit aus seiner Stimme zu verbannen. Michael hatte recht. Es war leicht, das eigene Gewissen zu ignorieren, sich auf der Suche nach Richtig oder Falsch in all den Grauzonen dazwischen zu

verlieren. Doch wie sollte er das erklären, ohne die Glaubwürdigkeit all dessen zu untergraben, was er sagte? Andererseits, wie glaubwürdig konnte etwas sein, das auf Halbwahrheiten beruhte?

»Nein, du bist beinahe ein Dämon, das ist schlimmer.« Michaels Miene wurde weich, seine Stimme sanft. »Wir fällen unsere Entscheidungen auf der Grundlage der Worte des Herrn. Nur sie sollten einem Engel etwas gelten. Hast du das vergessen, Iacoajul?«

»Der Herr hat lange nicht mehr zu uns gesprochen.« Die Wahrheit. Jul brauchte die reine Wahrheit, um die anderen zu überzeugen. Nichts auslassen, nichts übertreiben. »Er liegt hier unten im Sterben und droht die gesamte Schöpfung mit sich in den Untergang zu reißen. All die Jahre haben die Seraphim versucht, ihn zu heilen. Aber sein Zustand bessert sich nicht, egal was sie tun. Warum sollte sich das in Zukunft ändern?«

Wieder erhob sich Raunen, und diesmal gelang es Michael nicht, es mit einer Handbewegung zu ersticken. Die Miene des Erzengels erstarrte zu einer ausdruckslosen Maske, Jul konnte nicht einmal erahnen, was darunter vorging. »Du bist eine Schlange, Iacoajul! Du …«

Ein Warnruf übertönte den Rest seiner Worte. Köpfe ruckten herum. In die hinteren Reihen der Engel kam Bewegung. Ein Brüllen brandete durch den Gang.

Was ging dort vor? Jul reckte sich. Dann entdeckte er die Dämonen.

Hundeähnliche Bestien, nichts als scharfe Zähne und Klauen. Sie sprangen aus der Dunkelheit in das Licht des blauen Feuers. Rissen ihre Gegner zu Boden. Gruben die Zähne in alles, was sie zu fassen bekamen, bevor sie selbst von flammenden Klingen durchbohrt wurden. Über die Körper der Gefallenen setzte sofort die nächste Welle Angreifer hinweg. Wo kamen sie her? Was …

»Jul!«

Er wirbelte herum. Amanda stand vollkommen reglos in dem plötzlich ausgebrochenen Chaos. Ihr gegenüber stemmten sich die vier Engel einer Kraft entgegen, die sie immer weiter den Gang hinabzuschieben drohte. Sie breiteten die Flügel so weit aus, wie die Wände es erlaubten, und doch gelang es ihnen nicht, damit zu schlagen. Glühende Federn schabten über Beton.

»Jul!«

Erst beim zweiten Mal wurde ihm bewusst, dass nicht Amanda gerufen hatte. Ein Licht blendete ihn, das seinen Ursprung irgendwo hinter den Engeln hatte. Der Schein verschwand so schnell, wie er gekommen war. Er blinzelte die Nachbilder fort, sah Karin, die dort im Gang stand und winkte, eine Taschenlampe in der Hand.

Wie war sie an diesen Ort gekommen? Was tat sie …

Ein stechender Schmerz fuhr in seinen Rücken, zerfetzte jeden Gedanken und jedes andere Gefühl. Jul schnappte nach Luft und glaubte dennoch zu ersticken. Ein neuer Schmerz, er sank in die Knie. Verschwommen erahnte er Michaels Gestalt, als dieser neben ihn trat. Die Klinge, die der Erzengel soeben aus Juls Fleisch gezogen hatte, brannte in seiner Hand. Gleich würde er sie schwingen, um alles zu beenden.

Doch der Erzengel sah ihn nicht einmal an, sein Blick lag auf irgendetwas vor ihm.

»Amanda!« Jul wusste nicht, ob das Wort tatsächlich über seine Lippen kam. Er wusste nicht einmal, ob sein Herz noch schlug oder ob Michaels Klinge es zerschnitten hatte. Alles, was er tun konnte, war, sich auf seine Heilkräfte zu konzentrieren und zu

hoffen, dass er den angerichteten Schaden beheben konnte, bevor sein Körper den Geist aufgab. Er fiel nach vorn, spürte kaum den rauhen Boden unter seinen Händen.
Amanda fuhr herum, Michael sprang im selben Augenblick. Einen schrecklichen Moment lang sah Jul bereits das flammende Schwert in ihr Fleisch dringen. Doch der Erzengel katapultierte sich über Amanda hinweg, über die vier Engel. Dunkle Schlieren trieben durch Juls Sichtfeld, nur verschwommen sah er Michael irgendwo in Karins Nähe niedergehen.
Nur langsam klärte sich sein Blick wieder. Jul nahm einen tiefen Atemzug, hustete und krümmte sich. Er biss die Zähne zusammen, kämpfte sich auf die Beine. Ein Stechen fuhr durch seine Brust, der Schmerz schien nur widerwillig zu weichen. Doch er hatte keine Zeit für ihn. Er rannte los, an Amanda vorbei.
Sie schien zu ahnen, was er vorhatte, denn die Engel vor ihm wurden rechts und links gegen die Wände geschleudert. Sie schlug für ihn eine Gasse, an deren Ende Michael gerade die Hand nach Karin ausstreckte, um sie zu packen.
Im Laufen grub sich eine flammende Klinge in seinen Arm, aber er achtete nicht darauf. Karin wich vor Michael zurück, hob die Taschenlampe, als könne sie ihn damit abwehren. Der Erzengel fegte ihren Arm beiseite, schloss die Finger um ihre Schulter. Jul wusste, was er vorhatte. Michael hatte Amanda und vielleicht auch ihn nicht töten wollen. Er brauchte noch immer Informationen über Baal, über die Waffe. Und er schreckte offensichtlich nicht davor zurück, wie die Dämonen zu Erpressung zu greifen. Der Herr war eindeutig zu lange fort gewesen.
Dort! Hinter Michael! Hatte er da nicht gerade etwas huschen sehen? Jul kniff die Augen zusammen. Ja, tatsächlich. Eine kleine Gestalt, ungefähr von der Größe einer Ratte.

Dann waren die niederen Dämonen heran. Wie eine Flutwelle brandeten sie an Michael hinauf, verbissen sich in seine Beine, Arme und in das glühende Gefieder seiner Flügel. Der Erzengel ließ Karin mit einem schmerzerfüllten Zischen los, schwang das Schwert in weitem Bogen, der mehrere der rattengestaltigen Wesen in zwei Hälften teilte.

Jul packte Karin in vollem Lauf, riss sie mit sich. Er musste sie fortbringen. Fort von den Engeln, Dämonen und allen anderen Gefahren. Sie stolperte, fing sich wieder und lief neben ihm her. Hinter ihnen blieben die Geräusche des Kampfes zurück. Amanda kam hoffentlich für eine Weile allein klar, nun, da die Engel mit den Dämonen beschäftigt waren.

Hinter der ersten Biegung wurde er langsamer. Noch immer fühlte sich jeder Atemzug wie glühende Nadeln an. Schließlich blieb Karin stehen. Sie leuchtete mit der Taschenlampe den Gang hinauf und hinunter, doch der Lichtstrahl riss nur kahlen Beton aus der Dunkelheit. Jul blickte ihr in die Augen, die immer noch vom Schreck geweitet waren. Endlich schwanden die Reste des Schmerzes aus seiner Brust. »Was tust du hier, Karin?«, fragte er heiser.

Der verschreckte Ausdruck schmolz dahin, eine Falte bildete sich auf ihrer Stirn. »Deinen Arsch retten, was denkst du denn? Ich hab gesehen, wie ihr in den Krater gestiegen seid. Irgendeiner der Engel hat euch da unten entdeckt, denke ich. Auf jeden Fall ist euch kurz darauf eine halbe Armee gefolgt. Und ich wusste nicht, ob du verstanden hast, was ich dir am Telefon gesagt hab ...«

»Also hast du beschlossen, uns zu folgen? Einfach so, mitten in die Gefahr?« Was hatte sie sich dabei nur gedacht? Er wollte sie nicht anherrschen, aber die Sorge ließ Juls Stimme barscher klingen als beabsichtigt.

Karins Augen funkelten. »Du hältst mich wohl immer noch für blöd. Ich hab Balthasar angerufen.«
»Du hast …« Die Stimme versagte Jul. Für einen Moment konnte er nichts weiter tun, als seine Mitbewohnerin anzustarren. »Du hast *was?*«
»Er hat mir letzte Nacht seine Handynummer gegeben, während er versucht hat, mich zu überreden, für ihn zu arbeiten. Ich wollte keinen Ärger, weißt du, deshalb hab ich sie gespeichert …« Sie holte kurz Luft, sprach dann immer schneller weiter. »Ich wusste nicht, was ich sonst tun sollte. Allein wäre ich doch nie hier reingekommen und hätte euch ja eh nicht helfen können. Also hab ich ihn angerufen und ihm gesagt, was Sache ist, und er ist jetzt der Chef bei den Dämonen, also hat er alle zusammengetrommelt und hat sie einen Angriff auf den Krater fliegen lassen, während wir mit einer kleinen Gruppe hier reingehuscht sind.«
»Und jetzt ist er hier unten?« Jul packte Karin bei den Schultern, konnte sich gerade noch davon abhalten, sie zu schütteln. Er hatte Amanda alleingelassen, während ihr Meister in der Nähe war! Die eine Person, gegen die sie ganz sicher nicht ankam.
»Ich weiß, dass du ihn nicht hierhaben willst, aber was hätte ich sonst tun sollen? Euch verrecken lassen?« Karin wand sich in seinem Griff. Trotzdem dauerte es eine Weile, bis er merkte, dass er ihr weh tat. Schuldbewusst ließ Jul sie los, atmete einmal tief durch. Sie war gekommen, um ihm zu helfen. Er sollte besser anfangen, ein wenig dankbar zu sein.
Sie wollte ihm doch helfen, oder? Kurz durchzuckte ihn der Gedanke, ob sie ihn vielleicht verraten hatte, ob sie mit Baal gemeinsame Sache machte. Nein. Jul schüttelte den Kopf, um die Vorstellung zu vertreiben. Er würde nicht anfangen, seinen Freunden zu misstrauen. Das könnte dem Dämon so passen.

»Ich weiß, wie wir ihn wieder loswerden«, fuhr Karin fort. »Deshalb hab ich ihn überredet, mich mitzunehmen.«
Sie hatte ihn überredet? Einen Dämon, der selbst über seinen Beitrag zur Rettung der Welt verhandelte? Unruhig verlagerte Jul sein Gewicht, machte einen halben Schritt in die Richtung, in der er Amanda zurückgelassen hatte. Wo mochte Baal jetzt sein? Hatte er sie schon gefunden? Der Boden unter Juls Füßen schien zu glühen. Stehen zu bleiben wurde zu einer schier unlösbaren Aufgabe. Aber er durfte nicht blind losstürmen, musste erst herausfinden, was Karin ihm zu sagen hatte. »Wie meinst du das?«
Sie schob ihre Brille ein Stück die Nase hinauf. »Ich hab Pläne vom Bunker hier ausgegraben, schon vorher, weil ich mir dachte, dass ihr sie braucht. Das ganze Ding ist das reinste Labyrinth. Mit den Plänen dürfte es kein Problem sein, mit Balthasar und den Engeln hier unten Verstecken zu spielen. Ich musste ihn herbringen, aber wir können sie alle wieder abschütteln.«
Jul zwang sich zu einem Lächeln. »Okay«, brachte er heiser hervor. »Gute Arbeit.« Er konnte Karin nicht vorwerfen, dass sie getan hatte, was in ihrer Macht stand, um ihm zu helfen. Im Gegenteil. Sie hatte ihnen den Arsch gerettet, wie sie es nannte. Die angreifende Dämonenhorde hatte Amanda und ihn davor bewahrt, gefangen genommen oder von Flammenschwertern durchbohrt zu werden. Dennoch wurde Jul das Gefühl drohender Gefahr nicht los. Das Gefühl, dass Karins Einmischung irgendetwas Schreckliches bewirkt hatte.
Aber da stand sie und erwiderte sein Lächeln, strahlend und voller Erleichterung. Sie hatte wirklich gefürchtet, er könnte ihr böse sein. Oder war sie einfach froh, dass er sie nicht wieder wegschickte? Zu gern hätte er Letzteres getan. Zu gern hätte er sie in Sicherheit gewusst. Aber nun war sie schon einmal hier,

und er konnte sie kaum allein mitten durch eine Schlacht zurücklaufen lassen.

Allein lassen musste er sie dennoch. »Bleib hier, ich hole Amanda.«

Ohne eine Antwort abzuwarten, drehte er sich um, rannte los.

Mitten im Lauf traf ihn die Erkenntnis, brachte ihn beinahe ins Stolpern. Er wusste, warum Baal bereit gewesen war, Karin mitzunehmen. Wie hatte er so blind sein können?

Verbissen beschleunigte Jul seine Schritte, rannte gegen das Gefühl an, dass er zu spät kommen würde. Der Dämon musste wissen, dass Amanda die Waffe gefunden hatte. Wieso sonst hätten sie in den Krater hinuntersteigen sollen? Baal hatte außerdem gesehen, wie sehr Jul bemüht war, Karin aus allen Gefahren herauszuhalten. Dieser hinterhältige Mistkerl hatte darauf gezählt, dass Jul Amanda allein lassen würde, sobald Karin in der Nähe war – in der Annahme, dass sie die Stärkere der beiden Frauen war, dass sie auf sich selbst aufpassen konnte. Was ja auch stimmte. Zumindest solange ihr Meister nicht in der Nähe war.

38

Amanda schwindelte. Noch nie hatte sie in einem solchen Maß ihre Kräfte eingesetzt, ohne Dämonenblut getrunken zu haben. Nun fühlte sie sich, als wäre sie hoch oben auf einem Berg und die Luft zu dünn zum Atmen. Ihr Blick verschwamm und klärte sich erst nach einem Moment wieder.

Aus dem Augenwinkel sah sie blaues Feuer flackern, duckte sich zur Seite. Erst mitten in der Bewegung wurde ihr klar, was sie tat. Wie hatte sie so schnell reagieren können? Wie zur Antwort drängten sich Krätschmers Erinnerungen in den Vordergrund, zeigten ihn mitten in einer Schlägerei. Sie griff doch nicht etwa auf seine Reflexe zurück? Scheiße, hoffentlich musste sie dem Arschloch dafür nicht dankbar sein.

Schmerz biss in ihren Oberschenkel, bestrafte sie für den kurzen Moment der Unaufmerksamkeit. Amanda hörte sich schreien, verlor das Gleichgewicht und fiel. Sie stieß den Engel von sich, dessen Schwert sie getroffen hatte. Ächzend prallte er gegen die Wand.

Mit einem Schwall leiser Flüche auf den Lippen umklammerte sie ihr Bein. Wie hatte sie nur so dumm sein können, sich treffen zu lassen? Sie konzentrierte sich auf die Heilkräfte, die Balthasars Blut ihr verlieh. Nur schnell diesen Schmerz wieder loswerden, dieses scheußliche Loch in ihrem Fleisch, von dem ein verbrannter Geruch aufstieg.

Aber der Schmerz wollte nicht weichen. Natürlich nicht. Sie musste endlich wieder anfangen zu denken. Der Engel hatte mit einem verdammten Flammenschwert nach ihr geschlagen, und dagegen kam Dämonenblut nicht an.

Wärme legte sich auf ihr Gesicht. Mit klopfendem Herz sah sie auf, erkannte eine blau brennende Klinge in der Hand einer Gestalt, die dicht vor ihr stand. Ihr Blick wanderte weiter, zu einem bekannten Gesicht, umrahmt von einer goldenen Mähne. Michael. Seine weiße Kleidung wies schimmernde Blutflecken auf, hing teilweise in Fetzen. Dennoch gelang es ihm, inmitten von all dem Chaos majestätisch zu wirken.

Wieder griff Amanda nach der Magie in ihrem Inneren. Mit einem Gedanken schleuderte sie Michael nach hinten. Doch er breitete die Schwingen aus, erhellte damit den Gang und kippte seinen Körper im Flug. Mit einem Fuß bremste er seinen Schwung an der gegenüberliegenden Wand, mit dem anderen fand er sofort wieder sicheren Stand. Er lächelte gütig, das allein schon ein Grund, sich Sorgen zu machen. »Du bist verletzt, Iacoajul hat dich im Stich gelassen, und deine Dämonen verlieren die Schlacht. Es wäre klug, mich nicht zu verärgern.«

Eilig sah Amanda sich um. Tatsächlich lagen erschreckend viele Dämonen reglos am Boden, im Tod verletzlich und menschlich. Wo auch immer sie hergekommen waren, es waren von Anfang an zu wenige gewesen. Hatte Luzifer sie gerufen? Nein, wenn er das gekonnt hätte, hätte er es schon vor Jahrzehnten getan. Er konnte wahrscheinlich nur die Rattenviecher direkt kontrollieren, die vergessenen Götter, die keinen eigenen nennenswerten Willen besaßen. Und zu denen gehörten diese Dämonen ganz sicher nicht. Die Ratten blieben Ratten, wenn man sie umbrachte.

Noch kämpften die verbliebenen Dämonen. Ein Engel fiel mit zertrümmertem Schädel, das Brüllen eines getroffenen Dämons hallte durch den Gang. Sie wandte sich wieder Michael zu.

»Würdest du darauf verzichten, mich zu foltern, wenn ich dich nicht verärgere?« Sie musste Zeit gewinnen. Wo zur Hölle war Jul? Sie hatte ihn zusammen mit Karin fortrennen sehen. Karin, deren Anwesenheit in diesem verdammten Loch überhaupt keinen Sinn ergab. Bestimmt würde er seine Mitbewohnerin nur in Sicherheit bringen und dann zurückkehren. Oder?

Michael beugte sich zu ihr vor, das Lächeln war verschwunden. »Wie sehen Luzifers Pläne aus? Wer weiß noch von ihnen? Sag es mir und rette damit deine Seele.«

Ihre Seele, natürlich. Amanda stieß ein trockenes Lachen aus, fluchte, als die Erschütterung Wellen des Schmerzes durch ihr verletztes Bein sandte. »Meiner Seele ist nicht mehr zu helfen.«

Traurig schüttelte der Erzengel den Kopf. Schon wieder kein gutes Zeichen, da war sie sich sicher. »Es betrübt mich, dass du es so siehst. Dann werde ich wohl Iacoajul fragen müssen. Du hast mir in den vergangenen Tagen zu viele Probleme bereitet, um dich noch länger am Leben zu lassen.«

Er hob das Schwert, und Amanda schluckte schwer. Übelkeit krampfte ihren Magen zusammen. Hektisch sammelte sie all ihre verbliebenen Kräfte, versuchte, sich trotz der Schmerzen zu konzentrieren. Wo zur Hölle war Jul? Hatte er sie so weit begleitet, nur um sie nun im Stich zu lassen? Aber selbst wenn er ihr zur Hilfe kam, was konnte er gegen einen Erzengel ausrichten? Was konnte sie allein gegen einen Erzengel ausrichten?

Das Schwert sauste heran – und ein Schemen prallte gegen Michael, riss ihn zu Boden. Er ließ Amanda mit einem Kribbeln über der Kehle zurück, genau dort, wo die flammende Klinge ihren Kopf vom Hals getrennt hätte. Aber das war nicht passiert. Sie lebte!

Der Erzengel schlitterte ein Stück weit über den Betonboden. Eine vierbeinige, krallenbewehrte Bestie hockte auf ihm, hatte sich in seinen Arm verbissen. Amanda kam beim Anblick des Biests sofort das Wort »Höllenhund« in den Sinn. Es hob eine Pranke und schlug zu. Noch in der Bewegung streckte sich die Tatze, wurde zu einer klauenartigen Hand. Doch Michael drehte den Kopf zur Seite. Die spitzen Fingernägel zogen nur tiefe Spuren über seine Wange. Verdammt! Konnte dieser Erzengel nicht einfach sterben? Das wäre ein Problem weniger, um das sie sich Sorgen machen musste.

Wie um ihr zu zeigen, wie wenig er auf ihre Wünsche gab, bäumte er sich auf. Mit einem Ruck schleuderte er seinen Angreifer von sich. Sofort stürmte ein weiterer Höllenhund an Amanda vorbei, warf sich auf den Erzengel. Michaels Schwert beschrieb einen flammenden Bogen und grub sich in die Schulter des Dämons.

»Amanda.« Die Stimme war leise, doch sie erkannte sie sofort. Ihr Kopf ruckte herum. Nicht auch das noch! Aber dieser Wunsch blieb ebenfalls unerhört. Sie blickte direkt in Balthasars Gesicht.

Er hockte neben ihr, frische Brandwunden auf dem Oberkörper. Seine Gestalt war größtenteils menschlich, bis auf die Finger, die in spitzen Krallen ausliefen. Um Kleidung hatte er sich gar nicht erst geschert. Ein Lächeln spielte über seine Lippen, auch bei ihm nie ein gutes Zeichen. »Ich werde dich nun hochheben und von hier fortbringen. Solltest du dich wehren, rufe ich meine Leute zurück und überlasse dich Michael. Deine Entscheidung.«

Seine Leute? Balthasar hatte diese Dämonen in den Bunker geführt? Wie hatte er erfahren, dass sie hier unten waren? Wusste er von dem Messer? Amanda zwang sich, nicht nach dem steinernen Griff zu tasten, der zum Glück auf ihrer ihm abgewandten Seite aus dem Hosenbund ragte. Stattdessen blickte sie den Gang hinunter, dorthin, wo Jul verschwunden war. Immer noch keine Spur von ihm. Wie dumm von ihr, sich auf ihn verlassen zu haben.

Der Dämon schien ihre Gedanken zu erraten. Er grinste. »Deinem Engel habe ich eine kleine Ablenkung mitgebracht. Das hat besser funktioniert, als ich dachte.«

Karin! So war sie also in den Bunker gekommen. Hatte sie sie verraten? Balthasar hatte es gut verstanden, sie um den Finger zu wickeln.

Ihr selbsternannter Herr unterbrach ihre Gedanken, indem er einen Arm unter ihre Beine schob. Sie biss die Zähne zusammen, versuchte, sich nicht anmerken zu lassen, dass ihr auch diese Berührung Schmerzen bereitete. Den anderen Arm legte er um ihren Oberkörper. Dann hob er sie hoch, als wöge sie nichts. Sie ließ es zu, auch wenn es sich schon wieder wie eine Niederlage anfühlte.

Michael wirbelte zwischen zwei Dämonen hin und her, ein blau und golden schimmernder Schemen. Ganz in der Nähe trieb ein weiterer Engel seinem Gegner gerade die Klinge durch die Brust. Nicht mehr lange, und es würde keine Dämonen mehr geben, die Balthasar zurückrufen konnte. War der Kampf erst einmal gewonnen, überlegte der Erzengel es sich vielleicht noch einmal und nahm sie doch mit, um sie zu verhören und danach erst zu töten. Da versuchte sie ihr Glück lieber mit Balthasar. Bei ihm wusste sie zumindest, woran sie war.

Der Dämon setzte sich in Bewegung, und Amanda grub die Finger auf der Suche nach Halt in seine Schulter. Sie würde den Teufel tun, die Arme um seinen Hals zu schlingen. Nicht solange sie nichts in den Händen hielt, womit sie ihn erdrosseln konnte.

Der Geruch nach heißem Schiefer drang ihr in die Nase, und jeder seiner Schritte trieb glühenden Schmerz durch ihr Bein, aber sie biss die Zähne zusammen. Nur keinen Laut von sich geben, der sie verriet.

Balthasar suchte sich einen Weg zwischen den Kämpfenden hindurch, wich geschickt mehreren Schwerthieben aus. Keinem Engel gelang es, sich ihnen in den Weg zu stellen. Immer war ein Dämon zur Stelle, der ihren Angreifer von hinten ansprang oder in einen Kampf verwickelte. Schließlich ließen sie den letzten Angreifer hinter sich. Balthasar blickte noch einmal zurück, und ein Grinsen huschte über seine Züge. »Wer mir Michaels Kopf bringt, wird reich belohnt!«

Die verbliebenen Höllenhunde heulten auf, stürzten sich mit neuer Wut in den Kampf. Balthasar dagegen sprintete los, drückte Amanda dabei fest an sich. Schmerz schoss durch ihr Bein, und sie presste sich die Hand auf den Mund, biss sich auf die Finger, um nicht zu schreien.

Irgendwann wurde er langsamer, bog in einen dunklen Gang. Amanda holte zitternd Luft. Ablenkung. Sie brauchte irgendetwas, um sich von dieser verdammten Wunde abzulenken. »Du hast wohl keine Zeit damit verloren, Nachaschs Platz einzunehmen.«

»Irgendwer muss die Dämonen anführen.«

»Und da hast du dich geopfert. Wie nobel.« Nun, da die unmittelbare Gefahr vorüber war, begannen Amandas Gedanken fieberhaft zu kreisen auf der Suche nach einem Ausweg. Irgendwie musste sie Balthasar wieder loswerden, und zwar schnell. Möglichst unauffällig ließ sie einen Arm an ihre Seite sinken, schob ihn über die Stelle, an der die Waffe hinter ihrem Hosenbund stecken sollte.

Sollte …

Amandas Herz setzte einen Schlag lang aus. Wo …? Dann ertastete sie den steinernen Griff ein Stück tiefer. Erleichtert atmete sie auf. Das Messer war an ihrem Bein hinabgerutscht, deshalb hatte Balthasar es auch nicht gesehen. Das hieß allerdings auch, dass sie es nicht so einfach ziehen konnte. Verdammt!

Wenn sie doch zumindest selbst laufen könnte! Wenn sie sich schon hatte treffen lassen müssen, wieso ausgerechnet am Bein?

»Wo gehst du hin?« Amanda sah längst nichts mehr in der Finsternis, aber Balthasars Augen schienen besser zu sein, denn er schritt noch immer zügig aus.

»Nur noch ein Stück weiter«, war die knappe Antwort. Tatsächlich dauerte es nicht mehr lange, bis er sie auf kaltem Boden absetzte. Sie versuchte, von ihm fortzurutschen, spürte eine Wand im Rücken. Eine Hand schob sich ihr Bein hinauf, legte sich über ihre Wunde. Leicht nur, und dennoch eine Drohung. Amanda erstarrte.

»Du hast die Waffe. Leugne es nicht, es gibt keinen anderen Grund, wieso ihr hierher zurückkehren solltet.«

Amanda presste die Lippen aufeinander. Diesmal nicht. Diesmal würde sie ihm standhalten. Sie musste es. Er würde ihr nicht ihre letzte Hoffnung nehmen, koste es, was es wolle. »Jul hat sie.«

Eine Kralle grub sich in den verbrannten Schnitt. Tränen schossen Amanda in die Augen. Sie hörte sich selbst schreien.

»Lüg mich nicht an. Gib sie mir, oder ich hole sie mir.«

»Ist das deine beste Drohung?«

Ja, das war sie. Die Erkenntnis ließ Amandas Atem stocken. Es gab nichts mehr, das er ihr nehmen konnte. Sie hatte nichts mehr zu verlieren, abgesehen von der Waffe. Was auch immer

geschah, wenn sie nicht gehorchte, es war nicht so schlimm wie das, was geschah, wenn sie es tat. Sie war endlich frei. Endlich konnte sie kämpfen, ohne die Konsequenzen fürchten zu müssen. Und sie kam vielleicht nicht an das Messer heran, aber das machte sie noch lange nicht hilflos.
Amanda konzentrierte sich. Sie nahm all die hilflose Wut, die sich in einem Jahr angesammelt hatte. All ihren Hass und all ihre Verzweiflung. Mit ihrer ganzen Kraft schleuderte sie Balthasar dies alles entgegen, stieß ihn von sich. In der Dunkelheit hörte sie einen dumpfen Aufprall. Dann ein Ächzen, das ihr ein zufriedenes Lächeln entlockte.
Das Lächeln gefror, als ein neuer Laut durch den Raum hallte, ein heiseres Lachen.
»Ohne mein Blut hast du nicht die Macht, mich zu töten. Was denkst du, wie lange du mich auf die Art auf Abstand halten kannst?«
Eine gute Frage. Das Gefühl, frei zu sein, verpuffte so schnell, wie es gekommen war. Hatte sie überhaupt eine Chance gegen den Dämon? Früher oder später würde sie müde werden, er dagegen nicht. Die Kehle schnürte sich ihr zu, und da war sie wieder, die vertraute Hilflosigkeit, die immer kam, wenn sie mit Balthasar stritt.
Nein, diesmal nicht! Hatte sie sich das nicht gerade noch geschworen? Nur ein einziges Mal musste sie sich gegen ihn durchsetzen.
Entschlossen schob sie alle Gedanken an eine Niederlage beiseite. Vielleicht, falls Jul sie doch noch suchen kam, hatte sie eine Chance. Eine armselige Hoffnung, eine, für die sie sich auf jemand anderen als sich selbst verlassen musste. Aber immerhin besser als nichts.
»Das war von Anfang an dein Plan, oder?« Amanda versuchte,

die Dunkelheit mit Blicken zu durchdringen, lauschte auf jedes noch so kleine Geräusch. Sie wusste nicht, ob ihre Magie noch funktionierte, wenn sie jede Vorstellung davon verlor, wo Balthasar war. »Du dachtest, es wäre einfach, mir die Waffe abzunehmen, sobald Nachasch sie mir gegeben hat.«

Kaum hatte sie die Worte ausgesprochen, musste sie sich auf die Zunge beißen, um nicht hysterisch zu kichern. Was erwartete sie? Dass er sich wie ein Filmbösewicht auf einen Plausch einließ, obwohl jedes Wort, das er sagte, ihr seine Position verriet?

Und tatsächlich schlug ihr Schweigen entgegen. Ein Prickeln wie von tausend Nadeln kroch ihren Arm hinauf. Sie biss die Zähne zusammen. Klar, dass der Mistkerl auch das gegen sie verwenden würde.

Da, ein leiser Schritt! Amanda griff nach ihrer Magie, stieß in Gedanken zu. Krallen kreischten über Stein. Das Geräusch schmerzte ihr in den Ohren, aber sie hielt den Druck aufrecht, schob Balthasar immer weiter zurück. Sie spürte, wie er sich dagegenstemmte. Solange sie das durchhielt, würde sie zumindest wissen, wo er war.

»Du kommst nicht gegen mich an, Amanda.« Sie hörte die Anstrengung in seiner Stimme. Gleichzeitig wurde aus dem Prickeln in ihrem Tattoo ein Gefühl wie die Berührung tausender glühender Nadeln. »Das konntest du nie. All dein Aufbegehren hat dir nichts als Schmerz eingebracht. Finde dich endlich damit ab, dass du mir gehörst. Es ist nicht so schlimm, mir treu zu dienen, wie du denkst.«

»Ach ja?« Mühsam presste Amanda jede Silbe am Schmerz vorbei. »Ich hätte ein paar Gegenargumente. Angefangen damit, dass du meinst, mit deinen Dienern einfach machen zu können, was du willst. Als wären sie auch nicht mehr als diese verdammten Kunstgegenstände, die du sammelst.« Die Worte halfen, ihre Wut zu schüren, den Schmerz zu verdrängen. Endlich konnte sie sagen, was sie dachte, musste die Konsequenzen nicht mehr fürchten.

»Weißt du, diese Einstellung war vielleicht zu deiner Zeit modern, aber seitdem haben wir so Dinge wie Menschenrechte und Demokratie erfunden. Das Zeug funktioniert zwar auch nicht perfekt, aber immerhin ist es besser als ...« Sie keuchte auf, als eine neue Welle des Schmerzes durch ihren Arm fuhr. Mittlerweile schien er in Flammen zu stehen, heiße Tränen liefen ihr über die Wangen. Dies war immer der Punkt gewesen, an dem sie spätestens den Blick gesenkt und gerade genug Unterwürfigkeit gezeigt hatte, um Balthasar zu besänftigen. Aber diesmal nicht. Nie wieder.

Das Blut rauschte in ihren Ohren. Helle Lichtflecken tanzten vor ihren Augen. Verzweifelt klammerte sie sich an ihre Magie. Sie versuchte ihren Redeschwall wieder aufzunehmen, brachte aber nur noch ein Krächzen zustande. Sie würde nicht mehr lange durchhalten. Nicht lange genug, denn noch immer sah sie nirgends das blaue Flackern von Juls Flammenschwert. Vorausgesetzt, er kam überhaupt. Wenn es doch nur einen Weg gäbe, wie sie Balthasar allein besiegen konnte.

Mit einem Mal durchzuckte sie eine Erinnerung. Die Nacht in der Bibliothek, als sie zum ersten Mal von Balthasars Blut getrunken hatte. Das Messer, das getrieben von der Kraft ihrer Gedanken auf ihn zugejagt war. Er hatte es mit der Hand gefangen, Klinge voran. Und mit dem Steinmesser musste man keinen tödlichen Treffer landen. Ob es seine Wirkung auch entfaltete, wenn sie es nicht berührte? Vielleicht war es einen Versuch wert.

Nun spielte es keine Rolle mehr, wie lange sie brauchte, die

Klinge zu ziehen, und ob er sie sah. Mühsam verlagerte sie das Gewicht, streckte das Bein, an dem die steinerne Waffe vom Jeansstoff gegen ihre Haut gedrückt wurde. Mit zwei Fingern bekam sie den Griff zu fassen, zog das Messer hervor. Sie hatte nur einen Versuch. Dies würde funktionieren oder ihr Sklaverei bis in alle Ewigkeit einbringen.

»Sieh an.« Balthasars Stimme klang heiser, der Schmerz in ihrem Arm ebbte ein wenig ab. Gut. Sie atmete tief durch, versuchte ihre Gedanken zu ordnen. Wenn sie ihn treffen wollte, musste sie ihn ablenken, sonst würde er sicher schneller ausweichen, als sie bereuen konnte, den Versuch gewagt zu haben. Sie hielt die Waffe locker in der Hand.

»Du könntest mir etwas dafür anbieten. Nicht die Brotkrumen, die du mir sonst so hinwirfst, sondern etwas, das dir richtig weh tut. Immerhin hast du meine Seele für dieses Ding verlangt, dann solltest du auch einen entsprechend hohen Preis dafür zahlen.«

Wieder ein leiser Schritt in der Dunkelheit. Der Schmerz in ihrem Arm klang zu einem leichten Prickeln ab. Sie zwang sich, gleichmäßig weiterzuatmen, ließ zu, dass er noch ein Stück näher kam, bevor sie ihn kraft ihrer Gedanken stoppte.

»Woran hast du da gedacht?« Täuschte sie sich, oder klang er amüsiert?

»Du gibst dein Blut nur sehr ungern ab, nicht wahr? Du hast von dem Magier erzählt, der dich gefangen gehalten und ausgeblutet hat.« Das war die einzige Schwachstelle, von der sie wusste. Würde die Erinnerung reichen, um ihn unaufmerksam zu machen? Besser, sie setzte zur Sicherheit noch einen drauf. Sie holte Luft, um weiterzusprechen, da schnitt Balthasars Stimme durch die Dunkelheit.

»Du willst Blut? Dann komm und hol es dir.« Eine schnelle

Bewegung, dann erklang leises Platschen. Flüssigkeit, die auf Beton tropfte.
In Amanda krampfte sich alles zusammen. Mit einem Mal fühlte sie den Schmerz in ihrem Bein deutlicher, ihre Erschöpfung schien sie niederzudrücken. Nur ein wenig Dämonenblut, und alles würde wieder gut werden. Niemand würde ihr etwas anhaben können. Balthasars Schritte kamen näher, und das leise Tröpfeln begleitete seine Bewegungen. Noch ein Stück, dann konnte sie ihn erreichen, und …
Was dachte sie da? Wie verzweifelt süchtig musste sie sein? Sie schüttelte sich, ekelte sich vor sich selbst. Obwohl es keinen Unterschied machte, schloss sie die Augen. Sie musste … Heißes Blut auf ihrer Zunge, sie glaubte es fast zu schmecken. Verdammt, sie musste sich konzentrieren! Sie hatte geplant, ihn abzulenken, nicht umgekehrt.
»Amanda?« Der Ruf klang verhalten, doch er genügte, um sie aus ihrer Erstarrung zu reißen.
»Jul!« Das Ende ihrer Antwort ging in einen Schrei über. Ihr Tattoo schien in Schmerz zu explodieren. Sie krümmte sich, umklammerte den Arm, ohne den Schmerz lindern zu können. Nur am Rande nahm sie schnelle Schritte wahr. Das Messer wurde ihr aus der Hand gerissen, und im selben Augenblick durchbrach das ferne Flackern blauer Flammen die Dunkelheit.
Balthasars Gesicht schwebte direkt vor ihr, nur ein Schatten im schwachen Licht. Er hielt die schwarze Steinklinge in der Hand. »Wenn ich die hier habe, brauche ich dich nicht mehr.« Mit diesen Worten stieß er zu.
Sie reagierte, ohne nachzudenken. Die Magie floss heiß durch Amanda, traf Balthasar und schleuderte ihn nach hinten. Schmerz loderte noch heftiger in ihrem Arm auf, und bunte Flecken tanzten in ihrem Blickfeld. Undeutlich sah sie, wie Bal-

thasar sich aufrappelte. Er entkam! Sie versuchte, ihre Benommenheit abzuschütteln, tastete erneut nach ihrer Magie. Aber noch immer drifteten Schlieren durch alles, was sie sah. Ihr Arm schien kein Körperteil mehr zu sein, sondern reiner personifizierter Schmerz. Sie brachte nur einen heiseren Fluch zustande, während der Dämon in einen Durchgang verschwand.

Erst als seine Schritte langsam verklangen, verebbte das Brennen in ihrem Tattoo. Ließ nichts als Leere zurück.

Sie hatte versagt. Zwar würde die Welt nicht untergehen, dafür würde er sorgen. Doch was dann?

✣

Blaue Flammen erhellten den Raum, in dem Amanda hockte. Kahle Betonwände, Pfützen auf dem Boden. Sie sah nicht auf.

»Er hat die Waffe.«

Die Worte kamen tonlos über ihre Lippen, doch Jul reagierte sofort. Staub knirschte unter seinen Sohlen, als er herumwirbelte. Seine Schritte verklangen schnell. Würde er den Dämon noch einholen können? Aber was dann? Balthasar musste ihn nur einmal mit der Steinklinge ritzen, und der Kampf wäre entschieden. O verdammt, vielleicht hätte sie besser nichts gesagt. Amanda biss sich auf die Unterlippe. Dann wäre zumindest Jul in Sicherheit. Alles andere war wahrscheinlich ohnehin verloren.

Sie hatte erwartet, in der Dunkelheit zurückzubleiben, aber stattdessen fiel warmes, gelbes Licht auf sie. Sie hob den Kopf, blinzelte in den Strahl einer Taschenlampe.

»Bist du verletzt?« Karin trat auf sie zu, senkte die Lampe so, dass ihr Licht Amanda nicht mehr blendete.

Was für eine Frage! Hätte sie sonst in diesem verdammten Raum gesessen? Amanda kniff die Augen zusammen, musterte die rothaarige Frau misstrauisch. Jul schien ihr noch zu vertrauen, aber das bewies längst nicht, dass sie keine Verräterin war. Karin hatte den Engel abgelenkt, weggelockt. Vielleicht nicht in der Absicht, ihnen zu schaden, aber das Ergebnis blieb dasselbe. Hätte sie nicht einfach dort bleiben können, wo sie gewesen war?

»Amanda?« So viel Sorge in einem Wort. Nur Jul hatte ihren Namen in den letzten Tagen auf diese Art ausgesprochen. Und nun klang Karin genauso und wirkte so verdammt ehrlich dabei, überhaupt nicht wie eine Verräterin. Nicht einmal wie jemand, dem man ohne Gewissensbisse die Schuld für das eigene Versagen aufladen konnte. Karin hatte sich nicht von Balthasar überlisten lassen. Das war Amanda ganz allein gewesen.

Sie schluckte einen bitteren Klumpen hinunter. »Ein Engel hat mich am Bein erwischt.«

Juls Mitbewohnerin kniete neben ihr nieder. »Aber nicht gerade eben, oder? Wir haben dich schreien gehört.« Ihr Blick glitt über Amandas Körper, als suche sie nach weiteren Wunden.

»Das war nur das Scheißding hier.« Amanda hob die linke Hand, auf deren Rücken der blutrote Schlangenkopf prangte. Erschrocken zuckte Karin vor der Geste zurück. Oder war es etwas in ihrer Stimme?

»Ich hätte Balthasar nicht anrufen sollen.« Die Worte waren so leise, dass Amanda sich anstrengen musste, um sie zu verstehen. Sie schnappte nach Luft. Karin hatte …? Sie war also nicht nur die Ablenkung für Jul gewesen, sondern hatte Balthasar auch verraten, wo er sie finden konnte? Amanda ballte die Hände zu Fäusten, hörte ihre eigenen Zähne knirschen. Sie musste gegen das Bedürfnis ankämpfen, Karin zu packen und zu schütteln und ihr ins Gesicht zu schreien, was sie sich dabei gedacht hatte.

»Ja, hättest du nicht.« Wieder zuckte Juls Mitbewohnerin zusammen, diesmal wohl wegen der Kälte in Amandas Stimme.

»Es tut mir so leid.« Sie fuhr sich mit einer Hand durchs Gesicht. »Ich wusste einfach nicht, was ich sonst tun sollte. So viele Engel ...«

Ach, Scheiße. Amanda sah die Dämonen vor sich, die mitten in die Schar der Engel gestürmt waren. Die Dämonen, die sie und Jul wahrscheinlich vor dem sicheren Tod bewahrt hatten. Angeführt von Balthasar, herbeigerufen von der Frau, die hier vor ihr saß und sich genau dafür entschuldigte.

Mit einem Mal kam sich Amanda wie eine undankbare Idiotin vor. Sie räusperte sich. »Michael in die Hände zu fallen wäre auch nicht besser gewesen.«

Juls Mitbewohnerin ließ sich neben ihr gegen die Wand sinken. Sie starrte ins Leere, dem Strahl ihrer Taschenlampe nach. Hatte sie Amandas Worte überhaupt gehört? »Ich hab die ganze Zeit gedacht, es wär vielleicht nicht so schlimm, wenn Balthasar diese Waffe bekommt. Aber jetzt, wo ich weiß, weswegen du so geschrien hast ... Ich hab nicht gedacht ...« Sie hob in einer hilflosen Geste die Hände. »Ich weiß nicht, was ich gedacht hab ... Dass er in Wirklichkeit doch ganz in Ordnung wäre, nehme ich an. Er hat ein paar wirklich intelligente Sachen gesagt gestern Nacht. Über Religion und Gesetze und so ...« Sie seufzte und schüttelte den Kopf, als wollte sie die Erinnerung beiseiteschieben. »Ich glaub immer noch, dass er ganz in Ordnung sein könnte, wenn er wollte, aber ... Vielleicht kann Jul diese Waffe zurückholen?«

»Oder er stirbt bei dem Versuch.« Amanda hatte geglaubt, nichts mehr zu verlieren zu haben, aber der Kloß in ihrer Kehle sagte etwas anderes. Eine Sache konnte Balthasar ihr noch nehmen.

»Scheiße.« Karin stemmte sich wieder in eine hockende Position. »Wir können nicht einfach hier rumsitzen. Wir müssen irgendwas tun!« Sie musterte Amanda nachdenklich im Schein ihrer Taschenlampe. »Die Verletzung hindert dich doch nicht daran, dein Magiezeugs zu machen, oder? Kannst du humpeln?« Ohne eine Antwort abzuwarten, erhob sie sich ganz und streckte die Hand aus.

Amanda zögerte. Sie würden Jul und Balthasar niemals einholen. Alles, was sie gewann, wenn sie jetzt aufstand, waren mehr Schmerzen. Aber war das ein Grund aufzugeben? Ein Grund, hier herumzusitzen und sich selbst zu bemitleiden? Wenn sie nichts unternahm, würde sie am Ende nur wissen, dass sie es nicht einmal versucht hatte. War sie es nicht Roman und Jul und auch sich selbst schuldig, bis zuletzt zu kämpfen? Vielleicht konnte sie nicht gewinnen, aber sie konnte es Balthasar so schwer wie möglich machen. Wie immer. Und alles war besser, als in diesem kahlen Raum zu sitzen und darauf zu warten, dass irgendetwas geschah.

Mit neuer Entschlossenheit ergriff sie die angebotene Hand. Mühsam kam Amanda auf die Füße. Sie stützte sich auf der Schulter von Juls Mitbewohnerin ab, und diese schlang ihr den Arm um die Hüfte. Gemeinsam schwankten sie, und Karin ächzte. »Jul hätte ruhig noch kurz haltmachen können, um dich zu heilen.«

»Hätte er nicht. Ich hab meine Seele verkauft.« Amanda biss sich auf die Unterlippe. Das auszusprechen, machte ihr erst bewusst, wie tief sie sich selbst in die Scheiße geritten hatte. Sie hatte mit zu hohem Einsatz gespielt, war große Risiken eingegangen und hatte gehofft, dass die Konsequenzen lange genug auf sich warten ließen, damit sie sich später um sie kümmern konnte. Doch da waren sie nun, und sie bissen ihr kräftig in den Hintern.

Vorsichtig ging sie mit Karins Hilfe ein paar Schritte. Jeder einzelne davon jagte eine Welle des Schmerzes durch ihr Bein, aber immerhin kamen sie voran.

»Für eine Weile war ich neidisch auf dich«, sagte Karin in die Stille hinein. »Aber ich glaub langsam, ich würd echt für nichts auf der Welt mit dir tauschen wollen. Du hast 'n ziemlich beschissenes Leben.«

»Ach, echt?«

Karin schenkte ihr von der Seite her ein schiefes Grinsen. »Hey, von außen betrachtet sieht es nach Spannung, Abenteuer und einer Menge Coolness aus. Außerdem bekommst du den Kerl ...«

Sich nähernde Schritte ersparten Amanda eine Antwort auf diese letzte Feststellung. Sie tastete bereits nach ihrer Magie, als sie im Licht blauer Flammen Jul erkannte. Er lebte! Hatte er vielleicht ...? Nein, seine düstere Miene beantwortete diese Frage eindeutig. »Baal hat sich in eine Ratte verwandelt und ist in einem Loch verschwunden.«

Amanda nickte nur. War ja klar, dass sie nicht einfach einmal Glück haben konnte. Doch Karin hatte sie aus ihrer Verzweiflung gerissen, und sie war nicht bereit, so schnell wieder dorthin abzusinken. »Wir müssen ihn nicht verfolgen, um zu wissen, wohin er will.«

»Wenn ihr mir sagt, wo ungefähr das ist«, meldete sich Karin zu Wort, »dann weiß ich vielleicht den Weg.«

Jul trat neben Amanda, und einmal mehr stieg ihr der Geruch

nach kalten Wintertagen in die Nase. »Ich kann dich tragen, falls du wirklich weitermachen willst.«
Sie begegnete seinem Blick, konnte seine Miene aber nicht deuten. Gespielt gleichgültig hob sie die Schultern. »Es ist nicht so, als hätte ich irgendwas Besseres zu tun.« Sie wollte verdammt sein, wenn sie aufgab, bevor sie alles versucht hatte.
Kurz huschte ein Lächeln über seine Züge.

39

Amanda war fast zu leicht, aber ihr Gewicht auf seinem Rücken würde ihn dennoch behindern, sollte es zum Kampf kommen. Zur Not würde er sie absetzen müssen, auch wenn er ihr damit wahrscheinlich weh tat. Immerhin würden sie es zu zweit mit Baal aufnehmen können, nun, da Amanda sprunghafte Fortschritte im Beherrschen ihrer Magie machte. Wie viel von dieser neuen Kraft war wohl Krätschmers Tod geschuldet?
Jul eilte einen kahlen betonverkleideten Gang entlang, immer Karin hinterher, die mehrere zerknitterte Blätter aus ihrer Hosentasche gefischt hatte und diese immer wieder zu Rate zog. Ihre Taschenlampe erhellte den Weg vor ihnen. Juls Schwert hielt Amanda, da Nachasch ihm die Scheide nie zurückgegeben und er im Moment keine Hand frei hatte.
Ihr Atem strich an seiner Wange entlang, einen Arm hatte sie um seinen Hals geschlungen. Er spürte, wie sie sich jedes Mal verkrampfte, wenn eine Erschütterung durch ihr verletztes Bein lief. Doch sie beklagte sich nicht. Immerhin verlor sie kein Blut. Das war der einzige Vorteil, den von Flammenschwertern geschlagene Wunden mit sich brachten. Dennoch wünschte er mehr denn je, sie hätte ihre Seele nicht verkauft.
Immer öfter hatte Jul das Gefühl, dass er die Räume rechts und links des Gangs kennen sollte. Er spähte in jeden davon, sah Ziegelwände und oft Wasser auf dem Boden. Aber nirgendwo einen Durchgang zu der kathedralenartigen Höhle. Das Loch, durch das sie am Tag zuvor gekommen waren, war eingestürzt,

doch sicher war das nicht lange so geblieben. Irgendwie hatten die Seraphim die Höhle verlassen. Und der Morgenstern hatte gesagt, er würde ihnen einen Weg freihalten. Auch wenn Jul normalerweise nicht viel auf das Wort eines Dämons gab, so sah er dennoch keinen Grund, warum dieser seines nicht halten sollte. Wozu sonst ihnen überhaupt diese Aufgabe stellen?
Plötzlich blieb Karin vor einer Türöffnung stehen. Sie senkte die Taschenlampe, knipste sie schließlich aus, ohne den Blick von dem zu nehmen, was sich in dem Raum befand. Jul spannte sich. Dann sah er das Licht, das durch die Öffnung fiel, schwach, aber ausreichend, um Karins Züge zu beleuchten. Er trat neben sie.
Das war er. Der Raum, den sie gesucht hatten. Der Lichtschein drang durch ein unregelmäßiges Loch, das in der Rückwand klaffte. Rechts und links an den Wänden waren Betonbrocken aufgeschichtet, die Reste des Einsturzes vom vergangenen Tag. Offensichtlich hatte der Morgenstern nicht dafür sorgen müssen, dass der Weg frei blieb, das hatten die Engel für ihn erledigt.
Einige Steine lagen noch in der Pfütze nahe des Durchgangs. Nein, das waren keine Steine. Jul hielt den Atem an, trat einen Schritt näher.
Das Licht aus der Höhle spiegelte sich in den weit aufgerissenen Augen der Gestalt im Wasser. Reglos lag sie dort, für jeden, der es nicht besser wusste, nichts weiter als ein toter Mensch. Eine der vielen Leichen in diesem Krater.
Jul wusste es besser. Der Eingang zur Höhle war ohne Zweifel bewacht gewesen. Von einem Engel. Ein Engel, in dessen Brust nun eine tiefe Stichwunde klaffte wie von einem Messer. Baal hatte sich also schon davon überzeugt, dass die Waffe funktionierte.

Auf Juls Rücken fluchte Amanda leise. »Kommen wir zu spät?«
Alles in Jul krampfte sich bei dieser Vorstellung zusammen. Doch dann schüttelte er den Kopf. »Der Herr lebt noch, ansonsten wäre es dort drinnen dunkel.« Er trat einige Schritte vor, watete durch das knöchelhohe Wasser auf den Durchgang zu.
Das Licht aus der Höhle badete ihn in warmem Schein, weckte eine tiefe Sehnsucht in ihm. Wie lang war es her, dass dieses Licht Sicherheit verheißen hatte? Dass er nur hatte hineinsehen müssen, um zu wissen, dass er das Richtige tat?
Nun weckte es neue Zweifel. War es tatsächlich richtig, was sie vorhatten? Durfte er zulassen, dass dieser Schein für immer erlosch? Jul schüttelte den Kopf. Er durfte sich nicht ablenken lassen, nicht jetzt. Fest stand, dass sie Baal aufhalten mussten. Alles andere war zweitrangig.
Dann stand er im Durchgang. Sein Blick fiel auf den Boden der Höhle. Es war, als würde er auf die Oberfläche eines dunklen Sees blicken. Wie eine sanfte Brandung rollte der Welleneffekt bis an die Schwelle des Durchgangs.
Wieder fluchte Amanda, und Jul verzog das Gesicht angesichts ihrer Worte, auch wenn er ganz genau wusste, wie sie sich fühlte. Die ganze Zeit hatten sie den Welleneffekt gemieden. Aber nun gab es keinen Weg mehr daran vorbei.
Er ließ Amanda vorsichtig von seinem Rücken gleiten. Sie stützte sich schwer auf ihn, sah immer wieder zu den rollenden Wellen im Stein, während er ihr das Schwert aus der Hand nahm.
»Was denkst du? Zeit oder Schwerkraft oder beides?«
Eine gute Frage. Jul hob die Schultern. »Was auch immer es ist, es hat Baal nicht umgebracht, als er hier durchgekommen ist.«
Und sie mussten das Risiko entweder eingehen oder umkehren.

Die Entscheidung war eigentlich keine. »Ich gehe vor. Folgt mir, sobald ich euch das Zeichen gebe, dass die Luft rein ist.«
Er wartete, bis Karin neben sie getreten war, um Amanda zu stützen, dann duckte er sich durch die Öffnung.
Alle Schwere fiel mit einem Schlag von ihm ab. Jul spürte, wie er den Kontakt zum Boden verlor, und griff hastig nach einer der unregelmäßigen Kanten des Durchgangs, um sich festzuhalten. Sein Blick allerdings klebte längst an dem Kampf, der in der Luft tobte.
Wie ein Wolfsrudel hatten die Seraphim ihr Opfer eingekreist. Es musste eine lange Jagd gewesen sein, doch nun hatten sie es gefangen. In dieser schwerelosen Welt ohne Oben und Unten schwebten sie um es herum. Nur ab und zu schlug einer von ihnen mit seinen drei Flügelpaaren, um an Ort und Stelle zu bleiben.
Der Dämon tauchte nach unten ab, viel zu langsam, weil es keine Schwerkraft gab, deren Sog er für einen Sturzflug nutzen konnte. Ein Flammenschwert beschrieb einen blau glühenden Kreis, und Baals Brüllen hallte von den Felswänden wieder.
Beinahe synchron stießen die Seraphim auf Baal herab. Sie setzten ihr Licht nicht ein, so sicher waren sie sich ihrer Beute. Oder fürchteten sie, damit auch einander zu vernichten?
Ehe sie ihn erreichten, fiel der Dämon, als hätte die Schwerkraft sich plötzlich daran erinnert, wie sie funktionieren sollte. Er trudelte unkontrolliert nach unten, und am Rande nahm Jul wahr, wie sich das Wellenmuster am Boden veränderte. Der See schien auszutrocknen, ließ unregelmäßig verteilte Pfützen zurück.
Baal schlug mit den Flügeln, breitete sie aus, raste dicht über dem Boden dahin.
»Luzifer hilft ihm.«

Jul wandte den Kopf, entdeckte Amanda, die neben ihm schwebte. Auch Karin streckte den Kopf durch den Durchgang, blickte mit großen Augen zu den Seraphim hinauf. Er seufzte, ersparte sich den Hinweis, dass er ihnen kein Zeichen gegeben hatte. »Natürlich. Sie sind beide Dämonen.«

»Balthasar hat trotzdem keine Chance. Denkst du, die Seraphim lassen das Messer einfach liegen, nachdem sie ihn umgebracht haben?« Amandas Stimme klang kalt, ohne eine Spur von Mitleid für ihren ehemaligen Meister. Er konnte es ihr nicht verdenken. Ihr Blick war fest auf die sechsflügeligen Engel gerichtet. Sie hatten Baal fast erreicht. Vor dem Dämon erhob sich die Wand der Höhle. Er zog steil nach oben, gewann mit kräftigen Flügelschlägen an Höhe. Doch das würde ihn nicht retten. Er saß in der Falle.

Gebannt beobachtete Jul die Verfolgungsjagd, brauchte einen Moment, um sich daran zu erinnern, dass Amanda eine Frage gestellt hatte. Er schüttelte den Kopf, versuchte, sich auf eine Antwort zu konzentrieren. »Die Seraphim werden das Messer sicher verwahren wollen.«

Wahrscheinlich hatten sie mitbekommen, wie der Morgenstern es während der letzten Schlacht gegen den Herrn eingesetzt hatte. Jul war damals weit von dem Geschehen entfernt gewesen, die Seraphim sicherlich nicht. Sie hatten innerhalb von Augenblicken reagiert, hatten die beiden sterbenden Feinde auf die Erde gebracht. Sie mussten wissen, was die Katastrophe ausgelöst hatte.

Und wenn Jul Amanda helfen wollte, musste er irgendetwas tun, musste ihr das Messer beschaffen. Und damit den Tod des Herrn endgültig besiegeln.

Endlich gelang es ihm, den Blick von dem Geschehen in der Höhle abzuwenden. Er betrachtete Amandas Gesicht im war-

men Schein des göttlichen Lichts. Ihr Anblick drängte die Zweifel ein Stück beiseite, bestätigte die Entscheidung, die er längst getroffen hatte.
»Kannst du die Seraphim eine Weile beschäftigen?«
Sie sah ihn skeptisch an, hob dann den Blick zu den sechsflügeligen Engeln. Baal war nur noch eine schnell verschwimmende Gestalt mit der Felswand im Rücken. Er wechselte die Form, so schnell er konnte, versuchte, auf diese Art seinen Häschern zu entgehen.
Mit einem Mal schienen die Seraphim von einem Windstoß ergriffen zu werden. Wie Blätter im Herbst stoben sie davon. Sie schlugen heftig mit den Flügeln, fingen sich und stemmten sich gegen die unsichtbare Kraft, die Amanda gegen sie aufbot. Einer von ihnen drehte sich in der Luft, ließ den Blick suchend durch die Höhle schweifen. Amanda duckte sich in den Schatten des Durchgangs.
»Was auch immer du vorhast, beeil dich«, zischte sie.
Sich zu beeilen war Teil des Plans. Jul stieß sich von der Wand ab. Er schwebte ein Stück weit, dann bekam ihn die Schwerkraft zu fassen. Hart kam er auf dem Boden auf, ging federnd in die Knie.
Er stand am Beginn eines Pfads. Ein beruhigend unbewegtes Band zog sich durch den sich wellenden Untergrund. Kurz sah er zum Mittelpunkt der Höhle, glaubte, vor dem Licht zwischen den vier Säulen die dunkle Gestalt des Morgensterns zu erkennen, der in seine Richtung blickte. Dem Höllenfürsten war es offensichtlich egal, wer letztendlich seine Bitte erfüllte, solange es nur irgendjemand tat. Er half ihnen allen, soweit es in seiner Macht stand.
Jul rannte los. Der Pfad führte ihn dicht an der Wand entlang. Er blickte stur geradeaus, dorthin, wo Baal sich nur noch mit Mühe

in der Luft hielt. Er versuchte, das Schlagen mächtiger Flügel über sich auszublenden, wollte nicht wissen, ob es Amanda gelang, die Seraphim in Schach zu halten. Falls nicht, wäre er ohnehin verloren.

Der Dämon kam ins Trudeln, und diesmal fing er seinen Sturz nicht ab. Mit einem dumpfen Aufprall schlug er auf den Boden, blieb nahe der Höhlenwand zwischen einigen Felsen liegen. Augenblicke später setzte Jul über den Schutt hinweg und trat auf die gefallene Gestalt zu.

Baal war übel zugerichtet. Seine Flügel wiesen mehrere Risse auf, tiefe Schnitte bedeckten seinen Brustkorb. Er regte sich nur schwach, drehte den Kopf in Juls Richtung, als dieser näher trat. Seine Lippen verzogen sich zu einem blutigen Lächeln. Die Hand, die das Steinmesser hielt, zuckte.

Jul hob den Fuß und stellte ihn auf den Arm des Dämons, um ihn am Boden zu halten. Er konnte es sich nicht leisten, dass Baal auf die Idee kam, ihm die verfluchte Klinge ins Bein zu treiben. »Meine Kraft wird dir auch nicht helfen, die Seraphim zu besiegen.«

Anstelle einer Antwort spielte mit einem Mal ein blauer Schein über Baals Wunden. Er keuchte auf, verzog das Gesicht vor Schmerz. Fast schien es, als würde sein Dämonenblut gegen die Kräfte ankämpfen, die er dem Engel am Durchgang geraubt hatte. Es zischte, Rauch stieg von mehreren Stellen seines Körpers auf. Er versuchte, zwei Dinge zu vereinen, die unter keinen Umständen zusammengehörten. Jul schüttelte sich.

Fast ohne sein Zutun hob sich sein Schwert, die Klinge zielte direkt auf Baals Gesicht. Endlich würde er sein Versprechen wahrmachen können, endlich konnte er Amanda von ihrem Meister erlösen.

»Nicht!«

Karin! Überrascht hielt Jul in der Bewegung inne, hörte nun ihre Schritte hinter sich. Sie trat neben ihn, legte eine Hand auf seinen Schwertarm. Er drehte den Kopf, sah in große, bittende Augen.
»Ich kann mir denken, was du vorhast, Jul. Ihn töten, Amanda das Messer geben und allein gegen die Seraphim kämpfen. Aber falls es dir nicht aufgefallen ist, er …«, sie nickte in Baals Richtung, »… hat kaum fünf Minuten gegen diese Superengel durchgehalten, und er kann zumindest fliegen im Gegensatz zu dir. Falls du 'nen Todeswunsch hast, gibt's sicher weniger schmerzhafte Methoden.«
Sie hatte recht mit allem, was sie sagte. Aber er musste Amanda helfen, er musste verhindern, dass die Welt noch weiter auseinanderfiel. Er hatte seine Entscheidung getroffen, und er würde dafür kämpfen, egal wie hoch der Preis war. Sanft schob Jul Karins Hand fort. »Das kann sein, aber ich muss sie nur lange genug ablenken, damit Amanda tun kann, was getan werden muss. Und der Dämon wird weder ihr noch mir eine Hilfe sein, wenn ich ihn am Leben lasse. Im Gegenteil.«
Erneut hob er das Schwert, doch diesmal umklammerte Karin seinen Arm fester. Energisch schüttelte sie den Kopf. Aus dem Augenwinkel sah er Baal lächeln, verfluchte sich dafür, Karin auch nur einen Moment mit dem Dämon allein gelassen zu haben. Was hatte der Dämon nur getan, um sie derart um den Finger zu wickeln?
Mit einem Ruck entzog er Karin seinen Arm, und in ihren Augen blitzte es wütend auf. »Schön, bring ihn halt um. Aber ich sag dir, wie dann alles hier enden wird. Wir sterben, die Welt geht unter, niemand gewinnt.« Sie richtete den Blick auf Baal, sah dann wieder zu Jul auf. »Kapiert ihr das denn nicht? Allein hat keiner von uns eine Chance. Wenn wir die Welt retten wollen, müssen wir zusammenarbeiten.«

Nun war es Jul, der den Kopf schüttelte. Sie war diejenige, die es immer noch nicht verstand. »Ihm geht es nicht darum, die Welt zu retten. Er denkt wie alle Dämonen nur an seinen eigenen Vorteil.«

»Aber er war nicht immer ein Dämon, er war ein Gott.« Karins Blick klebte an Baals Zügen, sie schien darin nach etwas zu suchen. So viel Überzeugung, so viel Glaube an das Gute selbst in diesem Mistkerl. Jul wünschte, sie hätte recht, schon allein damit sie nicht mit der Enttäuschung leben musste, an etwas geglaubt zu haben, das nicht da war.

Karins nächste Worte richteten sich an den Dämon. »Ich kann mir nicht vorstellen, dass du schon so warst wie jetzt, als man dich noch verehrt hat. Sicher warst du auch mal gütig und weise und so. Etwas göttliche Weisheit deinerseits wär jetzt echt hilfreich. Wenn ihr beide zusammen die Seraphim ablenkt, verschafft ihr Amanda vielleicht nicht nur genug Zeit, um ihr Zeug zu erledigen, sondern kommt möglicherweise sogar lebendig wieder hier raus. Du bekommst dann zwar die ganze Macht nicht, aber anders hast du noch weniger von …«

Ein ferner Warnruf übertönte den Rest ihrer Worte, ganz eindeutig Amandas Stimme. Jul wirbelte herum, erhaschte einen Blick auf blaue Flammen und schimmernde Federn. Dann erklang ein Schrei, diesmal neben ihm. Karin!

Es blieb keine Zeit, sich nach ihr umzusehen. Jul duckte sich unter einem Schwerthieb hindurch, spürte, wie die Klinge in seine Schulter drang. Eine helle Aura strahlte um den Seraph auf, geblendet schloss Jul die Augen.

Und er wusste, dass er sie nie wieder öffnen würde. Mit unausweichlicher Gewissheit senkte sich diese Erkenntnis über ihn. Dies war das Ende. Er hatte versagt. Aber immerhin würden all die Zweifel dann endlich schweigen.

Doch nichts geschah. Als Jul die Augen wieder öffnete, war der Seraph fort. Ein weiterer stieß auf ihn herab, wurde jedoch aus der Bahn geschleudert. Ungläubig lauschte Jul auf das Pochen seines Herzens, konnte für einen Moment nicht fassen, dass es immer noch schlug. Wieder einmal hatte Amanda ihm das Leben gerettet.

Dann erinnerte er sich an Karins Schrei. Hektisch sah Jul sich um. Nicht weit von ihm kam Baal mühsam auf die Beine, aber wo war Karin?

Er entdeckte sie ein Stück entfernt auf dem Pfad, den der Morgenstern für ihn geschaffen hatte. Sie lag reglos am Boden, die Glieder verdreht wie bei einer achtlos fallengelassenen Puppe. Juls Herz krampfte sich zusammen. Er sprintete los.

Je näher er kam, desto deutlicher wurde das dunkle, verbrannte Loch in ihrem T-Shirt. Jul schluckte, versuchte, den Kloß aus Trauer und Wut hinunterzuwürgen, der ihm die Kehle zuschnürte. Neben Karin ging er in die Knie. Ihre Augen waren geschlossen, aber ihre Lippen bewegten sich noch. Jul beugte sich näher heran, um die Worte zu verstehen.

»... opfere ... Ich opfere ... mein Leben ...«

Nein! Das durfte sie nicht tun! Mit fliegenden Fingern riss Jul an dem Loch in ihrem T-Shirt, verbreiterte es, so dass er zwei Finger auf die Haut neben der Wunde legen konnte.

»Ich opfere mein Leben ... Baal.«

Der Name war nur noch ein Hauch. Dennoch dröhnte er Jul in den Ohren. Zu spät. Diese Worte hämmerten in seinem Geist. Er war zu spät gekommen, hatte versagt. Dennoch schickte er den heilenden Schein in Karins Körper. Sie durfte den verfluchten Namen dieses verfluchten Dämons nicht mit ihrem letzten Atemzug ausgesprochen haben.

Das blaue Licht flackerte über Karins Haut. Und erlosch.

Er versuchte es noch einmal, obwohl er wusste, dass es nichts bringen würde. Ihre Seele war fort und ihre Lebenskraft eine Opfergabe für einen alten, grausamen Gott.
Heiße Tränen rannen Jul über die Wangen. »Oh, Karin ...« Ihr Gesicht verschwamm vor seinen Augen. »Warum hast du das nur getan?«

40

Die Welt drehte sich um Amanda. Hatte sie dem verdammten Engel nicht gesagt, er solle sich beeilen? Sie atmete schwer, ihr ganzer Körper schmerzte. Sie fühlte sich wund, als hätte die Magie ihr Fleisch auf dem Weg aus ihr hinaus verbrannt.

Wie von fern spürte sie, dass ihre Hand sich von der Kante des Durchgangs löste. Sie griff erneut danach, aber ihre Finger schlossen sich nur um leere Luft. Amanda driftete davon, ohne sagen zu können, in welche Richtung. Selbst oben und unten waren nur noch Worte.

Nur ihr Blick fand etwas, woran er sich festhalten konnte. Der Schwarm sechsflügeliger Engel, der sich an der Höhlenwand rechts von ihr versammelt hatte. Dort irgendwo war Balthasar. Und dort irgendwo war Jul. Dort würde er sterben, wenn er sich noch länger Zeit ließ.

Nein! Sie biss die Zähne zusammen, versuchte die Benommenheit abzuschütteln. Es steckte noch viel mehr in ihr. Sie hatte es selbst erfahren, hatte schon so viel mehr vollbracht als im Moment. Irgendwie musste sie an diese Kräfte auch dann herankommen, wenn sie nicht in unmittelbarer Lebensgefahr schwebte, wenn sie kein Dämonenblut getrunken hatte.

Ihr Blick klärte sich ein wenig. Nun entdeckte sie Jul. Er kniete am Boden, über eine reglose Gestalt gebeugt. Karin? Irgendwohin war Juls Mitbewohnerin verschwunden. Konnte sie wirklich so dumm gewesen sein, der Gefahr direkt in die Arme zu laufen? Verdammt! Es fiel Amanda doch schon schwer genug, einer Person Rückendeckung zu geben. Wie hätte sie das bei zweien schaffen sollen?

Flügel rauschten. Wieder ein Seraph. Nein, drei. Sie stürzten auf Jul herab, das blaue Feuer ihrer Klingen warf flackernde Schatten an die Wände.

Er sah sie nicht einmal kommen.

Sie würden ihn aufspießen, gleich hatten sie ihn erreicht. Warum versuchten alle immer, die Leute zu töten, die ihr etwas bedeuteten? Mit einem Mal stand Romans Bild vor Amandas innerem Auge. Roman, auf den Krätschmer sein Gewehr richtete, den Finger um den Abzug gekrümmt.

Ein wütender Schrei hallte durch die Höhle, und sie brauchte einen Moment, um zu erkennen, dass er aus ihrem Mund kam. Und dann war sie plötzlich da. Glühend floss die Magie durch ihren geschundenen Körper, schien sie von innen heraus zu versengen. Doch Amanda achtete nicht auf den Schmerz. Sie griff nach allem, das sie bekommen konnte, schleuderte es den Seraphim entgegen.

Als würden sie von einem Wirbelsturm erfasst, wehten die Engel durch die gesamte Höhle. Funken gleich stoben schimmernde Federn in alle Richtungen. Amanda sah Flügel knicken und reißen, und ein grimmiges Lächeln stahl sich auf ihr Gesicht.

Sie hatte nicht alle erwischt, einer oder zwei kreisten noch unter der Decke der Höhle. Aber sie wagte es nicht, ihre Aufmerksamkeit von der Gruppe abzuwenden, die sie durch die Höhle geschleudert hatte. Die Seraphim fingen sich bereits wieder, blauer, heilender Schein sprang zwischen ihnen hin und her. Amanda würde alle Kraft darauf verwenden müssen, diese paar dort zu halten, wo sie waren. Hoffentlich entkam Jul dem Rest ohne ihre Hilfe.

41

Das Rauschen von Wind in Schwingen drang wie von fern an Juls Ohren. Langsam hob er den Blick, gerade rechtzeitig, um Seraph und Dämon aufeinanderprallen zu sehen.

Von Baals Wunden war nichts mehr geblieben, Karins Opfer hatte sie geheilt. Mit kräftigen Flügelschlägen katapultierte er sich vorwärts, legte dann die ledrigen Schwingen dicht an den Körper und schoss über sich wellenden Boden hinweg auf seinen Gegner zu. Beinahe im letzten Moment stieß das Messer vor.

Die Klinge des Seraphs verschwamm zu einem blauen Streifen, flammendes Metall prallte auf Stein und schlug die Waffe beiseite. Schwerelos umkreisten die Kämpfenden einander, immer wieder stieß der Dämon zu. Wie ein Tänzer wich der Engel aus, parierte. Seine Klinge zeichnete verbrannte Striche auf Baals Haut, die sofort wieder verblassten.

Wo waren die anderen Seraphim? Jul konnte in der Nähe keinen entdecken.

Der Dämon knurrte frustriert, schlug rückwärts mit den Schwingen, um etwas Abstand zu gewinnen. In diesem Moment fiel sein Blick auf Jul. Wanderte weiter zu Karins leblosem Körper. Irgendetwas veränderte sich in seiner Miene. Verstand er nun erst, was geschehen war? Was er angerichtet hatte?

Mit einem Mal riss er den Arm hoch. Eine schnelle Bewegung, und etwas Schmales, Langes flog wirbelnd durch die Luft, genau auf Jul zu. Instinktiv streckte er die Hand aus, fing.

Seine Finger schlossen sich um dunklen Stein.
Ungläubig starrte Jul das Messer in seiner Hand an. Der Dämon hatte ihm die Waffe überlassen. Warum? Warum gab er etwas ab, für das er so hart gekämpft hatte, das er so unbedingt hatte haben wollen? Das ergab überhaupt keinen Sinn, so verhielt sich ein Dämon nicht.
Als Jul aufblickte, sah er den Seraph gegen Baal prallen. Die Klauen des Dämons rissen tiefe Furchen in die Schulter seines Gegners, und Tropfen schimmernden Blutes schwebten davon. Doch da waren die ersten Anzeichen des Lichts, das um den sechsflügeligen Engel aufglühte wie die Andeutung eines Sonnenaufgangs. Nur noch Augenblicke, bis von Baal nichts mehr bleiben würde als eine Aschewolke.
Das war genau das, was Jul wollte, oder nicht? Sein Blick huschte zu Karins lebloser Gestalt, ihre Worte hallten in seinem Geist. Was, wenn sie doch recht hatte?
Mit einem Ruck trat Jul von seinem Pfad, stieß sich vom Wellen schlagenden Boden ab. Er schoss auf die beiden Kämpfenden zu, befreit von der Schwerkraft, getragen von seinem Schwung. Die Lichtaura des Seraphs wurde heller, dehnte sich aus. Die Klinge in Juls Hand stieß vor, tauchte in den Lichtkreis ein. Dann verschwanden seine Finger in dem Gleißen. Ein Gefühl der Glückseligkeit ergriff von Jul Besitz, drohte ihn davonzuspülen, ihn aufzulösen.
Abrupt verschwand es.
Für einen Augenblick starrte er die steinerne Klinge an, die zwischen dem mittleren Flügelpaar im Rücken des Seraphs steckte. Er hatte es tatsächlich getan …
Dann brach die Flut der Erinnerungen über ihn herein. Fremde Erinnerungen, die durch die Klinge in seinen Körper strömten.

Er saß zu Füßen des Herrn, das göttliche Licht hüllte ihn ein, wärmte ihn. Glück pulsierte in jeder Faser seines Körpers.
Doch mit einem Mal schien sich eine Wolke vor diese strahlende Sonne zu schieben.
Da stand er, der Morgenstern, die Arme bis zu den Ellbogen mit Blut beschmiert, schimmernde Spritzer auf den schattenhaften Schwingen. In der Hand hielt er die dunkle Steinklinge, und Hass verzerrte seine Züge.
Das Bild verschwamm in Licht. Jul sah die dunkle Wunde vor sich, die im Licht des Herrn klaffte. Er – nein, nicht er, sondern der Seraph, von dem diese Erinnerung stammte – streckte die Hand nach dem Herrn aus, erschauerte bei der Berührung mit dem Wesen, das er stets verehrt hatte. Weitere Seraphim ringsum taten es ihm gleich.
Dann floss Kraft durch sie in die Wunde. Sie kam nicht aus den Seraphim, wie Jul es beim Heilen gewohnt war, sondern sie schöpften aus einer riesigen, unendlich erscheinenden Quelle.
Die Jahre rauschten an ihm vorbei. Jahre verzweifelten Hoffens. Viel zu bald erschien die Quelle nicht mehr endlos, sondern versiegte. Himmel und Hölle lösten sich auf, alles, was sie ausgemacht hatte, war in dem Loch auf der Brust des Herrn verschwunden, ohne etwas zu bewirken. Die Gesichter der anderen Seraphim zogen an Jul vorüber, stumm und ernst, und er wusste, dass die Entscheidung, die das Schicksal der Welt besiegelt hatte, ohne ein Wort gefallen war. Wieder standen sie um den Herrn, wieder zogen sie Kraft aus einer Quelle, die den Eindruck erweckte, niemals versiegen zu können. Diesmal war es die Erde, das Universum. Aus Hoffnung war längst Verbissenheit geworden. Doch nicht ein einziges Mal trübten Zweifel den Entschluss.
Schmerz durchzuckte Juls Rücken, riss ihn in die Wirklichkeit

zurück und gleich weiter in die Vergangenheit, diesmal in seine eigenen Erinnerungen. Für einen schrecklichen Moment glaubte er wieder, Michael über sich stehen zu sehen, und der Geruch angesengten Fleisches stieg ihm in die Nase.
Dann hörte er Federn rascheln. Der Schmerz verblasste, und Jul fand sich endlich in der Höhle unter dem Alexanderplatz wieder. Das steinerne Messer hielt er immer noch in der Hand, sein Schwert in der anderen. Aber irgendetwas hatte sich verändert. Er lachte auf, als er verstand, was es war.
Zum ersten Mal seit langer Zeit streckte Jul seine Schwingen.
Wieder rannen ihm Tränen über die Wangen, doch diesmal waren sie der Erleichterung geschuldet. Nun erst, da er dicht über dem Höhlenboden schwebte und die ersten, unbeholfenen Schläge mit seinen drei Flügelpaaren tat, wurde ihm bewusst, wie schwer die Tatsache, an den Boden gebunden zu sein, auf seinen Schultern gelastet hatte. Er hatte beinahe vergessen, wie es war, sich frei zu fühlen.
Dann fiel sein Blick auf Baal, und die Freude über seine neuen Schwingen versickerte wie Wasser im Wüstensand. Der Dämon stand neben Karins Leichnam, blickte mit ernster und nachdenklicher Miene auf sie hinab. Jul presste die Lippen aufeinander. Ja, er hatte seine Flügel wieder, aber zu welchem Preis? Ohne zu zögern, hätte er die neuen Schwingen wieder abgegeben, wenn das nur Karin ins Leben zurückgeholt hätte.
Jul drehte sich in der Luft, hielt auf die beiden zu. Er mochte Karin nicht mehr helfen können, aber der Dämon hatte ihm eine Frage zu beantworten.
Ein Windstoß fuhr Baal ins Haar, als Jul ihm gegenüber landete. Über den reglosen Körper hinweg sahen sie einander an. Der Blick des Dämons wanderte zu dem steinernen Messer in Juls

Hand, dann zu den drei schimmernden Flügelpaaren, die sich hinter seinem Rücken erhoben. Ein bitteres Lächeln spielte über seine Lippen.

»Wieso hast du mir die Waffe zugeworfen?«

»Wieso hast du mir das Leben gerettet, anstatt sie gleich Amanda zu bringen?«

Beide senkten den Blick. Karins Züge wirkten seltsam friedlich, nur ihre Brille war verrutscht, hing schief auf ihrer Nase.

Baal ging neben ihr in die Knie, rückte das Gestell zurecht. Dann beugte er sich vor. Seine Lippen berührten Karins Stirn, und Jul versteifte sich, ließ ihn aber gewähren.

»Ich nehme dein Opfer an.«

Der Dämon richtete sich wieder auf und musterte Jul schweigend. Ein Lächeln stahl sich auf seine Lippen, hintergründig und wie immer wenig freundlich. Es zerschlug die Illusion des vergangenen Augenblicks. Für einen Moment hatte Jul fast glauben können, Karin habe etwas bewirkt. Doch er hätte wissen müssen, dass eine einzige Geste des Vertrauens, so groß sie auch gewesen sein mochte, die Gewohnheiten der Jahrhunderte nicht einfach fortspülen konnte.

Was mochte Baal denken? Freute es ihn, dass er Karin letztendlich für sich gewonnen hatte, wenn auch wahrscheinlich auf andere Art als von ihm geplant? Überlegte er bereits, wie er an Jul herankam, nun, da er den beiden Frauen, die ihm nahestanden, alles abgepresst hatte, was sie zu geben in der Lage gewesen waren?

Juls Finger schlossen sich fester um den Griff seines Schwertes. Doch Karins Worte klangen in ihm nach, deshalb schüttelte er nur den Kopf, wandte sich von dem Dämon ab. Er ließ den Blick durch die Höhle schweifen. Eine Gruppe Seraphim hielt auf das Loch in der Felswand zu, das den Eingang zur Höhle darstellte.

Hatten sie Amanda entdeckt? Hatte sie nicht mehr die Kraft, sich die Engel vom Leib zu halten?
Als hätten sie seinen Blick gespürt, lösten sich in diesem Moment zwei der sechsflügeligen Engel aus dem Schwarm, steuerten auf ihn zu. Jul atmete tief durch. Er hatte seinesgleichen getötet, und wollte er überleben, würde er es wieder tun müssen. Aber zumindest würde es nun keine Unschuldigen treffen. Die Seraphim waren mehr als Befehlsempfänger, sie hatten selbst entschieden, das zu tun, was zu dieser Katastrophe geführt hatte.
Unter seiner Haut pulsierte das gleißende Licht, wartete nur darauf, dass er es freisetzte. Über die Schulter warf er einen Blick zu Baal zurück. »Du hast fünf Sekunden, um ausreichend Abstand zu gewinnen, Dämon.«

42

Amanda rollte sich zu einem Ball zusammen. Sie fühlte sich leer, ausgebrannt. Irgendwo würden sich die Seraphim nun gerade wieder sammeln, würden auf Jul zuhalten. Oder auf sie. Aber sie konnte nichts mehr dagegen tun. Sie trieb nur noch durch die Schwerelosigkeit, ohne zu wissen, wohin.

Gleißendes Licht erhellte die Höhle, nur kurz, wie ein Blitz. Amanda zuckte zusammen, Adrenalin schoss durch ihren Körper. Irgendeiner der Seraphim hatte seine gefährlichste Waffe eingesetzt. Irgendjemand war gerade gestorben, und sie hatte nichts getan, um es zu verhindern.

Amanda schüttelte den Kopf, in der Hoffnung, die Schwäche damit zu vertreiben. Ihr Blick klärte sich ein wenig, und sie sah sich um. Ein Seraph kam auf sie zu! Amanda tastete nach der Quelle ihrer Magie, obwohl allein der Gedanke daran schmerzte, diese glühende Kraft noch einmal durch ihren Körper zu leiten.

Moment ... Amanda blinzelte. Dieser Seraph trug Jeans und eine zerfetzte, angesengte Jacke. Auch das weißblonde, zerstrubbelte Haar kam ihr bekannt vor. Dann war er nah genug, dass sie seine Züge erkennen konnte. Amanda schnappte nach Luft. Das konnte doch nicht sein!

Ein plötzlicher Ruck durchbrach ihre Gedanken. Die Schwerkraft griff nach ihr. Amanda fiel, kam unsanft auf hartem Steinboden auf, und Schmerz schoss durch ihr verletztes Bein. Wieder verschwamm ihr Blick, diesmal aufgrund der Tränen, die ihr in die Augen schossen.

Wütend blinzelte sie sie fort, rappelte sich in eine sitzende Position auf. Direkt neben ihr wellte sich der Boden. Sie musste gefallen sein, als sie über die Grenze dieses Bereichs getrieben war. Nun saß sie in einer schmalen Zone, in der die Naturgesetze noch richtig funktionierten, umgeben von Pfützen des Chaos.

Flügel rauschten, Wind fuhr ihr ins Haar. Drei Flügelpaare schlugen gleichzeitig, als der jeanstragende Seraph neben ihr landete. Obwohl der Wind ihr ins Gesicht peitschte, wandte sie den Blick nicht ab. Aus der Nähe bestand kein Zweifel mehr: Es war Jul. In einer Hand hielt er das steinerne Messer.

Trotz ihrer Erschöpfung brach ein Lachen aus Amanda heraus. Sie lachte, wie sie es lange nicht mehr getan hatte. Und auch nachdem es verebbte, blieb ein breites Grinsen in ihrem Gesicht zurück. »Wer hat dich denn befördert?«

Er lächelte, wenn auch nur kurz. »Ich mich selbst. Allerdings mit ein wenig Hilfe deines ehemaligen Meisters, fürchte ich.«

Mit der Spitze der schwarzen Klinge deutete Jul nach oben. Von dem Schwarm der Seraphim war nur noch einer geblieben. Seine drei rechten Flügel waren Stummel, sauber abgetrennt, als hätte irgendwer sie einfach wegradiert. Hatte Jul das Licht gerufen, das sie zuvor gesehen hatte? War dieser Seraph ihm nur knapp entkommen?

Ein Dämon hielt den sechsflügeligen Engel in der Luft, hatte die Krallen tief in sein Fleisch gegraben. Immer wieder schlug er zu, und Amanda glaubte trotz der Entfernung das nasse Reißen von Fleisch zu hören. Die Lichtaura des Seraphs flackerte schwach und unregelmäßig wie eine kaputte Glühbirne.

Neben Amanda schüttelte sich Jul, wandte sich ab. Er drehte das Messer in der Hand, streckte es ihr Griff voran entgegen. Amanda hielt den Atem an, als sie die Finger darum schloss.

Durfte sie hoffen? Sie hatte schon einmal geglaubt, es fast geschafft zu haben, aber dann war Balthasar dazwischengekommen. Jetzt waren es nur noch ein paar Meter bis zu ihrem Ziel. Irgendwie würden sich die auch noch bewältigen lassen.

Jul streckte die nun freie Hand aus und half ihr auf die Füße. Schwankend stand Amanda neben ihm, schwer auf seine Schulter gestützt.

»Wo ist Karin? Ist sie …?«

Die Miene des Engels verdunkelte sich. Ehe er antworten konnte, erklang vom Durchgang ein Plätschern. Schritte im Wasser. Amanda wandte den Kopf. Dort, eine Gestalt im Loch in der Bunkerwand. Die goldene Löwenmähne hätte sie überall erkannt.

Michael trat in die Höhle, erstarrte, als sein Blick auf Jul fiel. Hinter ihm erschienen weitere Engel, ihre Mienen eine Mischung aus Unglauben und Entsetzen angesichts des Anblicks, der sich ihnen bot. Angesichts der drei strahlenden Flügelpaare hinter Juls Rücken.

Juls Züge wurden hart. »Schaffst du es allein bis in die Mitte der Höhle?«

Amanda wandte den Kopf, sah zu dem Wirbel aus Licht und Schatten hinüber, eingerahmt von vier steinernen Säulen. Dunkel hoben sich Luzifers Umrisse vor dem göttlichen Schein ab. Vorsichtig belastete Amanda ihr verletztes Bein, verzog vor Schmerz das Gesicht. Aber sie musste nicht laufen können, wenn die Schwerkraft auf dem Großteil des Weges ohnehin nicht funktionierte.

»Wird schon gehen.«

Jul nickte, dann ließ er sie los, trat an ihr vorbei. Er breitete die Flügel aus, blendete sie und versperrte ihr den Blick auf Michael. Amanda blinzelte. Sie streckte die Hand aus, wollte über die strahlenden Federn streichen. Kurz bevor sie sie berührte, zog sie die Hand zurück. Sie hatte Wichtigeres zu tun.

Sie wandte sich ab, knickte beinahe ein, als sie ihr Bein belastete. Doch sie biss die Zähne zusammen. Zwei Schritte nur, dann fiel alle Schwere von ihr ab. Mit dem gesunden Bein fand sie noch einmal Halt am Boden, stieß sich nach vorn und schwebte auf das wogende Spiel von Licht und Schatten zu.

»Du kannst mich mal, Schwerkraft.«

Fast schien es, als habe die Gravitation sie gehört, denn im nächsten Moment fiel sie wieder, und Schmerz schoss erneut durch ihr Bein.

Sie hatte nicht die Kraft, noch einmal aufzustehen. Verbissen zog sie sich über den steinernen Boden, bis sie endlich wieder schwebte. Mit dem gesunden Bein katapultierte sie sich nach vorn.

Schatten wogten, als Luzifer die Hände nach ihr ausstreckte. Aber sie wollte verdammt sein, wenn sie dumm genug war, sich von ihm fangen zu lassen. Sie bekam eine der steinernen Säulen zu fassen, stoppte ihren Schwung. Und nun? Flügel wären praktisch gewesen.

Ganz vorsichtig stieß sie sich erneut ab, driftete in seine Richtung, darauf bedacht, das Messer, soweit es ging, außerhalb seiner Reichweite zu halten. Traue niemandem, schon gar nicht dem Herrn der Lügen.

Er breitete einen Flügel aus, schirmte sie vor dem strahlenden Licht ab. Sie griff zu, mitten in die Schatten. Irgendetwas bekam sie zu fassen. Federn? Die Kante einer ledrigen Schwinge? Etwas anderes? Sie konnte es nicht sagen, und sie versuchte nicht zu genau darüber nachzudenken. Es bot ihr Halt, das allein zählte.

Ein Lächeln huschte über Luzifers Lippen. Es wirkte schwach,

seine Wangen waren eingefallen, die gelben Augen stumpf. »Endlich.«
»Wenn du deinen Leuten etwas mehr Hilfsbereitschaft beigebracht hättest, wäre es schneller gegangen.«
Er musterte sie, sein Blick blieb an dem Tattoo über ihrer Kehle hängen, glitt dann tiefer. Fast schien es, als könne er durch den Stoff ihrer Bluse sehen. »Du scheinst doch recht erfolgreich verhandelt zu haben.«
Amanda schnaubte, zog sich an seiner Schwinge ein Stück näher. »Ich hätte meine Seele gern behalten.«
Er lachte leise, bis das Lachen in ein krampfartiges Husten überging. »Ihr Wert wird allgemein überschätzt.« Seine Stimme klang erstickt, heiser. »Aber hol sie dir zurück, wenn du kannst. Du weißt, was du tun musst.« Mit diesen Worten hob er den Flügel, an dem sie hing, ein Stück an. Licht blendete Amanda. Sie blinzelte, versuchte irgendetwas zu erkennen, erhaschte jedoch nur vage Eindrücke. Ein Gesicht, tief im Schlaf gefangen. Aber war es jung? Alt? Mann? Frau? Sie konnte es nicht sagen, und Kopfschmerzen begannen zwischen ihren Schläfen zu pochen. Jul hatte gesagt, er habe eine Wunde gesehen, ein dunkles Loch in der glühenden Brust. Aber wenn, dann sah ein Engel mehr als ein Mensch. Sie erkannte nichts.
Wie sollte sie ein solches Wesen töten? Das Messer in ihrer Hand schien mit einem Mal Tonnen zu wiegen.
Sie hatte Krätschmer getötet und zum Tod des Seraphs beigetragen, der Jul angegriffen hatte. Sie hatte in den vergangenen Tagen mehr Blut und Gewalt gesehen als je zuvor in ihrem Leben und sich beinahe eingebildet, sie würde sich langsam daran gewöhnen. Und nun ging es nicht nur um die Rettung ihres eigenen Lebens, es ging um ihren Bruder und um die Welt. Dennoch konnte sie sich nicht rühren.

Sie versuchte, sich Roman ins Gedächtnis zu rufen, der in einer dunklen Zelle saß. Sie zog sich noch ein Stück weiter an der schattenhaften Schwinge voran, den Blick wie gebannt auf die Andeutung eines Gesichts in all dem Leuchten gerichtet. Ihre Hände zitterten. Dieses Wesen griff sie nicht an. Es lag nur da, vollkommen hilflos.

Ein ungeduldiges Knurren drang an ihre Ohren. Fiebrig heiße Finger schlossen sich um ihren Arm. Verdammt! Sie hatte nicht aufgepasst!

»Wenn du es nicht tust, tut es Baal.« Luzifer deutete mit dem Kinn auf etwas links von ihr, und sie folgte dem Blick, sah Balthasar, der sich soeben in die Lüfte erhob. Unter ihm blieb eine zerbrochene Gestalt zurück, deren verstümmelte Flügel flackerten und erloschen. Der letzte Seraph. »Mir ist es gleich, wer von euch all die Macht erhält.«

Amanda wandte sich von dem Anblick ab, sah wieder in gelbe Augen, die ihren Blick ohne jede Wärme erwiderten. Doch mit einem Mal wurden Luzifers Züge weich. Leid grub tiefe Linien hinein. Sie schluckte.

»Ich werde diese Schmerzen nicht länger ertragen.« Seine Stimme war nur noch ein Flüstern. Er krümmte sich in Ankündigung eines weiteren Anfalls. »Ich werde nicht länger warten.«

Amanda war sich sicher, er hätte sie niemals um irgendetwas gebeten, weder mit Worten noch mit Gesten. Nur in seinem Blick stand ein stummes Flehen, schnürte ihr die Kehle zu. »Wenn du es nicht über dich bringst, Jehovah die Klinge in den Leib zu rammen, dann versuch es mit mir. Wir sind verbunden, ich glaube nicht, dass es einen Unterschied macht.«

Er zog sie dicht an sich heran, und Amanda spürte die Hitze, die von ihm ausging. Sie hob das Messer. Verdammt, es war nicht

unbedingt einfacher, jemanden zu töten, dem man direkt in die Augen sah.
Mit einem Mal ließ er sie los. Blitzschnell schossen seine Finger vor, schlossen sich um ihren Hals. »Tu es jetzt!«, zischte er ihr zu. »Oder stirb.«
Spitze Nägel gruben sich in ihren Nacken. Langsam drückte er zu, schnürte ihr die Luft ab.
Das war es, was sie an Dämonen so hasste. Sie ließen einem nie eine Wahl, und vor allem baten sie nicht, sondern forderten. Allesamt Arschlöcher, und er war das größte von allen. Wütend packte sie das Messer fester. Mit einem Mal erschien es ihr gar nicht mehr so schwer. Als sie die steinerne Spitze an seine Brust setzte, lächelte der gefallene Engel.
Mit einem Ruck stieß sie zu. Und dann war es, als würde eine Flutwelle sie erfassen.

43

Jul begegnete Michaels Blick. Eine Reihe von Gefühlen huschte über die Züge des Erzengels. Erstaunen, Unglauben. Zuletzt verzerrte sich sein Gesicht zu einer Maske unbändigen Zorns. Ein kräftiger Flügelschlag trieb ihn näher an Jul heran.

»Nun kannst du also schon deine Gestalt verändern, Iacoajul. Und du schreckst offensichtlich vor keiner Blasphemie zurück.«

Jul packte sein Schwert fester. »Kein Dämon könnte Flügel nachwachsen lassen, die ein Flammenschwert ihm geraubt hat.«

Wieso nur zitterte seine Stimme? Jul schluckte, sah zu den anderen Engeln hinüber, die hinter Michael zurückgeblieben waren. So viele der verwirrten und entsetzten Gesichter kannte er, entweder aus seiner Erinnerung oder aus der des Seraphs. Er würde gegen sie alle kämpfen müssen, und sei es nur, um Amanda Zeit zu verschaffen. Es wäre nun so leicht, sie zu töten, das Licht pulsierte bereits wieder unter seiner Haut. Doch eigentlich wollte er nichts weniger als einen Kampf. Bisher waren vor allem die Unschuldigen auf der Strecke geblieben. Karin und so viele Engel, die nichts wussten und nichts taten, außer Befehle zu befolgen. Mussten nun noch mehr von ihnen fallen?

Ein weiterer Flügelschlag, Michael schwebte mit flammendem Schwert auf ihn zu. Jul ließ die eigene Klinge locker an seiner Seite herabhängen, sah dem Erzengel entgegen. Einen Augenblick lang glaubte er wieder, verbranntes Fleisch zu riechen,

spürte den Schmerz in seinem Rücken. Jul bewegte die Flügel, musste sie spüren, um sich zu vergewissern, dass sie noch da waren. Der Schmerz verebbte.
Die Klinge des Erzengels fuhr herab, und Juls Schwert kam wie von selbst hoch. Flammendes Metall prallte aufeinander.
Über das Klirren von Stahl hörte er die Engel murmeln. Irgendetwas ging dort hinten vor.
»Michael!« War das Muriels Stimme? Juls Kopf flog herum, sein Blick glitt suchend über die Versammelten. Nur aus den Augenwinkeln sah er blaue Flammen flackern. Er machte einen Satz zurück, und brennender Schmerz zog eine Spur über seine Wange. Aber er nahm es kaum wahr. Es geschah etwas unter den Engeln!
»Michael!« Nun war er sich sicher, es musste Muriel sein, der da rief. »Halte ein! Was ist, wenn der Herr ihm diese neuen Flügel gegeben hat? Was ist, wenn tatsächlich wir es sind, die irren?«
Das Gemurmel wurde lauter. Jul lauschte angespannt, konnte jedoch weder Zustimmung noch Ablehnung darin hören. Oh, wie sehr er auf Zustimmung hoffte. Er ließ das Schwert sinken, und Michael schlug rückwärts mit den Flügeln, gewann ein wenig Abstand zu ihm. »Er würde nicht gemeinsame Sache mit Dämonen machen, wenn es so wäre. Die Zeichen sind eindeutig, und Iacoajul steht in diesem letzten Kampf auf der falschen Seite!«
Nein! Jul wollte das Wort schreien, wollte erklären, wie die Dinge wirklich standen. Aber was sollte er sagen? Wie konnte er argumentieren, damit die anderen ihm glaubten? Er war sich doch selbst nicht sicher, er hatte kaum Beweise, abgesehen von dem vagen Gefühl, das Richtige zu tun.
In diesem Moment flackerte das Licht des Herrn, das die Höhle erfüllt hatte. Die Engel erstarrten. Mit weit aufgerissenen Au-

gen blickten sie in Richtung der vier Säulen, dorthin, wo Licht und Dunkelheit wogten. Wo sie sich nun immer enger miteinander verwoben. Zusammenflossen, als würden sie gemeinsam zu einem Punkt dicht über dem Boden gezogen.
Jul schluckte. Er wusste, was geschah, hatte gewusst, dass es geschehen würde. Dennoch fühlte er sich, als würde ihm das Herz aus der Brust gerissen. Wie die anderen beobachtete er gebannt das Geschehen.
Licht und Schatten fielen immer schneller ineinander. Der Sog riss selbst an Juls neuen Flügeln, und er zog sie instinktiv enger an den Körper.
Wieder flackerte das göttliche Licht, wurde schwächer wie eine Kerze kurz vor dem Verlöschen.
Dann senkte sich Dunkelheit über die Höhle, nur durchbrochen vom blauen Feuer der Schwerter und dem Schein glühender Federn.
Der Herr war tot.
Es hatte so geschehen müssen, aber das Wissen half nicht. Es fühlte sich dennoch an, als wäre die Welt mit einem Mal kälter und feindlicher geworden. Schon wieder liefen ihm Tränen über die Wangen, und er wischte sie mit dem Handrücken fort.
Als Jul sich zu Michael umwandte, war das Gesicht des Erzengels eine geisterhafte Fratze im Licht des blauen Feuers.
»Was hast du getan?« Seine Stimme war nicht mehr als ein heiseres Flüstern.
»Was hast du *getan?*« Diesmal schrie Michael. Mit erhobenem Schwert schoss er auf Jul zu. Noch immer mit Tränen in den Augen wich Jul zurück, parierte Schlag um Schlag.
»Du willst die Wahrheit hören?« Seine Stimme klang heiser, aber sie trug weit. Er sprang zur Seite, spürte ein Brennen an der Hüfte, als Michaels Schwertspitze seine Haut ritzte. »Die

Wahrheit ist, dass der Herr nicht aus eigenem Willen verschwunden ist. Der Morgenstern wollte ihn töten, aber sie verschmolzen bei dem Versuch. Hast du nicht die Wunde in seiner Brust gesehen?«

Michaels Blick flackerte. Sein nächster Schlag war so hart, dass er Jul beinahe das Schwert aus der Hand prellte. »Das war Teil des Plans! Diese Welt muss vernichtet werden, bevor aus der Asche eine neue, bessere erstehen kann. Seine Verwundung war der Weg, den der Herr dafür gewählt hat.«

Immer weiter wich Jul zurück, den schmalen Pfad zwischen den beiden sich wellenden Pfützen entlang. Er verlor an Boden, nicht so sehr im Kampf als mehr in der Argumentation. Seine Gedanken rasten. Wenn er doch nur die anderen Engel überzeugen könnte! Er warf einen schnellen Blick zu ihnen hinüber. Der Großteil verfolgte den Kampf mit leerem Blick, einige starrten dorthin, wo zuvor noch das Licht des Herrn geleuchtet hatte. Einer hatte die Hände vor das Gesicht geschlagen und weinte.

Wieder schwang Michael sein Schwert hoch über dem Kopf. Jul riss seines hoch und parierte. Unter den blau flammenden Klingen hindurch sahen sie einander in die Augen. »Wenn das alles Teil des Plans war, was sagt dir dann, dass dies hier es nicht ist?«

Der Erzengel erstarrte. Erstmals flackerte Unsicherheit in seinem Blick. Aber nur kurz, dann trat eine stählerne Härte an ihre Stelle. »Nein. Du hast gegen seine Gebote verstoßen, du hast mit Dämonen paktiert und dein Schwert gegen die Heerscharen des Herrn erhoben. Du bist eine Schlange an seiner Brust, der man den Kopf abschlagen muss!«

Michael stieß zu. Im letzten Moment schlug Jul die Klinge beiseite. Sie zischte an seinem Kopf vorbei. Ein brennender

Schmerz schoss durch den obersten, rechten Flügel. Er schnappte nach Luft. Glaubte wieder, verbranntes Fleisch zu riechen. Diese Schwingen würde Michael ihm nicht nehmen!
Ohne nachzudenken, stieß Jul das Schwert nach vorn.
Ein Ruck ging durch den Erzengel. Dann erstarrte er. Er öffnete den Mund, aber kein Ton kam heraus. Sein Flammenschwert erlosch. Es rutschte aus seinem Griff, fiel klappernd zu Boden. Er sah nicht auf die Klinge hinab, die mitten in seiner Brust steckte. Stattdessen grub sich sein Blick in den Juls, schien ihn aufzuspießen wollen. Lautlos formten seine Lippen Worte. »Verräter«, glaubte Jul zu lesen. »Du hast all unsere Hoffnungen zerstört.«
Michaels Knie gaben unter ihm nach, und der Schwertgriff glitt Jul aus der Hand. Die Dunkelheit kroch näher, als das Leuchten von Michaels Flügeln immer schwächer wurde. Jul schluckte, hielt dem Blick des Erzengels stand. »Nein«, flüsterte er heiser. »Wir haben dafür gesorgt, dass es auch in Zukunft noch jemanden gibt, der hoffen kann.«
Das zumindest hoffte er. Er hoffte, dass dies alles den Preis wert war, den vor allem die Engel gezahlt hatten. Sie waren nun ohne Führung und ohne Ziel. Und es war seine Schuld.
Michael schüttelte den Kopf, als wisse er, was Jul dachte. Er legte die Hände über den Griff des Schwertes. Noch konnte er sich retten, wenn er es nur herauszog, wenn er sich heilte. Doch er tat es nicht.
»Ich will nicht … in dieser Zukunft leben, die du geschaffen hast. Bring es … zu Ende.«
Wie konnte Jul diese Bitte verweigern? Sie mochten Feinde gewesen sein, aber auch Michael hatte nur getan, was er für richtig hielt. Jul beugte sich vor, legte seine Hände über Michaels um den Schwertgriff. Dann erst fiel ihm ein, dass er das Schwert

nicht brauchte. Er hielt den Blick des Erzengels, während er das Licht freiließ, das unter seiner Haut pulsierte. Es drang durch jede Pore, schickte warme Schauer durch seinen Körper. Es hüllte Michael ein, und Jul sah zu, wie er in dem Gleißen verging.

Als die Dunkelheit zurückkehrte, war der Erzengel fort.

Sanfter Flügelschlag ließ Jul aufsehen. Die anderen Engel schwebten auf ihn zu, schwebten, wie man es auch mit Flügeln nur in der Schwerelosigkeit konnte. Jul runzelte die Stirn, blickte auf den Boden hinab, der sich dicht vor seinen Füßen immer noch wellte. Hatten sie die Welt denn nicht gerettet? Hatten sie etwas nicht bedacht, war dies eine Falle gewesen? Ging es Amanda gut? Die letzte Frage vertrieb Jul aus seinen Gedanken. Er musste nach Amanda sehen. Irgendetwas stimmte bei ihr nicht.

Doch er konnte der Schar, die auf ihn zukam, nicht den Rücken kehren. Ganz langsam bückte er sich, hob das Schwert auf, das dort lag, wo Michael gekniet hatte. Dann blickte er den anderen entgegen.

»Geht. Eure Aufgabe an diesem Ort ist erfüllt.«

Bewegung kam in die Menge, sie teilte sich, um einer einzelnen Gestalt Platz zu machen. Muriel bewegte die Flügel kaum, als er langsam auf Jul zudriftete. »Wenn es dein Wunsch ist, gehen wir, Iacoajul. Aber du sollst wissen, dass sie dir glauben. Der Herr hat dich zum Seraph erhoben, also muss es in seinem Sinne gewesen sein, dass du Erkenntnis erlangt hast. Wo auch immer er nun sein mag, in seiner Abwesenheit bist eindeutig du dazu ausersehen, uns zu führen. Es ist tatsächlich alles Teil des Plans, wie du gesagt hast.«

Jul schluckte. Sogar Michael hatte näher an der Wahrheit gelegen als Muriel nun. Er hatte die Kraft des Seraphs gestohlen, hatte dabei geholfen, den Herrn zu töten. Er öffnete den Mund, um etwas zu sagen, schloss ihn dann wieder.

»Sag uns, was wir tun sollen.« Muriel schwebte nun dicht vor ihm, sah ihn bittend an. Das Gewicht der Schuld verdoppelte sich auf Juls Schultern. Trug er nicht Verantwortung für jene, die er ihrer einzigen Hoffnung beraubt hatte? Er räusperte sich.

»Ihr müsst lernen, selbst zu entscheiden, was ihr tut.«

Schweigen schlug ihm entgegen, abwartende, hoffnungsvolle Blicke blieben auf ihn gerichtet. Er seufzte. Sie würden Zeit brauchen. Falls sie die hatten. Ungeduld kribbelte in seinem Nacken. Er musste zu Amanda.

»Geht hinauf und sagt den anderen, sie sollen aufhören zu kämpfen. Berichtet ihnen, was hier geschehen ist. Ich ... ich habe hier noch etwas zu erledigen. Dann komme ich zu euch.«

Mit diesen Worten schwang er sich in die Luft.

Amanda schwebte zwischen den vier Pfeilern in der Mitte der Höhle. Sie hatte die zusammengekauerte Haltung eines Embryos, ihr ganzer Körper schien sich um das steinerne Messer zu krümmen, das sie noch immer fest umklammert hielt. Um sie herum flirrte die Luft. Baal hielt sich mit langsamen Flügelschlägen neben ihr, umkreiste sie.

Der Dämon wandte den Kopf, als das Flackern der blauen Flammen und der Schein von Juls Flügeln ihn erreichten. »Sie reagiert auf nichts. Und irgendeine Art von Barriere umgibt sie.«

»Zum Glück. Sonst hättest du ihr wohl bereits das Messer abgenommen und sie getötet.«

Baal machte sich nicht einmal die Mühe zu leugnen, betrachtete

Amanda lediglich nachdenklich. »Das wäre vielleicht eine Gnade. Sie wirkt nicht gerade friedlich.«
Langsam glitt Jul näher, bis das Licht seiner Flügel auf Amandas Züge fiel. Tatsächlich zuckten ihre Augen unter den geschlossenen Lidern unruhig hin und her, und ihre Finger lagen so fest um den steinernen Griff der Waffe, dass die Knöchel weiß hervortraten.
Er streckte die Hand nach ihr aus, aber seine Finger stießen auf Widerstand, wie Baals Worte es angekündigt hatten. Aber irgendwie musste sie erreichbar sein! Er würde nicht auch noch sie verlieren. Vor allem nicht sie.
»Amanda!«
»Du hörst mir nicht zu, Engel. Ich sagte doch, sie reagiert auf nichts. Ich habe sogar Schmerz durch ihr Tattoo gejagt.«
Juls Flügel zuckten. Seine Finger schlossen sich fester um den Griff des Schwertes. Doch da waren Karins Worte, Karins letzter Wille. Er zwang sich zur Ruhe. »Es wäre besser, du gehst.«
Um Karins willen wollte er nicht gegen Baal kämpfen, aber genauso wenig konnte er dessen Nähe länger ertragen. Dann allerdings kam ihm ein Gedanke. Er räusperte sich. »Ich habe den Engeln gesagt, sie sollen die Kämpfe beenden. Tu dasselbe mit den Dämonen, und vielleicht können wir den Waffenstillstand wiederherstellen. Diese Kämpfe gehen vor allem auf Kosten der Menschen, und es gibt keinen Grund, sie fortzusetzen.« Während er sprach, nahm er den Blick nicht von Amandas zusammengekrümmter Gestalt. Sie sah mitgenommen aus, wie meist, seit er sie kannte. Die Kleidung zerrissen und voller Blut, und die dunklen Schatten unter ihren Augen waren ganz sicher nicht nur dem unsteten Licht geschuldet. Wenn er doch nur einen Weg finden könnte, ihr zu helfen.
Baal neben ihm rührte sich nicht. »Auf das Friedensangebot

komme ich vielleicht später zurück. Für den Moment bleibe ich.«
Nun erst wandte Jul den Kopf und sah Baal an. Konnte der Dämon denn wirklich nichts anderes tun, als ihm das Leben schwerzumachen? »Warum? Das Messer bekommst du nicht, dafür werde ich sorgen, egal was sonst geschieht.«
Baal begegnete seinem Blick mit herablassendem Lächeln. »Diese drei Schwingenpaare machen dich nicht unbesiegbar. Schon gar nicht, wenn man deine große Schwäche kennt.« Ein knappes Nicken in Amandas Richtung begleitete diese Worte. »Wie wäre es mit einem Angebot, das du nicht ablehnen kannst? Karins Opfer hat mir mehr Kraft gegeben, als ich seit Jahrhunderten hatte. Noch ein wenig mehr, und ich finde vielleicht einen Weg in Amandas Träume, um sie aus dem Labyrinth ihres eigenen Geistes wieder in die Welt der Wachen zu führen.«
Dämonen! Jul schnaubte. »Du bist schlimmer als ein Geier. Und ich wette, du bist auch gieriger. Wenn ich auf diesen Handel einginge, würde dir das Messer als Preis nicht genügen, nicht wahr? Hast du denn nie genug?«
Ein weiteres Lächeln kräuselte Baals Lippen, doch nun lag eine gewisse Bitterkeit darin, die Jul sich nicht erklären konnte. »Solltest du nicht wissen, wie es mit der Macht ist? Du hast jahrtausendelang einem Gott gedient, dessen Eroberungszug die halbe Welt umspannt hat. Man hat wirklich nie genug.«
»Jehovah hat auch nur Befehle befolgt.«
Juls Kopf ruckte herum. Amandas Augen standen offen, und ihr Blick ruhte auf dem Dämon.

44

Sie hatte die Stimmen schon die ganze Zeit vernommen. Die eine, auf die sie nicht hören wollte. Die andere, die so voller Sorge und Wärme war und zu der es sie hinzog wie eine Motte ins Licht. Doch das hatte sie nicht geweckt, genauso wenig wie der Schmerz. Zu tief steckte sie in einem Sumpf aus Bildern und fremden Gefühlen, hatte nicht die Kraft, sich zu befreien. So lange nicht, bis das Wort »Angebot« in ihr Bewusstsein drang. Balthasar. Er war wieder dabei, sein Netz zu spinnen. Konnte er es denn nie lassen? Er durfte nicht noch jemanden darin fangen. Vor allem nicht Jul. Mit einem schmerzhaften Ruck riss sie sich aus dem Sumpf los, driftete an die Oberfläche.

Sie öffnete die Augen und sah den Dämon an. Lange hielt sie seinem Blick stand, länger als je zuvor. »Du bekommst Jul nicht.«

Seine Lippen verzogen sich zu einem dünnen Strich, und ihr Blick wanderte weiter zu dem Engel. Irgendetwas musste sie ihm sagen, hatte sie bereits begonnen zu sagen. Etwas, das wichtig für ihn war. Doch es war so schwer, an einem Gedanken länger festzuhalten. Sie griff nach dem erstbesten Bild, das durch ihren Geist wirbelte, hielt sich daran fest, um in dem Strudel nicht zu ertrinken.

»Jehovah hatte auch Befehle … denke ich. Ich verstehe seine Erinnerungen nicht. Ich …«

Wenn sie doch nur klar denken könnte, dann wäre es auch einfacher, verständliche Sätze zu formulieren. Aber immer wieder drohten ihre eigenen Gedanken unterzugehen in der Flut der Erinnerungen. Da war der Hass, der Luzifer gehörte, ebenso wie die Jahrhunderte des Schmerzes. Und da waren andere Dinge. Schwerer fassbar, weniger menschlich.

»Es gibt eine Macht über ihm. Götter ...« Amanda presste die Hände an die Schläfen, spürte dabei die steinerne Klinge des Messers an ihrer Wange. Doch das war nebensächlich, sie musste sich konzentrieren. »Götter sind Splitter ... Splitter von etwas Größerem. Er wollte ... Verdammt! Ich verstehe nicht, was er wollte. Vielleicht gab es einen Plan, aber es war nicht seiner. Oder vielleicht ging es wirklich nur um Macht. Oder beides.«

Frustriert schüttelte sie den Kopf. Sie hatte das Gefühl, dass alle Antworten auf alle Fragen knapp außerhalb ihrer Reichweite lagen. So nah, dass sie sie mit den Fingerspitzen streifen konnte, wenn sie sich danach streckte, sie aber nie zu fassen bekam. Doch sie durfte nicht abschweifen, zu groß war die Gefahr, dass sie sich wieder verlor. Sie blickte in Juls blaugrüne Augen, suchte darin Halt. »Es tut mir leid. Ich würde dir gerne sagen, dass es einen Grund für all die Befehle gab, die du befolgt hast. Ich würde dir gerne Antworten geben. Aber es ist alles verschwommen.«

Verdammt, sie hatte sich das anders vorgestellt. Sie hatte einen großen Moment der Erkenntnis erwartet, nicht noch mehr Verwirrung und nur die Bruchstücke von Antworten. Doch dann vergaß sie ihren Frust, als ein Lächeln auf Juls Zügen erblühte.

»Danke, dass du es versuchst. Aber ich denke, es spielt keine Rolle, wie man rechtfertigt, was ich getan habe. Ein Grund macht es letztendlich nicht besser, egal wie gut er ist.«

Dann wurde seine Miene ernst. »Der Welleneffekt ist noch immer da. Kannst du den angerichteten Schaden beheben?«

Konnte sie? Amanda lauschte in sich hinein. Ja, die Macht war da, sie konnte sie fühlen. Sie griff danach, aber sofort stürzte eine Flut von Erinnerungen auf sie ein, drohte sie zu ertränken. Sie ballte die Hände zu Fäusten, fluchte zwischen zusammengebissenen Zähnen. Der Strom der Worte fungierte wie eine Rettungsleine, half ihr, nicht wieder im Sumpf zu versinken. Jul streckte mit besorgter Miene die Hand nach ihr aus, doch irgendetwas hielt ihn zurück, als hätte jemand eine Barriere zwischen ihnen errichtet. War sie das? Sie konnte es nicht sagen.

»Was habt ihr erwartet?« Balthasars Stimme klang herablassend. »Du bist nur ein Mensch, Amanda. Dein Geist ist schlicht überlastet.«

Wütend funkelte sie ihn an. Zu gern hätte sie ihm das arrogante Lächeln aus dem Gesicht gewischt. Ihn für all das bezahlen lassen, was er ihr angetan hatte. Und mit einem Mal verstummte das Gewirr der Bilder und Gefühle in ihrem Geist. Wie eine heiße Klinge schnitt ihr Zorn durch die fremden Erinnerungen, teilte sie und ebnete ihr einen Pfad zu der Macht, für die sie all das Leid der letzten Tage auf sich genommen hatte.

»Baal!« Für den Bruchteil einer Sekunde steckte der Name in ihrer Kehle fest wie eine große Gräte, an der sie sich verschluckt hatte. Doch dann spülte die göttliche Macht durch sie hindurch und riss alle Hindernisse mit sich. Heißes Blut tränkte ihre Bluse. Rote Tropfen, Kugeln in der Schwerelosigkeit, stiegen in ihr Sichtfeld. Amanda hob die linke Hand und lachte. Der Kopf der Schlange verlief, Balthasars Blut sickerte aus ihrer Haut, ließ nichts als die Umrisse des einstigen Tattoos zurück. Feine, kaum sichtbare Narben. Mit der Rechten tastete Amanda über ihre Brust, fühlte feuchten Stoff. Sie musste nicht nachsehen, um zu wissen, dass auch die zupackende Hand über dem Herzen fort war. Sie hatte ihre Seele wieder.

Gleichzeitig ließ endlich der Schmerz in ihrem Oberschenkel nach. Die Wunde schloss sich.
Sie fühlte die Barriere, die sie unbewusst um sich errichtet hatte. Sie brauchte sie nicht mehr. Ein Gedanke wischte sie fort. Amanda streckte sich und blickte Balthasar in die Augen. Dieser verdammte Mistkerl. Ein Jahr hatte er ihr zur Hölle gemacht, sie und ihren Bruder gequält. Nun würde er zu spüren bekommen, was sie durchgemacht hatte. Wie ein Kaninchen eine Schlange starrte er sie an. Er wusste, dass es ihm nichts nützen würde zu fliehen. Keine Spur von Überheblichkeit stand mehr in seiner Miene.
Amanda lächelte. Das war, was sie sich gewünscht hatte. Sie streckte ihren Geist nach ihm aus, griff zu.
Sofort krümmte er sich vor Schmerz.
»Amanda!« Juls Stimme drang wie von fern an ihr Bewusstsein. Der Geruch kalter Wintertage stieg ihr in die Nase, und seine Hand legte sich warm auf ihre Schulter. »Hör auf, Amanda. Du bist besser als er, du musst ihm nicht mit gleicher Münze heimzahlen, was er getan hat.«
Mit einem Mal hatte sie einen bitteren Geschmack auf der Zunge. Verdammt, was tat sie da? Sie hatte ihn töten, hatte ihn loswerden wollen, aber doch nicht …
Niemals wollte sie sein wie er. Niemals. Sie senkte den Blick, hörte Balthasar erleichtert nach Luft schnappen.
Aber zusammen mit all der Wut und dem Hass verschwand auch ihr Fokus. Mit Macht drängten die Erinnerungen zurück. Sie biss die Zähne zusammen, kämpfte darum, die Kontrolle zu behalten. Sie musste den Zugang zur Macht aufrechterhalten, musste sie beherrschen! Aber es nützte nichts. Der Sumpf griff nach ihr, zog sie wieder zurück.
Und unter ihr wellte sich noch immer der Boden. Der Anblick

des sich kräuselnden Steins rief eine Erinnerung wach, sie stieg aus den näherdrängenden Fluten.

»Die Energie, die die Seraphim der Schöpfung entzogen haben, ist jetzt in mir.« Deshalb war die Welt also nicht einfach wieder in Ordnung gekommen. Amanda blickte auf und in blaugrüne Augen. »Jul, ich ...«

Dann schwemmten die Erinnerungen über sie hinweg. Sie wirbelten durch ihren Geist, zerschlugen jeden klaren Gedanken. Sie sah zwei Menschen. Einen Mann und eine Frau, nackt inmitten von Bäumen voller Früchte. Engel kreisten über ihnen, sangen und priesen die Weisheit ihres Herrn. Sie glaubten, er hätte diese nackten Affen geschaffen, hätte sie nach seinem Ebenbild geformt. Dabei hatte er ihnen eigentlich nur die Fähigkeit genommen, zwischen Richtig und Falsch zu entscheiden. Hatte dafür gesorgt, dass sie ihm besser gehorchten als all die anderen, die es auf der Erde schon gab. Doch das ahnte damals noch nicht einmal der eine Engel, der nicht in den Gesang mit einstimmte. Der sich etwas abseits der anderen im Unterholz verbarg. Es war seine Erinnerung, und Amanda spürte, wie der erste Funke der Eifersucht in ihm entflammte.

✣

»Amanda!« Die Stimme holte sie nur zur Hälfte in die Wirklichkeit zurück. Sie hörte fernes Grollen, spürte starke Arme, die sie hielten, und stetige Erschütterungen.

»Amanda!« Jul trug sie, und er rannte. Sie blinzelte, doch Staub rieselte ihr in die Augen, und Tränen verschleierten ihr Sichtfeld. »Was auch immer du tust, hör auf damit! Du bringst uns noch um.«

Verdammt! Wieder blinzelte Amanda, und diesmal erhaschte

sie einen Blick auf vorbeiziehende Betonwände. An vielen Stellen schlugen sie Wellen, nicht mehr ruhig und in geordneten Kreisen, sondern chaotisch, als peitsche ein Sturm die Oberfläche eines Sees. Balthasar rief eine Warnung, und Jul warf sich zur Seite. Rumpelnd ging dicht neben ihnen ein Stück der Decke zu Boden.

Amanda schlang die Arme um Juls Hals und klammerte sich fest. Bewirkte sie dies alles? Sie hatte zuletzt an den Welleneffekt gedacht, hatte sie ihn damit unbewusst beeinflusst? Wenn ja, konnte sie nicht sagen wie. Tränen stiegen ihr in die Augen, diesmal nicht vom Staub. So hätte es nicht laufen sollen, verdammt! Sie musste etwas tun, musste alles wieder in Ordnung bringen. Eilig tastete sie nach der Macht, und fremde Erinnerungen hüllten sie erneut ein. Schmerz, Feuer und Schwefel. Luzifers Erinnerungen. Aber sie waren immer noch besser als die fremden, unverständlichen Gedanken seines Schöpfers, die ebenfalls in der Tiefe ihres Bewusstseins lauerten.

Nur mit Mühe löste sie sich wieder aus dem Sumpf. Sie klammerte sich an das Gefühl von Stein unter ihr, an Juls Geruch ganz in der Nähe. Dinge aus der realen Welt.

Diesmal lag sie auf dem Boden, und Stille herrschte um sie herum. Doch sie würde nicht halten, Amanda fühlte die Spannung in der Luft.

Getaucht in das goldene Licht seiner Schwingen, schwebte Juls besorgte Miene über ihr.

»Du solltest dir einen anderen Gesichtsausdruck zulegen«, murmelte sie, »wenn du schon so oft das Erste bist, was ich sehe, nachdem ich aus irgendeiner scheußlichen Erfahrung

aufwache. Der, den du hast, sieht zu sehr nach schlechten Neuigkeiten aus.«
Kurz huschte ein Lächeln über seine Züge. »Ich habe tatsächlich schlechte Neuigkeiten. Du hast die Kontrolle verloren, und wir sind eingeschlossen.« Er sprach schnell, als hätte er nicht viel Zeit, um alles zu sagen, was gesagt werden musste. »Du musst die Macht abgeben, bevor du noch größeren Schaden anrichtest. Wenn ich dich richtig verstanden habe, müsstest du das ohnehin, um die Energie in die Schöpfung zurückzuführen, die die Seraphim ihr entzogen haben.«
Ruckartig setzte sich Amanda auf. Die Bewegung sorgte dafür, dass die Erinnerungen in ihrem Kopf hin und her zu schwappen schienen. Er war einfach zu schwer, zu voll. »Ich kann die Macht jetzt nicht aufgeben! Gib mir ein bisschen Zeit, und ich komme damit klar.«
Ein Grollen untermalte ihre Worte, Staub rieselte von der Decke.
Mit bedauernder Miene schüttelte Jul den Kopf. »Wir haben keine Zeit. Wenn es so weitergeht, stürzt der Bunker über uns zusammen, bevor wir auch nur angefangen haben, uns freizugraben.«
Das durfte nicht wahr sein! Dies war ihre einzige Hoffnung. Sollte nun alles daran scheitern, dass sie nicht in der Lage war, die Kontrolle zu behalten? So viel anders als Magie konnte diese verdammte göttliche Macht doch auch nicht funktionieren. Andererseits musste sie zugeben, dass sie das mit der Magie auch noch nicht so ganz im Griff hatte.
Wieder tastete sie nach der Macht, wieder drohten Erinnerungen sie zu übermannen. Jul packte sie bei der Schulter, schüttelte sie. »Nicht wieder abdriften, Amanda! Bleib bei mir!«
Sie atmete tief durch, drängte mit einiger Anstrengung die Bil-

der beiseite. Flammen und Schmerz. Luzifers Erinnerung war voll davon. Und sie hatte gedacht, ihr ginge es scheiße ...
Über Juls halb ausgebreitete Flügel hinweg sah Balthasar auf sie hinab, nur ein Schatten hinter dem Licht, das seine Augen reflektierten wie die einer Katze. Er beobachtete sie schweigend, würde warten, bis sie wieder schwach und angreifbar war, bevor er zuschlug. Ihre einzige Chance, ihm zu entkommen, lag in der Macht, von der Jul wollte, dass sie sie aufgab. Verstand der verdammte Engel das denn nicht?
»Sieh mich an, Amanda.«
Sie wandte sich wieder Jul zu. »Ich kann die Macht nicht abgeben.« Irgendwo in der Ferne kollerten Steine.
»Du musst.« Er blickte sie beschwörend, beinahe flehend an. »Wenn hier alles zusammenbricht, werden wir entweder sterben, oder du drehst komplett durch. Wie als ich dich angeschossen habe, nur mit unermesslich größerer Macht. Du könntest die Welt endgültig in den Untergang reißen. Willst du das?«
Amanda biss sich auf die Unterlippe. Konnte sie nicht ein einziges Mal Glück haben? »Ich muss zumindest Roman befreien.«
»Du hast vorhin eine ganze Gruppe von Seraphim in Schach gehalten. Was bringt dich auf die Idee, dass du nicht selbst genug Macht hast, um gegen einen einzelnen Dämon anzukommen?«
Amanda öffnete den Mund, um zu antworten, aber kein Ton kam heraus. Wie sollte sie erklären, dass Balthasar nicht einfach irgendein Dämon war? Er war der Dämon, der sie ein Jahr lang gefangen gehalten hatte, der ihr immer einen Schritt voraus war, der genau wusste, wo er den Hebel ansetzen musste, damit sie tat, was er wollte. Sie hatte sich ihm doch vor kurzem erst nur mit ihrer eigenen Macht gestellt, und sie hatte verloren.
Jul lehnte sich näher, senkte die Stimme. »Du fürchtest ihn mehr, als er verdient hat.«

Amanda schüttelte den Kopf, wollte widersprechen. Aber der Engel fuhr bereits fort. »Außerdem kann ich deinen Bruder befreien, wenn du möchtest.«
Die Fluten der Erinnerungen zerrten an ihr. Doch inmitten von all den fremden Bildern stieg eines auf, das ihr selbst gehörte. Mit einem Mal schien Juls Haar nicht mehr weißblond zu sein, sondern golden. Sie schüttelte den Kopf. »Das hat mir schon mal ein Engel versprochen.«
Juls Miene verdüsterte sich. »Ich bin nicht Michael. Ich schwöre, ich befreie nicht nur deinen Bruder, ich werde auch dafür sorgen, dass Baal euch für den Rest eures Lebens in Ruhe lässt. Ich kann dich beschützen, bis du deine Magie noch etwas besser beherrschst. Ich habe nun genügend Macht. Und ich kann an deiner Seite bleiben, solange du willst. Der Dämon hat recht, weißt du? Ich ...« Er stockte, holte tief Luft. Amanda biss sich auf die Unterlippe. Sie ahnte, welche Worte gleich über seine Lippen kommen würden. Doch sie wusste nicht, ob sie sie hören wollte. Nicht in dieser Situation, während er versuchte, sie von etwas Wichtigem zu überzeugen. Während er womöglich alles sagen würde, um zu verhindern, dass sie die Welt zerstörte. Bevor er weitersprechen konnte, legte Amanda ihm einen Finger auf die Lippen.
»Sag es nicht. Warte, bis das hier vorbei ist. Dann werden wir sehen, ob du es immer noch sagen willst.«
Er nickte mit einem Lächeln, in dem so viel Wärme steckte, dass Amanda nicht anders konnte, als es zu erwidern.
Dann lauschte sie hinaus. Der Bunker lag nun wieder vollkommen ruhig da. Ebenso, wie sie sich fühlte. Die fremden Erinnerungen wirbelten noch immer durch ihren Geist, doch Juls Worte hatten eine Insel geschaffen, in der sie zumindest für eine Weile mit ihren Gedanken allein war.

Sie wollte ihm glauben, wenn er sagte, dass er sie beschützen würde. Und noch lieber wollte sie ihm glauben, dass sie auch allein und ohne göttliche Macht klarkam. Ihre Gedanken wanderten zu dem Moment zurück, an dem sie die Seraphim durch die Höhle geschleudert hatte. Diese mächtigsten aller Engel. Sollte sie so etwas bei Balthasar nicht wiederholen können? Warum krampfte sich bei diesem Gedanken alles in ihr zusammen? Warum hatte sie bei den Seraphim nie daran gedacht, was diese ihr antun könnten, falls sie versagte? Warum dachte sie bei Balthasar ständig daran?
Hatte Jul recht, fürchtete sie den Dämon so sehr? Zu sehr?
Amanda spähte zu seiner dunklen Gestalt hinüber. Sie hatte geglaubt, er würde einen Weg finden zu verhindern, dass sie all die Macht erhielt, die Luzifer ihr versprochen hatte. Aber da war sie, hatte für einen Augenblick sogar sein Leben in der Hand gehalten.
Auch er konnte nicht auf alles vorbereitet sein. Und er sollte ihr nicht mehr Angst einjagen als die Möglichkeit, mit nur einem falschen Gedanken die Welt zu vernichten. Das war wirklich mehr, als er verdient hatte.
Sie räusperte sich, wandte sich wieder Jul zu. »Ich nehme nicht an, dass du weißt, wie ich die ganze Macht wieder abgeben kann?«
»Ich weiß es.« Balthasar trat vor, nun wieder ganz in der Form, in der sie ihn kannte. Keine ledrigen Schwingen und ein Gesichtsausdruck irgendwo zwischen herablassend und lauernd, umrahmt von langem, dunklen Haar. Selbst der Designeranzug fehlte nicht, makellos, als hätte er nicht gerade erst auf Leben und Tod gekämpft.
Amanda verzog das Gesicht und rutschte auf dem Boden in eine bequemere Position. Aus dem Augenwinkel nahm sie wahr, wie

Jul sich aufrichtete und ein paar Schritte zurücktrat. Gern hätte sie ihn festgehalten, ihm gesagt, er solle in ihrer Nähe bleiben. Aber sie konnte sich das Grinsen ganz genau vorstellen, das Balthasar dann aufsetzen würde. Und sie brauchte niemanden, der ihre Hand hielt, sie würde das auch allein schaffen.

Amanda sah dem Dämon entgegen. »Du bist ein schlechter Lehrer, hab ich dir das schon mal gesagt?«

Kaum hatte sie die Worte gesprochen, versteifte sie sich, strich mit der Rechten über den Rücken ihrer linken Hand. Sie bemerkte erst, was sie tat, als in Balthasars Augen ein amüsiertes Funkeln aufblitzte. Verdammt! Jul hatte recht, so was von recht.

Er ging neben ihr in die Hocke. »Ich werde dir nicht nur hierbei helfen, sondern dir nachher auch etwas von meinem Blut geben, damit du uns einen Weg hier heraus bahnen kannst. Vergiss dabei nicht, dass nur ich weiß, wo dein Bruder ist.«

»Du hast Angst.« Die Erkenntnis entlockte Amanda ein Grinsen. Endlich war Balthasar einmal nicht ganz Herr der Situation.

Schwärze kroch in das Braun seiner Augen, und bevor sie etwas dagegen tun konnte, zuckte Amanda ein Stück zurück. Balthasar schmunzelte. »Nein, ich bin nur vorsichtig. Aber du hast immer noch Angst vor mir.«

Wütend auf sich selbst schüttelte Amanda den Kopf. Gedämpft vom Schutt hörte sie irgendwo Gestein kollern. »Ich könnte dich einfach mit dem Messer töten, ich müsste dich damit nur ritzen. Dann hätte ich alle deine Erinnerungen. Aber die bräuchte ich nicht mal. Krätschmer wusste auch, wo Roman ist.«

Wo war das Messer überhaupt? Sie tastete über ihre Hüfte, fand es aber nicht im Bund ihrer Hose.

»Er hat es.« Balthasar nickte in Juls Richtung, verriet mit keiner Reaktion, was er darüber dachte, dass sie Krätschmer getötet hatte. »Und wie es der Zufall so will, bin ich seine beste Chance auf einen neuen Frieden zwischen Engeln und Dämonen. Immerhin haben die Engel die Kämpfe begonnen. Wir hätten allen Grund, nachtragend zu sein.« Bei den letzten Worten blickte der Dämon Jul an. Er hatte also bereits eine neue Lebensversicherung.

Der Engel lächelte. »Spar dir solche Reden für später. Und du, Amanda, mach dir keine Sorgen. Ich halte mein Versprechen.«

War es Glück oder Geschick, das Balthasar immer wieder auf den Füßen landen ließ? Amanda schlang die Arme um ihren Oberkörper. Sie wusste nicht, ob sie sich je richtig sicher fühlen würde, solange ihr ehemaliger Herr noch lebte. Doch das würde sie ihm ganz bestimmt nicht sagen. Und Jul auch nicht. Ein neuer Waffenstillstand bedeutete ihm wahrscheinlich viel. Wenn Balthasar dafür leben musste, dann würde sie damit klarkommen. Irgendwie.

Sie zwang sich, ihm direkt in die Augen zu sehen. »Fang an zu erklären. Wir haben nicht ewig Zeit.«

✣

Es war vom Prinzip her nicht schwer und war zugleich das Schwerste, was Amanda je getan hatte. Sie fühlte Balthasars Blick auf sich ruhen, während sie am Boden kniete, eine Hand auf dem Beton. All die Kraft und die Erinnerungen strömten aus ihr heraus, als hätten sie nur darauf gewartet, einem viel zu engen Gefängnis zu entkommen. Sie strömten in den Boden, und das Grollen und Rumpeln in der Ferne wurde immer leiser. Die Spannung schien aus der Luft zu weichen. Die Erde beruhigte sich wie ein Tier, das man aus dem Schlaf gerissen hatte und das sich nun, nachdem es ein wenig getobt hatte, wieder zur Ruhe bettete.

Ruhe kehrte auch in ihrem Kopf ein. Luzifers Eifersucht auf die Menschen. Der Schmerz, die Flammen, die Kämpfe. All das verblasste. Ebenso verblassten die Erinnerungen, die sie ohnehin kaum verstand. Das Gefühl, alle Antworten lägen knapp außerhalb ihrer Reichweite, schwand. Sie wurde von einem Menschen, der versuchte, ein Gott zu sein, wieder zu einem Menschen. Wenn auch mit einigen besonderen Fähigkeiten.

Und immer war da Balthasars Blick. Er schnürte Amanda die Kehle zu und weckte in ihr das Bedürfnis, die Hand vom Boden zu reißen, die Macht zu behalten, die noch in ihr war. Aber sie presste die Lippen aufeinander, während der reißende Strom langsam abnahm, schließlich zu einem Tröpfeln wurde. Ihre Gedanken klärten sich, endlich war sie wieder allein in ihrem Kopf.

Dann war es vorbei. Sie fühlte sich leer, aber auch erleichtert. Und sie wusste, was sie tun musste, um Roman zurückzubekommen. Um ihr Leben zurückzubekommen.

Sie würde es ganz ohne göttliche Macht schaffen.

45

Stein zerbröselte unter Amandas Blick. Es gefiel Jul nicht, dass sie schon wieder Dämonenblut getrunken hatte, doch um sich freizugraben, hätten sie wahrscheinlich Wochen gebraucht. Bis dahin wäre sie entweder verdurstet oder erstickt.
Nun winkte sie ihn und Baal durch das gerade entstandene Loch, ohne dabei den Blick von der Decke zu nehmen. Diese sah nicht aus, als könnte sie ohne Unterstützung der Schwerkraft trotzen.
Gemeinsam rannten sie durch die dunklen Gänge des Bunkers. Nirgendwo konnte Jul noch eine Spur des Welleneffekts entdecken. Es hatte sehr unspektakulär ausgesehen, als Amanda die gestohlene Macht wieder abgegeben hatte, den Kopf gesenkt, eine Hand auf den Boden gepresst. Aber offensichtlich hatte es funktioniert. Der Herr war nicht umsonst gestorben.
Sie gelangten die Stufen hinauf, durch die Stahltür, die Amanda bereits bei ihrem ersten Besuch aus den Angeln gerissen hatte. Dort blieb sie abrupt stehen, drehte sich zu ihm um. »Wo ist das Messer, Jul?«
Mit der freien Hand zog er es hinter dem Bund seiner Jeans hervor. Er hatte versucht, es zu zerstören, während Amanda bewusstlos gewesen war, doch es widerstand jedem Hieb. Und in der Höhle hatte er es nicht liegen lassen können. Baal würde zur Not ganz Berlin umgraben, um es zu bekommen.
Unter Amandas Blick erzitterte die Waffe in seiner Hand.

Konnte ihre Magie bewirken, was all seine Kraft nicht geschafft hatte? Die Vibrationen im Stein wurden stärker. Jul beugte sich hinab, legte das Messer auf den Boden. Kaum hatte er sich wieder aufgerichtet, zersprang die steinerne Klinge mit einem hellen Klirren. Kleine Splitter flogen in alle Richtungen, prasselten gegen seine Hosenbeine und seine Schuhe.
Jul lächelte. So war es sicherer, nur so würde die Waffe niemals wieder einem Dämon in die Hände fallen. Aber er wusste, wie viel es Amanda gekostet haben musste, das Messer zu zerstören, anstatt es zu verwenden, um ihren ehemaligen Meister zu vernichten. Hatte sie das für ihn getan, für den Waffenstillstand, auf den er hoffte? Jul schwor sich auf jeden Fall, alles zu tun, um sein Versprechen zu halten. Er würde sie beschützen, wenn sie es selbst nicht konnte. Eher würde er seine neuen Flügel wieder verlieren, als sie zu enttäuschen.
Baal betrachtete den Haufen Staub zu Juls Füßen mit düsterer Miene, sagte aber nichts.
Sie setzten sich wieder in Bewegung. Schon nach kurzer Zeit endete ihr Aufstieg an einer Wand aus Schutt. Amanda legte den Kopf in den Nacken, starrte einen Riss in der Decke an. »Was denkt ihr, wie weit ist es hier noch bis zur Oberfläche?«
Auch Jul betrachtete die Decke prüfend. Er ahnte, was sie vorhatte, und der Gedanke behagte ihm nicht. »Nicht weit, denke ich«, sagte er dennoch. »Versuch es.«
Amandas Blick ging zu Baal. »Vielleicht wäre es hilfreich, wenn …«
Der Dämon schnitt ihr mit einem knappen Kopfschütteln das Wort ab. Seine Haltung wirkte mit einem Mal angespannt, seine Finger streckten sich zu Klauen. »Du hast genug.«
Mit einem etwas zu betont gleichgültigen Schulterzucken wandte sich Amanda wieder der Decke zu. Jul trat dichter an sie

heran, gerade als es über ihren Köpfen gefährlich knirschte. Er breitete die Schwingen aus, hüllte Amanda in einen Kokon aus leuchtenden Federn und schirmte sie damit vor herabrieselnden Brocken ab. In atemberaubender Geschwindigkeit zerbröselte der Beton und stob größtenteils nach oben fort. Staub drang Jul in die Nase, und er musste niesen. Doch als er schließlich aufschaute, blinkten über ihnen die Sterne. Endlich wieder freier Himmel! Ihm war, als würde ein schweres Gewicht von seinen Schultern genommen.

Neben ihm beugte sich Amanda in einem krampfhaften Hustenanfall nach vorn. Er hielt sie fest, als sie das Gleichgewicht zu verlieren drohte, wartete geduldig, bis sie den Staub aus ihren Lungen gehustet hatte.

Schließlich richtete sie sich wieder auf, und ihr Blick suchte Baal, der bereits unter das Loch getreten war. Ledrige Schwingen sprossen aus seinem Rücken.

»Balthasar.« Ihre Stimme klang heiser, aber fest. »Ich erwarte einen deiner Leute in zwei Stunden an der Siegessäule. Mit meinem Bruder. Dich werde ich beschwören und so lange festhalten, bis er in Sicherheit ist.«

Der Dämon wandte sich um, musterte sie abschätzend. »Große Worte für jemanden, der spätestens in ein paar Minuten vor Schwäche zusammenbrechen wird.«

»Für eine verdammte Beschwörung wird es noch reichen.«

Jul legte eine Hand auf Amandas Schulter, fühlte, wie sie zitterte. Baal hatte sich verschätzt, es würde keine Minute mehr dauern.

»Ich werde ihren Bruder bei der Siegessäule abholen.« Er hatte geschworen, ihr zu helfen, also konnte er auch gleich damit anfangen. »Danach sollten wir beide uns darum kümmern, den Kämpfen ein Ende zu setzen. Ich gehe davon aus, dass du tatsächlich alle Dämonen unter deiner Kontrolle hast?«

Baal beantwortete die Frage mit einem Schulterzucken. »Ich glaube nicht, dass irgendjemand überlebt hat, der es wagen wird, mir den Platz an der Spitze streitig zu machen. Wie sieht es bei dir aus? Gehorchen dir die Engel?«

Während er die Geste des Dämons imitierte, breitete Jul seine drei Flügelpaare aus. Es war noch immer ein seltsames Gefühl, vertraut und ungewohnt zugleich. »Diese hier setzen mich an die Spitze der Hierarchie, falls ansonsten kein Seraph überlebt hat. Und Engel streiten nicht um die Führung.«

Fast wünschte er, sie würden es tun, hieße das doch, dass sie selbständige Entscheidungen trafen. Jul war alles andere als erpicht darauf, die Führung zu übernehmen. Aber er konnte die anderen Engel nicht im Stich lassen. Er hatte ihnen den Herrn genommen. Nun musste er ihnen zeigen, wie sie ohne ihn zurechtkamen.

Amanda schwankte, und er schlang einen Arm um ihre Hüfte, zog sie an sich. Währenddessen nickte der Dämon ihnen zu. »Ich brauche etwas Zeit, um alles Nötige zu organisieren, Amanda. Und ich melde mich bei dir, Iacoajul. Die Menschen wissen nun von unserer Existenz. Wir werden viel zu besprechen haben.«

Mit diesen Worten entfaltete er seine Schwingen und schwang sich in die Luft, durch das Loch in den Nachthimmel hinaus.

Der Wind strich durch Juls Federn, und unter ihm glitt die Stadt dahin. Es war das erste Mal, dass er das moderne Berlin von so hoch oben sah. Das Meer der Lichter lag unter ihm, immer wieder unterbrochen von dunklen Flecken, wo die Kämpfe der vergangenen Tage ihre Spuren hinterlassen hatten. Doch seit über einer Stunde herrschte dort Ruhe. Langsam wagten sich die Menschen wieder aus ihren Verstecken. Sirenen heulten, und nicht weit entfernt sah Jul Blaulicht blitzen. Es würde noch lange dauern, alle Schäden zu beheben, aber irgendwann würde es geschehen.

Jul passierte die letzten Häuser, schoss dicht über dem dunklen Wipfelmeer des Tiergartens dahin. Ein Lachen stieg aus der Tiefe seiner Kehle. Er genoss das Gefühl der Freiheit und den Rausch der Geschwindigkeit. Endlich konnte er wieder fliegen.

Schon bald kam der goldene Engel auf der Spitze der Säule in Sicht. Kurz darauf erspähte Jul ein Auto an einer der Bushaltestellen am Rand des Kreisverkehrs. Der Motor lief, die Scheinwerfer rissen einen Teil des Gehsteigs aus der Dunkelheit. Daneben lief unruhig ein Mann auf und ab spähte immer wieder in den Himmel.

Jul landete in einigem Abstand, um ihn nicht zu erschrecken. Dennoch fuhr der Dämonendiener beim Geräusch der schlagenden Flügel herum und hob mit zitternden Händen eine Pistole.

Locker ließ Jul die Arme an den Seiten hängen und drehte die Handflächen nach vorn, um zu zeigen, dass er unbewaffnet war. Auch wenn das eigentlich nicht stimmte, denn das Licht pulsierte unter seiner Haut. Sein Gegenüber entspannte sich trotzdem ein wenig und ließ die Waffe sinken. Er trug nicht die militärisch anmutende Kleidung von Krätschmer und seinen Leuten, sondern ein Hemd und eine Anzugshose, über die sich ein kleiner Bauchansatz wölbte. Wen mochte Baal da geschickt haben? Seinen Sekretär?

Langsam näherte sich Jul dem Mann. Die Flügel ließ er halb ausgebreitet. Es konnte nicht schaden, sie zu verwenden, um ein wenig Eindruck zu schinden. Ohne sie war er nur ein Kerl in zerfetzten Klamotten. Aber er dämpfte das Licht so weit, dass es nicht blendete. »Wo ist er?«

Der Dämonendiener deutete auf den Wagen. Er ging zu einer der hinteren Türen hinüber und öffnete sie. »Steig aus.« Er sprach mit jemandem auf der Rückbank und winkte dabei in einer Art mit seiner Waffe, die deutlich zeigte, dass er nicht gut damit umgehen konnte. Dann trat er zwei Schritte zurück, um einem Mann Platz zu machen, der sich mit auf dem Rücken gefesselten Händen aus dem Auto mühte.

Jul ballte eine Faust. Sie hätten ihn wirklich nicht fesseln müssen.

Amandas Bruder hatte dasselbe braune Haar wie sie, das bei ihm unordentlich und sehr kurz geschnitten war. Seine Haut besaß eine ungesunde Blässe, aber auch im Gesicht war ihm die Verwandtschaft anzusehen. Dieselbe Nase, dieselbe Art, verärgert die Lippen zusammenzupressen, wenn man ihn herumkommandierte. Roman war dürrer als seine Schwester. T-Shirt und Hose schlackerten um seinen Körper.

Als er Jul erblickte, wurden seine Züge weich vor Überraschung. »Scheiße ...«

Fluchen lag offensichtlich in der Familie. Jul lächelte und trat auf Amandas Bruder zu. »Ich bin hier, um dich abzuholen. Deine Schwester schickt mich.«

Romans Augen weiteten sich. »Amanda? Ist sie tot? Bin ich tot? Ich meine, du bist ein verdammter Engel, oder?« Dann erst gelang es ihm, seinen Blick von den Flügeln loszureißen, und er ließ ihn über Juls Gestalt wandern. »Obwohl ich immer dachte, ihr tragt weiße Gewänder und so.«

»Man muss nicht unbedingt tot sein, um einem Engel zu begegnen.« Jul wandte sich dem Dämonendiener zu, streckte

auffordernd die Hand aus. »Der Schlüssel für die Handschellen.«
Der Mann suchte in seinen Taschen, ohne die Waffe loszulassen, auch wenn sie ihm zwischendurch fast aus der Hand fiel. Jul verdrehte die Augen. Hatte Baal alle fähigen Leute im Kampf verloren oder wollte er demonstrieren, dass Amandas Bruder für ihn nicht mehr von Belang war?
»Amanda lebt? Und es geht ihr gut?« In Romans Gesicht rangen Unglauben und Hoffnung miteinander. Hatte der Dämon ihn wirklich ein Jahr lang in Ungewissheit über Amandas Schicksal gelassen? Warum? Er war doch nur eine Geisel gewesen. Warum ihn so leiden lassen? Immer wenn Jul gerade glaubte, erahnen zu können, was Karin in Baal gesehen hatte, erhielt er wieder einen Beweis für dessen Gewissenlosigkeit.
Er nickte, um Romans Frage zu beantworten. »Es geht ihr gut. Ich bringe dich gleich zu ihr.«
Endlich überreichte der Dämonendiener ihm zwei kleine Schlüssel, und Roman wandte sich um, damit Jul die Handschellen aufschließen konnte. Sichtlich erleichtert rieb er sich die Handgelenke. Dann hob er den Blick, drehte sich einmal um sich selbst und nahm den Anblick der Sterne, der Bäume und der Säule in der Mitte des Kreisverkehrs in sich auf. Im Licht der Straßenlaternen glaubte Jul, Tränen in Romans Augen glitzern zu sehen.
Oh, dieser verfluchte Dämon! Irgendwie würde Jul einen Weg finden, Baal für das bezahlen zu lassen, was er diesem Mann angetan hatte. Und vor allem durfte so etwas nie wieder geschehen. Jul wusste, dass er den Dämonen nicht verbieten konnte, sich Diener zu nehmen. Aber er würde dafür sorgen, dass kein Dämon je wieder einen Menschen in seine Dienste zwang. Er hatte jetzt die Macht dazu. Er konnte etwas bewirken.

Er wandte sich dem Dämonendiener zu, der gerade die Handschellen auf den Rücksitz des Autos warf. »Dein Meister wird in Kürze zu dir zurückkehren.«
Der Mann setzte ein Lächeln auf. Nun, da die Übergabe reibungslos verlaufen war, wirkte er etwas selbstsicherer. »Gut. Er hat mich angewiesen, Ihnen mitzuteilen, dass er Maßnahmen für den Fall getroffen hat, dass er nicht zurückkehren sollte. Sollte er bis in einer Stunde nicht die Möglichkeit haben, einen bestimmten Befehl zu widerrufen, wird auf ihn …«, er deutete auf Roman, »… und seine Schwester ein beachtliches Kopfgeld ausgesetzt.«
Jul schnaubte. »Ein bisschen mehr Vertrauen täte ihm gut.«
»Ich glaube nicht. Und nun entschuldigen Sie mich.« Der Dämonendiener stieg in sein Auto, und kurze Zeit später brauste er davon.
»Ich hoffe, du knutschst eine Wand.« Die Worte waren nur ein Murmeln und sicher nicht für Juls Ohren bestimmt. Als er sich zu Roman umwandte, begegnete dieser seinem Blick mit einem Gesichtsausdruck, der gut zu einem kleinen Jungen gepasst hätte, den man gerade bei einem Streich ertappt hatte.
»Hey, ich geh später beichten, wenn's sein muss, okay? Aber ich wär wirklich nicht traurig, wenn dieses Arschloch verreckt. Der wollte mir nicht mal sagen, warum sie mich so lange eingesperrt haben.«
Jul konnte nicht anders, er musste grinsen. »Du hast wirklich viel mit deiner Schwester gemeinsam. Hab noch ein bisschen Geduld, Amanda erklärt dir alles.«
»Es geht ihr wirklich gut? Das ist kein fieser Trick oder so was?«
Die Art, wie Hoffnung und Misstrauen in Romans Miene miteinander rangen. Genau diesen Gesichtsausdruck hatte Jul auch bei Amanda gesehen. Unter dem Alexanderplatz, als sie noch

nicht gewusst hatte, ob sie in ihm einen Verbündeten gefunden hatte, wo sie doch so dringend einen brauchte.
»Ich schwöre, es ist kein Trick. Komm, sie wartet auf dich.«
»Okay, hier rumstehen bringt mich wohl nicht weiter. Ähm …«
Suchend sah Roman sich um. »Du bist nicht mit dem Auto hier, nehm ich an?«
Wieder grinste Jul. »Nein, wir fliegen. Ich hoffe, du hast keine Höhenangst.«

46

All die Abende in Balthasars Bibliothek, in denen er Amanda gezeigt hatte, wie sie auf ihre Magie zugriff, wie man ein Pentagramm zeichnete. In denen er immer wieder die Geduld mit ihr verloren hatte, wenn sie für seinen Geschmack etwas nicht schnell genug begriff. All der Schmerz machte sich endlich bezahlt. Nun war er in eine Falle gegangen, an deren Erschaffung er selbst mitgewirkt hatte. Linien aus Klebeband auf dem Teppich bildeten eine sichere Barriere zwischen ihm und Amanda. Und inzwischen erwartete sie nicht mehr jeden Moment, den Schmerz Tausender glühender Nadeln im linken Arm zu spüren.

Sie saß auf dem Boden des Wohnzimmers, das Jul und Karin sich geteilt hatten, hatte die Beine übereinandergeschlagen und die Hände auf die Knie gelegt. In der Mitte des Pentagramms hatte Balthasar dieselbe Haltung eingenommen.

Sie hatte ihn beschworen und ihn dann erst einmal allein gelassen, um sich das Blut und den Dreck vom Körper zu waschen. Karins Kleiderschrank zu plündern, war ihr ein wenig wie Leichenschändung vorgekommen. Aber das Bedürfnis nach frischen Klamotten hatte überwogen. Nun trug sie ein T-Shirt mit der Aufschrift »42«, das ihr ein wenig zu weit, und eine Hose, die ihr ein wenig zu kurz war.

Balthasar saß in seiner wahren Gestalt vor ihr. Etwas dunklere Haut, Hörner, die aus dem leicht gelockten Haar ragten. Selbst seine Klamotten wirkten altertümlich. Sein weißer Leinen-

schurz erinnerte Amanda an die Darstellungen auf den Tontäfelchen in seiner Villa.
Im Gegensatz zu Jul war ihm nicht anzusehen, dass er die Fähigkeiten eines Engels übernommen hatte, keine glühenden Flügel weit und breit. Vielleicht, weil seine dämonische Seite überwog. Oder die göttliche. Immerhin hatte er gesagt, dass sein Aussehen vom Glauben der Menschen bestimmt wurde, und in deren Vorstellung würde er nie ein Engel sein.
Ein Kribbeln in Amandas Fuß sagte ihr, dass sie schon zu lange hier saß, zu lange darauf wartete, dass Balthasar etwas sagte. Sie streckte die Beine, damit sie nicht einschliefen. Und sie würde auch dieses Schweigen brechen müssen, wenn sie dem Dämon noch das eine oder andere sagen wollte, bevor sie ihn hoffentlich nie wiedersah.
Amanda räusperte sich. »Dir dürfte klar sein, dass ich dich am liebsten umbringen oder irgendwo reinbannen würde.«
Er lächelte, und auch auf den ungewohnten Gesichtszügen seiner wahren Gestalt wirkte diese Geste alles andere als freundlich. »Dir dürfte klar sein, dass ich mich nicht nur auf ein Friedensversprechen verlasse, um das zu verhindern. Ich hatte eine halbe Stunde, um Vorkehrungen zu treffen.«
Paranoia war wohl wirklich eine Grundvoraussetzung dafür, als Dämon alt zu werden. Ungeduldig winkte Amanda ab. »Ich will es gar nicht wissen. Ich hab einen Vorschlag für dich, mit dem jeder von uns seine Ruhe hat.«
Er legte den Kopf ein wenig schief, und das Lampenlicht spielte über die langen geschwungenen Hörner auf seinem Kopf. Amanda beschloss, das als Interessebekundung zu werten. »Es ist ganz einfach. Du lässt Roman und mich in Ruhe, dafür verrate ich niemandem deinen Namen und werde dich von nun an nie wieder beschwören.«

»Die letzte Behauptung glaube ich erst, wenn du deinen Entzug überstanden hast.«
Amanda schluckte. Daran wollte sie eigentlich gar nicht denken. Aber irgendwann würde sie sich diesem Problem stellen müssen. »Erzähl mir, wie das abläuft.«
Sein Lächeln wurde zu einem Grinsen. »Du wirst noch ungefähr drei Tage lang meine Selbstheilungskräfte haben. Dann klingt die Wirkung des Blutes vollständig ab. Es fängt an mit Schwäche und Schwindel. Dann kommen die Schmerzen. Das ist die Phase, in der du für einen Tropfen alles tun würdest.« Sein Grinsen wurde breiter. »Willst du dazu eine Geschichte hören?«
Schnell schüttelte Amanda den Kopf. »Wie lange dauert diese Phase?«
Gleichgültig hob er die Schultern. »Unterschiedlich. Du solltest dich in der Zeit auf jeden Fall von Iacoajul fesseln oder einsperren lassen, ansonsten wirst du ohne Zweifel versuchen, *irgendwen* zu beschwören, höchstwahrscheinlich mich. Sobald ich sicher bin, dass du über diese Phase hinaus bist, nehme ich deinen Vorschlag gerne an.«
Sie hatte also noch ein unerfreuliches Erlebnis vor sich, bevor alles überstanden war. Scheiße. Für eine Weile starrte Amanda ins Leere. Noch konnte sie ohnehin nicht ganz glauben, dass sich ihr Leben danach zum Besseren wenden würde.
Es dauerte, bis die Erkenntnis sie einholte, dass diese Verhandlung erstaunlich unkompliziert vonstatten gegangen war. Mit gerunzelter Stirn musterte die Balthasar. Sie hatte doch nicht irgendetwas übersehen?
»Jul hat geschworen, dafür zu sorgen, dass du uns für den Rest unseres Lebens in Ruhe lässt. Egal wie wichtig du für den Frieden oder was auch immer bist, wenn du irgendwelche Tricks

versuchst, hast du nicht nur ein Problem mit mir, sondern auch mit ihm.«
Ein amüsiertes Funkeln trat in Balthasars Augen. »Es sieht dir nicht ähnlich, dich hinter jemandem zu verstecken.«
»Es sieht dir nicht ähnlich, so schnell nachzugeben.«
Er winkte ab, die Geste wirkte müde. »Für den Moment wäre es zu viel Aufwand, dich zurückzuholen. Außerdem habe ich, was ich mit deiner Hilfe erreichen wollte. Ich herrsche jetzt über die Dämonen.«
Das klang fast glaubwürdig, aber auch zu gut, um wahr zu sein. Eine Weile musterte sie den Dämon misstrauisch, konnte seinen Gesichtsausdruck allerdings nicht deuten. »Das heißt, du wirst überhaupt nicht ...?«
»Ich würde es nicht ausschlagen, wenn du mir deine Seele oder deine Dienste anbietest, aber ich werde nicht versuchen, dir eines von beidem gegen deinen Willen abzupressen und mir dabei deinen Seraph-Liebhaber zum Feind machen.«
Konnte das wirklich wahr sein? Das war es, was sie sich erhofft hatte, seit Luzifer ihr göttliche Macht in Aussicht gestellt hatte. Nicht nur Freiheit, sondern Freiheit ohne die Angst, sie jeden Moment wieder zu verlieren.
Balthasar erwiderte ihren ungläubigen Blick unbewegt. Sie schüttelte den Kopf. »Wenn du dich jetzt noch für das vergangene Jahr entschuldigst, bin ich mir sicher, dass du von Außerirdischen entführt und durch jemand anderen ersetzt wurdest.«
»Da kann ich dich beruhigen.« Er bleckte die Zähne in einem Grinsen. »Ich würde es jederzeit wieder genauso machen. Es gab keine andere Möglichkeit, sicherzustellen, dass du mich nicht hintergehen würdest. Außerdem war deine Sturheit eine interessante Herausforderung.«
»Eine interessante Herausforderung?« So sah er also all die

Versuche, sich gegen ihn aufzulehnen? Sie hatte all ihre Kraft aufgebracht, um sich ihm zu widersetzen, und für ihn war es *interessant* gewesen? Aber hatte sie es wirklich mit all ihrer Kraft versucht? Da war stets die Angst um Roman gewesen, die sie zurückgehalten hatte.

Balthasar antwortete nicht, stattdessen ging sein Blick zur Tür. Einen Augenblick später hörte auch Amanda die Schritte im Flur. Ein Schlüssel klackte im Schloss.

Dann stand Roman in der Tür. Mehrere Herzschläge lang konnte Amanda ihn nur anstarren. Sie hatte ihn oft gesehen im vergangenen Jahr. Aber zum ersten Mal seit dem Einbruch in Balthasars Villa trennte sie keine Glasscheibe. Zum ersten Mal seit einem Jahr erwiderte er ihren Blick.

Und ein Grinsen breitete sich auf seinem Gesicht aus. Das brach Amandas Starre. Sie sprang auf und flog ihm förmlich in die Arme. Er drückte sie so fest an sich, als wolle er sie nie wieder loslassen, und auch Amanda klammerte sich an ihn, stellte dabei mit Schrecken fest, wie dünn er geworden war. Tränen flossen ihr über die Wangen und sickerten in sein T-Shirt. Sie hatte ihren Bruder wieder.

»Ich hab gedacht, ich würd dich nie wiedersehen«, flüsterte er heiser.

»Ich hab gedacht, ich würd's nie schaffen, dich zu befreien.«

Er strich ihr über den Rücken, dann schob er sie von sich, sah an ihr vorbei zu Balthasar. »Was ist das für ein Freak?«

Der Dämon stand nun ebenfalls, die Daumen locker hinter seinen Schurz geklemmt. »Ich bin derjenige, der dich gefangen gehalten hat.«

»Was?« Roman drängte sich an Amanda vorbei, schüttelte ihre Hand ab, als sie ihn aufhalten wollte. »Du Arschloch. Was auch immer du bist mit diesen blöden Hörnern, dir werd ich …«

Mit zwei Schritten war er bei dem Pentagramm, der nächste trug ihn über die Linie. Sofort schoss Balthasars Hand vor, packte Roman am Hals. Er drängte ihn zurück, folgte ihm über die Grenzen des Pentagramms hinaus. Roman musste den Zauber gebrochen haben.

Amanda fluchte. Nicht jetzt, nicht, da gerade alles gut werden sollte! Der Dämon stieß ihren Bruder von sich, und Roman stolperte gegen sie. Sie hielt ihn fest, kämpfte um ihr Gleichgewicht. Erst als sie wieder sicher stand, dämmerte ihr, dass dieser Stoß für Balthasars Verhältnisse nur ein leichter Schubs gewesen sein konnte. Sonst wäre sie niemals in der Lage gewesen, ihren Bruder abzufangen. Er nahm doch nicht etwa Rücksicht?

Das Licht blauer Flammen warf unruhige Schatten an die Wände. Amanda blickte an Roman vorbei und sah Jul, der Balthasar gegenüberstand, die Spitze des Flammenschwertes nur wenige Zentimeter von der Kehle des Dämons entfernt. Balthasar breitete die Hände aus, Handflächen nach vorn, als wollte er zeigen, dass er an einem Kampf kein Interesse hatte. Er wirkte nun vollständig menschlich, die Hörner waren fort, die Gesichtszüge wieder die, die Amanda kannte. Nur den Schurz hatte er behalten.

Sie trat vor, und er schenkte ihr ein dünnes Lächeln. »Ist das deine Zukunft? Am Rockzipfel eines Engels?«

Diese Worte nahm Jul zum Anlass, das Schwert zu senken. Die blauen Flammen erloschen, und er trat einen Schritt zurück. Nur seine Haltung blieb wachsam.

Amanda wusste die Geste zu schätzen. Er gab ihr die Möglichkeit, den Dämon selbst rauszuschmeißen. Und das konnte sie auch. Diese Erkenntnis traf sie plötzlich. Sie sorgte dafür, dass Amanda leichter atmete. Sie hatte genügend Magie, um Balthasar durch das Fenster nach draußen zu stoßen, ihm unmissver-

ständlich klarzumachen, dass er in ihrer Nähe nicht willkommen war. Und das war erst der Anfang. Je mehr sie übte, desto mächtiger würde sie werden. Ganz ohne göttlichen Beistand.
»Meine Zukunft sieht vor allem vor, dir nie wieder zu begegnen.« Sie deutete auf das Fenster. »Verschwinde, bevor ich dafür sorge, dass du es tust.«
»Wie du wünschst.« Balthasar bleckte die Zähne zu einem Grinsen. Mit einem ledrigen Geräusch streckte er Schwingen, die bis eben noch nicht da gewesen waren. Neben Amanda schnappte ihr Bruder nach Luft. Vielleicht wurde ihm gerade klar, dass er versucht hatte, einen Dämon zu verprügeln.
»Ich wäre an deiner Stelle allerdings mit Vorhersagen ein bisschen vorsichtiger.« Balthasar wandte sich um und öffnete das Fenster. Mit einem Satz war er auf dem Fensterbrett. »Wir werden sehen, was die Zukunft bringt.« Kurz nickte er Jul zu. »Bis demnächst, Engel.«
Dann stieß Balthasar sich ab, breitete die Schwingen aus und schwang sich in den anbrechenden Morgen. Und verschwand hoffentlich für immer aus Amandas Leben.

47

Der Wind trug die Stimme des Priesters über den Friedhof. Jul stand abseits der anderen Trauergäste, von denen einige ihm nervöse Blicke zuwarfen. Momentan waren seine Schwingen nicht zu sehen, aber sie hatten alle beobachtet, wie er gelandet war. Es hatte keinen Sinn mehr, sich zu verstecken. Viele waren nicht gekommen. Karin hatte größtenteils Online-Freunde gehabt, die nicht einmal ihren richtigen Namen kannten. Doch Jul konnte in der kleinen Gruppe eine ältere Frau ausmachen, die vielleicht ihre Mutter war. Er hatte sie nie gesehen. Sie stand direkt neben Amanda und Roman, während der Priester seine Rede beendete und nun seinerseits zu Jul hinübersah. Er lächelte dem Mann zu, obwohl ihm nicht danach war.

Die ältere Frau trat vor. Tränen liefen ihr über die Wangen, während sie eine Handvoll Erde ins Grab schaufelte. Die Brocken schlugen dumpf auf den Sarg, in dem keine Leiche lag. Jul hatte sie unter dem Alexanderplatz zurücklassen müssen. Der Krater war ihr eigentliches Grab.

Nach und nach warfen die Anwesenden Erde ins Grab. Dann zerstreuten sie sich, gingen über die Kiesweg davon, nicht ohne Jul dabei neugierig oder misstrauisch zu mustern. Die ältere Frau machte ein paar Schritte in seine Richtung, zögerte dann und schien es sich anders zu überlegen. Bevor sie sich ganz abwenden konnte, ging er auf sie zu. Sie blieb stehen, erstarrte wie ein Reh im Scheinwerferlicht eines Lkws und sah ihm mit einer Mischung aus Unsicherheit und Ehrfurcht

entgegen. Vielleicht wäre es doch besser gewesen, zu Fuß herzukommen.
»Sind Sie Karins Mutter?«
Sie nickte schüchtern.
»Dann ... tut es mir leid.« Selbst in seinen Ohren klangen die Worte lahm. Er hatte Karin nicht beschützen können. Nichts, das er sagte, konnte daran etwas ändern.
»Danke.« Die Frau nahm wahrscheinlich an, er habe ihr schlicht sein Beileid ausgesprochen. Jul hatte niemandem gesagt, wie Karin wirklich gestorben war. Und er brachte nicht die Kraft auf, das nun nachzuholen. Sie schniefte und betupfte sich mit einem schwarzen Stofftaschentuch die Augen. Dann sah sie ihn voller Hoffnung an. »Ist sie ... ist sie jetzt im Himmel?«
Jul nickte zögernd. Zumindest die Möglichkeit bestand. Die Energie, die die Seraphim Himmel und Hölle entzogen hatten, war zurückgeflossen. Es existierte ein Jenseits, auch wenn Juls Boten berichteten, dass es sich von dem unterschied, das sie kannten. Es wirkte ungeformter, schien sich noch nicht ganz entschieden zu haben, was es sein wollte. Aber wahrscheinlich machte das keinen Unterschied. Immerhin hatte diese Existenzebene früher auch schon anders ausgesehen. Walhalla und Hel. Elysium und Tartaros. Duat. All diese Vorstellungen vom Jenseits musste es dort einst gegeben haben, je nachdem, wie mächtig die jeweiligen Götter gerade gewesen waren.
»Kannst du ...« Karins Mutter räusperte sich. »Können Sie ihr etwas ausrichten?«
Bedauernd schüttelte Jul den Kopf. »Es tut mir leid, ich kehre nicht dorthin zurück.« Außerdem hätte er nicht gewusst, wo im Strom der Seelen er anfangen sollte zu suchen.
»Wegen der ganzen schrecklichen Dämonen, die hier ihr Unwesen treiben?«

»So ist es.« Die Dämonen hatten bereits deutlich gemacht, dass sie sich nicht erneut in die Hölle verbannen lassen würden. Ihnen gefiel es unter den Menschen sehr viel besser. Also würden die Engel ebenfalls auf der Erde bleiben müssen, um sicherzustellen, dass das Gleichgewicht gewahrt war.
»Natürlich.« Die Frau nickte, als habe sie gerade etwas bestätigt bekommen, das sowieso schon jeder wusste. Es war erstaunlich, wie schnell sich der menschliche Geist an neue Begebenheiten anpasste. »Ich bin sehr froh, dass ihr uns gegen diese Unholde verteidigt. Lasst euch bitte nicht von denen vertreiben, die sich über die Zerstörung beschweren. Wo gehobelt wird, fliegen Späne, sage ich.« Sie schniefte erneut. Vielleicht dachte sie daran, dass Karin einer dieser Späne war. Die offizielle Geschichte zum Tod ihrer Tochter lautete, dass diese sich aus Neugierde in ein Kampfgebiet gewagt hatte. Wie nicht wenige andere Menschen auch.
»Gott schütze euch.« Sie wandte sich zum Gehen, hielt dann mitten im Schritt inne und stieß ein nervöses Lachen aus. »Wie dumm von mir. Natürlich tut er das.« Mit diesen Worten eilte sie davon, ließ Jul mit einem Kloß in der Kehle zurück. Wenn sie nur wüsste …
Nach einer Weile gab er sich einen Ruck und ging zu Karins Grab hinüber. Amanda und ihr Bruder standen noch immer dort, ebenso der Priester. Amandas Wangen wirkten eingefallen, sie hatte tiefe Ringe unter den Augen. Erst am vergangenen Abend hatten ihre Schmerzen endlich nachgelassen, und sie war in einen tiefen Erschöpfungsschlaf gefallen. Es würde noch eine Weile dauern, bis sie sich von der Tortur des Entzugs ganz erholt hatte.
Sie schenkte ihm ein Lächeln, das er erwiderte. Dann blickte er auf den Sarg hinab. Ob es Karin etwas bedeutet hätte, dass er an ihrem Grab stand? Er konnte es nicht sagen.

Kränze lagen auf dem Sarg, die paar Schaufeln Erde hatten sie nicht bedecken können. Einer davon war besonders prachtvoll, und zwischen den Blumen steckten kleine Gefäße, geformt wie Amphoren. Jul runzelte die Stirn, las den ganzen Text auf der Schleife.

»Ich werde dein Andenken ehren. Balthasar.«

Unwillkürlich tastete Jul nach dem Griff seines Schwertes, fand aber nur leere Luft. Natürlich hatte er die Waffe nicht mit auf den Friedhof gebracht.

Wie konnte der Dämon es wagen? Doch nun war klar, was die Amphoren zu bedeuten hatten. Sie mussten Totenopfer beinhalten, wie sie üblich gewesen waren, als man Baal noch verehrt hatte.

Jul schenkte dem Kranz noch einen düsteren Blick, dann schüttelte er den Kopf. Er würde dem Dämon nicht den Gefallen tun, sich über solche Gesten aufzuregen. Stattdessen atmete er tief durch und wandte sich ab. Immerhin hatte Baal den Anstand gehabt, nicht persönlich bei der Beerdigung zu erscheinen.

Als Jul aufsah, fing er den Blick des Priesters ein. Sofort sah dieser zu Boden. Er verneigte sich sogar. »Es ist eine große Ehre ...«

Hinter sich hörte Jul Amanda leise kichern. Zumindest hatte sie trotz allem, was hinter ihr lag, ihren Humor nicht verloren.

Jul berührte sein Gegenüber vorsichtig am Arm und richtete ihn wieder auf. Mit einem Mal erschien ihm das Leben ohne Flügel, ohne Verantwortung so viel einfacher. Beinahe sehnte er sich dorthin zurück.

»Ich bin nur hier, um ... Abschied zu nehmen. Danke, dass Sie sich von mir nicht haben ablenken lassen.«

Der Priester murmelte seinerseits fahrig einen Dank, drehte dabei die Notizen zu seiner Predigt in den Händen. »Wenn es keine Umstände macht ... dürfte ich vielleicht ...«

Er würde nach dem Weltuntergang fragen, Jul war sich beinahe sicher. Er unterdrückte einen Seufzer und nickte.
Der Mann räusperte sich. »Im Verlauf der jüngsten … Ereignisse habt ihr zu Vertretern aller drei großen Religionen gesprochen. Aber es gibt so viele Unterschiede zwischen dem Judentum, dem Christentum und dem Islam. Sie können doch unmöglich alle recht haben. Deshalb wollte ich fragen …« Er holte noch einmal tief Luft. »Welche ist die richtige?«
Jul atmete erleichtert auf. Er würde nicht versuchen müssen, die jüngsten Ereignisse zu erklären. Die Frage des Priesters war ihm da sehr viel lieber.
»Reicht es nicht, dass ihr im Glauben Frieden findet? Warum wollt ihr dazu auch noch unbedingt recht haben?«
Sein Gegenüber zögerte kurz, dann erschien ein Lächeln auf seinen Lippen. »Das heißt also, es gibt mehr als einen Weg zur Wahrheit?«
Wahrheit. Jul kämpfte darum, eine freundliche Miene zu bewahren. Die Wahrheit würde Millionen Menschen in die Verzweiflung treiben. Zumindest noch. Würde sich der Glaube an die neuen Begebenheiten anpassen? Wer würde das Machtvakuum füllen, das mit dem Tod des Herrn entstanden war? Vielleicht niemand. Jul hatte schon oft Menschen sagen hören, sie würden an eine nicht näher definierte höhere Macht glauben. Eine Macht, die ihn an das erinnerte, was Amanda beschrieben hatte. »Götter«, hatte sie gesagt. »Götter sind Splitter von etwas Größerem.«
Die Frage war, was diese höhere Macht wohl von den Menschen hielt. Sollte man etwas verehren, dessen Absichten man nicht kannte? Jul hatte es selbst einst getan, der Herr war nicht anders gewesen. Aber seitdem hatte sich viel verändert.
»Iacoajul!«

Der Ruf riss ihn aus seinen Gedanken, und er sah auf. Dicht über dem Kiesweg setzte Muriel gerade zur Landung an und entfachte dabei einen Wind, der an ihrer aller Kleidung zerrte. Die Flügel des Engels erloschen, und er rannte die letzten Schritte. Noch immer stand das Vertrauen unverrückbar in seinem Blick, wenn er Jul ansah. »Gerade kam Nachricht aus Rom. Der Papst möchte dich sprechen.«

Andere religiöse Führer hatten bereits dasselbe bekundet, und Jul war sich sicher, dass es Probleme geben würde, wenn er einen dem anderen vorzog. Allgemein schien es Probleme zu geben, egal was er tat. Auch mit den Regierungen der unterschiedlichen Nationen. Die weniger religiösen begannen Fragen zu stellen. Zum Beispiel, wer für die angerichteten Schäden aufkam. Und ob sich Engel und Dämonen nicht der weltlichen Gerichtsbarkeit beugen sollten, wenn sie schon auf der Erde lebten. Baal gelang es sehr viel besser als ihm, durch diesen diplomatischen Dschungel zu navigieren.

»Es gibt auch Neuigkeiten von den Dämonen.« Muriel warf einen unsicheren Blick zu dem Priester. »Vielleicht solltest du mit in den Dom kommen.«

Jul sah zu Amanda zurück, und sie lächelte, machte eine scheuchende Bewegung mit der Hand. Er wandte sich Muriel zu und nickte. »Da sollte ich wohl.«

Gemeinsam schwangen sie sich in die Lüfte. Endlich flog er wieder mit der Schar, auch wenn er sich seine Rückkehr so nicht vorgestellt hatte. Er an der Spitze mit all seinen Zweifeln. Die unerschütterliche Sicherheit, das Richtige zu tun, war für immer verschwunden. Er konnte sie niemals zurückbekommen, wollte sie auch niemals zurückbekommen. Was nützte Sicherheit, wenn sie trügerisch war? Was nützte es, nur Schwarz und Weiß zu sehen, wenn es so viel Grau gab?

Er musste einen Weg finden, den anderen all das Grau zu zeigen. Ihnen standen schwere Zeiten bevor, und er brauchte ebenbürtige Gefährten an seiner Seite, keine treuen Befehlsempfänger.

Immerhin, so schwierig die Zeiten auch werden würden, das Leben ging weiter. Der Wind seiner Schwingen trieb raschelnd die Titelseite einer Zeitung über den Kiesweg, und Jul blickte noch einmal nach unten. Er kannte die Schlagzeile, hatte sie am Morgen bereits gelesen. Sie erinnerte ihn an Amanda, ihre bissigen Scherze, mit denen sie versuchte, das Erlebte zu verarbeiten. Die Art, wie sie dem Schicksal ins Gesicht lachte, weil sie lebte und frei war, allen Widrigkeiten zum Trotz.

Apokalypse wann anders?
Weltuntergang auf unbestimmte Zeit verschoben.

Danksagung

Traditionellerweise beginnt man eine Danksagung mit der Bemerkung, dass es viele Helfer braucht, damit ein Buch entstehen kann. Da das wahr ist, möchte ich mit dieser Tradition nicht brechen.

Die Idee zu diesem Roman entstand im Forum der Geschichtenweber, wo Melanie Metzenthin Berlin als Handlungsort vorschlug. In ihr, Daniela Knor, Dirk Ganser, René Ulmer und Stephanie Bottlinger hatte ich wunderbare Testleser. René verdanke ich außerdem alles, was ich über militärische Hardware weiß. Sollten mir dabei Fehler unterlaufen sein, muss man die nicht ihm, sondern mir anlasten.

Ingmar Arnold von den Berliner Unterwelten hat mir sehr bei der Recherche über Bunker und U-Bahn-Schächte geholfen, und bei anderen Berlin betreffenden Fragen stand mir Wolfgang Schroeder zur Seite.

Und während des nicht immer einfachen Lektorats konnte ich mich stets auf das Urteil von Maria und Johnny Drees verlassen sowie auf den Beistand der Leute aus dem Textarbeitsforum.

Dazu kommen noch all diejenigen, die mich immer ermutigt und mir dabei geholfen haben, mich in der Welt von Agenturen und Verlagen zurechtzufinden. Dazu gehören Christoph Dittert, Thomas Finn, Thomas Plischke, Ole Christiansen, die Leute vom Mainzer Phantastenstammtisch und natürlich Bernd Perplies und Christian Humberg, mit denen ich in Mainz viele Businesslunches (ähem) genossen habe.

Dass der Roman letztendlich eine Heimat gefunden hat, ist natürlich vor allem der unermüdlichen Arbeit meiner Agentin Regina Seitz zu verdanken. Und zuletzt auch Hanna Rauh, die bei Knaur als Erste von der Geschichte überzeugt war.

Daniela Winterfeld

Der geheime Name

Roman

Rumpelstilzchen wollte das Kind der Königin. Er bekam es nicht. Jahrhunderte später schließt ein anderes Wesen seiner Art einen neuen Pakt – und wird ebenfalls betrogen. Seitdem sucht es unablässig nach dem Kind ... Seit sie denken kann, ist Fina mit ihrer Mutter auf der Flucht. Doch jetzt, mit 19, will sie endlich ein richtiges Zuhause finden und zieht zu ihrer Großmutter, die am Rand eines düsteren Moores lebt. Das Moor fasziniert Fina vom ersten Moment an – genau wie der geheimnisvolle Junge, der dort lebt. Weder Fina noch der Junge ahnen, dass sie beide nur Figuren in einem Spiel sind, das dem betrogenen Wesen endlich seinen Lohn bringen soll ...

Knaur Taschenbuch Verlag